三國演義

(12)

三國演義 (12)

초판 1쇄 발행 ▪ 2014년 11월 26일
초판 2쇄 발행 ▪ 2017년 7월 10일

저 자 ▪ 나관중 원저, 모종강 평론 개정
역 자 ▪ 박기봉
펴낸곳 ▪ 비봉출판사
주 소 ▪ 서울 금천구 가산디지털2로 98. 2동 808호(롯데IT캐슬)
전 화 ▪ (02)2082−7444
팩 스 ▪ (02)2082−7449
E-mail ▪ bbongbooks@hanmail.net
등록번호 ▪ 2007−43 (1980년 5월 23일)
ISBN ▪ 978−89−376−0420−1 04820
        978−89−376−0408−9 04820 (전12권)

값 15,000원

모종강본 원문대역

三國演義

(12)

나관중 원저

모종강 평론·개정

박기봉 역주

비봉출판사

三國演義

║ 제 12권 ║

第九十一回

祭瀘水漢相班師
伐中原武侯上表

〔1〕却說孔明班師回國，孟獲率引大小洞主酋長，及諸部落，羅拜相送。前軍至瀘水，時值九月秋天，(*與前五月渡瀘水相應。) 忽然陰雲布合，狂風驟起；兵不能渡，回報孔明。孔明遂問孟獲，獲曰："此水原有猖神作禍，往來者必須祭之。"(*猖神者，蠻鬼也。) 孔明曰："用何物祭享？"獲曰："舊時國中因猖神作禍，用七七四十九顆人頭并黑牛白羊祭之，自然風恬浪靜，更兼連年豐稔。"(*假使四十九个鬼又作禍，將奈何？) 孔明曰："吾今事已平定，安可妄殺一人？"遂自到瀘水岸邊觀看。果見陰風大起，波濤洶湧，人馬皆驚。孔明甚疑，卽尋土人問之。土人告說："自丞相經過之後，夜夜只聞得水邊鬼哭神號。自黃昏直至天曉，哭聲不絕。瘴煙之內，陰鬼無數。因此作禍，無人敢渡。"孔明曰："此乃我之罪愆也。前者馬

伐引蜀兵千餘，皆死於水中；（*照應八十八卷中事.） 更兼殺死南人，盡棄此處：狂魂怨鬼，不能解釋，以致如此.（*往往鬼哭，天陰則聞，方信李華〈弔古戰場文〉不是虛話.） 吾今晚當親自往祭."土人曰:"須依舊例，殺四十九顆人頭爲祭，則怨鬼自散也."（*如此則是以鬼祭鬼.）孔明曰:"本爲人死而成怨鬼，豈可又殺生人耶?（*若爲鬼殺人，而人又成鬼，是鬼與鬼相怨無已時也.）吾自有主意."喚行廚宰殺牛馬；和麵爲劑，塑成人頭，內以牛羊等肉代之，名曰"饅頭".

*注: 羅拜(라배): 빙 둘러서서 절하다. 布合(포합): 密布罩合(밀포조합). 조밀하게 퍼져서 뒤덮다. 猖神(창신): 南蠻人들이 섬기는 귀신(蠻鬼). 風恬(풍념): 바람이 멎어 조용해지다. 〈恬〉: 편하다. 조용하다. 罪愆(죄건): 죄과. 허물. 解釋(해석): 풀어주다. 없애주다(해소. 소제); 구해주다. 벗어나다; 해명하다. 변명하다. 爲人死(위인사): 다른 사람 때문에 죽다. 〈爲〉: 원인을 나타내는 介詞. …때문에. 自有(자유): 따로 있다. 별도로 있다. 行廚(행주): 行軍을 수행하는 요리사. 炊事兵. 和麵爲劑(화면위제): 밀가루(麵)를 반죽하여(和) 작은 덩어리(劑)를 만들다(爲). 〈劑〉: 여러 가지를 섞어서 만든 것.(*例: 調劑藥). 만두 따위를 빚을 때 가늘고 긴 모양의 반죽에서 떼낸 작은 덩어리.(*麵劑: 밀가루 반죽의 작은 덩어리).

〖2〗 當夜於瀘水岸上，設香案，鋪祭物，列燈四十九盞，揚幡招魂；將饅頭等物，陳設於地. 三更時分，孔明金冠鶴氅，親自臨祭，令董厥讀祭文. 其文曰:

維大漢建興三年秋九月一日，武鄕侯・領益州牧・丞相諸葛亮，謹陳祭儀，享於故歿王事蜀中將校及南人亡者陰魂曰:

我大漢皇帝，威勝五覇，明繼三王. 昨自遠方侵境，異俗起兵；縱蠆尾以興妖，恣狼心而逞亂. 我奉王命，問罪遐荒；大舉貔貅, 悉除螻蟻; 雄軍雲集, 狂寇氷消; 纔聞破竹之聲, 便是失猿之勢. 但士卒兒郎, 盡是九州豪傑; 官僚將校, 皆爲四海英雄: 習武從戎, 投明事主, 莫不同申三令, 共展七擒; 齊堅奉國之誠, 并效忠君之志.

*注: 祭儀(제의): 祭品. 제물. 〈儀〉: 예물. **享**(향): (물건 따위를) 바치다. **王事**(왕사): 王命에 따라서 하는 公的인 일. 朝聘, 會盟, 征伐 등 王朝의 大事. **五覇**(오패): 춘추시대의 다섯 패자. 齊桓公, 晉文公, 秦穆公, 宋襄公, 楚莊王. **三王**(삼왕): 중국 역사상 세 왕조를 세운 왕들. 夏禹, 商湯, 周文王. **異俗**(이속): 중국과 풍속과 습관이 다른 邊遠地方. 여기서는 남만인. **縱蠆尾**(종채미): 〈蠆〉는 전갈의 일종으로 그 꼬리 부위에 毒이 있다. 따라서 〈전갈의 꼬리(蠆尾)〉로 남을 해치는 자를 비유한 것이다. 〈縱〉: 풀어놓다(放. 發). **狼心**(낭심): 잔인한 마음. 악한 마음. **遐荒**(하황): 멀리 떨어진 荒地. 〈遐〉: 遠. 여기서는 南蠻 지방을 말함. **貔貅**(비휴): 古書에 등장하는 맹수의 명칭. 후에는 주로 용맹한 兵士의 비유로 사용됨. **失猿**(실원): 달아나는 원숭이. **但**(단): 그러나. 그렇지만. **兒郎**(아랑): 사내아이. 士卒. **三令**(삼령): 三令五申의 줄임말. 여러 차례의 간곡한 명령.

〖3〗何期汝等偶失兵機, 緣落奸計; 或爲流矢所中, 魂掩泉臺; 或爲刀劍所傷, 魄歸長夜; 生則有勇, 死則成名. 今凱歌欲還, 獻俘將及. 汝等英靈尙在, 祈禱必聞: 隨我旌旗, 逐我部曲, 同回上國, 各認本鄕, 受骨肉之蒸嘗, 領家人之祭祀; 莫作他鄕之鬼, 徒爲異域之魂. 我當奏之天子, 使汝等各家盡沾恩露, 年給衣糧, 月賜廩祿: 用玆酬答, 以慰汝心. 至於本境土神, 南方亡鬼, 血食有常, 憑依不遠; 生者旣凜天威, 死者亦歸王化, 想宜寧帖, 毋致號啕. 聊表丹誠, 敬陳祭祀. 嗚呼, 哀哉! 伏惟尙饗!

*注: 兵機(병기): 用兵의 적절한 때(機會). 緣(연): …로 인하여. 때문에 (因爲). 掩泉臺(엄천대): 황천에 떠돌다.〈掩〉: 가리다. 숨다; 닫다; 끼이다.〈泉臺〉:〈泉下〉와 同義. 黃泉之下. 지하. 무덤. 분묘. 長夜(장야): 기나긴 밤. 무덤. 幽冥. 영원한 어둠속. 獻俘(헌부): 고대에 전쟁이 끝난 후 종묘 앞에 포로들을 끌고 와서 조상들에게 전승을 보고한 의식. 部曲(부곡): 군대의 행렬. 蒸嘗(증상): 본래는 겨울과 가을에 지내는 두 가지 祭祀이지만, 후에는 널리〈祭祀〉를 가리키게 되었다.〈蒸〉: 겨울에 지내는 제사.〈嘗〉: 가을에 지내는 제사. 沾(첨): 젖다. 적시다(霑(점)과 同義). 廩祿(름녹): 官에서 지급하는 祿米나 糧食. 血食(혈식): 제물을 받아먹다. 고대에는 희생물을 죽여서 그 피를 받아 제사를 지냈기 때문에 생긴 말이다.(*祭者尙血腥, 故曰血食也.) 憑依(빙의): 의지하다. 의거하다. 근거. 凜(늠):〈懍〉과 통함. 敬畏하다. 寧帖(녕첩): 마음이 편안하다. 평온하다(=寧貼, 妥貼.: 安寧平靜). 號啕(호도): 큰 소리로 울다. 聊(료): 약간. 조금; 우선. 잠시. 丹誠(단성): 丹心. 眞心. 精誠스런 마음. 伏惟(복유): 삼가 생각하다(=伏以). 尙饗(상향):〈尙享〉으로도 씀. 옛날 祭文의 結語로 사용된 말. 死者가 와서 祭品을 享用하기를 바란다는 뜻이다.

〖4〗讀畢祭文, 孔明放聲大哭, 極其痛切, 情動三軍, 無不下淚. 孟獲等衆, 盡皆哭泣. 只見愁雲怨霧之中, 隱隱有數千鬼魂, 皆隨風而散.(*恐今日和尙施食, 倒無此等應驗.) 於是孔明令左右將祭物盡棄於瀘水之中.

次日, 孔明引大軍俱到瀘水南岸, 但見雲收霧散, 風靜浪平. 蜀兵安然盡渡瀘水, 果然 "鞭敲金鐙響, 人唱凱歌還".(*絶妙好辭.)

行到永昌, 孔明留王伉‧呂凱守四郡; 發付孟獲領衆自回, 囑其勤政馭下, 善撫居民, 勿失農務. 孟獲涕泣拜別而去. (*蠻子原有良心. 若沒良心人, 雖十擒十縱, 亦不服也.) 孔明自引大軍回成都.

　後主排鑾駕出郭三十里迎接, 下輦立於道傍, 以候孔明.(*與獻帝迎曹操相類, 而君之誠僞旣殊, 臣之忠奸亦別.) 孔明慌下車伏道而言曰:"臣不能速平南方, 使主上懷憂, 臣之罪也." 後主扶起孔明, 并車而回, 設太平筵會, 重賞三軍. 自此遠邦進貢來朝者二百餘處.(*服者不但南人.) 孔明奏准後主, 將歿於王事者之家, 一一優恤, 人心歡悅, 朝野淸平.(*以上按下蜀漢一邊, 以下再敍魏國一邊.)

　　*注: 金鐙(금등): 쇠등자. 〈鐙〉: 등자. 말을 탈 때 두 발로 디디는 기구.
永昌(영창): 治所는 不韋(지금의 운남성 保山縣).　優恤(우휼): 넉넉히(충분히) 구제하다.

　〖5〗却說魏主曹丕, 在位七年, 卽蜀漢建興四年也. 丕先納夫人甄氏, 卽袁紹次子袁熙之婦, 前破鄴城時所得.(*追應三十三卷中事.) 後生一子, 名叡, 字元仲, 自幼聰明, 丕甚愛之. 後丕又納安平廣宗人郭永之女爲貴妃, 甚有顔色;其父嘗曰:"吾女乃女中之王也." 故號爲"女王".(*便有奪后之意.) 自丕納爲貴妃, 因甄夫人失寵, 郭貴妃欲謀爲后, 却與幸臣張韜商議. 時丕有疾, 韜乃詐稱於甄夫人宮中掘得桐木偶人, 上書天子年月日時, 爲魘鎭之事. 丕大怒, 遂將甄夫人賜死, 立郭貴妃爲后.(*郭后奪嫡, 亦比於曹丕之簒.) 因無出,(*如此人自然絶嗣.) 養曹叡爲己子. 雖甚愛之, 不立爲嗣. 叡年至十五歲, 弓馬熟嫻. 當年春二月, 丕帶叡出獵. 行於山塢之間, 赶出子母二鹿. 丕一箭射倒母鹿, 回視小鹿馳於曹叡馬前. 丕大呼曰:"吾兒何不射之?" 叡在馬上泣告曰:"陛下已殺其母, 安忍復殺其子?"(*曹操射鹿失君臣之禮, 曹叡射鹿動母子之情, 前後相對.) 丕聞之, 擲弓於地曰:"吾兒眞仁德之主也!" 於是遂封叡爲平原王.

*注: 建興四年(건흥사년): 서기 226년. 安平廣宗(안평광종): 지금의 하북 성 威縣 東. 安平은 郡名. 却(각): 도리어; 바로. 幸臣(행신): 행신. 寵臣. 魘鎭(염진): 일종의 迷信으로, 짚이나 나무로 미워하는 사람의 인 형을 만들어 그것을 바늘로 찌르면 그에 해당하는 부위에 병이 생겨 죽 는다는 呪術行爲의 일종. 방자. 熟嫻(숙한): 숙달하다. 익숙하다. 〈嫻〉: 익히다. 우아하다. 조용하다. 山塢(산오): 사면이 높고 중앙이 낮은 산지.

〖6〗 夏五月, 丕感寒疾, 醫治不痊, 乃召中軍大將軍曹眞·鎭軍 大將軍陳群·撫軍大將軍司馬懿三人入寢宮. 丕喚曹叡至, 指謂曹 眞等曰: "今朕病已沈重, 不能復生. 此子年幼, 卿等三人可善輔 之, 勿負朕心." 三人皆告曰: "陛下何出此言? 臣等願竭力以事 陛下, 至千秋萬歲." 丕曰: "今年許昌城門無故自崩, 乃不祥之 兆, 朕故自知必死也."(*許昌災異, 從曹丕口中補出.) 正言間, 內侍奏 征東大將軍曹休入宮問安. (*三人召來, 一人自來.) 丕召入謂曰: "卿 等皆國家柱石之臣也, 若能同心輔朕之子, 朕死亦瞑目矣!" 言訖, 墮淚而薨. 時年四十歲, 在位七年. 於是曹眞·陳群·司馬懿·曹休 等, 一面擧哀, 一面擁立曹叡爲大魏皇帝. 諡父丕爲文皇帝, (*諡 之曰 "文", 取繼體守文之意也. 然則造簒漢之基者, 斷歸之曹操矣.) 諡母甄 氏爲文昭皇后; 封鍾繇爲太傅, 曹眞爲大將軍, 曹休爲大司馬, 華 歆爲太尉, 王朗爲司徒, 陳群爲司空, 司馬懿爲驃騎大將軍; 其餘 文武官僚, 各各封贈. 大赦天下. 時雍·凉二州缺人守把, 司馬懿 上表乞守西凉等處.(*司馬懿注意在西, 所畏者蜀也.) 曹叡從之, 遂封 懿提督雍·凉等處兵馬. 領詔去訖.

*注: 寒疾(한질): 감기. 柱石(주석): 기둥과 주춧돌. 擧哀(거애): 哭을 하다. 죽음을 애도하다. 封贈(봉증): 봉건시대에 신하에게 은사를 내리면 서 그 부모에게 관작을 내려주는 것. 부모가 살아있는 경우를 〈封〉, 죽은

경우를 〈贈〉이라 했다. 후에 와서는 일반적인 封號(제왕이 내려주는 작호나 칭호)를 가리켰다.

〖7〗 早有細作飛報入川. 孔明大驚曰:"曹丕已死, 孺子曹叡卽位, 餘皆不足慮: 司馬懿深有謀略, 今督雍·凉兵馬, 倘訓練成時, 必爲蜀中之大患. 不如先起兵伐之."(*司馬懿患蜀, 蜀亦患司馬懿.) 參軍馬謖曰:"今丞相平南方回, 軍馬疲敝, 只宜存恤, 豈可復遠征? 某有一計, 使司馬懿自死於曹叡之手, 未知丞相鈞意允否?" 孔明問是何計, 馬謖曰:"司馬懿雖是魏國大臣, 曹叡素懷疑忌. 何不密遣人往洛陽·鄴郡等處, 布散流言, 道此人欲反; 更作司馬懿告示天下榜文, 遍貼諸處, 使曹叡心疑, 必然殺此人也!"(*此一時反間之計耳, 孰知後來果應司馬氏簒位.) 孔明從之, 卽遣人密行此計去了.
　　*注: 存恤(존휼): 사람을 보내 위로하고 돌보다.

〖8〗 却說鄴城門上, 忽一日見貼下告示一道. 守門者揭了, 來奏曹叡. 叡觀之, 其文曰:
　　驃騎大將軍總領雍·凉等處兵馬事司馬懿, 謹以信義布告天下: 昔太祖武皇帝, 創立基業, 本欲立陳思王子建爲社稷主; 不幸奸讒交集, 歲久潛龍. 皇孫曹叡, 素無德行, 妄自居尊, 有負太祖之遺意. 今吾應天順人, 克日興師, 以慰萬民之望. 告示到日, 各宜歸命新君. 如不順者, 當滅九族! 先此告聞, 想宜知悉.
　　*注: 揭(게): 게시하다; 떼다. 뜯다. 벗기다. 　雍(옹): 州名. 治所는 長安(지금의 섬서성 西安市). 　潛龍(잠룡): 구름을 타고 하늘에 오르지 않고 물속에 잠겨 있는 용. 즉 帝位에 오르기 전의 天子를 비유하는 말로 여기서는 曹植을 가리킨다. 　歸命(귀명): 歸順. 歸向. 　想(상): 바라다. …하려 하다.

〖9〗曹叡覽畢, 大驚失色, 急問群臣. 太尉華歆奏曰: "司馬懿
上表乞守雍·涼, 正爲此也. 先時太祖武皇帝嘗謂臣曰: '司馬懿
鷹視狼顧, 不可付以兵權; 久必爲國家大禍.'(＊曹孟德語, 却從此處補
出.) 今日反情已萌, 可速誅之." 王朗奏曰: "司馬懿深明韜略, 善
曉兵機, 素有大志; 若不早除, 久必爲禍." 叡乃降旨, 欲興兵御
駕親征. 忽班部中閃出大將軍曹眞, 奏曰: "不可. 文皇帝托孤於
臣等數人, 是知司馬仲達無異志也. 今事未知眞假, 遽爾加兵, 乃
逼之反耳. 或者蜀·吳奸細行反間之計, 使我君臣自亂, 彼却乘虛
而擊, 未可知也. 陛下幸察之!"(＊曹子丹略有見識.) 叡曰: "司馬懿
若果謀反, 將奈何?" 眞曰: "如陛下心疑, 可仿漢高僞遊雲夢之
計. 御駕幸安邑, 司馬懿必然來迎; 觀其動靜, 就車前擒之, 可
也."(＊此時仲達亦危矣.) 叡從之, 遂命曹眞監國, 親自領御林軍十
萬, 徑到安邑.

> ＊注: 鷹視狼顧(응시랑고): 눈매가 예리하고 사람이 매우 잔인하다. 〈狼
> 顧〉: 이리는 앞을 보고 선 채 고개만 180도 돌려서 등 뒤의 물체를 볼
> 수 있는데, 이렇게 할 수 있는 사람은 성격이 凶暴하고 貪心이 많다는 說
> 이 있다. 　遽爾(거이): 遽然. 갑자기. 〈遽〉: 황급히. 서둘러. 　或者(혹자):
> 혹은; 아마. 어쩌면. 혹시(어쩌면) …지도 모른다. 　漢高僞遊雲夢之計(한
> 고위유운몽지계): 漢나라 초기에 어떤 사람이 楚王 韓信이 모반을 꾀한다
> 고 고발하자 한고조 劉邦은 陳平의 계책을 따라 雲夢으로 巡遊를 가는
> 체하여 韓信으로 하여금 영접 나오도록 한 후 영접을 나오자 그 자리에서
> 그를 체포했다. 〈雲夢〉: 雲夢澤. 漢代에 華容 南面에 있는 大澤. 　安邑
> (안읍): 縣名. 지금의 산서성 夏縣 서북.

〖10〗司馬懿不知其故, 欲令天子知其威嚴, 乃整兵馬, 率甲士
數萬來迎.(＊仲達雖乖, 此時却着了道兒.) 近臣奏曰: "司馬懿果率兵十

餘萬, 前來抗拒, 實有反心矣." 叡慌命曹休先領兵迎之. 司馬懿見兵馬前來, 只疑車駕親至, 伏道而迎. 曹休出日: "仲達受先帝託孤之重, 何故反耶?"(*問得出其不意.) 懿大驚失色, 汗流遍體, 乃問其故. 休備言前事. 懿日: "此吳·蜀奸細反間之計, 欲使我君臣自相殘害, 彼却乘虛而襲. 某當自見天子辨之!"(*畢竟仲達乖覺.) 遂急退了軍馬, 至叡車前俯伏泣奏日: "臣受先帝託孤之重, 安敢有異心? 必是吳·蜀之奸計. 臣請提一旅之師, 先破蜀, 後伐吳, 報先帝與陛下, 以明臣心." 叡疑慮未決. 華歆奏日: "不可付之兵權. 可卽罷歸田里."(*名士見識亦甚平常.) 叡依言, 將司馬懿削職回鄉, (*未見三馬同槽, 先見一馬離槽. *第七十八回事) 命曹休總督雍·涼軍馬. 曹叡駕回洛陽.

　　*注: 着了道兒(착료도아): 계략에 빠지다(걸려들다). 　一旅(일려): 〈旅〉는 軍隊의 編制 단위로 〈一旅〉는 약 2천 명. 널리 〈군대〉란 뜻으로 쓰임.

〔11〕 却說細作探知此事, 報入川中. 孔明聞之大喜日: "吾欲伐魏久矣, 奈有司馬懿總雍·涼之兵. 今旣中計遭貶, 吾有何憂!"
　　次日, 後主早朝, 大會官僚, 孔明出班, 上〈出師表〉一道. 表日:
　　臣亮言: 先帝創業未半, 而中道崩殂. 今天下三分, 益州罷敝, 此誠危急存亡之秋也. 然侍衛之臣, 不懈於內; 忠志之士, 忘身於外者, 蓋追先帝之殊遇, 欲報之於陛下也.
　　誠宜開張聖聽, 以光先帝遺德, 恢弘志士之氣; 不宜妄自菲薄, 引喻失義, 以塞忠諫之路也.(*妄自菲薄是子弟大病, 引喻失義, 又是子弟大病.) 宮中府中, 俱爲一體,(*恐其昵於宮中, 已預知有寵黃皓之事.) 陟罰臧否, 不宜異同. 若有作奸犯科, 及爲忠善者, 宜付有司, 論其刑賞, 以昭陛下平明之治, 不宜偏私, 使內外異法也.(*宮中昵, 府中疏, 出師進表, 全爲此一段可知.)

*注: 奈有(나유): 어떻게 (…하는 일이) 있도록 할 수 (있을 수) 있겠는가.
出師表(출사표): 임금에게 出征을 告하는 글. 〈表〉: 文體의 한 종류로
임금에게 올리는 書狀. 道(도): 題目이나 文書의 數를 표시하는 量詞.
未半(미반): 아직 반도 되지 않았다. 아직 끝나지 않았다. 崩殂(붕조): 崩
御하다. 天子가 죽다. 〈崩〉: 옛날 帝王의 죽음을 일컫는 말. 〈殂〉: 죽다.
사망. 益州罷敝(익주파폐): 〈益州〉: 蜀國. 〈罷敝〉: 疲勞困敝. 피폐하
다. 피로하고 곤궁하다. (*蜀나라는 본래 땅도 작고 백성수도 적었는데,
彝陵에서의 싸움에서 패배한 후 국력이 더욱 줄어들었다.) 誠(성): 참으
로. 진실로. 秋(추): 때. 時期. *주로 좋지 않은 때를 가리킴. 여기서는
중요한 고비, 전환점, 갈림길이란 뜻이다. 蓋(개): 句의 첫머리에서 語氣
를 표시(이유나 원인을 나타냄). 殊遇(수우): 특수한 待遇. 여기서는 파격
적인 重用을 가리킨다. 開張聖聽(개장성청): 聖主의 聽聞을 넓히다. 많은
사람들의 의견을 널리 듣다. 恢弘(회홍): (규모. 계획 등이) 웅장하다.
광대하다; (사기 등을) 발양하다. 진작시키다. 妄自菲薄(망자비박): 무턱
대고 자신을 낮추다. 함부로 자신을 하찮은 사람으로 卑下하다. 引喩失義
(인유실의): 말하는 것이 大義에 부합하지 않다. 〈引喩〉: 比喩를 인용하
다. 즉, 이야기하다. 宮中府中(궁중부중): 宮中은 皇宮, 府中은 丞相府.
여기서는 궁중 안과 승상부 안의 사람들을 가리킴. 陟罰臧否(척벌장비):
賞罰褒貶. 〈陟〉: 승진. 〈臧(장)〉: 善. 찬양. 〈否(비)〉: 惡. 批評. (*臧否(장
비)= 否臧(비장). 臧否(장부)로도 읽는다.) 異同(이동): 서로 다른 것과 같은
것; 일치하지 않다. 作奸犯科(작간범과): 作惡犯法. 〈奸〉: 간사하고 불법
적인 일. 〈科〉: 條令. 有司(유사): 어떤 일을 책임진 관리.

〖12〗 侍中·侍郎郭攸之·費禕·董允等, 此皆良實, 志慮忠純, 是
以先帝簡拔以遺陛下: (*重之以先帝, 句句不奪先帝.) 愚以爲宮中之
事, 事無大小, 悉以咨之, 然後施行, 必得裨補闕漏, 有所廣益. 將

軍向寵, <u>性行淑均</u>, 曉暢軍事, 試用之於昔日, 先帝稱之曰 "能", (*重之以先帝.) 是以衆議擧寵以爲<u>督</u>. 愚以爲營中之事, 事無大小, 悉以咨之, 必能使<u>行陣和穆</u>, 優劣得所也.

　親賢臣, 遠小人, 此先漢所以興隆也; 親小人, 遠賢臣, 此後漢所以<u>傾頹</u>也. 先帝在時, 每與臣論此事, 未嘗不嘆息痛恨於桓‧靈也!(*明明龜鑑之言, 亦必重之以先帝. 哀哉! 桓‧靈之寵十常侍, 正與後主之寵黃皓同.) 侍中‧尙書,(*陳震.) 長史‧參軍,(*蔣琬.) 此悉<u>貞亮死節</u>之臣也, 願陛下親之‧信之, 則漢室之隆, 可計日而待也. (*此二臣先生所進, 恐出師後未必用, 故又另囑.)

　　*注: 侍郎(시랑): 官名. 황제의 侍從官. 　良實(양실): 忠良信實. 충성스럽고 선량하며 신실하다. 　忠純(충순): 忠誠純正. 충성스럽고 순수하고 바르다. 　簡拔(간발): 선발하다. 〈簡〉: (인재를) 선발하다. 선택하다. 　咨之(자지): 〈咨〉: 諮와 同義. 그들과 상의하다. 자문하다. 의논하다. 　裨補闕漏(비보궐루): 결점과 부족한 점을 메우다. 〈裨〉: 補. 〈闕〉: '缺'과 通함. 결점. 　向寵(상총): 〈向〉이 姓일 때는 〈향〉이 아니라 〈상〉으로 읽는다. 　性行淑均(성행숙균): 性淑行均. 성품이 맑고 행위가 공정하다. 〈淑〉: 善. 〈均〉: 平. 　督(독): 中部督을 가리킴. 근위군을 통솔함. 　行陣和穆(행진화목): 군대가 협조하고 단결하다. 〈行陣〉: 본래는 隊伍의 行列과 陣勢를 가리키는데, 여기서는 軍隊를 말함. 　傾頹(경퇴): 기울어 무너지다. 　貞亮死節(정량사절): 지조가 굳고 죽음을 무릅쓰고 절개를 지키다. 〈貞〉: 충정하다. 지조가 굳다.

〖13〗臣本<u>布衣</u>, <u>躬耕</u>南陽, <u>苟全性命於亂世</u>, 不求<u>聞達</u>於諸侯. 先帝不以臣<u>卑鄙</u>, <u>猥自枉屈</u>, 三顧臣於草廬之中, 諮臣以當世之事, 由是感激, 遂許先帝以<u>驅馳</u>. <u>後直傾覆</u>, 受任於敗軍之際, 奉命於危難之間, <u>爾來</u>二十有一年矣.

先帝知臣謹愼, 故臨崩寄臣以大事也. 受命以來, 夙夜憂慮, 恐付托不效, 以傷先帝之明; 故五月渡瀘, 深入不毛. 今南方已定, 甲兵已足, 當獎帥三軍, 北定中原, 庶竭駑鈍, 攘除奸凶, 興復漢室, 還於舊都: 此臣所以報先帝而忠陛下之職分也. 至於斟酌損益, 進盡忠言, 則攸之·禕·允之任也.(*此非以師保推三臣, 蓋自旣解任去而出師, 則必使之自代耳.)

願陛下托臣以討賊興復之效, 不效則治臣之罪, 以告先帝之靈; 若無興復之言, 則責攸之·禕·允等之咎, 以彰其慢.(*說自出師, 必連三臣裨補者, 此表所憂不在外賊, 而在內蠱也. 哀哉!) 陛下亦宜自謀, 以諮諏善道, 察納雅言, 深追先帝遺詔.(*要他納言, 亦必重之以先帝.) 臣不勝受恩感激! 今當遠離, 臨表涕泣, 不知所云.(*非爲伐魏而涕泣, 爲後主而涕泣也.)

*注: **布衣**(포의): 평민백성.　**躬耕**(궁경): 몸소(스스로. 친히) 밭을 갈다. 직접 농사를 짓다.　**苟全性命**(구전성명): 그럭저럭 목숨을 부지하다.　**聞達**(문달): 문달하다. 명성이 알려져 등용되다.　**卑鄙**(비비): 미천하고 비루하다.　**猥自枉屈**(외자왕굴): 외람되게도 스스로의 신분을 낮추어 찾아오시다. 〈猥〉: 겸사로서 '辱'과 同義. 〈枉屈〉: 屈就. 몸을 낮추어 나아가다.　**驅馳**(구치): 말을 몰아 빨리 달리다. (남·국가의 일을 위해) 분주히 돌아다니다.　**後直傾覆**(후치경복): 후에 싸움에서 패배하는 일을 만나다. 〈直(치)〉: 만나다. 당하다.(*이때는 音이 〈치〉이다.) 〈傾覆〉: 쓰러지다. 넘어지다. 전복되다. 군대가 싸움에서 패하다.　**爾來**(이래): 이래. 그 뒤로.　**效**(효): 효과(를 보다). 효력(을 나타내다).　**獎帥三軍**(장수삼군): 장려하여 삼군(군대)를 통솔하다. 〈獎〉: 면려하다. 장려하다.　**庶竭駑鈍**(서갈노둔): 자신의 작은 재주와 微力을 다하기를 희망하다. 〈庶〉: 자신의 희망을 나타내는 말. 〈駑鈍〉: 겸손의 말로서 자신의 재능이 저열함을 말함. 〈駑〉: 劣馬. 〈鈍〉: 칼날이 무딘 것.　**攘除**(양제): 배제하다. 제거하다. 없애다.

〈攘〉: 밀어내다. 배척하다. **舊都**(구도): 東漢 때의 도성인 洛陽. **斟酌**(짐
작): 헤아리다. 짐작하다. 고려하다; 상의하다. 의논하다. **以彰其慢**(이창
기만): 그로써 그들의 태만한 죄를 드러내다. 〈彰〉: 드러내다. 현저하다.
〈慢〉: 게으름. 태만함. 소홀함. **諮諏**(자추): 詢問. 자문하다. 상의하다.
의논하다. 〈諮〉: 咨와 同義. 〈諏〉: 묻다. 상의하다.

〖14〗 後主覽表曰: "相父南征, 遠涉艱難; 方始回都, 坐未安
席, 今又欲北征, 恐勞神思." 孔明曰: "臣受先帝托孤之重, 夙夜
未嘗有怠. 今南方已平, 可無內顧之憂; (*一向南征, 正是爲此.) 不就
此時討賊, 恢復中原, 更待何日?" 忽班部中太史譙周出奏曰:
"臣夜觀天象, 北方旺氣正盛, 星曜倍明, 未可圖也." 乃顧孔明
曰: "丞相深明天文, 何故强爲?" 孔明曰: "天道變易不常, 豈可
拘執? 吾今且駐軍馬於漢中, 觀其動靜而後行." 譙周苦諫不從.
於是孔明乃留郭攸之·董允·費禕等爲侍中, 總攝宮中之事. (*正應
表中.) 又留向寵爲大將, 總督御林軍馬;(*又應表中.) 陳震爲侍中,
蔣琬爲參軍; (*此表中所未及.) 張裔爲長史, 掌丞相府事; 杜瓊爲諫
議大夫; 杜微·楊洪爲尙書; 孟光·來敏爲祭酒; 尹黙·李譔爲博
士; 郤正·費詩爲<u>秘書</u>; 譙周爲太史: 內外文武官僚一百餘員, 同
理蜀中之事. (*此又表中所未及.)
　　注: 秘書(비서): 典章이나 文書의 起草를 담당하는 官名.

〖15〗 孔明受詔歸府, 喚諸將聽令: 前督部 ——鎭北將軍·領丞
相司馬·涼州刺史·都亭侯魏延; 前軍都督 —— 領扶風太守張翼;
牙門將 —— 裨將軍王平; 後軍領兵使 —— 安漢將軍·領建寧太守
李恢, 副將 —— 定遠將軍·領漢中太守呂義; 兼管運糧左軍領兵
使 —— 平北將軍·陳倉侯馬岱, 副將 —— 飛衛將軍廖化; 右軍領

兵使 —— 奮威將軍·博陽亭侯馬忠, 撫戎將軍·關內侯張嶷; 行中軍師 —— 車騎大將軍·都鄉侯劉琰; 中監軍 —— 揚武將軍鄧芝; 中參軍 —— 安遠將軍馬謖; 前將軍 —— 都亭侯袁綝; 左將軍 —— 高陽侯吳懿; 右將軍 —— 玄都侯高翔; 後將軍 —— 安樂侯吳班; 領長史 —— 綏軍將軍楊儀; 前將軍 —— 征南將軍劉巴; 前護軍 —— 偏將軍·漢城亭侯許允; 左護軍 —— 篤信中郎將丁咸; 右護軍 —— 偏將軍劉敏; 後護軍 —— 典軍中郎將官雝; 行參軍 —— 昭武中郎將胡濟; 行參軍 —— 諫議將軍閻晏; 行參軍 —— 偏將軍爨習; 行參軍 —— 裨將軍杜義; 武略中郎將杜祺, 綏軍都尉盛勃; 從事 —— 武略中郎將樊岐; 典軍書記 —— 樊建; 丞相令史 —— 董厥; 帳前左護衛使 —— 龍驤將軍關興; 右護衛使 —— 虎翼將軍張苞.

—— 以上一應官員, 都隨着平北大都督·丞相·武鄉侯·領益州牧·知內外事諸葛亮. 分撥已定, 又檄李嚴等守川口以拒東吳.(*周密之至.) 選定建興五年春三月丙寅日, 出師伐魏. (*至此方大伸討賊之義.)

*注: 領長史(령장사): 丞相의 屬官. 行參軍(행참군): 出征 時에 두는 參軍. 典軍書記(전군서기): 軍中에서 文字를 쓰는 일을 담당하는 관리. 帳前左護衛使(장전좌호위사): 右호위사와 함께 中軍의 營帳(원수의 막사)을 수호하는 역할을 맡은 武官. 知內外事(지내외사): 內政 및 外交, 對外 戰爭을 주관하는 최고위 官名. 分撥(분발): 군사를 나누어 배치하다.

〖16〗忽帳下一老將, 厲聲而進曰: "我雖年邁, 尙有廉頗之勇, 馬援之雄. 此二古人皆不服老, 何故不用我耶?" 衆視之, 乃趙雲也. 孔明曰: "吾自平南回都, 馬孟起病故,(*馬超之死, 在孔明口中補出, 省筆之法.) 吾甚惜之, 以爲折一臂也. 今將軍年紀已高, 倘稍有參差, 動搖一世英名, 減却蜀中銳氣." (*又用激將之法.) 雲厲聲曰: "吾自隨先帝以來, 臨陣不退, 遇敵則先. 大丈夫得死於疆場者, 幸也, 吾何恨焉? 願爲前部先鋒!" 孔明再三苦勸不住. 雲曰: "如不敎我爲先鋒, 就撞死於階下!" 孔明曰: "將軍旣要爲先鋒, 須得一人同去一" 言未盡, 一人應曰: "某雖不才, 願助老將軍先引一軍前去破敵." 孔明視之, 乃鄧芝也. (*卽是不畏油鼎之人.) 孔明大喜, 卽撥精兵五千, 副將十員, 隨趙雲·鄧芝去訖. 孔明出師, 後主引百官送於北門外十里. 孔明辭了後主, 旌旗蔽野, 戈戟如林, 率軍望漢中迤邐進發.

> *注: 年邁(년매): 老邁. 연로하다. 나이가 많다. 廉頗(염파): 藺相如(린상여)와 함께 趙나라를 지킨 인물. 〈史記 · 廉頗藺相如列傳〉에 그에 관한 이야기가 자세히 나온다. 服老(복로): =伏老. 노인이기 때문에 소용없다고 체념하다. 參差(참차): 가지런하지 못하다. 差錯. 錯誤. 뜻하지 않은 것. 減却(감각): 減去. 減弱. 減退. 減削. 減少. 得死於疆場者(득사어강장자): (대장부가) 전장에서 죽을 수 있다면. 〈疆場〉: 전장. 싸움터. 〈者〉: 두 개의 複合句 중에서 앞 分句에 쓰여 假設 관계를 나타냄.(…한다면(者) 다행이다(幸也)). 迤邐(이리): 천천히(緩行貌). 구불구불 이어진 모양(曲折連綿貌). 차츰차츰(가까이).

〖17〗却說邊庭探知此事, 報入洛陽. 是日曹叡設朝, 近臣奏曰: "邊官報稱: 諸葛亮率領大兵三十餘萬, 出屯漢中, (*孔明兵數在曹叡近臣口中補出, 妙!) 令趙雲·鄧芝爲前部先鋒, 引兵入境." 叡大驚, 問群臣曰: "誰可爲將, 以退蜀兵?" 忽一人應聲而出曰: "臣父死於漢中, 切齒之恨, 未嘗得報.(*照應七十一回中事.) 今蜀兵犯境, 臣願引本部猛將, 更乞陛下賜關西之兵, 前往破蜀: 上爲國家效力, 下報父讐, 臣萬死不恨!" 衆視之, 乃夏侯淵之子夏侯楙也. 楙字子休, 其性最急, 又最吝; 自幼嗣與夏侯惇爲子. 後夏侯淵爲黃忠所斬, 曹操憐之, <u>以女淸河公主招綝爲駙馬</u>.(*曹操本姓夏侯, 而以女與綝, 則是同姓爲婚, 瀆祖甚矣.) 因此朝中欽敬. 雖掌兵權, 未嘗臨陣. 當時自請出征. 曹叡卽命爲大都督, <u>調</u>關西諸路軍馬前去迎敵. 司徒王朗諫曰:"不可. 夏侯駙馬素不曾經戰, 今付以大任, 非其<u>所宜</u>. 更兼諸葛亮足智多謀, 深通韜略, 不可輕敵." 夏侯綝叱曰:"司徒莫非結連諸葛亮, 欲爲內應耶? 吾自幼從父學習韜略, 深通兵法. 汝何欺我年幼? 吾若不生擒諸葛亮, 誓不回見天子!"(*志大言大之人, 每每無用.) 王朗等皆不敢言. 夏侯綝辭了魏主, 星夜到長安, 調關西諸路軍馬二十餘萬, 來敵孔明. 正是:

欲秉<u>白旄</u>麾將士, 却敎<u>黃吻</u>掌兵權.

未知勝負如何, 且看下文分解.

*注: 邊庭(변정):〈邊廷〉으로도 씀. 변경지역(邊地). 변경지역의 官署. 關西(관서): 幽谷關 以西 지구. 지금의 섬서, 감숙 등의 省. 效力(효력): 效勞. 진력하다. 힘쓰다. 충성을 다하다. 以女淸河公主招綝爲駙馬(이녀청하공주초무위부마): 청하공주를 夏侯綝에게 시집보내서 그를 부마(사위)로 삼다.〈以〉: ~함으로써.〈女〉: 시집보내다. (=女以淸河公主~).〈招壻〉: 招女婿. 사위를 삼다. 調(조): (병력을)이동시키다. 이동배치하다. 所宜(소의): 적합한 바. 적당한 바. 白旄(백모): 고대의 일종의 軍旗. 깃대에 얼룩소의 꼬리를 장식으로 달아 全軍을 지휘하는 데 썼다. 이로써 정벌을 나가는 군사를 비유했다. 黃吻(황문): 병아리들은 입가가 노란색이므로, 이로써 소년을 비유한 것.〈吻〉: 입술. (동물의) 주둥이. 부리.

<hr>

第九十一回 毛宗崗 序始評

(1). 兵固不可輕用, 而有不得不用者, 迫於討賊之義也, 然伐魏所以討賊，平蠻豈亦以討賊乎？而伐魏之師，必在平蠻之後者，何也？亦猶曹操之不滅呂布，則未敢謀袁紹；不滅袁紹，則未敢窺江南耳．且魏欲借蠻以攻蜀，則武侯之平蠻，即謂之伐魏也可．平蠻即爲伐魏，則武侯之初伐魏，則謂之再伐魏也可．

(2)．武侯北伐而無南顧之憂，此武侯之所樂也．武侯外伐，而終不免於內顧之憂，此則武侯之所懼也．何也？平蠻之後，憂不在於南人，而憂乃在於後主也．試觀武侯〈出師〉一篇，曰"臨表涕泣"．夫伐魏即伐魏耳，何用涕泣爲哉？正惟此日國事，實當危急存亡之際，而此日嗣主，方在醉生夢死之中．知子莫如父，惟"不可輔"之言，固已驗矣．豈知臣莫如君，而"自取之"之語，乃遂敢眞蹈也？於是而身提重師，萬萬不可不去；而心牽鈍物，又萬萬不能少寬．因而切切開導，勤勤叮嚀，一回如嚴父，一回如慈嫗．蓋先生此日此表之涕泣，固有甚難於嗣主者，非但爲漢賊之不兩立也．今人但知此表爲討賊之義，而不知其爲戀主之忠，安得爲知武侯者也？

(3)．武侯〈出師〉一表，固爲前後文之伏應：而馬謖反間之計，亦爲前後文之伏應也．何也？曹操欲立曹植而問賈詡，則在初稱魏王之時矣．"煮豆燃豆"之詩，則在曹丕初立之時矣．"三馬同槽"，一夢於馬騰未死之前，一夢於曹操將死之日矣．而謖之行反間，言曹植之當立，則前文於此應也：言司馬氏之欲反，前後文又於此伏也．不但此也，好言天象者，莫如譙周．前稱天象以勸劉璋之出降，後復稱天象以勸劉禪之出降，而此卷諫武侯之語，亦正與前後文相連屬云．

第九十二回

趙子龍力斬五將
諸葛亮智取三城

〖1〗却說孔明率兵前至沔陽，經過馬超墳墓，乃令其弟馬岱挂孝，孔明親自祭之．祭畢，回到寨中，商議進兵．忽哨馬報道："魏主曹叡遣駙馬夏侯楙，調關中諸路軍馬，前來拒敵." 魏延上帳獻策曰："夏侯楙乃膏梁子弟，懦弱無謀．延願得精兵五千，取路出褒中，循秦嶺以東，當子午谷而投北，不過十日，可到長安．夏侯楙若聞某驟至，必然棄城望橫門邸閣而走．某却從東方而來，丞相可大驅士馬，自斜谷而進．如此行之，則咸陽以西，一舉可定也."（＊此亦韓信暗渡陳倉之計，惜孔明之不用也.）孔明笑曰："此非萬全之計也．汝欺中原無好人物，倘有人進言，於山僻中以兵截殺，非惟五千人受害，亦大傷銳氣，決不可用！"（＊武侯只是小心，不肯放膽.）魏延又曰："丞相兵從大路進發，彼必盡起關中之兵，於路迎敵：

則曠日持久, 何時而得中原？" 孔明曰："吾從<u>隴右</u>取平坦大路, 依法進兵, 何憂不勝！"(*出師之名既正, 出師之路亦取其正.) 遂不用魏延之計. 魏延怏怏不悦. 孔明差人令趙雲進兵.

*注: **沔陽**(면양): 沔水의 북쪽. 〈沔水〉: 섬서성을 흐르는 漢水 지류. **膏粱子弟**(고량자제): 호사를 누릴 줄만 알고 세상일은 모르는 부귀한 집안의 자제. 〈膏〉: 기름진 고기. 〈粱〉: 좋은 양식. 훌륭한 음식. **褒中**(포중): 지금의 섬서성 漢中市 서북에 있는 褒城. **秦嶺**(진령): 山名. 지금의 섬서성 경내에 있는데, 주봉은 太白山으로 높이 3767미터로 關中과 漢中 사이에 우뚝 솟아 있다. **子午谷**(자오곡): 지금의 섬서성 장안현 南秦嶺 산중에 있는 계곡으로, 장안에서 漢中 분지로 통하는 길(즉, 子五道)이 나 있다. **驟至**(취지): 갑자기 이르다. 돌연히 이르다. **橫門邸閣**(횡문저각): 〈橫門〉: 漢代에 長安城 북서쪽의 第一門. 〈邸閣〉: 옛날 官府에 설치한 양식 등 물자의 저장 창고. **斜谷**(야곡): 산골짜기 이름. 지금의 섬서성 眉縣 西南에 위치. 고대에 四川과 陝西間의 교통의 요충지였다. 〈斜〉: 골짜기 이름을 나타낼 때는 음이 '사'가 아니라 '야'이다. **截殺**(절살): 가로막고 쏟아져 나와 싸우다. 隴右(롱우): 감숙성 농저(隴坻) 서쪽에서 新疆 적화(迪化) 동쪽까지를 말한다.

〖2〗却說夏侯楙在長安, 聚集諸路軍馬. 時有西涼大將韓德, 善使<u>開山大斧</u>, 有萬夫不當之勇, 引西羌諸路兵八萬到來; 見了夏侯楙. 楙重賞之, <u>就</u>遣爲先鋒. 德有四子, 皆精通武藝, 弓馬過人: 長子韓瑛, 次子韓瑤, 三子韓瓊, 四子韓琪. 韓德帶四子并西羌兵八萬, 取路至<u>鳳鳴山</u>, 正遇蜀兵. 兩陣對圓. 韓德出馬, 四子列於兩邊. 德厲聲大罵曰："反國之賊, 安敢犯吾境界！" 趙雲大怒, 挺槍縱馬, 單搦韓德交戰. 長子韓瑛, 躍馬來迎; 戰不三合, 被趙雲一槍刺死於馬下. (*子龍不老.) 次子韓瑤見之, 縱馬揮刀來戰. 趙雲施逞舊日虎威, 抖擻精神迎戰. 瑤抵敵不住,(*子龍眞不老.) 三子韓瓊, 急挺方天戟, 驟馬前來夾攻. 雲全然不懼, 槍法不亂.(*子龍不老.) 四子韓琪, 見二兄戰雲不下, 也縱馬輪兩口日月刀而來, 圍住趙雲. 雲在中央獨戰三將. 少時, 韓琪中槍落馬, 韓陣中偏將急出救去. 雲拖槍便走. 韓瓊按戟, 急取弓箭射之, 連放三箭, 皆被雲用槍撥落. 瓊大怒, 仍綽方天戟縱馬赶來; 却被雲一箭射中面門, 落馬而死.(*受過三箭, 只答一禮, 已當不起.)

　　*注: 開山大斧(개산대부): 山林을 개척할 때 사용하는 초승달 모양의 큰
　　도끼.　就(취): 곧. 곧바로.　鳳鳴山(봉명산): 동한 삼국시대에는 이런 산
　　이름이 없었다.

〖3〗韓瑤縱馬擧寶刀便砍趙雲. 雲棄槍於地, 閃過寶刀, 生擒韓瑤歸陣, 復縱馬取槍殺過陣來. 韓德見四子皆喪於趙雲之手, 肝膽皆裂, 先走入陣去. 西凉兵素知趙雲之名, 今見其英勇如昔, 誰敢交鋒? 趙雲馬到處, 陣陣倒退. 趙雲匹馬單槍, 往來衝突, 如入無人之境. 後人有詩讚曰:

　　憶昔常山趙子龍, 年登七十建奇功.

　　獨誅四將來衝陣, 猶似當陽救主雄.

　　鄧芝見趙雲大勝, 率蜀兵掩殺. 西凉兵大敗而走. 韓德險被趙雲擒住, 棄甲步行而逃. 雲與鄧芝收軍回寨. 芝賀曰: "將軍壽已七旬, 英勇如昨. 今日陣前力斬四將, 世所罕有!" 雲曰: "丞相以吾年邁, 不肯見用, 吾故聊以自表耳!" 遂差人解韓瑤, 申報捷書, 以達孔明.

　　*注: 閃過(섬과): 날쌔게 피하다. 재빨리 비키다.　年登(연등): 年高. 나이
　　가 많이 들다.　當陽救主(당양구주): 당양의 長坂坡에서 주인을 구하다.
　　*제42회에서 조운이 필마단기로 후주 阿斗를 구한 일.　險(험): 하마터면.

자칫하면. **年邁**(년매): 나이가 많다. 연로하다. **見用**(견용): 쓰인다. 등용되다.(피동의 형식으로 능동의 뜻을 나타냄. *예: 見怪. 見過. 見罪. 見疑.)
自表(자표): 자기 자신을 드러내다. 자신을 나타내다.

〖4〗 却說韓德引敗軍回見夏侯楙, 哭告其事.(*一喪其父, 一喪其子, 正是愁人說與愁人道.) 楙自統兵來迎趙雲. 探馬報入蜀寨, 說夏侯楙引兵到. 雲上馬綽槍, 引千餘軍, 就鳳鳴山前擺成陣勢. 當日, 夏侯楙戴金盔, 坐白馬, 手提大砍刀, 立在門旗之下. 見趙雲躍馬挺槍, 往來馳騁, 楙欲自戰. 韓德曰:"殺吾四子之讐, 如何不報!" 縱馬輪開山大斧, 直取趙雲. 雲奮怒挺槍來迎; 戰不三合, 槍起處, 韓德刺死於馬下. 急撥馬直取夏侯楙. 楙慌忙閃入本陣. 鄧芝驅兵掩殺, 魏兵又折一陣, 退十餘里下寨.

楙連夜與衆將商議曰:"吾久聞趙雲之名, 未嘗見面; 今日年老, 英雄尚在, 方信當陽長阪之事.(*又提照四十一卷中事.) 似此無人可敵, 如之奈何?" 參軍程武, 乃程昱之子也, 進言曰:"某料趙雲有勇無謀, 不足爲慮. 來日都督再引兵出, 先伏兩軍於左右; 都督臨陣先退, 誘趙雲到伏兵處: 都督却登山指揮四面軍馬, 重疊圍住, 雲可擒矣."(*此計亦平常, 不過趙雲太猛, 恃勇輕敵, 故中之耳.) 楙從其言, 遂遣董禧引三萬軍伏於左, 薛則引三萬軍伏於右: 二人埋伏已定.

*注: 大砍刀(대감도): 大刀. 連夜(연야): 그날 밤. 밤새도록. 며칠 밤 계속.

〖5〗 次日, 夏侯楙復整金鼓旗幡, 率兵而進. 趙雲·鄧芝出迎. 芝在馬上謂趙雲曰:"昨夜魏兵大敗而走, 今日復來, 必有詐也. 老將軍防之."(*鄧芝甚仔細, 與孔明之小心相似.) 子龍曰:"量此乳臭

小兒, 何足道哉! 吾今日必當擒之!"便躍馬而出. 魏將潘遂出迎,
戰不三合, 撥馬便走. 趙雲赶去, 魏陣中八員將一齊來迎, 放過夏
侯楙先走, 八將陸續奔走, 趙雲乘勢追殺. 鄧芝引兵繼進. 趙雲深
入重地, 只聽得四面喊聲大震. 鄧芝急收軍退回, 左有董禧, 右有
薛則, 兩路兵殺到. 鄧芝兵少, 不能解救. 趙雲被困在垓心, 東衝
西突, 魏兵越厚. 時雲手下止有千餘人, 殺到山坡之下, 只見夏侯
楙在山上指揮三軍. 趙雲投東則望東指, 投西則望西指: 因此趙雲
不能突圍 ——乃引兵殺上山來. 半山中擂木砲石打將下來, 不能上
山. 趙雲從辰時殺至酉時, 不得脫走, 只得下馬少歇, 且待月明再
戰. 却纔卸甲而坐, 月光方出, 忽四下火光沖天, 鼓聲大震, 矢石
如雨, 魏兵殺到, 皆叫曰: "趙雲早降!" 雲急上馬迎敵. 四面軍馬
漸漸逼近, 八方弩箭交射甚急, 人馬皆不能向前. 雲仰天嘆曰: "吾
不服老, 死於此地矣!"

*注: 擂木(뢰목): 옛날 作戰할 때 높은 곳에서 밀어 떨어뜨려 적을 압살하는
나무토막. 통나무. 却纔(각재): 却才. 방금. 막. 服老(복로): 노인이기
때문에 소용없다고 체념하다(=伏老).

〖6〗忽東北角上喊聲大起, 魏兵紛紛亂竄, 一彪軍殺到, 爲首大
將持丈八點鋼矛, 馬項下挂一顆人頭. 雲視之, 乃張苞也. 苞見了
趙雲, 言曰: "丞相恐老將軍有失, 特遣某引五千兵接應, 聞老將
軍被困, 故殺透重圍. 正遇魏將薛則攔路, 被某殺之."(*斬薛則在張
苞口中敍出, 殊不費力.) 雲大喜, 卽與張苞殺出西北角來, 只見魏兵
棄戈奔走: 一彪軍從外吶喊殺人, 爲首大將提偃月靑龍刀, 手挽人
頭. 雲視之, 乃關興也. 興曰: "奉丞相之命, 恐老將軍有失, 特引
五千兵前來接應. 却纔陣上逢着魏將董禧, 被吾一刀斬之, 梟首在
此. 丞相隨後便到也." 雲曰: "二將軍已建奇功, 何不趁今日擒

住夏侯楙, 以定大事?" 張苞聞言, 遂引兵去了. 興曰: "我也幹功去." 遂亦引兵去了. 雲回顧左右曰: "他兩個是吾子侄輩, 尚且爭先幹功; 吾乃國家上將, 朝廷舊臣, 反不如此小兒耶? 吾當捨老命以報先帝之恩!"(*殺了一日猶然如此, 子龍到底不老.) 於是引兵來捉夏侯楙. 當夜三路兵夾攻, 大破魏軍一陣. 鄧芝引兵接應, 殺得屍橫遍野, 血流成河.

*注: 幹功(간공): 공을 세우다. 建功과 같은 말.

〖7〗 夏侯楙乃無謀之人, 更兼年幼, 不曾經戰, 見軍大亂, 遂引帳下驍將百餘人, 望南安郡而走.(*曹操女婿, 甚是不濟.) 衆軍因見無主, 盡皆逃竄. 興·苞二將聞夏侯楙望南安郡去了, 連夜趕來. 楙走入城中, 令緊閉城門, 驅兵守禦. 興·苞二人趕到, 將城圍住; 趙雲隨後也到: 三面攻打. 少時, 鄧芝亦引兵到. 一連圍了十日, 攻打不下. 忽報丞相留後軍住沔陽, 左軍屯陽平, 右軍屯石城, 自引中軍來到. 趙雲·鄧芝·關興·張苞皆來拜問孔明, 說連日攻城不下.

孔明遂乘小車, 親到城邊周圍, 看了一遍, 回寨升帳而坐. 衆將環立聽令.(*讀至此, 似已有取南安之策, 却猜不出有下文.) 孔明曰: "此郡壕深城峻, 不易攻也. 吾正事不在此城. 汝等如只久攻, 倘魏兵分道而出, 以取漢中, 吾軍危矣."(*讀至此, 又似有不欲取南安之意, 更猜不出下文.) 鄧芝曰: "夏侯楙乃魏之駙馬, 若擒此人, 勝斬百將. 今困於此, 豈可棄之而去?"(*鄧芝不以南安爲重, 却以夏侯楙爲重.) 孔明曰: "吾自有計. —— 此處西連天水郡, 北抵安定郡: 二處太守, 不知何人."(*孔明不於南安用計, 却欲以天水·安定用計, 奇妙.) 探卒答曰: "天水太守馬遵, 安定太守崔諒." 孔明大喜, 乃喚魏延受計, 如此如此; 又喚關興·張苞受計, 如此如此; 又喚心腹軍士二人受計, 如此行之.(*妙在此處不敍明白.) 各將領命, 引兵而去. 孔明却在南安城外, 令軍運柴草堆於城下, 口稱燒城. 魏兵聞知, 皆大笑不懼.

*注: 南安郡(남안군): 治所는 獂道(원도: 지금의 감숙성 隴西縣 東南).
天水(천수): 郡名. 지금의 감숙성 天水市. 安定(안정): 郡名. 치소는 臨涇
(지금의 감숙성 鎮原縣 남쪽). 天水市 境內에 있다.

〖8〗却說安定太守崔諒, 在城中聞蜀兵圍了南安, 困住夏侯楙, 十分慌懼, 卽點軍馬約共四千, 守住城池. 忽見一人自正南而來, 口稱有機密事.(*方知心腹軍士如此用法.) 崔諒喚入問之, 答曰: "某是夏侯楙都督帳下心腹將裴緒, 今奉都督將令, 特來求救於天水·安定二郡. 南安甚急, 每日城上縱火爲號, 專望二郡救兵, 並不見到; 因復差某殺出重圍, 來此告急. 可星夜起兵爲外應. 都督若見二郡兵到, 便開城門接應也."(*此是孔明分付之語, 至此方才明白.) 諒曰: "有都督文書否?" 緒貼肉取出, 汗已濕透; 略敎一視,(*假文書不堪再看.) 急令手下換了匹馬, 便出城望天水而去.(*故作着忙之狀, 粧得活像.) 不二日, 又有報馬到, 說天水太守已起兵救援南安去了, 敎安定蚤蚤接應.(*此亦心腹軍士, 又是一樣用法.) 崔諒與府官商議. 多官曰: "若不去救, 失了南安, 送了夏侯駙馬, 皆我兩郡之罪也: 只得救之."

諒卽點起人馬, 離城而去, 只留文官守城.(*此失城之由.) 崔諒提兵向南安大路進發, 遙望見火光沖天, 催兵星夜前進. 離南安尙有五十餘里, 忽聞前後喊聲大震, 哨馬報道: "前面關興截住去路, 背後張苞殺來."(*前分付興·苞之言於此方見.) 安定之兵, 四下逃竄. 諒大驚, 乃領手下百餘人, 往小路死戰得脫, 奔回安定. 方到城壕邊, 城上亂箭射下來. 蜀將魏延在城上叫曰: "吾已取了城也! 何不早降?"(*前分付魏延之計於此方見.) 原來魏延扮作安定軍, 黃夜賺開城門，蜀兵盡入，因此得了安定.(*興·苞截路用實寫，魏延取城用虛寫，兩樣筆法.)

    ＊注: **星夜**(성야): 별밤. (별이 빛나는) 밤. 밤새워.　**貼肉**(첩육): 貼身. 살에 꽉 달라붙다. 신변에 붙어 다니다.　**夤夜**(인야): 심야. 깊은 밤.

〔9〕崔諒慌投天水郡來. 行不到<u>一程</u>，前面一彪軍擺開，大旗之下，一人綸巾羽扇，道袍鶴氅，端坐於車上. 諒視之，乃孔明也，急撥回馬走. 關興·張苞兩路兵追到，只叫:“蚤降!” 崔諒見四面皆是蜀兵，不得已遂降，同歸大寨. 孔明以上賓相待. 孔明曰:“南安太守與足下交厚否?”諒曰:“此人乃楊阜之族弟楊陵也，(*南安太守姓名，在崔諒口中補出.) 與某隣郡，<u>交契甚厚</u>.”孔明曰:“今欲煩足下入城，說楊陵擒夏侯楙，可乎?”諒曰:“丞相若令某去，可暫退軍馬，容某入城說之.”孔明從其言，卽時傳令，敎四面軍馬各退二十里下寨.(*崔諒假應承，孔明亦假信任，以假對假，自有妙用.)

    崔諒匹馬到城邊，叫開城門，入到府中，與楊陵禮畢，細言其事. 陵曰:“我等受魏主大恩，安忍背之? 可將計就計而行.”(*楊陵欲將計就計，孰知孔明又將計就計.) 遂引崔諒到夏侯楙處，備細說知. 楙曰:“當用何計?”楊陵曰:“只推某獻城門，賺蜀兵入，却就城中殺之.”崔諒依計而行，出城見孔明，說:“楊陵獻城門，放大軍入城，以擒夏侯楙. 楊陵本欲自捉，因手下勇士不多，未敢輕動.”(*此句便知其假.) 孔明曰:“此事至易: 今有足下原降兵百餘人，於內暗藏蜀將，扮作安定軍馬，帶入城去，(*此是眞話.) 先伏於夏侯楙府下，却暗約楊陵，待半夜之時，獻開城門，裏應外合.”崔諒暗思:“若不帶蜀將去，恐孔明生疑. 且帶入去，就內先斬之，舉火爲號，賺孔明入來，殺之可也.”因此應允. 孔明囑曰:“吾遣親信將關興·張苞隨足下先去，(*此是眞話.) 只推救軍殺入城中，以安夏侯楙之心; 但擧火, 吾當親入城去擒之."(*又是假話.)

   *注: 一程(일정): 얼마 안 되는 짧은 거리. 〈程〉: 路徑 또는 行程. 본래는 역참이나 또는 멈추어 잠잔 곳에서 시작하여 다음 역참이나 잠자는 곳까지의 거리를 말하는데, 말의 경우에는 약 1천리, 걷는 경우에는 약 30리의 거리로 일정치 않다. 그러나 후에는 짧은 시간이나 짧은 거리를 가리키는 말로 사용되었다.   交契(교계): 교분. 교제.

  〖10〗 時値黃昏, 關興·張苞受了孔明密計, 披挂上馬, 各執兵器, 雜在安定軍中, 隨崔諒來到南安城下. 楊陵在城上撐起懸空板, 倚定護心欄, 問曰: "何處軍馬?" 崔諒曰: "安定救軍來到." 諒先射一號箭上城, 箭上帶着密書曰: "今諸葛亮先遣二將, 伏於城中, 要裏應外合, 且不可驚動, 恐泄漏計策. 待入府中圖之."(*崔諒極乖, 却不知已在孔明算中.) 楊陵將書見了夏侯楙, 細言其事. 楙曰: "旣然諸葛亮中計, 可敎刀斧手百餘人伏於府中. 如二將隨崔太守到府下馬, 閉門斬之; 却於城上擧火, 賺諸葛亮入城, 伏兵齊出, 亮可擒矣." 安排已畢, 楊陵回到城上言曰: "旣是安定軍馬, 可放入城." 關興跟崔諒先行, 張苞在後. 楊陵下城, 在門邊迎接. 興手起刀落, 斬楊陵於馬下.(*方知臨行時所受密計, 却不是府中, 是門邊; 却不是半夜, 是黃昏也.) 崔諒大驚, 急撥馬奔到吊橋邊, 張苞大喝曰: "賊子休走! 汝等詭計, 如何瞞得丞相耶!" 手起一槍, 刺崔諒於馬下.(*讀至此, 方知孔明將計就計之妙.) 關興早到城上, 放起火來. 四面蜀兵齊入. 夏侯楙措手不及, 開南門倂力殺出, 一彪軍攔住, 爲首大將, 乃是王平; 交馬只一合, 生擒夏侯楙於馬上, 餘皆殺死. 孔明入南安, 招諭軍民, 秋毫無犯. 衆將各各獻功. 孔明將夏侯楙囚於車中.

   *注: 撐起懸空板(탱기현공판): 현공판을 펴서 벌리다. 〈撐〉: 받치다. 지

탱하다. 펴다. 벌리다. 당기다. 〈懸空板〉: 공중에 매단 板. 성 위에서 공중
에 높이 매단 板으로 主將이 그 위에 서서 外部와 對話할 때 사용한다.
倚定(의정): 기대고 있다. 〈定〉: 동사 뒤에 붙어 동작이나 행위가 그대로
쭉 변하지 않고 있음을 나타낸다. **護心欄**(호심란): 懸空板 위의 나무로
된 欄干. 중간에 두터운 나무를 대서 몰래 쏘는 화살(暗箭) 등을 막도록
만든 방호장치. **號箭**(호전): 신호를 전하기 위해 쏘는 화살. **獻功**(헌공):
공적을 바치다(獻上功績). 공로를 보고하다(報功).

〖11〗 鄧芝問曰："丞相何故知崔諒詐也？" 孔明曰："吾已知此
人無降心，故意使入城，彼必盡情告與夏侯楙，欲將計就計而行.
吾見<u>來情</u>，足知其詐，復使二將同去，以<u>穩其心</u>. 此人若有眞心，
必然<u>阻當</u>；彼忻然同去者，恐吾疑也. 他意中<u>度</u>二將同去，賺入城
內殺之未遲； <u>又令吾軍有托</u>，放心而進.(*窺見肺肝.) 吾已暗囑二
將，就城門下圖之. 城內必無准備，吾軍隨後便到：此出其不意
也." 衆將拜服. 孔明曰："<u>賺崔諒者</u>，吾使心腹人詐作魏將裴緒
也.(*假裴緒亦於此處敍明.) 吾又去賺天水郡， 至今未到， 不知何
故.(*賺天水亦於此補出.) 今可乘勢取之." 乃留吳懿守南安，劉琰守
安定，替出魏延軍馬，去取天水郡.
　　*注: **來情**(래정): 올 때의 사정(정황). **穩心**(온심): 安心. 안심시키다.
阻當(조당): 저지하다. 가로막다. **度**(탁): 추측하다. 헤아리다. **令吾軍有
托**(령오군유탁): 만약 우리 군대가 의지할 게 있다면. 〈令〉: 만약(가설
연사). **賺崔諒者**(잠최량자): 최량을 속일 수 있었던 것은. 〈者〉: 복합구
의 전반 구에 쓰여서 인과관계를 나타낸다.

〖12〗 却說天水郡太守馬遵，聽知夏侯楙困在南安城中，乃聚文
武官商議. 功曹梁緖·主簿尹賞·<u>主記</u>梁虔等曰："夏侯駙馬乃金枝

玉葉, 倘有<u>疏虞</u>, 難逃坐視之罪. 太守何不盡起本部兵以救之?"(*
若依此計, 不消孔明賺得.) 馬遵正疑慮間, 忽報夏侯駙馬差心腹將裴
緒到. 緒入府, 取公文付馬遵, 說: "都督求安定·天水兩郡之兵,
星夜救應." 言訖, 匆匆而去. 次日又有報馬到, 稱說: "安定兵已
先去了, 教太守火急前來會合."

馬遵正欲起兵, 忽一人自外而入曰: "太守中諸葛亮之計矣!"
衆視之, 乃天水冀人也, 姓姜, 名維, 字伯約. 父名冏, 昔日曾爲
天水郡功曹, 因羌人亂, 沒於王事. 維自幼博覽群書, 兵法武藝,
無所不通; 奉母至孝, 郡人敬之; 後爲中郎將, 就參本郡軍事.(*詳
敍伯約生平, 正爲後文伐魏注脚.)

當日姜維謂馬遵曰: "近聞諸葛亮殺敗夏侯楙, 困於南安, 水泄
不通, 安得有人自重圍之中而出? 又且裴緒乃無名下將, 從不曾
見; (*賺安定之假裴緒, 在孔明口中說明. 賺天水之假裴緒, 又在姜維口中道
破.) 況安定報馬, 又無公文: 以此察之, 此人乃蜀將詐稱魏將, 賺
得太守出城, 料城中無備, 必然暗伏一軍於<u>左近</u>, 乘虛而取天水
也."(*孔明瞞過夏侯楙, 却瞞不過姜維.) 馬遵大悟曰: "非伯約之言, 則
誤中奸計矣!" 維笑曰: "太守放心. 某有一計, 可擒諸葛亮, 解南
安之危." 正是:

運籌又遇强中手, 鬪智還逢意外人.

未知其計如何, 且看下文分解.

*注: 主記(주기): 文書에 관한 일을 담당한 官職 이름.　疏虞(소우): 소홀
히 하다. 부주의하다.　左近(좌근): 부근. 근처.

第九十二回 毛宗崗 序始評

(1). 此卷首寫趙雲戰功, 所以成雲之志也. 曷成乎雲之志?

曰：先主初卽帝位時，雲卽以伐魏爲勸矣．先主之伐吳，以雲爲後應，爲其志不在伐吳故也．武侯之伐魏，以雲爲先鋒，爲其志在伐魏故也．英雄有復讐之志者，自惜其年，又惜讐人之年．不能及曹丕之未死而伐魏，已深爲曹丕惜；不更及趙雲之未死而伐魏，得不爲趙雲惜哉！然則雲之復讐，不敢以老而自愛，正以老而愈不得不奮耳．

(2)．魏延子午谷之謀，未嘗不善，武侯以爲詭計而不用，蓋逆知天意之不可回，而不欲行險以爭之耳．知天意之不可回，而行險以爭之，卽爭之未必勝．爭之不勝，而天下後世，乃得以行險之失爲我咎矣！惟兢兢然持一至愼之心，出於萬全之策，而終不能回天意於萬一，然後可以無憾於人事耳．

(3)．一擒孟獲之前，先取三郡；一出祁山之前，亦先取三郡，斯則同矣．而前三郡之取則俱易，後三郡之取則兩易一難．前者高定眞降，妙在假疑其詐，今者崔諒詐降，妙在假信其眞．前者高定與雍闓不睦，妙在使中我之計；今者崔諒與楊陵同謀，又妙在卽用彼之計．令讀者觀其前文，更不能測其後文；觀其後文，乃始解其前文．事之巧，文之幻，皆妙絕古今．

(4)．蜀之有姜維，非繼武侯而終伐魏之事者乎？六出祁山之後，始有九伐中原之事．而一出祁山之前，蚤伏一九伐中原之人．將正伏之，先反伏之．正伏之爲蜀之姜維，反伏之爲魏之姜維．而此卷則猶反伏之者也．觀天地古今自然之文，可以悟作文者結構之法矣．

第九十三回

姜伯約歸降孔明
武鄉侯罵死王朗

〖1〗却說姜維獻計於馬遵曰：“諸葛亮必伏兵於郡後，賺我兵出城，乘虛襲我．某願請精兵三千，伏於要路．太守隨後發兵出城，不可遠去，止行三十里便回；但看火起爲號，前後來攻，可獲大勝．如諸葛亮自來，必爲某所擒矣！”(*前卷孔明用計，說明在後，此處姜維用計，說明在前.) 遵用其計，付精兵與姜維去訖，然後自與梁虔引兵出城等候；只留梁緒‧尹賞守城．

原來孔明果遣趙雲引一軍埋伏於山僻之中，只待天水人馬離城，便乘虛襲之．當日細作回報趙雲說：天水太守馬遵，起兵出城，只留文官守城．趙雲大喜，又令人報與張翼‧高翔，教於要路截殺馬遵．——此二處兵亦是孔明預先埋伏.(*前卷之事補敍於此.)

〖2〗 却說趙雲引五千兵，徑投天水郡城下，高叫曰：“吾乃常山趙子龍也！汝知中計，早獻城池，免遭誅戮！”城上梁緒大笑曰：“汝中吾姜伯約之計，尚然不知耶？”(*前是孔明將計就計，此是姜維將計就計，可謂禮無不答。)雲恰待攻城，忽然喊聲大震，四面火光沖天。當先一員少年將軍，挺槍躍馬而言曰：“汝見天水姜伯約乎！”(*在子龍眼中寫一姜維。語亦自負之甚。)雲挺槍直取姜維，戰不數合，維精神倍長。雲大驚，暗忖曰：“誰想此處有這般人物！”正戰時，兩路軍夾攻來，乃是馬遵・梁虔引軍殺回。趙雲首尾不能相顧，衝開條路，引敗兵奔走，姜維赶來。虧得張翼・高翔兩路軍殺出，接應回去。(*子龍雖敗，可見孔明用計之妙。)趙雲歸見孔明，說中了敵人之計。孔明驚問曰：“此是何人，識吾玄機？”有南安人告曰：“此人姓姜，名維，字伯約，天水冀人也；事母至孝，文武雙全，智勇足備，眞當世之英傑也。”趙雲又誇獎姜維槍法，與他人大不同。孔明曰：“吾今欲取天水，不想有此人。”遂起大軍前來。

*注: 虧得(휴득): 다행히. 덕분에.　玄機(현기): 신묘한 계책.

〖3〗 却說姜維回見馬遵曰：“趙雲敗去，孔明必然自來。彼料我軍必在城中。今可將本部軍馬，分爲四枝：某引一軍伏於城東，如彼兵到則截之；太守與梁虔・尹賞各引一軍城外埋伏。梁緒率百姓在城上守禦。”分撥已定。

却說孔明因慮姜維，自爲前部，望天水郡進發。將到城邊，孔明傳令曰：“凡攻城池，以初到之日，激勵三軍，鼓噪直上。若遲延日久，銳氣盡隳，急難破矣。”於是大軍徑到城下。因見城上旗幟整齊，未敢輕攻。候至半夜，忽然四下火光沖天，喊聲震地，正不知何處兵來。只見城上亦鼓噪吶喊相應，蜀兵亂竄。孔明急上馬，有關興・張苞二將保護，殺出重圍。回頭看時，正東上軍馬，一帶火

光, 勢若長蛇. 孔明令關興探視, 回報曰: "此姜維兵也." 孔明嘆
曰: "兵不在多, 在人之調遣耳. 此人眞將才也!" 收兵歸寨, 思之
良久, 乃喚安定人問曰: "姜維之母現在何處?"(*從事母至孝上得來.)
答曰: "維母今居冀縣." 孔明喚魏延分付曰: "汝可引一軍, 虛張
聲勢, 詐取冀縣. 若姜維到, 可放入城." 又問: "此地何處緊
要?" 安定人曰: "天水錢糧, 皆在上邽; 若打破上邽, 則糧道自絕
矣." 孔明大喜, 敎趙雲引一軍去攻上邽.(*欲取天水, 却不於天水用計,
又於別處用計, 妙.) 孔明離城三十里下寨. 早有人報入天水郡, 說蜀
兵分爲三路: 一軍守此郡, 一軍取上邽, 一軍取冀城." 姜維聞之,
哀告馬遵曰: "維母現在冀城, 恐母有失. 維乞一軍往救此城, 兼保
老母."(*亦如徐庶所云"方寸亂矣.") 馬遵從之, 遂令姜維引三千軍
去保冀城; 梁虔引三千軍去保上邽.

　　*注: 調遣(조견): 파견하다. 배정하다; 지시(지휘)하다. 　上邽(상규): 縣名.
지금의 감숙성 天水縣 內.

〖4〗 却說姜維引兵至冀城, 前面一彪軍擺開, 爲首蜀將, 乃是魏
延. 二將交鋒數合, 延詐敗奔走. 維入城閉門, 率兵守護, 拜見老
母, 並不出戰. 趙雲亦放過梁虔入上邽城去了.(*詳於姜維而略於梁
虔, 人有輕重, 故敍有詳略.) 孔明乃令人去南安郡, 取夏侯楙至帳下.
孔明曰: "汝懼死乎?" 楙慌拜伏乞命.(*曹家女婿如此出丑.) 　孔明
曰: "目今天水姜維現守冀城, 使人持書來說: '但得駙馬在, 我願
歸降.'(*又用前番賺高定之法.) 吾今饒汝性命, 汝肯招安姜維否?"
楙曰: "情願招安." 孔明乃與衣服鞍馬, 不令人跟隨, 放之自去.
(*又用前番縱崔諒之法.) 楙得脫出寨, 欲尋路而走, 奈不知路徑. 正
行之間, 逢數人奔走. 楙問之, 答曰: "我等是冀縣百姓; 今被姜
維獻了城池, 歸降諸葛亮, 蜀將魏延縱火劫財, 我等因此棄家奔

走, 投上邽去也."(*此是孔明之計, 妙在不敍明, 令讀者自知之.) 綝又問
曰: "今守天水城是誰?" 土人曰: "天水城中乃馬太守也." 綝聞
之, 縱馬望天水而行. 又見百姓携男抱女遠來, 所說皆同.

*注: 南安군(남안군): 治所는 㺼道(원도: 지금의 감숙성 隴西縣 東南).
　　招安(초안): 투항하라고 설득하다. 반항자에게 투항, 귀순을 권하다.　携
　　男抱女(휴남포녀): 携兒帶女. 사내아이는 손을 잡고 딸아이는 품에 안고.
　　자식들을 거느리고. (보통 피란을 가거나 유랑을 다니는 가족들의 모습을
　　표현하는 말이다.)

〖5〗綝至天水城下叫門, 城上人認得是夏侯綝, 慌忙開門迎接.
馬遵驚拜問之. 綝細言姜維之事; 又將百姓所言說了. 遵嘆曰:
"不想姜維反投蜀矣!"(*孔明只賺夏侯綝, 却借夏侯綝以賺馬遵, 賺一
个便是賺兩个.) 梁緒曰: "彼意欲救都督, 故以此言虛降." 綝曰:
"今維已降, 何爲虛也?" 正躊躇間, 時已初更, 蜀兵又來攻城. 火
光中見姜維在城下挺槍勒馬, 大叫曰: "請夏侯都督答話!"(*試令讀
者掩卷猜之, 此是眞姜維乎, 假姜維乎?) 夏侯綝與馬遵等皆到城上, 見
姜維耀武揚威大叫曰: "我爲都督而降, 都督何背前言?" 綝曰:
"汝受魏恩, 何故降蜀? 有何前言耶?" 維應曰: "汝寫書敎我降蜀,
何出此言? 汝要脫身, 却將我陷了!(*明明當面說謊, 却使夏侯綝聞之,
又疑是孔明假作綝書, 以賺姜維也.) 我今降蜀, 加爲上將, 安有還魏之
理?" 言訖, 驅兵打城, 至曉方退.(*若待天明, 便認得是假姜維矣.) ——
原來夜間妝姜維者, 乃孔明之計, 令部卒形貌相似者, 假扮姜維攻
城, 因火光之中, 不辨眞僞.(*此處方才說明.)

〖6〗孔明却引兵來攻冀城. 城中糧少, 軍食不敷. 姜維在城上,
見蜀軍大車小輛, 搬運糧草, 入魏延寨中去了. 維引三千兵出城,

徑來劫糧, 蜀兵盡棄了糧車, 尋路而走.(*棄一駙馬以賺之, 又棄無數糧車以賺之, 足見姜維身價之重.) 姜維奪得糧車, 欲要入城, 忽然一彪軍攔住, 爲首蜀將張翼也. 二將交鋒, 戰不數合, 王平引一軍又到, 兩下夾攻. 維力窮抵敵不住, 奪路歸城; 城上早揷蜀兵旗號: 原來已被魏延襲了.(*此番却着了道兒.) 維殺條路奔天水城, 手下尚有十餘騎; 又遇張苞殺了一陣, 維止剩得匹馬單槍, 來到天水城下叫門. 城上軍見是姜維, 慌報馬遵. 遵曰:"此是姜維來賺我城門也." 令城上亂箭射下.(*前把假姜維認作眞姜維, 今把眞姜維認作假姜維, 被孔明弄得七顚八倒.) 姜維回顧蜀兵至近, 遂飛奔上邽城來. 城上梁虔見了姜維, 大罵曰:"反國之賊, 安敢來賺我城池! 吾已知汝降蜀矣!" 遂亂箭射下. 姜維不能分說, 仰天大嘆, 兩眼淚流, 撥馬望長安而走.

　　*注: 不敷(불부): 부족하다. 〈敷〉: 바르다. 칠하다; 펴다; 넉넉하다.　着了道兒(착료도아): 계략에 빠지다.　七顚八倒(칠전팔도): 뒤죽박죽이 되다. 뒤섞여 혼란스럽다.　分說(분설): 해명하다. 설명하다. 변명하다.

　　〖7〗行不數里, 前至一派大樹茂林之處, 一聲喊起, 數千兵擁出: 爲首蜀將關興, 截住去路.(*孔明用計, 不在孔明一邊寫去, 只在姜維一邊見來. 異樣筆法.) 維人困馬乏, 不能抵當, 勒回馬便走. 忽然一輛小車從山坡中轉出. 其人頭戴綸巾, 身披鶴氅, 手搖羽扇, 乃孔明也. 孔明喚姜維曰:"伯約此時何尙不降?" 維尋思良久, 前有孔明, 後有關興, 又無去路, 只得下馬投降.(*只此一降, 便生出後來無數文字.) 孔明慌忙下車而迎, 執維手曰:"吾自出茅廬以來, 遍求賢者, 欲傳授平生之學, 恨未得其人. 今遇伯約, 吾願足矣." (*一見便有此深談, 此收拾英雄之法.) 維大喜拜謝.

　　*注: 一派(일파): 〈派〉는 경치, 기상, 소리, 말 등에 사용하는 量詞.

〖8〗孔明遂同姜維回寨，升帳商議取天水・上邽之計．維曰：
"天水城中尹賞・梁緒，與某至厚；當寫密書二封，射入城中，使
其內亂，城可得矣."孔明從之．姜維寫了二封密書，拴在箭上，
縱馬直至城下，射入城中．小校拾得，呈與馬遵．遵大疑，與夏侯
楙商議曰："梁緒・尹賞與姜維結連，欲爲內應，都督宜早決之."
楙曰："可殺二人."尹賞知此消息，　乃謂梁緒曰："不如納城降
蜀，以圖進用."(*又在姜維算中.)是夜，夏侯楙數次使人請梁・尹二
人說話．二人料知事急，遂披挂上馬，各執兵器，引本部軍大開城
門，放蜀兵入．夏侯楙・馬遵驚慌，引數百人出西門，棄城投羌城
而去．梁緒・尹賞迎接孔明入城．安民已畢，孔明問取上邽之計．
梁緒曰："此城乃某親弟梁虔守之，願招來降."孔明大喜．緒當日
到上邽喚梁虔出城來降孔明．孔明重加賞勞，就令梁緒爲天水太
守，尹賞爲冀城令，梁虔爲上邽令．孔明分撥已畢，整兵進發．諸
將問曰："丞相何不去擒夏侯楙?"孔明曰："吾放夏侯楙，如放一
鴨耳．今得伯約，得一鳳也！"(*鳳雛之後又有一鳳.)

　孔明自得三城之後，威聲大震，遠近州郡，望風歸降．孔明整頓
軍馬，盡提漢中之兵，前出祁山,(*是一出祁山.)兵臨渭水之西．細
作報入洛陽．

　　*注: 進用(진용): 선발해서 임용하다(選拔任用).　　羌城(강성): 姜人들이
　　모여 사는 지방. 지금의 青海城 東部 일대.　　望風(망풍): 소문을 듣다.
　　祁山(기산): 지금의 감숙성 禮縣 東北에 위치.　　渭水(위수): 渭河. 감숙성
　　渭源縣 서북의 鳥鼠山에서 발원. 동남으로 흘러 清水縣에 이르러 섬서성
　　지경으로 들어가서 渭河 平原을 관통한 후 동으로 흘러 咸陽(西安)을 거
　　쳐 潼關에 이르러 황하로 들어간다.

〖9〗時魏主曹叡太和元年，升殿設朝．近臣奏曰："夏侯駙馬已

失三郡, 逃竄羌中去了. 今蜀兵已到祁山, 前軍臨渭水之西, 乞早發兵破敵." 叡大驚, 乃問群臣曰: "誰可爲朕退蜀兵耶?" 司徒王朗出班奏曰: "臣觀先帝每用大將軍曹眞, 所到必克; 今陛下何不拜爲大都督, 以退蜀兵?" (*亦强夏侯楙不多.) 叡准奏, 乃宣曹眞曰: "先帝托孤與卿, 今蜀兵入寇中原, 卿安忍坐視乎?" 眞奏曰: "臣才疏智淺, 不稱其職." 王朗曰: "將軍乃社稷之臣, 不可固辭. 老臣雖駑鈍, 願隨將軍一往." (*此老死期至矣.) 眞又奏曰: "臣受大恩, 安敢推辭? 但乞一人爲副將." 叡曰: "卿自擧之." 眞乃保太原陽曲人, 姓郭, 名淮, 字伯濟, 官封射亭侯, 領雍州刺史. 叡從之, 遂拜曹眞爲大都督, 賜節鉞; 命郭淮爲副都督, 王朗爲軍師. —— 朗時年已七十六歲矣.(*老而不死是爲賊.) —— 選撥東西二京軍馬二十萬與曹眞. 眞命宗弟曹遵爲先鋒, 又命蕩寇將軍朱贊爲副先鋒, 當年十一月出師, 魏主曹叡親自送出西門之外方回.

*注: 太和元年(태화원년): 서기 227년.   駑鈍(노둔): 우둔하다. 둔하다.

推辭(추사): 사양하다. 거절하다.   太原(태원): 산서성 太原市.

〖10〗 曹眞領大軍來到長安, 過渭河之西下寨. 眞與王朗·郭淮共議退兵之策. 朗曰: "來日可嚴整隊伍, 大展旌旗. 老夫自出, 只用一席話, 管敎諸葛亮拱手而降, 蜀兵不戰自退!" (*痴老兒眞在夢中. 可發一笑.) 眞大喜. 是夜傳令: 來日四更造飯, 平明務要隊伍整齊, 人馬威儀, 旌旗鼓角, 各按次序. 當時使人先下戰書. 次日, 兩軍相迎, 列成陣勢於祁山之前. 蜀軍見魏兵甚是雄壯, 與夏侯楙大不相同.

三軍鼓角已罷, 司徒王朗乘馬而出. 上首乃都督曹眞, 下首乃副都督郭淮; 兩個先鋒壓住陣角. 探子馬出軍前, 大叫曰: "請對陣主將答話!" 只見蜀兵門旗開處, 關興·張苞分左右而出, 立馬於兩邊; 次後一隊隊驍將分列; 門旗影下, 中央一輛四輪車, 孔明端坐車中, 綸巾羽扇, 素衣皂絛, 飄然而出.

 *注: 渭河(위하): 渭水. 一席話(일석화): 한 차례의 대화. 〈席〉: 차례. 바탕. (대화나 담화 등을 나타내는 단위). 管敎(관교): 꼭 …하게 하다. 꼭 …하게 하면; 꼭. 절대로. 務要(무요): 務請. 반드시 … 하기를 바라다. 꼭 … 하기를 부탁하다. 當時(당시): 그때; 즉시. 즉각. 戰書(전서): 선전포고서. 上首·下首(상수·하수): 왼쪽과 오른쪽. 壓住(압주): 단단히 누르다. 진정시키다. 억제하다. 陣角(진각): 戰陣 대형의 兩翼. 探子(탐자): 군대의 척후. 정탐꾼.

〖11〗孔明擧目見魏陣前三個麾蓋, 旗上大書姓名: 中央白髯老者, 乃軍師·司徒王朗. 孔明暗忖曰: '王朗必下說詞, 吾當隨機應之.' 遂敎推車於陣外, 令護軍小校傳曰: "漢丞相與司徒會話."(*只一'漢'字可以壓倒王朗.) 王朗縱馬而出. 孔明於車上拱手, 朗在馬上欠身答禮. 朗: "久聞公之大名, 今幸一會. 公旣知天命·識時務, 何故興無名之兵?" 孔明曰: "吾奉詔討賊, 何謂無名?"(*不但奉後主之詔, 直奉先主之詔也. 又不但奉先主之詔, 直奉衣帶詔之詔也.) 朗曰: "天數有變, 神器更易, 而歸有德之人, 此自然之理也. 曩自桓·靈以來, 黃巾倡亂, 天下爭橫.(*應第一卷中事.) 降至初平·建安之歲, 董卓造逆, (*應第九卷以前事.) 催·汜繼虐;(*應十三卷以前事.) 袁術僭號於壽春, (*應十七卷中事.) 袁紹稱雄於鄴土;(*應三十一卷以前事.) 劉表占據荊州, (*應三十九卷以前事.) 呂布虎呑徐郡:(*應十九卷以前事.) 盜賊蜂起, 奸雄鷹揚, 社稷有累卵之危, 生靈有倒懸之急. (*將群雄總紋四句.) 我太祖武皇帝, 掃淸六合, 席捲八荒; 萬姓傾心, 四方仰德: 非以權勢取之, 實天命所歸也.(*應七十八卷以前事. 稱一'天'字以尊曹操.) 世祖文帝, 神文聖武, 以膺大統, 應天合人, 法堯禪舜, 處中國以臨萬邦, 豈非天心人意乎?(*應九十一卷以前事. 稱一 '天'字, 又添出一 '人'字, 以尊曹丕.) 今公蘊大才·抱大器, 自欲比於管·樂,(*先將孔明一揚.) 何乃强欲逆天理·背人情而行事耶?(*又將孔明一抑. 但言逆天數則可, 若云逆天理則不可.) 豈不聞古人曰: '順天者昌, 逆天者亡.'(*究竟只好歸重 '天'字上去.) 今我大魏帶甲百萬, 良將千員. 量腐草之螢光, 怎及天心之皓月? 公可倒戈卸甲, 以禮來降, 不失封侯之位. 國安民樂, 豈不美哉!"

*注: 麾蓋(휘개): 〈麾〉 대장기. 지휘할 때 쓰는 기. (군대를)지휘하다. 〈蓋〉; 덮개. 가리개. 우산이나 일산.　說詞(설사): 辯舌. 구실. 변명.　無名(무명): 명분 없는.　神器(신기): 神物. 국가의 정치권력을 나타내는 보물. 玉璽, 寶鼎 등. 이로부터 帝位, 政權을 가리키게 되었다.　倡亂(창란): 난을 창도하다(주도하다). 〈倡〉: 창도하다. 앞장서서 이끌다.　爭橫(쟁횡): 爭衡: 다투다.　降至(강지): 내려와 …에 이르다.　初平(초평): 東漢의 마지막 황제 獻帝(서기 190~219)의 年號 中의 하나로, 서기 190~193년 동안 사용되었다.　建安(건안): 서기 196~220년간 사용한 漢 獻帝의 2차 개정 연호. 建安 24년(서기 220년)에 魏王 曹操가 죽은 후 曹丕가 魏 왕위를 계승하기까지 사용했다. 建安 元年(서기 196년)은 신라 나해니사금 원년, 고구려 고국천왕 南武 18年.　造逆(조역): 반역을 시작하다. 〈造〉: 시작하다(始).　繼虐(계학): 계속해서 함부로 잔학한 짓을 하다. 〈虐〉: 肆虐. 任意殘害.　鷹揚(응양): 하늘을 나는 매처럼 용맹하다.　以膺大統(이응대통): 그것으로 제위를 맡다. 〈膺〉: 맡다. 받다(受).　蘊大才(온대재): 큰 재주를 지니다(품다). 〈蘊〉: 간직하다. 품다. 내포하다; 깊다. 심오하다.　大器(대기): 큰 재능(大才). 큰일을 담당할 수 있는 사람.　管·樂(관악): 관중과 악의. 〈管仲〉: 춘추시대 齊의 정치가. 齊 桓公을 도와 齊를 覇國으로 만들었다. 〈管鮑之交〉의 故事로 유명하다. 〈樂毅〉: 전국시대 燕나라의 上將軍. 趙·楚·韓·魏·燕 다섯 나라의 軍士를 지휘하여 당시 최강국

이던 齊를 쳐서 크게 이겼다.　順天者昌(순천자창):하늘의 뜻에 따르는
자는 번창한다. 이 말의 최초 출처는 〈孟子·離婁上〉의 "順天者存, 逆天者
亡"이다.

〖12〗孔明在車上大笑曰："吾以爲漢朝大老元臣，　必有高論，
豈期出此鄙言！吾有一言，諸軍靜聽：(*要在衆人面前出他醜.) 昔日
桓·靈之世，漢統陵替，宦官釀禍；國亂歲凶，四方擾攘. 黃巾之
後，董卓·催·汜等接踵而起，遷劫漢帝，殘暴生靈.(*略敍往時之亂,
槪括不煩.) 因廟堂之上，朽木爲官；殿陛之間，禽獸食祿；狼心狗行
之輩，滾滾當朝，奴顔婢膝之徒，紛紛秉政. 以致社稷丘墟，蒼生
塗炭.(*罵盡漢臣, 暗切王朗.)

吾素知汝所行：世居東海之濱，初擧孝廉入仕；理合匡君輔國，
安漢興劉；何期反助逆賊，同謀篡位！罪惡深重，天地不容！天下
之人，願食汝肉！(*方指名罵他.) 今幸天意不絕炎漢，(*此以天理決天
數.) 昭烈皇帝繼統西川. 吾今奉嗣君之旨，興師討賊.(*自敍出師伐
魏之意, 不但奉詔討賊, 亦是奉天討賊.) 汝旣爲諂諛之臣，只可潛身縮
首，苟圖衣食；安敢在行伍之前，妄稱天數耶？(*折倒他天數之語.)
皓首匹夫！蒼髯老賊！汝卽日將歸於九泉之下，何面目見二十四帝
乎！(*又奉列聖之靈以折之, 連死後都罵到.) 老賊速退！可敎反臣與吾共
決勝負！"王朗聽罷，氣滿胸膛，大叫一聲，撞死於馬下. 後人有
詩讚孔明曰：

兵馬出西秦，雄才敵萬人.
輕搖三寸舌，罵死老奸臣.

*注：接踵(접종): 뒷사람의 발끝이 앞사람의 발꿈치에 닿다. 잇따르다.
계속 오다.　遷劫(천겁): 옮겨가면서 겁박하다.　殿陛之間(전폐지간): 어
전(殿)과 어전 앞의 돌계단(陛) 사이. 조정의 일반 관리들.　滾滾當朝(곤곤

당조): 계속해서 권력을 잡다. 〈滾滾〉: 衮衮. 많은 모양. 연속하여 끊어지지 않는 모양. 줄줄이. 〈當朝〉: 當權. 掌權. **奴顔婢膝**(노안비슬): (환심을 사려고) 남에게 비굴하게 알랑거리다. 비굴하게 남에게 빌붙다. **諂諛**(첨유): 아첨하다. 아부하다. **蒼髥**(창염): 희끗희끗한 수염. 〈蒼〉: 푸른색. 회백색. **撞死**(당사): 부딪혀 죽다. **西秦**(서진): 지금의 감숙성 南部.

〖13〗 孔明以扇指曹眞曰: "吾不逼汝. 汝可整頓軍馬, 來日決戰." 言訖回車. 於是兩軍皆退. 曹眞將王朗屍首, 用棺木盛貯, 送回長安去了.(*一个軍師早完了局.) 副都督郭淮曰: "諸葛亮料吾軍中治喪, 今夜必來劫寨. 可分兵四路: 兩路兵從山僻小路, 乘虛去劫蜀寨; 兩路兵伏於本寨外, 左右擊之."(*算到敵人劫寨, 却又去劫敵人寨, 其計亦巧.) 曹眞大喜曰: "此計與吾相合!" 遂傳令喚曹遵‧朱贊兩個先鋒分付曰: "汝二人各引一萬軍, <u>抄出</u>祁山之後. 但見蜀兵望吾寨而來, 汝可進兵去劫蜀寨; 如蜀兵不動, 便撤兵回, 不可輕進."(*若彼不劫, 我亦不劫, 其謀亦愼.) 二人受計, 引兵而去. 眞謂淮曰: "我兩個各引一枝軍, 伏於寨外, 寨中虛堆柴草, 只留數人, 如蜀兵到, 放火爲號." 諸將皆分左右, 各自准備去了.

　　*注: 抄出(초출): 지름길로 나가다. 질러서 나가다.

〖14〗 却說孔明歸帳, 先喚趙雲‧魏延聽令. 孔明曰: "汝二人各引本部兵, 去劫魏寨." 魏延進曰: "曹眞深明兵法, 必料我乘喪劫寨. 他豈不隄防?" 孔明笑曰: "吾正欲曹眞知吾去劫寨也. 彼必伏兵在祁山之後, 待我兵過去, 却來襲我寨; 吾故令汝二人, 引兵前去, 過山脚後路, 遠下營寨, 任魏兵來劫吾寨. 汝看火起爲號, 分兵兩路: 文長拒住山口; 子龍引兵殺回, 必遇魏兵, 却放彼走回, 汝乘勢攻之, 彼必自相掩殺. 可獲全勝."(*妙在原不敎他劫寨,只教他殺劫寨之人.)二將引兵受計而去.又喚關興·張苞分付曰:“汝二人各引一軍,伏於祁山要路;放過魏兵,却從魏兵來路,殺奔魏寨而去.”(*這兩个却是教他劫寨.)二人引兵受計去了.又令馬岱·王平·張翼·張嶷四將,伏於寨外,四面迎擊魏兵.孔明乃虛立寨柵,居中堆起柴草,以備火號;自引諸將退於寨後,以觀動靜.(*旣防他來劫寨,又要騙他來劫寨,神妙之極.)

〖15〗却說魏先鋒曹遵·朱贊黃昏離寨,迤邐前進.二更左側,遙望山前隱隱有軍行動.曹遵自思曰:“郭都督眞神機妙算!”(*且慢贊着.)遂催兵急進.到蜀寨時,將及三更,曹遵先殺入寨,却是空寨,並無一人.料知中計,急撤軍回.寨中火起.朱贊兵到,自相掩殺,人馬大亂.曹遵與朱贊交馬,方知自相踐踏.(*此是以魏伐魏,妙,妙!)急合兵時,忽四面喊聲大震,王平·馬岱·張嶷·張翼殺到.曹·朱二人引心腹軍百餘騎,望大路奔走.忽然鼓角齊鳴,一彪軍截住去路,爲首大將,乃常山趙子龍也,大叫曰:“賊將那裏去?早早受死!”曹·朱二人奪路而走.忽喊聲又起,魏延又引一彪軍殺到.曹·朱二人大敗,奪路奔回本寨.守寨軍士只道蜀兵來劫寨,慌忙放起火號.左邊曹眞殺至,右邊郭淮殺至,自相掩殺.(*又是以魏伐魏,妙,妙!)背後三路蜀兵殺到:中央魏延,左邊關興,右邊張苞,大殺一陣.魏兵敗走十餘里,魏將死者極多.孔明全獲大勝,方始收兵.曹眞·郭淮收拾敗軍回寨,商議曰:“今魏兵勢孤,蜀兵勢大,將何策以退之?”淮曰:“勝負乃兵家常事,不足爲憂.某有一計,使蜀兵首尾不能相顧,定然自走矣!”正是:

可憐魏將難成事,欲向西方索救兵.

未知其計如何,且看下文分解.

　　*注:左側(좌측):왼편.左右(시간을 가리킴).부근(=左近).　　只道(지도):

다만 …라고 생각하다.   定然(정연): 반드시. 꼭 틀림없이.

第九十三回 毛宗崗 序始評

(1). 姜維有母, 而孔明卽以姜維之母牽制姜維, 亦猶徐庶有母, 而曹操卽以徐庶之母牽制徐庶也. 然曹操假其母之書以招其子, 孔明則不必假其母之書以招其子. 所以然者, 欲其人之背順歸逆, 不得不以母子之情, 奪其君臣之義; 若使其人之背逆助順, 則自有君臣之義, 正不專恃其母子之情耳. 且曹操之才, 不足以服徐庶; 而孔明之才, 實足以服姜維. 庶不爲操屈, 而但爲母屈; 維則不獨爲母屈, 而直爲孔明屈矣.

(2). 人但知討賊者當誅其首, 而不知討賊者當誅其從, 何也? 無賈忠‧成濟, 則司馬氏父子不能肆其凶; 無華歆‧王朗, 則曹氏父子不能恣其惡. 故罵曹操而不罵華歆, 未足奪曹操之魄; 罵曹丕‧曹叡而不罵王朗, 未足褫曹丕‧曹叡之魂也.

(3). 兵家之有劫寨, 題目舊矣. 獨至此卷, 而有翻陳出新者. 料彼不知我劫而劫之, 不足奇, 料彼知我劫而仍劫之, 則奇矣. 待彼來劫我, 而我往劫之, 不足奇; 知彼待我之往劫而後來, 而我故賺其來, 則又奇矣. 不但此也, 以我劫寨之兵, 截其歸寨之兵, 又使彼歸寨之兵, 卽被殺於防我劫寨之兵, 其愈出愈幻至於如此. 每見他書所紀劫寨之事, 不過殺入寨中, 並無一人, 情知中計, 望後便走等語耳.

第九十四回

諸葛亮乘雪破羌兵
司馬懿克日擒孟達

〖１〗却說郭淮謂曹眞曰：“西羌之人，自太祖時連年入貢，文皇帝亦有恩惠加之；我等今可據住險阻，遣人從小路直入羌中求救，許以和親，羌人必起兵襲蜀兵之後.（＊卽曹丕五路中之一也.）吾却以大兵擊之，首尾夾攻，豈不大勝！”眞從之，卽遣人星夜馳書赴羌.

却說西羌國王撤里吉，自曹操時年年入貢，手下有一文一武：文乃雅丹丞相，武乃越吉元帥.（＊亦如董荼那·阿會喃等名色.）時魏使賞金珠并書到國，先來見雅丹丞相，送了禮物，具言求救之意．雅丹引見國王，呈上書禮．撤里吉覽了書，與衆商議．雅丹曰：“我與魏國素相往來，今曹都督求救，且許和親，理合依允.”（＊是金帛說話.）撤里吉從其言，卽命雅丹與越吉元帥起羌兵二十五萬，皆慣使弓弩·槍刀·蒺藜·飛錘等器，又有戰車，用鐵葉裹釘，裝載糧食軍器什物: 或用駱駝駕車, 或用騾馬駕車, 號爲 "鐵車兵". (*寫得羌兵可畏, 以襯見孔明之能.) 二人辭了國王, 領兵直扣西平關. 守關蜀將韓禎, 急差人賫文報知孔明.

*注: 蒺藜(질려): 마름쇠. 적을 막기 위해 길에 흩어 두는 마름 모양의 무쇠덩이. 飛錘(비추): 쇠사슬 끝에 쇠뭉치를 매달아 돌리다가 던지는 무기. 裹釘(과정): 둘러싸서 못을 박다. 騾馬(라마): 노새와 말. 노새. 扣(구): 두드리다. 치다; 걸다. 채우다. 西平(서평): 당시 凉州에 속한 郡名. 治所는 西都縣. 지금의 청해성 西寧縣.

〖2〗 孔明聞報, 問衆將曰: "誰敢去退羌兵?" 張苞 · 關興應曰: "某等願往." 孔明曰: "汝二人要去, 奈路途不熟." 遂喚馬岱曰: "汝素知羌人之性, 久居彼處, 可作鄉導." (*用馬岱可謂最得其人.) 便起精兵五萬, 與興 · 苞二人同往. 興 · 苞等引兵而去. 行有數日, 早遇羌兵. 關興先引百餘騎登山坡看時, 只見羌兵把鐵車首尾相連, 隨處結寨; 車上遍排兵器, 就似城池一般. (*赤壁江中有連舟, 西平關外有連車. 連舟易破, 連車不易破.) 興睹之良久, 無破敵之策, 回寨與張苞 · 馬岱商議. 岱曰: "且待來日見陣, 觀看虛實, 另作計議." (*馬超已死, 馬岱亦無, 如之何?)

次早, 分兵三路: 關興在中, 張苞在左, 馬岱在右, 三路兵齊進. 羌兵陣裏, 越吉元帥手挽鐵錘, 腰懸寶雕弓, 躍馬奮勇而出. 關興招三路兵徑進. 忽見羌兵分在兩邊, 中央放出鐵車, 如潮湧一般. (*其靜也如城, 其動也如水.) 弓弩一齊驟發, 蜀兵大敗. 馬岱 · 張苞兩軍先退; 關興一軍, 被羌兵一裹, 直圍入西北角上去了.

*注: 隨處(수처): 도처에. 어디서나. 가는 곳마다.

〖3〗 興在垓心, 左沖右突, 不能得脫; (*興至此好生着急.) 鐵車密圍, 就如城池. 蜀兵你我不能相顧. 興望山谷中尋路而走. 看看天晚, 但見一簇皂旗, 蜂擁而來, 一員羌將, 手提鐵錘大叫曰：“小將休走! 吾乃越吉元帥也!” 關興急走到前面, 盡力縱馬加鞭, 正遇斷澗, 只得回馬來戰越吉. 興終是膽寒, 抵敵不住, 望澗中而逃；被越吉赶到, 一鐵錘打來, 興急閃過, 正中馬胯. 那馬望澗中便倒, 興落於水中. 忽聽得一聲響處, 背後越吉連人帶馬, 平白地倒下水來. 興就水中掙起看時, 只見岸上一員大將, 殺退羌兵.(*絕處逢生, 出於意外.) 興提刀待砍越吉, 吉躍水而走. 關興得了越吉馬, 牽到岸上, 整頓鞍轡, 綽刀上馬. 只見那員將, 尚在前面追殺羌兵.(*讀者至此, 必謂不是張苞, 定是馬岱.) 興自思：“此人救我性命, 當與相見.” 遂拍馬赶來. 看看至近, 只見雲霧之中, 隱隱有一大將, 面如重棗, 眉若臥蠶, 綠袍金鎧, 提青龍刀, 騎赤兔馬, 手綽美髯. 一一分明認得是父親關公,(*關公又於此處顯聖, 却是意想不到.) 興大驚. 忽見關公以手望東南指曰：“吾兒可速望此路去. 吾當護汝歸寨.” 言訖不見. 關興望東南急走. 至半夜,(*前是黃昏, 此是半夜, 正如斬潘璋時相似.) 忽見一彪軍到, 乃張苞也, 問興曰：“你曾見二伯父否?”(*問得奇特.) 興曰：“你何由知之?” 苞曰：“我被鐵車軍追急, 忽見伯父自空而下, 驚退羌兵,(*關公在張苞一邊顯聖却用虛寫.) 指曰：‘汝從這條路去救吾兒.’ 因此引軍徑來尋你.” 關興亦說前事, 共相嗟異. 二人同歸寨內. 馬岱接着, 對二人說：“此軍無計可退. 我守住寨柵, 你二人去稟丞相, 用計破之.”(*雖有關公神助, 終賴諸葛亮奇謀.) 於是興·苞二人, 星夜來見孔明, 備說此事.

　　*注: 看看(간간): 시간을 재는 단어. 점점. 눈으로 보고 있는 동안에, 눈 깜짝할 새. 終是(종시): 결국. 끝내. 平白地(평백지): 공연히. 까닭 없이. 아무 이유 없이. 掙起(쟁기): 필사적으로 일어나다. 〈掙〉: 필사적으로 애를 쓰다. 힘을 들여서 (굴레를) 벗어나다. 只見(지견): 문득 보다. 얼핏

보다. **驚退**(경퇴): 놀라서 물러가게 하다. **嗟異**(차이): 감탄하며 이상히 생각하다. 〈嗟〉: 탄식. 감탄하다. 〈異〉: 이상히(기이하게) 여기다(생각하다).

〖4〗 孔明隨命趙雲 · 魏延各引一軍埋伏去訖; 然後點三萬軍, 帶了姜維·張冀·關興·張苞, 親自來到馬岱寨中歇定. 次日, 上高阜處觀看, 見鐵車連絡不絕, 人馬縱橫, 往來馳驟. 孔明曰: "此不難破也."(*別人難, 他偏不難.) 喚馬岱·張冀分付如此如此. 二人去了, 乃喚姜維曰: "伯約知破車之法否?" 維曰: "羌人惟恃一勇力, 豈知妙計乎?"(*妙在不說出來.) 孔明笑曰: "汝知吾心也. 今彤雲密布, 朔風緊急, 天將降雪, 吾計可施矣!"(*隱隱說出來, 却是不曾說出.) 便令關興·張苞二人引兵埋伏去訖; 令姜維領兵出戰, 但有鐵車兵來, 退後便走; 寨口虛立旌旗, 不設軍馬. 准備已定.

　　*注: **隨**(수): 곧. 곧바로.(=隨卽. 立刻. 馬上). **彤雲**(동운): 붉은 노을. (눈이 내리기 전의) 짙은 구름. 검은 구름(陰雲). **朔風**(삭풍): 북풍. **虛立** (허립): 공연히 세워놓다. 속임수로 세워놓다.

〖5〗 是時十二月終, 果然天降大雪. 姜維引軍出, 越吉引鐵車兵來. 姜維卽退走. 羌兵赶到寨前, 姜維從寨後而去. 羌兵直到寨外觀看, 聽得寨內鼓琴之聲, (*當歌白雪之詩以和之.) 四壁皆空竪旌旗, 急回報越吉. 越吉心疑, 未敢輕進. 雅丹丞相曰: "此諸葛亮詭計, 虛設疑兵耳, 可以攻之!" 越吉引兵至寨前, 但見孔明携琴上車, 引數騎入寨, 望後而走. 羌兵搶入寨柵, 直赶過山口, 見小車隱隱轉入林中去了. 雅丹謂越吉曰: "這等兵雖有埋伏, 不足爲懼." 遂引大兵追赶. 又見姜維兵俱在雪地之中奔走. 越吉大怒, 催兵急追. 山路被雪漫蓋, 一望平坦.(*絕妙雪景. 此句不是閑筆.) 正赶之間,忽報蜀兵自山後而出. 雅丹曰: "縱有些小伏兵, 何足懼哉!" 只顧催趲兵馬, 往前進發. 忽然一聲響, 如山崩地陷, 羌兵俱落於坑塹之中.(*所云乘雪用計, 乃此計也.) 背後鐵車正行得緊溜, 急難收止, 併擁而來, 自相踐踏. 後兵急要回時, 左邊關興, 右邊張苞, 兩軍衝出, 萬弩齊發; 背後姜維‧馬岱‧張翼三路兵又殺到, 鐵車兵大亂. 越吉元帥望後面山谷中而逃, 正逢關興; 交馬只一合, 被興舉刀大喝一聲, 砍死於馬下.(*若在關公顯聖時殺之, 便不見關興之勇, 又不見孔明之能矣.) 雅丹丞相早被馬岱活捉, 解投大寨來. 羌兵四散逃竄.

　孔明升帳, 馬岱押過雅丹來. 孔明叱武士去其縛, 賜酒壓驚, 用好言撫慰.(*又用縱孟獲之法.) 雅丹深感其德. 孔明曰: "吾主乃大漢皇帝, 今命吾討賊, 爾如何反助逆? 吾今放汝回去, 說與汝主: 吾國與爾乃隣邦, 永結盟好, 勿聽反賊之言." 遂將所獲羌兵及車馬器械, 盡給還雅丹, 俱放回國. 衆皆拜謝而去.(*羌人不復反矣.) 孔明引三軍連夜投祁山大寨而來, 命關興‧張苞引軍先行; 一面差人賫表奏報捷音.

　　*注: 搶入(창입): 앞 다투어(서둘러) 들어가다.　雪地(설지): 눈이 덮인(쌓인) 곳.　只顧(지고): 오로지. 다만. 단지.　催趲(최찬): 급히 가도록 재촉하다. 〈趲〉: 서두르다. 급히 가다. 급히 … 하다.　坑塹(갱참): 계곡(溝塹). 산골짜기(山谷). 험악한 환경을 비유함. 〈坑〉: 구덩이. 〈塹〉: 참호. 도랑. 해자.　緊溜(긴류): 연달아 미끄러지다. 〈緊〉: 연이어. 연달아. 쉴새없이. 〈溜〉: 미끄러지다. 미끄럽다.　併擁(병옹): 한꺼번에 밀어닥치다. 한꺼번에 밀려들다.　連夜(연야): 그날 밤. 밤새도록. 며칠 밤 계속.　捷音(첩음): 捷報. 승전 소식. 〈捷〉: 이기다. 승리하다.

〖6〗 却說曹眞連日望羌人消息,　忽有伏路軍來報說: "蜀兵拔

寨, 收拾起程."(*孔明用計, 却在曹眞一邊寫出.) 郭淮大喜曰: "此因
羌兵攻擊, 故爾退去." 遂分兩路追赶. 前面蜀兵亂走, 魏兵隨後
追襲. 先鋒曹遵正赶之間, 忽然鼓聲大震, 一彪軍閃出, 爲首大將
乃魏延也.(*孔明使魏延埋伏, 於此寫出.) 大叫曰: "反賊休走!" 曹遵
大驚, 拍馬交鋒, 不三合, 被魏延一刀斬於馬下. 副先鋒朱贊引兵
追赶, 忽然一彪軍閃出, 爲首大將乃趙雲也.(*孔明使趙雲埋伏, 於此
寫出.) 朱贊措手不及, 被雲一槍刺死. 曹眞·郭淮見兩路先鋒有失,
欲收兵回; 背後喊聲大震, 鼓角齊鳴: 關興·張苞兩路兵殺出,(*興
·苞埋伏, 於此寫出.) 圍了曹眞·郭淮, 痛殺一陣. 曹·郭二人, 引敗兵
衝路走脫. 蜀兵全勝, 直追到渭水, 奪了魏寨. 曹眞折了兩個先
鋒, 哀傷不已; 只得寫本申朝, 乞撥援兵.

　　*注: 故爾(고이)：=故而. 때문에. 그러므로.　　寫本(사본): 상소문을 쓰다(=
　　修本).〈本〉: 옛날의 上疏文. 上奏文.

〚7〛却說魏主曹叡設朝, 近臣奏曰: "大都督曹眞, 數敗於蜀,
折了兩個先鋒, 羌兵又折了無數, 其勢甚急. 今上表求救, 請陛下
裁處." 叡大驚, 急問退軍之策. 華歆奏曰: "須是陛下御駕親征,
大會諸侯, 人皆用命, 方可退也. 不然, 長安有失, 關中危矣!"(*也
得孔明罵他一場便好.) 太傅鍾繇奏曰: "凡爲將者, 智過於人, 則能制
人. 孫子云: '知彼知己, 百戰百勝.' 臣量曹眞雖久用兵, 非諸葛
亮對手. 臣以全家良賤, 保擧一人, 可退蜀兵. 未知聖意准否?"(*
自然引出這个人來.) 叡曰: "卿乃大老元臣; 有何賢士, 可退蜀兵, 早
召來與朕分憂." 鍾繇奏曰: "向者, 諸葛亮欲興師犯境, 但懼此
人, 故散流言, 使陛下疑而去之,(*前疑吳蜀反間, 今專指蜀人.) 方敢
長驅大進. 今若復用之, 則亮自退矣." 叡問何人. 繇曰: "驃騎大
將軍司馬懿也." 叡嘆曰: "此事朕亦悔之. 今仲達現在何地?" 繇

日：“近聞仲達在宛城閑住.”叡卽降詔, 遣使持節, 復司馬懿官職, 加爲平西都督, 就起南陽諸路軍馬, 前赴長安. 叡御駕親征, 令司馬懿克日到彼聚會. 使命星夜望宛城去了.

*注: 裁處(재처): 판단하여 처리하다.　用命(용명): 명령에 따르다. 명령을 준수하다.　孫子云(손자운): 孫子가 말한 “知彼知己, 百戰百勝”이란 말은 〈孫子兵法·謀攻〉편에 나오는 말이다.　大老元臣(대로원신): 원로대신.　宛城(완성): 지금의 하남성 南陽市. 漢時에 南陽郡의 治所였다.　使命(사명): 사명(사자가 받들고 가는 명령). 사자(명령을 받들고 가는 사람).

〖8〗却說孔明自出師以來, 累獲全勝, 心中甚喜；正在祁山寨中,會衆議事, 忽報: 鎮守永安宮李嚴令子李豊來見. 孔明只道東吳犯境, 心甚驚疑, 喚入帳中問之.　豊曰：“特來報喜.”孔明曰：“有何喜？”豊曰：“昔日孟達降魏, 乃不得已也. 彼時曹丕愛其才, 時以駿馬金珠賜之, 曾同輦出入, 封爲散騎常侍, 領新城太守, 鎮守上庸·金城等處, 委以西南之任.(*曹丕恩遇孟達, 却於此處補出.) 自丕死後, 曹叡卽位, 朝中多人嫉妒. 孟達日夜不安, 常謂諸將曰：‘我本蜀將, 勢逼於此.’今累差心腹人, 持書來見家父, 敎早晚代稟丞相: 前者五路下川之時, 曾有此意；今在新城, 聽知丞相伐魏, 欲起金城·新城·上庸三處軍馬, 就彼擧事, 徑取洛陽；丞相取長安, 兩京大定矣.(*此事約成, 豈不太妙.) 今某引來人并累次書信呈上.”孔明大喜, 厚賞李豊等.

忽細作入報說：“魏主曹叡, 一面駕幸長安；一面詔司馬懿復職, 加爲平西都督, 起本處之兵, 於長安聚會.”孔明大驚. 參軍馬謖曰：“量曹叡何足道！若來長安, 可就而擒之. 丞相何故驚訝？”孔明曰：“吾豈懼曹叡耶？所患者惟司馬懿一人而已. 今孟達欲擧大事, 若遇司馬懿, 事必敗矣. 達非司馬懿對手, 必被所擒. 孟達若死，中原不易得也！"(*下文之事，早於孔明口中說出.) 馬謖曰："何不急修書，令孟達隄防？" 孔明從之，卽修書令來人星夜回報孟達.

    *注: 永安宮(영안궁): 白帝城에 있는 宮. 유비가 운명한 곳.(*제85회 참조).

    金城(금성): 섬서성 安康縣.   就彼(취피): 그곳에서.〈就〉: (개사) 在. …에서.   兩京(양경): 두 서울. 즉 낙양과 장안.

〖9〗 却說孟達在新城，專望心腹人回報. 一日，心腹人到來，將孔明回書呈上. 孟達拆封視之. 書略曰：

    近得書，足知公忠義之心，不忘故舊，吾甚喜慰. 若成大事，則公漢朝中興第一功臣也. 然極宜謹密，不可輕易托人. 愼之！戒之！ 近聞曹叡復詔司馬懿起宛·洛之兵，若聞公擧事，必先至矣. 須萬全隄備，勿視爲等閒也！

   孟達覽畢，笑曰："人言孔明<u>心多</u>，今觀此事可知矣." 乃具回書，令心腹人來答孔明. 孔明喚入帳中. 其人呈上回書. 孔明拆封視之. 書曰：

    適承鈞敎，安敢少怠. 竊謂司馬懿之事，不必懼也：宛城離洛陽約八百里，至新城一千二百里. 若司馬懿聞達擧事，須表奏魏主：往復一月間事，達城池已固，諸將與三軍皆在深險之地. 司馬懿卽來，達何懼哉？ 丞相寬懷，惟聽捷報！

   孔明看畢，擲書於地而頓足曰："孟達必死於司馬懿之手矣！" 馬謖問曰："丞相何謂也？" 孔明曰："兵法云：'<u>攻其不備</u>，出其不意.' 豈容料在一月之期？ 曹叡旣委任司馬懿，逢寇卽除，何待奏聞！ 若知孟達反，不須十日，兵必到矣，安能措手耶？"(*英雄所見略同.) 衆將皆服. 孔明急令來人回報曰："若未擧事，切莫敎同事者知之，知則必敗."(*又早知二申之叛.) 其人拜辭，歸新城去了.

    *注: 視爲(시위): …로 보다(간주하다. 생각하다).   心多(심다): 의심이

많다. 꿍꿍이속이 많다.　　**鈞敎**(균교): 가르치심.〈鈞〉: (윗사람이나 상
급자에 대해) 상대방과 관계있는 사물이나 행동에 존경의 뜻을 나타내는
말.　~命.　~座(귀하. 좌하).　~意.　~旨.　~函(귀한. 혜서).　　**聽**(청): 기다
리다.　　**攻其不備**(공기불비): 이 말이 처음 보이는 곳은 諸葛亮의〈便宜十
六策·治軍第九〉로, 원문은 "敵欲固守, 攻其無備; 敵欲興陣, 出其不
意."이다.　　**容**(용): 허락하다. 여유를 주다.

〔10〕却說司馬懿在宛城閑住，　聞知魏兵累敗於蜀，　乃仰天長
嘆. 懿長子司馬師，字子元；次子司馬昭，字子尙：二人素有大志，
通曉兵書.(*此處忽寫二子，爲晉代魏張本.) 當日侍立於側，見懿長嘆，
乃問曰："父親何爲長嘆？" 懿曰："汝輩豈知大事耶！" 司馬師
曰："莫非嘆魏主不用乎？" 司馬昭笑曰："早晚必來宣召父親
也."(*昭更英敏.) 言未已，忽報天使持節至. 懿聽詔畢，遂調宛城諸
路軍馬. 忽又報金城太守申儀家人，有機密事求見. 懿喚入密室問
之，其人細說孟達欲反之事. 更有孟達心腹人李輔并達外甥鄧賢，
<u>隨狀出首</u>.(*方知"不可輕易托人"之語，乃孔明金玉之言.) 司馬懿聽畢，
以手加額曰："此乃皇上齊天之洪福也！ 諸葛亮兵在祁山，殺得內
外人皆膽落； 今天子不得已而幸長安，若旦夕不用吾時，孟達一
擧，兩京休矣！(*此時司馬懿原是魏之功臣.) 此賊必通謀諸葛亮：吾先
擒之，諸葛亮定然心寒，自退兵也." 長子司馬師曰："父親可急
<u>寫表</u>申奏天子." 懿曰："若等聖旨，往復一月之間，事無及矣."(*
與孔明之言不謀而合.) 卽傳令敎人馬起程，一日要行二日之路，如遲
立斬；一面令參軍梁畿賚檄星夜去新城，敎孟達等准備征進，使其
不疑.(*更是周密.) 梁畿先行，懿隨後發兵.
　　*注: **隨狀出首**(수장출수): 문서로 된 증거자료를 가지고 혐의를 적발하여
　　고발하다.〈狀〉: 고발에 사용되는 증거 문서. 고변장.〈出首〉: 다른 사람

의 범죄 행위를 고발하다; 자수하다. **齊天之洪福**(제천지홍복): 아주 큰 복을 형용하는 말. 〈齊〉: 동등하다. 나란하다. **定然**(정연): 반드시. 꼭. **寫表**(사표): 상소문(표문)을 쓰다.

〖11〗行了二日, 山坡下轉出一軍, 乃是右將軍徐晃. 晃下馬見懿, 說: "天子駕到長安, 親拒蜀兵, 今都督何往?" 懿低言曰: "今孟達造反, 吾去擒之耳." 晃曰: "某願爲先鋒." 懿大喜, 合兵一處. 徐晃爲前部, 懿在中軍, 二子押後. 又行了二日, 前軍哨馬捉住孟達心腹人, 搜出孔明回書, 來見司馬懿. 懿曰: "吾不殺汝, 汝從頭細說." 其人只得將孔明 · 孟達往復之事, 一一告說. 懿看了孔明回書, 大驚曰: "世間能者所見皆同.(*兩能相遇, 彼此皆驚.) 吾機先被孔明識破. 幸得天子有福, 獲此消息: 孟達今無能爲矣." 遂星夜催軍前行.

　　*注: **機**(기): 정밀한 計謀. 은밀한 計策.

〖12〗却說孟達在新城, <u>約下</u>金城太守申儀 · 上庸太守申耽, 克日擧事. 耽 · 儀二人佯許之, 每日調練軍馬, 只待魏兵到, 便爲內應; 却報孟達: 軍器糧草, 俱未完備, 不敢約期起事. 達信之不疑. 忽報參軍梁畿來到, 孟達迎入城中. 畿傳司馬懿將令曰: "司馬都督今奉天子詔, 起諸路軍以退蜀兵. 太守可集本部軍馬聽候調遣." 達問曰: "都督何日起程?" 畿曰: "此時約離宛城, 望長安去了."(*誰知不向長安, 却向上庸.) 達暗喜曰: "吾大事成矣!" 遂設宴待了梁畿, 送出城外, 卽報申耽 · 申儀知道, 明日擧事, 換上大漢旗號, 發諸路軍馬, 逕取洛陽. 忽報: "城外塵土沖天, 不知何處兵來." 孟達登城視之, 只見一彪軍, 打着 "右將軍徐晃" 旗號, 飛奔城下. 達大驚, 急扯起吊橋. 徐晃坐下馬收拾不住, 直來到壕邊, 高叫曰：“反賊孟達, 早早受降！”達大怒, 急開弓射之, 正中徐晃頭額, 魏將救去. 城上亂箭射下, 魏兵方退. 孟達恰待開門追趕, 四面旌旗蔽日, 司馬懿兵到.(*懿眞可謂能.) 達仰天長嘆曰：“果不出孔明所料也！”(*悔之晚矣.) 於是閉門堅守.

　　*注: *約下*(약하): 약속해 두다. 〈下〉: 동작의 완성이나 결과, 또는 그 결과로 고정, 안정된 느낌을 나타낸다.(*定下: 예약해 놓다. 買下: 사 놓다.)

　　頭額(두액): 이마.

〖13〗却說徐晃被孟達射中頭額, 衆軍救到寨中, 取了箭頭, 令醫調治；當晚身死, 時年五十九歲.(*可爲關平報讐.) 司馬懿令人扶柩還洛陽安葬. 次日, 孟達登城遍視, 只見魏兵四面圍得鐵桶相似. 達行坐不安, 驚疑未定, 忽見兩路兵自外殺來, 旗上大書“申耽”·“申儀”. 孟達只道是救軍到, 忙引本部兵大開城門殺出. 耽·儀大叫曰：“反賊休走！早早受死！”達見事變, 撥馬望城中便走, 城上亂箭射下. 李輔 · 鄧賢二人在城上大罵曰：“吾等已獻了城也！”達奪路而走, 申耽赶來. 達人困馬乏, 措手不及, 被申耽一槍刺於馬下, (*可爲害劉封之報.) 梟其首級. 餘軍皆降. 李輔·鄧賢大開城門, 迎接司馬懿入城. 撫民勞軍已畢, 遂遣人奏知魏主曹叡. 叡大喜, 敎將孟達首級去洛陽城市示衆；加申耽·申儀官職, 就隨司馬懿征進；命李輔·鄧賢守新城·上庸.

〖14〗却說司馬懿引兵到長安城外下寨. 懿入城來見魏主. 叡大喜曰：“朕一時不明, 誤中反間之計, 悔之無及. 今達造反, 非卿等制之, 兩京休矣！”(*孰知用了司馬, 兩京終不姓曹.) 懿奏曰：“臣聞申儀密告反情, 意欲表奏陛下, 恐往復遲滯, 故不待聖旨, 星夜而去. 若待奏聞, 則中諸葛亮之計也.”(*借司馬懿口中將孔明所料明白說一遍. 不是寫仲達, 正是寫孔明.） 言罷, 將孔明回孟達密書奉上. 叡看畢, 大喜曰：“卿之學識, 過於孫‧吳矣！賜金鉞斧一對, 後遇機密重事, 不必奏聞, 便宜行事.”（*機密之事, 孰有大於篡位者乎? 將來亦不必奏聞矣. 司馬氏謹如命.） 就令司馬懿出關破蜀. 懿奏曰：“臣舉一大將, 可爲先鋒.” 叡曰：“卿舉何人？” 懿曰：“右將軍張郃,（*張遼‧徐晃已死, 獨張郃尚存, 一向冷落, 此處却又出頭.） 可當此任.” 叡笑曰：“朕正欲用之.” 遂命張郃爲前部先鋒, 隨司馬懿離長安來破蜀兵. 正是：

　　既有謀臣能用智, 又求猛將助施威.

未知勝負如何, 且看下文分解.

第九十四回 毛宗崗 序始評

　　(1). 讀〈三國〉者, 讀至此卷, 而知文之彼此相伏, 前後相因, 殆合十數卷而只如一篇, 只如一句也. 其相反而相因者, 有助漢之沙摩柯,（*82回.） 乃有抗漢之孟獲,（*85回.） 其不相反而相因者, 有借羌兵之曹丕,（*85回.） 乃有借羌兵之曹眞；（94回.） 其相類而相因者, 有馬超在而卽去之軻比能,（*85回.） 乃有馬超死而忽來之撤里吉；（*94回.） 其不相類而相因者, 有六縱而不服之蠻王,（*90回.） 乃有一縱而卽服之雅丹丞相.（*94回.）

　　至於孟達致書於李嚴, 早有李嚴致書於孟達以爲之伏筆矣.（*85回.） 申儀助司馬懿而殺孟達, 早有孟達之約申儀而背劉封以爲之伏筆矣.（*79回.） 文如常山奉然, 擊首則尾應, 擊尾則首應, 擊中則首尾皆應, 豈非結構之至妙者哉！

　　(2). 司馬懿不用, 則孟達不死. 孟達不死, 則兩京可圖. 兩京可圖，則曹氏可滅．曹氏之不遽滅，以爲司馬懿之功也．然而救魏之事，卽爲簒魏之階．魏之以懿拒漢，猶之前門拒虎，後戸進狼耳．

　此卷於司馬懿起復之初，便敍師・昭二子之英英靈爽，蓋非魏之亡於此救，而正魏之亡於此兆云．

　(3)．蜀事之壞，一壞於失荊州，再壞於失上庸也．荊州不失，則可由荊州以定襄樊，上庸不失，則可由上庸以取宛・洛．而原其所以失，則有故焉．當關公離荊州以伐魏之時，使別遣一上將以守荊州，則荊州可以不失．當孟達棄上庸而奔魏之時，更遣一上將以守上庸，則上庸可以不失．而先主不慮之，孔明亦不慮之，則皆天也，非人也．其所以失而不復者，又有故焉．當先主大戰猇亭之初，孫權愿獻荊州，而先主不之拒，則荊州雖失而可復．當孔明初出祁山之時，孟達欲獻上庸，而司馬懿未之知，則上庸雖失而可復．而先主必拒之，司馬懿必知之，則又天也，非人也．天不祚漢，亦何咎於先主，亦何咎於孟達也？孟達不足咎，而孟達之不知人，則可咎也．於諸葛亮之小心不之信，於申儀・申耽則信之矣；於司馬懿之機警不之信，於李輔・鄧賢則信之矣．不能料申儀・申耽，而何能料司馬懿？不能識李輔・鄧賢，而何能識諸葛亮哉？蓋惟諸葛能知司馬懿，亦惟司馬懿能知諸葛亮耳．

第九十五回

馬謖拒諫失街亭
武侯彈琴退仲達

〖1〗却說魏主曹叡令張郃爲先鋒，與司馬懿一同征進；一面令辛毗・孫禮二人，領兵五萬，往助曹眞．二人奉詔而去．

且說司馬懿引二十萬軍，出關下寨，請先鋒張郃至帳下曰："諸葛亮平生謹愼，未敢造次行事．若是吾用兵，先從子午谷徑取長安，早得多時矣.(*魏延之計早爲司馬懿所料.) 他非無謀，但怕有失，不肯弄險.(*孔明不用魏延之計，又爲司馬懿所料.) 今必出軍斜谷，來取郿城．若取郿城，必分兵兩路，一軍取箕谷矣．吾已發檄文，令子丹拒守郿城，若兵來，不可出戰．令孫禮・辛毗截住箕谷道口；若兵來，則出奇兵擊之."郃曰："今將軍當於何處進兵?"懿曰："吾素知秦嶺之西，有一條路，地名街亭；傍有一城，名列柳城：此二處皆是漢中咽喉．諸葛亮欺子丹無備，定從此進．吾與汝徑取街亭, 望<u>陽平關</u>不遠矣. 亮若知吾斷其街亭要路, 絕其糧道, 則<u>隴西</u>一境, 不能安守, 必然連夜奔回漢中去也. 彼若回動, 吾提兵於小路擊之, 可得全勝. (*料孔明必出於此, 是正說.) 若不歸時, 吾却將諸處小路盡皆壘斷, 俱以兵守之. 一月無糧, 蜀兵皆餓死, 亮必被吾擒矣." (*料孔明必不出於此, 是假說.) 張郃大悟, 拜伏於地曰: "都督神算也!" 懿曰: "雖然如此, 諸葛亮<u>不比</u>孟達, 將軍爲先鋒, 不可輕進. 當傳與諸將: 循山西路, 遠遠哨探. 如無伏兵, 方可前進. 若是怠忽, 必中諸葛亮之計." (*亦以小心對小心.) 張郃受計引軍而行.

*注: 若是(약시): 만약 …한다면(라면). 子午谷(자오곡): 지금의 섬서성 長安縣 南秦嶺 산중에 있는 계곡으로, 장안에서 漢中 盆地로 통하는 길(이를 子午道라 불렀음)이 나 있다. 早得多時(조득다시): 훨씬 빨랐다. 弄險(농험): 위험한 짓을 하다. 위험을 무릅쓰다. 斜谷(야곡): 산골짜기 이름. 지금의 섬서성 眉縣 서남에 위치. 고대에 四川과 陝西間의 교통의 요충지였다. 郿城(미성): 지금의 섬서성 郿縣 東에 위치. 箕谷(기곡): 지금의 섬서성 勉縣 北에 위치. 街亭(가정): 지금의 감숙성 莊浪縣 東南. 列柳城(열류성): 삼국시에는 이런 지명이 없었다. 定(정): 반드시. 틀림없이. 陽平關(양평관): 지금의 陝西省 勉縣 서쪽 白馬河가 漢水로 들어가는 곳. 四川과 陝西 간의 교통의 요충지. 隴西(농서): 지금의 감숙성 隴西縣 西南. 不比(불비): 비할 수 없다. 비할 바 아니다. 비할 바가 못 된다.

〔2〕却說孔明在祁山寨中, 忽報新城探細人來到. 孔明急喚入問之, 細作告曰: "司馬懿倍道而行, 八日已到新城. 孟達措手不及; 又被申耽·申儀·李輔·鄧賢爲內應: 孟達被亂軍所殺. 今司馬懿撤兵到長安, 見了魏主, 同張郃引兵出關, 來拒我師也." 孔明大驚曰: "孟達作事不密, 死固當然. 今司馬懿出關, 必取街亭,

斷吾咽喉之路."(*司馬懿之計, 已在孔明算中.) 便問:"誰敢引兵去守街亭?"言未畢, 參軍馬謖曰:"某願往."孔明曰:"街亭雖小, <u>干係</u>甚重: 倘街亭有失, 吾大軍皆休矣. 汝雖深通謀略, 此地奈無城郭, 又無險阻, 守之極難."(*惟其無城郭可守, 無險阻可依, 所以馬謖欲屯山上也.) 謖曰:"某自幼熟讀兵書, 頗知兵法.(*正壞在此.) 豈一街亭不能守耶?"孔明曰:"司馬懿非等閒之輩; 更有先鋒張郃, 乃魏之名將:恐汝不能敵之."謖曰:"休道司馬懿·張郃, 便是曹叡親來, 有何懼哉!(*此句便差, 曹叡不足懼, 司馬懿乃足懼耳.) 若有差失, 乞斬全家!"孔明曰:"軍中無戲言!"謖曰:"願立軍令狀!"孔明從之. 謖遂寫了軍令狀呈上. 孔明曰:"吾與汝二萬五千精兵, 再撥一員上將, 相助你去."卽喚王平分付曰:"吾素知汝平生謹慎, 故特以此重任相托. 汝可小心謹守此地: 下寨必當要道之處, (*正與馬謖山上屯兵相反.) 使賊兵<u>急切</u>不能偷過. 安營旣畢, 便畵四至八道地理形狀圖本來我看.(*十分仔細.) 凡事商議<u>停當</u>而行, 不可<u>輕易</u>. 如所守無危, 則是取長安第一功也. 戒之! 戒之!"二人拜辭, 引兵而去.

　　*注: 倍道(배도): 행군 속도를 두 배로 하다. 길을 급히 걷다. 干係(간계): 關係. 관련. 軍令狀(군령장): 군령을 받은 장수가 만약 任務를 완성하지 못하면 軍令에 의하여 처벌을 받겠다는 내용을 써넣은, 명령을 받고 쓰는 서약서 또는 각서. 急切(급절): 몹시 절박하다. 절실하다: 급히. 당장. 서둘러. 停當(정당): 적절하다. 타당하다; 처리하다. 처분하다. 輕易(경이): 여기서는 "輕視하다"란 뜻을 나타낸다.

【3】孔明尋思, 恐二人有失, 又喚高翔曰:"街亭東北上有一城, 名列柳城, 乃山僻小路, 此可以屯兵札寨. 與汝一萬兵, 去此城<u>屯箚</u>. 但街亭危, 可引兵救之."高翔引兵而去. 孔明又思:'高

翔非張郃對手, 必得一員大將, 屯兵於街亭之右, 方可防之.' 遂
喚魏延引本部兵去街亭之後屯箚. 延曰: "某爲前部, 理合當先破
敵, 何故置某於安閒之地?" 孔明曰: "前鋒破敵, 乃偏裨之事耳.
今令汝接應街亭, 當陽平關衝要道路, 總守漢中咽喉: 此乃大任
也, 何爲安閒乎? 汝勿以等閒視之, 失吾大事. 切宜小心在意!"
魏延大喜, 引兵而去. 孔明恰纔心安, 乃喚趙雲·鄧芝分付曰: "今
司馬懿出兵, 與舊日不同. 汝二人各引一軍出箕谷, 以爲疑兵, 如
逢魏兵, 或戰, 或不戰, 以驚其心.(*司馬懿所算, 孔明亦算到此.) 吾自
統大軍, 由斜谷徑取郿城, 若得郿城, 長安可破矣."(*街亭是算退後
路, 郿城是算進前路.) 二人受命而去. 孔明令姜維作先鋒, 兵出斜谷.

  *注: 屯箚(둔차): 주둔하다(屯札). 街亭之右(가정지우): 가정의 서편에.
  〈右〉: (옛날 임금은 남면을 하고 앉으므로, 남쪽을 향했을 때를 기준으로)
  서쪽. 서쪽지방. 衝要(충요): 요충(의). 요지. 切(절): 제발. 부디.
  在意(재의): 마음에 두다. 개의하다. 恰纔(흡재): 방금. 바로. 지금.

 〖4〗却說馬謖·王平二人兵到街亭. 看了地勢. 馬謖笑曰: "丞
相何故多心也? 量此山僻之處, 魏兵如何敢來!"(*孔明一團正經, 却
看得如此沒要緊.) 王平曰: "雖然魏兵不敢來, 可就此五路總口下
寨.(*此孔明所謂要道也.) 却令軍士伐木爲柵, 以圖久計." 謖曰:
"當道豈是下寨之地? 此處側邊一山, 四面皆不相連, 且樹木極
廣, 此乃天賜之險也: 可就山上屯軍." 平曰: "參軍差矣. 若屯兵
當道, 築起城垣, 賊兵總有十萬, 不能偷過; 今若棄此要路, 屯兵
於山上, 倘魏兵驟至, 四面圍定, 將何策保之?"(*後文之事, 先在王
平口中道破.) 謖大笑曰: "汝眞女子之見! 兵法云: '憑高視下, 勢
如劈竹.'(*泥成法者, 不可與論兵.) 若魏兵到來, 吾敎他片甲不回!"(*
會說大話的每每誤事.) 平曰: "吾累隨丞相經陣, 每到之處, 丞相盡意

指敎. 今觀此山, 乃絕地也.(*王平會看風水, 賽過今日堪輿先生.) 若魏兵斷我汲水之道, 軍士不戰自亂矣."(*後文之事, 又在王平口中道破.) 謖曰: "汝莫亂道! 孫子云: '置之死地而後生.' 若魏兵絕我汲水之道, 蜀兵豈不死戰? 以一可當百也. 吾素讀兵書, 丞相諸事尙問於我, 汝奈何相阻耶?"(*馬謖只記得許多兵書, 記得多却是見得少也.) 平曰: "若參軍欲在山上下寨, 可分兵與我, 自於山西下一小寨, 爲犄角之勢. 倘魏兵至, 可以相應."(*馬謖不聽王平是大話, 王平不聽馬謖是小心.) 馬謖不從.

忽然山中居民, 成群結隊, 飛奔而來, 報說魏兵已到. 王平欲辭去, 馬謖曰: "汝旣不聽吾令, 與汝五千兵自去下寨.(*二萬五千兵如何只撥五千? 若多與之, 猶不至於敗.) 待吾破了魏兵, 到丞相面前須分不得功!" 王平引兵離山十里下寨, 畵成圖本, 星夜差人去稟孔明, 具說馬謖自於山上下寨.

*注: 五路總口(오로총구): 동·서·남·북·중 다섯 길이 모두 모이는 곳. 却(각): …한 후에. 當道(당도): 대로 한 가운데. 絕地(절지): 死地. 汲水(급수): 물을 긷다. 取水. 相阻(상조): 서로 방해하다. 막다. 犄角之勢(의각지세): (소나 사슴 등의) 서로 마주보고 솟아난 두 개의 뿔을 〈犄角〉이라 하는데, 이로부터 병력을 다른 장소에 갈라놓아서 적을 견제하거나 협공하기 편하도록 하거나 또는 서로 지원하기 편하도록 하는 것을 뜻한다. 對峙하다. 〈犄〉: 대치하다. 견제하다. 두 개의 뿔이 서로 상대하고 있는 모양. 星夜(성야): 별밤. (별이 빛나는) 밤. 밤을 새워.

〖5〗却說司馬懿在城中, 令次子司馬昭去探前路: 若街亭有兵守禦, 卽當按兵不行. 司馬昭奉令探了一遍, 回見父曰: "街亭有兵守把." 懿嘆曰: "諸葛亮眞乃神人, 吾不如也!" 昭笑曰: "父親何故自墮志氣耶?——男料街亭易取." 懿問曰: "汝安敢出此大言?" 昭曰: "男親自哨見, 當道並無寨柵, 軍皆屯於山上, 故知可破也." (*見識高於馬謖.) 懿大喜曰: "若兵果在山上, 乃天使吾成功矣!" 遂更換衣服, 引百餘騎親自來看. 是夜天晴月朗, 直至山下, 周圍巡哨了一遍, 方回. 馬謖在山上見之, 大笑曰: "彼若有命, 不來圍山." (*你若有命, 不屯在山.) 傳令與諸將: "倘兵來, 只見山頂上紅旗招動, 卽四面皆下."

> *注: 守把(수파): 把守하다. 防守하다. 墮志氣(타지기); 기개(의기. 심지)를 떨어뜨리다. 哨見(초견): 探見. 〈哨〉: 순찰(하다).

〖6〗 却說司馬懿回到寨中, 使人打聽是何將引兵守街亭. 回報曰: "乃馬良之弟馬謖也." 懿笑曰: "徒有虛名, 乃庸才耳!" (*虛名是平日聽來, 庸才是今日看出.) 孔明用如此人物, 如何不誤事!" 又問: "街亭左右別有軍否?" 探馬報曰: "離山十里有王平安營." 懿乃命張郃引一軍, 當住王平來路; (*懿亦十分周密.) 又令申耽‧申儀引兩路兵圍山, 先斷了汲水道路; 待蜀兵自亂, 然後乘勢擊之. 當夜調度已定. 次日天明, 張郃引兵先往背後去了. 司馬懿大驅軍馬, 一擁而進, 把山四面圍定. 馬謖在山上看時, 只見魏兵漫山遍野, 旌旗隊伍, 甚是嚴整. 蜀兵見之, 盡皆喪膽, 不敢下山. 馬謖將紅旗招動, 軍將你我相推, 無一人敢動. (*紅旗不濟事.) 謖大怒, 自殺二將. 衆軍驚懼, 只得努力下山來衝魏兵. 魏兵端然不動. 蜀兵又退上山去. (*謖曰: "置之死地而後生". 今則置之死地, 而竟死矣.) 馬謖見事不諧, 敎軍緊守寨門, 只等外應. (*因守窮山以待外應, 豈亦兵書中有此策也?)

> *注: 調度(조도): 관리하다. 배치하다. 지도(지시)하다. 端然(단연): 단정한 모양. 莊重嚴肅한 모양. 과연. 참으로(眞的). 事不諧(사불해): 일이 성공하지 못하다. 〈諧〉: 조화되다. (일이) 잘 처리되다. 여기서는 〈성공하다〉

의 뜻.

〖7〗 却說王平見魏兵到, 引軍殺來, 正遇張郃: 戰有數十餘合, 平力窮勢孤, 只得退去.(*更無外應了.) 魏兵自辰時困至戌時, 山上無水, 軍不得食, 寨中大亂. 嚷到半夜時分,(*口枯舌乾, 怕嚷不響.) 山南蜀兵大開寨門, 下山降魏. 馬謖禁止不住. 司馬懿又令人於沿山放火,(*旣絕之以水, 又贈之以火.) 山上蜀兵愈亂. 馬謖料守不住, 只得驅殘兵殺下山西逃奔.(*壞了, 街亭失了. 好个熟讀兵書深明韜略的!) 司馬懿放條大路, 讓過馬謖. 背後張郃引兵追來. 赶到三十餘里, 前面鼓角齊鳴, 一彪軍出, 放過馬謖, 攔住張郃; 視之, 乃魏延也.(*孔明用魏延本爲守街亭, 誰知却是救馬謖.) 延揮刀縱馬, 直取張郃. 郃回軍便走. 延驅兵赶來, 復奪街亭. 赶到五十餘里, 一聲喊起, 兩邊伏兵齊出: 左邊司馬懿, 右邊司馬昭, 却抄在魏延背後, 把延困在垓心. 張郃復來, 三路兵合在一處. 魏延左衝右突, 不得脫身, 折兵大半. 正危急間, 忽一彪軍殺入, 乃王平也.(*孔明用王平, 本爲守街亭, 誰知却是救魏延.) 延大喜曰: "吾得生矣!" 二將合兵一處, 大殺一陣, 魏兵方退. 二將慌忙奔回寨時, 營中皆是魏兵旌旗. 申耽·申儀從營中殺出. 王平·魏延徑奔列柳城, 來投高翔.
　　*注: 困(곤): 포위하다. 가두어 놓다. 　嚷(양): 큰 소리로 부르다. 떠들다. 抄(초): 질러가다. 지름길로 가다; 빼앗아 가다. 낚아채다. 잡아채다.

〖8〗 此時高翔聞知街亭有失, 盡起列柳城之兵, 前來救應, 正遇延·平二人, 訴說前事. 高翔曰: "不如今晚去劫魏寨, 再復街亭." 當時三人在山坡下商議已定, (*三人商議, 難出司馬懿所料.) 待天色將晚, 分兵三路. 魏延引兵先進, 徑到街亭, 不見一人,(*此是司馬懿用計, 却在魏延一邊寫出.) 心中大疑, 未敢輕進, 且伏在路口等候. 忽見高翔兵到，二人共說魏兵不知在何處．正沒理會，却不見王平兵到.(*虧得他還未到.) 忽然一聲砲響，火光沖天，鼓聲震地：魏兵齊出，把魏延·高翔圍在垓心．二人盡力衝突，不得脫身．忽聽得山坡後喊聲若雷，一彪軍殺入，乃是王平，救了高·魏二人,(*此王平第二次救魏延.) 徑奔列柳城來．比及奔到城下時，城邊早有一軍殺到，旗上大書“魏都督郭淮”字樣．原來郭淮與曹真商議，恐司馬懿得了全功，乃分淮來取街亭；聞知司馬懿·張郃成了此功，遂引兵徑襲列柳城．正遇三將，大殺一陣．蜀兵傷者極多．魏延恐陽平關有失，慌與王平·高翔望陽平關來．

〖9〗却說郭淮收了軍馬，乃謂左右曰：“吾雖不得街亭，却取了列柳城，亦是大功.”(*且慢喜着，還有手長的.) 引兵徑到城下叫門，只見城上一聲砲響，旗幟皆竪，當頭一面大旗，上書“平西都督司馬懿”．懿撐起懸空板，倚定護心木欄幹，大笑曰：“郭伯濟來何遲也?”(*本是郭淮要趁現成，又被司馬懿趁去了，妙甚.) 淮大驚曰：“仲達神機，吾不及也！”遂入城．相見已畢，懿曰：“今街亭已失，諸葛亮必走．公可速與子丹星夜追之.”郭淮從其言，出城而去．懿喚張郃曰：“子丹·伯濟恐吾全獲大功，故來取此城池．吾非獨欲成功，乃僥倖而已．吾料魏延·王平·馬謖·高翔等輩，必先去據陽平關.(*魏延等三人商議，又不出司馬懿所料.) 吾若去取此關，諸葛亮必隨後掩殺，中其計矣.(*司馬懿算計，却非魏延等所料.) 兵法云：‘歸師勿掩，窮寇莫追.’汝可從小路抄箕谷退兵，吾自引兵當斜谷之兵．若彼敗走，不可相拒，只宜中途截住：蜀兵輜重，可盡得也.”張郃受計，引兵一半去了．懿下令：“徑取斜谷，由西城而進． —— 西城雖山僻小縣，乃蜀兵屯糧之所，又南安·天水·安定三郡總路． —

─若得此城, 三郡可復矣." 於是司馬懿留申耽・申儀守列柳城, 自領大軍望斜谷進發.

*注: 懸空板(현공판): 공중에 매단 板. 성 위에서 공중에 높이 매단 板으로 主將이 그 위에 서서 外部와 對話할 때 사용한다.　護心木欄(호심목란): 현공판 위의 나무로 된 난간. 중간에 두터운 나무를 대서 몰래 쏘는 화살(暗箭) 등을 막도록 만든 방호장치.　抄(초): 질러가다. 지름길로 가다; 빼앗아 가다. 낚아채다. 잡아채다.　西城(서성): 즉 西縣. 지금의 감숙성 天水市와 禮縣 사이에 있다.

〖10〗却說孔明自令馬謖等守街亭去後, 猶豫不定. 忽報王平使人送圖本至. 孔明喚入, 左右呈上圖本. 孔明就文几上拆開視之, 拍案大驚曰: "馬謖無知, 坑陷吾軍矣!"(*與見虢亭圖本時一樣吃嚇.) 左右問曰: "丞相何故失驚?" 孔明曰: "吾觀此圖本, 失却要路, 占山爲寨. 倘魏兵大至, 四面圍合, 斷汲水道路, 不須二日, 軍自亂矣. 若街亭有失, 吾等安歸?" 長史楊儀進曰: "某雖不才, 願替馬幼常回." 孔明將安營之法, 一一分付與楊儀.

正待要行, 忽報馬到來, 說: "街亭・列柳城盡皆失了!" 孔明跌足長嘆曰: "大事去矣! ──此吾之過也!"(*孟達之失, 孔明有知人之明. 馬謖之敗, 孔明自引不知人之過.) 急喚關興・張苞分付曰: "汝二人各引三千精兵, 投武功山小路而行. 如遇魏兵, 不可大擊, 只鼓噪吶喊爲疑兵驚之. 彼當自走, 亦不可追. 待軍退盡, 便投陽平關去." 又令張翼先引軍去修理劍閣, 以備歸路. 又密傳號令, 教大軍暗暗收拾行裝, 以備起程; 又令馬岱・姜維斷後, 先伏於山谷中, 待諸軍退盡, 方始收兵. 又差心腹人, 分路報與天水・南安・安定三郡官吏軍民, 皆入漢中. (*是棄三郡.) 又遣心腹人到冀縣搬取姜維老母, 送入漢中.

*注: 失却(실각): 잃다. 소실하다. 내버려두다.   武功山(무공산): 〈삼국연의〉에서 말하는 이곳은 마땅히 武城山이어야 한다. 지금의 감숙성 武山 서남.(*지금의 섬서성 武功縣(섬서성 西安市와 寶鷄市 중간 지점에 위치)과는 다른 곳이다.)   劍閣(검각): 지금의 사천성 검각현 동북의 大劍山과 小劍山 사이. 전하는 바로는 제갈량이 쌓았다고 하는데, 서천과 섬서성 사이의 교통 및 군사 요지.

〖11〗孔明分撥已定, 先引五千兵退去西城縣搬運糧草.(*只剩孔明一个.) 忽然十餘次飛馬報到, 說:"司馬懿引大軍十五萬, 望西城蜂擁而來!"時孔明身邊別無大將, 止有一班文官, 所引五千軍, 已分一半先運糧草去了, 只剩二千五百軍在城中.(*以二千五百人當十五萬之衆, 看先生如何布置.) 衆官聽得這個消息, 盡皆失色. 孔明登城望之, 果然塵土沖天, 魏兵分兩路望西城縣殺來. 孔明傳令, 敎:"將旌旗盡皆藏匿, 諸軍各守城鋪, 如有妄行出入, 及高聲言語者, 立斬! 大開四門, 每一門上用二十軍士, 扮作百姓, 灑掃街道,(*二千五百人當不得十五萬之衆, 二十人卻反當得十五萬之衆. 妙, 妙.) 如魏兵到時, 不可擅動, 吾自有計."(*正不知先生將用何計.) 孔明乃披鶴氅, 戴綸巾, 引二小童携琴一張, 於城上敵樓前, 憑欄而坐, 焚香操琴.(*奇絶, 妙絶. 弄出隆中故態, 只怕此時之琴有殺聲在弦中見矣.)
　　*注: 分撥(분발): 각각 파견하다.   西城縣(서성현): 즉 西縣. 曹魏 때 옹주 天水郡에 속했던 縣으로 지금의 감숙성 天水와 禮縣 사이.   城鋪(성포): 성 위의 각자가 책임지고 지키는 자리. 성곽 위의 초소.

〖12〗却說司馬懿前軍哨到城下, 見了如此模樣, 皆不敢進, 急報與司馬懿. 懿笑而不信,(*不惟仲達不信, 至今我亦不信.) 遂止住三軍,自飛馬遠遠望之. 果見孔明坐於城樓之上, 笑容可掬, 焚香操琴; 左有一童子, 手捧寶劍; 右有一童子, 手執麈尾. 城門內外, 有二十餘百姓, 低頭灑掃, 傍若無人. 懿看畢大疑, 便到中軍, 敎後軍作前軍, 前軍作後軍, 望北山路而退. (*妙妙! 仲達反嚇走了.) 次子司馬昭曰: "莫非諸葛亮無軍, 故作此態? 父親何故便退兵?"(*司馬昭勝似其父.) 懿曰: "亮平生謹愼, 不曾弄險. 今大開城門, 必有埋伏. 我兵若進, 中其計也. 汝輩豈知? 宜速退." (*正以平日信之, 故於此時疑之.) 於是兩路兵盡皆退去.

*注: 哨(초): 정찰하다. 순찰 돌다.　笑容可掬(소용가국): 만면에 웃음이 가득한 모양. 〈掬〉: 양손으로 받쳐 들다(움켜 뜨다).　麈尾(주미): 사슴의 무리 중에서 가장 크고 힘이 센 우두머리 사슴을 '麈'라고 한다. 麈의 꼬리는 가늘고 긴 털이 많은데, 사슴의 무리는 그 우두머리의 꼬리(尾)를 보고 따라서 이동하므로, 이로부터 〈麈尾〉에는 '지휘하다', '통솔하다'란 뜻이 들어있다. 이 주미의 꼬리 가죽을 벗겨서 그 안에 작은 나뭇가지를 넣어 길고 가는 털이 밖으로 나오도록 하고 묶어 놓은 것이 여기서 말하는 麈尾이다. 麈尾를 들고 있다는 것은 곧 공명이 최고 지휘자, 통솔자임을 은근히 상징하는 것으로, 지휘봉에 해당한다. 공명이 敵과 대치해 있을 때 전면에 나가면서 항상 羽扇을 들고 나갔는데, 羽扇과 麈尾는 본래 같은 재료, 같은 용도의 것이다. 나중에 와서 魏晉 시기의 淸談家들은 청중들의 시선을 끌기 위해 麈尾를 손에 들고 계속 흔들면서 이야기의 흥을 돋우었다. 구하기 어려운 물건인 麈尾를 먼지떨이로 쓴 적은 없었다. 더군다나 15만 명의 적들이 성 바로 앞에까지 와 있는 위기의 순간에 거문고를 타면서 적을 속이려고 하는데 어찌 옆에서 먼지떨이를 받쳐 들고 있게 하는 殺風景을 연출하겠는가.

〔13〕孔明見魏軍遠去, 撫掌而笑. 衆官無不駭然, 乃問孔明曰: "司馬懿乃魏之名將, 今統十五萬精兵到此, 見了丞相, 便速

退去, 何也?"(*莫非孔明彈琴時黙念退兵呪語?) 孔明曰: "此人料吾生平謹慎, 必不弄險; 見如此模樣, 疑有伏兵, 所以退去.(*知彼之能知己, 因出於彼所不及知之外, 以善全夫己. 眞正神妙.) 吾非行險, 蓋因不得已而用之.(*此日之險, 比子午谷更險.) 此人必引軍投山北小路去也, 吾已令興·苞二人在彼等候." 衆皆驚服曰: "丞相之機, 神鬼莫測! 若某等之見, 必棄城而走矣." 孔明曰: "吾兵只有二千五百, 若棄城而走, 必不能遠遁. 得不爲司馬懿所擒乎?"(*走則不能走, 不走則能走.) 後人有詩讚曰:

瑤琴三尺勝雄師, 諸葛西城退敵時.

十五萬人回馬處, 土人指點到今疑.

言訖, 拍手大笑, 曰: "吾若爲司馬懿, 必不便退也."(*使仲達爲先生, 將何如?) 遂下令, 教西城百姓, 隨軍入漢中: 司馬懿必將復來.(*只疑得他一時, 料他必然省覺.) 於是孔明離西城望漢中而走. 天水·安定·南安三郡官吏軍民, 陸續而來.

*注: 瑤琴(요금): 玉으로 장식한 琴. 〈瑤〉: 美玉.

〖14〗却說司馬懿望武功山小路而走. 忽然山坡後喊殺連天, 鼓聲震地.(*纔聞琴聲, 又聽鼓聲.) 懿回顧二子曰: "吾若不走, 必中諸葛亮之計矣."(*你今走, 正中了諸葛亮之計矣.) 只見大路上一軍殺來, 旗上大書 "右護衛使虎冀將軍張苞". 魏兵皆棄甲抛戈而走. 行不到一程, 山谷中喊聲震地, 鼓角喧天, 前面一杆大旗, 上書 "左護衛使龍驤將軍關興". 山谷應聲, 不知蜀兵多少, 更兼魏軍心疑, 不敢久停, 只得盡棄輜重而去.(*欲奪蜀兵輜重, 反而自棄其輜重.) 興·苞二人皆遵將令, 不敢追襲, 多得軍器糧草而歸. 司馬懿見山谷中皆有蜀兵, 不敢出大路, 遂回街亭. 此時曹眞聽知孔明退兵, 急引兵追赶. 山背後一聲砲起, 蜀兵漫山遍野而來: 爲首大將乃是姜維

·馬岱. 眞大驚, 急退軍時, 先鋒陳造已被馬岱所斬. 眞引兵鼠竄而還.(*司馬懿尙不能赶, 曹眞又何能爲!) 蜀兵連夜皆奔回漢中.

　　*注: 喊殺(함살): 외치는 소리(고함소리)가 매우 크게 나다(들리다). 〈殺(살)〉: (부사) 謂語 앞이나 뒤에 사용되어 정도가 심함을(程度之深) 표시한다. 매우(很). 몹시(甚). (*光陰殺短: 시간이 몹시 짧다. 東風莫殺吹: 동풍이 매우 심하게 불지 않았다. "蕭蕭愁殺人: 바람이 쏴! 하고 불어와서 사람을 몹시 서글프게 한다. 　**連天**(연천): 연속하여 끊이지 않다. 계속하여. 　**喧天**(훤천): (하늘을 진동시킬 정도로) 시끄럽다. 소란하다.

〖15〗 却說趙雲 · 鄧芝伏兵於箕谷道中, 聞孔明傳令回軍. 雲謂芝曰: "魏軍知吾兵退, 必然來追. 吾先引一軍伏於其後, 公却引兵打吾旗號, 徐徐而退. 吾一步步自有護送也."

　　却說郭淮提兵再回箕谷道中, 喚先鋒蘇顒分付曰: "蜀將趙雲, 英勇無敵. 汝可小心隄防, 彼軍若退, 必有計也." 蘇顒欣然曰: "都督若肯接應, 某當生擒趙雲!"(*馬謖只爲說大話壞了事, 今又是一个說大話的.) 遂引前部三千兵, 奔入箕谷. 看看赶上蜀兵, 只見山坡後閃出紅旗白字, 上書 "趙雲".(*不知旗下却是鄧芝.) 蘇顒急收兵退走.(*好个說大話的, 見假的便嚇一跳.) 行不到數里, 喊聲大震, 一彪軍撞出; 爲首大將, 挺槍躍馬, 大喝曰: "汝識趙子龍否!" 蘇顒大驚曰: "如何這裏又有趙雲?" 措手不及, 被雲一槍刺死於馬下.(*說大話的看樣.) 餘軍潰散. 雲迤邐前進, 背後又一軍到, 乃郭淮部將萬政也. 雲見魏兵追急, 乃勒馬挺槍, 立於路口, 待來將交鋒. —— 蜀兵已去三十餘里. —— 萬政認得是趙雲, 不敢前進. 雲等得天色黃昏, 方才撥回馬緩緩而進. 郭淮兵到, 萬政言: "趙雲英勇如舊, 因此不敢近前." 淮傳令敎軍急赶, 政令數百騎壯士赶來, 行至一大林, 忽聽得背後大喝一聲曰: "趙子龍在此!" 驚得魏兵落馬者

百餘人, 餘者皆越嶺而去.(*長坂坡之先聲, 至此猶烈.) 萬政勉强來敵,
被雲一箭射中盔纓, 驚跌於澗中. 雲以槍指之曰: "吾饒汝性命回
去! 快教郭淮赶來!"(*妙在不殺他, 教他寄信去嚇郭淮. 此乃子龍之智, 不
可認作子龍之勇.) 萬政脫命而回. 雲護送車仗人馬, 望漢中而去, 沿
途並無遺失. 曹眞·郭淮復奪三郡, 以爲己功.

*注: 打旗號(타기호): 대장 이름이 쓰여진 기를 흔들다. 自有(자유): 따로
있다. 별도로 있다.

〖16〗 却說司馬懿分兵而進. 此時蜀兵盡回漢中去了. 懿引一軍
復到西城, 因問遺下居民及山僻隱者, 皆言孔明止有二千五百軍
在城中, 又無武將, 只有幾個文官, 別無埋伏. 武功山小民告
曰: "關興·張苞只各有三千軍, 轉山吶喊, 鼓噪驚追, 又無別軍,
並不敢廝殺." 懿悔之不及, 仰天嘆曰: "吾不如孔明也!"(*只好
去瞞曹眞.) 遂安撫了諸處官民, 引兵徑還長安, 朝見魏主. 叡曰:
"今日復得隴西諸郡, 皆卿之功也." 懿奏曰: "今蜀兵皆在漢中,
未盡剿滅. 臣乞大兵併力收川, 以報陛下." 叡大喜, 令懿即便興
兵. 忽班內一人出奏曰: "臣有一計, 足可定蜀降吳." 正是:

　蜀中將相方歸國, 魏地君臣又逞謀.

未知獻計者是誰, 且看下文分解.

*注: 因(인): (시간. 기회) 틈타다. 의거(근거)하다. 即便(즉편): 즉시.
곧; 설사 …하더라도(할지라도. 일지라도).

　　第九十五回 毛宗崗 序始評

(1). 前卷方寫孟達不聽孔明之言而失上庸, 此卷便接寫馬謖
不聽孔明之言而失街亭. 上庸失, 而使孔明無進取之望; 街亭失,

而幾使孔明無退足之處矣．何也？無街亭，則陽平關危；陽平關危，則不惟進無所得，而且退有所失也．未失者且憂其失，而旣得者安能保其得？於是南安不得不棄，安定不得不捐，天水不得不委，箕谷之兵不得不撤，西城之餉不得不收．遂令向之擒夏侯·斬崔諒·殺楊陵，取上邽·襲冀縣·罵王朗·破曹眞者，其功都付之烏有．悲夫！

(2)．兵家勝敗之故，有異而同者，有同而異者：徐晃拒王平之諫，而背水以爲陣；(＊第71回．)馬謖拒王平之諫，而依山而爲營．水與山異，而必敗之勢則同也．黃忠屯兵於山，而能斬夏侯淵；馬謖屯兵於山，而不能退司馬懿．山與山同，而一勝一敗之勢則異也．馬謖之所以敗者，因熟記兵法之成語於胸中，不過曰"置之死地而後生"耳，不過曰"憑高視下，勢如破竹"耳．熟知坐論則是，起行則非；讀書雖多，致用則誤，豈不重可嘆哉？故善用人者不以言，善用兵者不在書．

(3)．此卷乃司馬懿初與孔明對壘之時也．而孔明利在戰，司馬懿利在不戰．夏侯楙·曹眞皆以戰而敗，司馬懿則欲以不戰而勝．其守郿城箕谷者，所以遏孔明之前，而使不得進也；其取街亭·列柳城者，所以截孔明之後，而使不得退也．使不得退，而懿於是乎可以不戰矣．非不欲戰，實不敢戰．畏蜀如虎，蓋自此日而已然云．

(4)．唯小心人不做大膽事，亦唯小心人能做大膽事．魏延欲出子午谷，而孔明以爲危計，是小心者，唯孔明也；坐守空城，只以二十軍士掃門，而退司馬懿十五萬之衆，是大膽者，亦唯孔明也．

孔明若非小心於平日，必不敢大膽於一時．仲達不疑其大膽於一時，正爲信其小心於平日耳．

(5)．爲將之道，不獨進兵難，退兵亦難．能進兵，是十分本事；能退兵，亦是十分本事．當不得不退之時，而又當必不可退之時，進將被擒，退亦受執，於此而權略不足以濟之，欲全師而退，難矣！試觀孔明焚香操琴，以不退爲退；子龍設伏斬將，又能以退爲進．蜀中有如此之相，如此之將，而卒不能克復中原．嗚呼！此天之不祚漢耳，豈戰之罪哉！

第九十六回

孔明揮淚斬馬謖
周魴斷髮賺曹休

〖1〗 却說獻計者, 乃尙書孫資也. 曹叡問曰: "卿有何妙計?"
資奏曰: "昔太祖武皇帝收張魯時, 危而後濟; 常對群臣曰: '南
鄭之地, 眞爲天獄.' 中斜谷道爲五百里石穴, 非用武之地.'(*補六
十七回中所未及.) 今若盡起天下之兵伐蜀, 則東吳又將入寇, 不如以
現在之兵, 分命大將據守險要, 養精蓄銳. 不過數年, 中國日盛,
吳・蜀二國必自相殘害: 那時圖之, 豈非勝算? 乞陛下裁之."(*特
地劃策, 不過是守而不戰.) 叡乃問司馬懿曰: "此論若何?" 懿奏曰:
"孫尙書所言極當." 叡從之, 命懿分撥諸將守把險要, 留郭淮・張
郃守長安. 大賞三軍, 駕回洛陽.

*注: 天獄(천옥): 天然의 監獄. 地形이 험악하여 出入이 극히 어려운 곳.

〖2〗却說孔明回到漢中，計點軍士，只少趙雲·鄧芝，心中甚憂；乃令關興·張苞，各引一軍接應．二人正欲起身，忽報趙雲·鄧芝到來，並不曾折一人一騎；輜重等器，亦無遺失．(*此番一出，便斬五將，可謂全始全終．)孔明大喜，親引諸將出迎．趙雲慌忙下馬伏地，曰：“敗軍之將，何勞丞相遠接？”

孔明急扶起，執手而言曰：“是吾不識賢愚，以致如此！(*越是有本事人，更不瞞着短處．)各處兵將敗損，惟子龍不折一人一騎，何也？”鄧芝告曰：“某引兵先行，子龍獨自斷後，斬將立功．敵人驚怕，因此軍資什物，不曾遺棄．”孔明曰：“眞將軍也！”遂取金五十斤以贈趙雲，又取絹一萬匹賞雲部卒．(*敗而整旅更難於勝而班師，賞之不謬．)雲辭曰：“三軍無尺寸之功，某等俱各有罪；若反受賞，乃丞相賞罰不明也．且請寄庫，候今冬賜與諸軍未遲．”(*與諫先主分田意同．)孔明嘆曰：“先帝在日，常稱子龍之德，今果如此！”(*讚子龍亦思先帝．)乃倍加欽敬．

〖3〗忽報馬謖·王平·魏延·高翔至．孔明先喚王平入帳，責之曰：“吾令汝同馬謖守街亭，汝何不諫之，致使失事？”平曰：“某再三相勸，要在當道築土城，安營守把．參軍大怒不從．某因此自引五千軍離山十里下寨．魏兵驟至，把山四面圍合，某引兵衝殺十餘次，皆不能入．次日土崩瓦解，降者無數．某孤軍難立，故投魏文長求救，半途又被魏兵困在山谷之中，某奮死殺出．比及歸寨，早被魏兵占了．及投列柳城時，路逢高翔，遂分兵三路去劫魏寨，指望克復街亭．因見街亭並無伏路軍，以此心疑，登高望之，只見魏延·高翔被魏兵圍住，某卽殺入重圍，救出二將，就同參軍併在一處．某恐失却陽平關，因此急來回守．非某之不諫也！(*將上項事訴說一遍，凡載之未詳者，皆於王平口中補之．)丞相不信，可問各部將校.”

孔明喝退, 又喚馬謖入帳. 謖自縛跪於帳前. 孔明變色曰:“汝自幼飽讀兵書, 熟諳戰法. 吾累次丁寧告戒: 街亭是吾根本. 汝以全家之命, 領此重任. 汝若早聽王平之言, 豈有此禍? 今敗軍折將, 失地陷城, 皆汝之過也! 若不明正軍律, 何以服衆? 汝今犯法, 休得怨吾. 汝死之後, 汝之家小, 吾按月給與祿糧, 汝不必挂心.”(*此是法外之恩.) 叱左右推出斬之. 謖泣曰:“丞相視某如子, 某以丞相爲父. 某之死罪, 實已難逃. 願丞相思舜帝殛鯀用禹之義, 某雖死亦無恨於九泉!”言訖大哭. 孔明揮淚曰:“吾與汝義同兄弟,(*謖曰父子, 亮曰兄弟, 情好如此而終不免一死, 可見軍法之嚴.) 汝之子卽吾之子也, 不必多囑.” 左右推出馬謖於轅門之外, 將斬.

＊注: 指望(지망): 기대하다. 믿다. 丁寧(정녕): 신신당부하다. 재삼 부탁하다. 明正軍律(명정군율): 軍法에 따라 공개적으로(明)처리하다(正). 〈正〉: 治罪하다. 舜帝殛鯀用禹(순제극곤용우): 上古 시대 때 鯀이 治水에 실패하자 舜임금은 그를 죽인 다음 그의 아들 禹를 등용하여 그에게 그 일을 대신하게 했는데, 禹가 13년간의 노력으로 결국 治水에 성공하자 舜은 禹에게 帝位를 물려주었다. (그가 곧 夏 왕조의 始祖이다).

〔4〕參軍蔣琬自成都至, 見武士欲斬馬謖, 大驚, 高叫:“留人!”入見孔明曰:“昔楚殺得臣而文公喜,(*引一春秋故事.) 今天下未定, 而戮智謀之臣, 豈不可惜乎?”孔明流涕而答曰:“昔孫武所以能制勝於天下者, 用法明也. (*亦引一春秋故事.) 今四方分爭, 兵交方始, 若復廢法, 何以討賊耶? 合當斬之!”須臾, 武士獻馬謖首級於階下. 孔明大哭不已. 蔣琬問曰:“今幼常得罪, 旣正軍法, 丞相何故哭耶?”孔明曰:“吾非爲馬謖而哭. 吾想先帝在白帝城臨危之時, 曾囑吾曰:‘馬謖言過其實, 不可大用.’(*應八十五

卷中事.) 今果應此言, 乃深恨己之不明, 追思先帝之明, 因此痛哭耳!"(*前賞趙雲, 口口念着先帝, 今殺馬謖, 亦口口念着先帝.) 大小將士, 無不流涕. 馬謖亡年三十九歲, 時建興六年夏五月也. 後人有詩曰:

失守街亭罪不輕, 堪嗟馬謖枉談兵.

轅門斬首嚴軍法, 拭淚猶思先帝明.

注: 留人(유인): 멈추어라. 기다려라. 〈留〉: 멈추다(停止); 기다리다(等候. 等待). 楚殺得臣而文公喜(초살득신이문공희): 春秋時代 때 楚國의 大將 成得臣(子玉)이 晉과의 城濮에서의 전투에서 패하여 귀국하자 楚王이 그를 핍박하여 자살하도록 했는데, 晉 文公이 그의 자살 소식을 들은 후 자신의 고민거리가 없어졌다고 해서 매우 기뻐했다.(〈左傳〉僖公二十八 年(B.C. 632)의 기사. 〈史記〉晉世家 文公 5년. 楚世家 成王 41년의 기사 참조.) 制勝(제승): 상대방을 제압하여 승리하다. 兵交(병교): 병기(무기) 를 서로 교차시키다. 싸우다. 合當(합당): 응당(마땅히) …해야 한다. 臨危(임위): 위험에 직면하다. 병이 위중하여 죽기 직전에 있다. 建興 六年(건흥육년): 서기 228년. 堪嗟(감차): 嗟歎할 만하다. 〈堪〉: …할 수 있다. …할 만하다; 감당하다. 견디다. 拭(식): 닦다. 씻다.

〖5〗却說孔明斬了馬謖, 將首級遍示各營已畢, 用線縫在屍上, 具棺葬之, 自修祭文享祀; 將謖家小加意撫恤, 按月給與祿米.(*先盡法, 後盡情.) 於是孔明自作表文, 令蔣琬申奏後主, 請自貶丞相之職.(*光明正大, 無一毫掩飾之意.) 琬回成都, 入見後主, 進上孔明表章. 後主拆視之, 表曰:

臣本庸才, 叨竊非據, 親秉旄鉞, 以勵三軍. 不能訓章明法, 臨事而懼, 至有街亭違命之闕, 箕谷不戒之失. 咎皆在臣. 臣不明不知人, 慮事多闇,(*不似曹操不肯認差.) 〈春秋〉責備, 罪何所逃! 請自貶三等, 以督厥咎. 臣不勝慚愧, 俯伏待命.

後主覽畢曰：“勝負兵家常事, 丞相何出此言？” 侍中費褘奏曰：“臣聞治國者, 必以奉法爲重. 法若不行, 何以服人？丞相敗績, 自行貶降, 正其宜也.”(*丞相殺參軍, 天子貶丞相, 皆法也.) 後主從之, 乃詔貶孔明爲右將軍, 行丞相事, <u>照舊</u>總督軍馬, 就命費褘賫詔到漢中.

*注: 叨竊非據(도절비거): 외람되이 차지해서는 안 될 직위를 훔쳐서 차지하고 있다. 〈叨〉: (겸사) 외람되이. 〈非據〉: 차지해서는 안 될 직위나 직책. 親秉旄鉞(친병모월): 직접 군대를 통솔하다. 〈秉〉: 잡다. 쥐다. 〈旄鉞〉: 元帥의 大旗와 斧鉞 등의 儀仗. 보통 軍權을 가리킴. 訓章明法, 臨事而懼(훈장명법, 임사이구): 軍令과 군법을 분명히 설명해서 알게 하고, 일에 임해서는 두려워하면서 조심한다. (二句 모두 앞의 〈不能〉에 연결됨). 〈春秋〉責備(춘추책비): 〈春秋〉에서는 전쟁에서 패전한 장수는 모든 책임을 지고 처벌을 받고 있다. 〈責備〉: 책망하다. 꾸짖다. 督厥咎(독궐구): 그 죄를 문책하다. 〈督〉: 나무라다. 꾸짖다(責罰). 〈厥〉: 지시대사. 그(其). 〈咎〉: 죄(罪). 敗績(패적): 대패하다. 照舊(조구): 종전대로 하다. 예전대로 따르다(하다).

〖 6 〗 孔明受詔貶降訖, 褘恐孔明<u>羞赧</u>, 乃賀曰：“蜀中之民, 知丞相初拔四縣, 深以爲喜.”(*背後正言, 當面世事, 此等人今日最多.) 孔明變色曰：“是何言也！得而復失, 與不得同. 公以此賀我, 實足使我<u>愧赧</u>耳.”(*取三郡不自功.) 褘又曰：“近聞丞相得姜維, 天子甚喜.” 孔明怒曰：“兵敗師還, 不曾奪得寸土, 此吾之大罪也. 量得一姜維, 於魏何損？”(*收姜維亦不自功.) 褘又曰：“丞相現統雄師數十萬, 可再伐魏乎？” 孔明曰：“昔大軍屯於祁山・箕谷之時, 我兵多於賊兵, 而不能破賊, 反爲賊所破: 此病不在兵之多寡, 在主將耳. 今欲減兵省將, <u>明罰思過</u>, <u>較</u>變通之道於將來；如其不然, 雖兵多何用? 自今以後, 諸人有遠慮於國者, 但勤攻吾之闕, 責吾之短, 則事可定, 賊可滅, 功可翹足而待矣."(*深戒面諛之人.) 費禕諸將皆服其論. 費禕自回成都. 孔明在漢中, 惜軍愛民, 勵兵講武, 置造攻城渡水之器, 聚積糧草, 預備戰筏, 以爲後圖.

> ***注: 羞赧**(수난): 부끄러워 얼굴을 붉히다. 뒤의 〈愧赧(괴난)〉과 同義.
> **明罰思過**(명벌사과): 벌을 분명히 하고 잘못을 깊이 생각하다. **較**(교): 점검하다. 검토하다. **翹足而待**(교족이대): 발돋움하고 기다리다. 〈翹足〉: 발을 들다. 발돋움하다. 매우 짧은 시간임을 형용하는 말. **置造**(치조): 建造하다.

〖7〗 細作探知, 報入洛陽. 魏主曹叡聞知, 卽召司馬懿商議收川之策. 懿曰: "蜀未可攻也. 方今天道亢炎, 蜀兵必不出. 若我軍深入其地, 彼守其險要, 急切難下."(*只肯爲應蜀之兵, 不敢爲攻蜀之兵.) 叡曰: "倘蜀兵再來入寇, 如之奈何?" 懿曰: "臣已算定, 今番諸葛亮必效韓信暗渡陳倉之計. 臣舉一人往陳倉道口, 築城守禦, 萬無一失: 此人身長九尺, 猿臂善射, 深有謀略. 若諸葛亮入寇, 此人足可當之." 叡大喜, 問曰: "此何人也?" 懿奏曰: "乃太原人, 姓郝, 名昭, 字伯道, 現爲雜霸將軍, 鎮守河西."(*前薦一張郃, 又薦一郝昭.) 叡從之, 加郝昭爲鎮西將軍, 命守把陳倉道口, 遣使持詔去訖.

> ***注: 收川**(수천): 서천, 즉 촉을 공략하다. 〈收〉: 攻取하다. 占據하다.
> **天道亢炎**(천도항염): 날씨가 매우 무덥다. 〈天道〉: 날씨. 기후.(方言).〈亢炎〉: 몹시(亢) 무덥다(炎). **韓信暗渡陳倉**(한신암도진창): 秦末 劉邦이 咸陽을 공격하여 秦을 멸망시키자 項羽는 그를 漢王에 봉했다. 유방은 漢中으로 가기 위해 南鄭을 향해 가는 도중에 지나온 棧道를 모두 불살라서 다시 關中으로 돌아갈 뜻이 없음을 드러내 보임으로써 자신에 대한 項羽

의 의심을 없앴다. 그러나 얼마 후 그는 韓信의 計策에 따라 겉으로는 잔도를 수리하는 척하면서 길을 에돌아 옛날 길로 출병하여 陳倉에서 항우의 部下將帥 章邯(장한)을 격파하고 다시 咸陽으로 돌아갔다. 이 역사적 사실에서 〈明修棧道, 暗渡陳倉〉(겉으로는 棧道를 수리하면서 몰래 陳倉으로 건너가다)란 成語가 생겼다. 〈陳倉〉: 지금의 섬서성 寶鷄市 東. 太原(태원): 지금의 산서성 太原市. 雜覇(잡패): 본래는 나라를 다스리는 데 王道와 覇道를 혼용하는 것을 말하지만, 여기서는 武勇과 智略을 겸비한 將帥라는 뜻을 나타낸다.

〚8〛 忽報揚州司馬大都督曹休上表, 說東吳鄱陽太守周魴, 願以郡來降, 密遣人陳言七事, 說東吳可破, 乞早發兵取之. 叡就御床上展開, 與司馬懿同觀. 懿奏曰: "此言極有理. 吳當滅矣!(*司馬懿此時亦猜不着.) 臣願引一軍, 往助曹休." 忽班中一人進曰: "吳人之言, 反覆不一, 未可深信. 周魴智謀之士, 必不肯降, 此特誘兵之詭計也."(*此人見識, 勝似仲達.) 衆視之, 乃建威將軍賈逵也. 懿曰: "此言亦不可不聽, 機會亦不可錯失."(*兩可之論.) 魏主曰: "仲達可與賈逵同助曹休." 二人領命去訖. 於是曹休引大軍徑取皖城; 賈逵引前將軍滿寵‧東皖太守胡質徑取陽城, 直向東關; 司馬懿引本部軍徑取江陵.

　　*注: 鄱陽(파양): 여기서는 郡名으로, 治所는 鄱陽縣(지금의 江西省 鄱陽縣 東). 特(특): 다만. 단지 …뿐. 錯失(착실): 錯過. (기회 등을) 놓치다. 皖城(환성): 皖縣. 지금의 안휘성 潛山縣 北. 그 城이 皖水의 북쪽에 있어서 그대로 城 이름이 되었다. 東皖(동환): 郡名. 治所는 지금의 산동성 沂水縣 東北. 東關(동관): 지금의 안휘성 巢縣 南 濡水山 위에 있는데, 北으로는 巢湖를, 南으로는 長江을 제압하는 吳와 魏 간의 요충지. 江陵(강릉): 지금의 호북성 江陵.

〖9〗却說吳主孫權, 在武昌, 會多官商議曰:"今有鄱陽太守周魴密表, 奏稱魏揚州都督曹休, 有入寇之意. 今魴詐施詭計, 暗陳七事, 引誘魏兵深入重地, 可設伏兵擒之.(*讀者至此, 方知仲達之見不如賈逵.) 今魏兵分三道而來, 諸卿有何高見?"顧雍進曰:"此大任非陸伯言不敢當也."權大喜, 乃召陸遜, 封爲輔國大將軍·平北都元帥, 統御林大兵, 攝行王事; 授以白旄黃鉞, 文武百官, 皆聽約束. 權親自與遜執鞭. (*此時陸遜寵榮之極.) 遜領命謝恩畢, 乃保二人爲左右都督, 分兵以迎三道. 權問何人, 遜曰:"奮威將軍朱桓, 綏南將軍全琮, 二人可爲輔佐."權從之, 卽命朱桓爲左都督, 全琮爲右都督. 於是陸遜總率江南八十一州并荊湖之衆七十餘萬, 令朱桓在左, 全琮在右, 遜自居中, 三路進兵. 朱桓獻策曰:"曹休以親見任, 非智勇之將也. 今聽周魴誘言, 深入重地, 元帥以兵擊之, 曹休必敗. 敗後必走兩條路: 左乃夾石, 右乃桂車. 此二條路, 皆山僻小徑, 最爲險峻. 某願與全子璜各引一軍, 伏於山險, 先以柴木大石塞斷其路, 曹休可擒矣. 若擒了曹休, 便長驅直進, 唾手而得壽春. 以窺許·洛, 此萬世一時也!"遜曰:"此非善策, 吾自有妙用."於是朱桓懷不平而退. 遜令諸葛瑾等拒守江陵, 以敵司馬懿, 諸路俱各調撥停當.

*注: 武昌(무창): 지금의 호북성 鄂城縣.(*毛本에는 "武昌東關"으로 되어 있으나 武昌과 東關 兩地는 서로 멀리 떨어져 있어서 서로 通할 수 없다. 따라서 下文의 뜻에 따라 東關을 생략했다.) 王事(왕사): 왕명에 따라 수행하는 公事; 朝聘, 會盟, 征伐 등 국가의 大事. 執鞭(집편): 본래의 뜻은 〈채찍을 잡고 수레를 몰다〉이다. 그러나 여기서는 군대 통솔권의 상징물인 지휘봉(채찍)을 말한다. 荊湖(형호): 荊州. 夾石(협석): 지금의 안휘성 桐城縣 北. 桂車(계차): 지금의 안휘성 桐城縣 西南. 壽春(수춘): 양주 九江郡에 속한 縣名. 故城址는 지금의 안휘성 壽縣.

〖10〗却說曹休兵臨皖城，　周魴來迎，　徑到曹休帳下．　休問曰：“近得足下之書，所陳七事，深爲有理；奏聞天子，故起大軍三路進發．若得江東之地，足下之功不小．有人言足下多謀，誠恐所言不實．吾料足下必不欺我！”周魴大哭，急掣從人所佩劍欲自刎．(*今之欲以死詐人者，大都是學周魴．)　休急止之．魴仗劍而言曰：“吾所陳七事，恨不能吐出心肝．今反生疑，必有吳人使反間之計也．若聽其言，吾必死矣．吾之忠心，惟天可表！”言訖，又欲自刎．曹休大驚，慌忙抱住曰：“吾戲言耳，足下何故如此！”魴乃用劍割髮擲於地曰：“吾以忠心待公，公以吾爲戲，吾割父母所遺之髮，以表此心！”(*只怕頭髮是空心的．周魴斷髮易，黃蓋苦肉難，以斷髮不痛而苦肉則痛也．然亦視所賺之人何如耳．賺曹操，不痛不信；賺曹休，直是不消痛得．)　曹休乃深信之，設宴相待．席罷，周魴辭去．

〖11〗忽報建威將軍賈逵來見，休令入，問曰：“汝此來何爲？”逵曰：“某料東吳之兵，必盡屯於皖城．都督不可輕進，待某兩下夾攻，　賊兵可破矣．”休怒曰：“汝欲奪吾功耶？”(*癡人聲口．)　逵曰：“又聞周魴截髮爲誓，此乃詐也，——　昔要離斷臂，刺殺慶忌．——未可深信．”(*亦引一吳中故事．)　休大怒曰：“吾正欲進兵，汝何出此言以慢軍心！”叱左右推出斬之．(*若髮可當頭，何不亦斷其髮以示罰？)　衆將告曰：“未及進兵，先斬大將，於軍不利．且乞暫免．”休從之，將賈逵兵留在寨中調用，自引一軍來取東關．時周魴聽知賈逵削去兵權，暗喜曰：“曹休若用賈逵之言，則東吳敗矣！(*若如此，白做了一個光頭．)　今天使我成功也！”卽遣人密到皖城，報知陸遜．遜喚諸將聽令，曰：“前面石亭，雖是山路，足可埋伏．早先去占石亭闊處，布成陣勢，以待魏軍．”遂令徐盛爲先鋒，引兵前進．

*注: 要離斷臂，刺殺慶忌(요리단비, 척살경기): 춘추 말기 吳國人 要離가

吳나라 公子光의 命을 받아 吳王 僚의 아들 慶忌를 죽이러 갔다. 그는 일부러 자신의 오른쪽 팔을 잘라내고는 公子光에게 잘렸다고 말하여 慶忌를 속이고 그의 信任을 받았다. 그 후 그는 慶忌를 찔러 죽이고 자신도 自殺했다.(*출처: 〈吳越春秋〉闔閭內篇.)　　調用(조용): (인력, 물자를) 移動하여 쓰다. 轉用하다.　　石亭(석정): 지금의 안휘성 潛山縣 東北.

〖12〗却說曹休命周魴引兵而進. 正行間, 休問曰: "前至何處?" 魴曰: "前面石亭也, 堪以屯兵." 休從之, 遂率大軍并車仗等器, 盡赴石亭駐箚. 次日, 哨馬報道: "前面吳兵不知多少, 據住山口." 休大驚曰: "周魴言無兵, 爲何有準備?" 急尋魴問之. 人報周魴引數十人, 不知何處去了. 休大悔曰: "吾中賊之計矣! 雖然如此, 亦不足懼!" 遂令大將張普爲先鋒, 引數千兵來與吳兵交戰. 兩陣對圓, 張普出馬罵曰: "賊將早降!" 徐盛出馬相迎. 戰無數合, 普抵敵不住, 勒馬收兵, 回見曹休, 言徐盛勇不可當. 休曰: "吾當以奇兵勝之." ── 就令張普引二萬軍伏於石亭之南, 又令薛喬引二萬軍伏於石亭之北──"明日吾自引一千兵搦戰, 却佯輸詐敗, 誘到北山之前, 放砲爲號, 三面夾攻, 必獲大勝."(*如此便自以爲奇兵, 那知都做了敗兵耶.) 二將受計, 各引二萬軍到晚埋伏去了.

〖13〗却說陸遜喚朱桓‧全琮分付曰: "汝二人各引三萬軍, 從石亭山路抄到曹休寨後, 放火爲號; 吾親率大軍從中路而進: 可擒曹休也." 當日黃昏, 二將受計引兵而進. 二更時分, 朱桓引一軍正抄到魏寨後, 迎着張普伏兵. 普不知是吳兵, 徑來問時, 被朱桓一刀斬於馬下. 魏兵便走. 桓令後軍放火. 全琮引一軍抄到魏寨後, 正撞在薛喬陣裏, 就那裏大殺一陣. 薛喬敗走, 魏兵大損, 奔回本寨. 後面朱桓·全琮兩路殺來. 曹休寨中大亂, 自相衝擊. 休慌上馬, 望夾石道奔走. 徐盛引大隊軍馬, 從正路殺來. 魏兵死者不可勝數, 逃命者盡棄衣甲. 曹休大驚, 在夾石道中, 奮力奔走. 忽見一彪軍從小路衝出, 爲首大將, 乃賈逵也. 休驚慌少息, 自愧曰：“吾不用公言, 果遭此敗！”逵曰：“都督可速出此道：若被吳兵以木石塞斷, 吾等皆危矣！”於是曹休驟馬而行, 賈逵斷後. 逵於林木茂盛處, 及險峻小徑, 多設旌旗以爲疑兵. 及至徐盛赶到, 見山坡下閃出旗角, 疑有埋伏, 不敢追赶, 收兵而回. (*周魴以空頭騙了曹休, 賈逵又以空頭騙了徐盛.) 因此救了曹休. 司馬懿聽知休敗, 亦引兵退去. (*仲達此時亦虎頭蛇尾.)

　　*注：旗角(기각)：=旗脚. 깃발의 꼬리(旗尾).

　　〖14〗却說陸遜正望捷音, 須臾, 徐盛·朱桓·全琮皆到, 所得車仗·牛馬·驢騾·軍資·器械, 不計其數, 降兵數萬餘人. 遜大喜, 卽同太守周魴并諸將班師還吳. 吳主孫權, 領文武官僚出武昌城迎接, 以御蓋覆遜而入.(*陸遜此時十分榮耀. 年少書生, 固未可量.) 諸將盡皆升賞. 權見周魴無髮, 慰勞曰：“卿斷髮成此大事, 功名當書於竹帛也！”卽封周魴爲關內侯;(*光了頭, 宜封他爲國師.) 大設筵會, 勞軍慶賀. 陸遜奏曰：“今曹休大敗, 魏已喪膽; 可修國書, 遣使入川, 敎諸葛亮進兵攻之.”權從其言, 遣使賚書入川去. 正是：
　　　　只因東國能施計, 致令西川又動兵.
未知孔明再來伐魏, 勝負如何, 且看下文分解.

　　*注：御蓋(어개)：황제나 왕이 타는 수레 위에 치는 큰 양산.

(1). 觀孔明之自貶，而愈知馬謖之斬難寬也．丞相且以用參軍之誤而引罪，參軍得不以負丞相之故而坐法乎？又觀孔明之斬謖，而愈知自貶之情非僞也．參軍且以誤丞相之故而受誅，丞相得不以辱天子之命而自責乎？奉〈春秋〉先自治之義，既不容責人而恕己：準〈尚書〉克厥愛之文，又不容責己而恕人．蓋孔明之治蜀以嚴，而治兵之法，一如其治國而已．

(2). 武侯之臨表涕泣，戀後主也．武侯之臨刑涕泣，念先帝也．其出師之初，一則曰先帝，再則曰先帝：其悔敗之余，一則曰先帝，再則曰先帝．不獨斬馬謖爲奉先帝以斬之，即自貶三等，亦奉先帝以貶之耳．君子於街亭之自責，而知武侯之盡瘁．

(3). 樊城之役，蜀方伐魏而有呂蒙襲荊州之事，是吳乃漢之罪人也．街亭之役，魏方勝蜀，而有陸遜破曹休之事，是吳乃漢之功臣也．然非吳之能爲罪又能爲功也，在乎蜀之能用之耳．武侯唯善用之，故終武侯之世，吳不爲罪而但爲功云．

(4). 黃蓋·甘寧·闞澤之後，復有周魴，何南人之多詐歟？不知此非南人詐也，乃南人之忠也．用以欺敵，則謂之詐：用以報主，則謂之忠．不當曰南人多詐，正當曰南人多忠耳．有謂南人不可爲宰相者，此宋朝迂儒之論．試觀東吳當日，豈嘗借才於異國哉？

第九十七回

討魏國武侯再上表
破曹兵姜維詐獻書

〚1〛 却說蜀漢建興六年秋九月， 魏都督曹休被東吳陸遜大破於石亭， 車仗馬匹·軍資器械并皆<u>罄盡</u>. 休惶恐之甚, 氣憂成病, 到洛陽, <u>疽</u>發背而死.(＊陸遜氣殺曹休與孔明氣殺王朗正復相似.) 魏主曹叡勅令厚葬. 司馬懿引兵還. 衆將接入, 問曰："曹都督兵敗, 卽元帥之<u>干係</u>, 何故急回耶?" 懿曰："吾料諸葛亮知吾兵敗, 必乘虛來取長安. 倘隴西緊急, 何人救之? 吾故回耳."(＊疑其懼吳, 却是懼蜀.) 衆皆以爲懼怯, <u>哂笑</u>而退.

　　＊注: 罄盡(경진): 다하여 없어짐. 경갈(罄竭). 진경(盡罄). 〈罄〉: (그릇이)비다. 다하다. 모두.　疽(저): 악성종기.　干係(간계): 관련. 관계. 책임. 哂笑(신소): 비웃다. 조소하다.

〔２〕却說東吳遣使致書蜀中, 請兵伐魏, 并言大破曹休之事, 一者顯自己威風, 二者通和會之好. (*敍事中忽斷二語, 直是〈史記〉筆法.) 後主大喜, 令人持書至漢中, 報知孔明. 時孔明兵强馬壯, 糧草豊足, 所用之物, 一切完備, 正要出師. 聽知此信, 即設宴大會諸將, 計議出師. 忽一陣大風自東北角上而起, 把庭前松樹吹折. (*正應棟梁之才將折.) 衆皆大驚. 孔明就占一課, 曰: "此風主損一大將." 諸將未信. 正飮酒間, 忽報鎭南將軍趙雲長子趙統·次子趙廣, 來見丞相. 孔明大驚, 擲杯於地曰: "子龍休矣!" 二子入見, 拜哭曰: "某父昨夜三更病重而死." (*前出師以子龍始以子龍終者, 以子龍於此結局也.) 孔明跌足而哭曰: "子龍身故, 國家損一棟梁, 去吾一臂也!" 衆將無不揮涕. 孔明令二子入成都面君報喪. 後主聞雲死, 放聲大哭曰: "朕昔年幼, 非子龍則死於亂軍之中矣!" (*追應四十一卷中之事.) 即下詔追贈大將軍, 諡順平侯, 勅葬於成都錦屏山之東, 建立廟堂, 四時享祭. 後人有詩曰:

常山有虎將, 智勇匹關張.
漢水功勳在, 當陽姓字彰.
兩番扶幼主, 一念答先皇.
靑史書忠烈, 應流百世芳.

*注: 錦屛山(금병산): 낭중산(閬中山). 사천성 낭중 남쪽에 있는데, 두 봉오리가 연이어져서 마치 병풍을 두른 듯이 서 있고, 사철 花木들이 울창하여 비단을 깔아놓은 듯하다고 해서 붙여진 이름이다.

〔３〕却說後主思念趙雲昔日之功, 祭葬甚厚; 封趙統爲虎賁中郎, 趙廣爲牙門將, 就令守墳. 二人辭謝而去. 忽近臣奏曰: "諸葛丞相將軍馬分撥已定, 即日將出師伐魏." 後主問在朝諸臣. 諸臣多言未可輕動. (*只因朝臣多有言不當伐魏者, 故先生後出師表中歷歷辨

之.) 後主疑慮未決. 忽奏丞相令楊儀賷〈出師表〉至. 後主宣入, 儀呈上表章. 後主就御案上拆視. 其表曰:

先帝慮漢·賊不兩立, (*"漢·賊不兩立", 從來人只解得一半, 但曰漢不與賊兩立, 止是誓不共戴之意耳. 不知漢不滅賊, 則賊必滅漢, 賊亦不與漢兩立. 此則先主之所深慮也. 若第云誓不共戴, 又何慮之有哉? 今人却是不曾解得 "慮"字.) 王業不偏安, (*此句承上 "慮"字說來, 言我不討賊, 則賊必滅我, 是偏安不成矣. 今人都認作不欲偏安, 便覺上文 "慮"字說不去.) 故托臣以討賊也. (*重以先帝之托, 可見武侯不討賊, 則是不忠, 後主不使武侯討賊, 則是不孝.) 以先帝之明, 量臣之才, 故知臣伐賊, 才弱敵强也. (*"故"字作固字解. 明明自己謙遜, 却借先帝來說.) 然不伐賊, 王業亦亡. (*正是 "不兩立"注脚.) 惟坐而待亡, 孰與伐之? 是故托臣而弗疑也. (*自起至此述先帝見托之意.) 臣受命之日, 寢不安席, 食不甘味; 思惟北征, 宜先入南: (*可見先生入南正是爲北.) 故五月渡瀘, 深入不毛, 并日而食. 臣非不自惜也, 顧王業不可偏安於蜀都, (*"不可", 猶言不能.) 故冒危難以奉先帝之遺意. (*自 "臣受命"一句至此, 自敍其奉先帝之意.) 而議者謂爲非計. (*只因此一句, 生出下文六未解來.) 今賊適疲於西, (*指街亭之相持.) 又務於東, (*指石亭之戰敗.) 兵法 "乘勞": 此進趨之時也. (*此四句正今日伐魏主意.) 謹陳其事如左:

*注: 出師表(출사표): 이것을 보통 〈後出師表〉라 부르는데 앞에서 나왔던 〈前出師表〉의 姉妹篇이다.(西紀 228年寫). 表章(표장): 奏章. 表章. 上奏文. 上奏書. 漢·賊(한적): 漢은 蜀漢을, 賊은 曹魏를 가리킨다. 王業不偏安(왕업불편안): 제왕의 사업은 한 지방에 安居하고 있음을 만족스럽게 여기지 않는다. 즉 天下를 統一해야만 만족할 수 있다는 뜻. 故(고): 여기서는 〈본래〉, 〈원래부터〉의 뜻이다("故"字作固字解). 坐而待亡,

孰與伐之(좌이대망, 숙여벌지): 앉아서 망하기를 기다리는 것과 주동적으로 그것을 정벌하는 것 중 어느 것이 나은가? 〈孰與〉: 兩者를 비교하여 어느 것을 取할 것인지를 묻는 熟語.　思惟(사유): 생각하다. 思慮. 〈惟〉: 思의 뜻이다.　入南(입남): 제갈량이 南中으로 들어가서 四郡을 평정한 일.　并日而食(병일이식): 二日에 一日分의 식사를 하다. 하루걸러 식사하다. 매우 힘들게 고생함을 형용한 말.　自惜(자석): 자신을 소중히 여기다.　顧(고): 다만. 단지.　非計(비계): 좋은 計策이 아니다.　疲於西, 務於東(피어서, 무어동): 建興 六年(228) 諸葛亮이 祁山으로 갔을 때 曹魏의 서부 南安, 天水, 安定 세 郡이 魏를 배반한 사건과 魏와 吳의 변경 부근인 石亭에서 東吳 대장 陸遜이 魏의 大司馬 曹休를 격파한 사건을 가리킨다.　乘勞(승로): 적이 피로한 시기를 노리다(타다).

〖4〗 高帝明并日月, 謀臣淵深, 然涉險被創, 危然後安; 今陛下未及高帝, 謀臣不如良·平, 而欲以長策取勝, 坐定天下, 此臣之未解一也. (*此言賊不可待其自滅, 特借高帝爲證, 以破議者未可輕動之說).

　劉繇·王朗, 各據州郡, 論安言計, 動引聖人, 群疑滿腹, 衆難塞胸; 今歲不戰, 明年不征, 使孫權坐大, 遂倂江東, 此臣之未解二也. (*此言狃於偏安之必失, 又借劉繇王朗爲證, 以破議者姑守一隅之說).

　曹操智計, 殊絶於人, 其用兵也, 彷彿孫·吳, 然困於南陽, 險於烏巢, 危於祁連, 逼於黎陽, 幾敗北山, 殆死潼關, 然後僞定一時耳; 況臣才弱, 而欲以不危而定之: 此臣之未解三也. (*此借曹操之屢敗, 自解其街亭之敗).

*注: 高帝(고제): 한 고조 劉邦의 시호가 高皇帝였다.　并(병): 나란하다.

같다. **淵深**(연심): 학식이 넓고 計謀가 심원하다. 深謀遠慮. **被創**(피창): 창에 찔리다. 受創傷. **良·平**(량·평): 한 고조의 모사 張良과 陳平. **長策**(장책): 뛰어난 계책. 장구한 계책. **未解**(미해): 이해할 수 없다(不能 理解). **劉繇**(유요): 동한 말년 揚州刺史로 있으면서 袁術의 핍박을 받자 장강을 건너 南으로 갔으나 오래지 않아 孫策의 공격을 받고 물러나 豫章 (지금의 강서성 南昌市)에 진을 쳤으나 후에 笮融(착융)의 공격을 받아 죽었다. **王朗**(왕랑): 동한 말년 會稽(치소는 지금의 절강성 紹興市) 太守 가 되었으나 孫策의 세력이 그곳까지 뻗치자 싸움에 져서 투항했다. 후에 는 다시 조조의 부름을 받고 曹魏에서 벼슬을 했다. **論安言計**(론안언 계): 편안히 지킬 계책을 의논하다. 즉 論言安計. **動引聖人**(동인성인): 걸핏하면 고대 성현의 말씀을 인용하다. 〈動〉: 걸핏하면. 종종. 늘. 언제나. **衆難塞胸**(중난색흉): 여러 사람들로부터의 비난에 대한 두려움으로 가 슴 속이 꽉 막히다. 〈難〉: 비난하다. 나무라다. **坐大**(좌대): 가만히 앉아 서 커지다. **孫權**(손권): 여기서 말하는 양주자사 유요와 회계태수 王朗의 일들은 孫權이 아니라 孫策 때의 일이다. **江東**(강동): 장강 중하류 지구. 장강은 안휘성과 강소성 지역에 이르면 北으로 흐른 후 황해로 들어가므 로 魏가 위치한 中原에서 보면 江南의 땅은 장강 동쪽에 있다. **困於南陽** (곤어남양): 建安二年(197년) 조조는 宛城(지금의 하남성 남양시)에서 張 繡와 싸웠으나 패했다. 그때 장자 操昻는 죽고 조조 자신은 流矢에 맞았 다. **險於烏巢**(험어오소): 建安五年(200년) 조조와 원소가 官渡에서 싸울 때 烏巢 부근에서 싸워 결국 원소를 패퇴시켰으나 그 전에 양식이 떨어져 큰 곤경에 처했다. **危於祁連**(위어기련): 〈祁連〉: 山名. 지금의 감숙성 서 부 청해성 동북부, 河西走廊의 南에 위치. **逼於黎陽**(핍어려양): 建安七年 (202) 五月, 원소가 죽고 袁譚과 袁尙이 黎陽(지금의 하남성 浚縣 東)을 지키고 있었는데, 조조가 그때 싸움에서 이기지 못했다. **幾敗北山**(기패배 산): 建安二十四年(219) 조조가 군을 거느리고 長安으로부터 斜谷을 나와

陽平의 北山(지금의 섬서성 沔縣 西)에 이르러 유비와 漢中 쟁탈전을 벌였으나 趙雲에게 패하여 결국 長安으로 철수하였다. **殆死潼關**(태사동관): 建安十六年(211), 조조와 馬超, 韓遂가 潼關에서 싸웠는데, 황하변에서 馬超軍을 만나 조조는 배안으로 피했으나 마초가 말을 타고 강변을 계속 따라 오면서 말을 쏘아대어 하마터면 죽을 뻔했다. 〈殆〉: 거의. 겨우. 간신히. 〈潼關〉: 동한 建安 때 이곳에 關門을 설치했는데 潼水로 인해 생긴 이름이다. 서쪽으로는 華山에 바짝 붙어 있고 남쪽으로는 商嶺을 바라보고, 북으로는 황하와 거리를 두고 있고 동으로는 桃林에 접해 있다. 섬서, 산서, 하남 3성의 요충지로 역대 모두 군사상 요지였다. **僞定**(위정): 정통성이 없는 비합법적인 정부(僞朝)를 세워 천하를 평정하다(定). 이것은 조조가 북중국을 통일한 후 國號를 참칭한 것을 말한다. 제갈량은 蜀漢을 정통으로 생각하므로 曹魏를 〈僞〉(괴뢰정부. 정통성이 없는 비합법적인 정부)라고 稱한 것이다.

〖５〗 曹操五攻昌霸不下, 四越巢湖不成, 任用李服而李服圖之, 委任夏侯而夏侯敗亡, 先帝每稱操爲能, 猶有此失; 況臣駑下, 何能必勝, 此臣之未解四也. (*此又借曹操用人之誤, 自解其用馬謖之誤).

　自臣到漢中, 中間期年耳, 然喪趙雲·陽群·馬玉·閻芝·丁立·白壽·劉郃·鄧銅等, 及曲長·屯將七十餘人, 突將·無前, 賨·叟·青羌, 散騎·武騎一千餘人, 此皆數十年之內所糾合四方之精銳, 非一州之所有; 若復數年, 則損三分之二也, 當何以圖敵? 此臣之未解五也. (*此言舊臣代謝, 若不及時討賊, 恐將來無討賊之人).

　今民窮兵疲, 而事不可息; 事不可息, 則住與行, 勞費正等, 而不及早圖之, 欲以一州之地與賊持久, 此臣之未解六也. (*

此言一隅難恃, 若不及時討賊, 恐蜀中非持久之地. 以上六段皆用反說駁倒議者之論).

*注: 昌覇(창패): 또한 昌狶(창희)라고도 한다. 建安四年(199), 劉備가 徐州를 습격하여 취하자 東海의 昌覇 및 다수의 군현들이 조조를 배반하고 劉備에게 붙었다. 그 후 조조가 劉岱와 王忠을 파견하여 치게 했으나 실패했다.   四越巢湖(사월소호): 네 번 巢湖를 넘다. 소호는 조조의 주력부대가 있는 合肥의 남쪽, 장강 북쪽에 있고, 孫吳는 장강변의 須濡口에 진을 치고서 쌍방이 이 일대에서 여러 차례 싸웠다.   任用李服(임용이복): 여기서의 李服은 〈王子服〉을 말한다. 王子服과 董承 등은 일찍이 조조를 모살하려고 계획했으나 실패했다.   夏侯(하후): 夏侯淵. 조조가 하후연을 보내서 漢中을 지키도록 했으나 유비가 益州를 취한 후 建安二十四年에 漢中(치소는 南鄭. 지금의 섬서성 漢中縣 東)으로 출병하여 촉장 黃忠이 陽平 定軍山(지금의 섬서성 勉縣 東南)에서 그를 죽였다.   期年(기년): 一年. 趙雲·陽群(조운·양군): 이하 모두 蜀의 명장들이다.   曲長·屯將(곡장·둔장): 모두 군대 안의 중하급 부대를 통솔하는 下級 將令들의 명칭이다. 突將·無前(돌장·무전): 蜀軍 안의 전위 돌격병의 명칭. 賨·叟·靑羌(종·수·청강): 蜀軍 안의 서남 지구의 소수민족들. 散騎·武騎(산기·무기): 모두 騎兵의 명칭. 圖敵(도적): 敵을 도모하다. 적을 쳐서 이기다. 勞費正等(노비정등): (앉아서 지키는 것(住)과 나아가 공격하는 것(行) 양자가) 소모하는 인력과 물자가 서로 똑같다.

〖6〗夫難平者, 事也. 昔先帝敗軍於楚, 當此之時, 曹操拊手, 謂天下已定. (*此是漢敗而賊成, 漢鈍而賊利). 然後先帝東連吳·越, 西取巴·蜀, 擧兵北征, 夏侯授首, 此操之失計, 而漢事將成也. (*此是賊敗而漢成, 賊鈍而漢利). 然後吳更違盟, 關羽毀敗, 秭歸蹉跌, 曹丕稱帝.(*漢又敗而賊又成, 漢又鈍而賊又利).

凡事如是, 難可逆料.(*此言往事之難料以見後事之難期). 臣鞠躬
盡瘁, 死而後已; 至於成敗利鈍, 非臣之明所能逆睹也.

後主覽表甚喜, 卽勅令孔明出師. 孔明受命, 起三十萬精兵, 令
魏延總督前部先鋒, 徑奔陳倉道口而來.

> *注: **難平**(난평): 통제하기(다스리기) 어렵다. 〈平〉: 平定. 治理. 平息.
> **先帝敗軍於楚**(선제패군어초): 劉備가 當陽 長坂에서 조조에게 패배한 일.
> **拊手**(부수): 拍手. 매우 기뻐하는 모양. **授首**(수수): 머리를 주다. 피살되
> 다. **秭歸蹉跌**(자귀차질): 秭歸에서 차질이 생기다. 유비가 관우의 복수
> 를 위해 吳를 공격하려고 秭歸로 진군했으나 吳將 陸遜에게 夷陵에서
> 대패한 일을 말함. 〈秭歸〉: 縣名. 지금의 湖北省에 속하며, 宜昌 西, 三峽
> 댐의 西南에 위치. 〈蹉跌〉: 跌跤. 失手. **逆料**(역료): 예측하다. 예견하
> 다. **鞠躬盡瘁**(국궁진췌): 수고로움을 마다하지 않고 盡心全力으로 일을
> 함. 〈鞠躬〉: 몸을 굽히다. 정성스레 일을 함을 나타낸다. 〈瘁〉: 피곤하다.
> 고달프다. 과로하다. **利鈍**(리둔): 일의 순조로움과 좌절, 곤란함. **逆睹**
> (역도): 예견하다. 예측하다. 〈逆見〉, 〈逆料〉와 同義.

〖7〗早有細作報入洛陽. 司馬懿奏知魏主, 大會文武商議. 大將
軍曹眞出班奏曰: "臣昨守隴西, 功微罪大, 不勝惶恐. 今乞引大
軍, 往擒諸葛亮. 臣近得一員大將, 使六十斤大刀, 騎千里征駃
馬, 開兩石鐵胎弓, 暗藏三個流星鎚, 百發百中, 有萬夫不當之
勇, 乃隴西狄道人, 姓王, 名雙, 字子全. 臣保此人爲先鋒."(*司馬
懿進一郝昭, 曹眞亦薦一王雙, 互相賭賽.) 叡大喜, 便召王雙上殿; 視
之, 身長九尺, 面黑睛黃, 熊腰虎背. (*王雙之勇, 在曹眞口中敍出, 王
雙之形, 在曹叡眼中看出.) 叡笑曰: "朕得此大將, 有何慮哉!" 遂賜
錦袍金甲, 封爲虎威將軍·前部大先鋒. 曹眞爲大都督. 眞謝恩出
朝, 遂引十五萬精兵, 會合郭淮·張郃, 分道守把隘口.

*注: 駆馬(완마): 良馬. 고대에 大宛에서 생산되는 말을 우수하다고 생각하
여 이렇게 불렀다. 천리마.

〖8〗 却說蜀兵前隊哨至陳倉, 回報孔明, 說: "陳倉口已築起一
城, 內有大將郝昭守把, 深溝高壘, 遍排鹿角, 十分謹嚴; 不如棄
了此城, 從太白嶺鳥道出祁山甚便." 孔明曰: "陳倉正北是街亭,
必得此城, 方可進兵." 命魏延引兵到城下, 四面攻之. 連日不能
破. 魏延復來告孔明, 說城難打. 孔明大怒, 欲斬魏延. 忽帳下一
人告曰: "某雖無才, 隨丞相多年, 未嘗報效; 願去陳倉城中, 說
郝昭來降, 不用張弓隻箭." 衆視之, 乃部曲靳祥也. 孔明曰: "汝
用何言以說之?" 祥曰: "郝昭與某同是隴西人氏, 自幼交契. 某
今到彼, 以利害說之, 必來降矣!" 孔明卽令前去.
　　*注: 哨(초): 哨探. 정찰하다. 정탐하다. 보초.　太白嶺鳥道(태백령조도):
　　〈太白嶺〉: 太白山. 지금의 섬서성 眉縣 남쪽에 있는 秦嶺의 主峰. 〈鳥道〉:
　　산꼭대기가 구름 속에 들어가 있어서 기러기도 지나가기 어려울 정도로
　　높고 험한 산길.　部曲(부곡): 고대의 군대 편제 단위. 군대 또는 고대의
　　豪門大族의 私人軍隊. 부하 군대. 산하에 있는 군대.　靳祥(근상): 책에
　　따라서는 鄞祥(은상)으로 되어 있는 것과 靳祥(근상) 또는 靳詳(근상)으
　　로 되어 있는 등 서로 다른데, 正史 〈三國志〉에는 나오지 않는 이름으로
　　작가가 만들어낸 가공의 인물인 것 같다.

〖9〗 靳祥驟馬徑到城下, 叫曰: "郝伯道, 故人靳祥來見." 城
上人報知郝昭. 昭令開門放入, 登城相見. 昭問曰: "故人因何到
此?" 祥曰: "吾在西蜀孔明帳下, 參贊軍機, 待以上賓之禮. 特令
某來見公, 有言相告." 昭勃然變色曰: "諸葛亮乃我國讐敵也! 吾
事魏, 汝事蜀, 各事其主, 昔時爲昆仲, 今時爲讐敵! 汝再不必多

言, 便請出城!」(＊司馬懿薦人如此, 亦見司馬懿之知人.) 靳祥又欲開言,
郝昭已出敵樓上了. 魏軍急催上馬, 赶出城外. 祥回頭視之, 見昭
倚定護心木欄杆. 　祥勒馬以鞭指之曰:「伯道賢弟, 　何太情薄
耶?」昭曰:「魏國法度, 兄所知也. 吾受國恩, 但有死而已, 兄不
必下說詞. 早回見諸葛亮, 教快來攻城, 吾不懼也!」(＊言非不壯, 惜
乎事非其主耳.) 祥回告孔明曰:「郝昭未等某開言, 便先阻却.」孔明
曰:「汝可再去見他, 以利害說之.」祥又到城下, 請郝昭相見.(＊
李恢見馬超只是一次,(＊第六十五回之事) 靳祥見郝昭却是兩番.) 昭出到敵樓
上. 祥勒馬高叫曰:「伯道賢弟, 聽吾忠言: 汝據守一孤城, 怎拒
數十萬之衆? 今不早降, 後悔無及. 且不順大漢, 而事奸魏, 抑何
不知天命·不辨清濁乎? 願伯道思之.」郝昭大怒, 拈弓搭箭, 指
靳祥而喝曰:「吾前言已定, 汝不必再言, 可速退, 吾不射汝!」(＊馬
超一說便來, 郝昭再說不從者, 一則有人驅之於內, 一則無人驅之於內也.)

　　＊注: 昆仲(곤중): 형제. 　抑(억): (부사) 어찌(＝豈). 또한(＝又. 表示重複).
　　定(정): 이미 확정된. 변하지 않는.

〖10〗 靳祥回見孔明, 具言郝昭如此光景. 孔明大怒曰:「匹夫
無禮太甚! 　豈欺吾無攻城之具耶?」隨叫土人問曰:「陳倉城中有
多少人馬?」 土人告曰:「雖不知的數, 約有三千人.」孔明笑曰:
「量此小城, 安能禦我! 休等他救兵到, 火速攻之.」於是軍中起
百乘雲梯, 一乘上可立十數人, 周圍用木板遮護. 軍士各把短梯軟
索, 聽軍中擂鼓, 一齊上城. 郝昭在敵樓上, 　望見蜀兵裝起雲梯,
四面而來, 卽令三千軍各執火箭, 分佈四面, 待雲梯近城, 一齊
射. (＊馬謖以三萬人而不能守街亭, 郝昭以三千人而能守陳倉者, 一則無城以
爲固, 一則有城以爲固也.)

　　孔明只道城中無備, 故大造雲梯, 令三軍鼓噪吶喊而進. 不期城

上火箭齊發，雲梯盡着，梯上軍士多被燒死．城上矢石如雨，蜀兵皆退．（*司馬懿能取街亭，武侯不能取陳倉者，所遇之人不同，所攻之地亦異耳．）孔明大怒曰：“汝燒吾雲梯，吾却用‘衝車’之法！”於是連夜安排下衝車．次日又四面鼓噪，吶喊而進．郝昭急命運石鑿眼，用葛索穿定飛打．衝車皆被打折．（*郝昭甚能．）孔明又令人運土塡城壕，教廖化引三千鍬钁軍，從夜間掘地道，暗入城去．郝昭又於城中掘重壕橫截之．（*能斷城外之水，不能斷城內之水．）如此晝夜相攻，二十餘日，無計可破．（*孔明不減公輸，郝昭不減墨翟．）

　　*注： 光景(광경)：상황．경우．정경．　**的數**(적수)：정확한 숫자．　**短梯軟索**(단제연삭)：짧은 밧줄사다리．　**裝起**(장기)：설치하다．　**衝車**(충차)：(성벽을 깨뜨리기 위해) 전차로 들이박다．　**鑿眼**(착안)：구멍을 뚫다(파다)．　**鍬钁**(초곽)：가래와 괭이．

〖11〗孔明營中憂悶，忽報東邊救兵到了，旗上書“魏先鋒大將王雙”．孔明問曰：“誰可迎之？”魏延出曰：“某願往．”孔明曰：“汝乃先鋒大將，未可輕出．”又問：“誰敢迎之？”裨將謝雄應聲而出，孔明與三千軍去了．孔明又問曰：“誰敢再去？”裨將龔起應聲要去．孔明亦與三千兵去了．孔明恐城內郝昭引兵衝出，乃把人馬退二十里下寨．

〖12〗却說謝雄引軍前行，正遇王雙，戰不三合，被雙一刀劈死．（*有郝昭之能守，又有王雙之能戰，不想於此遇着兩个勁敵．）蜀兵敗走，雙隨後赶來．龔起接着，交馬只三合，亦被雙所斬．敗兵回報孔明．孔明大驚，忙令廖化·王平·張嶷三人出迎．（*攻郝昭連換三樣攻法，攻王雙亦連調三次人馬，取一人如取一城之難．）兩陣對圓，張嶷出馬，王平·廖化壓住陣角．王雙縱馬來與張嶷交馬數合，不分勝負，雙詐敗便走，嶷隨後赶去．王平見張嶷中計，忙叫曰：“休赶！”嶷急回馬時，王雙流星鎚早到，正中其背．嶷伏鞍而走．雙回馬赶來．王平・廖化截住，救得張嶷回陣．王雙驅兵大殺一陣，蜀兵折傷甚多．嶷吐血數口，回見孔明，說：“王雙英雄無敵；如今將二萬兵就陳倉城外下寨，四圍立起排柵，築起重城，深挑濠塹，守禦甚嚴．”孔明見折二將，張嶷又被打傷，卽喚姜維曰：“陳倉道口這條路不可行，別求何策？”維曰：“陳倉城池堅固，郝昭守禦甚密，又得王雙相助，實不可取．不若令一大將，依山傍水下寨固守，再令良將守把要道，以防街亭之攻，却統大軍去襲祁山，某却如此如此用計，可捉曹眞也．”(*妙在不敍明何計，待下文自見．)孔明從其言，卽令王平・李恢引二枝兵守街亭小路，(*牽制街亭之兵．)魏延引一軍守陳倉口．(*牽制陳倉之兵．)馬岱爲先鋒，關興・張苞爲前後救應使，從小徑出斜谷，望祁山進發．(*此是二出祁山．)

*注: 陣角(진각): 전투대형의 양익. 挑濠塹(도호참): 참호를 파다.

〖13〗却說曹眞因思前番被司馬懿奪了功勞，因此到洛口，分調郭淮・孫禮，東西守把．又聽得陳倉告急，已令王雙去救；聞知王雙斬將立功，大喜，乃令中護軍大將費耀權攝前部總督，諸將各自守把隘口．忽報山谷中捉得細作來見．曹眞令押入，跪於帳前．其人告曰：“小人不是奸細，有機密來見都督，誤被伏路軍捉來，乞退左右．”

眞乃教去其縛，左右暫退．其人曰：“小人乃姜伯約心腹人也．蒙本官遣送密書．”(*此姜維用計也．妙在不向姜維一邊寫來，却在曹眞一邊見得．)眞曰：“書安在？”其人於貼肉衣內取出呈上．眞拆視曰：

罪將姜維百拜，書呈大都督曹麾下：維念世食魏祿，忝守邊城，叨竊厚恩，無門補報．昨日誤遭諸葛亮之計，陷身於巓崖之中, 思念舊國, 何日忘之？今幸蜀兵西出, 諸葛亮甚不相疑；
趙都督親提大兵而來, 如遇敵人, 可以詐敗, 維當在後, 以舉
火爲號, 先燒蜀人糧草, 却以大兵翻身掩之, 則諸葛亮可擒
也. 非敢立功報國, 實欲自贖前罪. 倘蒙照察, 速須來命.
曹眞看畢, 大喜曰：“天使吾成功也！”遂重賞來人, 便令回報, 依
期會合.

*注: **權攝**(권섭): 당분간 대행하다.　**蒙**(몽): 받다. 입다.　**忝**(첨): 황송하
다. 분에 넘치다. 송구스럽다: 욕되게 하다.　**叨竊厚恩**(도절후은): 외람
되이 두터운 은혜를 입다.　**補報**(보보): (은혜를) 갚다. 보답하다: 사후에
보고하다.　**巓崖**(전애): 산꼭대기와 절벽. 극히 위험한 처지.　**賴**(뢰):
다행히 마침. …덕분에.

〖14〗眞喚費耀商議曰：“今姜維暗獻密書, 令吾如此如此.” 耀
曰：“諸葛亮多謀, 姜維智廣, 或者是諸葛亮所使, 恐其中有詐.”
(*此人見識殊勝曹眞.) 眞曰：“他原是魏人, 不得已而降蜀, 又何疑
乎？”(*曹眞只要奪司馬懿之功, 故易於中.) 耀曰：“都督不可輕去, 只
守定本寨. 某願引一軍接應姜維. 如成功, 盡歸都督；倘有奸計,
某自支當.”(*太便宜了曹眞, 可惜了費耀.) 眞大喜, 遂令費耀引五萬
兵, 望斜谷而進. 行了兩三程, 屯下軍馬, 令人哨探. 當日申時分,
回報：“斜谷道中, 有蜀兵來也.” 耀忙催兵進. 蜀兵未及交戰先
退. 耀引兵追之, 蜀兵又來. 方欲對陣, 蜀兵又退：如此者三次,
俄延至次日申時分. 魏軍一日一夜, 不曾敢歇, 只恐蜀兵攻擊. 方
欲屯軍造飯, 忽然四面喊聲大震, 鼓角齊鳴, 蜀兵漫山遍野而
來.(*先疲之, 而後誘之.) 門旗開處, 閃出一輛四輪車, 孔明端坐其
中, 令人請魏軍主將答話. (*只道曹眞自來, 故親自誘敵耳, 不然, 割鷄焉
用牛刀.) 耀縱馬而出, 遙見孔明, 心中暗喜, 回顧左右曰：“如蜀兵

掩至, 便退後走；若見山後火起, 却回身殺去, 自有兵來相應." 分付畢, 躍馬出呼曰："前者敗將, 今何敢又來！" 孔明曰："喚汝曹眞來答話." 耀罵曰："曹都督乃金枝玉葉, 安肯與反賊相見耶！" 孔明大怒, 把羽扇一招, 左有馬岱, 右有張嶷, 兩路兵衝出. 魏兵便退. 行不到三十里, 望見蜀兵背後火起, 喊聲不絶.（＊正合姜維之書.）費耀只道號火, 便回身殺來, 蜀兵齊退. 耀提刀在前, 只望喊處追趕. 將次近火, 山路中鼓角喧天, 喊聲震地, 兩軍殺出, 左有關興, 右有張苞. 山上矢石如雨, 往下射來. 魏兵大敗. 費耀知是中計, 急退軍望山谷中而走, 人馬困乏.（＊爲一夜不曾睡之故.）背後關興引生力軍趕來, 魏兵自相踐踏及落澗身死者, 不知其數. 耀逃命而走, 正遇山坡口一彪軍, 乃是姜維. 耀大罵曰："反賊無信, 吾不幸誤中汝奸計也！" 維笑曰："吾欲擒曹眞, 誤賺汝矣. 速下馬受降！" 耀驟馬奪路, 望山谷中而走；忽見谷口火光沖天, 背後追兵又至, 耀自刎身死,（＊是曹眞替死鬼.）餘衆盡降. 孔明連夜驅兵, 直出祁山前下寨, 收住軍馬, 重賞姜維. 維曰："某恨不得殺曹眞也！" 孔明亦曰："可惜大計小用矣."

　　＊注：守定(수정)：지키고 있다.〈定〉：동사 뒤에 붙어 동작이나 행위가 그대로 변하지 않고 있음을 나타낸다.　支當(지당)：감당하다. 담당하다. 맡다.(承受. 承當. 承擔).　俄延(아연)：시간이 걸리다. 시간을 끌다.〈俄〉：홀연. 곧. 금새. 갑자기.〈延〉：(시간을) 끌다. 연기하다.　掩至(엄지)：기습하다. 갑자기 공격해 오다.　只道(지도)：…라고만 생각하다.〈道〉：…라고 생각하다.　生力軍(생력군)：정예 병력. 새로 투입된 정예부대. 生力兵.　大計小用(대계소용)：큰 계책을 작은 일에 쓰다.

〖15〗却說曹眞聽知折了費耀, 悔之不及, 遂與郭淮商議退兵之策. 於是孫禮・辛毗星夜具表, 申奏魏主,（＊只得又去求司馬懿來救, 硬要掙氣, 掙氣不來.) 言蜀兵又出祁山, 曹真損兵折將, 勢甚危急. 叡大驚, 卽召司馬懿入內曰:"曹真損兵折將, 蜀兵又出祁山. 卿有何策, 可以退之?"懿曰:"臣已有退諸葛亮之計, 不用魏軍揚武耀威, 蜀兵自然走矣!"正是:

　　已見子丹無勝術, 全憑仲達有良謀.

未知其計如何, 且看下文分解.

第九十七回 毛宗崗 序始評

(1). 〈前出師表〉開導嗣君, 〈後出師表〉力辯衆議. 辯衆議亦所以開嗣君也. 〈前出師表〉憂在國中, 〈後出師表〉慮在境外. 慮境外亦所以憂國中也. 何也? 自失街亭斬馬謖以來, 議者以爲但宜安蜀, 不宜伐魏. 武侯則以爲若不伐魏, 不能安蜀; 我不滅賊, 賊必滅我. 此不兩立之勢, 非不欲偏安, 正恐欲偏安而不能耳. 漢與賊不兩立, 則不共天地, 不同日月. 旣以義斷之, 而在所當奮矣. 賊亦與漢不兩立, 則如苗有莠, 如粟有秕, 不又以勢度之, 而在所當慮乎? "不兩立"一語, 今人但見得漢一邊, 不曾見得賊一邊. 然則表中 "慮" 字將何所指? 是雖讀過〈後出師表〉一篇, 却是未嘗讀一字也.

(2). 人知武侯之智不可及, 不知武侯之愚不可及. 料其事之必成必利後而爲之, 此智者之事也. 不能料其事之必成必利而亦爲之, 此愚者之心也. 不能料其事之必敗必鈍而蹈之, 此愚而愚者之事也. 能料其事之必敗必鈍而終必蹈之, 此智而愚者之心也. 先生未出草廬, 已知三分天下. 然則伐魏之無成, 出師之不利, 先生料之熟矣. 明明逆睹, 而乃云非所逆睹者, 何哉? 蓋以智而愚者, 自盡老臣之責; 而仍以愚而愚者, 上杜幼主之疑耳.

(3). 武侯之死, 尙在數卷之後, 而此處表中結語, 早下一 "死"字, 已爲五丈原伏筆矣. 先生不但知伐魏之無成, 出師之不利, 而又逆知其身之必死於是役也. 以漢·賊不兩立之故, 而至於敗亦不惜, 鈍亦不惜, 則死亦不惜. 嗚呼! 先生眞大漢之忠臣哉! 文天祥〈正氣歌〉曰: "或爲〈出師表〉, 鬼神泣壯烈." 殆於後一篇而愈見之.

(4). 武侯未出祁山, 而天使姜維歸漢, 特以備六出祁山以後之用耳. 然將寫其歸武侯, 不先寫其敵武侯, 不見姜維之才之妙也. 但寫其敵武侯於前, 不寫其佐武侯於後, 又不見姜維之才之妙也. 此卷之賺曹眞, 則其佐武侯者矣. 武侯未死而有佐武侯之姜維, 然後武侯旣死而有繼武侯之姜維. 人但知武侯旣死, 而後顯一能伐魏之姜維, 不知武侯未死, 而早見一能破魏之姜維. 然則九伐中原之事, 殆兆端於此乎!

第九十八回

追漢軍王雙受誅
襲陳倉武侯取勝

〖1〗却說司馬懿奏曰："臣嘗奏陛下，言孔明必出陳倉，故以郝昭守之，今果然矣.(*自喜其前言之已中). 彼若從陳倉入寇，運糧甚便.(*孔明之力攻陳倉正是爲此，却在仲達口中說出.) 今幸有郝昭·王雙守把，不敢從此路運糧. 其餘小道，搬運艱難. 臣算蜀兵行糧止有一月，利在急戰，我軍只宜久守.(*司馬懿之意只是利在不戰.) 陛下可降詔，令曹眞堅守諸路關隘，不要出戰. 不須一月，蜀兵自走.(*自信其後言之必中.) 那時乘虛而擊之，諸葛亮可擒也." 叡欣然曰："卿既有先見之明，何不自引一軍以襲之？" 懿曰："臣非惜身重命，實欲存下此兵，以防東吳陸遜耳. 孫權不久必將僭號稱尊. (*爲後文孫權稱帝伏筆.) 如稱尊號，恐陛下伐之，定先入寇也：臣故欲以兵待之."

*注: 行糧(행량): 여행이나 행군 도중에 먹을 식량.　存下(존하): 남기다. 남겨놓다.　僭號稱尊(참호칭존): 참람하게도 帝王이란 稱號를 쓰다.

〖2〗正言間, 忽近臣奏曰: "曹都督奏報軍情." 叡曰: "陛下可即令人告戒曹眞: 凡追赶蜀兵, 必須觀其虛實, 不可深入重地, 以中諸葛亮之計." 叡卽時下詔, 遣太常卿韓暨持節告戒曹眞: "切不可戰, 務在謹守; 只待蜀兵退去, 方纔擊之." 司馬懿送韓暨於城外, 囑之曰: "吾以此功讓與子丹; (*先知曹眞有急功之意.) 公見子丹, 休言是吾所陳之意, 只道天子降詔, 教保守爲上. 追赶之人, 大要仔細, 勿遣性急氣躁者追之." 暨辭去.

*注: 務(무): 반드시. 꼭. 필히.　大(대): 아주. 완전히. 철저히. 매우. 몹시. 대단히.　仔細(자세): 자세하다; 주의하다. 조심하다.

〖3〗却說曹眞正升帳議事, 忽報天子遣太常卿韓暨持節至. 眞出寨接入, 受詔已畢, 退與郭淮‧孫禮計議. 淮笑曰: "此乃司馬仲達之見也."(*司馬懿能料孔明, 郭淮能料司馬懿.) 眞曰: "此見若何?" 淮曰: "此言深識諸葛亮用兵之法. 久後能禦蜀兵者, 必仲達也!"(*高抬仲達却是當面抹倒曹眞.) 眞曰: "倘蜀兵不退, 又將如何?" 淮曰: "可密令人去敎王雙, 引兵於小路巡哨, 彼自不敢運糧. 待其糧盡兵退, 乘勢追擊, 可獲全勝."(*說追與司馬同, 不說追之宜愼, 則不及司馬矣.) 孫禮曰: "某去祁山虛粧做運糧兵, 車上盡裝乾柴茅草, 以硫黃焰硝灌之, 却敎人虛報隴西運糧到. 若蜀兵無糧, 必然來搶. 待入其中, 放火燒車, 外以伏兵應之, 可勝矣."(*此計亦通, 但恐瞞不過武侯耳.) 眞喜曰: "此計大妙!" 卽令孫禮引兵依計而行. 又遣人敎王雙引兵於小路巡哨. 郭淮引兵提調箕谷‧街亭, 令諸路軍馬守把險要. 眞又令張遼子張虎爲先鋒, 樂進子樂綝爲副先鋒, 同守頭營, 不許出戰.

　　*注: 却(각): …한 후에. …하고 나서. 　提調(제조): 지도하다. 지휘 조절하다. 지휘자. 지도 책임자. 　頭營(두영): 군대의 지휘부가 주둔하고 있는 軍營.

〖4〗却說孔明在祁山寨中, 每日令人挑戰, 魏兵堅守不出. 孔明喚姜維等商議曰: "魏兵堅守不出, 是料吾軍中無糧也.(*司馬所算, 又在孔明算中.) 今陳倉轉運不通, 其餘小路盤涉艱難, 吾算隨軍糧草, 不敷一月用度, 如之奈何?" 正躊躇間, 忽報: "隴西魏軍運糧數千車於祁山之西, 運糧官乃孫禮也."(*來得湊巧, 宜孔明之必中計也.) 孔明曰: "其人如何?" 有魏人告曰: "此人曾隨魏主出獵於大石山, 忽驚起一猛虎, 直奔御前, 孫禮下馬拔劍斬之. 從此封爲上將軍. ─乃曹眞心腹人也."(*孫禮往事前文未見, 忽於此處補前文所未及.) 孔明笑曰: "此是魏將料吾乏糧, 故用此計: 車上裝載者, 必是茅草引火之物.(*孫禮所算, 又在孔明算中.) 吾平生專用火攻, 彼乃欲以此計誘我耶? (*眞是班門弄斧.) 彼若知吾軍去劫糧車, 必來劫吾寨矣. 可將計就計而行." 遂喚馬岱分付曰: "汝引三千軍徑到魏兵屯糧之所, 不可入營, 但於上風頭放火.(*不待他放火, 倒替他放火, 妙甚.) 若燒着車仗, 魏兵必來圍吾寨." 又差馬忠·張嶷各引五千兵在外圍住, 內外夾攻. 三人受計去了. 又喚關興·張苞分付曰: "魏兵頭營接連四通之路. 今晚若西山火起, 魏兵必來劫吾營. 汝二人却伏於魏寨左右, 只等他兵出寨, 汝二人便可劫之." 又喚吳班·吳懿分付曰: "汝二人各引一軍伏於營外. 如魏兵到, 可截其歸路." 孔明分撥已畢, 自在祁山上憑高而坐. 魏兵探知蜀兵要來劫糧, 慌忙報與孫禮. 禮令人飛報曹眞. 眞遣人去頭營分付張虎·樂綝: "看今夜山西火起, 蜀兵必來救應. 可以出軍, 如此如此.”(*不出孔明所算.) 二將受計, 令人登樓專看號火.

    ＊注: 盤涉(반섭): 우회하여 나아가다. 삥 돌아가다.   **隨軍糧草**(수군양초):
    行糧. 부대의 이동시 함께 가지고 다니는 군량과 마초.   **大石山**(대석산):
    지금의 하남성 洛陽市 동남에 있는 산.   **上風頭**(상풍두): 바람이 불어오는
    쪽.

〖5〗却說孫禮把軍伏於山西, 只待蜀兵到. 是夜二更, 馬岱引三
千兵來, 人皆銜枚, 馬盡勒口, 徑到山西. 見許多車仗, 重重疊疊,
<u>攢繞成營.</u> 車仗虛揷旌旗. 正値西南風起,(*赤壁之火仗着東南風, 此
處之火却仗着西南風.) 岱令軍士徑去營南放火, 車仗盡着, 火光沖天.
孫禮只道蜀兵到魏寨內放號火, 急引兵一齊掩至. 背後鼓角喧天,
兩路兵殺來: 乃是馬忠·張嶷, 把魏軍圍在垓心. 孫禮大驚. 又聽
<u>的</u>魏軍中喊聲起, 一彪軍從火光邊殺來, 乃是馬岱. 內外夾攻, **魏**
兵大敗. <u>火緊風急,</u> 人馬亂竄, 死者無數. 孫禮引中傷軍, 突煙冒
火而走.

    ＊注: 攢繞(찬요): 모아서 빙 두르다(감다). 둥그렇게 모으다.   **營**(영): 여
    기서 營은 수레를 둥그렇게 모아 만든 가짜 영채를 말한다.   **聽的**(청적):
    들었다. 〈的〉: 동사나 형용사 뒤에 사용되어 결과나 정도를 나타내기도
    하고(得과 通用), 동사 뒤에 사용되어 완료의 뜻을 나타낸다. 지금의
    “了”처럼 사용된다.   **火緊風急**(화긴풍급): 바람이 불어 불이 확 타오르
    다. 〈긴〉: 급박하다. 급속하다.

〖6〗却說張虎在營中, 望見火光, 大開寨門, 與樂綝盡引人馬,
殺奔蜀寨來, ─ 寨中却不見一人. 急收軍回時, 吳班·吳懿兩路
兵殺出, 斷其歸路. 張·樂二將急衝出重圍, 奔回本寨, 只見土城
之上, 箭如飛蝗, ── 原來却被關興·張苞襲了營寨. 魏兵大敗,

皆投曹眞寨來. 方欲入寨, 只見一彪敗軍飛奔而來, 乃是孫禮; 遂同入寨見眞, 各言中計之事. 眞聽知, 謹守大寨, 更不出戰.

蜀兵得勝, 回見孔明. 孔明令人密授計與魏延, 一面敎拔寨齊起. 楊儀曰: "今已大勝, 挫盡魏兵銳氣, 何故反欲收軍?" 孔明曰: "吾兵無糧, 利在急戰. 今彼堅守不出, <u>吾受其病矣</u>. 彼今雖暫時兵敗, 中原必有添益; 若以輕騎襲吾糧道, 那時要歸不能. 今乘魏兵新敗, 不敢正視蜀兵, 便可出其不意, 乘機退去.(*巧於退兵, 軍師妙計.) 所憂者但魏延一軍, 在陳倉道口拒住王雙, 急不能脫身; 吾已令人授以密計, 敎斬王雙, 使魏人不敢來追,(*此處說明一句, 却不說出如何斬法, 直待下文自見.) 只令後隊先行." 當夜, 孔明只留金鼓守在寨中<u>打更</u>, 一夜兵已盡退, 只落空營.

　　*注: 受其病(수기병): 그 피해를 입다. 고생을 하다. 〈病〉: 해치다. 피해를 끼치다; 고생하다. 打更(타경): 야경을 돌다. (야경꾼이) 시각을 알리다.

〖7〗却說曹眞正在寨中憂悶, 忽報左將軍張郃領軍到.(*魏兵有添益, 果應孔明所言.) 郃下馬入帳, 謂眞曰: "某奉聖旨, 特來聽調." 眞曰: "曾<u>別</u>仲達否?" 郃曰: "仲達分付云: '吾軍勝, 蜀兵必不便去; 若吾軍敗, 蜀兵必卽去矣.'(*能者所見略同, 讀到此等處最是好看.) 今吾軍失利之後, 都督曾往哨探蜀兵消息否?" 眞曰: "未也." 於是卽令人往探之, 果是虛營, 只揷着數十面旌旗, 兵已去了二日也. 曹眞懊悔無及.

　　*注: 聽調(청조): 군대의 移動 명령(배치 명령)을 받다. 別(별): 이별하다. 작별인사를 하다.

〖8〗且說魏延受了密計, 當夜二更拔寨, 急回漢中. 早有細作報知王雙. 雙大驅軍馬, 併力追趕. 追到二十餘里, 看看<u>赶上</u>, 見魏延旗號在前，(*旗號之下却無魏延, 如前番趙雲退兵時正是彷彿.) 雙大叫曰：“魏延休走!” 蜀兵更不回頭. 雙拍馬赶來. 背後魏兵叫曰：“城外寨中火起, 恐中敵人奸計.”(*孔明所授之計, 於此始見.) 雙急勒馬回時, 只見一片火光沖天, 慌令退軍. 行到山坡左側, 忽一騎馬從林中驟出, 大喝曰：“魏延在此!” 王雙大驚, 措手不及, 被延一刀砍於馬下. 魏兵疑有埋伏, 四散逃走. 延手下止有三十騎人馬, 望漢中緩緩而行.(*以三十騎斬一大將, 寫魏延正是寫武侯.) 後人有詩讚曰：

　　孔明妙算勝孫龐, 耿若長星照一方.

　　進退行兵神莫測, 陳倉道口斬王雙.

　原來魏延受了孔明密計：先敎存下三十騎, 伏於王雙營邊; 只待王雙起兵赶時, 却去他營中放火; 待他回寨, 出其不意, 突出斬之. 魏延斬了王雙, 引兵回到漢中見孔明, 交割了人馬. 孔明設宴大會, 不在話下.

　且說張郃追蜀兵不上, 回到寨中. 忽有陳倉城郝昭差人申報, 言王雙被斬. 曹眞聞知, 傷感不已, 因此憂成疾病, 遂回洛陽; 命郭淮·孫禮·張郃守長安諸道.

　　*注: 赶上(간상): 따라잡다.　更不回頭(경불회두): 도리어 고개조차 돌리지 않다. 〈更〉: 도리어(却). 반대로(反而).　孫龐(손방): 孫臏과 龐涓. 둘 다 戰國時의 유명한 군사 전략가.　長星(장성): 혜성.　交割(교할): 受拂하다. 어떤 일이나 업무를 서로 交代하다. 주고받고 하다.

　〔9〕却說吳王孫權設朝,　有細作人報說：“蜀諸葛丞相出兵兩次,　魏都督曹眞兵損將亡.” 於是群臣皆勸吳王興師伐魏, 以圖中原. 權猶疑未決. 張昭奏曰：“近聞武昌東山, 鳳凰來儀; 大江之中, 黃龍屢現. 主公德配唐·虞, 明并文·武: 可卽皇帝位, 然後興

兵."(*因魏兵累敗, 而吳國稱尊.) 多官皆應曰:"子布之言是也!" 遂選定夏四月丙寅日, 築壇於武昌南郊. 是日, 群臣請權登壇卽皇帝位, 改黃武八年爲黃龍元年.(*到底不換"黃"字, 又是"黃天當立"之讖.) 諡父孫堅爲武烈皇帝, 母吳氏爲武烈皇后, 兄孫策爲長沙桓王. 立子孫登爲皇太子. 命諸葛瑾長子諸葛恪爲太子左輔, 張昭次子張休爲太子右弼.(*魏有張遼·樂進之字, 吳有諸葛瑾·張昭之子, 一班小輩後生, 前後閑閑相對.)

　　*注: 來儀(래의): 찾아오다. 〈儀〉: 오다(來也). 唐虞(당우): 堯임금(唐堯)과 舜임금(虞舜). 文武(문무): 周의 文王과 武王. 黃龍元年(황룡원년): 서기 229년.

〖10〗恪字元遜, 身長七尺, 極聰明, 善應對. 權甚愛之. 年六歲時, 值東吳筵會, 恪隨父在座. 權見諸葛瑾面長, 乃令人牽一驢來, 用粉筆書其面曰:"諸葛子瑜." 衆皆大笑. 恪趨至前, 取粉筆添二字於其下, 曰:"諸葛子瑜之驢."(*又添得二字, 驢面之長可知.) 滿座之人, 無不驚訝. 權大喜, 遂將驢賜之. 又一日, 大宴官僚, 權命恪把盞. 巡至張昭面前, 昭不飮, 曰:"此非養老之禮也." 權謂恪曰:"汝能强子布飮乎?" 恪領命, 乃謂昭曰:"昔姜尙父年九十, 秉旄仗鉞, 未嘗言老.(*先破他 '老' 字. 十分調笑.) 今臨陣之日, 先生在後; 飮酒之日, 先生在前: 何謂不養老也?"(*又破他 '養' 字. 又十分調笑.) 昭無言可答, 只得强飮. 權因此愛之, 故命輔太子. 張昭佐吳王, 位列三公之上, 故以其子張休爲太子右弼.(*恪以才選, 休以貴選.) 又以顧雍爲丞相, 陸遜爲上將軍, 輔太子守武昌. 權復還建業.

〖11〗群臣共議伐魏之策. 張昭奏曰:"陛下初登寶位, 未可動

兵. 只宜修文偃武, 增設學校, 以安民心; 遣使入川, 與蜀同盟,
共分天下, 緩緩圖也." 權從其言, 卽令使命星夜入川, 來見後主.
禮畢, 細奏其事. 後主聞知, 遂與群臣商議. 衆議皆謂孫權僭逆,
宜絕其盟好.(*此是正論, 但不知變通耳.) 蔣琬曰: "可令人問於丞
相." 後主卽遣使到漢中問孔明. 孔明曰: "可令人賫禮物入吳作
賀, 乞遣陸遜興師伐魏.(*非愛孫權, 只爲重在伐魏, 故暫許之.) 魏必命
司馬懿拒之. 懿若南拒東吳, 我再出祁山, 長安可圖也."(*欲以陸遜
牽制司馬懿.) 後主依言, 遂令<u>太尉陳震</u>, 將名馬‧玉帶‧金珠‧寶貝,
入吳作賀. 震至東吳, 見了孫權, 呈上國書. 權大喜, 設宴相待,
<u>打發</u>回蜀.(*兩國使者遨遊兩帝之間.) 權召陸遜入, 告以西蜀約會興兵
伐魏之事. 遜曰: "此乃孔明懼司馬懿之謀也!(*能者所見略同, 讀到
此等處最是好看.) 旣與同盟, 不得不從. 今却虛作起兵之勢, 遙與西
蜀爲應, 待孔明攻魏急, 吾可乘虛取中原也."(*此學孔明取南郡之
智, 又是一个要趁現成的.) 卽時下令, 教荊襄各處都要訓練人馬, 擇
日興師.

　　*注: **太尉陳震**(태위진진): 〈三國志〉 裴松之의 注에서 인용한 〈恪別傳〉에
　　의하면, 이때 동오에 사신으로 간 사람은 태위 진진이 아니라 費褘(비의)
　　였다. **打發**(타발): 보내다. 파견하다. 가게 하다.

〖12〗却說陳震回到漢中, 報知孔明. 孔明尚憂陳倉不可輕進,
先令人去哨探.回報說: "陳倉城中郝昭病重." 孔明曰: "大事成
矣!" 遂喚魏延‧姜維分付曰: "汝二人領五千兵, 星夜直奔陳倉城
下; 如見火起, 併力攻城."(*正不知火自何來, 令人猜摸不出.) 二人俱
未深信, 又來告曰: "何日可行?" 孔明曰: "三日都要完備; 不須
辭我, 卽便起行." 二人受計去了. 又喚關興‧張苞至, 附耳低言,
如此如此.(*正不知所言何語, 又令人猜摸不出.) 二人各受密計而去.

且說郭淮聞郝昭病重, 乃與張郃商議曰: "郝昭病重, 你可速去替他. 我自寫表申奏朝廷, 別行定奪." 張郃引着三千兵, 急來替郝昭. 時郝昭病危, 當夜正呻吟之間, 忽報蜀軍到城下了. 昭急令人上城守把. 時各門上火起,(*正不知火自何來.) 城中大亂. 昭聽知驚死. 蜀兵一擁入城.

　　*注: 定奪(정탈): 可否나 取捨를 결정하다.

〖13〗却說魏延・姜維領兵到陳倉城下看時, 並不見一面旗號, 又無打更之人. 二人驚疑, 不敢攻城. 忽聽得城上一聲砲響, 四面旗幟齊竪. 只見一人綸巾羽扇, 鶴氅道袍, 大叫曰: "汝二人來的遲了!" 二人視之, 乃孔明也.(*正不知何時到此, 一發令人猜摸不出.) 二人慌忙下馬, 拜伏於地曰: "丞相眞神計也!" 孔明令放入城, 謂二人曰: "吾打探得郝昭病重, 吾令汝三日內領兵取城, 此乃穩衆人之心也.(*方知三日之限是假.) 吾却令關興・張苞只推點軍, 暗出漢中.(*方知附耳低言乃是此語.) 吾卽藏於軍中, 星夜倍道徑到城下, 使彼不能調兵.(*方知武侯來法.) 吾早有細作在城內放火・發喊相助,(*方知城中起火之由.) 令魏兵驚疑不定. 兵無主將, 必自亂矣. 吾因而取之, 易如反掌.(*至此方將上項事細說一遍. 前乎此者, 令人如在夢中.) 兵法云: '出其不意, 攻其無備.' 正謂此也."(*又自下一注脚.) 魏延・姜維拜伏. 孔明憐郝昭之死, 令彼妻小扶靈柩回魏, 以表其忠.(*上文都是鬼神手段, 此處忽現一菩薩心腸.)

　　*注: 打更(타경): 야경을 돌다. 穩(온): 진정시키다. 가라앉히다. 推(추): 핑계를 대다.

〖14〗孔明謂魏延・姜維曰: "汝二人且莫卸甲, 可引兵去襲散關. 把關之人, 若知兵到, 必然驚走. 若稍遲便有魏兵至關, 卽難攻矣." 魏延·姜維受命, 引兵徑到散關. 把關之人, 果然盡走. 二人上關縴要卸甲, 遙見關外塵頭大起, 魏兵到來.(*先生之言, 其應如響.) 二人相謂曰: "丞相神算, 不可測度!" 急登樓視之, 乃魏將張郃也. 二人乃分兵守住險道. 張郃見蜀兵把住要路, 遂令退軍. 魏延隨後追殺一陣, 魏兵死者無數, 張郃大敗而去. 延回到關上, 令人報知孔明. 孔明先自領兵, 出陳倉·斜谷, 取了建威. 後面蜀兵陸續進發. 後主又命大將陳式來助. 孔明驅大兵復出祁山.(*此是三出祁山.) 安下營寨, 孔明聚衆言曰: "吾二次出祁山, 不得其利; 今又到此, 吾料魏人必依舊戰之地, 與吾相敵. 彼意疑我取雍·郿二處, 必以兵拒守; 吾觀陰平·武都二郡與漢連接, 若得此城, 亦可分魏兵之勢. 何人敢取之?" 姜維曰: "某願往." 王平應曰: "某亦願往." 孔明大喜, 遂令姜維引兵一萬取武都, 王平引兵一萬取陰平. 二人領兵去了.

再說張郃回到長安, 見郭淮·孫禮, 說: "陳倉已失, 郝昭已亡, 散關亦被蜀兵奪了. 今孔明復出祁山, 分道進兵." 淮大驚曰: "若如此, 必取雍·郿矣!"(*不出武侯所料.) 乃留張郃守長安, 令孫禮保雍城. 淮自引兵星夜來郿城守禦, 一面上表入洛陽告急.

*注: 散關(산관): 즉 大散關. 섬서성 寶鷄市 서남의 大散嶺 위에 있다. 秦嶺의 목구멍에 해당하는 곳으로 서천과 섬서성 간의 교통의 요충지. 고대 병가들의 必爭之地였다.　建威(건위): 지금의 감숙성 西和縣 北. 한말 삼국시에 이곳에 城堡를 쌓아 지켰다.　陰平(음평): 郡名. 治所는 陰平縣(지금의 감숙성 文縣 西北).　武都(무도): 郡의 治所는 하변(지금의 감숙성 成縣 西北).　漢(한): 西漢水를 말한다. 一名 犀牛江이라고도 한다. 지금의 감숙성 南部에 있는데, 嘉陵江의 支流이다.　郿城(미성): 지금의 섬서성 眉縣 東에 위치.

〖15〗却說魏主曹叡設朝, 近臣奏曰: "陳倉城已失, 郝昭已亡. 諸葛亮又出祁山, 散關亦被蜀兵奪了." 叡大驚. 忽又奏滿寵等有表, 說: "東吳孫權僭稱帝號, 與蜀同盟. 今遣陸遜在武昌, 訓練人馬, 聽候調用. 只在旦夕, 必入寇矣." 叡聞知兩處危急, 舉止<u>失措</u>, 甚是驚慌. 此時曹眞病未痊, 卽召司馬懿商議. 懿奏曰: "以臣愚意所料, 東吳必不舉兵."(*陸遜所算, 已在司馬懿算中.) 叡曰: "卿何以知之?" 懿曰: "孔明嘗思報猇亭之讐. 非不欲呑吳也, 只恐中原乘虛擊彼, 故暫與東吳結盟. 陸遜亦知其意, 故假作興兵之勢以應之, 實是坐觀成敗耳. 陛下不必防吳, 只須防蜀." 叡曰: "卿眞高見!" 遂封懿爲大都督, 總攝隴西諸路軍馬; 令近臣取曹眞總兵將印來. 懿曰: "臣自去取之."(*曹眞之印不欲天子收之, 而欲令曹眞自讓之, 善處曹眞處. 然天子之印不待天子與之, 而曰臣自取之, 便是目無天子處.)

　　*注: 失措(실조): 無措. 어찌할 줄 모르다.

〖16〗遂辭帝出朝, 徑到曹眞府下, 先令人入府報知, 懿方進見. 問病畢, 懿曰: "東吳·西蜀會合, 興兵入寇, 今孔明又出祁山下寨, 明公知之乎?" 眞驚訝曰: "吾家人知我病重, 不令我知. 似此國家危急, 何不拜仲達爲都督, 以退蜀兵耶?"(*妙在待他自說出來.) 懿曰: "某才薄智淺, 不稱其職." 眞曰: "取印與仲達." 懿曰: "都督<u>少慮</u>, 某願助一臂之力, ——只不敢受此印也."(*極寫司馬懿之詐.) 眞躍起曰: "如仲達不領此任, 中國必危矣! 吾當抱病見帝以保之!" 懿曰: "天子已有恩命, 但懿不敢受耳." 眞大喜曰: "仲達今領此任, 可退蜀兵." 懿見眞再三讓印, 遂受之, 入內辭了魏主, 引兵往長安來與孔明決戰. 正是:
　　舊帥印爲新帥取, 兩路兵惟一路來.

未知勝負如何, 且看下文分解.

*注: 少慮(소려): 염려하지 마십시오. 〈少〉: 명령문에서 삼가, 그만, 작작 등의 뜻을 나타낸다.

第九十八回 毛宗崗 序始評

(1). 進兵有進兵之奇, 退兵又有退兵之奇. 使人不知我進而進, 而後我不爲敵之所防; 使人不知我退而退, 而後我不爲敵之所掩. 夫勝則不退, 不勝則退者, 人之所知也. 不勝則不退, 一勝則急退者, 則非人之所知也. 人不知而武侯知之, 我於此奇武侯. 武侯知之而司馬懿又知之, 我更於此奇司馬.

(2). 文有與前相應者, 觀後事益信其有前事; 事有與前相反者, 讀前文更不料其有後文. 如武侯之斬王雙·襲陳倉, 是則與前相反者矣. 王雙之戰甚勇, 郝昭之守甚堅. 三戰之而不勝, 而忽斬之於一朝; 兩說之而不降, 屢攻之而不下, 而忽取之於一夕. 不有所甚難於前, 不見其甚易於後者之爲異耳.

(3). 七擒孟獲之文, 妙在相連: 六出祁山之文, 妙在不相連. 於一出祁山之後, 二出祁山之前, 忽有陸遜破魏之事以間之, 此間於數卷之中者也. 二出祁山之後, 三出祁山之前, 又有孫權稱帝之事以間之, 此即間於一卷之內者也. 每見左丘明敍一國, 必旁及他國, 而事乃詳. 又見司馬遷敍一事, 必旁及他事, 而文乃曲. 今觀〈三國演義〉, 不減左丘·司馬之長.

(4). 三國之中, 惟孫權之稱帝獨後, 何也? 曰: 有不得不後之勢也. 不稱帝於曹操未死之時, 恐操之挾天子以伐之耳. 至於曹丕稱帝, 其亦可以尤而效之矣, 而猶不敢者: 蜀方伐吳, 而吳遽帝, 是益其伐也; 吳方求援於魏, 而吳遽帝, 是絕其援也. 迨夫蜀旣款, 魏旣離, 蜀方有事於魏, 魏方累敗於蜀, 夫然後乘間而踐天子位焉. 此孫權之所以謹避於先, 而審處於後者也.

(5). 武侯初出祁山而表一上, 二出祁山而表再上, 何至於三而表獨闕焉? 曰: 武侯之志決而言切, 已盡在〈後出師表〉一篇中矣. 志旣決, 則不必多言; 言旣切, 則不必更贅之以言, 非獨三出祁山爲然也, 卽至六出祁山之事, 亦不過 "死而後已" 一語足以概之云.

第九十九回

諸葛亮大破魏兵
司馬懿入寇西蜀

〖1〗蜀漢建興七年夏四月，孔明兵在祁山，分作三寨，專候魏兵.

　　却說司馬懿引兵到長安，張郃接見，備言前事. 懿令郃爲先鋒，戴凌爲副將，引十萬兵到祁山，於渭水之南下寨. 郭淮・孫禮入寨參見. 懿問曰："汝等曾與蜀兵對陣否?"二人答曰："未也."懿曰："蜀兵千里而來，利在速戰；今來此不戰，必有謀也. (*蜀兵不戰，却借魏將口中敍出.) 隴西諸路，曾有信息否?"淮曰："已有細作探得各郡十分用心，日夜提防，並無他事. 只有武都・陰平二處，未曾回報."懿曰："吾自差人與孔明交戰. 汝二人急從小路去救二郡，却掩在蜀兵之後，彼必自亂矣!"(*亦算得着，但嫌遲了些.) 二人受計，引兵五千，從隴西小路來救武都・陰平，就襲蜀兵之後.

*注: 建興七年(건흥칠년): 서기 229년. 提防(제방): 조심하다. 방비하다. 경계하다.

〖2〗 郭淮於路謂孫禮曰: "仲達比孔明如何?" 禮曰: "孔明勝仲達多矣!"(*誠如所論. 兩人優劣却在魏將口中定之.) 淮曰: "孔明雖勝, 此一計足顯仲達有過人之智. 蜀兵如正攻兩郡, 我等從後抄到, 彼豈不自亂乎?" 正言間, 忽哨馬來報: "陰平已被王平打破了. 武都已被姜維打破了.(*不在姜維·王平一邊寫來, 只在郭淮·孫禮一邊聽得. 省筆之甚.) 前離蜀兵不遠." 禮曰: "蜀兵旣已打破了城池, 如何陳兵於外? 必有詐也, 不如速退." 郭淮從之.—方傳令教軍退時, 忽然一聲砲響, 山背後閃出一枝軍馬來, 旗上大書: "漢丞相諸葛亮", 中央一輛四輪車, 孔明端坐於上, 左有關興, 右有張苞. 孫·郭二人見之, 大驚. 孔明大笑曰: "郭淮·孫禮休走! 司馬懿之計, 安能瞞得過吾? 他每日令人在前交戰,(*司馬懿在祁山一邊事, 又借孔明口中敍出.) 却教汝等襲吾軍後.(*司馬懿所算, 已在孔明算中.) 武都·陰平吾已取了. 汝二人不早來降, 欲驅兵與吾決戰耶?" 郭淮·孫禮聽畢, 大慌. 忽然背後喊殺連天, 王平·姜維引兵從後殺來. 興·苞二將又引軍從前面殺來. 兩下夾攻, 魏兵大敗. 郭·孫二人棄馬爬山而走. 張苞望見, 驟馬赶來; 不期連人帶馬, 跌入澗內. 後軍急忙救起, 頭已跌破. 孔明令人送回成都養病.

*注: 抄(초): 질러가다. 지름길로 가다; 빼앗아 가다. 낚아채다. 잡아채다. 跌(질): (발이 걸려) 넘어지다. 떨어지다.

〖3〗 却說郭·孫二人走脫, 回見司馬懿曰: "武都·陰平二郡已失. 孔明伏於要路, 前後攻殺, 因此大敗, 棄馬步行, 方得逃回." 懿曰: "非汝等之罪, 孔明智在吾先.(*不惟孫禮知之, 司馬懿亦自知之.)可再引兵守把雍·郿二城,切勿出戰.吾自有破敵之策."二人拜辭而去.懿又喚張郃·戴凌分付曰:"今孔明得了武都·陰平,必然撫百姓以安民心,不在營中矣.(*只因孫·郭二人路上撞見孔明,故算到此.)汝二人各引一萬精兵,今夜起身,抄在蜀兵營後,一齊奮勇殺將過來;吾却引兵在前布陣,只待蜀兵勢亂,吾大驅人馬,攻殺進去:兩軍併力,可奪蜀寨也.若得此地山勢,破敵何難!"二人受計,引兵而去.

戴凌在左,張郃在右,各取小路進發,深入蜀兵之後.三更時分,來到大路,兩軍相遇,合兵一處,却從蜀兵背後殺來.行不到三十里,前軍不行.張·戴二人自縱馬視之,只見數百輛草車橫截去路.郃曰:"此必有準備.可急取路而回."纔傳令退軍,只見滿山火光齊明,鼓角大震,伏兵四下皆出,把二人圍住.孔明在祁山上大叫曰:"戴凌·張郃可聽吾言:司馬懿料吾往武都·陰平撫民,不在營中,故令汝二人來劫吾寨,却中吾之計也.(*不寫孔明營中算他劫寨,調遣伏兵,却於此處突然而出,不獨張·戴二人所不料,亦今日讀者所不料.)汝二人乃無名下將,吾不殺害,下馬早降!"郃大怒,指孔明而罵曰:"汝乃山野村夫,侵吾大國境界,如何敢發此言!吾若捉住汝時,碎屍萬段!"言訖,縱馬挺槍,殺上山來.山上矢石如雨.郃不能上山,乃拍馬舞槍,衝出重圍,無人敢當.蜀兵困戴凌在垓心.郃殺出舊路,不見戴凌,卽奮勇翻身又殺入重圍,救出戴凌而回.(*極寫張郃之勇,正爲後文射張郃伏線.)孔明在山上,見郃在萬軍之中,往來衝突,英勇倍加,乃謂左右曰:"嘗聞張翼德大戰張郃,人皆驚懼.(*照應七十卷中事.)吾今日見之,方知其勇也.若留下此人,必爲蜀中之害.吾當除之."(*木門道之箭已伏於此.)遂收軍還營.

〖４〗却說司馬懿引兵布成陣勢,只待蜀兵亂動,一齊攻之.忽見張郃·戴凌狼狽而來, 告曰: "孔明先如此隄防, 因此大敗而歸."
懿大驚曰: "孔明眞神人也! ── 不如且退." 卽傳令敎大軍盡回本
寨, 堅守不出.

　且說孔明大勝, 所得器械·馬匹, 不計其數, 乃引大軍回寨. 每
日令魏延挑戰. 魏兵不出. 一連半月, 不曾交兵. 孔明正在帳中思
慮, 忽報天子遣侍中費褘賚詔至. 孔明接入營中, 焚香禮畢, 開詔
讀曰:

　　街亭之役, 咎由馬謖; 而君引愆, 深自貶抑. <u>重違君意</u>, <u>聽順
　　所守</u>. 前年耀師, 馘斬王雙; 今歲爰征, 郭淮遁走; 降集<u>氐</u>·
　　羌, 復興二郡: 威震兇暴, 功勳顯然. 方今天下騷擾, <u>元惡</u>未
　　梟, 君受大任, <u>幹國之重</u>, 而久自抑損, 非所以光揚洪烈矣. 今
　　復君丞相, 君其勿辭!

　孔明聽詔畢, 謂費褘曰: "吾國事未成, 安可復丞相之職?" 堅
辭不受. 褘曰: "丞相若不受職, <u>拂</u>了天子之意, 又冷淡了將士之
心. (*復爵於軍中, 不專答丞相之勳, 實以鼓將士之氣.) <u>宜且</u>權受." 孔明
方纔拜受. (*受爵不在斬王雙之時, 而在破郭淮之後. 功如武侯猶不敢濫爵如
此, 人奈何欲享無勞之俸耶?) 褘辭去.

*注: 引愆(인건): 잘못의 책임을 스스로 지다. 〈愆〉: 과실. 허물. **重違君
意**(중위군의): 군의 뜻을 어기기 어렵다. 〈重〉: 어렵게 생각하다. 곤란하게
여기다. **聽順所守**(청순소수): 군의 뜻을 따라 군의 현재 직무를 대리하
게 했다. 〈守〉: 猶 '攝'. 잠시 職務를 代理(署理)하다. **耀師**(요사):
군대의 위력을 과시하다. 〈耀〉: 자랑하다. 뽐내다. 과시하다. **爰**(원): 이에
(乃. 於是). **氐**(저): 고대 중국 서방의 소수민족. **元惡**(원악): 首惡. 曹魏
의 임금. 즉 曹叡. **幹國之重**(간국지중): 國政을 主持하는 重任. 〈幹〉:
줄기. 여기서는 主持, 主管의 뜻. **拂**(불): 위배하다. **且權**(차권): 잠시
(暫且). 당분간(姑且).

〖5〗孔明見司馬懿不出，思得一計，傳令教各處皆拔寨而起．當有細作報知司馬懿，說孔明退兵了．懿曰：“孔明必有大謀，不可輕動．”張郃曰：“此必因糧盡而回，如何不追？”懿曰：“吾料孔明上年大收，今又麥熟，糧草豐足，雖然轉運艱難，亦可支吾半載，安肯便走？彼見吾連日不戰，故作此計引誘．可令人遠遠哨之．”(*寫仲達把細之心．)　軍士探知，回報說：“孔明離此三十里下寨．”懿曰：“吾料孔明果不走．且堅守寨柵，不可輕進．”住了旬日，絕無音信，并不見蜀將來戰．懿再令人哨探，回報說：“蜀兵已起營去了．”懿未信，乃更換衣服，雜在軍中，親自來看，果見蜀兵又退三十里下寨．懿回營謂張郃曰：“此乃孔明之計也，不可追趕．”又住了旬日，再令人哨探．回報說：“蜀兵又退三十里下寨．”郃曰：“孔明用緩兵之計，漸退漢中．都督何故懷疑，不早追之？郃願往決一戰．”懿曰：“孔明詭計極多，倘有差失，喪我軍之銳氣，不可輕進．”郃曰：“某去若敗，甘當軍令．”懿曰：“既汝要去，可分兵兩枝：汝引一枝先行，須要奮力死戰；吾隨後接應，以防伏兵．汝次日先進，到半途駐箚，後日交戰，使兵力不乏．”遂分兵已畢．次日，張郃·戴凌引副將數十員·精兵三萬，奮勇先進，到半路下寨．司馬懿留下許多軍馬守寨，只引五千精兵，隨後進發．

　　*注：支吾(지오)：말을 얼버무리다. 조리가 없다. 이리저리 둘러대다; 지탱하다. 버티다. 대응하다.

〖6〗原來孔明密令人哨探，見魏兵半路而歇．是夜，孔明喚眾將商議曰：“今魏兵來追，必然死戰，汝等須以一當十．吾以伏兵截其後：非智勇之將，不可當此任．”言畢，以目視魏延．延低頭不語．(*魏延此時不肯當先，只因不聽其子午谷之計，心中不悅，非復前魏延矣．)

王平出曰：“某願當之.” 孔明曰：“若有失，如何？” 平曰：“願當軍令.” 孔明嘆曰：“王平肯捨身親冒矢石，眞忠臣也！(*贊王平正反襯魏延.) 雖然如此，奈魏兵分兩枝，前後而來，斷吾伏兵在中；平縱然智勇，只可當一頭，豈可分身兩處？須再得一將同去爲妙. 怎奈軍中再無捨死當先之人？”(*又用激法.) 言未畢，一將出曰：“某願往！” 孔明視之，乃張翼也. 孔明曰：“張郃乃魏之名將，有萬夫不當之勇，汝非敵手.”(*又用激法.) 翼曰：“若有失事，願獻首於帳下.” 孔明曰：“汝既敢去，可與王平各引一萬精兵伏於山谷中；只待魏兵赶上，任他過盡，汝等却引伏兵從後掩殺. 若司馬懿隨後赶來，却分兵兩頭：張翼引一軍當住後隊，王平引一軍截其前隊. 兩軍須要死戰. ——吾自有別計相助.” 二人受計引兵而去. 孔明又喚姜維·廖化分付曰：“與汝二人一個錦囊，引三千精兵，偃旗息鼓，伏於前山之上. 如見魏兵圍住王平·張翼，十分危急，不必去救，只開錦囊看視，自有解危之策.” 二人受計引兵而去. 又令吳班·吳懿·馬忠·張嶷四將，附耳分付曰：“如來日魏兵到，銳氣正盛，不可便迎，且戰且走. 只看關興引兵來掠陣之時，汝等便回軍赶殺，吾自有兵接應.” 四將受計引兵而去. 又喚關興分付曰：“汝引五千精兵，伏於山谷；只看山上紅旗颭動，却引兵殺出.” 興受計引兵而去.

*注: 捨死(사사): 목숨을 버리다. 목숨을 걸다. 죽음을 각오하다.

〖7〗却說張郃·戴凌領兵前來，驟如風雨. 馬忠·張嶷·吳懿·吳班四將接着，出馬交鋒. 張郃大怒，驅兵追殺. 蜀兵且戰且走. 魏兵追赶約有二十餘里. 時值六月天氣，十分炎熱，人馬汗如潑水. 走到五十里外，魏兵盡皆氣喘. 孔明在山上把紅旗一招，關興引兵殺出. 馬忠等四將，一齊引兵掩殺回來. 張郃·戴凌死戰不退.

忽然喊聲大震, 兩路軍殺出, 乃王平·張翼也. 各奮勇追殺, 截其後路. 郃大叫衆將曰: "汝等到此, 不決一死戰, 更待何時!" 魏兵奮力衝突, 不得脫身. 忽然背後鼓角喧天, 司馬懿自領精兵殺到. 懿指揮衆將, 把王平·張翼圍在垓心. (*已在孔明算中.) 翼大呼曰: "丞相眞神人也! 計已算定, 必有良謀. 吾等當決一死戰!" 卽分兵兩路: 平引一軍截住張郃·戴凌, 翼引一軍力當司馬懿. 兩頭死戰, 叫殺連天.

姜維·廖化在山上探望, 見魏兵勢大, 蜀兵力危, 漸漸抵當不住. 維謂化曰: "如此危急, 可開錦囊看計." 二人拆開視之, 內書云: "若司馬懿兵來圍王平·張翼至急, 汝二人可分兵兩枝, 竟襲司馬懿之營; 懿必急退. 汝可乘亂攻之. 營雖不得, 可獲全勝." (*獨此數語, 却於此處方見, 機密之至.) 二人大喜, 卽分兵兩路, 徑襲司馬懿營中而去.

*注: 叫殺連天(규살연천): 큰 소리로 외치는 소리가 하늘에 닿다.(몹시 시끄럽다). 〈殺〉: 謂語의 뒤나 앞에서 정도가 몹시 심함을 나타낸다. 몹시. 매우. 竟(경): 그대로. 곧장(一直). 직접.

〔8〕原來司馬懿亦恐中孔明之計, 沿途不住的令人傳報. 懿正催戰間, 忽流星馬飛報, 言蜀兵兩路竟取大寨去了.(*維·化二人劫寨只在司馬懿耳中虛寫. 妙!) 懿大驚失色, 乃謂衆將曰: "吾料孔明有計, 汝等不信, 勉强追來, 却誤了大事!" 卽提兵急回. 軍心惶惶亂走. 張翼隨後掩殺, 魏兵大敗. 張郃·戴凌見勢孤, 亦望山僻小路而走. 蜀兵大勝. 背後關興引兵接應諸路. 司馬懿大敗一陣, 奔入寨時, 蜀兵已自回去. 懿收聚敗軍, 責罵諸將曰: "汝等不知兵法, 只憑血氣之勇, 强欲出戰, 致有此敗. 今後切不許妄動, 再有不遵, 決正軍法!" 衆皆羞慚而退. 這一陣, 魏將死者極多, 遺棄

馬匹·器械無數.

*注: 不住的(부주적): 멈추지 않고. 계속해서. 〈住〉: 정지하다. 멈추다.
〈的〉: '的'字 詞組를 이루어 동사나 형용사를 수식한다. 용법은 "地"와 같
다.　竟(경): 뜻밖에. 의외에.　決(결): 절대로. 결단코.

〖9〗 却說孔明收得勝軍馬入寨, 又欲起兵進取. 忽報有人自成
都來, 說張苞身死.(*趙雲之死在〈後出師表〉之中, 張苞之死又在〈後出師
表〉之外.) 孔明聞知, 放聲大哭, 口中吐血, 昏絶於地. 衆人救醒,
孔明自此得病臥床不起.(*曹操哭典韋, 孔明哭張苞. 然曹操不病, 孔明則
病. 哭可假得, 病却假不得.) 諸將無不感激. 後人有詩嘆曰:
　悍勇張苞欲建功, 可憐天不助英雄.
　武侯淚向西風灑, 爲念無人佐鞠躬.

旬日之後, 孔明喚董厥·樊建等入帳分付曰: "吾自覺昏沈,
不能理事; 不如且回漢中養病, 再作良圖. 汝等切勿走泄: 司馬懿若
知, 必來攻擊." 遂傳號令, 敎當夜暗暗拔寨, 皆回漢中. 孔明去了
五日, 懿方得知, 乃長嘆曰: "孔明眞有神出鬼沒之計, 吾不能及
也!" 於是司馬懿留諸將在寨中, 分兵守把各處隘口; 懿自班師回.

*注: 鞠躬(국궁): 몸을 굽히다. 정성스레 일을 하다. 여기서는 〈鞠躬하는
사람〉, 즉 孔明을 가리킨다.　走泄(주설): 走漏. 새나가게 하다. 누설시키
다.

〖10〗 却說孔明將大軍屯於漢中, 自回成都養病. 文武官僚出城
迎接, 送入丞相府中. 後主御駕自來問病, 命御醫調治, 日漸痊
可.

建興八年秋七月, 魏都督曹眞病可,(*方敍武侯病可, 又忽敍曹眞病
可, 鬪筍絶妙.) 乃上表說: "蜀兵數次侵界, 屢犯中原, 若不劋除, 必

爲後患. 今時值秋凉,(*與上文炎天相應.) 人馬安閒, 正當征伐. 臣願
與司馬懿同領大軍, 徑入漢中, 殄滅奸黨, 以淸邊境."(*漢不伐賊,
賊亦伐漢, 果應〈後出師表〉之言.) 魏主大喜, 問侍中劉曄曰:"子丹勸
朕伐蜀, 若何?" 曄奏曰:"大將軍之言是也. 今若不剿除, 後必爲
大患. 陛下便可行之."(*可見賊亦與漢不兩立.) 叡點頭. 曄出內回家,
有衆大臣相探, 問曰:"聞天子與公計議興兵伐蜀, 此事如何?" 曄
應曰:"無此事也. 蜀有山川之險, 非可易圖; 空費軍馬之勞, 於國
無益."(*忽然要瞞衆人.) 衆官皆默然而出. 楊曁入內奏曰:"昨聞劉
曄勸陛下伐蜀; 今日與衆臣議, 又言不可伐: 是欺陛下也. 陛下何
不召而問之?" 叡卽召劉曄入內問曰:"卿勸朕伐蜀; 今又言不可,
何也?" 曄曰:"臣細詳之, 蜀不可伐."(*又在天子面前瞞衆人, 更妙.)
叡大笑. 少時, 楊曁出內. 曄奏曰:"臣昨日勸陛下伐蜀, 乃國之大
事, 豈可妄泄於人? 夫兵者, 詭道也: 事未發切宜秘之."(*前此只疑
其模棱兩可, 至此方知是深心人.) 叡大悟曰:"卿言是也." 自此愈加敬
重. 旬日內, 司馬懿入朝, 魏主將曹眞表奏之事, 逐一言之. 懿奏
曰:"臣料東吳未敢動兵, 今日正可乘此去伐蜀." 叡卽拜曹眞爲
大司馬·征西大都督, 司馬懿爲大將軍·征西副都督,(*此時大都督印
又是曹眞挂了, 可見前番司馬懿謙讓正是老世事處.) 劉曄爲軍師. 三人拜
辭魏主, 引四十萬大兵, 前行至長安, 徑奔劍閣, 來取漢中; 其餘
郭淮·孫禮等, 各取路而行.

*注: 痊可(전가): 痊愈. 병이 낫다. 병이 완쾌되다. 〈可〉: 병이 낫다(痊愈).
病可(병가): 병이 낫다. 剿除(초제): 토벌하여 섬멸(제거)하다. 殄滅(진
멸): 다 없애다. 전멸시키다. 內(내): 내실. 궁중. 相探(상탐): 찾아가다.
방문하다. 逐一(축일): 하나하나. 일일이. 남김없이. 劍閣(검각): 지금의
사천성 검각현 동북의 大劍山과 小劍山 사이에 있음. 전하는 바로는 제갈
량이 쌓았다고 하는데, 서천과 섬서성 사이의 교통 및 군사 요지이다.

〖11〗漢中人報入成都. 此時孔明病好多時, 每日操練人馬, 習學八陣之法, 盡皆精熟, (*早爲後卷賭陣伏筆.) 欲取中原;(*正要討賊, 賊却自來受討.) 聽得這個消息, 遂喚張嶷‧王平分付曰:“汝二人先引一千兵去守陳倉古道, 以當魏兵;(*只用一千兵, 令人測摸不出.) 吾却提大兵便來接應." 二人告曰:“人報魏兵四十萬, 詐稱八十萬, 聲勢甚大, 如何只與一千兵去守隘口? 倘魏兵大至, 何以拒之?"(*不獨兩人不解, 卽讀者亦不解.) 孔明曰:“吾欲多與, 恐士卒辛苦耳." 嶷與平面面相覷, 皆不敢去. 孔明曰:“若有疏失, 非汝等之罪. 不必多言, 可疾去." 二人又哀告曰:“丞相欲殺某二人, 就此請殺, 只不敢去."(*不獨二人哀, 我亦爲二人哀之.) 孔明笑曰:“何其愚也! 吾令汝等去, 自有主見: 吾昨夜仰觀天文, 見<u>畢星躔於太陰之分</u>, 此月內必有大雨<u>淋漓</u>; (*先生知風知霧又知雨.) 魏兵雖有四十萬, 安敢深入山險之地? 因此不用多軍, 決不受害. 吾將大軍皆在漢中安居一月, 待魏兵退, 那時以大兵掩之: 以逸待勞, 吾十萬之衆可勝魏兵四十萬也."(*此處方才盡情說明.) 二人聽畢, 方大喜, 拜辭而去. 孔明隨統大軍出漢中, 傳令敎各處隘口, 預備乾柴草料軍糧, 俱<u>够</u>一月人馬<u>支用</u>, 以防秋雨;將大軍<u>寬限一月</u>, 先給衣食, 伺候出征.

*注: **畢星躔於太陰之分**(필성전어태음지분): 畢星이 달의 궤도에 걸리다. 고대의 천문학에서는 필성이 달의 궤도에 걸리면 큰 비가 올 徵兆라고 생각했다. 〈畢星〉: 二十八宿의 열아홉째 별자리에 있는 별들. 〈太陰〉: 달(月)의 옛 이름. 淋漓(림리): (물이나 비가) 뚝뚝 떨어지다. 줄줄 흐르다. **够**(구): 충분하다. 넉넉하다. **支用**(지용): 사용을 위해 지출하다. **寬限一月**(관한일월): 기한을 한 달 늦추다. 한 달 연장시키다. 放寬一月.

〖12〗却說曹眞‧司馬懿同領大軍, 徑到陳倉城內, 不見一間房屋; 尋土人問之, 皆言孔明回時放火燒毁.(*將前事於此補出.) 曹眞便要往陳倉道進發, 懿曰: "不可輕進. 我夜觀天文, 見畢星躔於太陰之分, 此月內必有大雨;(*孔明知雨, 仲達知雨, 但孔明知有一月之雨, 仲達則未必知有一月之雨耳.) 若深入重地, 或勝則可, 倘有疏虞, 人馬受苦, 要退則難. 且宜在城中搭起窩鋪住箚, 以防陰雨." 眞從其言. 未及半月, 天雨大降, 淋漓不止. 陳倉城外, 平地水深三尺, 軍器盡濕, 人不得睡, 晝夜不安.(*沈灶産蛙, 彷彿似晉陽當日.) 大雨連降三十日, 馬無草料, 死者無數, 軍士怨聲不絕. 傳入洛陽. 魏主設壇, 求晴不得. 黃門侍郎王肅上疏曰:

*注: 窩鋪(와포): 窩棚. 가건물. 움집. (원두막 따위의) 막.　陰雨(음우): 음우. 장마.

〖 13 〗<u>前志有之</u>: "<u>千里饋糧</u>, 士有飢色; <u>樵蘇後爨</u>, <u>師不宿飽</u>." 此謂平途之行軍者也, 又況於深入險阻, 鑿路而前, 則其爲勞, 必相百也. 今又加之以<u>霖雨</u>, <u>山坡峻滑</u>, 衆逼而不展, 糧遠而難繼: 實行軍之大忌也. 聞曹眞發已踰月, 而行方半谷, <u>治道功大</u>, 戰士悉作: 是彼偏得以逸待勞, 乃兵家之所憚也. 言之前代, 則武王伐紂, <u>出關而復還</u>; 論之近事, 則<u>武·文征權</u>, 臨江而不濟, 豈非順天知時, 通於權變者哉? 願陛下念水雨<u>艱劇</u>之故, 休息士卒;(*此言目下必宜退兵.) 後日有釁, 乘時用之. 所謂 "<u>悅以犯難</u>, <u>民忘其死</u>"者也.

魏主覽表, 正在猶豫, 楊阜·華歆亦上疏諫. 魏主卽下詔, 遣使詔曹眞·司馬懿還朝.

*注: 前志有之(전지유지): 옛날 책에 이런 이야기가 나옵니다. 〈前志〉: 옛날 일을 기록해 놓은 책(즉, 史書).　千里饋糧(천리궤량): 천리 떨어진 곳에서 양식을 운반해 오다.　樵蘇後爨(초소후찬): 나무하고(樵) 풀을 베

어(蘇) 그것으로 밥을 짓다(爨). 〈蘇〉: 다시 살아나다; 풀을 베다. **師不**
宿飽(사불숙포): 군사들은 잠을 자지도 배불리 먹지도 못한다.(*以上 四句
의 出處:〈黃石公上略〉). **霖雨**(림우): 장마. 계속 내리는 큰비. **山坡峻**
滑(산파준활): 산비탈이 험준하고 미끄럽다. **逼**(핍): 비좁다. 쪼그리다.
웅크리다. **治道功大**(치도공대): 길을 닦는 일은 매우 힘이 드는 일이다.
〈功〉: 工. 일. **出關而復還**(출관이부환): 周 武王이 殷王 紂를 치기 위해
孟津에 군사를 모아 閱兵을 했는데, 이때 八百이나 되는 제후들이 자발적
으로 모여 모두들 紂를 쳐야 한다고 했다. 그러나 武王은 아직 시기가 되
지 않았다고 생각하여 군사를 되돌렸다. 漢 때에 孟津에 관문을 설치했으
므로 〈出關〉이라고 한 것이다. **武文征權**(무문정권): 〈武〉: 魏 武帝曹操.
〈文〉: 魏 文帝曹丕. 〈權〉: 孫權. **艱劇**(간극): 고생이 매우 심하다.
〈劇〉: 심하다. 격렬하다. **悅以犯難**(열이범난): 以悅犯難. 즐거운 마음
으로 위험을 무릅쓰다. 〈犯難〉: 어려움을 만나다. 모험하다. 위험을 무
릅쓰다. **民忘其死**(민망기사): 백성들은 자신들이 죽을 것까지 잊어버린
다. 죽음을 두려워하지 않는다.

〖14〗 却說曹眞與司馬懿商議曰:"今連陰三十日, 軍無戰心,
各有思歸之意, 如何禁止?"懿曰:"不如且回." 眞曰:"倘孔明
追來, 怎生退之?"懿曰:"先伏兩軍斷後, 方可回兵." 正議間,
忽使命來召. 二人遂將大軍前隊作後隊, 後隊作前隊, 徐徐而退.
　　却說孔明計算一月秋雨, 天氣未晴, 自提一軍屯於城固, 又傳
令敎大軍會於赤阪駐箚. 孔明升帳喚衆將言曰:"吾料魏兵必走,
魏主必下詔來取曹眞·司馬懿兵回. (*先生如見.) 吾若追之, 必有準
備; 不如任他且去, 再作良圖."(*魏兵每爲追蜀兵而敗, 武侯不追大有主
見.) 忽王平令人報來, 說魏兵已回. 孔明分付來人, 傳與王平:"不
可追襲. 吾自有破魏兵之策." 正是:

魏兵縱使能埋伏, 漢相原來不肯追.
未知孔明怎生破魏, 且看下文分解.

*注: 怎生(즘생): 어떤. 어떻게 하면. 어찌하면.　城固(성고): 지금의 섬서성 城固縣 西北.　赤阪(적판): 지금의 섬서성 洋縣 龍亭山 東, 漢水 北岸. (*毛本과 明嘉靖本에는 원래 〈赤坡(적파)〉로 되어 있으나, 〈三國志. 蜀書. 後主傳〉에 따라 〈赤坂〉으로 고쳤다.)　任(임): 마음대로 하게 하다. 내버려 두다. 〈縱〉과 同義.　大有主見(대유주견): 탁월한 견해를 가지고 있다.

第九十九回 毛宗崗 序始評

(1). 武侯之計未嘗不爲司馬懿之所料, 而無如司馬懿之料武侯又早爲武侯之所料也. 懿料武侯之必出於是, 而思有以破之, 武侯又料懿之知我之出於是, 而預有以防之. 料其在祁山寨中, 而已在武都陰平; 料其在武都陰平, 而已在祁山寨中; 料其眞退, 而竟是假退; 料其假退, 而竟是眞退. 致使一足智多謀之司馬懿, 而動多舛誤, 束手無策, 武侯眞神人哉!

(2). 武侯一出祁山而卽歸, 以街亭之旣失也; 再出祁山而又歸, 以陳倉之未撥也. 迨三出祁山而陳倉撥矣. 陳倉撥而糧道便矣, 糧道便而街亭之兵不必憂矣. 且蜀又屢勝, 魏又屢敗, 宜其不歸而終亦歸者, 復因張苞之死而致武侯之病. 嗚呼! 天不祚漢, 於人乎何尤?

(3). 爲將者不可不知天時, 知天時而後能戰, 亦惟知天時而後能不戰. 赤壁之風, 南徐之霧, 破鐵車之雪, 所以助戰者也; 蜀道陳倉之雨，所以阻戰者也．知其戰而有戰之備，知其不戰而亦有不戰之備，乃孔明知之而御之，司馬懿亦知之而不早避之，則司馬懿終遜孔明一頭．

(4)．觀於魏之侵蜀，而四出祁山之師愈不容緩矣．漢以魏爲賊，魏亦以漢爲賊．漢縱忘賊，賊不忘漢．故日不伐賊則王業亦亡，此"漢賊不兩立"之言，於斯益驗也．我以彼爲賊，而伐之不得不急；至彼亦以我爲賊，而我之伐之又何得不急哉？

第一百回

漢兵劫寨破曹眞
武侯鬪陣辱仲達

〚1〛却說衆將聞孔明不追魏兵，俱入帳告曰：“魏兵苦雨，不能屯札，因此回去，正好乘勢追之．丞相如何不追？”孔明曰：“司馬懿善能用兵，今軍退必有埋伏．吾若追之，正中其計．(*不犯他人失着.) 不如縱他遠去，吾却分兵徑出斜谷而取祁山，使魏人不隄防也．”(*此之謂攻其無備.) 衆將曰：“取長安之地，別有路途；丞相只取祁山，何也？”(*吾亦欲問之.) 孔明曰：“祁山乃長安之首也：隴西諸郡，倘有兵來，必經由此地；更兼前臨渭濱，後靠斜谷，左出右入，可以伏兵，乃用武之地．吾故欲先取此，得地利也．”(*前卷是仰察天文，後卷是俯察地理.) 衆將皆拜服．孔明令魏延·張嶷·杜瓊·陳式出箕谷；馬岱·王平·張翼·馬忠出斜谷：俱會於祁山．調撥已定，孔明自提大軍，令關興·廖化爲先鋒，隨後進發．

〖2〗 却說曹眞·司馬懿二人, 在後監督人馬, 令一軍入陳倉古道
探視, 回報說蜀兵不來. 又行旬日, 後面埋伏衆將皆回, 說蜀兵全
無音耗. 眞曰: "連綿秋雨, 棧道斷絕, 蜀人豈知吾等退軍耶?"(*寫
曹眞之愚以襯司馬之智.) 懿曰: "蜀兵隨後出矣." 眞曰: "何以知之?"
懿曰: "連日晴明, 蜀兵不趕, 料吾有伏兵也, 故縱我兵遠去; 待我
兵過盡, 他却奪祁山矣."(*誠如公言.) 曹眞不信. 懿曰: "子丹如何
不信? 吾料孔明必從兩谷而來. 吾與子丹各守一谷口, 十日爲期.
若無蜀兵來, 我面塗紅粉, 身穿女衣, 來營中伏罪."(*此等賭法甚
奇. 贏的是男子, 輸的是婦人, 但恐今日天下婦人偏要贏着男子也.) 眞曰:
"若有蜀兵來, 我願將天子所賜玉帶一條·御馬一匹與你."(*以天子
所賜爲賭, 孰知後來却把一个天子輸與他家.) 卽分兵兩路: 眞引兵屯於祁
山之西, 斜谷口; 懿引軍屯於祁山之東, 箕谷口. 各下寨已畢.

懿先引一枝兵伏於山谷中; 其餘軍馬, 各於要路安營. 懿更換
衣裝, 雜在全軍之內, 遍觀各營. 忽到一營, 有一偏將仰天而怨
曰: "大雨淋了許多時, 不肯回去; 今又在這裏頓住, 强要賭賽, 却
不苦了官軍!"(*賭賽原是一時高興.) 懿聞言, 歸寨升帳, 聚衆將皆到
帳下, 揪出那將來. 懿叱之曰: "朝廷養軍千日, 用在一時. 汝安敢
出怨言, 以慢軍心!" 其人不招. 懿叫出同伴之人對證, 那將不能
抵賴. 懿曰: "吾非賭賽; 欲勝蜀兵, 令汝各人有功回朝. 汝乃妄出
怨言, 自取罪戾!" 喝令武士推出斬之. 須臾, 獻首帳下. 衆將悚
然. 懿曰: "汝等諸將皆要盡心以防蜀兵. 聽吾中軍砲響, 四面皆
進." 衆將受令而退.

*注: 音耗(음모): 소식. 기별. 〈耗〉: 소모하다: 소식. 통지. 棧道(잔도):
산속 험하고 위태로운 곳에 나무를 연결시켜 사람이 다닐 수 있게 해놓은

길.   安營(안영): (군대가) 막사를 치고 주둔하다.   賭賽(도새): 승부를(우열을) 겨루다. 내기를 하다.   挨出(애출): 밀어내다. 끌어내다. 〈挨〉: 推也. 擊也.   不招(불초): 자백하지 않다.   抵賴(저뢰): (잘못 따위를) 부인하다. 잡아떼다.   罪戾(죄려): 죄과. 잘못.

〖3〗 却說魏延·張嶷·陳式·杜瓊四將, 引二萬兵, 取箕谷而進. 正行之間, 忽報參謀鄧芝到來. 四將問其故, 芝曰: "丞相有令: 如出箕谷, 提防魏兵埋伏, 不可輕進."(*司馬懿之料武侯, 又爲武侯所料.) 陳式曰: "丞相用兵何多疑耶? 吾料魏兵連遭大雨, 衣甲皆毀, 必然急歸; 安得又有埋伏? 今吾兵倍道而進, 可獲大勝, 如何又敎休進?" 芝曰: "丞相計無不中, 謀無不成, 汝安敢違令?" 式笑曰: "丞相若果多謀, 不致街亭之失!"(*照應九十五回中事.) 魏延想起孔明向日不聽其計, 亦笑曰: "丞相若聽吾言, 徑出子午谷, 此時休說長安, 連洛陽皆得矣!(*照應九十二回中事.) 今執定要出祁山, 有何益耶? 旣令進兵, 今又敎休進, 何其號令不明!" 式曰: "吾自有五千兵, 徑出箕谷, 先到祁山下寨, 看丞相羞也不羞." 芝再三阻當, 式只不聽, 徑自引五千兵出箕谷去了.(*司馬懿部下一末將不服, 武侯部下一大將不服, 正是相對.) 鄧芝只得飛報孔明.
　　*注: 執定(집정): 견지하다. 한사코 고집하다. 〈執〉: 우기다. 고집하다. 〈定〉: 한사코. 動詞 뒤에 붙어 動作이나 行爲가 그대로 쭉 변하지 않고 있음을 나타낸다.   羞(수): 부끄러워하다(부끄럽게 하다). 난처해(하게) 하다. 조롱하다. 모욕하다.

〖4〗 却說陳式引兵行不數里, 忽聽的一聲砲響, 四面伏兵皆出. 式急退時, 魏兵塞滿谷口, 圍得鐵桶相似. 式左沖右突, 不能得脫. 忽聞喊聲大震, 一彪軍殺入, 乃是魏延. 救了陳式, 回到谷中,五千兵只剩得四五百帶傷人馬. 背後魏兵趕來, 却得杜瓊·張嶷引兵接應, 魏兵方退. 陳·魏二人方信孔明先見如神, 懊悔不及.

且說鄧芝回見孔明, 言魏延·陳式如此無禮. 孔明笑曰:"魏延素有反相, 吾知彼常有不平之意, 因憐其勇而用之, —— 久後必生患害."(*早爲一百五回伏筆.) 正言間, 忽流星馬報到, 說陳式折了四千餘人, 止有四五百帶傷人馬, 屯在谷中. 孔明令鄧芝再來箕谷撫慰陳式, 防其生變;(*周密之至.) 一面喚馬岱·王平分付曰:"斜谷若有魏兵守把, 汝二人引本部軍越山嶺, 夜行晝伏, 速出祁山之左, 舉火爲號." 又喚馬忠·張翼分付曰:"汝等亦從山僻小路, 晝伏夜行, 徑出祁山之右, 舉火爲號, 與馬岱·王平會合, 共劫曹眞營寨. 吾自從谷中三面攻之, 魏兵可破也." 四人領命分頭引兵去了. 孔明又喚關興·廖化分付曰: 如此如此. (*前兩路敍明所授之計, 此一路不敍明所授之計, 待後文始見, 是換筆.) 二人受了密計, 引兵而去. 孔明自領精兵倍道而行. 正行間, 又喚吳班·吳懿授與密計, (*又不敍明所授何計, 又留在末後分明, 亦是換筆.) 亦引兵先行.

　*注: **聽的**(청적): 聽了.〈的〉: 동사 뒤에 쓰여 동작의 상태나 완료를 나타냄.　　**塞滿**(색만): 가득 메우다.

〖5〗却說曹眞心中不信蜀兵來, 以此怠慢, 縱令軍士歇息; 只等十日無事, 要羞司馬懿. 不覺守了七日, 忽有人報谷中有些小蜀兵出來. 眞令副將秦良引五千兵哨探, 不許縱令蜀兵近界. (*圖欲瞞過司馬懿也, 曹眞之意只以賭賽爲重, 不以國事爲重.)

秦良領命, 引兵剛到谷口, 哨見蜀兵退去. 良急引兵趕來. 行到五六十里, 不見蜀兵, (*此乃孔明所授密計也.) 心下疑惑, 教軍士下馬歇息. 忽哨馬報說:"前面有蜀兵埋伏." 良上馬看時, 只見山中塵土大起, 急令軍士提防. 不一時, 四壁廂喊聲大震: 前面吳班

· 吳懿引兵殺出, 背後關興·廖化引兵殺來. 左右是山, 皆無走路.
山上蜀兵大叫: "下馬投降者免死!"(*不盡殺之而欲降之,   計劃已定.)
魏兵大半多降. 秦良死戰, 被廖化一刀斬於馬下. 孔明把降卒拘於
後軍, 却將魏兵衣甲與蜀兵五千人穿了, 扮作魏兵, 令關興·廖化
·吳班·吳懿四將引着, 徑奔曹眞寨來; 先令報馬入寨說: "只有些
小蜀兵, 盡赶去了." 眞大喜.

注: 縱令(종령): 방임하다. 내버려두다.   不覺(불각): 不知不識. 자기도
느끼지 못하는 사이에. 어느덧.   壁廂(벽상): 곳. 근처. 부근(那~: 저곳.
그곳).

〔6〕忽報司馬都督差心腹人至. 眞喚入問之. 其人告曰: "今都
督用埋伏計,   殺蜀兵四千餘人.(*與陳式所折正好相當. 武侯正了本矣.)
司馬都督致意將軍, 教休將賭賽爲念, 務要用心隄備." 眞曰: "吾
這裏並無一個蜀兵." 遂打發來人回去.   忽又報秦良引兵回來了.
眞自出帳迎之. 比及到寨, 人報前後兩把火起. 眞急回寨後看時,
關興·廖化·吳班·吳懿四將, 指麾蜀軍, 就營前殺將進來; 馬岱·
王平從後面殺來; 馬忠·張翼亦引兵殺到. 魏軍措手不及, 各自逃
生. 衆將保曹眞望東而走, 背後蜀兵赶來. 曹眞正奔走, 忽然喊聲
大震, 一彪軍殺到. 眞膽戰心驚, 視之, 乃司馬懿也. (*莫非來取玉
帶御馬乎?) 懿大戰一場, 蜀兵方退. 眞得脫, 羞慚無地.(*不惟輸與孔
明, 又輸與仲達, 是雙輸了, 安得不羞?) 懿曰: "諸葛亮奪了祁山地勢,
吾等不可久居此處; 宜去渭濱安營, 再作良圖." 眞曰: "仲達何
以知吾遭此大敗也?" 懿曰: "見來人報稱子丹說並無一個蜀兵,
吾料孔明暗來劫寨, 因此知之, 故相接應. 今果中計. 切莫言賭賽
之事, 只同心報國." 曹眞甚是惶恐, 氣成疾病, 臥床不起.(*姓曹
的如此無用, 安得不以大事托之司馬氏?) 兵屯渭濱, 懿恐軍心有亂, 不

敢教眞引兵.

　　*注: 致意(치의): 안부를 전하다. 인사를 드리다.　　膽戰心驚(담전심경):

놀라고 겁이 나서 벌벌 떨다. 〈膽戰〉: 담이 부들부들 떨리다. 무서워

떨다. 〈膽戰心寒〉. 〈膽喪心驚〉.　　羞慚無地(수참무지): 부끄러워 몸 둘

바를 모르다. 〈無地〉: 몸 둘 곳이 없다. 어쩔 줄 모르다.(*惶恐無地.)

　　〖7〗却說孔明大驅士馬, 復出祁山. (*此是四出祁山.) 勞軍已畢,

魏延·陳式·杜瓊·張嶷入帳拜伏請罪. 孔明曰: "是誰失陷了軍

來?" 延曰: "陳式不聽號令, 潛入谷口, 以此大敗." 式曰: "此

事魏延教我行來."(*始而一齊扛幇, 繼而互相埋怨, 可發一笑.)　　孔明

曰: "他倒救你, 你反攀他!(*輕輕一句便將魏延抛開.) 將令已違, 不

必巧說!" 卽叱武士推出陳式斬之. 須臾, 懸首於帳前, 以示諸將.

──此時孔明不殺魏延, 欲留之以爲後用也.

　　孔明旣斬了陳式, 正議進兵, 忽有細作報說曹眞臥病不起, 現在

營中治療. 孔明大喜, 謂諸將曰: "若曹眞病輕, 必便回長安. 今

魏兵不退, 必爲病重, 故留於軍中, 以安衆人之心. 吾寫下一書,

教秦良的降兵持與曹眞, 眞若見之, 必然死矣!" 遂喚降兵至帳下,

問曰: "汝等皆是魏軍, 父母妻子多在中原, 不宜久居蜀中. 今放

汝等回家, 若何?" 衆軍泣淚拜謝.　　孔明曰: "曹子丹與吾有約;

吾有一書, 汝等帶回, 送與子丹, 必有重賞." 魏軍領了書, 奔回

本寨, 將孔明書呈與曹眞. 眞扶病而起, 拆封視之. 其書曰:

　　*注: 失陷了軍來(실함료군래): 군을 잃었지? 〈來〉: 語助詞로서 句末에

사용되어 의문의 語氣를 나타냄. ~(했)지? ~(했)더라?　　行來(행래):

하게 되었다. 가게 되었다. 〈來〉: 동사의 뒤에 사용되어 동작의 결과를

나타낸다.　　攀(반): (무엇을 잡고) 기어오르다; 끌어들이다. 연루시키다.

〖8〗漢丞相·武鄉侯諸葛亮, 致書於大司馬曹子丹之前: 竊謂夫爲將者, 能去能就, 能柔能剛, 能進能退, 能弱能强. 不動如山岳, 難知如陰陽, 無窮如天地, 充實如太倉; 浩渺如四海, 眩曜如三光. 預知天文之旱潦, 先識地理之平康; 察陣勢之期會, 揣敵人之短長. 嗟爾無學後輩, 上逆穹蒼; 助篡國之反賊, 稱帝號於洛陽; 走殘兵於斜谷, 遭霖雨於陳倉; 水陸困乏, 人馬猖狂; 抛盈郊之戈甲, 棄滿地之刀槍; 都督心崩而膽裂, 將軍鼠竄而狼忙! 無面見關中之父老, 何顏入相府之廳堂! 史官秉筆而記錄, 百姓衆口而傳揚: 仲達聞陣而惕惕, 子丹望風而遑遑! 吾軍兵强而馬壯, 大將虎奮以龍驤; 掃秦川爲平壤, 蕩魏國作丘荒!"(*直是一篇祭文.)

曹眞看畢, 恨氣塡胸; 至晚, 死於軍中.(*又是一个王朗.) 司馬懿用兵車裝載, 差人送赴洛陽安葬.

*注: 太倉(태창): 나라의 양곡을 쌓아두는 큰 창고. 三光(삼광): 日, 月, 星. 旱潦(한로): 가뭄과 장마. 〈潦〉: 농작물이 비에 침수되다. 平康(평강): 平安. 期會(기회): 시일을 약속하여 모이다; 機會. 機緣; 일정한 시간. 猖狂(창광): 난폭하다. 광포하다. 그러나 여기서는 猖披(창피: 옷을 입고 띠를 매지 않은 모양. 흐트러진 모양)의 뜻이다. 抛(포): 내던지다. 버려두다. 鼠竄而狼忙(서찬이랑망): 쥐새끼가 도망가듯이 황망히 달아나는 모습. 〈狼忙〉: 당황하다. 조급하다. 傳揚(전양): 전파되다. 널리퍼지다. 聞陣(문진): 전세를 듣다. 惕惕(척척): 두려워서 삼가고 조심하다. 遑遑(황황): 놀라서 불안해하는 모양. 龍驤(용양): 용이 고개를 들고 내달리다. 秦川(진천): 大散關 以北에서 岐雍에 이르고, 渭川의 南北岸을 끼고 있는 沃野 千里의 땅으로 秦의 故國이다. 그래서 秦川이라 부른다. 平壤(평양): 평화로운 땅(지역. 지구). 〈壤〉: 흙. 토양; 땅. 지면; 지역. 지구.

〖9〗魏主聞知曹眞已死, 卽下詔催司馬懿出戰. 懿提大軍來與孔明交鋒, 隔日先下戰書.(＊仲達此時亦是不得已.)

孔明謂諸將曰：“曹眞必死矣.” 遂批回 “來日交鋒”. 使者去了. 孔明當夜教姜維受了密計：如此而行；又喚關興分付：如此如此.(＊又不知先生用何妙計.)

次日, 孔明盡起祁山之兵前到謂濱：一邊是河, 一邊是山, 中央平川曠野, 好片戰場！ 兩軍相迎, 以弓箭射住陣角. 三通鼓罷, 魏陣中門旗開處, 司馬懿出馬, 衆將隨後而出, 只見孔明端坐於四輪車上, 手搖羽扇.(＊二人向來不曾交話, 此是第一番相見.) 懿曰：“吾主上法堯禪舜,(＊開口便說禪代, 正爲他日效尤張本.) 相傳二帝, 坐鎭中原, 容汝蜀・吳二國者, 乃吾主寬慈仁厚, 恐傷百姓也. 汝乃南陽一耕夫, 不識天數, 强要相侵, 理宜殄滅！ 如省心改過, 宜卽早回, 各守疆界, 以成鼎足之勢, 免致生靈塗炭, 汝等皆得全生！” 孔明笑曰：“吾受先帝托孤之重, 安肯不傾心竭力以討賊乎！ 汝曹氏不久爲漢所滅. 汝祖父皆爲漢臣, 世食漢祿, 不思報效, 反助篡逆, 豈不自恥？” 懿羞慚滿面, 曰：“吾與汝決一雌雄！ 汝若能勝, 吾誓不爲大將！ 汝若敗時, 早歸故里, 吾並不加害.”

＊注：隔日先(격일선)：하루걸러 먼저. 즉 2일 전에. 平川(평천)：평야. 평원. 도로가 평탄한 것. 以弓箭射住陣角(이궁전사주진각)：쏜 화살이 멈추는 곳에 진각을 정하다. 즉, 서로 화살로 공격할 수 없는 지점에 양쪽이 진을 치다. 〈住〉：멈추다. 정지하다. 〈陣角〉：전투대형의 양익(兩翼). 여기서는 전투대형으로 벌려 섰다는 뜻이다. 三通鼓(삼통고)：북을 세 번 치다. 〈通〉：북을 치는 한 단락(擊鼓的一个段落). (＊〈衛公兵法・部伍營陳〉에서 “日出日沒時, 撾鼓一千搥, 三百三十三搥爲一通”이라고 하였다. 그러나 이 문장을 근거로 〈북을 한 차례에 333번씩 세 차례 쳤다〉고 해석하는 것은 誤譯이다. 많은 북들이 일제히 울리기를 세 차례 했다는

뜻이다.)

〖10〗孔明曰: "汝欲鬪將? 鬪兵? 鬪陣法?" (*偏有許多鬪法.) 懿曰: "先鬪陣法." 孔明曰: "先布陣我看." 懿入中軍帳下, 手執黃旗招颭, 左右軍動, 排成一陣. 復上馬出陣, 問曰: "汝識吾陣否?" 孔明笑曰: "吾軍中末將, 亦能布之. 一此乃 '混元一氣陣' 也." 懿曰: "汝布陣我看." 孔明入陣, 把羽扇一搖, 復出陣前, 問曰: "汝識我陣否?" 懿曰: "量此 '八卦陣', 如何不識!" 孔明曰: "識便識了, 敢打我陣否?" 懿曰: "既識之, 如何不敢打!" 孔明曰: "汝只管打來." 司馬懿回到本陣中, 喚戴凌‧張虎‧樂綝三將, 分付曰: "今孔明所布之陣, 按休‧生‧傷‧杜‧景‧死‧驚‧開八門. 汝三人可從正東 '生門' 打入, 往西南 '休門' 殺出, 復從正北 '開門' 殺入; 此陣可破. 汝等小心在意!" (*如黃承彦敎陸遜之語.) 於是戴凌在中, 張虎在前, 樂綝在後, 各引三十騎, 從生門打入. 兩軍吶喊相助. 三人殺入蜀陣, 只見陣如連城, 衝突不出. 三人慌引騎轉過陣脚, 往西南沖去, 却被蜀兵射住, 衝突不出. (*魚腹浦前石疑是人, 祁山寨前人疑是石.) 陣中重重疊疊, 都有門戶, 那裏分東西南北? 三將不能相顧, 只管亂撞, 但見愁雲漠漠, 慘霧濛濛. 喊聲起處, 魏軍一個個皆被縛了, (*賭陣法輸了.) 送到中軍

*注: 只管(지관): 오로지 …만 돌보다(신경쓰다). 얼마든지. 주저 않고.

八門(팔문): 八陣圖에서의 여덟 개의 출입문. 八陣圖法에 관해서는 제84回 끝의 注 참조. 陣脚(진각): 벌려선 진지의 최전방. 쌍방의 전투태세. 重重疊疊(중중첩첩): 가로로 거듭 겹쳐진 모양. 愁雲(수운): 참담한 구름. 슬픔을 느끼게 하는 정경. 漠漠(막막): (구름. 연기. 안개 등이) 짙게 낀 모양. 막막하다. 광활하여 아득하다. 慘霧(참무): 어두컴컴한 안개. 〈慘〉: 색깔이 칙칙하다. 어둑어둑하다. 침침하다. 濛濛(몽몽): 蒙蒙.

어둑어둑하다. 어슴푸레하다. 비가 부슬부슬 내리는 모양. (~細雨: 보슬비.
가랑비). **處**(처): 處所. 장소. 곳; 時. 時候.

〖11〗 孔明坐於帳中, 左右將張虎·戴凌·樂綝并九十個軍, 皆縛
在帳下. 孔明笑曰: "吾縱然捉得汝等, 何足爲奇! 吾放汝等回見
司馬懿, 敎他再讀兵書, 重觀戰策, 那時來決雌雄, 未爲遲也.(*叫
他回去讀書, 竟似對求試不中的秀才說.) 汝等性命旣饒, 當留下軍器戰
馬." 遂將衆人衣甲脫了, 以墨塗面, 步行出陣. 司馬懿見之大
怒,(*老羞變怒.) 回顧諸將曰: "如此挫敗銳氣, 有何面目回見中原
大臣耶!" 卽指揮三軍, 奮死掠陣. 懿自拔劍在手, 引百餘驍將,
催督衝殺. 兩軍恰纔相會, 忽然陣後鼓角齊鳴, 喊聲大震, 一彪軍
從西南上殺來, 乃關興也. 懿分後軍當之, 復催軍向前厮殺. 忽然
魏兵大亂: 原來姜維引一彪軍悄地殺來. 蜀兵三路夾攻. 懿大驚,
急忙退軍. 蜀兵周圍殺到. 懿引三軍望南死命衝出. 魏兵十傷六
七. (*鬪兵鬪將又輸了.) 司馬懿退在渭濱南岸下寨, 堅守不出.
　　*注: **戰策**(전책): 전략과 전술에 관한 책. (*〈戰國策〉이란 책 이름은 〈國
　　策〉이라고 하지 〈戰策〉이라고 하지 않는다.) **掠陣**(략진): 진지를 탈취하
　　다. **悄地**(초지): 조용히. 소리 없이. **死命**(사명): 죽을 운명; 필사적으로.
　　죽기 살기로.

〖12〗 孔明收得勝之兵, 回到祁山時, 永安城李嚴遣都尉苟安解
送糧米, 至軍中交割. 苟安好酒, 於路怠慢, 違限十日. 孔明大怒
曰: "吾軍中專以糧爲大事, 誤了三日, 便該處斬! 汝今誤了十日,
有何理說?" 喝令推出斬之.(*與陳式正是同罪.) 長史楊儀曰: "苟安
乃李嚴用人, 又兼錢糧多出於西川, 若殺此人, 後無人敢送糧
也." 孔明乃叱武士去其縛, 杖八十放之.(*不斬此人反受其誤, 可見好

人做不得.)

　　苟安被責, 心中懷恨, 連夜引親隨五六騎, 徑奔魏寨投降.(*苟安
不是苟, 竟是狗矣.) 懿喚入. 苟安拜告前事. 懿曰:"雖然如此, 孔明
多謀, 汝言難信. 汝能爲我幹一件大功, 吾那時奏准天子, 保汝爲
上將." 安曰:"但有<u>甚事</u>, 卽當效力." 懿曰:"汝可回成都布散
流言, 說孔明有怨上之意, 早晚欲稱爲帝, 使汝主召回孔明:便是
汝之功."(*此乃答前文馬謖反間之計, 彼此相對.) 苟安允諾, 竟回成都,
見了宦官, 布散流言, 說孔明自倚大功, 早晚必將纂國. 宦官聞知
大驚, 卽入內奏帝, 細言前事. 後主驚訝曰:"似此如之奈何?" 宦
官曰:"可詔還成都, 削其兵權, 免生叛逆." 後主下詔, <u>宣</u>孔明班
師回朝.(*親小人遠賢臣, 後漢所以傾頹也.) 蔣琬出班奏曰:"丞相自出
師以來, 累建大功, 何故宣回?" 後主曰:"朕有機密事, 必須與丞
相面議."(*也會說謊.) 卽遣使賫詔星夜宣孔明回.

　　*注: 交割(교할): 受拂하다. 受拂에 관한 수속을 끝내다. 　甚事(심사): 무
　　슨 일(什事. 什麼事. 何事). 　宣(선): 제왕의 詔書나 命令 혹은 旨意.

〖13〗使命徑到祁山大寨. 孔明接入, 受詔已畢, 仰天嘆曰:
"主上年幼, 必有佞臣在側! 吾正欲建功, 何故<u>取回</u>? 我如不回,
是欺主矣. 若奉命而退, 日後再難得此機會也."(*苟安之罪上通於
天.) 姜維問曰:"若大軍退, 司馬懿乘勢掩殺, 當復如何?" 孔明
曰:"吾今退軍, 可分五路而退. 今日先退此營, 假如營內兵一千,
却掘二千竈, 明日掘三千竈, 後日掘四千竈:每日退軍, 添竈而
行."(*孫臏減竈之法, 武侯反用之;虞詡增竈之法, 武侯正用之.) 楊儀曰:
"昔<u>孫臏擒龐涓</u>, 用添兵減竈之法而取勝;今丞相退兵, 何故增
竈?" 孔明曰:"司馬懿善能用兵, 知吾兵退, 必然追赶;心中疑
吾有伏兵, <u>定</u>於舊營內<u>數竈</u>;見每日增竈, 兵又不知退與不退, 則

疑而不敢追. 吾徐徐而退, 自無損兵之患."(*方將增竈計策解說一遍.)
遂傳令退軍.

*注: 取回(취회): 돌아오라고 부르다. 〈取〉: 부르다. 소환하다.   孫臏擒
龐涓(손빈금방연): 전국시대에 魏將 방연이 韓을 치자 齊將 田忌는 軍師
손빈에게 군사를 이끌고 가서 魏를 침으로써 韓을 구하라고 했다. 손빈은
退軍을 하면서 일부러 매일 숙영지의 아궁이 숫자를 줄여감으로써 魏軍으
로 하여금 齊의 군사들이 매일 도망을 가서 그 數가 반으로 줄어든 것처럼
보이게 해서 齊軍을 대수롭지 않게 여기도록 함으로써 그들이 계속 추격
해 오도록 유인했다. 그리고 齊軍은 馬陵道에 伏兵을 숨겨놓아 敵을 기다
렸다가 치게 했는데, 방연은 결국 그곳에서 죽었다.   定(정): 반드시.
數竈(수조): 아궁이 숫자를 세다.

〖14〗却說司馬懿料苟安行計停當, 只待蜀兵退時, 一齊掩殺.
正躊躇間, 忽報蜀寨空虛, 人馬皆去. 懿因孔明多謀, 不敢輕追,
自引百餘騎前來蜀營內踏看, 教軍士數竈, 仍回本寨; 次日, 又教
軍士赶到那個營內, 查點竈數.(*不出先生所料.) 回報說: "這營內
之竈, 比前又增一分." 司馬懿謂諸將曰: "吾料孔明多謀, 今果
添兵增竈, 吾若追之, 必中其計; (*誰知已中孔明之計.) 不如且退,
再作良圖." 於是回軍不追. 孔明不折一人, 望成都而去. 次後,
川口土人來報司馬懿, 說: "孔明退兵之時, 未見添兵, 只見增
竈." 懿仰天長嘆曰: "孔明效虞詡之法, 瞞過吾也! 其謀略吾不
如之!" 遂引大軍還洛陽. 正是:

　　棋逢敵手難相勝, 將遇良才不敢驕.
未知孔明回到成都, 竟是如何, 且看下文分解.

*注: 停當(정당): 적절하다. (일이) 잘 되어 있다; 처리하다.   踏看(답간):
현장조사하다. 현지에 가서 보다.   查點(사점): 점검하다. 하나하나 조사하

다.   一分(일분): 반. 〈分〉: 半也. 첫날은 2천 개, 다음날은 3천 개를 팠으므로 半이 늘어난 것이다.   川口(천구): 서천과 동천의 어귀. 虞詡之法 (우후지법): 즉, 增竈之計(증조지계). 東漢의 虞詡가 武都太守로 있을 때 羌兵에 의해 陳倉, 崤谷에서 고립되었는데, 그는 길을 재촉하여 급히 行軍하면서 軍士 하나에 솥 아궁이 두 개씩 만들도록 하고, 매일 그 숫자를 두 배로 함으로써 상대를 헷갈리게 하여 추격해 오지 못하게 함으로써 최후에는 羌兵을 패퇴시켰다.

(1). 甚矣, 爲將之不可不嚴也! 武侯斬陳式而不斬魏延, 憐其勇耳. 若縱苟安而反爲其所譖, 則寬之過也. 且陳式未歸之時, 恐其降魏, 而使鄧芝撫之; 魏延將反之日, 預知其背漢, 而使馬岱防之. 獨至苟安而武侯慮不及此, 又似失之於疏矣. 雖然, 此天之不欲興漢, 豈武侯之咎與?

(2). 我以此計中人, 而人亦以此計中我. 如武侯曾以反間之計退仲達, 而仲達亦以反間之計退武侯是也. 雖然, 物必先腐也, 而後蟲生之. 仲達雖智, 豈能間英明之主哉? 苟安不能愚後主, 而宦官得以愚後主; 又非宦官足以愚後主, 而後主實受愚於宦官. 昭烈所爲歎息痛恨於桓·靈者, 而其父恨焉, 其子蹈焉, 悲夫!

(3). 三出祁山之師, 爲武侯之病而去, 此仲達不知其去者也. 四出祁山之師, 爲苟安之譖而去, 此仲達先知其必去者也. 不知其去則其去也易, 知其必去則其去也難. 而武侯卒不難於去者,則減兵添竈之計得也．孫臏以減竈誘敵之追，武侯又以增竈遏敵之追，是得孫臏之意而變化之．可見讀古書者，讀此句必是此句，便是不能讀；用古事者，用此法必是此法，便是不能用，觀於武侯可以悟矣！

第一百一回

出隴上諸葛粧神
奔劍閣張郃中計

〖1〗却說孔明用減兵添竈之法，退兵到漢中；司馬懿恐有埋伏，不敢追赶，亦收兵回長安去了，因此蜀兵不曾折了一人．孔明大賞三軍已畢，回到成都，入見後主，奏曰："老臣出了祁山，欲取長安，忽承陛下降詔召回，不知有何大事？"後主無言可對；(*活畫一昏庸之主.) 良久，乃曰："朕久不見丞相之面，心甚思慕，故特詔回，別無他事．"(*又來說謊.) 孔明曰："此非陛下本心，必有奸臣讒譖，言臣有異志也．"後主聞言，默然無語.(*活畫一昏庸之主.) 孔明曰："老臣受先帝厚恩，誓以死報．今若內有奸邪，臣安能討賊乎？"後主曰："朕因過聽宦官之言，一時召回丞相．今日茅塞方開，悔之不及矣．"(*活畫一昏庸之主.) 孔明遂喚衆宦官究問，方知是苟安流言；急令人捕之，已投魏國去了．孔明將妄奏的宦官誅戮，餘皆廢出宮外；　又深責蔣琬 · 費禕等不能覺察奸邪，　規諫天子.(＊"責攸之·禕·允等之咎", 〈前出師表〉已言之矣.) 二人唯唯服罪.

*注: 隴上(농상): 섬서성 隴縣에 있는 隴山 以西 지구. 지금의 감숙성.
粧神(장신): 귀신으로 분장하다.　譖譖(참참): 중상모략하다. 헐뜯다. 譖과 譖은 同義語.　過聽(과청): 잘못 듣다.

〖２〗孔明拜辭後主，復到漢中，一面發檄令李嚴應付糧草，仍運赴軍前；一面再議出師. 楊儀曰："前數興兵，軍力罷弊，糧又不繼. 今不如分兵兩班，以三個月爲期：且如二十萬之兵，只領十萬出祁山，住了三個月，却敎這十萬替回，循環相轉. 若此則兵力不乏，然後徐徐而進，中原可圖矣."(＊輪流更換之法，使兵不苦於遠征，"三年"，"破斧"之詩，可以勿作矣.) 孔明曰："此言正合我意. 吾伐中原，非一朝一夕之事，正當爲此長久之計."(＊死而後已，曷計其年!) 遂下令分兵兩班，限一百日爲期，循環相轉，(＊所謂"及瓜期而代".) 違限者按軍法處治.

*注: 應付(응부): 支付하다. 供給하다.　且如(차여): 卽如. 바로 …와 같다. 즉 …와 같다.

〖３〗建興九年春二月，(＊此處忽點時序，正與後文四月麥熟相應.) 孔明復出師伐魏. 時魏太和五年也.

魏主曹叡知孔明又伐中原，急召司馬懿商議. 懿曰："今子丹已亡，臣願竭一人之力，剿除寇賊，以報陛下."(＊賊反以漢爲賊. 賊者漢之賊，漢者亦賊之賊也.) 叡大喜，設宴待之.

次日，人報蜀兵寇急.(＊賊反以伐爲寇. 有巡檢爲强盜所擒，而巡檢呼盜爲爺爺，盜罵巡檢爲强盜者，其猶此乎?) 叡卽命司馬懿出師禦敵，親排鑾駕送出城外.(＊司馬懿漸漸與曹操相似.) 懿辭了魏主，徑到長安，大會諸路人馬，計議破蜀兵之策．張郃曰：“吾願引一軍去守雍・郿，以拒蜀兵．”懿曰：“吾前軍不能獨當孔明之衆，而又分兵爲前後，非勝算也．不如留兵守上邽，餘衆悉往祁山，公肯爲先鋒否？”郃大喜曰：“吾素懷忠義，欲盡心報國，惜未遇知己；今都督肯委重任，雖萬死不辭！”(*說出一“死”字，爲之兆也.) 於是司馬懿令張郃爲先鋒，總督大軍．又令郭淮守隴西諸郡，其餘衆將各分道而進．前軍哨馬報說：“孔明率大軍望祁山進發，前部先鋒王平・張嶷，徑出陳倉，過劍閣，由散關望斜谷而來．”(*蜀兵之來，却在魏兵一邊敍出.) 司馬懿謂張郃曰：“今孔明長驅大進，必將割隴西小麥，以資軍糧．汝可結營守祁山，吾與郭淮巡略天水諸郡，以防蜀兵割麥．”郃領諾，遂引四萬兵守祁山．懿引大軍望隴西而去．

> ***注**: 建興九年(건흥구년): 서기 231년． 鑾駕(난가): 천자가 타는 수레．
> 劍閣(검각): 지금의 사천성 검각현 동북의 大劍山과 小劍山 사이．전하는 바로는 제갈량이 쌓았다고 하는데, 서천과 섬서성 사이의 교통 및 군사 요지． 散關(산관): 즉 大散關．섬서성 寶鷄市 서남의 大散嶺 위에 있다．秦嶺의 목구멍에 해당하는 곳으로 서천과 섬서성 간의 교통의 요충지. 고대 병가들의 必爭之地였다． 巡略(순략): 왔다 갔다 하면서 시찰하다．

〖４〗却說孔明兵至祁山，安營已畢，(*此是五出祁山.) 見渭濱有魏軍隄備，乃謂諸將曰：“此必是司馬懿也．卽今營中乏糧，屢遣人催併李嚴運米應付，却只是不到．(*預爲李嚴賺武侯伏筆.) 吾料隴上麥熟，可密引兵割之．”於是留王平・張嶷・吳班・吳懿四將守祁山營，孔明自引姜維・魏延等諸將，前到鹵城．鹵城太守素知孔明，慌忙開城出降．孔明撫慰畢，問曰：“此時何處麥熟？”太守告曰：“隴上麥已熟．”孔明乃留張翼・馬忠守鹵城，自引諸將并三軍望隴上而來．前軍回報說：“司馬懿引兵在此．”孔明驚曰：“此人預知吾來割麥也！"（*亦算是絕糧道.）卽沐浴更衣，推過一般三輛四輪車來，車上皆要一樣粧飾. —— 此車乃孔明在蜀中預先造下的.（*與黑油車又自不同.）當下令姜維引一千軍護車，五百軍擂鼓，伏在上邽之後；馬岱在左，魏延在右，亦各引一千軍護車，五百軍擂鼓. 每一輛車用二十四人，皂衣跣足，披髮仗劍，手執七星皂幡，在左右推車. 三人各受計，引兵推車而去. 孔明又令三萬軍皆執鐮刀·<u>馱繩</u>，伺候割麥.（*原來裝妖作怪只是爲此.）却選二十四個精壯之士，各穿皂衣，披髮跣足，仗劍簇擁四輪車，爲推車使者. 令關興<u>結束</u>做<u>天蓬</u>模樣,（*是〈西遊記〉豬八戒名色.）手執七星皂幡，步行於車前. 孔明端坐於上，望魏營而來.

> *注: 催併(최병): 재촉하다. 독촉하다(=催促).　却只是(각지시): 그러나. 그런데. 〈却〉: 그러나. 〈只是〉: 그러나. 그런데.　鹵城(로성): 지금의 감숙성 天水市 서남. 甘谷縣과 禮縣 사이에 위치함.　馱繩(타승): 소나 말 등에 짐을 싣고 이를 붙들어 매기 위한 밧줄이나 노끈. 〈馱〉: (주로 짐승의) 등에 지다. 등에 싣다. 등에 업다.　結束(결속): 몸단장(몸치장)을 하다.　天蓬(천봉): 天蓬元帥. 古代의 神怪傳說에 나오는 天神.

〖5〗哨探軍見之大驚，不知是人是鬼，火速報知司馬懿. 懿自出營視之，只見孔明<u>簪冠鶴氅</u>，手搖羽扇，端坐於四輪車上；左右二十四人，披髮仗劍；前面一人，手執皂幡，隱隱似天神一般.（*又象七星壇前祭風時形象.）懿曰："這個又是孔明<u>作怪</u>也！"遂撥二千人馬分付曰："汝等疾去，連車帶人，<u>盡情</u>都捉來！"魏兵領命，一齊追赶. 孔明見魏兵赶來，便教回車，遙望蜀營緩緩而行. 魏兵皆驟馬追赶，但見陰風習習，冷霧漫漫. 盡力赶了一程，追之不上. 各人大驚，都勒住馬言曰："奇怪！我等急急赶了三十里，只見在前，追之不上. 如之奈何？"孔明見兵不來，又令推車過來，朝着魏兵歇下. 魏兵猶豫良久, 又放馬赶來. 孔明復回車慢慢而行. 魏兵又赶了二十里, 只見在前, 不曾赶上, (*竟似海上三神山, 可望而不可卽.) 盡皆癡呆. 孔明教回過車, 朝着魏軍, 推車倒行. 魏兵又欲追赶. 後面司馬懿自引一軍到, 傳令曰: "孔明善會<u>八門遁甲</u>, 能驅<u>六丁六甲</u>之神. 　此乃六甲天書內 '<u>縮地</u>'之法也. (*借司馬懿口中下一注脚.) 衆軍不可追之."

*注: 簪冠(잠관): 관에 비녀를 꽂다. 〈簪〉: 비녀. 머리에 꽂다. 　作怪(작괴): 장난치다. 　盡情(진정): 마음대로 하다. 하고 싶은 대로 하다. 　習習(습습): 솔솔. (바람이 가볍게 부는 모양). 　癡呆(치태. 치매): 우둔하다. 미련하다. 멍하다; 치매. 　八門遁甲(팔문둔갑): 〈奇門遁甲〉의 줄임말이다. 十干 중의 〈乙, 兵, 丁〉을 〈三奇〉라 하고, 八卦의 變相인 〈休·生·傷·杜·景·死·驚·開〉를 〈八門〉이라고 하여 합하여 〈奇門〉이라고 부른다. 十干 중의 〈甲〉은 가장 존귀한 것으로서 그 모습을 드러내지 않는다. 그래서 항상 소위 〈六儀〉인 〈戊·己·庚·辛·壬·癸〉 속에 숨어서 〈三奇〉와 〈六儀〉를 九宮에 분포시키면서 〈甲〉이 어느 한 宮을 독점하는 일이 없다. 그래서 〈遁甲(甲을 숨기다)〉이라고 한다. 迷信을 믿는 사람들은 〈奇門遁甲〉에 근거하여 吉凶과 禍福을 점칠 수 있다고 믿는다. 　六丁六甲(육정육갑): 六丁과 六甲은 모두 道敎의 神 이름이다. 도교에서는 이 神들은 天帝의 심부름을 하는 자들로서 바람과 우레를 일으키고 귀신을 내쫓는데, 도교의 道士는 부적으로 이들을 부릴 수 있다고 생각한다. 〈六丁〉: 道敎에서는 六丁(丁卯, 丁巳, 丁未, 丁酉, 丁亥, 丁丑)은 陰神으로 天帝의 부림을 받으며, 道士는 부적을 써서 이들을 부릴 수 있다고 한다. 〈六甲〉: 여기서의 〈六甲〉은 道敎의 陽神으로서 天帝의 부림을 받으며, 道士는 부적을 써서 이를 부려 재앙을 예방하고 귀신을 쫓아낸다고 한다. 　縮地之法(축지지법): 縮地法은 전설에 나오는 말로, 먼 곳을 가까운 곳으로 바꿀 수 있는 神仙術. 晉의 葛洪이 쓴 〈神仙傳·壺公〉 편에는 "(東漢의)

費長房은 神術이 있었는데, 地脈을 축소시켜 천리 밖에 있는 것을 바로 눈앞에 있는 것처럼 하고, 다시 놓으면 본래대로 멀어졌다."고 했다.

〖6〗 衆軍方勒馬回時, <u>左勢下</u>戰鼓大震, 一彪軍殺來. 懿急令兵拒之, 只見蜀兵隊裏二十四人, 披髮仗劍, 皂衣跣足, 擁出一輛四輪車; 車上端坐孔明, 簪冠鶴氅, 手搖羽扇.(*又是一个孔明, 與前却是兩个孔明. 作怪之極,) 懿大驚曰: "方纔那個車上坐着孔明, 赶了五十里, 追之不上; 如何這裏又有孔明? 怪哉! 怪哉!"(*不知遁甲天書中可有此等變化.) 言未畢, 右勢下戰鼓又鳴, 一彪軍殺來, 四輪車上亦坐着一個孔明, 左右亦有二十四人, 皂衣跣足, 披髮仗劍, 擁車而來. 懿心中大疑, 回顧諸將曰: "此必神兵也!"(*疑是六丁六甲變的.) 衆軍心下大亂, 不敢交戰, 各自奔走.

正行之際, 忽然鼓聲大震, 又一彪軍殺來: 當先一輛四輪車, 孔明端坐於上, 左右前後推車使者, 同前一般. 魏兵無不駭然. 司馬懿不知是人是鬼, 又不知多少蜀兵, 十分驚懼, 急急引兵奔入上邽, 閉門不出.(*一个孔明當不起, 又生出無數孔明, 司馬懿眞要嚇殺也.) 此時孔明早令三萬精兵將隴上小麥割盡, 運赴鹵城打曬去了.(*今人雖有吃食意智, 却弄不出這等神通.)

*注: 左勢下(좌세하): 왼편. 打曬(타쇄): 햇볕에 말리다. 〈打〉: (어떤 동작을) 하다. 〈曬〉: 햇볕에 말리다.

〖7〗 司馬懿在上邽城中, 三日不敢出城.(*此時麥已曬下矣.) 後見蜀兵退去, 方敢令軍出哨; 於路捉得一蜀兵, 來見司馬懿. 懿問之, 其人告曰: "某乃割麥之人, 因走失馬匹, 被捉前來." 懿曰: "前者是何神兵?" 答曰: "三路伏兵, 皆不是孔明, 乃姜維·馬岱·魏延也. 每一路只有一千軍護車, 五百軍擂鼓. 只是先來誘陣的車上乃孔明也."懿仰天長嘆曰:"孔明有神出鬼沒之機!"忽報副都督郭淮入見.懿接入,禮畢,淮曰:"吾聞蜀兵不多,現在鹵城打麥,可以擊之."懿細言前事.淮笑曰:"只瞞過一時;今已識破,何足道哉!吾引一軍攻其後,公引一軍攻其前,鹵城可破,孔明可擒矣."懿從之,遂分兵兩路而來. (*如今不怕鬼了.)

却說孔明引軍在鹵城打曬小麥,忽喚諸將聽令曰:"今夜敵人必來攻城.吾料鹵城東西麥田之內,足可伏兵; (*割了麥去,止剩光地,正好屯兵.) 誰敢為我一往?"姜維・魏延・馬忠・馬岱四將出曰:"某等願往."孔明大喜,乃命姜維・魏延各引二千兵,伏在東南・西北兩處;馬岱・馬忠各引二千兵,伏在西南・東北兩處:"只聽砲響,四角一齊殺來."四將受計,引兵去了.孔明自引百餘人,各帶火砲出城,伏在麥田之內等候.

　　*注: 打麥(타맥): 밀을 거두다. 〈打〉: 거두다.

〖8〗却說司馬懿引兵徑到鹵城下,日已昏黑,乃謂諸將曰:"若白日進兵,城中必有准備;今可乘夜晚攻之.此處城低壕淺,可便打破."遂屯兵城外.一更時分,郭淮亦引兵到.兩下合兵,一聲鼓響,把鹵城圍得鐵桶相似.城上萬弩齊發,矢石如雨,魏兵不敢前進.忽然魏軍中信砲連聲,三軍大驚,又不知何處兵來.淮令人去麥田搜時,四角上火光沖天,喊聲大震,四路蜀兵,一齊殺至;鹵城四門大開,城內兵殺出:裏應外合,大殺了一陣,魏兵死者無數.司馬懿引敗兵奮死突出重圍,占住了山頭;郭淮亦引敗兵奔到山后札住.孔明入城,令四將於四角下安營. (*犄角之勢.) 郭淮告司馬懿曰:"今與蜀兵相持許久,無策可退;目下又被殺了一陣,折傷三千餘人;若不早圖,日後難退矣."懿曰:"當復如何?"淮曰:"可發檄文,調雍・凉人馬,併力剿殺.吾願引軍襲劍閣,截其歸路, 使彼糧草不通,(*武侯割隴上之麥, 所重在糧; 郭淮欲截劍閣之路, 亦所重在糧.) 三軍慌亂: 那時乘勢擊之, 敵可滅矣." 懿從之, 卽發檄文星夜往雍 · 凉調撥人馬. 不一日, 大將孫禮引雍 · 凉諸郡人馬到. 懿卽令孫禮約會郭淮去襲劍閣.

　　*注: 昏黑(혼흑): 날이 어둑어둑하다. (색깔이) 어둡다. (전도가) 암담하다. 信砲(신포): 號砲. 신호포.

〖9〗 却說孔明在鹵城相拒日久, 不見魏兵出戰, 乃喚馬岱 · 姜維入城聽令曰: "今魏兵守住山險, 不與我戰: 一者, 料吾麥盡無糧; 二者, 令兵去襲劍閣, 斷吾糧道也. 汝二人各引一萬軍, 先去守住險要, 魏兵見有准備, 自然退去."(*與前之使馬謖 · 王平守街亭一樣算計.) 二人引兵去了. 長史楊儀入帳告曰: "向者丞相令大兵一百日一換, 今已限足, 漢中兵已出川口, 前路公文已到, 只待會兵交換: 現存八萬軍, 內四萬該與換班." 孔明曰: "旣有令, 便敎速行." 衆軍聞知, 各各收拾起程.(*軍士思家, 歸心如箭.)

　　忽報孫禮引雍 · 凉人馬二十萬來助戰, 去襲劍閣; 司馬懿自引兵來攻鹵城了. 蜀兵無不驚駭.(*欲歸不得, 驚駭可知.) 楊儀入告孔明曰: "魏兵來得甚急, 丞相可將換班軍且留下退敵, 待新來兵到, 然後換之."(*楊儀是老實算計.) 孔明曰: "不可. 吾用兵命將, 以信爲本; 旣有令在先, 豈可失信? 且蜀兵應去者, 皆准備歸計, 其父母妻子倚扉而望; 吾今便有大難, 決不留他." 卽傳令敎應去之兵, 當日便行. 衆軍聞之, 皆大呼曰: "丞相如此施恩於衆, 我等願且不回, 各舍一命, 大殺魏兵, 以報丞相."(*方知武侯幾句撫慰言語, 賽過一紙催督公文.) 孔明曰: "爾等該還家, 豈可復留於此?"(*妙在只是打發他去, 却是不留之留.) 衆軍皆要出戰, 不願回家.(*越打發他, 越不肯去.) 孔明曰: "汝等旣要與我出戰, 可出城安營, 待魏兵到, 莫待他息喘, 便急攻之: 此以逸待勞之法也."(*要去時便再三遣歸, 不去時便立刻要戰, 足見機權之妙.) 衆兵領命, 各執兵器, 歡喜出城, 列陣而待.

　　＊注: 前路(전로): 前途. 앞길; 상대방.　　**便有**(편유): 설령(비록) 있더라도.

〖10〗却說西凉人馬倍道而來, 走的人馬困乏; 方欲下營歇息, 被蜀兵一擁而進, 人人奮勇, 將銳<u>兵驍</u>. 雍‧凉兵抵敵不住, 望後便退. 蜀兵奮力追殺, 殺得那雍‧凉兵屍橫遍野, 血流成渠.(*以少勝衆, 全虧以逸待勞.) 孔明出城, 收聚得勝之兵, 入城賞勞. 忽報永安李嚴有書告急. 孔明大驚, 拆封視之, 書云:

　　"近聞東吳令人入洛陽, 與魏連和; 魏令吳取蜀, 幸吳尙未起
　　兵. 今嚴探知消息, 伏望丞相, 早作良圖."

　　孔明覽畢, 甚是驚疑, 乃聚諸將曰: "若東吳興兵寇蜀, 吾須<u>索</u>速回也."(*試令讀〈三國〉者掩卷猜之, 謂書中之言眞乎? 假乎? 若曰眞也, 則洛陽有此消息, 何不知會司馬懿? 而今司馬懿一邊曾不聞也?) 卽傳令, 教祁山大寨人馬, 且退回西川: "司馬懿知吾屯軍在此, 必不敢追趕." 於是王平‧張嶷‧吳班‧吳懿分兵兩駱, 徐徐退入西川去了.

　　＊注: 兵驍(병효): 병사들은 용맹하다. 〈驍〉: 용맹하다. 사납고 날래다(=驍
　　勇).　　**須索**(수색): 반드시. 틀림없이(必須. 定要).

〖11〗張郃見蜀兵退去, 恐有計策, 不敢來追, 乃引兵往見司馬懿曰: "今蜀兵退去, 不知何意." 懿曰: "孔明詭計極多, 不可輕動. 不如堅守, 待他糧盡, 自然退去." 大將魏平出曰: "蜀兵拔祁山之營而退, 正可乘勢追之, 都督按兵不動, 畏蜀如虎, 奈天下笑何?" 懿堅執不從.

　　却說孔明知祁山兵已回, 遂令楊儀‧馬忠入帳, 授以密計, 令先引一萬弓弩手, 去劍閣<u>木門道</u>, 兩下埋伏: "若魏兵追到, 聽吾砲

響, 急滾下木石, 先截其去路, 兩頭一齊射之." 二人引兵去了.(*此處授計明白敍出, 與前卷文法不同.) 又喚魏延·關興引兵斷後, 城上四面遍揷旌旗, 城內亂堆柴草, 虛放煙火. 大兵盡望木門道而去.

　　*注: 木門道(목문도): 지금의 감숙성 禮縣 동북, 天水市 서남.

〖12〗魏營巡哨軍來報司馬懿曰: "蜀兵大隊已退, 但不知城中還有多少兵." 懿自往視之, 見城上揷旗, 城中烟起, 笑曰: "此乃空城也." 令人探之, 果是空城. 懿大喜曰: "孔明已退, 誰敢追之?"(*方知旌旗煙火非拒其追, 正誘其追也.) 先鋒張郃曰: "吾願往." 懿阻曰: "公性急躁, 不可去." 郃曰: "都督出關之時, 命吾爲先鋒; 今日正是立功之際,(*正是效死之日.) 却不用吾, 何也?" 懿曰: "蜀兵退去, 險阻處必有埋伏, 須十分仔細, 方可追之." 郃曰: "吾已知得, 不必挂慮." 懿曰: "公自欲去, 莫要追悔." 郃曰: "大丈夫捨身報國, 雖萬死無恨!"(*說一"死"字在他口中, 明明道破下文.) 懿曰: "公旣堅執要去, 可引五千兵先行; 却敎魏平引二萬馬步兵後行, 以防埋伏. 吾却引三千兵隨後策應." 張郃領命, 引兵火速望前追趕.

　　*注: 仔細(자세): 자세하다. 주의하다. 조심하다. 策應(책응): 호응하여 싸우다. 協同作戰을 하다.

〖13〗行到三十餘里, 忽然背後一聲喊起, 樹林內閃出一彪軍, 爲首大將, 橫刀勒馬, 大叫曰: "賊將引兵那裏去!" 郃回頭視之, 乃魏延也.(*不以無伏兵誘之, 正以有伏兵誘之.) 郃大怒, 回馬交鋒. 不十合, 延詐敗而走.(*使知伏兵之無用, 則伏兵不足畏矣.) 郃又追趕三十餘里, 勒馬回顧, 全無伏兵, 又策馬前追. 方轉過山坡, 忽喊聲大起, 一彪軍閃出, 爲首大將, 乃關興也, 橫刀勒馬, 大叫曰: "張郃休赶，有吾在此！」郃就拍馬交鋒．不十合，關興撥馬便走．(*使知伏兵之皆無用，則伏兵又不足畏矣．) 郃隨後追之．赶到一密林內，郃心疑，令人四下哨探，並無伏兵；於是放心又赶．不想魏延却抄在前面；郃又與戰十餘合，延又敗走．郃奮怒追來，又被關興抄在前面，截住去路．(*後所見之伏兵，即前所見之伏兵，使知伏兵之更無添換，則伏兵愈不足畏矣．) 郃大怒，拍馬交鋒，戰有十合，—— 蜀兵盡棄衣甲什物等件，塞滿道路，魏軍皆下馬爭取．(*以利誘之．) 延·興二將，輪流交戰，張郃奮勇追赶．

〖14〗看看天晚，赶到木門道口，魏延撥回馬，高聲大罵曰：「張郃逆賊！吾不與汝相拒，汝只顧赶來．吾今與汝決一死戰！」郃十分忿怒，挺槍驟馬，直取魏延．延揮刀來迎．戰不十合，延大敗，盡棄衣甲·頭盔，匹馬引敗兵望木門道中而走．(*如此方纔引得到木門道去．) 張郃殺得<u>性起</u>，又見魏延大敗而逃，乃驟馬赶來．此時天色昏黑，一聲砲響，山上火光沖天，大石亂柴滾將下來，阻截去路．郃大驚曰：「我中計矣！」急回馬時，背後已被木石塞滿了歸路，中間只有一段空地，兩邊皆是<u>峭壁</u>，郃進退無路．忽一聲梆子響，兩下萬弩齊發，將張郃并百餘個部將，皆射死於木門道中．(*此日之死，早在三出祁山時伏之．) 後人有詩曰：

伏弩齊飛萬點星，木門道上射雄兵．

至今劍閣行人過，猶說軍師舊日名．

*注: 性起(성기): 노하다. 화를 내다. **峭壁**(초벽): 절벽. 낭떠러지. 벼랑.

〖15〗却說張郃已死，隨後魏兵追到，見塞了道路，已知張郃中計．衆軍勒回馬急退．忽聽得山頭上大叫曰：「諸葛丞相在此！」衆軍仰視，只見孔明立於火光之中，指衆軍而言曰：「吾今日圍獵，

欲射一‘馬’,(*司馬之"馬".) 誤中一‘獐’.(*張郃之"張".) 汝各人
安心而去: 上覆仲達: 早晚必爲吾所擒矣!"(*木門道射張郃是一篇敍
傳, 續以武侯幾句言語, 竟是一篇論贊.) 魏兵回見司馬懿, 細告前事. 懿
悲傷不已, 仰天嘆曰: "張儁乂身死, 吾之過也!" 乃收兵回洛陽.
魏主聞張郃死, 揮淚歎息, 令人收其屍, 厚葬之.

    *注: 馬(마): 말(馬). 여기서는 司馬의 '馬'를 의미한다. 獐(장): 노루.
麞(노루 장)과 同字. 여기서는 張郃의 '張'을 의미한다.

〖16〗却說孔明入漢中, 欲歸成都見後主. 都護李嚴妄奏後主
曰: "臣已辦備軍糧, <u>行將</u>運赴丞相軍前, 不知丞相何故忽然班
師."(*兩舌之人今日多有, 毋獨怪李嚴也.) 後主聞奏, 卽命尙書費禕入
漢中見孔明, 問班師之故. 禕至漢中, 宣後主之意. 孔明大驚
曰: "李嚴發書告急, 說東吳將興兵寇川, 因此回師." 費禕曰:
"李嚴奏稱軍糧已辦, 丞相無故回師, 天子因此命某來問耳." 孔
明大怒, 令人<u>訪察</u>: 乃是李嚴因軍糧不濟, 怕丞相見罪, 故發書取
回; 却又妄奏天子, 遮飾己過. 孔明大怒曰: "匹夫爲一己之故,
廢國家大事!" 令人召至, 欲斬之. 費禕勸曰: "丞相念先帝托孤
之意, 姑且寬恕."(*照應八十五回中事.) 孔明從之. 費禕卽具表啓奏
後主. 後主覽表, 勃然大怒, 叱武士推李嚴出斬之. 參軍蔣琬出班
奏曰: "李嚴乃先帝托孤之臣,(*先主能知馬謖, 而不能知李嚴, 可見知人
之難.) 乞望恩寬恕." 後主從之, 卽<u>謫</u>爲庶人, 徙於<u>梓潼郡</u>閑住.

    *注: 行將(행장): 이제 곧. 머지않아. 訪察(방찰): 訪查. 탐방조사하다.
현장 조사하다. 謫(적): 꾸짖다. 문책하다. 귀양 보내다. 유배시키다.
좌천시키다. 梓潼郡(재동군): 치소는 梓潼縣(지금의 四川省에 속함).

〖17〗孔明回到成都, 用李嚴子李豐爲長史;(*黜其父而用其子, 是

孔明無成心處.) 積草屯糧, 講陣論武, 整治軍器, <u>存恤</u>將士: 三年然後出征. 兩川人民軍士, 皆仰其恩德. 光陰<u>荏苒</u>, 不覺三年.

　時<u>建興</u>十二年春二月, 孔明入朝奏曰: "臣今存恤軍士, 已經三年. 糧草豊足, 軍器完備, 人馬雄壯, 可以伐魏. 今番若不掃清奸黨, 恢復中原, 誓不見陛下也!"(*已爲五丈原之讖. 武侯此行, 果然不復見後主矣.) 後主曰: "方今已成鼎足之勢, 吳·魏不曾入寇, 相父何不安享太平?" 孔明曰: "臣受先帝知遇之恩, 夢寐之間, 未嘗不設伐魏之策. 竭力盡忠, 爲陛下克復中原, 重興漢室: 臣之願也!" 言未畢, 班部中一人出曰: "丞相不可興兵." 衆視之, 乃譙周也. 正是:

　　武侯盡瘁惟憂國, 太史知機又論天.

未知譙周有何議論, 且看下文分解.

　　*注: 存恤(존휼): 사람을 보내서 위로하고(存) 돌보아 주다(恤). 〈存〉: 慰問하다. 問候하다. 撫慰. 〈恤〉: 가엽게 여기다. 동정하다; 구제하다. 부조하다. 　荏苒(임염): (=苒荏). (세월이) 덧없이 흐르다. 〈荏〉: 들깨; 연약하다; 遷延하다. 〈苒〉: 우거지다; 遷延하다(시간을 자꾸 끄는 모양). 　建興十二年(건흥십이년): 서기 234년.

第一百一回 毛宗崗 序始評

(1). 勞師遠征, 動以年歲, 楊儀請立換班之法, 可謂善矣. 然使及期而不代, 此連稱·管至父之所以作亂於齊也. 一旦大敵猝臨, 新軍未至, 不從權則無以應敵, 欲從權則又恐失信於我軍, 當此之時, 將何法以處之乎! 而武侯則更有妙術焉. 以爲我欲從權, 而人必以我爲失信, 惟我不失信, 而人乃樂於從權. 於是不以驅之戰者督其戰, 正以遣之去者鼓其戰. 〈易曰〉: "悅以使民,民忘其勞；悅以犯難，民忘其死。"武侯其得此道也夫！

(2)．君子讀書至此，而嘆糧之爲累大也．民以食爲天，兵亦以食爲天，武侯割隴上之麥，迫於無糧耳．司馬懿之不戰，亦曰糧盡而彼自退耳．郭淮之請斷劍閣，又曰截其糧道，則彼自亂耳．前者苟安之被責而興謗，不過以解糧之過期，今者李嚴之遺書以相欺，亦不過爲運糧之有缺．嗟乎！兵之需餉如此，而餉之艱難又如此．然則，將如之何哉？故國家兵未足必先足食，食不足無寧去兵．

(3)．嚇司馬懿，則孔明之外又有孔明．東西南北，一人化作四人，何其多而幻也？誘張郃，則魏延之外止有關興．關興之外止有魏延．輪流轉換，兩人只是兩人，何其少而窮也？非多而幻，須嚇司馬懿不得；非少而窮，亦誘張郃不得．假張飛兩度撮空，假姜維一番竊冒，假孔明四面分身，前後可稱三絕．罾口川中捕一活魚，魚腹浦邊放一生鹿，木門道上獲一死獐，前後又可稱三絕．

第一百二回

司馬懿占北原渭橋
諸葛亮造木牛流馬

〔1〕却說譙周官居太史，頗明天文；見孔明又欲出師，乃奏後
主曰：“臣今職掌司天臺，但有禍福，不可不奏：近有群鳥數萬，
自南飛來，投於漢水而死，此不祥之兆.(*鳥獸之變.) 臣又觀天象，
見奎星躔於太白之分，盛氣在北，不利伐魏；(*星辰之變.) 又成都
人民，皆聞柏樹夜哭：(*草木之變.) 有此數般災異，丞相只宜謹守，
不可妄動.” 孔明曰：“吾受先帝托孤之重，當竭力討賊，豈可以
虛妄之災氛，而廢國家大事耶！” 遂命有司設太牢，祭於昭烈之廟，
(*武侯此去便與昭烈之廟永別.) 涕泣拜告曰：“臣亮五出祁山，未得寸
土，負罪非輕！今臣復統全師，再出祁山，誓竭力盡心，剿滅漢賊，
恢復中原，鞠躬盡瘁，死而後已！”(*告後主之言，即以告先帝.) 祭畢，
拜辭後主，星夜至漢中，聚集諸將，商議出師. 忽報關興病亡. 孔

明放聲大哭, 昏倒於地, 半晌方蘇. (*與哭張苞彷彿. 然一在將歸, 一在初出.) 衆將再三勸解, 孔明嘆曰: "可憐忠義之人, 天不與以壽! 我今番出師, 又少一員大將也!" 後人有詩歎曰:

生死人常理, 蜉蝣一樣空.

但存忠孝節, 何必壽喬松.

孔明引蜀兵三十四萬, 分五路而進, 令姜維·魏延爲先鋒, 皆出祁山取齊; 令李恢先運糧草於斜谷道口伺候.

注: 北原(북원): 曹魏의 雍州·郿城 西. 지금의 섬서성 岐山 南, 渭水 남안. 司天臺(사천대): 官署 명칭으로 天象을 관찰하고 달력을 考定하는 일을 담당한다. 천문대나 첨성대의 역할을 한다. 奎星(규성): 魁星(북두칠성의 네모를 이루고 있는 네 별). 또는 별자리 명칭으로 奎宿(즉, 二十八宿의 하나로 16개의 별로 이루어져 있는데 그 별자리 모양이 두 갈고리가 서로 맞물려 있는 듯한 모습으로서 마치 〈文字〉를 닮았다고 해서, 이로부터 후에는 帝王의 詩文, 書畫 또는 珍藏 圖書 등이나 또는 그것들을 보관하는 處所를 일컫게 되었다. 우리나라의 〈奎章〉, 〈奎章閣〉 등은 이로부터 생긴 말이다). 太白(태백): 태백성. 금성. 此數般(차수반): 이러한 여러 가지 종류. 〈般〉: 종류. 가지. 방법. 災氛(재분): 운명적으로 피할 수 없는 (어쩔 수 없는) 재난. 有司(유사): 담당 관리. 담당 벼슬아치. 太牢(태뢰): 祭祀 중에서 가장 큰 규모의 것으로 소, 양, 돼지를 제물로 바치는 제사의 이름. 鞠躬盡瘁(국궁진췌): 수고로움을 마다하지 않고 盡心全力으로 일을 함. 〈鞠躬〉: 몸을 굽히다. 온 힘을 다해 일하다. 〈瘁〉: 피곤하다. 고달프다. 과로하다. 死而後已(사이후이): 죽은 후에야 그만두다 (그치다). 勸解(권해): 위로하다. 不與以壽(불여이수): 壽(즉, 長壽)를 허용해 주지 않다. 蜉蝣(부유): 하루살이. 何必壽喬松(하필수교송): 전설상의 신선 王子喬와 赤松子처럼 그렇게 장수해야 할 필요가 어디 있는가? 〈喬松〉: 고대 신화전설에 나오는 神仙 王子喬와 赤松子. (〈戰國策

· 齊策三〉: "世世稱孤, 而有喬松之壽.") 取齊(취제): 모이다. 집합하
다.

〔2〕 却說魏國因舊歲有靑龍自摩陂井內而出,　改爲靑龍元年.
(*靑蛇見御座, 早爲此日改元之兆.) 此時乃靑龍二年春二月也. 近臣奏
曰: "邊官飛報: 蜀兵三十餘萬, 分五路復出祁山." 魏主曹叡大
驚, 急召司馬懿至, 謂曰: "蜀人三年不曾入寇; 今諸葛亮又出祁
山, 如之奈何?" 懿奏曰: "臣夜觀天象, 見中原旺氣正盛, 奎星犯
太白, 不利於西川.(*與譙周之言相應.) 今孔明自負才智, 逆天而行,
乃自取敗亡也. 臣托陛下洪福, 當往破之. ── 但願保四人同
去." 叡曰: "卿保何人?" 懿曰: "夏侯淵有四子: 長名覇, 字仲
權; 次名威, 字季權; 三名惠, 字稚權; 四名和, 字義權. 覇·威二
人, 弓馬熟嫺, 惠·和二人諳知韜略: 此四人常欲爲父報仇. 臣今
保夏侯覇·夏侯威爲左右先鋒, 夏侯惠·夏侯和爲行軍司馬, 共贊
軍機, 以退蜀兵."(*前所薦郝昭·張郃已死, 今又引出四人來.) 叡曰: "向
者夏侯楙駙馬違誤軍機, 失陷了許多人馬, 至今羞慚不回. (*照應
武侯初出祁山時事.) 今此四人, 亦與楙同否?" 懿曰: "此四人非楙
之比也." 叡乃從其請, 卽命司馬懿爲大都督, 凡將士悉聽量才委
用, 各處兵馬皆聽調遣. 懿受命, 辭朝出城. 叡又以手詔賜懿曰:
卿到渭濱, 宜堅壁固守, 勿與交鋒. 蜀兵不得志, 必詐退誘敵,
卿愼勿追. 待彼糧盡, 必將自走, 然後乘虛攻之, 則取勝不難,
亦免軍馬疲勞之苦: 計莫善於此也.(*此詔出於司馬懿之意, 乃密令
天子賜之耳, 恐諸將欲戰故也.)

*注: 摩陂(마피): 毛本과 明嘉靖本에는 〈摩坡(마파)〉로 되어 있으나 〈三
國志. 魏書. 明帝紀〉에는 〈摩陂〉로 되어 있어 이에 따랐다.　靑龍元年
(청룡원년): 서기 233년.　四子(사자): 〈三國志. 魏志. 夏侯淵傳〉에 의하면

하후연에겐 다섯 아들이 있었는데, 장자의 이름은 夏侯衡이었고, 夏侯霸
는 둘째이고, 그 아래로는 본서의 내용과 같다. **熟嫻**(숙한): 熟悉. 熟
習. 익숙하다. 능숙하다. 숙련되다. **諳知**(암지): 익히 알다. 잘 알다. **共贊
軍機**(공찬군기): 같이 협력하여 군략(전략)을 짜다. 〈贊〉: 돕다. 협력하다.
〈軍機〉: 군사전략. 군사기밀.

〖3〗 司馬懿頓首受詔, 卽日到長安, 聚集各處軍馬共四十萬, 皆
來渭濱下寨; 又撥五萬軍, 於渭水上搭起九座浮橋, 令先鋒夏侯霸
·夏侯威過渭水安營; 又於大營之後東原, 築起一城, 以防不虞. 懿
正與衆將商議間, 忽報郭淮·孫禮來見. 懿迎入, 禮畢, 淮曰: "今
蜀兵現在祁山, 倘跨渭登原, 接連北山, 阻絕隴道, 大可虞也."
懿曰: "所言甚善. 公可就總督隴西軍馬, 據北原下寨, 深溝高壘,
按兵休動; 只待彼兵糧盡, 方可攻之."(*卽曹叡手詔中語.) 郭淮·孫
禮領命, 引兵下寨去了.

  *注: **搭起**(탑기): (막사나 건물 등을) 세우다. (다리 따위를) 놓다. (새 둥지
  를) 치다. **接連**(접련): 連接. 연결시키다. 서로 잇닿다. **可虞**(가우): 걱정
  되다. 염려되다.

〖4〗 却說孔明復出祁山,(*此是六出祁山.) 下五個大寨, 按左·右·
中·前·後; 自斜谷直至劍閣, 一連又下十四個大寨, 分屯軍馬, 以
爲久計. (*已有不欲復返之勢.) 每日令人巡哨. 忽報郭淮·孫禮領隴
西之兵, 於北原下寨. 孔明謂諸將曰: "魏兵於北原安營者, 懼吾
取此路, 阻絕隴道也. 吾今虛攻北原, 却暗取渭濱. 令人扎木筏百
餘隻, 上載草把, 選慣熟水手五千人駕之. 我乘夜只攻北原, 司馬
懿必引兵來救. 彼若少敗, 我把後軍先渡過岸去, 然後把前軍下於
筏中, 休要上岸, 順水取浮橋放火燒斷, 以攻其後. 吾自引一軍去

取前營之門. 若得渭水之南, 則進兵不難矣."(*武侯此算亦是妙着, 但恨爲司馬懿猜破耳.) 諸將遵令而行.

早有巡哨軍飛報司馬懿. 懿喚諸將議曰: "孔明如此設施, 其中有計: 彼以取北原爲名, 順水來燒浮橋, 亂吾後, 却攻吾前也."(*以前往往只猜得一半, 此却被他全猜着.) 卽傳令與夏侯霸 · 夏侯威曰: "若聽得北原發喊, 便提兵於渭水南山之中, 待蜀兵至擊之." 又令張虎 · 樂綝引二千弓弩手, 伏於渭水浮橋北岸: "若蜀兵乘木筏順水而來, 可一齊射之, 休令近橋." 又傳令郭淮 · 孫禮曰: "孔明來北原暗渡渭水, 汝新立之營, 人馬不多, 可盡伏於半路. 若蜀兵於午後渡水, 黃昏時分, 必來攻汝. 汝詐敗而走, 蜀兵必追. 汝等皆以弓弩射之. 吾水陸幷進. 若蜀兵大至, 只看吾指揮而擊之." 各處下令已畢, 又令二子司馬師 · 司馬昭, 引兵救應前營. 懿自引一軍救北原.

*注: 設施(설시): 시설. (작업의 진행이나 어떤 필요에 의해 세운 기구, 시스템, 조직, 건축물 따위).

〔5〕却說孔明令魏延 · 馬岱引兵渡渭水攻北原; 令吳班 · 吳懿引木筏兵去燒浮橋; 令王平 · 張嶷爲前隊, 姜維 · 馬忠爲中隊, 廖化 · 張翼爲後隊: 兵分三路, 去攻渭水旱營. 是日午時, 人馬離大寨, 盡渡渭水, 列成陣勢, 緩緩而行.

却說魏延 · 馬岱將近北原, 天色已昏. 孫禮哨見, 便棄營而走. 魏延知有准備, 急退軍時, 四下喊聲大震: 左有司馬懿, 右有郭淮, 兩路兵殺來. 魏延 · 馬岱奮力殺出, 蜀兵多半落於水中, 餘衆奔逃無路. 幸得吳懿兵殺來, 救了敗兵過岸拒住. 吳班分一半兵撐筏, 順水來燒浮橋, 却被張虎 · 樂綝在岸上亂箭射住. 吳班中箭, 落水而死. 餘軍跳水逃命, 木筏盡被魏兵奪去.

此時王平·張嶷, 不知北原兵敗, 直奔到魏營, 已有二更天氣, 只聽得喊聲四起. 王平謂張嶷曰: "軍馬攻打北原, 未知勝負. 渭南之寨, 現在面前, 如何不見一個魏兵? 莫非司馬懿知道了, 先作准備也? 我等且看浮橋火起, 方可進兵."(*王平比衆人又加把細.) 二人勒住軍馬, 忽背後一騎馬來報, 說: "丞相教軍馬急回. 北原兵·浮橋兵, 俱失了."(*姜維·馬忠·廖化·張翼兩路兵已在取回之內, 故不復實寫, 用筆甚妙.) 王平·張嶷大驚, 急退軍時, 却被魏兵抄在背後, 一聲砲響, 一齊殺來, 火光沖天.(*此司馬師·司馬昭·夏侯覇·夏侯威也. 妙在不實寫其人, 但虛寫其兵, 令讀者自知.) 王平·張嶷引兵相迎, 兩軍混戰一場. 平·嶷二人奮力殺出, 蜀兵折傷大半. 孔明回到祁山大寨, 收聚敗兵, 約折了萬餘人, 心中憂悶.(*街亭之失, 失在馬謖; 渭橋之敗, 敗由武侯. 勝敗之不可料如此, 用兵者可不臨事而懼耶?)

*注: 天氣(천기): 때, 時刻(指某一時刻), 時間(指某一段時間); 맑고 가벼운 기운; 氣候.　憂悶(우민): 번민하다. 우울하다.

〖6〗忽報費禕自成都來見丞相. 孔明請入. 費禕禮畢, 孔明曰: "吾有一書, 正欲煩公去東吳投遞, 不知肯去否?" 禕曰: "丞相之命, 豈敢推辭?" 孔明即修書付費禕去了. 禕持書徑到建業, 入見吳主孫權, 呈上孔明之書. 權拆視之, 書略曰:

漢室不幸, 王綱失紀, 曹賊篡逆, 蔓延及今. 亮受昭烈皇帝寄托之重, 敢不竭力盡忠: 今大兵已會於祁山, 狂寇將亡於渭水. 伏望陛下念同盟之義, 命將北征, 共取中原, 同分天下. 書不盡言, 萬希聖聽!

權覽畢, 大喜, 乃謂費禕曰: "朕久欲興兵, 未得會合孔明. 今既有書到, 即日朕自親征, 入居巢門, 取魏新城; 再令陸遜·諸葛瑾等屯兵於江夏·沔口取襄陽; 孫韶·張承等出兵廣陵取淮陽等處: 三處一齊進軍, 共三十萬, 克日興師." 費禕拜謝曰: "誠如此, 則中原不日自破矣!" 權設宴款待費禕. 飮宴間, 權問曰: "丞相軍前, 用誰當先破敵?" 禕曰: "魏延爲首." 權笑曰: "此人勇有餘, 而心不正. 若一朝無孔明, 彼必爲禍. —— 孔明豈未知耶?" 禕曰: "陛下之言極當! 臣今歸去, 卽當以此言告孔明." 遂拜辭孫權, 回到祁山, 見了孔明, 具言吳主起大兵三十萬, 御駕親征, 兵分三路而進. 孔明又問曰: "吳主別有所言否?" 費禕將論魏延之語告之. 孔明嘆曰: "眞聰明之主也! 吾非不知此人. ——爲惜其勇, 故用之耳." 禕曰: "丞相早宜區處." 孔明曰: "吾自有法."(＊早爲授計馬岱伏筆.) 禕辭別孔明, 自回成都.

*注: 投遞(투체): (公文. 書信 따위를) 배달(전달)하다. 居巢(거소): 縣名. 揚州 九江郡. 지금의 안휘성 桐城 南. 江夏(강하): 東漢末에는 형주 강하군 鄂縣으로, 한때 손권이 왕도로 삼은 적이 있다. 郡治 所在地(지금의 호북성 武昌, 즉 鄂城 西南). 沔口(면구): 즉 夏口. 漢水를 면수라고도 하는데, 이것이 장강으로 들어가는 어귀가 곧 면구이다. 지금의 호북성 武漢 漢口. 淮陽(회양): 毛本, 明嘉靖本,〈三國志·吳書·吳主傳〉에는 모두 "淮陽"으로 되어 있다. 그러나 "淮陽"은 지금의 하남성 淮陽縣으로 廣陵에서 아주 멀리 떨어져 있다. "淮陰"은 당시 魏 廣陵郡의 治所로 현재의 강소성 淮陰市이다.〈資治通鑒·魏紀四〉明帝靑龍 二年에는 "淮陰"으로 되어 있다. 克日(극일): 기일을 정하다. 不日(불일): 며칠 지나지 않아. 수일 내로. 區處(구처): 처리하다.

〖7〗 孔明正與諸將商議征進, 忽報有魏將來投降. 孔明喚入問之, 答曰: "某乃魏國偏將軍鄭文也. 近與秦朗同領人馬, 聽司馬懿調用. 不料懿徇私偏向, 加秦朗爲前將軍, 而視文如草芥, 因此不平, 特來投降丞相. 願賜收錄." 言未已, 人報秦朗引兵在寨外,

單搦鄭文交戰.(＊秦朗來得快，明明是假.) 孔明曰：＂此人武藝比汝若
何？＂ 鄭文曰：＂某當立斬之.＂ 孔明曰：＂汝若先殺秦朗，吾方不
疑.＂ 鄭文欣然上馬出營，與秦朗交鋒. 孔明親自出營視之. 只見
秦朗挺槍大罵曰：＂反賊盜我戰馬來此，　可早早還我！＂(＊不責其反，
但索其馬，明明是假.) 言訖，直取鄭文. 文拍馬舞刀相迎，只一合，斬
秦朗於馬下.(＊如此斬得快，又明明是假.) 魏軍各自逃走. 鄭文提首級
入營.

　　＊注：**調用**(조용)：(인력, 물자를) 移動하여 쓰다. 轉用하다.

〖8〗 孔明回到帳中坐定，喚鄭文至，勃然大怒，叱左右推出斬
之. 鄭文曰：＂小將無罪！＂ 孔明曰：＂吾向識秦朗；汝今斬者，並
非秦朗.──安敢欺我！＂(＊武侯實未嘗識秦朗，哄騙得妙.) 文拜告曰：＂此
實秦朗之弟秦明也.＂(＊一冒便說，然秦朗不是秦朗，秦明亦不是秦明.) 孔
明笑曰：＂司馬懿令汝來詐降，於中取事，却如何瞞得我過！若不
實說，必然斬汝！＂ 鄭文只得訴告其實是詐降，泣求免死. 孔明
曰：＂汝既求生，可修書一封，教司馬懿自來劫營,(＊司馬懿先教鄭文
斬一魏將，以取信於孔明，則必不料此書之詐也.) 吾便饒汝性命. 若捉住
司馬懿，便是汝之功，還當重用.＂ 鄭文只得寫了一書，呈與孔明.
孔明令將鄭文監下. 樊建問曰：＂丞相何以知此人詐降？＂ 孔明
曰：＂司馬懿不輕用人. 若加秦朗爲前將軍，必武藝高强；今與鄭
文交馬只一合，便爲文所殺，必不是秦朗也. 以故知其詐.＂(＊說曾
識秦朗，亦是武侯之詐.) 衆皆拜服.

〖9〗 孔明選一舌辨軍士，附耳分付如此如此. 軍士領命，持書徑
來魏寨，求見司馬懿. 懿喚入，拆書看畢，問曰：＂汝何人也？＂ 答
曰：＂某乃中原人，流落蜀中：鄭文與某同鄉. 今孔明因鄭文有功，

用爲先鋒. 鄭文特托某來獻書, 約於明日晚間, 擧火爲號, 望乞都督盡提大軍前來劫寨, 鄭文在內爲應."(*此皆孔明附耳分付之語.) 司馬懿反覆詰問, 又將來書仔細檢看, 果然是實;(*書中筆跡果然是實.) 卽賜軍士酒食, 分付曰: "本日二更爲期, 我自來劫寨. 大事若成, 必重用汝." 軍士拜別, 回到本寨告知孔明. 孔明仗劍步罡, 禱祝已畢, 喚王平‧張嶷分付如此如此; 又喚馬忠‧馬岱分付如此如此; 又喚魏延分付如此如此. 孔明自引數十人, 坐於高山之上, 指揮衆軍.

> *注: 步罡(보강): 즉, 다음 回(제 103회)에서 말하는 步罡踏斗(보강답두).
> 道敎에서 道士가 斗星에 예배를 하여 神靈을 부르기 위한 일종의 動作.
> 걸어서 꺾고 돌아오는 모습이 꼭 北斗七星의 별자리 위를 밟는 것과 같
> 다고 해서 붙여진 名稱이다. 〈罡(강)〉: 북두성. 〈斗〉: 북두성.

〚10〛 却說司馬懿見了鄭文之書, 便欲引二子提大兵來劫蜀寨. 長子司馬師諫曰: "父親何故據片紙而親入重地? 倘有疏虞, 如之奈何? 不如令別將先去, 父親爲後應可也."(*懿之不死, 賴有此兒.) 懿從之, 遂令秦朗引一萬兵, 去劫蜀寨.(*眞秦朗來了.) 懿自引兵接應. 是夜初更, 風淸月朗; 將及二更時分, 忽然陰雲四合, 黑氣漫空, 對面不見.(*此從仗劍步罡中來, 令讀者自知.) 懿大喜曰: "天使我成功也!" 於是人盡銜枚, 馬皆勒口, 長驅大進. 秦朗當先, 引一萬兵直殺入蜀寨中, 並不見一人. 朗知中計, 忙叫退兵. 四下火把齊明, 喊聲震地: 左有王平‧張嶷, 右有馬岱‧馬忠, 兩路兵殺來.(*如此如此, 原來如此.) 秦朗死戰, 不能得出. 背後司馬懿見蜀寨火光沖天, 喊聲不絶, 又不知魏兵勝負, 只顧催兵接應, 望火光中殺來. 忽然一聲喊起, 鼓角喧天, 火砲震地: 左有魏延, 右有姜維, 兩路殺出.(*如此如此, 又原來如此.) 魏兵大敗, 十傷八九, 四散逃奔.

此時秦朗所引一萬兵, 都被蜀兵圍住, 箭如飛蝗. 秦朗死於亂軍之中. (*是司馬懿替死鬼. 假秦朗之死, 瞞不得孔明; 眞秦朗之死, 却替了仲達.) 司馬懿引敗兵奔入本寨.

　　三更以後, 天復淸朗. 孔明在山頭上鳴金收軍. 原來二更時陰雲暗黑, 乃孔明用<u>遁甲</u>之法; 後收兵已了, 天復淸朗, 乃孔明驅<u>六丁六甲</u>掃蕩浮雲也. (*補注明白. 如此作法, 不曾殺得司馬懿, 只算小題大做.)

　　*注: 只顧(지고): 오로지 …에만 열중하다. 오로지 …에만 전념하다. 　遁甲(둔갑): 古代 方士들의 術數의 하나. 　六丁六甲(육정육갑): 六丁과 六甲은 모두 道敎의 神 이름이다. 도교에서는 이 神들은 天帝의 심부름을 하는 자들로서 바람과 우레를 일으키고 귀신을 내쫓는데, 도교의 道士는 부적 符籍으로 이들을 부릴 수 있다고 한다.(앞의 제 101회 注 설명 참조.)

〖11〗 當下孔明得勝回寨, 命將鄭文斬了, 再議取渭南之策. 每日令兵搦戰, 魏軍只不出迎. 孔明自乘小車, 來祁山前·渭水東西, 踏看地理. 忽到一谷口, 見其形如葫蘆之狀, 內中可容千餘人; 兩山又合一谷, 可容四五百人; 背後兩山<u>環抱</u>, 只可通一人一騎.(*與征蠻時盤蛇谷相彷佛.) 孔明看了, 心中大喜, 問鄕導官曰: "此處是何地名?" 答曰: "此名<u>上方谷</u>, 又號葫蘆谷." 孔明回到帳中, 喚裨將杜叡·胡忠二人, 附耳授以密計. 令喚集隨軍<u>匠作</u>一千餘人, 入葫蘆谷中, 製造 "木牛" "流馬" 應用; (*前征蠻時所用木獸, 早爲此時 "木牛" "流馬" 作一引子.) 又令馬岱領五百兵守住谷口. 孔明囑馬岱曰: "匠作人等, 不許放出; 外人不許放入. 吾還不時自來點視. 捉司馬懿之計, 只在此擧. 切不可走漏消息." 馬岱受命而去. 杜叡等二人在谷中監督匠作, 依法製造. 孔明每日往來指示.

　　*注: 環抱(환포): 둘러싸다. 　上方谷(상방곡): 동한 삼국시에는 이런 지

명이 없었다. 지금의 섬서성 岐山 五丈原 高店鎭에 上方谷이란 지명이
있다.   匠作(장작): 工匠. 工人. 지금의 工兵에 해당.

〖12〗忽一日, 長史楊儀入告曰: "卽今糧米皆在劍閣, 人夫牛
馬, 搬運不便, 如之奈何?" 孔明笑曰: "吾已運謀多時也. 前者所
積木料, 幷西川收買下的大木, 敎人製造 "木牛" "流馬", 搬運糧
米, 甚是便利. 牛馬皆<u>不水食</u>, 可以搬運, 晝夜不絕."(*今有人要便
宜者, 謠譏之云: "又要馬兒不吃草, 又要馬兒走得好." 惜其未得傳孔明之法
也.) 衆皆驚曰: "自古及今, 未聞有 "木牛" "流馬" 之事. 不知丞
相有何妙法, 造此奇物?" 孔明曰: "吾已令人依法製造, 尙未完
備. 吾今先將造木牛·流馬之法, 尺寸方圓, 長短闊狹, 開寫明白,
汝等視之." 衆大喜. 孔明卽手書一紙, 付衆觀看. 衆將環繞而視.
造木牛之法云:(*根據:〈三國志·蜀志·諸葛亮傳五〉裴松之注.)
　"(亮集載作木牛流馬法曰: 木牛者,) 方腹曲頭, 一脚四足; 頭入領
中, 舌着於腹. 載多而行少, 宜可大用, 不可小使; 獨行者數
十里, 群行者二十里也. 曲者爲牛頭, 雙者爲牛脚, 橫者爲牛
領, 轉者爲牛足, 覆者爲牛背, 方者爲牛腹, 垂者爲牛舌, 曲
者爲牛肋, 刻者爲牛齒, 立者爲牛角, 細者爲牛<u>鞅</u>, 攝者爲牛
<u>鞦軸</u>. 牛御雙轅, 人行六尺, 牛行四步. 每牛載十人所食一月
之糧, 人不大勞, 牛不飮食."
*注: 不水食(불수식): 물을 마시지도 풀을 먹지도 않는다.   鞅(앙): 가슴걸
이(소나 말의 목이나 배에 매어 수레를 끄는 가죽끈).   攝(녑): 고정시키다.
안정시키다(*攝, 安也: 이때는 讀音이〈섭〉이 아니라〈녑〉이다).   鞦軸
(추주): 길마의 한 부품. (소나 말 등의) 궁둥이에 막대를 가로대고 그 두
끝에 줄을 매어 길마의 좌우로 잡아매게 되어 있는 가죽 끈. 껑거리끈.
밀치끈. 말안장을 고정시키는 기능을 한다.〈軸〉: 胄(주)와 同字.

〖13〗造流馬之法云:

　　"肋: 長三尺五寸, 廣三寸, 厚二寸五分, 左右同. <u>前軸孔</u>: <u>分墨去頭</u>四寸, <u>徑中</u>二寸. 前脚孔: <u>分墨</u>二寸, 去前軸孔四寸五分, 廣一寸. 前<u>杠</u>孔: 去前脚孔分墨二寸七分, 孔長二寸, 廣一寸. 後軸孔: 去前杠分墨一尺五分, 大小與前同. 後脚孔: 分墨去後軸孔三寸五分. 大小與前同. 後杠孔: 去後脚孔分墨二寸七分, <u>後載剋</u>去後杠孔分墨四寸五分. 前杠: 長一尺八寸, 廣二寸, 厚一寸五分. 後杠: 與等版<u>方囊</u>二枚, 厚八分, 長二尺七寸, 高一尺六寸五分, 廣一尺六寸. 每枚受米二<u>斛</u>三斗. 從上杠孔去肋下七寸. 前後同. 上杠孔: 去下杠孔分墨一尺三寸, 孔長一寸五分, 廣七分. 八孔同. 前後四脚, 廣二寸, 厚一寸五分. 形制如象, <u>軒</u>長四寸, 徑面四寸三分. 孔徑中三脚杠, 長二尺一寸, 廣一寸五分, 厚一寸四分, 同杠耳"

　　衆將看了一遍, 皆拜伏曰: "丞相眞神人也!"(*若非神人, 安能驅使草木?) 過了數日, 木牛流馬皆造完備, 宛然如活者一般; 上山下嶺, 各盡其便.(*不唯省力, 亦好玩弄物.) 衆軍見之, 無不欣喜. 孔明令右將軍高翔, 引一千兵駕着木牛流馬, 自劍閣直抵祁山大寨, 往來搬運糧草, 供給蜀兵之用. 後人有詩讚曰:

　　劍關險峻驅流馬, 斜谷崎嶇駕木牛.

　　後世若能行此法, <u>輸</u>將安得使人愁.

*注: 肋(륵): 갈빗대. 옆구리. 前軸孔(전축공): 앞 축의 구멍. 徑中(경중): 구멍의 직경. 分墨(분묵): (나무로 물건을 만들 때) 먹줄을 쳐서 길이를 정확히 나누다. 木材料 상에서 특정 부위로부터 떨어진 거리. 〈墨〉: 먹(줄). 길이의 단위(五尺). 杠(강): 굵은 막대기; 공작기계의 막대기 모양의 부속품. 後載剋(후재극): 뒤쪽 짐 싣는 칸을 말하는 듯. 정확한 것은 알 수 없다. 方囊(방낭): 네모난 주머니. 자루. 부대. 짐을 싣는 네모난 상자를

말하는 듯. 斛(곡): 곡식이나 액체 등의 容量 단위. 一斛은 원래는 十斗였으나 후에 와서는 五斗가 되었다. 靬(간): 가죽으로 만든 〈流馬〉의 附屬品; 화살을 넣어두는 자루. 箭袋. 輸(수): 輸送. 양곡 등의 運搬.

〖14〗却說司馬懿正憂悶間, 忽哨馬報說: "蜀兵用木牛流馬轉運糧草. 人不大勞, 牛馬不食." 懿大驚曰: "吾所以堅守不出者, 爲彼糧草不能接濟, 欲待其自斃耳. 今用此法, 必爲久遠之計, 不思退矣.——如之奈何?" 急喚張虎・樂綝二人分付曰: "汝二人各引五百軍, 從斜谷小路抄出; 待蜀兵驅過木牛流馬, 任他過盡, 一齊殺出; 不可多搶, 只搶三五匹便回." 二人依令, 各引五百軍, 扮作蜀兵, 夜間偸過小路, 伏在谷中. 果見高翔引兵驅木牛流馬而來, 將次過盡, 兩邊一齊鼓噪殺出. 蜀兵措手不及, 棄下數匹. 張虎・樂綝歡喜, 驅回本寨. 司馬懿看了, 果然進退如活的一般, 乃大喜曰: "汝會用此法, 難道我不會用?" 便令巧匠百餘人, 當面拆開, 分付依其尺寸長短厚薄之法, 一樣製造木牛流馬. (*司馬懿善抄別人文字, 然依樣畵葫蘆, 畢竟未盡知文字中之妙也.) 不消半月, 造成二千餘隻, 與孔明所造者一般法則, 亦能奔走. 遂令鎭遠將軍岑威, 引一千軍驅駕木牛流馬, 去隴西搬運糧草, 往來不絶. (*抄得快, 用得快, 極似今之讀時文秀才.) 魏營軍將, 無不歡喜.
　　*注: 自斃(자폐): 스스로 죽다(쓰러지다. 망하다).

〖15〗却說高翔回見孔明, 說魏兵搶奪木牛流馬各五六匹去了. 孔明笑曰: "吾正要他搶去.——我只費了幾匹木牛流馬, 却不久便得軍中許多資助也."(*故意使他抄我文字, 却是替我做了文字. 妙極.) 諸將問曰: "丞相何以知之?" 孔明曰: "司馬懿見了木牛流馬, 必然倣我法度, 一樣製造. 那時我又有計策." 數日後, 人報魏兵也會造木牛流馬，往隴西搬運糧草．孔明大喜曰：“不出吾之算也.”
便喚王平分付曰：“汝引一千兵，扮作魏人，星夜偷過北原，只說
是巡糧軍，混入彼運糧軍中，將護糧之人盡皆殺散；却驅木牛·流
馬而回，徑奔過北原來．此處必有魏兵追趕，汝便將木牛流馬口內
舌頭扭轉，牛馬就不能行動，(*前但說得造法，不曾說得用法；前但說得行
法，不曾說得止法，却在此處補出.) 汝等竟棄之而走．背後魏兵赶到，
牽拽不動，扛擡不去．吾再有兵到，汝却回身再將牛馬舌扭過來，
長驅大行．── 魏兵必疑爲怪也！” 王平受計，引兵而去．

　　*注: 資助(자조): 제공하다. 돕다. 재물로 돕다.　　扭轉(뉴전): (몸이나 방향
　　등을) 돌리다. 돌려놓다.〈扭〉: 돌리다; 비틀다.　　竟(경): 다만 …뿐. …만.
　　扛擡(강대): (둘이서) 어깨에 메다.

〖16〗孔明又喚張嶷分付曰：“汝引五百軍，都扮作六丁六甲神
兵，鬼頭獸身，用五彩塗面，粧作種種怪異之狀；一手執繡旗，一
手仗寶劍；身挂葫蘆，內藏烟火之物，伏於山傍．待木牛流馬到
時，放起烟火，一齊擁出，驅牛馬而行.(*比前番割麥時倍覺聲勢．如此
用兵倒好玩弄.) 魏人見之，必疑是神鬼，不敢來追趕．” 張嶷受計引
兵而去．孔明又喚魏延·姜維分付曰：“汝二人同引一萬兵，去北
原寨口接應木牛流馬，以防交戰．” 又喚廖化·張翼分付曰：“汝二
人引五千兵，去斷司馬懿來路．” 又喚馬忠·馬岱分付曰：“汝二人
引二千兵，去渭南搦戰．” 六人各各遵令而去．

〖17〗且說魏將岑威引軍驅木牛流馬，裝載糧米，正行之間，忽
報前面有兵巡糧．岑威令人哨探，果是魏兵，(*人且可以粧神，蜀何不
可粧魏?) 遂放心前進．兩軍合在一處．忽然喊聲大震，蜀兵就本隊
裏殺起，大呼：“蜀中大將王平在此！” 魏兵措手不及，被蜀兵殺死

大半. 岑威引敗兵抵敵, 被王平一刀斬了, 餘皆潰散. 王平引兵盡驅木牛流馬而回.(*司馬懿用別人文字, 却倒被別人用了去.) 敗兵飛奔報入北原寨內. 郭淮聞軍糧被劫, 疾忙引軍來救. 王平令兵扭轉木牛流馬舌頭, 俱棄於道中, 且戰且走. 郭淮敎且莫追, 只驅回木牛流馬. 衆軍一齊驅趕, 却那裏驅得動?(*此時却似盜石人·石馬矣.) 郭淮心中疑惑, 正無奈何, 忽鼓角喧天, 喊聲四起, 兩路兵殺來, 乃魏延·姜維也. 王平復引兵殺回. 三路夾攻, 郭淮大敗而走. 王平令軍士將牛馬舌頭, 重復扭轉, 驅趕而行.(*司馬懿但能學文, 不能學舌.) 郭淮望見, 方欲回兵再追, 只見山后烟雲突起, 一隊神兵擁出, 一個個手執旗劍, 怪異之狀, 擁護木牛流馬, 如風擁而去. 郭淮大驚曰: "此必神助也!" 衆軍見了, 無不驚畏, 不敢追趕.

却說司馬懿聞北原兵敗, 急自引軍來救. 方到半路, 忽一聲砲響, 兩路兵自險峻處殺出, 喊聲震地. 旗上大書 "漢將張翼廖化". 司馬懿見了大驚. 魏軍着慌, 各自逃竄. 正是:

　　路逢神將糧遭劫, 身遇奇兵命又危.

未知司馬懿怎地抵敵, 且看下文分解.

　　*注: 着慌(착황): 당황해 하다. 허둥대다.　　怎地(즘지): 怎的. 어떻게.

第一百二回 毛宗崗 序始評

(1). 觀武侯渭橋之敗, 而益信魏延子午谷之計非善計也. 武侯不能必魏人之不防渭橋, 魏延安能必魏人之不防子午谷哉? 且燒渭橋而不克, 則一敗猶可以復勝; 若使出子午谷而不遂, 則一敗將不復可勝, 故武侯寧爲渭橋之偶有一失, 而必不爲子午谷之僥倖於一得耳.

(2). 司馬懿之使鄭文爲內應, 猶孟獲之使孟優爲內應也. 而孟優未嘗殺一人以取孔明之信, 鄭文則殺死一將以取孔明之信, 是司馬懿之謀巧於孟獲也. 孔明欲賺司馬懿, 而止賺一秦朗, 猶姜維之欲賺曹眞, 而止殺一費耀也. 乃姜維則以我獻書, 而使彼中我之計；孔明則以彼獻書, 而使彼自中彼之計, 是孔明之謀巧於姜維也. 兩巧相對, 而尤巧者勝焉. 眞令讀者驚心悅目.

(3). 天下事有我能爲之, 人亦能學之者矣. 而學之者終不如爲之者能知其變, 則學者不如爲者之智也. 且爲之者能使學之者適爲我用, 則學者反受爲者之愚也. 武侯木牛流馬, 不但不禁人學, 正欲使人學, 而人乃至於不敢學. 妙哉, 技至此乎!

第一百三回

上方谷司馬受困
五丈原諸葛禳星

〖1〗 却說司馬懿被張翼·廖化一陣殺敗，匹馬單槍，望密林間而走．張翼收住後軍，廖化當先追赶．看看赶上，懿着慌，繞樹而轉．化一刀砍去，正砍在樹上；及拔出刀時，懿已走出林外．(*與馬超追曹操相似.) 廖化隨後赶出，却不知去向，但見樹林之東，落下金盔一個．廖化取盔揹在馬上，一直望東追赶．── 原來司馬懿把金盔棄於林東，却反向西走去了.(*與孫堅之棄赤幘相似.) 廖化追了一程，不見踪迹，奔出谷口，遇見姜維，同回寨見孔明．張嶷早驅木牛流馬到寨，交割已畢，獲糧萬餘石．廖化獻上金盔，錄爲頭功．魏延心中不悅，口出怨言．── 孔明只做不知.(*爲後文伏筆.)

且說司馬懿逃回寨中，心甚惱悶．忽使命賫詔至，言東吳三路入寇，朝廷正議命將抵敵，令懿等堅守勿戰.(*此則是魏主之詔矣，然亦司馬懿敎之於前也.）懿受命已畢，深溝高壘，堅守不出.

　　*注: 五丈原(오장원): 지금의 眉(郿)縣 西, 渭水 北. 武功에서 서쪽으로
四十里 지점에 위치.　禳星(양성): 북두칠성을 향해 액(재앙)을 막아 달라
고 빌다. 〈禳〉: 액막이. 액막이를 하다.　捎(소): (운반물 따위) 덧붙여
묶다. 가는(오는) 길에 가져가다(오다).

〖2〗却說曹叡聞孫權分兵三路而來，亦起兵三路迎之: 令劉劭
引兵救江夏，田豫引兵救襄陽，叡自與滿寵率大軍救合淝. 滿寵先
引一軍至巢湖口，望見東岸戰船無數，旌旗整肅. 寵入軍中奏魏主
曰: “吳人必輕我遠來，未曾提備；今夜可乘虛劫其水寨，必得全
勝.” 魏主曰: “汝言正合朕意.” 卽令驍將張球領五千兵，各帶火
具，從湖口攻之；滿寵引兵五千，從東岸攻之. 是夜二更時分，張
球·滿寵各引軍悄悄望湖口進發；將近水寨，一齊吶喊殺入. 吳兵
慌亂，不戰而走；被魏軍四下擧火，燒毁戰船·糧草·器具不計其
數.(*吳人兩次以火攻勝魏，今却反爲魏所燒，何其憊也!) 諸葛瑾率敗兵逃
走沔口. 魏兵大勝而回.

　　次日，哨軍報知陸遜. 遜集諸將議曰: “吾當作表申奏主上，請
撤新城之圍，以兵斷魏軍歸路，吾率衆攻其前: 彼首尾不敵，一鼓
可破也.” 衆服其言. 陸遜卽具表，遣一小校密地賫往新城. 小校
領命，賫着表文，行至渡口，不期被魏軍伏路的捉住，解赴軍中見
魏主曹叡. 叡搜出陸遜表文，覽畢，嘆曰: “東吳陸遜眞妙算也!”
遂命將吳卒監下，令劉劭謹防孫權後兵.(*魏將用計而吳人不知，吳將
用計而魏人知備，亦天意也.)

　　*注: 巢湖口(소호구): 지금의 안휘성 巢縣.　悄悄(초초): 조용히. 은밀히.
살그머니.　沔口(면구): 즉 夏口. 漢水를 면수라고도 하는데, 이것이 장강으
로 들어가는 어귀가 곧 면구이다. 지금의 호북성 武漢 漢口.

〔3〕 却說諸葛瑾大敗一陣, 又値暑天, 人馬多生疾病; 乃修書一封, 令人轉達陸遜, 議欲撤兵還國. 遜看書畢, 謂來人曰: "拜上將軍: 吾自有主意." 使者回報諸葛瑾. 瑾問: "陸將軍作何擧動?" 使者曰: "但見陸將軍催督衆人於營外種豆菽, 自與諸將在轅門射戲." 瑾大驚, 親自往陸遜營中, 與遜相見, 問曰: "今曹叡親來, 兵勢甚盛, 都督何以禦之?" 遜曰: "吾前遣人奉表於主上, 不料爲敵人所獲. 機謀既泄, 彼必知備; 與戰無益, 不如且退. 已差人奉表約主上緩緩退兵矣." 瑾曰: "都督既有此意, 卽宜速退, 何又遲延?" 遜曰: "吾軍欲退, 當徐徐而動. 今若便退, 魏人必乘勢追赶: 此取敗之道也. 足下宜先督船隻詐爲拒敵之意, 吾悉以人馬向襄陽而進, 爲疑敵之計, 然後徐徐退歸江東, 魏兵自不敢近耳."(*與武侯焚香操琴一樣意思.) 瑾依其計, 辭遜歸本營, 整頓船隻, 預備起行. 陸遜整肅部伍, 張揚聲勢, 望襄陽進發.(*以進爲退, 是爲善退.)

早有細作報知魏主, 說吳兵已動, <u>須用提防</u>. 魏將聞之, 皆要出戰. 魏主素知陸遜之才, 諭衆將曰: "陸遜有謀, 莫非用誘敵之計? 不可輕進." 衆將乃止. 數日後, 哨卒來報: "東吳三路兵馬皆退矣." 魏主未信, 再令人探之. 回報果然盡退. 魏主曰: "陸遜用兵, <u>不亞孫·吳</u>. ── 東南未可平也!"(*善進爲能, 善退亦爲能.) 因勅諸將, 各守險要, 自引大軍屯合淝, 以伺其變.

*注: 拜上(배상): 드리다. 바치다. (*元·明 소설에서는 "다른 사람에게 말을 전한다"는 의미로 쓰인다.) 須用(수용): 반드시 …해야 한다. 반드시. 〈須〉와 〈用〉모두 〈須〉의 뜻이다.(*〈用〉: 須. 需要.) 提防(제방): 방비하다. 경계하다. 조심하다. 不亞孫·吳(불아손오): 고대의 뛰어난 병법가 孫子와 吳子에 버금가지 않는다. 즉 그들과 똑같은 실력이다. 전혀 못하지 않다. 〈亞〉: 버금가다. 序列이나 次例에서 첫째의 다음이 되다.

〖4〗却說孔明在祁山，欲爲久駐之計，乃令蜀兵與魏民相雜種田：軍一分，民二分，並不侵犯．魏民皆安心樂業．(*木牛流馬運糧雖便，不如屯田之尤便．) 司馬師入告其父曰："蜀兵劫去我許多糧米，今又令蜀兵與我民相雜，屯田於渭濱，以爲久計：似此眞爲國家大患．父親何不與孔明約期大戰一場，以決雌雄？" 懿曰："吾奉旨堅守，不可輕動."(*老兒油嘴，只是害怕耳.) 正議間，忽報魏延將着元帥前日所失金盔，前來罵戰.(*先以失金盔羞之，後乃以送巾幗辱之.) 衆將忿怒，俱欲出戰．懿笑曰："聖人云：'小不忍則亂大謀.' 但堅守爲上."(*今之引書中言語以掩飾其短者，大率類此.) 諸將依令不出．魏延辱罵良久方回．

孔明見司馬懿不肯出戰，乃密令馬岱造成木柵，營中掘下深塹，多積乾柴引火之物；周圍山上，多用柴草虛搭窩鋪，內外皆伏地雷．置備停當，孔明附耳囑之曰："可將葫蘆谷後路塞斷，暗伏兵於谷中．若司馬懿追到，任他入谷，便將地雷乾柴一齊放起火來."(*葫蘆裏却是賣火藥.) 又令軍士晝舉七星號帶於谷口，夜設七盞明燈於山上，以爲暗號．馬岱受計，引兵而去．孔明又喚魏延分付曰："汝可引五百兵，去魏寨討戰，務要誘司馬懿出戰．不可取勝，只可詐敗．懿必追趕．汝却望七星旗處而入；若是夜間，則望七盞燈處而走．只要引得司馬懿入葫蘆谷內，吾自有擒之之計."魏延受計，引兵而去．孔明又喚高翔分付曰："汝將木牛流馬或二三十爲一群，或四五十爲一群，各裝米糧，於山路往來行走．如魏兵搶去，便是汝之功."高翔領計，驅駕木牛流馬去了．孔明將祁山兵一一調去，只推屯田，分付："如別兵來戰，只許詐敗；若司馬懿自來，方併力只攻渭南，斷其歸路."孔明分撥已畢，自引一軍近上方谷下營．

*注: 軍一分，民二分(군일분, 민이분): 군사와 민간이 1 對 2의 비율로

나누어 갖다.　**將着**(장착): 가지고. 잡고.　**聖人云**(성인운): 〈論語〉衛靈公篇에 나오는 "子曰: 巧言亂德. 小不忍, 則亂大謀"을 말한다.　**窩鋪**(와포): 窩棚. (원두막 따위의) 막. 가건물. 움집.　**置備**(치비): 置辦. 조처하다. 대처하다.　**討戰**(토전): 싸움을 청하다.　**務要**(무요): 務請. 반드시…하다.　**行走**(행주): 걷다. 왕래하다.　**推屯田**(추둔전): 둔전 경작을 평계대다.

〖5〗且說夏侯惠 · 夏侯和二人入寨告司馬懿曰: "今蜀兵四散結營, 各處屯田, 以爲久計. 若不趁此時除之, <u>縱令安居日久, 深根固蒂,</u> 難以搖動." 懿曰: "此必又是孔明之計." 二人曰: "都督若如此疑慮, 寇敵何時得滅? 我兄弟二人, 當奮力決一死戰, 以報國恩." 懿曰: "旣如此, 汝二人可分頭出戰."(*自己不敢出頭, 却推別人去試一試.) 遂令夏侯惠 · 夏侯和, 各引五千兵去訖. 懿坐待回音.

却說夏侯惠 · 夏侯和二人, 分兵兩路, 正行之間, 忽見蜀兵驅木牛流馬而來. 二人一齊殺將過去. 蜀兵大敗奔走, 木牛流馬盡被魏兵搶獲, 解送司馬懿營中.(*以木牛流馬引誘司馬懿, 是以牛引馬, 以馬引馬也.) 次日, 又劫擄得人馬百餘. 亦解赴大寨. 懿將解到蜀兵, 詰審虛實. 蜀兵告曰: "孔明只料都督堅守不出, 盡命我等四散屯田, 以爲久計. ──不想却被擒獲."(*此明系武侯所敎, 却不敍明, 令讀者自知.) 懿卽將蜀兵盡皆放回. 夏侯和曰: "何不殺之?" 懿曰: "量此小卒, 殺之無益. 放歸本寨, 令說魏將寬厚仁慈, 釋彼戰心: <u>此呂蒙取荊州之計也.</u>"(*照應七十五卷中事.)　遂傳令: "今後凡有擒到蜀兵, 俱當善遣之. 仍重賞有功將吏." 諸將皆聽令而去.

　*注:　縱令(종령): 방임하다. 내버려두다; 설령 …하더라도.　**深根固蒂**(심근고대): 뿌리가 깊어지고 근본이 단단해지다. 〈蒂(대)〉: 〈蔕〉와 同字로, '꼭지. 꽃받침'이란 뜻일 때는 〈체〉, '밑대. 근본'이란 뜻일 때는 〈대〉

로 읽는다.　**呂蒙取荊州之計**(여몽취형주지계): 第七十五回에 나온 事件.

〖6〗却說孔明令高翔佯作運糧, 驅駕木牛流馬, 往來於上方谷
內; 夏侯惠等不時截殺, 半月之間, 連勝數陣. 司馬懿見蜀兵屢
敗, 心中歡喜. 一日, 又擒到蜀兵數十人. 懿喚至帳下, 問曰:“孔
明今在何處?”衆告曰:“諸葛丞相不在祁山, 在上方谷西十里下
營安住. 令每日運糧屯於上方谷.”(*此明系武侯所教, 今却不敍明, 令讀
者自知.) 懿備細問了, 卽將衆人放去; 乃喚諸將分付曰:“孔明今
不在祁山, 在上方谷安營. 汝等於明日, 可一齊倂力, 攻取祁山大
寨. 吾自引兵來接應.”(*今番却騙得出頭了.) 衆將領命, 各各准備出
戰. 司馬師曰:“父親何故反欲攻其後?”懿曰:“祁山乃蜀人之根
本, 若見我兵攻之, 各營必盡來救; 我却取上方谷燒其糧草, 使彼
首尾不接: 必大敗也.”(*欲攻上谷, 先取祁山. 自以爲妙計, 奈知正中了別
人妙計.) 司馬師拜服. 懿卽發兵起行, 令張虎·樂綝各引五千兵, 在
後救應.

　　且說孔明正在山上, 望見魏兵或三五千一行, 或一二千一行,
隊伍紛紛, 前後顧盼, 料必來取祁山大寨, 乃密傳令衆將:“若司
馬懿自來, 汝等便往劫魏寨, 奪了渭南.”(*騙他出戶, 便使無家.) 衆將
各各聽令.

〖7〗却說魏兵皆奔祁山寨來, 蜀兵四下一齊吶喊奔走, 虛作救
應之勢. 司馬懿見蜀兵都去救祁山寨, 便引二子并中軍護衛人馬,
殺奔上方谷來. (*今番着了道兒.) 魏延在谷口, 只盼司馬懿到來; 忽
見一枝魏兵殺到, 延縱馬向前視之, 正是司馬懿.(*侯久了.) 延大喝
曰:“司馬懿休走!”舞刀相迎. 懿挺槍接戰. 不上三合, 延撥回馬
便走, 懿隨後赶來. 延只望七星旗處而走. 懿見魏延只一人, 軍馬

又少，放心追之；令司馬師在左，司馬昭在右，懿自居中，一齊攻殺將來．(*不是三馬同槽，却是三馬落阱矣．) 魏延引五百兵皆退入谷中去．懿追到谷口，先令人入谷中哨探．(*亦甚把細．) 回報谷內並無伏兵，山上皆是草房．懿曰：“此必是積糧之所也．”遂大驅士馬，盡入谷中．懿忽見草房上盡是乾柴，前面魏延已不見了，懿心疑，謂二子曰：“倘有兵截斷谷口，如之奈何？”(*至此方疑，已是遲了．) 言未已，只聽得喊聲大震，山上一齊丟下火把來，燒斷谷口．魏兵奔逃無路．山上火箭射下，地雷一齊突出，草房內乾柴都着，<u>刮刮雜雜</u>，火勢沖天．司馬懿驚得手足無措，乃下馬抱二子大哭曰：“我父子三人皆死於此處矣！”正哭之間，忽然狂風大作，黑氣漫空，一聲霹靂<u>響處</u>，驟雨傾盆，滿谷之火，盡皆<u>澆滅</u>：地雷不震，火器無功．(*地雷怎及天雷，人火怎當霹靂火．讀至此，爲之廢書一嘆．) 司馬懿大喜曰：“不就此時殺出，更待何時！”即引兵奮力衝殺．張虎·樂綝亦各引兵殺來接應．馬岱軍少，不敢追趕．司馬懿父子與張虎·樂綝合兵一處，同歸渭南大寨，——不想寨柵已被蜀兵奪了．(*雖失其槽，未喪其馬．) 郭淮·孫禮正在浮橋上與蜀兵接戰，司馬懿等引兵殺到，蜀兵退去．懿燒斷浮橋，據住北岸．

    *注: 草房(초방): 초가집. 초옥. 초사. 刮刮雜雜(괄괄잡잡): (불이 세게 타는 소리인) 화르르 화르르 딱딱. 響處(향처): 울릴 때. 〈處〉: 때(時. 時侯). 澆滅(요멸): 물을 부어서 불을 끄다.

〖8〗且說魏兵在祁山攻打蜀寨，聽知司馬懿大敗，失了渭南營寨，軍心慌亂；急退時，四面蜀兵衝殺將來，魏兵大敗，十傷八九，死者無數，餘衆奔過渭北逃生．孔明在山上，見魏延誘司馬懿入谷，一霎時火光大起，心中甚喜，以爲司馬懿此番必死．不期天雨大降，火不能着，哨馬報說司馬懿父子俱逃去了．孔明歎曰：“‘謀

事在人, 成事在天.’ 不可强也!”(*知其不可而强爲之, 亦欲自盡其人事
耳. 若竟諉之天, 而不爲之謀, 豈昭烈托孤之意哉?) 後人有詩歎曰:

> 谷口風狂烈焰飄, 何期驟雨降靑霄.
> 武侯妙計如能就, 安得山河屬晉朝.

*注: 謀事在人, 成事在天(모사재인, 성사재천): 일을 도모하는 것은 사람
에게 있지만 그것을 성공하느냐 못하느냐는 하늘에 달려 있다. (*출처:
〈九命奇冤〉 제29회.) 靑霄(청소): 푸른 하늘. 맑은 하늘. 就(취); 이루다.
완성하다.

〖9〗 却說司馬懿在渭北寨內, 傳令曰:“渭南寨柵, 今已失了.
諸將如再言出戰者斬!” 衆將聽令, 據守不出. 郭淮入告曰:“近日
孔明引兵巡哨, 必將擇地安營.” 懿曰:“孔明若出武功, 依山而
東, 我等皆危矣; 若出渭南, 西止五丈原, 方無事也.”(*此是欺人之
語, 明知孔明必屯五丈原, 故詐爲此言, 以安衆心耳.) 令人探之, 回報果屯
五丈原. 司馬懿以手加額曰:“大魏皇帝之洪福也!” 遂令諸將:“堅
守勿出, 彼久必自變.”

且說孔明自引一軍屯於五丈原, 累令人搦戰, 魏兵只不出. 孔
明乃取巾幗并婦人縞素之服, 盛於大盒之內, 修書一封, 遣人送至
魏寨.(*旣送巾幗, 又送縞服, 不唯是婦人, 又是寡婦矣.) 諸將不敢隱蔽,
引來使入見司馬懿. 懿對衆啓盒視之, 內有巾幗婦人之衣, 并書一
封. 懿拆視其書, 略曰:

“仲達旣爲大將, 統領中原之衆, 不思披堅執銳, 以決雌雄,
乃甘窟守土巢, 謹避刀箭, 與婦人又何異哉! 今遣人送巾幗素
衣至, 如不出戰, 可再拜而受之. 倘恥心未泯, 猶有男子胸襟,
早與批廻, 依期赴敵.”

*注: 以手加額(이수가액): 손에 이마에 갖다 대다. 이 동작은 옛날 사람

들이 좋은 일이 생겼을 때 경하의 뜻을 나타내는 것이다. 마치 지금 사람들이 오른 손을 흔들면서 엄지와 中指를 튕겨서 소리를 내는 동작에 비할 수 있다.　巾幗(건괵): 옛날 부녀자들이 머리에 쓰던 두건; 부녀자. 披堅執銳(피견집예): 갑옷을 입고 무기를 들다. 무장하다.　窟守(굴수): 굴을 파서 그곳을 지키다. 소극적인 방어를 함을 의미.　批回(비회): (보내온 공문에 대해) 의견을 적어 돌려보내다(돌려보내는 일).

〖10〗司馬懿看畢, 心中大怒, ──乃佯笑曰:"孔明視我爲婦人耶?"卽受之,　令重待來使.　懿問曰:"孔明寢食及事之煩簡若何?"使者曰:"丞相夙興夜寐, 罰二十以上皆親覽焉. 所啖之食, 日不過數升."懿顧謂諸將曰:"孔明食少事煩, 其能久乎?"(*更無別策, 只好咒他死.) 使者辭去, 回到五丈原, 見了孔明, 具說:"司馬懿受了巾幗女衣, 看了書札, 並不嗔怒. 只問丞相寢食及事之煩簡, 絕不提起軍旅之事. 某如此應對, 彼言:'食少事煩, 豈能長久?'"孔明歎曰:"彼深知我也!"(*武侯亦自料其不久於人世也.) 主簿楊顒曰:"某見丞相常自校簿書, 竊以爲不必. 夫爲治有體, 上下不可相侵. 譬之治家之道, 必使僕執耕, 婢典爨, 私業無曠, 所求皆足, 其家主從容自在, 高枕飮食而已. 若皆身親其事, 將形疲神困, 終無一成, 豈其智之不如婢僕哉? 失爲家主之道也. 是故古人稱: 坐而論道, 謂之三公; 作而行之, 謂之士大夫. 昔丙吉憂牛喘, 而不問橫道死人; 陳平不知錢穀之數, 曰:'自有主者.'(*陳平·丙吉當國家無事之時, 豈可與武侯一例論乎?) 今丞相親理細事, 汗流終日, 豈不勞乎? ── 司馬懿之言, 眞至言也."孔明泣曰:"吾非不知, 但受先帝托孤之重,　唯恐他人不似我盡心也!"(*正是鞠躬盡瘁之意.) 衆皆垂淚. 自此孔明自覺神思不寧. 諸將因此未敢進兵.
　*注: 夙興夜寐(숙흥야매): 새벽 일찍 일어나 밤늦게 자다. 매우 부지런히

일하는 모습.   典爨(전찬): 전적으로 밥 짓는 일을 담당하다.   無曠(무광): 일이 없어서 노는 사람(쉬는 사람)이 없다.   作(작): 일어나다. 일하다. 실행하다.   丙吉憂牛喘(병길우우천): 〈丙吉〉: 西漢의 丞相. 그가 봄에 길을 가다가 떼를 지어 싸움을 하다가 죽은 사람들이 길바닥 위에 늘어져 있는 것을 보고서도 아무것도 묻지 않고 그냥 지나치더니, 후에 사람이 소를 몰고 가는데 소가 헐떡거리며 숨을 쉬는 것을 보고는 사람을 보내서 그 이유를 알아보라고 했다. 다른 사람이 그의 이런 행동을 비웃자, 그가 말했다. "百姓들이 서로 싸우다 죽는 일이야 항상 있는 일. 그러나 지금은 아직 봄철인데도 소가 숨을 헐떡거리는 것은 異常氣溫 때문이고, 이런 이상기온은 가을철 收穫에 영향을 미친다. 이런 일이야말로 宰相인 내가 관심을 가져야 하는 것이다"라고 했다고 한다.(*出處: 〈漢書74卷 丙吉傳〉.)   陳平不知錢穀之數(진평부지전곡지수): 〈陳平〉: 西漢의 左丞相. 한번은 漢文帝가 그에게 물었다. "전국적으로 一年에 형사 사건으로 투옥되는 사람의 수는 얼마나 되며, 나라 전체의 일년간 財政 收入과 支出은 얼마나 되지요?" 그가 대답했다. "그 일만 전당하는 官吏가 따로 있으니 그를 불러 물어보십시오. 丞相이란 자리는 여러 臣下들을 관리하고 天子의 政務를 보필하는 자리이지 그런 실무적인 일까지 알고 있어야 하는 것은 아닙니다." 라고 대답했다.(*出處: 〈資治通鑑. 文帝元年〉.)   神思(신사): 정신과 마음. 정신. 마음. 기분.

〔11〕 却說魏將皆知孔明以巾幗女衣辱司馬懿, 懿受之不戰. 衆將盡忿, 入帳告曰: "我等皆大國名將, 安忍受蜀人如此之辱! 卽請出戰, 以決雌雄." 懿曰: "吾非不敢出戰, 而甘心受辱也, 奈天子明詔, 令堅守勿動. 今若輕出, 有違君命矣."(*老兒油嘴, 何不云 "將在外, 君命有所不受"乎?) 衆將俱忿怒不平. 懿曰: "汝等既要出戰, 待我奏准天子, 同力赴敵何如?" 衆皆允諾. 懿乃寫表遣使,

直至合淝軍前, 奏聞魏主曹叡. 叡拆表覽之. 表略曰:

　　"臣才薄任重, 伏蒙明旨, 令臣堅守不戰, 以待蜀人之<u>自斃</u>;
　　奈今諸葛亮遺臣以巾幗, 待臣如婦人, 恥辱至甚! 臣謹<u>先達聖
　　聰</u>: 旦夕將效死一戰, 以報朝廷之恩, 以雪三軍之恥. 臣不勝
　　<u>激切</u>之至!"(*純是假話.)

　　叡覽訖, 乃謂多官曰: "司馬懿堅守不出, 今何故又上表求戰?"
衛尉辛毗曰: "司馬懿本無戰心, 必因諸葛亮恥辱, 衆將忿怒之故,
特上此表, 欲更乞明旨, 以遏諸將之心耳."(*辛毗猜破仲達之詐.) 叡
然其言, 卽令辛毗持節至渭北寨傳諭, 令勿出戰. 司馬懿接詔入
帳, 辛毗宣諭曰: "如再有敢言出戰者, 卽以違<u>旨論</u>."(*此時不獨司
馬懿爲婦人, 曹叡亦爲婦人矣.) 衆將只得奉詔. 懿暗謂辛毗曰: "公眞
知我心也!" 於是令軍中傳說: 魏主命辛毗持節, 傳諭司馬懿勿得
出戰.

　　蜀將聞知此事, 報與孔明. 孔明笑曰: "此乃司馬懿安三軍之法
也."(*此法瞞不得辛毗, 怎瞞得武侯耶?) 　姜維曰: "丞相何以知之?"
孔明曰: "彼本無戰心; 所以請戰者, 以示武於衆耳. 豈不聞: '<u>將
在外, 君命有所不受</u>'? 安有千里而請戰者乎? (*若必請詔而後戰, 則
上方谷之兵, 何以不聞奉詔而出也?) 此乃司馬懿因將士忿怒, 故借曹叡
之意, 以制衆人. 今又播傳此言, 欲懈我軍心也."(*若蜀兵懈惰, 懿必
復出矣.)

　　注: **自斃**(자폐): 스스로 죽다. 스스로 망하다. 〈斃〉: 죽다. 쓰러지다. 망하
　　다. **先達聖聰**(선달성총): 먼저 황제께 보고하다. 〈聖聰〉: 황제가 듣고
　　보는 것에 대한 極尊稱語. **激切**(격절): (말이 너무) 직설적이고 격렬하다.
　　자신도 몰래 치솟아 오르는 감정을 형용할 때의 표현. **旨論**(지론): 제왕의
　　의론. **將在外, 君命有所不受**(장재외, 군명유소불수): 장수가 전쟁터에
　　나가 있을 때에는 군왕의 명령이라도 받지 않을 수 있다. 이 말의 출처는

본래 〈孫子·九變〉의 "君命有所不受."이다. 〈史記·孫子吳起列傳〉에는 "將在軍, 君命有所不受"라 했고, 〈史記·魏公子列傳〉에는 "將在外, 主令有所不受"라고 했다.

〖12〗正論間, 忽報費褘到. 孔明請入問之, 褘曰: "魏主曹叡聞東吳三路進兵, 乃自引大軍至合淝, 令滿寵·田豫·劉劭分兵三路迎敵. 滿寵設計盡燒東吳糧草戰具, 吳兵多病. 陸遜上表於吳王, 約會前後夾攻, 不意賫表人中途被魏兵所獲, 因此機關洩漏, 吳兵無功而退." 孔明聽知此信, 長嘆一聲, 不覺昏倒於地.(*謀事在人, 成事在天, 於此愈信.) 衆將急救, 半晌方蘇. 孔明嘆曰: "吾心昏亂, 舊病復發, 恐不能生矣!"

是夜, 孔明扶病出帳, 仰觀天文, 十分驚慌, 入帳謂姜維曰: "吾命在旦夕矣!" 維曰: "丞相何出此言?" 孔明曰: "吾見三台星中, 客星倍明, 主星幽暗, 相輔列曜, 其光昏暗; 天象如此, 吾命可知!"(*但觀前日之雨, 不必更觀今日之星矣.) 維曰: "天象雖則如此, 丞相何不用祈禳之法挽回之?" 孔明曰: "吾素諳祈禳之法, 但未知天意若何. 汝可引甲士四十九人, 各執皂旗, 穿皂衣, 環繞帳外; 我自於帳中祈禳北斗. 若七日內主燈不滅, 吾壽可增一紀; 如燈滅, 吾必死矣. 閒雜人等, 休教放入. 凡一應需用之物, 只令二小童搬運." 姜維領命, 自去准備.

*注: 機關(기관): 機密. 계략. 계책. 扶病(부병): 병을 무릅쓰다. 병든 몸을 부축하다. 三台星(삼태성): 별 이름.(*三台六星, 兩兩而居.… 在人曰三公, 在天曰三台, 主開德宣符也. 西近爲上台, 爲司命, 主壽. 次二星曰中台, 爲司中, 主宗室. 東二星曰下台, 爲司祿, 主兵, 所以昭德塞違也.) 客星(객성): 손님별. 하늘에 새로 출현하는 별들의 총칭. 예컨대 新星, 超新星, 彗星 등. 祈禳(기양): 액막이 기도를 드리다(=禳解).

一紀(일기): 十二年.

〖13〗時値八月中秋, 是夜銀河<u>耿耿</u>, 玉露<u>零零</u>, 旌旗不動, <u>刁斗</u>無聲. 姜維在帳外引四十九人守護, 孔明自於帳中設<u>香花</u>祭物, 地上分布七盞大燈, 外布四十九盞小燈, 內安本命燈一盞.(＊上方谷口有此盞燈, 此處又添出無數小燈. 燈與燈前後相應.) 孔明拜祝曰: "亮生於亂世, <u>甘老林泉</u>. 承昭烈皇帝三顧之恩, 托孤之重, 不敢不竭犬馬之勞, 誓討國賊. 不意將星欲墜, <u>陽壽</u>將終. 謹書<u>尺素</u>, 上告<u>穹蒼</u>, 伏望<u>天慈</u>, 俯垂鑒聽, <u>曲延臣算</u>, 使得上報君恩, 下救民命, <u>克復舊物</u>, 永延漢祀. 非敢妄祈, <u>實由情切</u>."(＊是非爲己請命, 而爲漢請命也.) 拜祝畢, 就帳中俯伏待旦. 次日, 扶病理事, 吐血不止. 日則計議軍機, 夜則<u>步罡踏斗</u>.(＊一發食少事煩.)

　*注: **耿耿**(경경): 밝게 빛나는 모양. 반짝반짝. **零零**(령령): 똑똑 떨어지다(=滴落). 물방울이 떨어지는 소리. **刁斗**(조두): 옛날 야전용 취사 솥. (주간에는 炊事에 사용하고 야간에는 警報나 時報에 사용했다.) **香花**(향화): 향기로운 꽃. 향과 꽃. **甘老林泉**(감로림천): 산야(林泉)에서 늙어가는 것을 달게 여기다. **陽壽**(양수): 壽命. **尺素**(척소): 옛날에는 흰색 비단(素)에 글을 썼는데 그 길이가 통상 한 자(尺)였으므로, 文章을 쓰기 위해 필요한 짧은 종이 등을 "尺素"라 불렀다. 이로부터 書札, 簡牘 등을 가리키게 되었으며, 여기서는 祝告를 위한 表文을 가리킨다. **穹蒼**(궁창): 창공. 창천. 푸른 하늘. **天慈**(천자): 황제의 자애. 여기서는 자비로운 천제란 뜻이다. **曲延臣算**(곡연신산): '臣의 정해진 수명을 연장해 주시기를 간절히 바랍니다.' 란 뜻이다. **克復舊物**(극복구물): 옛날의 典章文物制度(舊物)를 회복하다. 여기서는 漢朝의 政權을 회복한다는 뜻이다. **情切**(정절): 간절한 마음. **步罡踏斗**(보강답두): (=踏罡步斗). 앞의 第一百二回의 〈步罡〉注 참조.

〚14〛 却說司馬懿在營中堅守, 忽一夜仰觀天文, 大喜, 謂夏侯霸曰:"吾見將星失位, 孔明必然有病, 不久便死. 你可引一千軍去五丈原哨探, 若蜀人攘亂, 不出接戰, 孔明必然患病矣, 吾當乘勢擊之."(*此時何不奉天子詔?) 霸引兵而去.

孔明在帳中祈禳已及六夜, 見主燈明亮, 心中甚喜. 姜維入帳, 正見孔明披髮仗劍, 踏罡步斗, 壓鎮將星. 忽聽得寨外吶喊, 方欲令人出問, 魏延飛步入告曰:"魏兵至矣!" 延脚步急, 竟將主燈撲滅.(*谷中之火爲大雨所撲滅, 帳中之火爲魏延所撲滅, 前後又相映.) 孔明棄劍而嘆曰!"死生有命, 不可得而禳也!"(*原是禳不得, 可破愚知之見.) 魏延惶恐, 伏地請罪; 姜維忿怒, 拔劍欲殺魏延. 正是:

　　萬事不由人做主, 一心難與命爭衡.
未知魏延性命如何, 且看下文分解.

　　*注: 攘亂(양란): 어지럽고 혼란스럽다. 〈攘〉: 밀어내다; 훔치다; 혼란되다. 어지럽히다. 〈亂〉: 어지럽다.　踏罡步斗(답강보두): =步罡踏斗.

第一百三回 毛宗崗 序始評

(1). 二出祁山之前, 有魏侵吳, 吳破魏之事. 六出祁山之時, 又有吳侵魏, 魏破吳之事. 猶是吳也, 御魏則勝, 攻魏則不勝, 何也? 曰: 無討賊之志也. 魏之侵吳, 司馬懿在焉, 乃曹休一敗, 而司馬引歸, 爲慮武侯之將伐魏也. 吳之侵魏, 陸遜在焉, 乃諸葛瑾一敗, 而陸遜亦引歸, 此豈亦慮武侯之伐吳乎? 本無所慮, 而一敗輒退, 使武侯之倚賴於吳者, 竟成畫餅. 悲夫!

(2). 或謂, 武侯知曹操之不死, 而特使關公釋之; 知陸遜之不死, 而特使黃承彥救之. 若獨於司馬氏三人, 而不能預知其不死,是不智也. 知其不死, 而必欲置之於死, 是逆天也. 予曰: 不然, 華容之役, 不遣別將, 或以爲孔明咎矣. 魚腹之役, 不報猇亭, 或又以爲孔明咎矣. 以爲人之縱之, 而非天之縱之也. 唯至於上方谷之事, 而殫慮竭能, 盡其人力, 然而人不縱之, 而天終縱之, 夫然後天下後世, 不得以謀事之不忠咎武侯, 而武侯亦得告無憾於先帝而.

(3). 因糧於敵之計善矣, 而敵之糧不可常恃, 則因糧不若運糧之善也. 木牛流馬之挽輸善矣, 而我之糧又未常繼, 則運糧又不若屯田之善也. 屯田而轉餉不勞, 蜀之兵便, 而蜀之民亦便矣. 三分其田, 而軍屯其一, 民屯其二. 兵不防民, 民不苦兵. 不獨蜀之民便, 而魏之民亦便矣. 後之有事於遠征者, 武侯屯田渭濱之法, 其何可以不講乎?

(4). 〈詩〉(*小雅. 祈父之什. 節南山)之刺尹氏者曰: "誰秉國鈞, 不自爲政." 盖言大臣誤天子, 而大臣所用者, 誤大臣也. 武侯之自校簿書, 殆鑒諸此也. 托馬謖, 而馬謖失之; 釋苟安, 則苟安負之; 任李嚴, 則李嚴背之. 其猶敢以弗躬弗親而取咎與? 故處陳平・丙吉之世, 可以不爲武侯, 而當武侯之時, 不得復爲陳平・丙吉.

(5). 天下豈有壽而可借者哉? 若壽而可借, 則死亦可沮也. 武侯祝之, 仲達何必不沮之? 武侯自祝之, 何不取仲達而沮之也? 天下豈有星而可救者哉? 若星可救, 則雨也可止也, 風將借之, 雨獨不能止之? 陳倉之雨, 旣知之而預備之. 上方谷之雨, 何以不知之, 而勿燒之也? 然則武侯之祝壽而禳星者, 毋乃愚乎?

曰：武侯非爲己請命，而爲漢請命耳．忠臣之事君，如孝子之事
父母，知其親之將殞，而不復爲之求醫，不復爲之問卜者，必非
人情．然則武侯之披髮步罡，與金縢之秉圭植璧，一而已矣！

第一百四回

隕大星漢丞相歸天
見木像魏都督喪膽

〖1〗却說姜維見魏延踏滅了燈，心中忿怒，拔劍欲殺之．孔明止之曰：“此吾命當絕，非文長之過也．”維乃收劍．孔明吐血數口，臥倒床上，謂魏延曰：“此是司馬懿料吾有病，故令人來探視虛實．汝可急出迎敵．”(*抱病若此，料事到底如神．) 魏延領命，出帳上馬，引兵殺出寨來．夏侯霸見了魏延，慌忙引軍退走．延追赶二十餘里方回．孔明令魏延自回本寨把守．

姜維入帳，直至孔明榻前問安．孔明曰：“吾本欲竭忠盡力，恢復中原，重興漢室，奈天意如此，吾旦夕將死．吾平生所學，已著書二十四篇，計十萬四千一百一十二字，內有八務·七戒·六恐·五懼之法．(*務居其一，戒·恐·懼居其三，可見用兵之道貴在小心．) 吾遍觀諸將，無人可授，獨汝可傳我書，切勿輕忽！”維哭拜而受．孔明又曰: "吾有 '連弩' 之法, 不曾用得. 其法矢長八寸, 一弩可發十矢, 皆畫成圖本. 汝可依法造用." 維亦拜受. 孔明又曰: "蜀中諸道, 皆不必多憂; 惟<u>陰平</u>之地, <u>均</u>須仔細. 此地雖險峻, 久必有失."(*爲後文鄧艾入川伏線.)

　　*注: 陰平(음평): 郡名. 治所는 陰平縣(지금의 감숙성 文縣 西北).　均(균): 모두. 다. 전체로.

　〖2〗 又喚馬岱入帳, 附耳低言, 授以密計; 囑曰: "我死之後, 汝可依計行之."(*爲後文斬魏延伏線.)　岱領計而出. 少頃, 楊儀入. 孔明喚至榻前, 授與一錦囊, 密囑曰: "我死, 魏延必反; 待其反時, 汝<u>與</u>臨陣方開此囊. 那時<u>自有</u>斬魏延之人也."(*爲後文臨陣見馬岱伏線.)　孔明一一<u>調度</u>已畢, 便昏然而倒, 至晚方蘇, 便連夜表奏後主.

　　後主聞奏, 大驚, 急命尙書李福, 星夜至軍中問安, 兼詢後事. 李福領命, 趲程赴五丈原, 入見孔明, 傳後主之命, 問安畢. 孔明流涕曰: "吾不幸中道喪亡, <u>虛廢</u>國家大事, 得罪於天下. 我死後, 公等宜竭忠輔主. 國家舊制, 不可改易; 吾所用之人, 亦不可輕廢. 吾兵法皆授與姜維, 他自能繼吾之志, 爲國家出力.(*爲後九伐中原伏線.)　吾命已在旦夕, 當卽有遺表上奏天子也." 李福領了言語, 匆匆辭去.

　　*注: 與(여): 참여하다. 참가하다.　自有(자유): 당연히(응당)…이 있다; 별도로(따로) 있다.　調度(조도): 지도하다. 지시하다.　虛廢(허폐): 폐기하다(廢除). 포기하다. 쓸데없이 내버리다.

　〖3〗 孔明强支病體, 令左右扶上小車, 出寨遍觀各營; 自覺秋風吹面, 徹骨生寒, 乃長嘆曰: "再不能臨陣討賊矣! 悠悠蒼天,

曷其有極!" 歎息良久, 回到帳中. 病轉沈重, 乃喚楊儀分付曰:
"馬岱・王平・廖化・張翼・張嶷等, 皆忠義之士, 久經戰陣, 多負勤勞, 堪可委用.(*前對李福止言姜維, 此對楊儀并及此數人.) 我死之後, 凡事俱依舊法而行,(*前於李福言者是國法, 此與楊儀言者是軍法.) 緩緩退兵, 不可急驟. 汝深通謀略, 不必多囑. 姜伯約智勇足備, 可以斷後." 楊儀泣拜受命. 孔明令取文房四寶, 於臥榻上手書遺表, 以達後主. 表略曰:

"伏聞: 生死有常, 難逃定數; 死之將至, 願盡愚忠: 臣亮賦性愚拙, 遭時艱難, 分符擁節, 專掌鈞衡, 興師北伐, 未獲成功; 何期病入膏肓, 命垂旦夕, 不及終事陛下, 飮恨無窮! 伏願陛下: 淸心寡欲, 約己愛民; 達孝道於先皇, 布仁恩於宇下; 提拔幽隱, 以進賢良; 屛斥奸邪, 以厚風俗.(*卽親賢臣, 遠小人之意.)

臣家有桑八百株, 田五十頃, 子孫衣食, 自有餘饒. 至於臣在外任, 隨身所需, 悉仰於官, 不別治生産. 臣死之日, 不使內有餘帛, 外有餘財, 以負陛下也."

*注: 曷其有極(할기유극): 어찌하여 끝남이 있는가. 어찌하여 이렇게 끝나는가. 伏聞(복문): 듣자오니. 듣기로는. 〈伏〉: 편지에서 쓰는 존경의 말. 分符擁節(분부옹절): 천자로부터 符節을 하사받아 그것을 품에 품다. 즉, 군사 지휘권을 부여받아 그것을 신중히 행사한다는 뜻이다. 鈞衡(균형): 國家 政務의 重任을 비유. 〈鈞〉: 무게의 단위. 무게를 달다. 國政을 비유. 〈衡〉: 저울. 저울대. 무게를 달다. 幽隱(유은): 은거하고 있는 훌륭한 인재(를 발탁하다). 頃(경): 면적의 단위로 1경은 약 2만여 평.(*마지막 문단은 〈三國演義〉의 것인데, 正史 〈三國志〉의 것은 아래와 같은바, 둘은 서로 조금 다름이 있다: "成都有桑八百株, 薄田十五頃, 子弟衣食, 自有餘饒. 至於臣在外任, 無別調度, 隨身衣食, 悉仰於官, 不別治生, 以長

尺寸. 若臣死之日, 不使內有餘帛, 外有贏財, 以負陛下."）

〖 4 〗 孔明寫畢, 又囑楊儀曰: "吾死之後, 不可發喪. 可作一大龕, 將吾屍坐於龕中; 以米七粒, 放吾口內; 脚下用明燈一盞; 軍中安靜如常, 切勿舉哀: 則將星不墜. 吾陰魂更自起鎭之. 司馬懿見將星不墜, 必然驚疑. 吾軍可令後寨先行, 然後一營一營緩緩而退. 若司馬懿來追, 汝可布成陣勢, 回旗返鼓. 等他來到, 却將我先時所雕木像, 安於車上, 推出軍前, 令大小將士, 分列左右. 懿見之, 必驚走矣."（*前用木牛木馬, 今又用木人. 何先生之善能使草木也?）楊儀一一領諾. 是夜, 孔明令人扶出, 仰觀北斗, 遙指一星曰: "此吾之將星也." 衆視之, 見其色昏暗, 搖搖欲墜. 孔明以劍指之, 口中念咒. 咒畢急回帳時, 不省人事.

衆將正慌亂間, 忽尙書李福又至; 見孔明昏絕, 口不能言, 乃大哭曰: "我誤國家之大事也!" 須臾, 孔明復醒, 開目遍視, 見李福立於榻前. 孔明曰: "吾已知公復來之意." 福謝曰: "福奉天子命, 問丞相百年後, 誰可任大事者. 適因匆遽, 失於諮請, 故復來耳!" 孔明曰: "吾死之後, 可任大事者, 蔣公琰其宜也." 福曰: "公琰之後, 誰可繼之?" 孔明曰: "費文偉可繼之." 福又問: "文偉之後, 誰當繼者?" 孔明不答.（*費禕之後, 漢祚亦終矣. 先生所以不答.） 衆將近前視之, 已薨矣. 時建興十二年秋八月二十三日也, 壽五十四歲.

*注: 龕(감): 龕室. 닫집(神佛이나 神主를 모셔두는 石室이나 작은 閣); 棺. 특히 탑 모양의 시신을 넣어두는 기구. 回旗返鼓(회기반고): 깃발을 돌리고 북을 되돌리다. 즉 물러가던 군사들을 다시 되돌리다. 適(적): 마침. 바로 그때. 匆遽(총거): 바쁘다. 분주하다. 바삐 서두르다. 建興十二年(건흥십이년): 서기 234년.

〖5〗 後杜工部有詩嘆曰：

　　長星昨夜墜前營, 訃報先生此日傾.

　　虎帳不聞施號令, 麟台惟顯著勳名.

　　空餘門下三千客, 辜負胸中十萬兵.

　　好看綠陰清晝裏, 於今無復雅歌聲.

白樂天亦有詩曰：

　　先生晦跡臥山林, 三顧那逢聖主尋.

　　魚到南陽方得水, 龍飛天漢便爲霖.

　　托孤旣盡殷勤禮, 報國還傾忠義心.

　　前後出師遺表在, 令人一覽淚沾襟.

*注: 杜工部有詩(두공부유시): 현재 전해지고 있는 〈杜少陵集〉(杜甫詩集)에는 이 詩가 없다.　長星(장성): 孛(패), 彗(혜), 長의 세 별, 즉 三台星. 長星이 主星이고 孛星이 客星. 여기서 長星은 孔明을 가리킴.　訃報(부보): 부고. 부음.　傾(경): 무너지다. 넘어지다.　虎帳(호장): 虎皮로 만든 帳幕. 야전 때 설치하는 무장의 막사. 여기서는 일반적으로 軍中의 영채, 막사를 가리킴.　麟台(린태): 麒麟閣의 별칭. 漢 武帝 때 세워서 功臣像을 걸어 놓은 건물.(*諸葛亮은 촉한의 功臣으로 그 업적이 탁월하므로 영원히 전해질 것이란 뜻).　空餘(공여): 공연히 남기다.　門下三千客(문하삼천객): 제갈량이 길러놓은 수많은 병장들.　辜負(고부): (기대. 도움 따위를) 저버리다. 헛되게 하다.　胸中十萬兵(흉중십만병): 흉중의 甲兵. 즉 가슴속에 품은 수많은 戰略, 韜略.　好看(호간): 喜看. 즐겨 보다.　雅歌(아가): 雅詩. 고아한 노래.　白樂天亦有詩(백낙천역유시): 오늘날 전해지는 백낙천의 〈白氏長慶集〉에는 이 시가 들어있지 않다. 〈白樂天〉: 白居易(772~846)의 號. 唐 詩人. 후에 香山에 살았으므로 號를 香山居士라고 했다.　晦跡(회적): 踪迹을 감추다. 隱居하다.(*당시 공명은 南陽 鄧縣의 隆中에 은거하고 있었는데, 사람들은 그를 臥龍이라 불렀다.)

那逢(나봉): 多逢. (*毛傳: "那, 多也."). 여러 차례 만나다. 魚到南陽
得水(어도남양득수): 유비가 남양에 와서 제갈량을 얻은 것을 가지고 유비
자신이 말하기를 마치 물고기가 물을 만난 것과 같다고 한 말을 인용한
표현이다. 爲霖(위림): 降雨. 비를 내리다. 托孤(탁고): 章武 3年(서기
223년), 유비가 동오를 치다가 실패하여 白帝城에서 운명하면서 공명에
게 군정 대권과 어린 劉禪을 그에게 부탁했다.

〖6〗初, 蜀長水校尉廖立, 自謂才名宜爲孔明之副, 嘗以職位閒
散, 怏怏不平, 怨謗無已. 於是孔明廢之爲庶人, 徙之汶山. 及聞
孔明亡, 乃垂泣曰: "吾終爲左袵矣!" 李嚴聞之, 亦大哭病死. 一
- 蓋嚴嘗望孔明復收己, 得自補前過; 度孔明死後, 人不能用之故
也.(*管仲奪伯氏騈邑三百, 沒齒無怨言. 夫無怨已難矣, 今廢之黜之而又爲之
泣, 爲之死, 孔明之得此於廖·李兩人者, 更不易也.) 後元微之有詩贊孔明
曰:

撥亂扶危主, 殷勤受託孤.
英才過管樂, 妙策勝孫吳.
凜凜出師表, 堂堂八陣圖.
如公全盛德, 應嘆古今無.

是夜, 天愁地慘, 月色無光, 孔明奄然歸天. 姜維·楊儀遵孔明
遺命, 不敢擧哀, 依法成殮, 安置龕中, 令心腹將卒三百人守護;
隨傳密令, 使魏延斷後, 各處營寨一一退去.

*注: 長水校尉(장수교위): 長水와 宣曲의 호족 騎馬를 관장하던 官職名.
〈長水〉: 지금의 섬서성 藍田縣 西北. 汶山(문산): 지금의 사천성 汶山
南. 終爲左袵(종위좌임): 죽을 때까지 朝廷에 다시 起用되지 못하고 이
먼 오랑캐 땅에서 살아야 한다. 〈左袵〉: 옛날 中原 사람들은 上衣의 옷깃
을 오른 쪽으로 여미었는데, 소수민족들은 上衣의 옷깃을 왼쪽으로 여미

었다. 이로부터 〈左袒〉은 소수민족 혹은 中原 사람들이 異民族의 지배를 받거나 그 속에서 함께 살아가는 것을 뜻하게 되었다.　用之(용지): 자기(之)를 쓰다(用).〈之〉: 여기서는 1人稱 代詞.　**元微之有詩**(원미지유시): 지금 전해오는 元微之의 〈元氏長慶集〉에는 이 詩가 보이지 않는다. 〈元微之〉: 唐의 詩人 元稹(779~831).　**管樂**(관악): 管仲과 樂毅. 〈管仲〉: 춘추시대 齊나라의 정치가. 齊 桓公을 도와 齊를 覇者로 만들었다. 〈管鮑之交〉의 故事로 유명하다. 〈樂毅〉: 전국시대 燕나라의 上將軍. 趙·楚·韓·魏·燕 다섯 나라의 군사를 지휘하여 당시 최강국이던 齊나라를 쳐서 크게 이겼다.　**孫吳**(손오): 孫武와 吳起.〈孫吳兵法〉으로 유명하다.　**凜凜**(늠름): 늠름하다. 위엄이 있다.　**天愁地慘**(천수지참): 天地愁慘. 온 천지가 참담하다. 처참하다.　**奄然**(엄연): 갑자기. 홀연히.

〖7〗却說司馬懿夜觀天文, 見一大星赤色, 光芒有角,(*星有角, 大奇.) 自東北方流於西南方, 墜於蜀營內, 三投再起,(*此是孔明神通.) 隱隱有聲.(*星有聲, 大奇.) 懿驚喜曰: "孔明死矣!" 卽傳令起大兵追之. 方出寨門, 忽又疑慮曰: "孔明善會六丁六甲之法, 今見我久不出戰, 故以此術詐死, 誘我出耳. 今若追之, 必中其計!"(*旣喜又疑, 寫仲達畏孔明之甚.) 遂復勒馬回寨不出, 只令夏侯霸暗引數十騎, 往五丈原山僻哨探消息.

　*注: 光芒(광망): 빛. 빛발. 광망.

〖8〗却說魏延在本寨中, 夜作一夢, 夢見頭上忽生二角,(*武侯旣死, 而其星有角, 魏延未死, 而其頭夢角, 亦閑閑相對.) 醒來甚是疑異. 次日, 行軍司馬趙直至, 延請入問曰: "久知足下深明〈易〉理. ── 吾夜夢頭生二角, 不知主何吉凶? 煩足下爲我決之." 趙直想了半晌, 答曰: "此大吉之兆: 麒麟頭上有角, 蒼龍頭上有角, 乃變化飛騰之象也."(*總之要反, 則是頭上生出角耳.) 延大喜曰: "如應公言, 當有重謝!" 直辭去, 行不數里, 正遇尙書費禕. 禕問何來, 直曰: "適至魏文長營中, 文長夢頭生角, 令我決其吉凶. 此本非吉兆, 但恐直言見怪, 因以麒麟‧蒼龍解之." 禕曰: "足下何以知非吉兆?" 直曰: "<u>角之字形, 乃 '刀' 下 '用' 也. 今頭上有刀, 其凶甚矣!</u>"(*預爲後文之兆.) 禕曰: "君且勿洩漏!" 直別去.

　　*注: 角之字形(각지자형): '角'의 자형. 참고로, 〈角〉의 본래 자형(즉, 甲骨文字)은 〈刀(도: 칼)〉 아래에 〈用(용: 사용하다)〉이 있는 모습이 아니고 〈소의 뿔〉 모양 "Ａ"이 변화한 것이다.

　　〖9〗 費禕<u>至魏延寨中</u>, 屛退左右, 告曰: "昨夜三更, 丞相已辭世矣. 臨終再三囑付, 令將軍斷後以當司馬懿, 緩緩而退, 不可發喪. 今兵符在此, 便可起兵." 延曰: "何人代理丞相之大事?"(*此句便有不肯相下之意.) 禕曰: "丞相一應大事, 盡托與楊儀; 用兵密法, 皆授與姜伯約. 此兵符乃楊儀之令也."(*聞此數語, 宜其不服.) 延曰: "丞相雖亡, 吾今現在. 楊儀不過一長史, 安能當此大任? 他只宜扶柩入川安葬. 我自率大兵攻司馬懿, 務要成功. 豈可因丞相一人而廢國家大事耶?" 禕曰: "丞相遺令, 敎且暫退, 不可有違." 延怒曰: "丞相當時<u>若依我計</u>, 取長安久矣!"(*此是不服武侯. 遙應初出祁山時事.) 吾今官任前將軍‧征西大將軍‧南鄭侯, 安肯與長史斷後!"(*此是不服楊儀.) 禕曰: "將軍之言雖是, 然不可輕動, 令敵人恥笑. 待吾往見楊儀, 以利害說之, 令彼將兵權讓與將軍, 何如?"(*費禕詭詞以對, 極爲得體.) 延依其言.

　　*注: 若依我計(약의아계): 만약 내가 건의한 계책에 따랐더라면. 魏延이 건의한 계책이란, 처음 祁山으로 나가려고 할 때 자기가 褒中에서 秦嶺을 넘어 子午谷을 거쳐 북진하여 長安으로 곧바로 쳐들어가자고 건의했던 것

으로, 이에 대해서는 제92회 참조.

〖10〗禕辭延出營, 急到大寨見楊儀, 具述魏延之語. 儀曰: "丞相臨終, 曾密囑我曰: ‘魏延必有異志.’ 今我以兵符往, 實欲探其心耳. 今果應丞相之言. 吾自令伯約斷後可也." 於是楊儀領兵扶柩先行, 令姜維斷後; 依孔明遺令, 徐徐而退. 魏延在寨中, 不見費禕來回覆, 心中疑惑, 乃令馬岱引十數騎往探消息. 回報曰: "後軍乃姜維總督, 前軍大半退入谷中去了." 延大怒曰: "竪儒安敢欺我! 我必殺之!" 因顧謂岱曰: "公肯相助否?" 岱曰: "某亦素恨楊儀, 今願助將軍攻之." (*此是孔明所敎, 却不敍明, 令讀者自知.) 延大喜, 卽拔寨引本部兵望南而行.

〖11〗却說夏侯霸引軍至五丈原看時, 不見一人, 急回報司馬懿曰: "蜀兵已盡退矣." 懿跌足曰: "孔明眞死矣! 可速追之!" 夏侯霸曰: "都督不可輕追. 當令偏將先往." 懿曰: "此番須吾自行." 遂引兵同二子一齊殺奔五丈原來; 吶喊搖旗, 殺入蜀寨時, 果無一人. 懿顧二子曰: "汝急催兵赶來, 吾先引軍前進." 於是司馬師‧司馬昭在後催軍; 懿自引軍當先, 追到山脚下, 望見蜀兵不遠, 乃奮力追赶. 忽然山后一聲砲響, 喊聲大震, 只見蜀兵俱回旗返鼓, 樹影中飄出中軍大旗, 上書一行大字曰: "漢丞相武鄕侯諸葛亮." (*此是銘旌耳. 猶認作帥旗, 可發一笑.) 懿大驚失色. 定睛看時, 只見中軍數十員上將, 擁出一輛四輪車來; 車上端坐孔明: 綸巾羽扇, 鶴氅皂條. (*司馬懿先見旗, 後見像, 吃驚不小.) 懿大驚曰: "孔明尙在! 吾輕入重地, 墮其計矣!" 急勒回馬便走. 背後姜維大叫: "賊將休走! 你中了我丞相之計也!" 魏兵魂飛魄散, 棄甲丟盔, 抛戈撤戟, 各逃性命, 自相踐踏, 死者無數. (*畏蜀如虎, 見死虎亦認作生虎, 可發一笑.) 司馬懿奔走了五十餘里, 背後兩員魏將赶上, 扯住馬嚼環, 叫曰: "都督勿驚." 懿用手摸頭曰: "我有頭否?" (*驚極逼出趣語. 如無頭尙然會走, 則殞星安得便死?) 二將曰: "都督休怕, 蜀兵去遠了." 懿喘息半晌, 神色方定; 睜目視之, 乃夏侯霸‧夏侯惠也. (*被死人嚇怕, 連活人也幾乎不認得.) 乃徐徐按轡, 與二將尋小路奔歸本寨, 使衆將引兵四散哨探.

　*注: 定睛(정정): 주시하다. 눈여겨보다. 시선을 집중시키다.

〖12〗 過了兩日, 鄕民奔告曰: "蜀兵退入谷中之時, 哀聲震地, 軍中揚起白旗: 孔明果然死了, 止留姜維引一千兵斷後. ——前日車上之孔明, 乃木人也." (*人如孔明, 雖木人可當活人, 不似今人, 活人却象木人也.) 懿嘆曰: "吾能料其生, 不能料其死也!" (*解嘲語, 然而顏汗矣.) 因此蜀中人謠曰: "死諸葛能走生仲達." 後人有詩嘆曰:

　　長星半夜落天樞, 奔走還疑亮未殂.

　　關外至今人冷笑, 頭顱猶問有和無.

　*注: 天樞(천추): 북두칠성 중의 첫째 별. 보통은 '하늘'이란 뜻으로 사용되지만 여기서는 국가의 中央政權을 비유한 것이다. 頭顱(두로): 머리와 두개골. 여기서는 사마의가 五丈原에서 패주하여 군사들이 무수히 죽고 다쳤을 때 그가 놀라서 정신없이 손으로 자기 머리를 만지면서 "내 머리가 아직 붙어 있느냐(我有頭否)?" 하고 물었던 것을 말한다.

〖13〗 司馬懿知孔明死信已確, 乃復引兵追赶. 行到赤岸坡, 見蜀兵已去遠, 乃引還, 顧謂衆將曰: "孔明已死, 我等皆高枕無憂矣!" 遂班師回. 一路上見孔明安營下寨之處, 前後左右, 整整有法. 懿嘆曰: "此天下奇才也!" (*又在武侯死後補寫武侯.) 於是引兵回長安, 分調衆將, 各守隘口. 懿自回洛陽面君去了.

却說楊儀 · 姜維排成陣勢, 緩緩退入棧閣道口, 然後更衣發喪,
揚幡舉哀. 蜀軍皆撞跌而哭, 至有哭死者. 蜀兵前隊正回到棧閣道
口, 忽見前面火光沖天, 喊聲震地, 一彪軍攔路. 衆將大驚, 急報
楊儀. 正是:

已見魏營諸將去, 不知蜀地甚兵來.

未知來者是何處軍馬, 且看下文分解.

*注: **赤岸坡**(적안파): 즉 赤岸. 지금의 섬서성 유패현(留坝縣) 東北에 있는
褒水岸邊. **棧閣道口**(잔각도구): 즉 褒斜棧道口. 褒斜道는 곧 棧道이
다. 또한 閣道라고도 한다. 남쪽 어귀를 〈褒〉, 북쪽 어귀를 〈斜〉라고 하는
데 여기서는 褒谷口를 가리킨다. 현재 섬서성 한중 褒城鎮 북쪽에 있다.
〈棧閣〉: 나무를 바위에 박아서 연결해 만든 길을 棧道라 하고, 그 위를
회랑처럼 만들어 놓았으므로 〈閣〉이라고 한다. **撞跌**(당질): 머리를 땅에
부딪고 넘어지다. 몹시 비통할 때 나타나는 동작이다.

第一百四回 毛宗崗 序始評

(1). 曹操 · 司馬懿之爲相, 與諸葛武侯之爲相, 其總攬朝廷相
似也, 其獨握兵權相似也, 其神機妙算, 爲衆推服(경탄. 감탄하다),
又相似也. 而或則簒, 而或則忠者, 一則有私, 一則無私; 一則爲
子孫計, 一則不爲子孫計故也. 操之臨終, 必囑曹丕; 懿之臨終,
必囑師 · 昭. 而武侯不然. 其行丞相事, 則托之蔣琬 · 費禕矣; 其
行大將軍事, 則付之姜維矣. 而諸葛瞻 · 諸葛尚, 曾不與焉. 自
桑八百株, 田十五頃而外, 更無一事以增家慮. 則出將入相之孔
明, 依然一彈琴抱膝之孔明耳! 原其初心, 本欲俟功成之後, 爲
泛湖之范蠡, 辟穀之張良, 而無如事之未終, 乃卒於五丈原之
役. 嗚呼! 有人如此, 尚得於功名富貴中求之哉?

(2). 五丈原之役，所以踐"死而後已"之一語也．而有死而不已者：後事有所托，則九伐中原，將自此而始；前事有所承，則六出祁山，不自此而止也．又有死而不死者：蜀人之思孔明，皆有一未死之孔明在其心；魏人之畏孔明，如有一未死之孔明在其目也．豈獨當日之刻像於車中者爲然哉？後世之慕義者，讀出師二表，無不欷歔慷慨，想見其爲人．則雖謂武侯至今未嘗死，至今未嘗已焉可也．

(3). 死爲定數，而武侯有不欲死之心，何也？曰：念托孤之任重，則不可以死；念嗣君之才劣，則不可以死；外顧敵之未滅，如內顧諸臣，更無一人堪與我匹者，則又不可以死．不可以死而死，此武侯所以不欲死也．雖然，人事已盡，則亦可以無憾於死．無憾於死，則不可死者，其心；而可以死者，其事也．老泉以不可死者責管仲，而獨不能以此責武侯，則武侯之死，殆賢於管仲多矣．

(4). 管仲尊周，有撥亂之風；樂毅存燕，有繼絕之力．武侯自比管·樂，特以撥亂繼絕之意自寓耳．而武侯之才與品，有非管·樂之所能及者．其用兵，則年少之子牙也；其輔主，則異姓之公旦也；至其出處大綱，又與伊尹最相彷佛．如先識三分，非先覺乎？躬耕南陽，非樂道乎？三顧而出，非三聘之幡然乎？鞠躬盡瘁，非自任以天下之重乎？兄弟各事一國，而天下不以爲疑，非猶五就湯五就桀之迹乎？專國十二年，而後主不以爲逼，非猶遷桐宮廢太甲之事乎？始之不求聞達，依然千駟不視之心；繼之誓願討賊，無異一夫不獲之恥，三代以後，一人而已！

第一百五回

武侯預伏錦囊計
魏主拆取承露盤

〔1〕却說楊儀聞報前路有軍攔截, 忙令人哨探. 回報說: "魏延燒絕棧道, 引兵攔路."(*魏延隱然一敵國.) 儀大驚曰: "丞相在日, 料此人久後必反, 誰想今日果然如此! 今斷吾歸路, 當復如何?" 費禕曰: "此人必先捏奏天子, 誣吾等造反, 故燒絕棧道, 阻遏歸路. 吾等亦當表奏天子, 陳魏延反情, 然後圖之." 姜維曰: "此間有一小徑, 名槎山, 雖崎嶇險峻, 可以抄出棧道之後."(*費禕只算得上表, 姜維便算到歸路.) 一面寫表奏聞天子, 一面將人馬望槎山小道進發.

*注: **棧道**(잔도): 잔각. 절벽과 절벽 사이에 나무로 사다리 모양으로 만들어서 걸쳐놓은 길. **捏奏**(날주): 날조하여 아뢰다. **阻遏**(조알): 막다. **槎山** (사산): 본래의 뜻은 〈산의 나무를 베다〉이다. 〈三國志. 蜀書. 楊儀傳〉

에는 "儀等槎山通道"(楊儀 등은 산의 나무를 베어 길을 내었다)라고 하
여 〈槎〉를 動詞로 쓰고 있다. 그런데 〈三國演義〉의 작가는 이를 誤用하
여 地名으로 쓰고 있다.

〚2〛 且說後主在成都, 寢食不安, 動止不寧; 夜作一夢, 夢見成
都錦屛山崩倒; (*孔明乃蜀之屛障, 先主得孔明如得水, 後主倚孔明如倚
山.) 遂驚覺, 坐而待旦, 聚集文武, 入朝圓夢. 譙周曰: "臣昨夜仰
觀天文, 見一星, 赤色, 光芒有角, 自東北落於西南, 主丞相有大
凶之事. 今陛下夢山崩, 正應此兆."(* "泰山其頹, 哲人其萎.") 後主
愈加驚怖. 忽報李福到. 後主急召入問之. 福頓首泣奏丞相已亡;
將丞相臨終言語, 細述一遍. 後主聞言大哭曰: "天喪我也!" 哭倒
於龍床之上. (*能令後主如此, 不是寫後主, 是寫武侯.) 侍臣扶入後宮.
吳太后聞之, 亦放聲大哭不已. 多官無不哀慟, 百姓人人涕泣. 後
主連日傷感, 不能設朝. 忽報魏延表奏楊儀造反, 群臣大駭, 入宮
啓奏後主. ── 時吳太后亦在宮中. ── 後主聞奏大驚, 命近臣讀魏
延表. 其略曰:
征西大將軍·南鄭侯臣魏延, 誠惶誠恐, 頓首上言: 楊儀自
總兵權, 率衆造反, 劫丞相靈柩, 欲引敵人入境. 臣先燒絕棧
道, 以兵守禦. 謹此奏聞."
*注: 圓夢(원몽): 原夢. 解夢. 詳夢. 꿈에서 있었던 일의 길흉을 해설하
다. 誠惶誠恐(성황성공): 매우 황공하고 불안하옵니다. 이는 봉건시대 때
신하들이 황제에게 올리는 奏章에서 상투적으로 쓰는 표현이다. 〈誠〉: 참으
로. 진실로. 頓首(돈수): 머리를 조아리다. 옛날 奏章이나 書信의 첫머리
나 結尾에서 常用하는 표현이다.

〚3〛 讀畢, 後主曰: "魏延乃勇將, 足可拒楊儀等衆, 何故燒絕

棧道?"(*此問頗似聰明.) 吳太后曰:"嘗聞先帝有言:孔明識魏延腦後有反骨,每欲斬之;(*又將五十三回中語一提.) 因憐其勇,故姑留用.今彼奏楊儀等造反,未可輕信.楊儀乃文人,丞相委以長史之任,必其人可用.今日若聽此一面之詞,楊儀等必投魏矣.此事當深慮遠議,不可造次."衆官正商議間,忽報長史楊儀有緊急表到.近臣拆表讀曰:

> "長史‧綏軍將軍臣楊儀,誠惶誠恐,頓首謹表:丞相臨終,將大事委於臣,照依舊制,不敢變更,使魏延斷後,姜維次之.今魏延不遵丞相遺語,自提本部人馬,先入漢中,放火燒斷棧道,劫丞相靈車,謀爲不軌.變起倉卒,謹飛章奏聞."

> *注: 造次(조차): 경솔하다. 덤벙대다; 급작스럽다. 황망하다. 謀爲不軌(모위불궤): 반란, 반역을 도모하다. 〈軌〉: 常軌. 法度.

〖4〗太后聽畢,問:"卿等所見若何?"蔣琬奏曰:"以臣愚見:楊儀爲人雖稟性過急,不能容物,至於籌度糧草,參贊軍機,與丞相辦事多時,今丞相臨終,委以大事,決非背反之人.魏延平日恃功務高,人皆下之;儀獨不假借,延心懷恨;今見儀總兵,心中不服,故燒棧道,斷其歸路,又誣奏而圖陷害.臣願將全家良賤,保楊儀不反. —— 實不敢保魏延."董允亦奏曰:"魏延自恃功高,常有不平之心,口出怨言.向所以不卽反者,懼丞相耳.今丞相新亡,乘機爲亂,勢所必然.若楊儀,才幹敏達,爲丞相所任用,必不背反!"後主曰:"若魏延果反,當用何策禦之?"蔣琬曰:"丞相素疑此人,必有遺計授與楊儀.若儀無恃,安能退入谷口乎?延必中計矣.陛下寬心."(*蔣琬料事如見,武侯薦之不謬.寫蔣琬亦是寫武侯.) 不多時,魏延又表至,告稱楊儀反了.正覽表之間,楊儀又表到,奏稱魏延背反.二人接連具表,各陳是非.忽報費禕到.後主召入. 禕細奏魏延反情. 後主曰: "若如此, 且令董允假節釋勤, 用好言撫慰." 允奉詔而去.

*注: 容物(용물): 남을 너그럽게 포용하다. 기량이나 도량이 크다. 籌度(주탁): 籌策. 꾀하다. 계책을 세우다. 務高(무고): 자신을 높이기 위해 애를 쓰다. 우쭐거리다. 人皆下之(인개하지): 사람들이 모두 그에게 양보하다. 그에게 선두 자리를 양보하다. 〈下〉: 居人之下. 謙讓. 假借(가차): 용서하다. 빌리다. 차용하다 若(약): (連詞) …에 대하여는. …로 말하자면 (至於). 才幹敏達(재간민달): 재능과 수완이 민첩하고 통달하다. 假節(가절): 持節. 釋勤(석근): 고생을 하지 않게 하다. 긴장된 자세(노력, 태도 등)를 풀어주다.

〖5〗 却說魏延燒斷棧道, 屯兵南谷, 把住隘口, 自以爲得計; 不想楊儀·姜維星夜引兵抄到南谷之後. 儀恐漢中有失, 令先鋒何平引三千兵先行. 儀同姜維等引兵扶柩望漢中而來.(*楊儀亦可謂能.)

且說何平引兵徑到南谷之後, 擂鼓吶喊. 哨馬飛報魏延, 說楊儀令先鋒何平引兵自槎山小路抄來搦戰. 延大怒, 急披挂上馬, 提刀引兵來迎. 兩陣對圓, 何平出馬, 大罵曰: "反賊魏延安在?" 延亦罵曰: "汝助楊儀造反, 何敢罵我!" 平叱曰: "丞相新亡, 骨肉未寒, 汝焉敢造反!" 乃揚鞭指川兵曰: "汝等軍士, 皆是西川之人, 川中多有父母妻子, 兄弟親朋; 丞相在日, 不曾薄待汝等, 今不可助反賊, 宜各回家鄉, 聽候賞賜." 衆軍聞言, 大喊一聲, 散去大半.(*先散其兵, 此必楊儀·姜維所教.) 延大怒, 揮刀縱馬, 直取何平. 平挺槍來迎. 戰不數合, 平詐敗而走. 延隨後赶來. 衆軍弓弩齊發. 延撥馬而回, 見衆將紛紛潰散, 延轉怒, 拍馬赶上, 殺了數人, 却只止遏不住; 只有馬岱所領三百人不動. 延謂岱曰: "公眞心助我, 事成之後, 決不相負." 遂與馬岱追殺何平. 平引兵飛奔而去. 魏延收聚殘軍, 與馬岱商議曰: "我等投魏, 若何?" 岱曰: "將軍之言, 不智甚也. 大丈夫何不自圖霸業, 乃輕屈膝於人耶? 吾觀將軍智勇足備, 兩川之士, 誰敢抵敵? 吾誓同將軍先取漢中, 隨後進攻西川." 延大喜, 遂同馬岱引兵直取南鄭.

　　*注: 南谷(남곡): 즉 褒谷, 지금의 섬서성 勉縣 褒城 北. 　聽候(청후): (결정이나 명령을) 기다리다. 대기하다.

〖6〗姜維在南鄭城上, 見魏延·馬岱耀武揚威, 風擁而來. 維急令拽起吊橋. 延·岱二人大叫: "早降!" 姜維令人請楊儀商議曰: "魏延勇猛, 更兼馬岱相助, 雖然軍少, 何計退之?" 儀曰: "丞相臨終, 遺一錦囊, 囑曰: '若魏延造反, 臨城對敵之時, 方可開拆, 便有斬魏延之計.' 今當取出一看." 遂出錦囊拆封看時, 題曰: "待與魏延對敵, 馬上方許拆開." 維大喜曰: "既丞相有戒約, 長史可收執. 吾先引兵出城, 列爲陣勢, 公可便來." 姜維披掛上馬, 綽槍在手, 引三千軍, 開了城門, 一齊衝出, 鼓聲大震, 排成陣勢. 維挺槍立馬於門旗之下, 高聲大罵曰: "反賊魏延! 丞相不曾虧你, 今日如何背反?" 延橫刀勒馬而言曰: "伯約, 不干你事. 只教楊儀來!"(*魏延只恨楊儀.) 儀在門旗影裏, 拆開錦囊視之, 如此如此. 儀大喜, 輕騎而出, 立馬陣前, 手指魏延而笑曰: "丞相在日, 知汝久後必反, 教我提備, 今果應其言. 汝敢在馬上連叫三聲 '誰敢殺我', 便是眞大丈夫, 吾就獻漢中城池與汝."(*讀者至此, 正不知此是甚計策.) 延大笑曰: "楊儀匹夫聽着! 若孔明在日, 吾尙懼三分; 他今已亡, 天下誰敢敵我? 休道連叫三聲, 便叫三萬聲, 亦有何難!" 遂提刀按轡, 於馬上大叫曰: "誰敢殺我?" 一聲未畢, 腦後一人厲聲而應曰: "吾敢殺汝!" 手起刀落, 斬魏延於馬下. 衆皆駭然. 斬魏延者, 乃馬岱也.(*先聞其聲, 次見其刀, 然後知其人. 總是寫得意外.) 原來孔明臨終之時, 授馬岱以密計, 只待魏延喊叫時, 便出其不意斬之; 當日, 楊儀讀罷錦囊計策, 已知伏下馬岱在彼, 故依計而行, 果然殺了魏延.(*此處方才敍明.) 後人有詩曰:

　　諸葛先機識魏延, 已知日後反西川.
　　錦囊遺計人難料, 却見成功在馬前.
　　*注: 收執(수집): 붙잡다(捉拿).　虧(휴): 배신하다. 저버리다. 해를 입히
　　다.　三分(삼분): 하나를 셋으로 나누다(즉, 3분지 1). 10분지 3. 10개 중에
　　3개. 약간. 조금.　先機(선기): 일이 발생하기 전에.

〖7〗 却說董允未及到南鄭, 馬岱已斬了魏延, 與姜維合兵一處. 楊儀具表星夜奏聞後主. 後主降旨曰: "旣已名正其罪, 仍念前功, 賜棺槨葬之."(*如此待之, 不失爲厚.) 楊儀等扶孔明靈柩到成都, 後主引文武官僚, 盡皆挂孝, 出城二十里迎接. 後主放聲大哭. 上至公卿大夫, 下及山林百姓, 男女老幼, 無不痛哭, 哀聲震地. 後主命扶柩入城, 停於丞相府中. 其子諸葛瞻守孝居喪.

　　後主還朝, 楊儀自縛請罪. 後主令近臣去其縛曰: "若非卿能依丞相遺敎, 靈柩何日得歸, 魏延如何得滅. 大事保全, 皆卿之力也." 遂加楊儀爲中軍師. 馬岱有討逆之功, 卽以魏延之爵爵之.(*此亦處置得停當, 想必蔣公琰所敎也.) 儀呈上孔明遺表. 後主覽畢, 大哭, 降旨卜地安葬. 費禕奏曰: "丞相臨終, 命葬於定軍山, 不用墻垣磚石, 亦不用一切祭物."(*補前卷中所未及.) 後主從之, 擇本年十月吉日, 後主自送靈柩至定軍山安葬. (*爲後文鍾會感神伏線.) 後主降詔致祭, 謚號忠武侯, 令建廟於沔陽, 四時享祭. 後杜工部有詩曰:
　　丞相祠堂何處尋? 錦官城外栢森森.

映階碧草自春色, 隔葉黃鸝空好音.

(*前解咏祠堂, 後解咏丞相. 至城外然後有丞相祠堂, 然至城外而見祠堂, 是無心於見祠堂者也. 先言祠堂而後至城外, 是有心於弔祠堂者也. 有一丞相於胸中, 而至其地尋其廟, 則在錦官城外, 森森栢樹之中也. 三,四兩句, 是但見祠堂, 而無丞相也. 碧草春色, 黃鸝好音, 入一 "自"字, "空"字, 便凄清之極.)

三顧頻煩天下計, 兩朝開濟老臣心.

出師未捷身先死, 長使英雄淚滿襟.

(*後解: 承三四來, 丞相不可見於今日矣. 然當時, 若非三顧草廬, 丞相并不得見於昔日也. 天下妙計, 在混一, 不在偏安也. 丞相受眷於先, 并效忠於後也. 雖不能混一天下, 成開濟之功, 然老臣之計, 老臣之心, 則如是也. 死而後已者, 老臣所自矢於我者也. 捷而後死者, 老臣所仰望於天者也. 天不可必, 老臣之志則可必也. "未"字, "先"字妙絕. 一似後曾恢復, 而老臣未及身見之者, 體其心而爲言也. 當日有未了之事, 今日遂長留一未了之計, 未了之心. 嗟呼! 後世英雄, 有其計與心, 而不獲見諸事者, 可勝道哉! 在昔日爲英雄之計, 英雄之心, 在今日皆成英雄之淚矣.)

*注: 名正其罪(명정기죄): 그 죄명을 바르게 하고 그 죄를 다스리다. 즉, 반란을 일으킨 죄는 양의가 아니라 위연에게 있었음을 분명히 했고 그의 죄를 다스려서 이미 죽였다. 守孝(수효): 尊親의 死後에 상복을 입기 전에 집안에 있으면서 오락이나 교제를 끊고 슬퍼함을 보이는 것을 "守孝"라 한다. 居喪과 동일한 뜻이다. 定軍山(정군산): 지금의 섬서성 勉縣 西南. 磚石(전석): 벽돌. 沔陽(면양): 지금의 섬서성을 흐르는 漢水 지류의 북쪽. 杜工部有詩(두공부유시): 杜甫의 詩〈蜀相〉. 丞相祠堂(승상사당): 武侯祠. 諸葛亮의 祠堂으로 지금의 사천성 成都市 남쪽 郊外에 있다. 錦官城(금관성): 成都의 別稱. 옛날 成都에서는 비

단이 많이 생산되고 있었는데, 비단 生産과 貢納을 전담하는 관청(이를 錦官이라고 하였다)을 설치해 놓았으므로 생긴 이름이다.　**森森**(삼삼): 森立하다. 빽빽이 들어서다.　**黃鸝**(황리): 黃鳥. 꾀꼬리.　**兩朝**(양조): 劉備(先主)와 劉禪(後主) 父子의 兩朝代.　**開濟**(개제): 開基濟業. 건국의 基業을 열고 그 緖業을 完遂하다.

〖8〗　又杜工部詩曰:

諸葛大名垂宇宙, 宗臣遺像肅淸高.

三分割據紆籌策, 萬古雲霄一羽毛.

(*前解: 史遷疑子房以爲魁梧奇偉, 而狀貌乃如婦人好女二語, 正與此詩起二語意相似. 向聞其名, 但震其大; 今觀其像, 又嘆其高. "淸高"二字, 從遺像寫出. 入相則紫袍象簡, 出將則黃鉞白旄. 而今其遺像羽扇綸巾, 一何淸高之至也. 加一"肅"字, 又有氣定神閑, 不動聲色之意. 三分割據, 英才輩出, 持籌挾策, 比肩皆是; 如孔明者, 萬古一人. 三是泛指衆人, 四是獨指諸葛也. 羽毛狀其淸, 雲宵狀其高也.)

伯仲之間見伊·呂, 指揮若定失蕭·曹.

運移漢祚終難復, 志決身殲軍務勞.

(*後解: 萬古罕有其匹矣! 古人中可與爲伯仲者, 庶幾其伊·呂乎? 若蕭·曹輩, 不足數耳. 然耕莘·釣渭, 與伊·呂同其淸高, 而蕩秦滅楚, 不得與蕭·曹, 同其功烈, 何耶? 此緣漢祚之已改, 非軍務之或疏也. 運雖移, 而志則決. "身"卽所云"鞠躬", "勞"卽所云"盡瘁", "殲"卽所云"死而後已". "終難復"卽所云"成敗利鈍, 非臣逆睹也." "終"字妙. 包得前後拜表, 六出祁山無數心力在內. 前解慕其大名不朽, 後解惜其大功不成, 慕是十分慕, 惜是十分惜.)

번째 詩.　宗臣(종신): 君主와 同宗의 臣下. 후세에 존경과 추앙을 받는
名臣.　遺像(유상): 죽은 사람의 生前의 寫眞이나 肖像.　紆籌策(우주책):
籌策에 드리우다. 계획에 들어 있다. 〈紆〉: 드리우다. 감돌다. 〈籌策〉: 謀
劃. 計劃.　羽毛(우모): 새의 깃털. 여기서는 하늘 높이 나는 鳳凰을 가리킨
다.　伯仲(백중): 맏이와 둘째. 엇비슷하다.　伊呂(이려): 商의 창업공신
伊尹과 周의 창업공신 呂尙(太公望).　指揮若定(지휘야정): 전투를 지휘하
는 모습이 마치 승리가 확정된 듯이 하다.　失蕭·曹(실소조): 漢의 창업공신
蕭何와 曹參도 그에 못 미치다. 〈失〉: ‘逸(일)’과 통용된다. 잃다. 달아나
다. 도주하다.

〖9〗却說後主回到成都, 忽近臣奏曰: “邊庭報來, 東吳令全琮
引兵數萬, 屯於巴丘界口, 未知何意.” 後主驚曰: “丞相新亡, 東
吳負盟侵界, 如之奈何?” 蔣琬奏曰: “臣敢保王平·張嶷引兵數
萬, 屯於永安, 以防不測. 陛下再命一人去東吳報喪, 以探其動
靜.”(*雖無全琮之事, 亦當報喪.) 後主曰: “須得一舌辯之士爲使.”
一人應聲而出曰: “微臣願往.” 衆視之, 乃南陽安衆人, 姓宗, 名
預, 字德艶, 官任參軍·右中郞將. 後主大喜, 卽命宗預往東吳報
喪, 兼探虛實.(*不重在報喪, 重在探虛實.)

　　宗預領命, 徑到金陵, 入見吳主孫權. 禮畢, 只見左右人皆着
素衣.(*不消送帛, 先自挂孝.) 權作色而言曰: “吳·蜀已爲一家, 卿主
何故而增白帝之守也?”(*責問王平·張嶷守永安之故.) 預曰: “臣以爲
東益巴丘之戍, 西增白帝之守, 皆事勢宜然, 俱不足以相問也.”(*
預亦善於詞令.) 權笑曰: “卿不亞於鄧芝.”(*照應八十六卷中事.) 乃謂
宗預曰: “朕聞諸葛丞相歸天, 每日流涕, 令官僚盡皆挂孝. 朕恐
魏人乘喪取蜀, 故增巴丘守兵萬人, 以爲救援, 別無他意也.” 預

頓首拜謝. 權曰:"朕旣許以同盟, 安有背義之理?"預曰:"天子
因丞相新亡, 特命臣來報喪."權遂取金鈚箭一枝折之, 設誓
曰:"朕若負前盟, 子孫絶滅!"(*前者砍案爲誓, 今者折箭爲誓, 一爲伐
魏, 一爲和蜀.) 又命使賚香帛奠儀, 入川致祭.

　　*注: 巴丘(파구): 지금의 호남성 岳陽 南, 湘水 오른쪽 기슭에 있다.

　　永安(영안): 본래의 이름은 魚腹浦. 魚腹은 地名으로 사천성 봉절현 東
에 있는데유비가 패한 후 이곳의 지명을 永安으로 고쳤다. 어복포는 곧
어복성 아래를 흐르는 梅溪가 장강으로 흘러드는 포구. 金陵(금릉): 東吳
의 都城 建業. 鈚箭(비전): 화살촉이 넓고 얇으며 대가 긴 화살. 香帛(향
백): 향과 비단. 奠儀(전의): 死者의 祭壇에 바치는 예물. 奠敬. 香奠. 賻
儀.

〖10〗宗預拜辭吳主, 同吳使還成都, 入見後主, 奏曰:"吳主因
丞相新亡, 亦自流涕, 令群臣皆挂孝. 其益兵巴丘者, 恐魏人乘虛
而入, 別無異心. 今折箭爲誓, 並不背盟."後主大喜, 重賞宗預,
厚待吳使去訖. 遂依孔明遺言, 加蔣琬爲丞相·大將軍·錄尙書事;
加費禕爲尙書令, 同理丞相事; 加吳懿爲車騎將軍, 假節督漢中;
姜維爲輔漢將軍·平襄侯, 總督諸處人馬, 同吳懿出屯漢中, 以防
魏兵. 其餘將校, 各依舊職.

　　楊儀自以爲年宦先於蔣琬, 而位出琬下; 且自恃功高, 未有重
賞, 口出怨言, 謂費禕曰:"昔日丞相初亡, 吾若將全師投魏, 寧
當寂寞如此耶!"(*楊儀爲人, 亦與魏延彷佛.) 費禕乃將此言具表密奏
後主. 後主大怒, 命將楊儀下獄勘問, 欲斬之. 蔣琬奏曰:"儀雖
有罪, 但日前隨丞相多立功勞, 未可斬也, 當廢爲庶人."後主從
之, 遂貶楊儀赴漢嘉郡爲民. 儀羞慚自刎而死.(*楊儀結局却如彭羕
彷佛.)

*注: 錄尙書事(녹상서사): 尙書의 일들을 총괄 관리하다. 〈錄〉: 통합해서 관리(統領)하다. 총괄 관리하다; 살피다; 기록하다. 年宦(연환): 관직에 있었던 햇수. 관직 경력. 寧當寂寞如此耶(녕당적막여차야): 어찌 이처럼 적막한 처지를 당했겠는가? 〈寧〉: 어찌. 설마. 勘問(감문): 조사하여 심문하다. 캐묻다. 漢嘉郡(한가군): 치소는 漢嘉縣(지금의 사천성 名山縣 北).

〖11〗蜀漢建興十三年, 魏主曹叡靑龍三年, 吳主孫權嘉禾四年, 三國各不興兵.

<u>却</u>說魏主封司馬懿爲太尉, 總督軍馬, 安鎭諸邊. 懿拜謝回洛陽去訖. 魏主在許昌, 大興土木, <u>建蓋宮殿</u>,(*前旣勝吳而歸, 今又聞武侯已死, 故安意肆志於土木也.) 又於洛陽造朝陽殿·太極殿, 築總章觀, 俱高十丈; 又立崇華殿·靑霄閣·鳳凰樓·九龍池, 命博士馬鈞監造, 極其華麗: 雕梁畫棟, 碧瓦金磚, 光輝耀日.(*抵得一篇〈阿房宮賦〉.) 選天下巧匠三萬餘人, 民夫三十餘萬, 不分晝夜而造. 民力疲困, 怨聲不絶.

叡又降旨起土木於<u>芳林園</u>, 使公卿皆負土樹木於其中. 司徒董尋上表切諫曰.

"<u>伏</u>自建安以來, 野戰死亡, <u>或門殫戶盡</u>; 雖有存者, 遺孤老弱. 若今宮室狹小, 欲廣大之, 猶宜隨時, 不妨農務. ── 況作無益之物乎? 陛下旣尊群臣, 顯以冠冕, 被以文繡, 載以華輿, 所以異於小人也. ── 今又使負木擔土, 沾體塗足, 毁國之光, 以崇無益: 甚<u>無謂</u>也.(*役民旣已不情, 役官更是無禮.) 孔子云:'君使臣以禮, 臣事君以忠.' 無忠無禮, 國何以立? 臣知言出必死; 而自比於于牛之一毛, 生旣無益, 死亦何損. 秉筆流涕, 心與世辭. 臣有八子, 臣死之後, 累陛下矣. 不勝戰慄待命之至!"

*注: 單說(단설): 각설하고. 그것은 그렇다 치고.　建蓋(건개): 건조하다. 집을 짓다. 〈蓋〉: 덮다. 집을 짓다.　芳林園(방림원): 지금의 하남성 洛陽市 漢魏 古城(白馬寺 東, 洛水 北岸에 있음)의 東北 구석에 위치.　伏(복): 敬詞. 신하가 군왕에게 아뢰는 말에 많이 썼다. 우리말 〈삼가〉에 해당함. 門殫戶盡(문탄호진): 집(門戶)들이 모두 다 없어지다. 〈殫〉: 盡.　崇(숭): 늘리다. 증가시키다.　無謂(무위): 의미(가치)가 없다. 부당하다.　孔子云 (공자운): 이 말은 〈論語·八佾篇〉에 나온다.　待命之至(대명지지): (죽이 라는) 명령이 이르기를 기다리다.

〖12〗 叡覽表怒曰:"董尋不怕死耶!"左右奏請斬之. 叡曰:"此 人素有忠義, 今且廢爲庶人.(*做了庶人, 一發該搬磚弄瓦爲役夫之事矣.) 再有妄言者必斬!"時有太子舍人張茂, 字彦材, 亦上表切諫, 叡 命斬之.

卽日召馬鈞問曰:"朕建高臺峻閣, 欲與神仙往來, 以求長生不 老之方."(*武侯祈禳死, 忠也; 魏主求長生, 愚也.) 鈞奏曰:"漢朝二十 四帝, 惟武帝享國最久, 壽算極高, 蓋因服天上日精月華之氣也. 嘗於長安宮中, 建柏梁臺, 臺上立一銅人, 手捧一盤, 名曰'承露 盤', 接三更北斗所降沆瀣之水 ──其名曰'天漿', 又曰'甘 露'. 取此水用美玉爲屑, 調和服之, 可以反老還童."(*馬鈞是李少 君一流人.) 叡大喜, 曰:"汝今可引人夫星夜至長安, 拆取銅人, 移 置芳林園中."

鈞領命, 引一萬人至長安, 令周圍搭起木架, 上柏梁臺去. 不 移時間, 五千人連繩引索, 旋環而上. 那柏梁臺高二十丈, 銅柱圓 十圍. 馬鈞敎先拆銅人. 多人併力拆下銅人來, 只見銅人眼中潸 然淚下.(*興廢無常, 成毀頓易, 鐵漢亦心酸, 銅人安得不淚下?) 衆皆大驚. 忽然臺邊一陣狂風起處, 飛砂走石, 急若驟雨; 一聲響亮, 就如天崩地裂: 臺傾柱倒, 壓死千餘人.(*不死於兵, 又死於役. 君求長生, 民則不聊生矣.)

*注: 太子舍人(태자사인): 太子宮에 속해 있는 관리.　承露盤(승로반): 이슬을 받는 쟁반.　沆瀣(항해): 이슬의 기운. 또는 北方의 夜半 氣運. 〈沆〉: 넓다; 고여 있는 물. 〈瀣〉: 이슬 기운.　潸然(산연): 눈물을 흘리는 모양. 줄줄.　起處(기처): 일어나더니. 〈處〉: 어미조사로 감탄의 어기를 나타낸다.

〖13〗 鈞取銅人及金盤回洛陽, 入見魏主, 獻上銅人 · 承露盤. 魏主問曰: "銅柱安在?" 鈞奏曰: "柱重百萬斤,不能運至." 叡令將銅柱打碎, 運來洛陽, 鑄成兩個銅人, 號爲 '翁仲', 列於司馬門外; 又鑄銅龍鳳兩個: 龍高四丈, 鳳高三丈餘, 立在殿前. 又於上林苑中, 種奇花異木, 蓄養珍禽怪獸. 少傅楊阜上表諫曰:

"臣聞堯尙茅茨, 而萬國安居; 禹卑宮室, 而天下樂業. 及至殷 · 周, 或堂崇三尺, 度以九筵耳. 古之聖帝明王, 未有極宮室之高麗, 以凋弊百姓之財力者也. 桀作璇室 · 象廊, 紂爲傾宮 · 鹿臺, 致喪社稷; 楚靈以築章華而身受其禍; 秦始皇作阿房宮而殃及其子, 天下背叛, 二世而滅. 夫不度萬民之力, 以從耳目之欲, 未有不亡者也. 陛下當以堯 · 舜 · 禹 · 湯 · 文 · 武爲法則, 以桀 · 紂 · 楚 · 秦爲深誡. ——而乃自暇自逸, 惟宮台是飾, 必有危亡之禍矣. 君作元首, 臣爲股肱, 存亡一體, 得失同之. 臣雖駑怯, 敢忘諍臣之義? 言不切至, 不足以感悟陛下. 謹叩棺沐浴, 伏俟重誅."

表上, 叡不省, 只催督馬鈞建造高臺, 安置銅人 · 承露盤. 又降旨廣選天下美女, 入芳林園中.(*奇花異木, 珍禽怪獸, 猶不若此物之佳. 此句便引起下文寵妃廢后事, 絕妙過接法.) 衆官紛紛上表諫諍. 叡俱不聽.

*注: 翁仲(옹중): 秦나라 때 阮翁仲이란 자가 있었는데 그 身長이 무려 一丈三尺이나 되었다. 秦始皇이 그를 시켜 邊境을 지키게 했더니 匈奴人들이 그를 무서워했다. 그가 죽은 후 秦始皇은 그를 위해 銅像을 만들어 세웠는데, 후에 와서는 키가 큰 사람의 銅像이나 石像을 〈翁仲〉이라 부르게 되었다.　司馬門(사마문): 황궁의 外門.　尙茅茨(상모자): 띠 풀로 지붕을 인 집을 숭상하다. 검소함을 숭상하다.　卑宮室(비궁실): 宮室을 輕視하다(중요시하지 않다).　堂(당): 즉 명당. 천자가 거처하며 정사를 보는 집.　度以九筵(도이구연): 그 길이가 八十一尺이다. 〈筵〉: 길이의 단위로 一筵은 九尺. 周의 제도에 의하면 明堂은 東西의 길이가 九筵, 즉 八十一尺이다.　高麗(고려): 높고 화려하다.　凋廢(조폐): 시들어 없어지다. 쇠퇴하다.　璇室(선실): 화려하게 장식한 궁실. 〈璇〉: 옥과 같은 모양의 돌.　象廊(상랑): 象牙로 장식한 走廊.　傾宮(경궁): 기울어질 듯 위태하게 보일 정도로 높고 큰 궁전.　鹿臺(녹대): 商의 紂王이 재물을 쌓아놓기 위해 건축한 높은 臺 이름. 크기가 三里, 높이가 一千尺이나 되었다고 한다. 지금의 하남성 湯陰縣 朝歌鎭 南에 故址가 있다.　楚靈(초령): 즉 楚靈王. 在位: 기원전 540~529년.　章華(장화): 章華臺. 楚靈王이 세운 臺로서 그 안을 꾸밈에 있어 호화사치가 極에 달했다고 한다. 지금의 호북성 監利縣 西北에 그 故址가 있다. 一說에는 안휘성 亳縣(박현) 東南에 있다고도 한다.　阿房宮(아방궁): 秦始皇이 세운 규모가 엄청나게 큰 궁전으로, 秦이 멸망할 당시에도 아직 完成되지 못했다고 한다. 지금의 섬서성 西安市 西阿房村에 그 故址가 있다.　自暇自逸(자가자일): 스스로 한가하고 안일하다.　諍臣(쟁신):임금의 잘못에 대하여 바른말로 간하는 신하.　謹叩棺(근고관): 삼가 관을 두드리다(준비하다).

〖14〗 却說曹叡之后毛氏, 乃河內人也; 先年叡爲平原王時, 最相恩愛; 及卽帝位, 立爲后; 後叡因寵郭夫人, 毛后失寵.(*曹叡固甄后之子也, 獨不記甄后失寵之事耶?〕郭夫人美而慧, 叡甚嬖之, 每日取樂, 月餘不出宮闈. 是歲春三月, 芳林園中百花爭放, 叡同郭夫人到園中賞玩飲酒. 郭夫人曰: "何不請皇后同樂?" 叡曰: "若彼在, 朕涓滴不能下咽也." 遂傳諭宮娥, 不許令毛后知道. 毛后見叡月餘不入正宮, 是日引十餘宮人, 來翠花樓上消遣, 只聽的樂聲嘹喨, 乃問曰: "何處奏樂?" 一宮官啓曰: "乃聖上與郭夫人於御花園中賞花飲酒." 毛后聞之, 心中煩惱, 回宮安歇. 次日, 毛皇后乘小車出宮遊玩, 正迎見叡於曲廊之間, 乃笑曰: "陛下昨游北園, 其樂不淺也!" 叡大怒, 卽命擒昨日侍奉諸人到, 叱曰: "昨遊北園, 朕禁左右不許使毛后知道, 何得又宣露?" 喝令宮官將諸侍奉人盡斬之. 毛后大驚, 回車至宮, 叡卽降詔賜毛皇后死, 立郭夫人爲皇后.(*皮去毛曰鞹, 今去毛立郭, 却是光皮矣. 一笑.) 朝臣莫敢諫者.

忽一日, 幽州刺史毌丘儉上表, 報稱遼東公孫淵造反, 自號爲燕王, 改元紹漢元年, 建宮殿, 立官職, 興兵入寇, 搖動北方. 叡大驚, 卽聚文武官僚, 商議起兵退淵之策. 正是:

纔將土木勞中國, 又見干戈起外方.

未知何以禦之, 且看下文分解.

*注: 河內(하내): 郡名. 治所는 懷縣(지금의 하남성 武涉縣 西南).　嬖(폐): 사랑하다. 총애하다.　宮闈(궁달): 궁(여기서는 후궁)의 작은 문.　涓滴(연적): 물방울. 적은 양의 물. 술 한 방울.　宮娥(궁아): 궁녀.　正宮(정궁): 황후가 거처하는 궁.　聽的(청적): 聽得. 들었다. 〈的〉은 〈得〉과 같은 문법적 기능을 하는데, 동사 뒤에서 동작의 완료를 나타내고 "了", "到"와 같은 뜻을 나타낸다.　嘹喨(요량): 嘹亮. (소리. 음악) 맑고 깨끗하다. 맑고 고운 소리.　乃(내): …이다. 바로 …이다.　毌丘儉(관구검): 毌丘(관구)는 複姓으로, 陳壽의 〈三國志〉에서는 〈毌丘(관구)〉로 되어 있고, 司馬光의 〈資治通

鑑〉에서는 〈毋丘〉로 쓰고 〈毋丘〉는 複姓이며 〈毋〉의 音은 〈無〉라고 注를 달아놓고 있다. 즉 〈무구검〉이라고 했다. 여기서는 〈三國志〉를 따랐다.

第一百五回 毛宗崗 序始評

(1). 此記武侯死後之事也. 前營之星方殞, 而魏延遂興反漢之兵, 則武侯之不可以死也. 錦囊之計有遺, 而魏延終應生角之夢, 則武侯之實未嘗死也. 逆知其必叛, 而不於未叛之時除之, 於此見武侯之仁; 不待其旣叛, 而早於未叛之先防之, 於此見武侯之智.

(2). 魏延旣反, 不獨司馬懿一大敵也, 卽魏延亦一大敵也. 當其焚棧道, 攻南鄭, 使魏人知之而回兵轉鬪, 則蜀之亡可翹足而待矣. 且有楊儀與延互相訐奏, 少主疑於內, 諸將阻於外, 太后憂惶而未寧, 廷臣聚議而未決, 而卒能定之俄頃, 易危爲安, 則武侯身後之功, 不其偉哉! (*訐奏(알주): 들춰내서 아뢰다).

(3). 武侯死, 而吳之君臣懼可知也, 曰: "今而後莫予援也已." 武侯之死, 而魏之君臣喜可知也, 曰: "今而後莫予毒也已." 惟其懼, 而邊境之戍於是乎增; 惟其喜, 而土木之功於是乎起. 然則思武侯者, 不獨蜀人爲然也: 於其戍之勞, 而吳之人不得不思武侯; 於其役之苦, 而魏之人亦不得不思武侯.

(4). 凡後人之失, 未有不由於前人之失以爲之倡也. 有銅雀 · 玉龍 · 金鳳之臺作於前, 乃有總章觀 · 靑宵閣 · 鳳凰樓之工興於後矣; 有曹丕之殺甄后以作之於前, 乃有曹叡之殺毛后以效之於後

矣．然曹操止於築臺，而叡則更勞其民於拆臺；操止以其民充役，
而叡至欲以官充役． 毛氏比甄氏之來爲正， 而其被黜亦與甄氏
同．曹叡曾以射鹿之事諷其父，而其殺毛氏則與其父同．尤而效
之，更有甚焉．則祖宗之爲法於子孫者，可不懼與？

第一百六回

公孫淵兵敗死襄平
司馬懿詐病賺曹爽

〖1〗却說公孫淵乃遼東公孫度之孫，公孫康之子也．建安十二年，曹操追袁尚，未到遼東，康斬尚首級獻操，操封康爲襄平侯．(＊照應三十三卷中事.) 後康死，有二子：長曰晃，次曰淵，皆幼；康弟公孫恭繼職．曹丕時封恭爲車騎將軍·襄平侯.(＊又補敍曹丕時事，此前文所未及.) 太和二年，淵長大，文武兼備，性剛好鬪，奪其叔公孫恭之位，曹叡封淵爲揚烈將軍·遼東太守.(＊又補敍曹叡時事，亦前文所未及.) 後孫權遣張彌·許晏賫金玉珍寶赴遼東，封淵爲燕王．淵懼中原，乃斬張·許二人，送首與曹叡．叡封淵爲大司馬·樂浪公.(＊又補敍東吳事．以上敍公孫淵來歷，皆補前文所未及.)

淵心不足，與衆商議，自號爲燕王，改元紹漢元年．副將賈範諫曰：“中原待主公以上公之爵，不爲卑賤；今若背反，實爲不順．

更兼司馬懿善能用兵，西蜀諸葛武侯且不能取勝，何況主公乎？"
淵大怒，叱左右縛賈範，將斬之．參軍倫直諫曰："賈範之言是也．
聖人云：'國家將亡，必有妖孽．'今國中屢見怪異之事：近有犬
戴巾幘，身披紅衣，上屋作人行．(*此是獸妖.) 又城南鄉民造飯，飯
甑之中，忽有一小兒蒸死於內；(*此是人妖.) 襄平北市中，地忽陷一
穴，涌出一塊肉，周圍數尺，頭面眼耳口鼻都具，獨無手足，刀箭
不能傷，不知何物，(*此是非人非獸之妖.) 卜者占之曰：'有形不成，
有口無聲；國家亡滅，故現其形．'── 有此三者，皆不祥之兆也．
主公宜避凶就吉，不可輕舉妄動．"淵勃然大怒，叱武士綁倫直并
賈範同斬於市．令大將軍卑衍爲元帥，楊祚爲先鋒，起遼兵十五
萬，殺奔中原來．(*何不於武侯未死之前爲之?)

*注： 建安十二年(건안십이년)：서기 207년(신라 奈解尼師今 12년. 고구려
山上王 11년). 襄平(양평)：지금의 요령성 遼陽市. 太和二年(태화이년)：
서기 228년(신라 나해니사금 33년. 고구려 東川王 2년). 且(차)：…조차(도)
聖人云(성인운)：子思의 이 말은〈中庸〉(제24장)에 나온다. 原文은："國
家將興，必有禎祥；國家將亡，必有妖孽．見乎著龜，動乎四體．禍福將
至：善，必先知之；不善，必先知之." 妖孽(요얼)：요괴. 비정상적인
현상. 옛 사람들은 이것을 不祥의 징조로 생각했다; 妖魔鬼怪의 종류.
巾幘(건책)：두건.〈巾〉，〈幘〉：모두 고대의 頭巾이란 뜻이다. 人行(인
행)：사람처럼 두 발로 서서 걸어가다.(*여기서〈人〉은 副詞이다). 飯甑
(반증)：즉〈甑〉. 밥을 짓는 취사도구.

〖2〗邊官報知魏主曹叡．叡大驚，乃召司馬懿入朝計議．懿奏
曰："臣部下馬步官軍四萬，足可破賊."(*以四萬當十五萬.) 叡曰：
"卿兵少路遠，恐難收復."懿曰："兵不在多，在能設奇用智耳．
臣托陛下洪福，必擒公孫淵以獻陛下."(*武侯一死，懿便自負.) 叡

曰："卿料公孫淵作何擧動?" 懿曰："淵若棄城預走, 是上計也;守遼東拒大軍, 是中計也; 坐守襄平, 是爲下計, —— 必被臣所擒矣."(*如滕公之料英布.) 叡曰："此去往復幾時?" 懿曰："四千里之地, 往百日, 攻百日, 還百日, 休息六十日, 大約一年足矣."(*前擒孟達不消一月, 今平公孫算定一年, 一速一遲, 前後相對.) 叡曰："倘吳·蜀入寇, 如之奈何?" 懿曰："臣已定下守禦之策, 陛下勿憂." 叡大喜, 卽命司馬懿興師征討公孫淵. 懿辭朝出城, 令胡遵爲先鋒, 引前部兵先到遼東下寨. 哨馬飛報公孫淵. 淵令卑衍·楊祚分八萬兵, 屯於遼隧,(*此是司馬仲達所算中計的.) 圍塹二十餘里, 環繞鹿角, 甚是嚴密. 胡遵令人報知司馬懿. 懿笑曰："賊不與我戰, <u>欲老我兵</u>耳. 我料賊衆大半在此, 其巢穴空虛, 不若棄却此處, 徑奔襄平; 賊必往救, 却於中途擊之, 必獲全功."(*欲其奔襄平, 是使彼出下計.) 於是勒兵從小路向襄平進發.

　　*注: 遼隧(료수): 지금의 遼寧省 海城縣 西北. 欲老我兵(욕로아병): 우리
　　병사들이 피로해지기를 바라다. 〈老〉: (軍隊가 오래 주둔해 있으면서 싸우지
　　않아) 피로해지다. 困乏.

　　〖3〗 却說卑衍與楊祚商議曰："若魏兵來攻, 休與交戰. 彼千里而來, 糧草不繼, 難以持久, 糧盡必退; 待他退時, 然後出奇兵擊之, 司馬懿可擒也. 昔司馬懿與蜀兵相拒, 堅守渭南, 孔明竟卒於軍中: 今日正與此理相同."(*是抄司馬懿舊文字耳, 不想此處却用不着這篇文字.) 二人正商議間, 忽報："魏兵往南去了." 卑衍大驚曰："彼知吾襄平軍少, 去襲老營也. 若襄平有失, 我等守此處無益矣." 遂拔寨隨後而起.(*卽司馬懿取街亭·守陳倉之意, 武侯能料之, 卑衍·楊祚不能料之, 是原不會抄文字也.) 早有探馬飛報司馬懿. 懿笑曰："中吾計矣!" 乃令夏侯霸·夏侯威, 各引一軍伏於遼水之濱:"如遼兵到, 兩下齊出." 二人受計而往. 早望見卑衍 · 楊祚引兵前來.
一聲砲響, 兩邊鼓噪搖旗: 左有夏侯霸, 右有夏侯威, 一齊殺出.
卑 · 楊二人, 無心戀戰, 奪路而走; 奔至首山, 正逢公孫淵兵到,
合兵一處, 回馬再與魏兵交戰. 卑衍出馬, 罵曰: "賊將休使詭計!
汝敢出戰否?" 夏侯霸縱馬揮刀來迎. 戰不數合, 被夏侯霸一刀斬
卑衍於馬下, 遼兵大亂. 霸驅兵掩殺, 公孫淵引敗兵奔入襄平城
去, 閉門堅守不出.(*此則竟出下計矣.) 魏兵四面圍合.

　　*注: 遼水(요수): 즉 遼河. 지금의 요령성 중부를 흐른다. 毛本과 明嘉靖本
에는 원래 모두 "濟水"로 되어 있으나, 〈三國志 · 魏書(公孫淵傳)〉, 〈資治
通鑑〉 등에 의거하여 "遼水"로 고쳤다.　　首山(수산): 지금의 요령성 遼陽
市 西南에 있는 산으로, 古代의 兵家들이 서로 반드시 차지하려고 다투었던
요충지였다.

〖4〗時値秋雨連綿, 一月不止, 平地水深三尺, 運糧船自遼河口
直至襄平城下. 魏兵皆在水中, 行坐不安.(*與陳倉道之雨前後彷彿.)
左都督裴景入帳告曰: "雨水不住, 營中泥濘, 軍不可停, 請移於
前面山上." 懿怒曰: "捉公孫淵只在旦夕, 安可移營? 如有再言
移營者斬!"(*與陳倉道退軍又是不同.) 裴景喏喏而退. 少頃, 右都督
仇連又來告曰: "軍師苦水, 乞太尉移營高處." 懿大怒曰: "吾軍
令已發, 汝何敢故違!" 即命推出斬之, 懸首於轅門外.(*武侯用兵嚴
以濟寬, 懿之用兵一於嚴耳.) 於是軍心震慴.

　　*注: 連綿(연면): 그치지 않다. 끊어지지 않다. 이어지다.　　泥濘(니녕): 진
창. 진흙탕.　　喏喏(야야): 예, 예. 대답하다.　　震慴(진섭): 두려워 떨게
하다. 두려워 떨다.

〖5〗懿令南寨人馬暫退二十里, 縱城內軍民出城樵采柴薪, 牧

放牛馬. 司馬陳群問曰: "前太尉攻上庸之時, 兵分八路, 八日趕至城下, 遂生擒孟達而成大功.(*照應九十四卷中事.) 今帶甲四萬, 數千里而來, 不令攻打城池, 却使久居泥濘之中, 又縱賊衆樵牧. 某實不知太尉是何主意?" 懿笑曰: "公不知兵法耶? 昔孟達糧多兵少, 我糧少兵多, 故不可不速戰; 出其不意, 突然攻之, 方可取勝. 今遼兵多, 我兵少, 賊飢我飽, 何必力攻? 正當任彼自走, 然後乘機擊之. 我今放開一條路, 不絕彼之樵牧, 是容彼自走也."(*糧則以多勝少, 兵則以少勝多.) 陳群拜服. 於是司馬懿遣人赴洛陽催糧. 魏主曹叡設朝, 群臣皆奏曰: "近日秋雨連綿, 一月不止, 人馬疲勞, 可召回司馬懿, 權且罷兵."(*與前王肅等之諫又相彷佛.) 叡曰: "司馬太尉善能用兵, 臨危制變, 多有良謀, 捉公孫淵計日而待. 卿等何必憂也?" 遂不聽群臣之諫, 使人運糧解至司馬懿軍前.

懿在寨中, 又過數日, 雨止天晴. 是夜, 懿出帳外, 仰觀天文, 忽見一星, 其大如斗, 流光數丈, 自首山東北, 墜於襄平東南. 各營將士, 無不驚駭. (*或疑是司馬懿死耳.) 懿見之. 大喜, 乃謂衆將曰: "五日之後, 星落處必斬公孫淵矣. —— 來日可併力攻城." 衆將得令, 次日侵晨, 引兵四面圍合, 築土山, 掘地道, 立砲架, 裝雲梯, 日夜攻打不息. 箭如急雨, 射入城去.

*注: 任(임): 마음대로 하게 하다. 그냥 내버려두다. 侵晨(침신): 동틀무렵 새벽(=淸早). 砲架(포가): 포를 올려놓고 목표를 향하여 포구를 돌릴 수 있도록 한 받침틀.

〔6〕公孫淵在城中糧盡, 皆宰牛馬爲食.(*至此方攻, 正是待其糧盡.) 人人怨恨, 各無守心, 欲斬淵首, 獻城歸降. 淵聞之, 甚是驚憂, 慌令相國王建·御史大夫柳甫, 往魏寨請降.(*孟獲屢戰不降, 公孫淵不戰便降. 彼此不同.) 二人自城上縋下, 來告司馬懿曰: "請太尉

退二十里，我君臣自來投降．"懿大怒曰："公孫淵何不自來？<u>殊爲</u>
<u>無理</u>!"叱武士推出斬之，將首級付與從人．(*孟獲不降而武侯縱之，公
孫淵願降而司馬懿不許．彼此又自不同．) 從人回報，公孫淵大驚，又遣侍
中衛演來到魏營．司馬懿升帳，聚衆將立於兩邊．演膝行而進，跪
於帳下，告曰："願太尉息<u>雷霆之怒</u>．克日先送世子公孫修爲<u>質當</u>，
然後君臣自縛來降."懿曰："軍事大要有五： 能戰當戰， 不能戰
當守， 不能守當走，(*重在此一句．) 不能走當降，不能降當死耳！何
必送子爲<u>質當</u>!"叱衛演回報公孫淵．演抱頭鼠竄而去，歸告公孫
淵．

    *注: **系下**(계하): 매달아 아래로 내리다. 〈系〉: 매달다. 매달아 내리다.
    殊爲無理(수위무리): 도무지(극히) 이치에 맞지 않다. 터무니없다. 〈殊〉: 매
    우. 극히. 몹시.   **雷霆之怒**(뢰정지노): 격렬한 분노(노여움). 〈雷霆〉: 세찬
    천둥소리. 격렬한 천둥.   **質當**(질당): 人質. 保證을 위해 저당 잡힌 사람.

〖7〗淵大驚，乃與子公孫修密議停當，選下一千人馬，當夜二更
時分，開了南門，往東南而走．(*不能守當走，謹如司馬懿之教．) 淵見無
人，心中暗喜．行不到十里，忽聽得山上一聲砲響，鼓角齊鳴：一
枝兵攔住，中央乃司馬懿也；左有司馬師，右有司馬昭，二人大叫
曰："反賊休走!"淵大驚，急撥馬尋路奔逃．早有胡遵兵到；左有
夏侯霸·夏侯威，右有張虎·樂綝：四面圍得鐵桶相似．公孫淵父
子，只得下馬納降．(*不能走當降，亦謹如司馬懿之教．) 懿在馬上顧諸將
曰："吾前夜丙寅日，見大星落於此處，今夜壬申日應矣."衆將稱
賀曰："太尉眞神機也!"懿傳令斬之．公孫淵父子對面受戮．(*孟
獲有七擒，公孫淵只是一擒：武侯有七縱，司馬懿更不一縱．彼此又大不同．) 司
馬懿遂勒兵來取襄平．未及到城下時，胡遵早引兵入城．城中人民
焚香拜迎，魏兵盡皆入城．懿坐於衙上，將公孫淵宗族，并同謀官

僚人等, 俱殺之, 計首級七十餘顆.(*司馬懿好殺, 是但能攻城而不能攻心, 但能兵戰而不能心戰者也.) 出榜安民. 人告懿曰: "賈範 · 倫直苦諫淵不可反叛, 俱被淵所殺." 懿遂封其墓而榮其子孫. 就將庫內財物, 賞勞三軍,(*封賞竟自己出, 司馬氏專權之漸.) 班師回洛陽.

〖8〗 却說魏主在宮中, 夜至三更, 忽然一陣陰風, 吹滅燈光, 只見毛皇后引數十個宮人, 哭至座前索命.(*纔見番兵滅了, 又是一陣陰兵來了.) 叡因此得病. 病漸沈重, 命侍中光祿大夫劉放 · 孫資, 掌樞密院一切事務; 又召文帝子燕王曹宇爲大將軍, 佐太子曹芳攝政. 宇爲人恭儉溫和, 未肯當此大任, 堅辭不受. 叡召劉放 · 孫資問曰: "宗族之內, 何人可任?" 二人久得曹眞之惠, 乃保奏曰: "惟曹子丹之子曹爽可也."(*宇賢於爽, 舍其賢者, 用其不賢者, 此曹氏之當衰也.) 叡從之. 二人又奏曰: "欲用曹爽, 當遣燕王歸國." 叡然其言. 二人遂請叡降詔, 賫出諭燕王曰: "有天子手詔, 命燕王歸國, 限卽日就行; 若無詔, 不許入朝." 燕王涕泣而去.(*用一曹必去一曹, 曹氏之黨寡, 而後司馬氏之黨盛矣.) 遂封曹爽爲大將軍, 總攝朝政.

　　*注: 索命(색명): 목숨을 내놓으라고 요구하다. 〈索〉: 찾다. 요구하다. 달라고 하다. 　樞密院(추밀원): 中央官署의 名稱. 軍政을 장악. 五代 後 唐代에 처음 설치하였고, 宋 · 元代에도 계속 유지했다. 　曹子丹(조자단): 曹眞의 字. 曹爽의 부친. 　攝朝政(섭조정): 조정의 정치를 대리하다.

〖9〗 叡病漸危, 急令使持節詔司馬懿還朝. 懿受命, 徑到許昌, 入見魏主. 叡曰: "朕惟恐不得見卿; 今日得見, 死無恨矣." 懿頓首奏曰: "臣在途中, 聞陛下聖體不安, 恨不肋生兩翼, 飛至闕下.(*兩翼已成矣. 將飛入宮廷, 食曹氏之子孫也.) 今日得睹龍顔, 臣之幸也!" 叡宣太子曹芳 · 大將軍曹爽 · 侍中劉放 · 孫資等, 皆至御榻之前. 叡執司馬懿之手曰：“昔劉玄德在白帝城病危，以幼子劉禪托孤於諸葛孔明，(*照應八十五卷中事.) 孔明因此竭盡忠誠，至死方休：偏邦尚然如此，何況大國乎？(*僭號之國反指正統爲偏邦，此在曹叡之言則然，後世修史者亦復蹈之，何其誤也!) 朕幼子曹芳，年纔八歲，不堪掌理社稷. 幸太尉及宗兄元勳舊臣，竭力相輔，無負朕心!” 又喚芳曰：“仲達與朕一體，爾宜敬禮之.” 遂命懿携芳近前. 芳抱懿頸不放. 叡曰：“太尉勿忘幼子今日相戀之情!” 言訖，潸然淚下. 懿頓首流涕. 魏主昏沈，口不能言，只以手指太子，須臾而卒；(*曹叡好神仙，何不以承露盤中天漿活之?) 在位十三年，壽三十六歲. 時魏<u>景初三年春正月下旬</u>也.

> *注: 景初三年(경초삼년): 서기 239년(신라 助賁尼師今 10년. 고구려 東川
> 王 13년).

〖10〗當下司馬懿・曹爽，扶太子曹芳卽皇帝位. 芳字蘭卿，乃<u>叡乞養之子</u>，秘在宮中，人莫知其所由來.(*曹操奸猾，曹丕篡逆，孰知再傳而後，遂不知爲何人之子. 蓋不待司馬氏之篡，而曹氏已早絕也.) 於是曹芳諡叡爲明帝，<u>葬</u>於<u>高平陵</u>，尊郭皇后爲皇太后；改元正始元年. 司馬懿與曹爽輔政. 爽事懿甚謹，一應大事，必先啓知.(*曹爽無用.)

爽字昭伯，自幼出入宮中；明帝見爽謹愼，甚是愛敬. 爽門下有客五百人，內有五人<u>以浮華相尙</u>:(*亦是無用之人.) 一是何晏，字平叔；一是鄧颺，字玄茂，乃鄧禹之後；一是李勝，字公昭；一是丁謐，字彦靜；一是畢軌，字昭先.(*此五人先敍其人品，後詳其姓氏.) 又有<u>大司農</u>桓範，字元則，頗有智謀，人多稱爲“智囊”.(*此一人先敍其姓氏，後詳其人品.) ——此數人皆爽所信任. 何晏告爽曰：“主公大權，不可委托他人，恐生後患.” 爽曰：“司馬公與我同受先帝托

孤之命, 安忍背之?" 晏曰: "昔日先公與仲達破蜀兵之時, 累受
此人之氣, 因而致死. ──主公如何不察也?"(*將賭賽羞慚事於此一提.
照應第一百回中語.) 爽猛然省悟, 遂與多官計議停當, 入奏魏主曹芳
曰: "司馬懿功高德重, 可加爲太傅."(*太尉掌兵, 太傅不掌兵, 此議奪
其兵權也.) 芳從之. 自是兵權皆歸於爽.

　　*注: 乞養之子(걸양지자): 乞養子. 養子.　　高平陵(고평릉): 지금의 하남성
　　洛陽市 東南에 있는 大石山.　　以浮華相尙(이부화상상): 서로 화려한 겉치레
　　말로 서로를 높여주다. 〈浮華〉: 실속 없이 겉만(말만) 번지르르(화려)하다.
　　겉치레뿐이다. 〈相尙〉: 서로 떠받들다. 서로 숭상하다.　　大司農(대사농):
　　租稅, 財政, 양곡, 鹽鐵 등을 관장하는 관직명. 지금의 財政長官.　　氣(기):
　　천대. 억압. 학대.

〖11〗 爽命弟曹羲爲中領軍, 曹訓爲武衛將軍, 曹彦爲散騎常
侍,(*三曹怎敵一馬?) 各引三千御林軍, 任其出入禁宮; 又用何晏·
鄧颺·丁謐爲尙書, 畢軌爲司隷校尉, 李勝爲河南尹: 此五人日夜
與爽議事. 於是曹爽門下賓客日盛. 司馬懿推病不出, 二子亦皆退
職閒居.(*此時武侯若在, 亦是伐魏一大機會.) 爽每日與何晏等飮酒作
樂: 凡用衣服器皿, 與朝廷無異; 各處進貢玩好珍奇之物, 先取上
等者入己, 然後進宮; 佳人美女, 充滿府院. ── 黃門張當, 諂事曹
爽, 私選先帝侍妾七八人, 送入府中; 又選善歌舞良家子女三四十
人, 爲家樂. 又建重樓畵閣, 造金銀器皿, 用巧匠數百人, 晝夜工
作.(*如此所爲, 便不能成事, 安能制司馬懿乎?)

　　*注: 中領軍(중령군): 武官名. 禁軍을 管掌 統率했다.

〖12〗 却說何晏聞平原管輅明數術, 請與論〈易〉. 時鄧颺在座,
問輅曰: "君自謂善〈易〉, 而語不及〈易〉中詞義, 何也?" 輅曰:

"夫善〈易〉者, 不言〈易〉也."(*孔子學〈易〉, 而〈易〉不在雅言之數, 可見〈易〉不可以言傳.) 晏笑而讚之曰: "可謂要言不煩."(*不言〈易〉正深於言〈易〉也, 故讚之曰 "要言".) 因謂輅曰: "試爲我卜一卦: 可至三公否?" 又問: "連夢靑蠅數十, 來集鼻上, 此是何兆?" 輅曰: "元·愷輔舜, 周公佐周, 皆以和惠謙恭, 享有多福. 今君侯位尊勢重, 而懷德者鮮, 畏威者衆, 殆非小心求福之道.(*可謂要言.) 且鼻者, 山也; 山高而不危, 所以長守貴也. (*忽講相法.) 今靑蠅臭惡而集焉, 位峻者顚, 可不懼乎? 願君侯裒多益寡,(*此益卦之義.) 非禮勿履: (*此履卦之義, 不言〈易〉却是言〈易〉.) 然後三公可至, 靑蠅可驅也."(*不論數而論理.) 鄧颺怒曰: "此老生之常談耳!" 輅曰: "老生者見不生, 常談者見不談."(*玄語, 隱語, 亦妙語.) 遂拂袖而去. 二人大笑曰: "眞狂士也!" 輅到家, 與舅言之. 舅大驚曰: "何·鄧二人, 威權甚重, 汝奈何犯之?" 輅曰: "吾與死人語, 何所畏也!"(*所謂老生者見不生.) 舅問其故. 輅曰: "鄧颺行步, 筋不束骨, 脈不制肉, 起立傾倚, 若無手足: 此爲 '鬼躁' 之相. 何晏視候, 魂不守宅, 血不華色, 精爽烟浮, 容若槁木, 此爲 '鬼幽' 之相. 二人早晚必有殺身之禍, 何足畏也!"(*不決之於卜, 而決之於相.) 其舅大罵輅爲狂子而去.

*注: 管輅(관로): 앞의 第六十九回에서 管輅에 관한 자세한 설명이 나왔었다. 數術(수술): 음양오행설. 詞義(사의): 語義. 元·愷輔舜(원·개보순): 〈元(원)〉: 八元. 〈愷(개)〉: 八愷. 古代 傳說에 의하면, 高辛氏에게는 어질고 유능한 아들 여덟이 있었는데 伯奮, 仲堪, 叔獻, 季仲, 伯虎, 仲熊, 叔豹, 季狸가 그들로서, 그들을 〈八元〉이라고 불렀다. 그리고 高陽氏에게도 어질고 유능한 아들 여덟이 있었는데 蒼舒(창서), 隤敳(퇴애), 檮寅戈(도연), 大臨, 尨降(방강), 庭堅, 仲容, 叔達이 그들로서, 이들을 〈八愷〉라 불렀다. 이들은 모두 舜임금에게 重用되어 舜을 도와 좋은 정치가

펼쳐지도록 했다고 한다. 畏威(외위): 위세를 두려워하다. 裒多益寡(부
다익과): 많은 것은 줄이고 적은 것은 늘리다. 〈裒(부)〉: 줄이다. 덜다; 모으
다. 傾倚(경의): 한쪽으로 기울어지다. 鬼躁(귀조): 귀신이 어른거리다
(재촉하다). 〈躁〉: 성급하다. 조급하다. 사람이 죽으려 할 때 보여주는 일종
의 병적 상태를 말한다. 視候(시후): 看望. 察看. 찾아가 보다. 방문하다;
살펴보다. 주시하다. 관찰하다. 魂不守宅(혼불수댁): 魂이 그 집(신체)을
지키지 않다. 정신이 나가 心神이 불안정하고 精神이 몽롱한 상태를 말한다.
精爽烟浮(정상연부): 정신이 나가서 연기처럼 떠다니다. 〈精爽〉: 精神; 魂
魄; 정신이 맑고 기운이 밝다(神淸氣爽). 鬼幽(귀유): '鬼躁'와 같은 뜻
이다. 귀신이 숨어있다. 귀신이 어른거리다.

〖13〗却說曹爽嘗與何晏·鄧颺等畋獵. 其弟曹羲諫曰: "兄威
權太甚, 而好出外遊獵, 倘爲人所算, 悔之無及."(*預爲後文伏線.)
爽叱曰: "兵權在吾手中, 何懼之有!" 司農桓範亦諫, 不聽.(*不敍
所諫何語, 是省筆.) 時魏主曹芳, 改正始十年爲嘉平元年. 曹爽一向
專權, 不知仲達虛實, 適魏主除李勝爲青州刺史, 卽令李勝往辭仲
達, 就探消息. 勝徑到太傅府中. 早有門吏報入. 司馬懿謂二子
曰: "此乃曹爽使來探吾病之虛實也." 乃去冠散髮, 上床擁被而
坐, 又令二婢扶策, 方請李勝入府.(*曹操假病以試吉平, 司馬懿假病以
欺李勝, 奸雄手段前後一轍.) 勝至床前拜曰: "一向不見太傅, 誰想如
此病重. 今天子命某爲青州刺史, 特來拜辭." 懿佯答曰: "并州
近朔方, 好爲之備."(*詐裝耳聾, 妙甚.) 勝曰: "除青州刺史, 非
'并州'也." 懿笑曰: "你方從并州來?"(*妙絶, 活象聾者.) 勝
曰: "山東青州耳." 懿大笑曰: "你從青州來也!" 勝曰: "太傅如
何病得這等了?" 左右曰: "太傅耳聾." 勝曰: "乞紙筆一用."
左右取紙筆與勝. 勝寫畢, 呈上. 懿看之, 笑曰: "吾病的耳聾了.

此去保重." 言訖, 以手指口. 侍婢進湯, 懿將口就之, 湯流滿襟, 乃作哽噎之聲曰: "吾今衰老病篤, 死在旦夕矣. 二子不肖, 望君敎之. 若見大將軍, 千萬看覷二子!" 言訖, 倒在床上, 聲嘶氣喘. 李勝拜辭仲達, 回見曹爽, 細言其事. 爽大喜曰: "此老若死, 吾無憂矣!"

> *注: 爲人所算(위인소산): 다른 사람의 은밀한 계략에 말려들다. 다른 사람의 謀害에 걸려들다. 〈算〉: 謀害. 暗算; 계략을 꾸미다.　扶策(부책): 부축하다. 떠받치다. 기대다.　一向(일향): 요즘. 근래. 최근.　哽噎(경열): 목이 메다. 흐느끼다. 〈哽〉, 〈噎〉: 모두 〈목이 메다〉의 뜻.(*〈哽咽(경인)〉: 목메어 울다. 흐느껴 울다.)　千萬(천만): 부디. 제발. 아무쪼록 꼭.　看覷(간처): 보다. 주시하다; 보살피다. 돌보다.　聲嘶(성시): 목소리가 쉬다.

〖14〗 司馬懿見李勝去了, 遂起身謂二子曰: "李勝此去, 回報消息, 曹爽必不忌我矣. 只待他出城畋獵之時, 方可圖之." (*又先爲下文虛伏一筆.) 不一日, 曹爽請魏主曹芳去謁高平陵, 祭祀先帝. 大小官僚, 皆隨駕出城. 爽引三弟, 并心腹人何晏等, 及御林軍護駕正行, 司農桓範叩馬諫曰: "主公總典禁兵, 不宜兄弟皆出. 倘城中有變, 如之奈何?"(*此之謂智囊, 若曹爽, 只是酒囊, 飯囊耳.) 爽以鞭指而叱之曰: "誰敢爲變! 再勿亂言!" 當日, 司馬懿見爽出城, 心中大喜, 卽起舊日手下破敵之人, 并家將數十, 引二子上馬, 徑來謀殺曹爽. 正是:

　　閉戶忽然有起色, 驅兵自此逞雄風.
未知曹爽性命如何, 且看下文分解.

> *注: 叩馬(고마): 扣馬(구마). 勒住馬. 말을 못 가게 하다.　總典(총전): 총관장(총주관)하다.　起色(기색): 좋아지는 기미. 호전되는 기색. 활기를 띠는 것.　雄風(웅풍): 위풍. 당당한 풍모.

（1）．孫權之欲結公孫淵以拒魏，猶曹丕之欲借孟獲以侵蜀也．公孫淵之斬吳使以獻曹叡，猶公孫康之殺二袁以獻曹操也．孟獲之叛漢者不一，而公孫淵之奉魏者至再，則魏於公孫，其亦可以恕之矣．而武侯不殺孟獲，司馬懿必殺公孫，何仁與不仁之不同如是耶？

（2）．武侯之平蠻難，仲達之平遼易，何也？攻心則難，攻城則易也．且祁山未出之前，武侯有北顧之憂，而能肆志於南征，則其事非人之所能及．武侯既死之後，仲達無西顧之患，而後安意於東伐，則其事猶人之所能爲，故仲達雖能，終在武侯之下．

（3）．曹操之父，爲乞養之子，曹丕之孫，亦爲乞養之子．夫以父而乞養，則前之世系於此紊；以孫而乞養，則後之宗祀於此斬也．蓋曹氏之絕，不待晉之受禪，而於曹芳之繼立之時，已爲呂秦・黃楚之續矣．或以芳爲任城王曹楷之所出，然則宗室入繼，何以不明告之大臣，而乃秘而不傳，使人莫知其所從來乎？嗚呼！曹丕之謀之，如彼其艱難，而螟蛉之嗣之，如此其牽易．後之篡臣，其亦鑒於此而知沮也夫？

第一百七回

魏主政歸司馬氏
姜維兵敗牛頭山

〔1〕却說司馬懿聞曹爽同弟曹羲‧曹訓‧曹彥并心腹何晏‧鄧颺‧丁謐‧畢軌‧李勝等及御林軍，隨魏主曹芳，出城謁明帝墓，就去畋獵．懿大喜，卽到省中，令司徒高柔，（*一个司馬懿心腹．）假以節鉞行大將軍事，先據曹爽營；又令太僕王觀行中領軍事，（*又一个司馬懿心腹．）據曹羲營．懿引舊官入後宮奏郭太后，言爽背先帝托孤之恩，奸邪亂國，其罪當廢．郭太后大驚曰：“天子在外，如之奈何？”懿曰：“臣有奏天子之表，誅奸臣之計．太后勿憂．”太后懼怕，只得從之．懿急令太尉蔣濟‧尚書令司馬孚，一同寫表，（*又是兩个司馬懿心腹．）遣黃門齎出城外，徑至帝前申奏．懿自引大軍據武庫．早有人報知曹爽家．其妻劉氏急出廳前，喚守府官問曰：“今主公在外，仲達起兵何意？”（*郭后已爲司馬懿所用，劉氏幹得甚

事.) 守門將潘擧曰: "夫人勿驚, 我去問來." 乃引弓弩手數十人, 登門樓望之. 正見司馬懿引兵過府前. 擧令人亂箭射下, 懿不得過. 偏將孫謙在後止之曰: "太傅爲國家大事, 休得放箭!"(*又是一个司馬懿心腹.) 連止三次, 擧方不射. 司馬昭護父司馬懿而過, 引兵出城屯於洛河, 守住浮橋.

〔2〕且說曹爽手下司馬魯芝, 見城中事變, 來與參軍辛敞商議曰: "今仲達如此變亂, 將如之何?" 敞曰: "可引本部兵出城, 去見天子." 芝然其言. 敞急入後堂. 其姊辛憲英見之, 問曰: "汝有何事, 慌速如此?" 敞告曰: "天子在外, 太傅閉了城門, 必將謀逆." 憲英曰: "司馬公未必謀逆, 特欲殺曹將軍耳."(*善於料事. 劉氏若能學之, 必不使曹爽出城矣.) 敞驚曰: "此事未知如何?" 憲英曰: "曹將軍非司馬公之對手, 必然敗矣."(*明於料事. 劉氏若能學之, 必不使曹爽廢仲達矣.) 敞曰: "今魯司馬敎我同去, 未知可去否?" 憲英曰: "職守, 人之大義也. 凡人在難, 猶或恤之; 執鞭而棄其事, 不祥莫大焉."(*忠於勸義. 劉氏若能學之, 必不使曹爽行僭妄之事矣.) 敞從其言, 乃與魯芝引數十騎, 斬關奪門而出. 人報知司馬懿. 懿恐桓範亦走, 急令人召之. 範與其子商議. 其子曰: "車駕在外, 不如南出."(*辛敞有姊, 桓範有兒.) 範從其言, 乃上馬至平昌門, 城門已閉, 把門將乃桓範舊吏司蕃也. 範袖中取出一竹版曰: "太后有詔, 可卽開門." 司蕃曰: "請詔驗." 範叱曰: "汝是吾故吏, 何敢如此!" 蕃只得開門放出. 範出的城外, 喚司蕃曰:

"太傅造反, 汝可速隨我去."(*後仲達殺桓範, 只爲此語.) 蕃大驚, 追之不及. 人報知司馬懿. 懿大驚曰: "'智囊'洩矣, 如之奈何?" 蔣濟曰: "駑馬戀棧豆, 必不能用也!"(*智囊怎當鈍物.) 懿乃召許允‧陳泰曰: "汝去見曹爽, 說太傅別無他事, 只是削汝兄弟兵權而已."(*恐其在外生變, 故誘之使歸而就死耳.) 許‧陳二人去了. 又召殿中校尉尹大目至; 令蔣濟作書, 與目持去見爽. 懿分付曰: "汝與爽厚, 可領此任.(*曹爽所厚者又爲司馬懿心腹.) 汝見爽, 說吾與蔣濟指洛水爲誓, 只因兵權之事, 別無他意."(*直如騙小兒.) 尹大目依令而去.

*注: 慌速(황속): 황급하다. 급급하다. 허둥대다.　今魯司馬(금노사마): 〈三國演義〉의 판본에 따라 〈今魯〉로 된 것과 〈那日〉로 된 것 두 종류가 있는데, 〈那日〉은 뜻이 안 통한다. 아마도 〈今魯〉가 轉寫 과정에서 잘못 쓰여진 것이 아닌가 생각된다.　執鞭(집편): 다른 사람을 위해 수레를 몰다. 남을 위해 일하다.　斬關奪門(참관탈문): 관문을 지키는 자를 죽이고 관문을 열다. 위험을 무릅쓰고 관문을 돌파하다.　竹版(죽판): 竹簡.　驗(험): 검사하다. 조사하다.　出的城外(출적성외): 성 밖으로 나가서. 〈的〉: 동사의 뒤에 사용되어 동작의 완료를 나타낸다. "了"와 용법이 같다.　駑馬戀棧豆(노마련잔두): 미련한(둔한) 말은 마구간의 콩(사료)에 미련을 갖는다. 〈棧〉: (짐승을 기르는) 우리. 마구간; 棧橋.

〖3〗 却說曹爽正飛鷹走犬之際, 忽報城內有變, 太傅有表. 爽大驚, 幾乎落馬.(*太傅忽然起床, 曹爽自應落馬.) 黃門官捧表跪於天子之前. 爽接表拆封, 令近臣讀之. 表略曰:

"征西大都督‧太傅臣司馬懿, 誠惶誠恐, 頓首謹表: 臣昔從遼東還, 先帝詔陛下與齊王及臣等, 升御牀, 把臣臂, 深以後事爲念. 今大將軍曹爽, 背棄顧命, 敗亂國典; 內則僭擬, 外專威權; 以黃門張當爲都監, <u>專共交關</u>; 看察至尊, <u>伺候神器</u>; 離間<u>二宮</u>, 傷害骨肉; 天下洶洶, 人懷危懼: 此非先帝詔陛下及囑臣之本意也.

臣雖<u>朽邁</u>, 敢忘往言? 太尉臣濟·尙書令臣孚等, 皆以爽爲有無君之心, 兄弟不宜<u>典兵</u>宿衛, 奏永寧宮; 皇太后令, 勅臣如奏施行. 臣輒勅主者及黃門令, 罷爽·羲·訓<u>吏兵</u>, <u>以候就第</u>, 不得<u>逗遛</u>, 以<u>稽</u>車駕; 敢有稽留, 便以<u>軍法從事</u>.(*此數語竟似告示, 不象表文, 司馬懿之專, 於此見矣.) 臣輒<u>力疾</u>, 將兵屯於洛水浮橋, 伺察非常. 謹此上聞, 伏干聖聽."

*注: 飛鷹走犬(비응주견): 사냥매를 날리고 사냥개를 달려가게 하다. 齊王(제왕):〈三國演義〉毛宗崗本에는〈秦王〉으로 되어 있으나, 曹叡(明帝)가 임종할 때 임종의 자리를 지킨 사람으로는 曹芳(齊王), 曹爽, 司馬懿뿐이고 秦王이란 인물은 없었다.〈三國志〉에는 "齊王諱芳, 字蘭卿.… 靑龍三年, 立爲齊王. 景初三年正月, 帝病甚, 乃立爲皇太子."라고 하였다. 즉,〈秦王〉은〈齊王〉의 誤記이다. 顧命(고명): 임금이 임종 때 내린 명령. 國典(국전): 국가의 전례와 제도. 僭擬(참의): 자기 본분을 넘어 마치 자신이 황제인 것처럼 행동하는 것. 專共交關(전공교관): 오로지 함께 서로 작당하다(관계를 맺다). 伺候神器(사후신기): 나라의 대권을 엿보다(노리다. 기다리다).〈神器〉: 천자의 자리. 대권. 二宮(이궁): 천자와 곽태후. 朽邁(후매): 老邁. 老朽. 典兵(전병): 병을 관장하다. 군사를 주관하다.〈典〉: 주관. 관장하다. 吏兵(이병): 관리와 군대. 以候就第(이후취제): 그리고(以=而) 官邸(第)로 가서(就) 기다리다(候). 逗遛(두류): 머물다. 체류하다. 稽(계): 머무르다. 지연하다. 稽留. 軍法從事(군법종사): 군법에 따라 처리하다.〈從事〉: (규정대로) 처리하다. 力疾(역질): 병을 무릅쓰고 무리하게 하다.

〖4〗魏主曹芳聽畢, 乃喚曹爽曰: "太傅之言若此, 卿如何裁處?" 爽手足失措, 回顧二弟曰: "爲之奈何?" 羲曰: "劣弟亦曾諫兄, 兄執迷不聽, 致有今日.(*應前卷中語.) 司馬懿譎詐無比, 孔明尙不能勝, 況我兄弟乎? 不如自縛見之, 以免一死."(*爽兄弟三人都是駑馬, 懿父子三人都是駿馬. 三駑馬戀棧, 三駿馬便同槽矣.)

言未畢, 參軍辛敞・司馬魯芝到. 爽問之. 二人告曰: "城中把得鐵桶相似, 太傅引兵屯於洛水浮橋, 勢將不可復歸. 宜早定大計." 正言間, 司農桓範驟馬而至, 謂爽曰: "太傅已變, 將軍何不請天子幸許都, 調外兵以討司馬懿耶?"(*若行此計, 國中必大亂. 姜維得乘亂伐魏, 必得成功.) 爽曰: "吾等全家皆在城中, 豈可投他處求援?" 範曰: "匹夫臨難, 尙欲望活! 今主公身隨天子, 號令天下, 誰敢不應? 豈可自投死地乎?" 爽聞言不決, 惟流涕而已.(*因戀生泣, 只是抛不下棧豆耳.) 範又曰: "此去許都, 不過半宿. 城中糧草, 足支數載. 今主公別營兵馬, 近在關南, 呼之卽至. 大司農之印, 某將在此. 主公可急行, 遲則休矣!"(*此之謂智囊.) 爽曰: "多宜勿太催逼, 待吾細細思之."(*活畵一無用之人.) 少頃, 侍中許允・尙書陳泰至. 二人告曰: "太傅只爲將軍權重, 不過要削去兵權, 別無他意. 將軍可早歸城中." 爽默然不語.(*其名曰"爽", 何其人之不爽如此.) 又只見殿中校尉尹大目到. 目曰: "太傅指洛水爲誓, 並無他意. 有蔣太尉書在此. 將軍可削去兵權, 早歸相府." 爽信爲良言. 桓範又告曰: "事急矣! 休聽外言而就死地!"

*注: 半宿(반숙): 半日. 한나절. 〈宿〉: 고대에는 官途 위에 10리마다 〈廬(려)〉를 두고, 30리마다 〈宿〉을 설치했는데, 宿에는 잠을 자며 쉬어갈 수 있는 宿舍가 있었다. 이로부터 〈하루 길〉이란 뜻이 생겼다. 〈半宿〉은 곧 하루 낮의 반, 즉 한나절이면 당도할 수 있는 거리라는 뜻이다. 大司農(대사농): 毛本과 明嘉正本에는 〈大司馬〉로 되어 있으나, 당시 桓範은 大司

農이었으므로 여기서는 〈大司農之印〉이 되어야 한다. 대사농에게는 軍糧과 馬草 등을 조달할 수 있는 권한이 있다.　**某將在此**(모장재차): 제가 여기에 가지고 있습니다. 〈將〉: 가지고 있다. 휴대하고 있다.　**多官**(다관): 많은 관원. 여러분.

〖5〗 是夜, 曹爽意不能決, 乃拔劍在手, 嗟嘆尋思; 自黃昏直流淚到曉, 終是<u>狐疑</u>不定. 桓範入帳催之曰: "主公思慮一晝夜, 何尚不能決?" 爽擲劍而嘆曰: "我不起兵, 情願棄官, 但爲富家翁足矣!"(*曹子丹被孔明氣死·羞死, 尚是有羞·有氣, 今曹爽直是不羞·不氣也.) 範大哭, 出帳曰: "曹子丹以智謀自矜! ── 今兄弟三人, 眞豚犢耳!" 痛哭不已.

許允·陳泰令爽先納印綬與司馬懿. 爽令將印送去, 主簿楊綜扯住印綬而哭曰: "主公今日捨兵權自縛去降,　不免<u>東市受戮</u>也!" 爽曰: "太傅必不失信於我."(*曹氏子孫如此無用, 當使奸雄氣沮.) 於是曹爽將印綬與許·陳二人, 先賫與司馬懿. 衆軍見無將印, 盡皆四散. 爽手下只有數騎官僚. 到浮橋時, 懿傳令, 敎曹爽兄弟三人, 且回私宅;(*奸雄手段, 妙在緩緩而來.) 餘皆<u>發監</u>, 聽候勅旨. 爽等入城時, 並無一人侍從. 桓範至浮橋邊, 懿在馬上以鞭指之曰: "桓大夫何故如此?" 範低頭不語, 入城而去. 於是司馬懿請駕拔營入洛陽.

*注: **狐疑**(호의): 의심하다.　**東市受戮**(동시수륙): 옛날에는 死刑囚의 刑執行을 사람들이 많이 모이는 市場에서 함으로써 사람들에게 겁을 주었다. 〈東市〉: 장안의 동쪽에 있는 市場.　**發監**(발감): 감옥으로 보내다. 〈發〉: 보내다(猶致. 送達). 교부하다(交付).

〖6〗 曹爽兄弟三人回家之後, 懿用大鎖鎖門, 令居民八百人圍守其宅. 曹爽心中憂悶. 羲謂爽曰: "今家中乏糧, 兄可作書與太傅借糧.(*刀在其頸, 猶欲借糧, 爲之一笑.) 如肯以糧借我, 必無相害之心." 爽乃作書令人持去. 司馬懿覽書, 遂遣人送糧一百斛, 運至曹爽府內.(*奸雄手段, 妙在緩緩而來.) 爽大喜曰: "司馬公本無害我之心也!" 遂不以爲憂.(*愚人愚到底.) 原來司馬懿先將黃門張當捉下獄中間罪. 當曰: "非我一人, 更有何晏·鄧颺·李勝·畢軌·丁謐等五人, 同謀篡逆." 懿取了張當供詞, 却捉何晏等, 勘問明白, 皆稱<u>三月間</u>欲反.(*此等獄詞, 皆<u>周內</u>所成, 未必眞有其事也.) 懿用長枷釘了. 城門守將司蕃告稱: "桓範矯詔出城, 口稱太傅謀反." 懿曰: "<u>誣人反情</u>, 抵罪<u>反坐</u>." 亦將桓範等皆下獄. 然後押曹爽兄弟三人并<u>一干人犯</u>, 皆斬於<u>市曹</u>, 滅其三族;(*拔劍尋思, 想了一夜, 竟想不到此.) 其家産財物, 盡<u>抄</u>入庫.

　　*注: 稱(칭): 진술하다. 말하다.　三月間(삼월간): 3月에. 〈間〉: 막연한 장소, 시간, 범위 등을 나타냄.　周內(주내): 周納. 죄상을 꾸며서 사람을 죄에 빠뜨리는 것.　誣人反情(무인반정): 다른 사람이 모반을 했다고 무고하다.　反坐(반좌): 誣告罪에 대한 형벌로, 무고당한 것의 죄명으로 받아야 할 형벌을 무고한 자에게 가하는 것.　一干人犯(일간인범): 한 떼의 범인들. 〈干〉: 떼. 무리.　市曹(시조): 市街. 刑場.　抄(초): 몰수하다.

〖7〗時有曹爽從弟文叔之妻, 乃夏侯令女也: 早寡而無子, 其父欲改嫁之, 女截耳自誓. 及爽被誅, 其父復將嫁之, 女又斷去其鼻. 其家驚惶, 謂之曰: "人生世間, 如輕塵棲弱草, 何至自苦如此? 且夫家又被司馬氏誅戮已盡, 守此欲誰爲哉?" 女泣曰: "吾聞'仁者不以盛衰改節, 義者不以存亡易心'. 曹氏盛時, 尙欲保終; 況今滅亡, 何忍棄之? —— 此禽獸之行, 吾豈爲乎!"(*辛憲英教弟以義, 夏侯女辭父以節, 同時乃有兩个奇女子.) 懿聞而賢之, 聽使乞

子, 自養爲曹氏後. 後人有詩曰:

弱草微塵盡達觀, 夏侯有女義如山.

丈夫不及裙釵節, 自顧鬚眉亦汗顏.

*注: **達觀**(달관): 事理를 명백히 알다.　**裙釵**(군차): 치마와 비녀. 여자.

鬚眉(수미): 수염과 눈썹. 남자.

〖8〗 却說司馬懿斬了曹爽, 太尉蔣濟曰: "尙有魯芝·辛敞斬關奪門而出, 楊綜奪印不與, 皆不可縱." 懿曰: "彼各爲其主, 乃義人也!" 遂復各人舊職.(*獨殺桓範, 特以智囊見忌耳.) 辛敞歎曰: "吾若不問於姊, 失大義矣!"(*好姐姐, 我亦愿爲之弟也.) 後人有詩讚辛憲英曰:

爲臣食祿當思報, 事主臨危合盡忠.

辛氏憲英曾勸弟, 故令千載頌高風.

司馬懿饒了辛敞等, 仍出榜曉諭: 但有曹爽門下一應人等, 盡皆免死; 有官者照舊復職. 軍民各守家業, 內外安堵. 何·鄧二人死於非命, 果應管輅之言.(*應前卷中語.) 後人有詩讚管輅曰:

傳得聖賢眞妙訣, 平原管輅相通神.

鬼幽·鬼躁分何·鄧, 未喪先知是死人.

〖9〗 却說魏主曹芳封司馬懿爲丞相, 加九錫.(*令人追憶魏公加九錫時.) 懿固辭不肯受.(*此則賢於曹操.) 芳不准, 令父子三人同領國事. 懿忽然想起: "曹爽全家雖誅, 尙有夏侯霸守備雍州等處, 系爽親族, 倘驟然作亂, 如何提備? ——必當處置." 卽下詔, 遣使往雍州, 取征西將軍夏侯玄赴洛陽議事.(*剪滅公室, 其意可知.) 夏侯霸聽知, 大驚, 便引本部三千兵造反. 有鎮守雍州刺史郭淮, 聽知夏侯霸反, 卽率本部兵來, 與夏侯霸交戰. 淮出馬大罵曰: "汝旣是

大魏皇族, 天子又不曾虧汝, 何故背反?" 霸亦罵曰: "吾祖父於國
家多建勤勞, 今司馬懿何等匹夫, 滅吾曹氏宗族耶, 又來取我, 早
晚必思篡位. 吾仗義討賊, 何反之有!"(*夏侯霸欲討魏賊, 姜維卽借他
來共討漢賊.) 淮大怒, 挺槍驟馬, 直取夏侯霸. 霸揮刀縱馬來迎. 戰
不十合, 淮敗走, 霸隨後赶來. 忽聽得後軍吶喊, 霸急回馬時, 陳
泰引兵殺來. 郭淮復回, 兩路夾攻. 霸大敗而走, 折兵大半; 尋思
無計, 遂投漢中來降後主.(*孔明得姜維爲帮手, 姜維又得一夏侯霸爲帮
手.)

　　*注: **九錫**(구석): 옛날 천자가 신하를 크게 禮遇하여 하사하는 아홉 가지의
　　器物. 즉 車馬, 衣服, 樂器, 朱戶, 納陛, 虎賁, 弓矢, 鈇鉞, 秬鬯(거창).

〔１０〕有人報與姜維, 維心不信, 令人體訪得實, 方教入城. 霸
拜見畢, 哭告前事. 維曰: "昔微子去周, 成萬古之名: 公能匡扶
漢室, 無愧古人也." 遂設宴相待. 維就席問曰: "今司馬懿父子
掌握重權, 有窺我國之志否?" 霸曰: "老賊方圖謀逆, 未暇及外.
── 但魏國新有二人, 正在妙齡之際, 若使領兵馬, 實吳·蜀之大
患也!"(*預爲數卷後伏筆.)
　　維問: "二人是誰?" 霸告曰: "一人現爲秘書郎, 乃潁川長社
人, 姓鍾, 名會, 字士季, 太傅鍾繇之子, 幼有膽智. 繇嘗率二子見
文帝, ── 會時年七歲, 其兄毓年八歲. ── 毓見帝惶懼, 汗流滿
面. 帝問毓曰: '卿何以汗?' 毓對曰: '戰戰惶惶, 汗出如漿.'
帝問會曰: '卿何以不汗?' 會對曰: '戰戰慄慄, 汗不敢出.'(*一
人戲問曰: "人身上何物不怕嚇?" 或答曰: "惟有汗不怕嚇, 人越嚇他越要出
來." 今會曰: "汗不敢出", 則是汗亦怕嚇矣, 爲之一笑.) 帝獨奇之. 及稍
長, 喜讀兵書, 深明韜略; 司馬懿與蔣濟皆稱其才.
　　一人現爲掾吏, 乃義陽人也, 姓鄧, 名艾, 字士載, 幼年失父, 素

有大志, 但見高山大澤, 輒窺度指畫, 何處可以屯兵, 何處可以積糧, 何處可以埋伏.(*便爲渡陰平嶺張本.) 人皆笑之, 獨司馬懿奇其才, 遂令參贊軍機. 艾爲人口吃, 每奏事必稱'艾…艾…'. (*古之名人口吃者, 韓非·周昌·楊雄·鄧艾也, 今有嘲口吃者曰: "旣是唱家, 又疑非類, 如無雄風, 定有艾氣.) 懿戲謂曰: '卿稱艾艾, 當有幾艾?' 艾應聲曰: '鳳兮鳳兮, 故是一鳳.' 其資性敏捷, 大抵如此. 此二人深可畏也!"(*二人來歷却在夏侯覇口中敍出, 省筆之法.) 維笑曰: "量此孺子, 何足道哉!"

> *注: **體訪**(체방): 찾아가 만나서 자세히 조사하다.　**微子**(미자): 商紂王의 형. 이름은 啓, 子爵에 봉해졌다.　**秘書郎**(비서랑): 비서성에 속한 관직명. 도서와 경적 등을 관장.　**潁川長社**(영천장사): 지금의 하남성 長葛縣 東.　**掾吏**(연리): 관직명으로 서리(胥吏)와 같은 종류.　**指畫**(지화): 손가락으로 가리키다.　**口吃**(구흘): 말을 더듬다. 말더듬이.

〖11〗於是姜維引夏侯覇至成都, 入見後主. 維奏曰: "司馬懿謀殺曹爽, 又來賺夏侯覇, 覇因此投降. 目今司馬懿父子專權, 曹芳懦弱, 魏國將危. 臣在漢中有年, 兵精糧足; 臣願領王師, 卽以覇爲鄕導官, 進取中原, 重興漢室, 以報陛下之恩, 以終丞相之志."(*此一段言語, 可當姜維一篇前出師表.) 尙書令費禕諫曰: "近者, 蔣琬·董允皆相繼而亡,(*二人之死, 在費禕口中補出, 省筆之法.) 內治無人. 伯約只宜待時, 不宜輕動." 維曰: "不然. 人生如白駒過隙, 似此遷延歲月, 何日恢復中原乎?"(* "微塵棲草"是言其輕, "白駒過隙"是言其快. 一則以殉節爲不必, 一則以殉節當及時也.) 禕又曰: "孫子云: '知彼知己, 百戰百勝'. 我等皆不如丞相遠甚, 丞相尙不能恢復中原, 何況我等?"(*將六出祁山事於此一提.) 維曰: "吾久居隴上, 深知羌人之心; 今若結羌人爲援, 雖未能克復中原, 自隴而西, 可斷而有也."(*旣得夏侯霸爲帮手, 又欲借羌人爲帮手.) 後主曰: "卿旣欲伐魏, 可盡忠竭力, 勿墮銳氣, 以負朕命." 於是姜維領勅辭朝, 同夏侯霸徑到漢中, 計議起兵. 維曰: "可先遣使去羌人處通盟, 然後出西平, 近雍州, 先築二城於麴山之下, 令兵守之, 以爲犄角之勢. 我等盡發糧草於川口, 依丞相舊制, 次第進兵."(*此是一伐中原.) 是年秋八月, 先差蜀將句安·李歆同引一萬五千兵, 往麴山前連築二城: 句安守東城, 李歆守西城.

*注: 有年(유년): 여러 해가 되다. **白駒過隙**(백구과극): 해(白駒)가 작은 틈새를 지나가다. (*出處: 〈莊子·知北游〉의 "人生天地之間, 若白駒之過隙, 忽然而已."이다. 작은 틈새로 비추던(보이던) 햇살(白駒: 太陽)이 금방 없어지듯이 時間의 흐름이 매우 빠름을 이르는 말. 〈白駒〉: 흰 말, 駿馬. 太陽. **孫子云**(손자운): "知彼知己, 百戰百勝"이란 말은 〈孫子兵法·謀攻〉편에 나오는 말이다. **麴山**(국산): 隴西郡과 南安郡의 경계 지역에 있다. 지금의 감숙성 岷縣과 禮縣 사이에 있는 산. **犄角之勢**(의각지세): 짐승의 두 뿔이 양쪽으로 나뉘어 있는 모양으로 서로 호응하는 형상을 말한다. 〈犄角〉: 소의 뿔. 짐승의 뿔.

〖12〗早有細作報與雍州刺史郭淮. 淮一面申報洛陽, 一面遣副將陳泰, 引兵五萬, 來與蜀兵交戰. 句安·李歆各引一軍出迎; 因兵少不能抵敵, 退入城中. 泰令兵四面圍住攻打, 又以兵斷其漢中糧道. 句安·李歆城中糧缺. 郭淮自引兵亦到, 看了地勢, 忻然而喜; 回到寨中, 乃與陳泰計議曰: "此城山勢高阜, 必然水少, 須出城取水; 若斷其上流, 蜀兵皆渴死矣."(*馬謖屯山上患在水道, 今二將屯城中亦患水道. 蓋蜀道山多而水少故也.) 遂令軍士掘土堰斷上流, 城中果然無水. 李歆引兵出城取水, 雍州兵圍困甚急. 歆死戰不能出, 只得退入城去. 句安城中亦無水, 乃會了李歆, 引兵出城, 倂在一處; 大戰良久, 又敗入城去.(*此時蜀兵甚渴, 其望姜維之救, 亦甚渴矣.) 軍士枯渴. 安與歆曰: “姜都督之兵, 至今未到, 不知何故.”(*街亭之危咎在馬謖, 二人之危咎在姜維.) 歆曰: “我當捨命殺出求救.” 遂引數十騎, 開了城門, 殺將出來. 雍州兵四面圍合. 歆奮死衝突, 方纔得脫; 只<u>落得</u>獨自一人, 身帶重傷, 餘皆沒於亂軍之中. 是夜北風大起, 陰雲布合, 天降大雪, 因此城內蜀兵分糧<u>化雪</u>而食.(*當日之雪, 雖承露盤之天漿不是過也.)

　　*注: 高阜(고부): 높은 언덕.　　落得(락득): 떨어지다. 〈得〉: 동사 뒤에 쓰여 동작이 이미 완성된 것을 나타낸다. ‘了’ ‘到’와 같은 뜻으로 쓰인다.

　　化雪(화설): 눈을 녹이다. 〈化〉: (눈. 얼음 등이) 녹다. 풀리다.

　　〚13〛 却說李歆撞出重圍, 從西山小路, 行了兩日, 正迎着姜維人馬. 歆下馬伏地告曰: “麴山二城, 皆被魏兵圍困, 絕了水道. 幸得天降大雪, 因此<u>化雪度日</u>, 甚是危急.” 維曰: “吾非救遲, 爲聚羌兵未到, 因此誤了.”(*羌人誤姜維, 而姜維又誤二將也.) 遂令人送李歆入川養病. 維問夏侯霸曰: “羌兵未到, 魏兵圍困麴山甚急, 將軍有何高見?” 霸曰: “若等羌兵到, 麴山二城皆陷矣. 吾料雍州兵, 必盡來麴山攻打, 雍州城定然空虛. 將軍可引兵徑往牛頭山, 抄在雍州之後: 郭淮·陳泰必回救雍州, 則麴山之圍自解矣.”(*此圍魏救趙之法.) 維大喜曰: “此計最善!” 於是姜維引兵望牛頭山而去.

　　却說陳泰見李歆殺出城去了, 乃謂郭淮曰: “李歆若告急於姜維, 姜維料吾大兵皆在麴山, 必抄牛頭山襲吾之後. 將軍可引一軍去取<u>洮水</u>, 斷絕蜀兵糧道; 吾分兵一半, 徑往牛頭山擊之. 彼若知糧道已絕, 必然自走矣.”(*夏侯霸所算, 早在陳泰算中.) 郭淮從之, 遂引一軍暗取<u>洮水</u>. 陳泰引一軍徑往牛頭山來.

〖14〗却說姜維兵至牛頭山, 忽聽得前軍發喊, 報說魏兵截住去路. 維慌忙自到軍前視之, 陳泰大喝曰: "汝欲襲吾雍州! 吾已等候多時了!" 維大怒, 挺槍縱馬, 直取陳泰. 泰揮刀而迎. 戰不三合, 泰敗走, 維揮兵掩殺. 雍州兵退回, 占住山頭. 維收兵就牛頭山下寨. 維每日令兵搦戰, 不分勝負. 夏侯霸謂姜維曰: "此處不是久停之所. 連日交戰, 不分勝負, 乃誘兵之計耳, 必有異謀. 不如暫退, 再作良圖."

正言間, 忽報郭淮引一軍取洮水, 斷了糧道. 維大驚, 急令夏侯霸先退, 維自斷後. 陳泰分兵五路赶來. 維獨拒五路總口, 戰住魏兵. 泰勒兵上山, 矢石如雨. 維急退到洮水之時, 郭淮引兵殺來. 維引兵往來衝突. 魏兵阻其去路, 密如鐵桶. 維奮死殺出, 折兵大半,(*第一次出兵勤見掣肘, 不及武侯多矣.) 飛奔上陽平關來. 前面又一軍殺到; 爲首一員大將, 縱馬橫刀而出. ──那人生得圓面大耳, 方口厚脣, 左目下生個黑瘤, 瘤上生數十根黑毛,(*不知管輅相之又作何語?) 乃司馬懿長子驃騎將軍司馬師也. 維大怒曰: "孺子焉敢阻吾歸路!" 拍馬挺槍, 直來刺師. 師揮刀相迎, 只三合, 殺敗了司馬師. 維脫身徑奔陽平關來. 城上人開門放入姜維. 司馬師也來搶關, 兩邊伏弩齊發, 一弩發十矢, 乃武侯臨終時所遺 "連弩" 之法也.(*忽將武侯臨終事一提, 與一百四回照應.) 正是:

難支此日三軍敗, 獨賴當年十矢傳.

未知司馬師性命如何, 且看下文分解.

*注: 孺子(유자): 어린아이(兒童. 孩童). 어린 놈.

(1). 甚矣, 天之惡魏也! 繼之以不知所從來之曹芳, 而又相之以醉生夢死之曹爽, 縱令司馬懿而眞病, 而眞死, 而其國亦必爲蜀·吳之所幷矣. 縱使曹爽聽桓範之言, 而遷駕許都, 檄召外兵, 其勢必不勝, 亦必終爲司馬氏之所幷矣. 而況同槽之三馬, 猝然閉城, 戀豆之駑馬, 靦然就縛哉! 孟德奸雄, 而再傳以後, 其苗裔之不振如此, 悲夫! (*靦然(전연): 면목없어하며 사람을 보는 모양).

(2). 此卷敍曹氏失政, 爲司馬簒魏之由. 而夏侯覇入蜀, 又爲姜維伐魏之始. 然夏侯覇之心, 非姜維之心也. 覇所欲伐者司馬, 而欲借漢以存曹也; 維所欲伐者曹氏, 而欲借覇以滅魏也. 姜維之心則武侯之心也. 武侯以先帝之心爲心, 而欲終先帝之事. 姜維又以武侯之心爲心, 而欲終武侯之事也. 覇與維事同而心則異, 維與武侯心同而才則異, 才異而一出卽敗. 君子亦以其心取之而已.

(3). 文之以前伏後者, 有實筆, 有虛筆. 姜維伐魏在六出祁山之後, 而一出祁山之前, 先寫一姜維, 此以實筆伏之者也. 鍾·鄧入蜀在九伐中原之後, 而一伐中原之前, 先在夏侯覇口中寫一鍾會, 寫一鄧艾, 此以虛筆伏之者也. 且前有武侯之囑陰平, 葬定軍, 又虛中之虛. 此處夏侯覇之言, 又虛中之實, 敍事作文, 如此結構, 可謂匠心.

第一百八回

丁奉雪中奮短兵
孫峻席間施密計

〖1〗却說姜維正走，遇着司馬師引兵攔截．原來姜維取雍州之時，郭淮飛報入朝，魏主與司馬懿商議停當，懿遣長子司馬師引兵五萬，前來雍州助戰；師聽知郭淮敵退蜀兵，師料蜀兵勢弱，就來半路擊之．直赶到陽平關，却被姜維用武侯所傳連弩法，於兩邊暗伏連弩百餘張，一弩發十矢，皆是藥箭，兩邊弩箭齊發，前軍連人帶馬射死不知其數．司馬師於亂軍之中，逃命而回.(*幾同上方谷之難.)

　　却說麴山城中蜀將句安，見援兵不至，乃開門降魏．姜維折兵數萬，領敗兵回漢中屯札．司馬師自還洛陽．

　　至嘉平三年秋八月，司馬懿染病，漸漸沈重,(*前是詐病，此是真病了.) 乃喚二子至榻前囑曰：“吾事魏歷年，官授太傅，人臣之位極

矣；人皆疑吾有異志，吾嘗懷恐懼．吾死之後，汝二人善理國政，
愼之！愼之！"(*與曹操銅雀臺語相似.) 言訖而亡．長子司馬師，次子司
馬昭，二人申奏魏主曹芳．芳厚加祭葬，優錫贈諡；封師爲大將軍，
總領尙書機密大事，昭爲驃騎上將軍．

*注: 嘉平三年(가평삼년): 서기 251년(신라 沾解尼師今 5년. 고구려 中川
王 然弗 4년). 囑曰(촉왈): 당부하여 말하다. 다른 판본(魚本)에는 다음과
같이 당부한 것으로 되어 있다. "吾死之後，汝二人善事主人，勿生他意，
負我淸名．但有違者，乃大不孝之人也！"(내가 죽은 후 너희 두 사람은
주인을 잘 섬기고 다른 뜻을 품어 나의 청명淸名을 더럽히는 일이 없도록
하라. 만약 나의 명을 어기는 자는 큰 불효자식일 것이다.) 優錫贈諡(우석
증시): 장례 물품을 충분하게 하사하고 시호를 내려주다. 〈錫〉: 下賜하다
(賜與). 베풀어주다(賜與恩寵或財物).

〖2〗 却說吳主孫權，先有太子孫登，乃徐夫人所生，於吳赤烏四
年身亡，遂立次子孫和爲太子，乃琅邪王夫人所生．和因與全公主
不睦，被公主所譖，權廢之．和憂恨而死，又立三子孫亮爲太子，
乃潘夫人所生．此時陸遜·諸葛瑾皆亡，一應大小事務，皆歸於諸
葛恪.(*補前文所未及.) 太元元年秋八月初一日，忽起大風，江海涌
濤，平地水深八尺．吳主先陵所種松柏盡皆拔起，直飛到建業城南
門外，倒揷望道上.(*孫權將亡，先書災異，與後諸葛恪將亡，亦先書災異，
正是相對.) 權因此受驚成病．至次年四月內，病勢沈重，乃召太傅
諸葛恪·大司馬呂岱至榻前，囑以後事，囑訖而薨．在位二十四年，
壽七十一歲，乃蜀漢延熙十五年也．後人有詩曰：

紫髥碧眼號英雄，能使臣僚肯盡忠．

二十四年興大業，龍盤虎踞在江東．

孫權旣亡，諸葛恪立孫亮爲帝，大赦天下，改元建興元年；諡權

曰大皇帝, 葬於蔣陵.

*注: 赤烏四年(적오사년): 서기 241년.　全公主(전공주): 孫權의 맏딸 魯
班. 步夫人 所生. 처음에 주유의 아들 周循에게 시집갔다가 그가 일찍 죽
어 후에 다시 장수 全琮의 아내가 되었다.　孫亮爲太子(손량위태자): 서기
250년의 일이다.　太元元年(태원원년): 서기 251년.　江海涌濤(강해용
도): 강과 바다의 물이 크게 솟아나 파도쳐서 덮쳤다. 〈三國志 · 吳書(吳主
傳)〉에는 "秋八月朔, 大風, 江海涌溢, 平地深八尺, 吳高陵松柏斯拔,
郡城南門飛落."이라고 기록되어 있다. 이해에 큰 海溢이 있었던 것이다.
建業(건업): 동오의 都城. 원래는 抹陵縣이었는데 손권이 이곳으로 도성
을 옮기면서 이름을 建業으로 바꾸었다.(建安 17년. 서기 212년.) 그리고 현
의 治所를 지금의 강소성 江寧縣 南秣陵關에서 지금의 강소성 南京市로
옮겼다.　倒揷(도삽): (길 위로) 거꾸로 꽂히다. (어떤 판본에는 "倒卓"으로
되어 있는 것도 있는데, 뜻은 같다.)　建興元年(건흥원년): 서기 252년(=蜀
漢延熙十五年).　蔣陵(장릉): 지금의 강소성 南京市 鐘山 南麓.

〖3〗早有細作探知其事, 報入洛陽. 司馬師聞孫權已死, 遂議起
兵伐吳. 尙書傅嘏曰: "吳有長江之險, 先帝屢次征伐, 皆不遂意;
不如各守邊疆, 乃爲上策." 師曰: "天道三十年一變,(*不但欲滅吳,
亦有呑魏之意. 吳將變, 魏亦將變也.) 豈皇帝爲鼎峙乎? 吾欲伐吳." 昭
曰: "今孫權新亡, 孫亮幼懦, 其隙正可乘也." 遂令征南大將軍王
昶引兵十萬攻南郡, 征東將軍胡遵引兵十萬攻東興, 鎭南都督毌
丘儉引兵十萬攻武昌: 三路進發.(*前曹丕用三路取吳, 今司馬師亦用三
路取吳, 正復相似.) 又遣弟司馬昭爲大都督, 總領三路軍馬.

是年冬十二月,(*爲雪天伏線.) 司馬昭兵至東吳邊界, 屯住人馬,
喚王昶 · 胡遵 · 毌丘儉到帳中計議曰: "東吳最緊要處, 惟東興郡
也. 今他築起大堤, 左右又築兩城, 以防巢湖後面攻擊, 諸公須要

仔細."遂令王昶·毌丘儉各引一萬兵,列在左右:"且勿進發;待取了東興郡,那時一齊進兵."昶·儉二人受令而去.昭又令胡遵爲先鋒,總領三路兵前去:"先搭浮橋,取東興大堤;若奪得左右二城,便是大功."遵領兵來搭浮橋.

*注: 嘏(하): 크다. 복. 東興(동흥): 東興堤. "東關"으로도 불리는 "濡須塢(유수오)". 지금의 안휘성 含山縣 西南. 巢湖(소호): 호수 이름. 일명 焦湖. 漢時에는 揚州九江郡과 廬江郡 接境地에 위치. 지금의 안휘성 중부 巢縣, 肥西, 廬江 等縣間. 面積은 約 820평방킬로.

〖4〗 却說吳太傅諸葛恪,聽知魏兵三路而來,聚衆商議. 平北將軍丁奉曰:"東興乃東吳緊要處所, 若有失, 則南郡·武昌危矣."(*寫丁奉能謀, 是老將之智.) 恪曰:"此論正合吾意. 公可就引三千水兵從江中去,吾隨後令呂據·唐咨·留贊各引一萬馬步兵,分三路來接應. 但聽連珠砲響, 一齊進兵. ——吾自引大兵後至." 丁奉得令, 卽引三千水兵, 分作三十隻船, 望東興而來.

〖5〗 却說胡遵渡過浮橋, 屯軍於堤上, 差桓嘉·韓綜攻打二城. 左城中乃吳將全懌守把, 右城中乃吳將劉略守把. 此二城高峻堅固, 急切攻打不下. 全·劉二人見魏兵勢大, 不敢出戰, 死守城池. 胡遵在徐塘下寨. 時値嚴寒, 天降大雪, 胡遵與衆將設席高會.(*前卷蜀兵取雪當水, 此卷魏兵對雪飮酒. 同一雪也, 而憂樂大異.) 忽報水上有三十隻戰船來到. 遵出寨視之, 見船將次傍岸, 每船上約有百人. 遂還帳中, 謂諸將曰:"不過三千人耳, 何足懼哉!"只令部將哨探, 仍前飮酒.(*何貪杯至此?) 丁奉將船一字兒抛在水上, 乃謂部將曰:"大丈夫立功名, 正在今日!"遂令衆軍脫去衣甲, 卸了頭盔, 不用長槍大戟, 止帶短刀.(*"狹巷短兵相接處, 殺人如草不聞聲", 此用之狹巷耳, 今用之平川則奇矣.) 魏兵見之, 大笑, 更不准備.

忽然連珠砲響了三聲, 丁奉扯刀, 當先一躍上岸. 衆軍皆拔短刀, 隨奉上岸, 砍入魏寨.(*以水兵劫旱寨, 奇絶.) 魏兵措手不及. 韓綜急拔帳前大戟迎之, 早被丁奉搶入懷內, 手起刀落, 砍翻在地. 桓嘉從左邊轉出, 忙綽槍刺丁奉, 被奉挾住槍桿. 嘉棄槍而走. 奉一刀飛去, 正中左肩, 嘉望後便倒.(*以我之短, 勝彼之長.) 奉赶上, 就以槍刺之. 三千吳兵在魏寨中左衝右突. 胡遵急上馬奪路而走. 魏兵齊奔上浮橋, 浮橋已斷, 大半落水而死. 殺倒在雪地者, 不知其數. 車仗馬匹軍器, 皆被吳兵所獲. 司馬昭·王昶·毌丘儉聽知東興兵敗, 亦勒兵而退.

　　*注: 徐塘(서당): 東興 부근에 있다. 毛本에서는 본래 "徐州"로 되어 있으나, 明嘉靖本과 〈三國志. 吳書. 丁奉傳〉에 따라 "徐塘"으로 고쳤다.
　　高會(고회): 성대한 연회.　　將次傍岸(장차방안): 언덕 옆에 정박하려고 하다. 〈次〉: 머물다. 숙박(정박)하다.　　搶入懷內(창입회내): 빼앗아 품안에 넣다.

〖6〗却說諸葛恪引兵至東興, 收兵賞勞了畢, 乃聚諸將曰: "司馬昭兵敗北歸, 正好乘勢進取中原." 遂一面遣人賫書入蜀, 求姜維進兵攻其北, 許以平分天下; 一面起大兵二十萬, 來伐中原. 臨行時, 忽見一道白氣, 從地而起, 遮斷三軍, 對面不見.(*陵樹拔而孫權將死, 白氣見而諸葛將亡, 一般災異.) 蔣延曰: "此氣乃白虹也, 主喪兵之兆.(*不止是喪兵, 又應在喪身.) 太傅只可回朝, 不可伐魏." 恪大怒曰: "汝安敢出不利之言, 以慢吾軍心!" 叱武士斬之. 衆皆告免, 恪乃貶蔣延爲庶人, 仍催兵前進. 丁奉曰: "魏以新城爲總隘口, 若先取得此城, 司馬師破膽矣!" 恪大喜, 卽趲兵直至新城. 守城牙門將軍張特, 見吳兵大至, 閉門堅守. 恪令兵四面圍定. 早有流星馬報入洛陽. 主簿虞松告司馬師曰: "今諸葛恪圍新城, 且未可與戰. 吳兵遠來, 人多糧少, 糧盡自走矣.(＊與司馬懿之料蜀兵彷彿相似.) 待其將走, 然後擊之, 必得全勝. ——但恐蜀兵犯境, 不可不防." 師然其言, 遂令司馬昭引一軍助郭淮防姜維; 毌丘儉・胡遵拒住吳兵.

＊注: 新城(신성): 즉 合肥 新城. 지금의 안휘성 合肥 西北.

〖7〗 却說諸葛恪連月攻打新城不下, 下令衆將: "併力攻城, 怠慢者立斬." 於是諸將奮力攻打, 城東北角將陷. 張特在城中定下一計: 乃令一舌辯之士, 齎捧冊籍, 赴吳寨見諸葛恪, 告曰: "魏國之法: 若敵人困城, 守城將堅守一百日, 而無救兵至, 然後出城降敵者, 家族不坐罪. 今將軍圍城已九十餘日; 望乞再容數日, 某主將盡率軍民出城投降. —— 今先具冊籍呈上."(＊曹洪之守潼關, 曹操限之以十日; 吳兵之攻皖城, 呂蒙限之以半月. 未聞有百日之約也.) 恪深信之, 收了軍馬, 遂不攻城.(＊騙信了.) 原來張特用緩兵之計, 哄退吳兵, 遂拆城中房屋, 於破城處修補完備, 乃登城大罵曰: "吾城中尙有半年之糧, 豈肯降吳狗耶! 盡戰無妨!"(＊諸葛恪着了道兒, 可爲受騙者之戒.) 恪大怒, 催兵打城. 城上亂箭射下. 恪額上正中一箭, 翻身落馬. 諸將救起還寨, 金瘡舉發. 衆軍皆無戰心; 又因天氣亢炎,(＊回想雪天劫寨時, 寒暑一更矣.) 軍士多病. 恪金瘡稍可, 欲催兵攻城. 營吏告曰: "人人皆病, 安能戰乎?" 恪大怒曰: "再說病者斬之!" 衆軍聞知, 逃者無數. 忽報都督蔡林引本部軍投魏去了. 恪大驚, 自乘馬遍視各營, 果見軍士面色黃腫, 各帶病容. 遂勒兵還吳.

早有細作報知毌丘儉. 儉盡起大兵, 隨後掩殺. 吳兵大敗而歸.(＊一勝不止, 至於敗而後止, 是畫蛇添足矣.) 恪甚羞慚, 托病不朝. 吳主孫

亮自幸其宅問安，文武官僚皆來拜見．恪恐人議論，先搜求衆官將
過失，輕則發遣邊方，重則斬首示衆．(*恪有死之道.) 於是內外官僚，
無不悚懼．又令心腹將張約·朱恩管御林軍，以爲牙爪.(*恪有死之
道.)

> ***注: 哄退**(홍퇴): 속여서 물리치다. 〈哄〉: 속이다. 기만하다; 어르다. 달래
> 다. **亢炎**(항염): 너무 덥다. 〈亢〉: 거만하다. 도도하다; 지나치다. 심하다.
> **黃腫**(황종): 黃胖. 얼굴이 누렇게 뜨고 부어오름. **發遣**(발견): 파견하다;
> 쫓아버리다. **牙爪**(아조): 爪牙. (짐승의) 발톱과 이빨. 용맹한 신하; 앞잡
> 이. 수하. 부하.

〖8〗却說孫峻字子遠，乃孫堅弟孫靜曾孫，孫恭之子也．孫權存
日，甚愛之，命掌御林軍馬．今聞諸葛恪令張約·朱恩二人掌御林
軍，奪其權，心中大怒．太常卿滕胤，素與諸葛恪有隙，乃乘間說
峻曰：“諸葛恪專權恣虐，殺害公卿，將有不臣之心．公系宗室，
何不早圖之？”峻曰：“我有是心久矣；今當卽奏天子，請旨誅
之．”

於是孫峻·滕胤入見吳主孫亮，密奏其事．亮曰：“朕見此人，亦
甚恐怖;(*恪有死之道.) 常欲除之，未得其便．今卿等果有忠義，可
密圖之．”胤曰：“陛下可設席召恪，暗伏武士於壁衣中，擲杯爲
號，就席間殺之，以絕後患．”亮從之．

却說諸葛恪自兵敗回朝，托病居家，心神恍惚．一日，偶出中堂，
忽見一人穿麻挂孝而入.(*又是一道白氣.) 恪叱問之．其人大驚無措．
恪令拿下拷問，其人告曰：“某因新喪父親，入城請僧追薦；初見
是寺院而入，却不想是太傅之府．—— 却怎生來到此處也？”恪怒，
召守門軍士問之．軍士告曰：“某等數十人，皆荷戈把門，未嘗暫
離，並不見一人入來．”恪大怒，盡數斬之．是夜，恪睡臥不安，忽

聽得正堂中聲響如霹靂. 恪自出視之, 見中梁折爲兩段.(*棟折榱崩, 凶莫大焉.) 恪驚歸寢室, 忽然一陣陰風起處, 見所殺披麻人與守門軍士數十人, 各提頭索命. 恪驚倒在地, 良久方蘇. 次早洗面, 聞水甚血臭. 恪叱侍婢, 連換數十盆, 皆臭無異.(*輕於殺人, 故有血腥之怪.)

　　*注: 不臣之心(불신지심): 신하로 머물지 않으려는 마음. 즉, 황위를 찬탈하려는 마음. 系(계): 이다(是). 叱問(질문): 큰 소리로 묻다. 〈叱〉: 큰 소리로 꾸짖다; 소리치다. 외치다. 無措(무조): 失措. 어찌할 줄 모르다. 追薦(추천): 道士를 청하여 死者를 위해 經을 외우고 공덕을 베풀고 명복을 비는 것(=追福). 怎生(즘생): 어떻게 하여. 聞(문): 듣다. 냄새를 맡다.

〖9〗 恪正驚疑間, 忽報天子有使至, 宣太傅赴宴. 恪令安排車仗. 方欲出府, 有黃犬銜住衣服, 嚶嚶作聲, 如哭之狀. 恪怒曰: "犬戲我也!" 叱左右逐去之, 遂乘車出府. 行不數步, 見車前二道白虹, 自地而起, 如白練沖天而去. 恪甚驚怪. 心腹將張約進車前密告曰: "今日宮中設宴, 未知好歹, 主公不可輕入."(*董卓入朝之時, 有李肅賺之; 諸葛恪入朝之時, 有張約阻之, 前後相類而相反.) 恪聽罷, 便令回車. 行不到十餘步, 孫峻·滕胤乘馬至車前曰: "太傅何故便回?" 恪曰: "吾忽然腹痛, 不可見天子." 胤曰: "朝廷爲太傅軍回, 不曾面敍, 故特設宴相召, 兼議大事. 太傅雖恙, 還當勉强一行." 恪從其言, 遂同孫峻·滕胤入宮, ── 張約亦隨入.

　　*注: 嚶嚶(앵앵): 짹짹. 재잘재잘. 본래는 새가 우는 소리를 나타내는 象聲詞지만, 여기서는 개가 사람이 곡하는 소리 "엉! 엉!"에 가까운 소리로 짖는 것을 나타낸 것 같다. 즉 "멍! 멍!" 一道(일도): 한 줄기. 〈道〉: 줄. 줄기. 선. 가늘고 긴 흔적. 강. 하천 등처럼 가늘고 긴 것을 세는 데 쓴다.

好歹(호대): 생명의 위험이나 사고; 좋은 것과 나쁜 것.　恙(양): 병. 탈; 걱정. 근심.　還(환): 그렇더라도 여전히. (副詞로서 어떤 事物이 이렇게 될 줄 몰랐지만 그래도 여전히 여차하게 해야 한다는 뜻을 나타낸다.)

〖10〗恪見吳主孫亮, 施禮畢, 就席而坐. 亮命進酒, 恪心疑, 辭曰: "病軀不勝杯酌." 孫峻曰: "太傅府中常服藥酒, 可取飲乎?" 恪曰: "可也." 遂令從人回府取自製藥酒到, 恪方纔放心飲之. (*不飲君之酒, 而自飲家中之酒, 以爲懷疑, 則懷疑極矣, 以爲不敬, 則不敬甚矣.) 酒至數巡, 吳主孫亮托事先起. 孫峻下殿, 脫了長服, 着短衣, 內披環甲, 手提利刃, 上殿大呼曰: "天子有詔誅逆賊!" 諸葛恪大驚, 擲杯於地, 欲拔劍迎之, 頭已落地. (*從前種種災異, 於此結局.) 張約見峻斬恪, 揮刀來迎. 峻急閃過, 刀尖傷其左指. 峻轉身一刀, 砍中張約右臂. 武士一齊擁出, 砍倒張約, 剁爲肉泥. 孫峻一面令武士收恪家眷, 一面令人將張約并諸葛恪屍首, 用蘆席包裹, 以小車載出, 棄於城南門外石子崗亂塚坑內. (*可惜聰明人如此結果. 世之自恃聰明妄自托大者, 可不戒哉!)
　　*注: 剁(타): 잘게 썰다.　肉泥(육니): 짓이겨져서 뭉그러진 고깃덩이.
　石子崗(석자강): 建業城 밖의 돌무더기 언덕의 공동묘지. 〈三國志. 吳書. 第十九卷〉에는 〈石子岡〉으로 되어 있음. 지금의 강소성 南京에 있다.
　亂塚(난총): 주인 없는 무덤.

〖11〗却說諸葛恪之妻正在房中, 心神恍惚, 動止不寧. 忽一婢女入房. 恪妻問曰: "汝遍身如何血臭?" 其婢忽然反目切齒, 飛身跳躍, 頭撞屋梁, 口中大叫曰: "吾乃諸葛恪也! 被奸賊孫峻謀殺!" (*前已寫過無數災異, 不想又有此一段在後.) 恪合家老幼, 驚惶號哭. 不一時, 軍馬至, 圍住府第, 將恪全家老幼, 俱縛至市曹斬首.(*前之災異, 爲恪殺之兆; 後之災異, 又爲全家皆殺之兆.) 時吳建興二年冬十月也.

昔諸葛瑾存日, 見恪聰明盡顯於外, 歎曰: "此子非保家之主也!"(*知子莫若父. 此輔前文所未及.)又魏光祿大夫張緝, 曾對司馬師曰: "諸葛恪不久死矣." 師問其故, 緝曰: "威震其主, 何能久乎?"(*此亦補前文所未及.) 至此果中其言.

却說孫峻殺了諸葛恪, 吳主孫亮封峻爲丞相·大將軍·富春侯, 總督中外諸軍事. 自此權柄盡歸孫峻矣.

且說姜維在成都, 接得諸葛恪書, 欲求相助伐魏, 遂入朝, 奏准後主, 復起大兵, 北伐中原. 正是:

一度興師未奏績, 兩番討賊欲成功.
未知勝負如何, 且看下文分解.

第一百八回 毛宗崗 序始評

(1). 今人將曹操·司馬懿並稱, 及觀司馬懿臨終之語, 而懿之與操則有別矣. 操之事皆懿之子爲之, 而懿則終其身未敢爲操之事也. 操之忌先主, 是欲除宗室之賢者; 懿之謀曹爽, 是特殺宗室之不賢者. 至於弑主後, 害皇嗣, 僭皇號, 受九錫, 但見之於操, 而未見之於懿. 故君子於懿有恕辭焉.

(2). 乘雪以誘敵者, 有之矣. 武侯之破鐵車兵是也. 而冒雪以犯敵, 則未之有也. 以黑夜劫營者, 有之矣. 甘寧百騎之劫是也. 而白日劫營, 則未之有也. 用短兵步卒於險峻無人之處者, 有之矣, 鄧艾之襲陰平嶺是也. 用之於平川大寨, 則未之有也. 以舟師破舟師者, 有之矣, 黃蓋之燒北船是也. 而以舟師入旱寨, 則未之有也. 以前後所未有者, 而獨於丁奉之戰徐塘見之, 眞異樣驚人.

(3). 司馬懿之殺曹爽, 是以異姓而滅宗室; 孫峻之殺諸葛恪, 是以宗室而滅異姓. 恪與爽之才不才不同, 而其氣驕而計疏則一也. 外不能測張特之詐, 內不能燭孫峻之奸, 而又强愎自矜, 果於殺戮. 聰明雖過於其父, 而卒以恃才取禍. 哀哉!

第一百九回

困司馬漢將奇謀
廢曹芳魏家果報

〖１〗蜀漢<u>延熙</u>十六年秋, 將軍姜維起兵二十萬, 令廖化·張翼爲左右先鋒, 夏侯霸爲參謀, 張嶷爲運糧使, 大兵出<u>陽平關</u>伐魏.(*此是二伐中原.) 維與夏侯霸商議曰："向取雍州, 不克而還; 今若再出, 必又有備. 公有何高見?" 霸曰："隴上諸郡, 只有<u>南安</u>錢糧最廣; 若先取之, 足可爲本.(*武侯第一次出兵, 曾取南安·安定·天水三郡. 此計與前有合.) 向者不克而還, 蓋因羌兵不至. 今可先遣人會羌人於隴右, 然後進兵出<u>石營</u>, 從<u>董亭</u>直取南安." 維大喜曰："公言甚妙!" 遂遣郤正爲使, 賚金珠·蜀錦入羌, 結好羌王. 羌王迷當, 得了禮物, 便起兵五萬, 令羌將俄何燒戈爲大先鋒, 引兵南安來.(*前番不肯自來, 今番買他便來, 甚矣阿堵之有用也!)

*注: 延熙十六年(연희십육년): 서기 253년. 陽平關(양평관): 섬서성 勉

縣 서쪽 白馬河가 漢水로 들어가는 곳. 사천과 섬서 간의 교통의 요충지. **南安**(남안): 郡名. 治所는 獵道(원도: 지금의 감숙성 농서현 東南). **石營** (석영): 감숙성 禮縣 西和 西北, 董亭의 西南. **董亭**(동정): 감숙성 禮縣 西北, 武山 서남. 石營의 東北. **阿堵**(아도): 이것(=這个). 그러나 여기서 는 阿堵物(아도물)의 뜻이다. 〈阿堵物〉: 돈(錢)의 다른 이름. 晉나라 王衍 이 돈이라 말하기를 꺼려하여 '阿堵物'이라고 하여 당시 속어로 돈의 뜻으 로 사용되었다.

〖2〗魏左將軍郭淮聞報, 飛奏洛陽. 司馬師問諸將曰: "誰敢去 敵蜀兵?" 輔國將軍徐質曰: "某願往." 師素知徐質英勇過人, 心 中大喜, 卽令徐質爲先鋒, 令司馬昭爲大都督, 領兵望<u>隴西</u>進發. 軍至董亭, 正遇姜維, 兩軍列成陣勢. 徐質使<u>開山大斧</u>, 出馬挑 戰. 蜀陣中廖化出迎. 戰不數合, 化拖刀敗回. 張翼縱馬挺槍而 迎, 戰不數合, 又敗入陣. 徐質驅兵掩殺, 蜀兵大敗,(*先寫徐質之 勇, 以見姜維之智.) 退三十餘里. 司馬昭亦收兵回, 各自下寨.

姜維與夏侯霸商議曰: "徐質勇甚, 當以何策擒之?" 霸曰: "來 日詐敗, 以埋伏之計勝之." 維曰: "司馬昭乃仲達之子, 豈不知兵 法? 若見地勢<u>掩映</u>, 必不肯追.(*司馬昭收兵不赶之故, 從姜維口中敍出.) 吾見魏兵累次斷吾糧道, 今却用此計誘之, 可斬徐質矣." 遂喚廖 化分付如此如此; 又喚張翼分付如此如此. 二人領兵去了. 一面令 軍士於路<u>撒下鐵蒺藜</u>, 寨外多排鹿角, 示以久計.

*注: 隴西(농서): 지금의 감숙성 隴西縣 西南. 開山大斧(개산대부): 산 림을 개척할 때 사용하는 초승달 모양의 큰 도끼. 掩映(엄영): 덮여서 가려지고 내부가 비치다. 수상하다. 撒下(살하): 뿌리다. 흩뿌리다. 鐵蒺 藜(철질려): 쇠로 만든 마름쇠 모양의 병기. 길 위에 뿌려놓아 적군의 돌 진을 막는 데 썼다.

〖3〗徐質連日引兵搦戰, 蜀兵不出. 哨馬報司馬昭說: "蜀兵在鐵籠山后, 用木牛流馬搬運糧草,(*照應一百二卷中事.) 以爲久計, 只待羌兵策應." 昭喚徐質曰: "昔日所以勝蜀者,　因斷彼糧道也. 今蜀兵在鐵籠山后運糧, 汝今夜引兵五千, 斷其糧道, 蜀兵自退矣."(*不出姜維所料.) 徐質領令, 初更時分, 引兵望鐵籠山來, 果見蜀兵二百餘人, 驅百餘頭木牛流馬, 裝載糧草而行. 魏兵一聲喊起, 徐質當先攔住. 蜀兵盡棄糧草而走. 質分兵一半, 押送糧草回寨; 自引兵一半追來. 追不到十里, 前面車仗橫截去路. 質令軍士下馬拆開車仗, 只見兩邊忽然火起. 質急勒馬回走, 後面山僻窄狹處, 亦有車仗截路, 火光迸起.(*善學丞相火攻. 是好徒弟.) 質等冒煙突火, 縱馬而出. 一聲砲響, 兩路軍殺來; 左有廖化, 右有張翼, 大殺一陣. 魏兵大敗. 徐質奮死隻身而走, 人困馬乏.

正奔走間, 前面一枝兵殺到, 乃姜維也. 質大驚無措, 被維一槍刺倒坐下馬, 徐質跌下馬來, 被衆軍亂刀砍死. 質所分一半押糧兵, 亦被夏侯覇所擒, 盡降其衆.

*注: **鐵籠山**(철롱산): 지금의 감숙성 禮縣 南. **策應**(책응): 호응하여 싸우다. 협동작전하다. **奮死**(분사): 죽음을 돌보지 않고 용감하게 싸우다(분투하다). 奮不顧身. **隻身**(척신): 單身.

〖4〗覇將魏兵衣甲馬匹, 令蜀兵穿了, 就令騎坐, 打着魏軍旗號, 從小路徑奔回魏寨來. 魏軍見本部兵回, 開門放入, 蜀兵就寨中殺起.(*此處用兵直與武侯相彷彿.) 司馬昭大驚, 慌忙上馬走時, 前面廖化殺來. 昭不能前進, 急退時, 姜維引兵從小路殺到. 昭四下無路, 只得勒兵上鐵籠山據守. 原來此山只有一條路, 四下皆險峻難上; 其上惟有一泉, 止够百人之飲, —— 此時昭手下有六千人, 被姜維絕其路口,(*絕其水道, 可以奉答前番二城之失.) 山上泉水不敷,

人馬枯渴. 昭仰天長嘆曰: "吾死於此地矣!" (*上方谷苦於有火, 鐵籠山苦於無水, 前後相對.) 後人有詩曰:

　　妙算姜維不等閒, 魏師受困鐵籠間.

　　龐涓始入馬陵道, 項羽初圍九里山.

主簿王韜曰: "昔日<u>耿恭</u>受困, <u>拜井</u>而得甘泉: 將軍何不效之?" 昭從其言, 遂上山頂泉邊, 再拜而祝曰: "昭奉詔來退蜀兵, 若昭合死, 令甘泉枯竭, 昭自當刎頸, 教部軍盡降; 如壽祿未終, 願蒼天早賜甘泉, 以活衆命!" 祝畢, 泉水涌出, 取之不竭, 因此人馬不死. (*此天助晉, 非助魏也. 看司馬昭所祝, 但爲自己壽命祝耳, 更無一語及魏事.)

＊注: 騎坐(기좌): 말을 타고 앉다.　後人有詩(후인유시): 明代의 周靜軒의 詩이다.　龐涓(방연): 전국시대 때 魏將 龐涓이 韓을 치자 齊將 田忌는 軍師 孫臏에게 군사를 이끌고 가서 魏를 침으로써 韓을 구하라고 했다. 손빈은 진군을 하면서 일부러 매일 宿營地의 아궁이 숫자를 줄여감으로써 魏軍으로 하여금 齊의 군사들이 매일 도망을 가서 그 數가 반으로 줄어든 것처럼 보이도록 함으로써 齊軍을 가볍게 생각하게 하여 그들이 계속 추격해 오도록 유인했다. 그리고 齊軍은 馬陵道에 伏兵을 숨겨놓아 敵을 기다렸다가 치게 했는데, 龐涓은 결국 그곳에서 죽었다.　九里山(구리산): 지금의 강소성 徐州市 北. 楚漢 전쟁 때 韓信이 九里山 앞에서 陣을 치고 열 곳에 매복해 있다가 項羽를 쳐서 이겼다.　耿恭拜井(경공배정): 耿恭은 東漢 扶風 茂陵(지금의 섬서성 興平市 東北) 사람으로, 明帝 때 西域戊己校尉에 임명되어 疏勒城에 주둔하고 있을 때 北匈奴의 포위공격으로 水源이 끊어지자 耿恭은 城 안에 十五丈이나 깊이 샘을 파게 했으나 물이 나오지 않았다. 이에 耿恭이 옷을 단정히 차려입고 샘을 향하여 再拜하고 축원을 하자 샘물이 솟아났다고 한다. "지극한 정성은 하늘까지 감동시킨다"는 이야기의 전형으로 흔히 인용된다.

〖5〗却說姜維在山下困住魏兵, 謂衆將曰:"昔日丞相在上方谷, 不曾捉住司馬懿, 吾深爲恨.(*照應一百三卷中事.) 今司馬昭必被吾擒矣."

却說郭淮聽知司馬昭困於鐵籠山上, 欲提兵來. 陳泰曰:"姜維會合羌兵, 欲先取南安. 今羌兵已到,(*羌兵之來, 在陳泰口中虛寫, 省筆之法.) 將軍若撤兵去救, 羌兵必乘虛襲我後也. 可先令人詐降羌人, 於中取事; 若退了此兵, 方可救鐵籠之圍." 郭淮從之, 遂令陳泰引五千兵, 徑到羌王寨內, 解甲而入,(*不戰而降便是假, 帶着五千兵來一發是假, 只好騙羌人, 却騙蜀將不得.) 泣拜曰:"郭淮妄自尊大, 常有殺泰之心, 故來投降. 郭淮軍中虛實, 某俱知之. 只今夜願引一軍前去劫寨, 便可成功. 如兵到魏寨, 自有內應." 迷當大喜, 遂令俄何燒戈同陳泰來劫魏寨. 俄何燒戈教泰降兵在後, 令泰引羌兵爲前部.

是夜二更, 竟到魏寨. 寨門大開, 陳泰一騎馬先入. 俄何燒戈驟馬挺槍入寨之時, 只<u>叫得一聲苦</u>, 連人帶馬, 跌在陷坑裏. 陳泰從後面殺來, 郭淮從左邊殺來, 羌兵大亂, 自相踐踏, 死者無數, 生者盡降. 俄何燒戈自刎而死. 郭淮·陳泰引兵直殺到羌人寨中, 迷當大王急出帳上馬時, 被魏兵生擒活捉, 來見郭淮. 淮慌下馬, 親去其縛, 用好言撫慰曰:"朝廷素以公爲忠義, 今何故助蜀人也?"迷當慚愧伏罪. 淮乃說迷當曰:"公今爲前部, 去解鐵籠山之圍, 退了蜀兵, 吾奏准天子, 自有厚賜."(*郭淮用計亦與司馬懿彷佛.)

迷當從之, 遂引羌兵在前, 魏兵在後, 徑奔鐵籠山.(*維欲用羌人, 羌人反爲淮所用. 惜哉!)

*注: 叫得一聲苦(규득일성고): 아이고! 하고 외마디소리를 지르다.

〖6〗時值三更，先令人報知姜維．維大喜，教請入相見．魏兵多半雜在羌人部內；行到蜀寨前．維令大兵皆寨外屯札，迷當引百餘人到中軍帳前．姜維・夏侯霸二人出迎．魏將不等迷當開言，就從背後殺將起來．維大驚，急上馬而走．羌・魏之兵，一齊殺入．蜀兵四紛五落，各自逃生．維手無器械，腰間懸有一付弓箭，走得慌忙，箭皆落了，只有空壺．維望山中而走，背後郭淮引兵赶來；見維手無寸鐵，乃驟馬挺槍追之．看看至近，維虛拽弓弦，連響十餘次．淮連躲數番，不見箭到，知維無箭，乃挂住鋼槍，拈弓搭箭射之．維急閃過，順手接了，就扣在弓弦上；待淮追近，望面門上盡力射去，淮應弦落馬．維勒回馬來殺郭淮．魏軍驟至．維下手不及，只掣得淮槍而去．魏兵不敢追赶，急救淮歸寨，拔出箭頭，血流不止而死．司馬昭下山引兵追赶，半途而回．夏侯霸隨後逃至，與姜維一齊奔走．維折了許多人馬，一路收箭不住，自回漢中．雖然兵敗，却射死郭淮，殺死徐質，挫動魏國之威，將功補罪．

　　*注：一付(일부)：한 벌(옷 등)．한 첩(약 등)．한 질(武裝)．〈付〉：量詞．

〖7〗却說司馬昭犒勞羌兵，發遣回國去訖，班師還洛陽，與兄司馬師專制朝權，群臣莫敢不服．魏主曹芳每見師入朝，戰慄不已．(＊令人追想獻帝見曹操時．) 一日，芳設朝，見師帶劍上殿，慌忙下榻迎之．師笑曰：“豈有君迎臣之禮也，請陛下穩便．”須臾，群臣奏事，司馬師俱自剖斷，並不啓奏魏主．少時，師退，昂然下殿，乘車入內，前遮後擁，不下數千人馬．(＊寫得司馬師聲勢，依然曹操當年．) 芳退入後殿，顧左右止有三人，乃太常夏侯玄・中書令李豐 (＊李豐有二，李嚴之子亦名李豐，乃蜀之李豐也．今此李豐，則魏之李豐．)・光祿大夫張緝．——緝乃張皇后之父，曹芳之皇丈也．(＊令人追念伏完．)

芳叱退近侍，同三人至密室商議．芳執張緝之手而哭曰："司馬師視朕如小兒，覷百官如草芥，社稷早晚必歸此人矣！"言訖大哭．(＊令人追念獻帝告董承之語.) 李豐奏曰："陛下勿憂．臣雖不才，願以陛下之明詔，聚四方之英傑，以劋此賊．"夏侯玄奏曰："臣叔夏侯霸降蜀，因懼司馬兄弟謀害故耳.(＊照應一百七卷中事.) 今若劋除此賊，臣叔必回也．臣乃國家舊戚，安敢坐視奸賊亂國，願同奉詔討之．"芳曰："但恐不能耳．"三人哭奏曰："臣等誓當同心滅賊，以報陛下！"(＊令人追念馬騰等誓詞.) 芳脫下龍鳳<u>汗衫</u>，咬破指尖，寫了血詔，授與張緝,(＊令人追念獻帝賜衣帶詔時.) 乃囑曰："朕祖武皇帝誅董承，蓋爲機事不密也.(＊如此報應，妙在教他子孫自說出來.) 卿等須謹細，勿泄於外．"豐曰："陛下何出此不利之言？ 臣等非董承之輩，司馬師安比武祖也？"(＊曹芳以武祖比師，便爲司馬氏篡位之兆.) 陛下勿疑．"

    ＊注: 剖斷(부단): 분석 판단하다. 시비를 가리다.　**汗衫**(한삼): 汗衣. 피부에 닿는 내의.

〖8〗 三人辭出，至東華門左側，正見司馬師帶劍而來，從者數百人，皆持兵器．三人立於道旁.(＊令人追念董承遇曹操時.) 師問曰："汝三人退朝何遲？"李豐曰："聖上在內廷觀書，我三人侍讀故耳．"師曰："所看何書？"豐曰："乃夏·商·周三代之書也．"師曰："上見此書，問何故事？"豐曰："天子所問伊尹扶商·周公攝政之事，我等皆奏曰：'今司馬大將軍，卽伊尹·周公也．'"(＊不欲學伊尹·周公，却欲學舜禹受禪耳.) 師冷笑曰："汝等豈將吾比伊尹·周公！其心實指吾爲王莽·董卓！"(＊何不竟說曹操?) 三人皆曰："我等皆將軍門下之人，安敢如此？"師大怒曰："汝等乃口諛之人！適間與天子在密室中所哭何事？"(＊曹芳左右都是司馬氏心腹，却於司馬師口中見之.) 三人曰:"實無此狀." 師叱曰:"汝三人淚眼尙紅, 如何抵賴!"夏侯玄知事已泄, 乃厲聲大罵曰:"吾等所哭者, 爲汝威震其主, 將謀簒逆耳!"師大怒, 叱武士捉夏侯玄. 玄揎拳裸袖, 徑擊司馬師,(*不是厮打的事.) 却被武士擒住. 師令將各人搜檢, 於張緝身畔搜出一龍鳳汗衫, 上有血字.(*比董承事又泄漏得快.) 左右呈與司馬師. 師視之, 乃密詔也. 詔曰:

> 司馬師弟兄, 共持大權, 將圖簒逆. 所行詔制, 皆非朕意. 各部官兵將士, 可同仗忠義, 討滅賊臣, 匡扶社稷. 功成之日, 重加爵賞.(*獻帝手詔, 在董承眼中敍出; 曹芳手詔, 在司馬師眼中敍出. 又自不同.)

司馬師看畢, 勃然大怒曰:"原來汝等正欲謀害吾兄弟! 情理難容!"遂令將三人腰斬於市, 滅其三族. (*令人追念董承等七人, 遇害之時.) 三人罵不絶口. 比臨東市中, 牙齒盡被打落, 各人含糊數罵而死.(*令人追念吉平截指之時.)

*注: 抵賴(저뢰): 잡아떼다. 부인하다. 발뺌하다. 揎拳裸袖(선권라수): 소매를 걷어 올려 팔뚝을 드러내다. 〈揎〉: 소매를 걷어붙이다. 含糊數罵(함호수매): 알아듣기 어려운 말로 욕설을 퍼붓다. 〈數罵〉: 잘못을 들추어내며 욕을 퍼붓다.

〖9〗師直入後宮. 魏主曹芳正與張皇后商議此事. 皇后曰:"內廷耳目頗多, 倘事泄露, 必累妾矣!"(*令人追念伏皇后·董妃語.)

正言間, 忽見師入, 皇后大驚. 師按劍謂芳曰:"臣父立陛下爲君, 功德不在周公之下; 臣事陛下, 亦與伊尹何別乎?(*曹操自比文王, 今司馬師自比伊·周, 前後一轍.) 今反以恩爲讐, 以功爲過, 欲與二三小臣, 謀害臣兄弟, 何也?"芳曰:"朕無此心."師袖中取出汗衫, 擲之於地曰:"此誰人所作耶!"(*親筆現在, 如何抵賴?) 芳魂飛天外, 魄散九霄, 戰慄而答曰：“此皆爲他人所逼故也. 朕豈敢興此心？” 師曰：“妄誣大臣造反, 當加何罪？”(*自然反坐, 有何理說?) 芳跪告曰：“朕合有罪, 望大將軍恕之！” 師曰：“陛下請起.(*陛下二字之下忽接請起, 自有陛下以來, 未有如此之沒體面者也.) —— 國法未可廢也.”(*不當曰國法, 竟當曰家法耳.) 乃指張皇后曰：“此是張緝之女, 理當除之！” 芳大哭求免. 師不從, 叱左右將張后捉出, 至東華門內, 用白練絞死.(*令人追念華歆破壁取伏后時.) 後人有詩曰：

當年伏后出宮門, 跣足哀號別至尊.
司馬今朝依此例, 天教還報在兒孫.

*注: 九霄(구소): 하늘의 제일 높은 곳. 天外와 같은 뜻이다.

〖10〗次日, 司馬師大會群臣, 曰：“今主上荒淫無道, 褻近娼優, 聽信讒言, 閉塞賢路: 其罪甚於漢之昌邑, 不能主天下. 吾謹按伊尹‧霍光之法, 別立新君, 以保社稷, 以安天下, 如何？”(*此時不學曹操, 不學曹丕, 又學董卓矣. 覺第四卷中事於此又見.) 衆皆應曰：“大將軍行伊‧霍之事, 所謂應天順人, 誰敢違命.”(*此時更無丁原‧袁紹其人.) 師遂同多官入永寧宮, 奏聞太后. 太后曰：“大將軍欲立何人爲君？” 師曰：“臣觀彭城王曹據, 聰明仁孝, 可以爲天下之主.” 太后曰：“彭城王乃老身之叔, 今立爲君, 我何以當之? 今有高貴鄕公曹髦, 乃文皇帝之孫; 此人溫恭克讓, 可以立之. 卿等大臣, 從長計議.” 一人奏曰：“太后之言是也. 便可立之.” 衆視之, 乃司馬師宗叔司馬孚也. 師遂遣使往元城召高貴鄕公;(*據幼而髦長, 故師利於立幼, 因孚之言勉從之耳.) 請太后升太極殿, 召芳責之曰：“汝荒淫無度, 褻近娼優, 不可承天下; 當納下璽綬, 復齊王之爵, 目下起程, 非宣召不許入朝.” 芳泣拜太后, 納了國寶, 乘王車大哭而去. 只有數員忠義之臣, 含淚而送. 後人有詩曰：

昔日曹瞞相漢時, 欺他寡婦與孤兒.

誰知四十餘年後, 寡婦孤兒亦被欺.

*注: 褻近娼優(설근창우): 노래 부르고 춤추는 기녀들을 끼고 놀다. 〈褻〉: 친압하다. 무람없다; 음란하다.　昌邑(창읍): 즉 昌邑王. 西漢 昌邑哀王 髆(박)의 아들 劉賀. 漢昭帝 劉陵이 죽은 후 大將軍 霍光의 천거로 황제의 자리에 오른 후 27일 만에 行實이 淫亂하다는 이유로 大將軍 霍光에 의해 폐위되었다.(기원전 74년의 일이다.)　溫恭克讓(온공극양): 온유하고 공경하며 겸양할 줄 알다.　從長計議(종장계의): 장시간에 걸쳐 천천히 잘 상의하다. 〈長〉: 장기간. 장시간.　元城(원성): 지금의 하북성 館陶縣 南, 大名縣 東.

〖11〗 却說高貴鄉公曹髦, 字彦士, 乃文帝之孫, 東海定王霖之子也.(*比曹芳又覺來歷明白.) 當日, 司馬師以太后命宣至, 文武官僚備鑾駕於西掖門外拜迎. 髦慌忙答禮. 太尉王肅曰: "主上不當答禮." 髦曰: "吾亦人臣也, 安得不答禮乎?" 文武扶髦上輦入宮, 髦辭曰: "太后詔命, 不知爲何, 吾安敢乘輦而入?" 遂步行至太極東堂. 司馬師迎着, 髦先下拜,(*此時曹髦極其謙恭, 後文仗劍出宮, 只爲更耐不得耳.) 師急扶起. 問候已畢, 引見太后. 太后曰: "吾見汝年幼時, 有帝王之相; 汝今可爲天下之主: 務須恭儉節用, 布德施仁, 勿辱先帝也." 髦再三謙辭. 師令文武請髦出太極殿, 是日立爲新君, 改嘉平六年爲<u>正元元年</u>, 大赦天下, 假大將軍司馬師黃鉞, 入朝不趨, 奏事不名, 帶劍上殿.(*與曹操無異.) 文武百官, 各有封賜.

正元二年春正月, 有細作飛報, 說鎮東將軍毌丘儉·揚州刺史文欽, 以廢主爲名, 起兵前來. 司馬師大驚. 正是:

漢臣曾有勤王志, 魏將還興討賊師.

未知如何迎敵, 且看下文分解.

　　*注: 正元元年(정원원년): 서기254년.

第一百九回 毛宗崗 序始評

　　(1). 姜維一伐中原, 因夏侯霸之來, 乘其宗黨之內變也. 再伐中原, 因諸葛恪之約, 乘其隣境之外侵也. 而前後皆無成功者: 前則借羌兵爲助, 而羌兵不至; 後則羌兵至, 而羌兵反爲敵所用也. 夫武侯在日, 猶有鐵車之助魏, 武侯死後, 安得恃羌兵之助劉? 若以羌兵爲可信, 孰如南蠻孟獲之可信乎? 武侯不聞求助於蠻, 而姜維乃欲求助於羌, 此則姜維之失計者耳.

　　(2). 姜維雖失計, 不得以失計咎姜維也, 何也? 牛頭山之敗, 固甚於武侯之失街亭; 而鐵籠山之圍, 則不異武侯之算上方谷也. 無如上方谷之燒, 則水自天來; 鐵籠山之渴, 則水從地出. 街亭之水道絕, 天不助馬謖以泉; 鐵籠山之水道絕, 天獨助司馬昭以水. "天實爲之, 謂之何哉!" 故日: 不得以失計爲姜維咎.(*〈無如〉: =無奈. 유감스럽게도. 공교롭게도.)

　　(3). 郭淮死, 徐質死, 而司馬昭不死, 非天之愛司馬也, 爲有一段絕妙排場在後, 欲借司馬氏演出, 爲後世亂臣賊子戒耳. 獻帝有衣帶詔, 曹芳亦有血詔; 漢有伏后之見弒, 魏亦有張后之見弒; 漢有伏完董承之事泄, 魏亦有張緝之事泄. 報報之反, 何無分毫之或爽也? 且前人所爲, 後人效之, 必有更甚者. 曹操未嘗以衣帶詔而廢獻帝, 司馬師乃以血詔而廢曹芳, 則已甚矣. 天之假手於後人, 以報其前人, 又必有比前而更快者. 衣帶詔之泄露

甚遲, 曹芳之血詔泄露甚速, 則又快矣. 天道好還, 及其還也, 又加倍相償. 讀書至此, 令人毛髮俱悚.(*〈排場〉: 무대. 무대연출. 장면연출. 〈爽〉: 어그러지다.)

(4). 甚矣, 造物者之巧也! 逆臣之報, 不待後世之人言之, 而卽令其子孫當日自言之. 今人以司馬師比曹操, 而曹芳亦自以其太祖比司馬師; 今人以董承比張緝, 而曹芳亦自以其國丈比董承. 此是現前因果, 明明告世, 不必更聽釋氏地獄輪回之說矣.

第一百十回

文鴦單騎退雄兵
姜維背水破大敵

〖1〗却說魏正元二年正月，揚州都督‧鎮東將軍‧領淮南軍馬毌丘儉，——字仲恭，河東聞喜人也。——聞司馬師擅行廢立之事，心中大怒。長子毌丘甸曰：“父親官居方面，司馬師專權廢主，國家有累卵之危，安可宴然自守？”(*與馬騰父子相同。) 儉曰：“吾兒之言是也。”遂請刺史文欽商議。欽乃曹爽門下客，當日聞儉相請，卽來拜謁。儉邀入後堂，禮畢，說話間，儉流淚不止。欽問其故。儉曰：“司馬師專權廢主，天地反覆，安得不傷心乎！”(*前董承與馬騰語都用反挑，今毌丘儉與文欽語只是直說。) 欽曰：“都督鎮守方面，若肯仗義討賊，欽願捨死相助。欽中子文淑，小字阿鴦，有萬夫不當之勇，常欲殺司馬師兄弟，與曹爽報讎。今可令爲先鋒。”儉大喜，卽時酹酒爲誓。二人詐稱太后有密詔，令淮南大小官兵將士，皆入

壽春城, 立一壇於西, 宰白馬歃血爲盟, 宣言司馬師大逆不道, 今
奉太后密詔, 令盡起淮南軍馬, 仗義討賊.(＊與曹操矯詔討董卓時相
似.) 衆皆悅服. 儉提六萬兵, 屯於項城. 文欽領兵二萬, 在外爲遊
兵, 往來接應. 儉移檄諸郡, 令各起兵相助.

　　＊注: 仲恭(중공):〈三國演義〉毛本에는〈仲聞〉으로 되어 있으나 正史
〈三國志〉에 의거〈仲恭〉으로 고쳤다. 河東聞喜(하동문희): 지금의 산
서성 聞喜縣.〈三國演義〉毛本에는〈河南聞喜〉로 되어 있으나 正史〈三
國志〉에 의거〈河東聞喜〉로 고쳤다. 官居方面(관거방면): 한 지역의 軍
政大權을 총괄하고 있는 官吏. 宴然(연연): 즐거이. 편안히. 反覆(반복):
거꾸로 뒤집히다. 전복되다. 酹酒(뢰주):〈酹〉: 붓다. 降神하다. 술을 땅에
붓고 神에게 제사지냄. 壽春城(수춘성): 양주 九江郡에 속한 縣名. 지금의
안휘성 壽縣. 項城(항성): 지금의 하남성 沈丘縣. 遊兵(유병): 유격대.

〔2〕却說司馬師左眼肉瘤, 不時痛癢, 乃命醫官割之, 以藥封
閉, 連日在府養病; 忽聞淮南告急, 乃請太尉王肅商議. 肅曰:
"昔關雲長威震華夏, 孫權令呂蒙襲取荊州, 撫恤將士家屬, 因此
關公軍勢瓦解.(＊七十五卷中事.) 今淮南將士家屬, 皆在中原, 可急
撫恤, 更以兵斷其歸路: 必有土崩之勢矣." 師曰:"公言極是, 但
吾新割目瘤, 不能自往. —— 若使他人, 心又不穩." 時中書侍郎
鍾會在側, 進言曰:"淮楚兵强, 其鋒甚銳; 若遣人領兵去退, 多
是不利. 倘有疏虞, 則大事廢矣!" 師蹶然起曰:"非吾自往, 不可
破賊!" 遂留弟司馬昭守洛陽, 總攝朝政. 師乘軟輿, 帶病東行.
令鎮東將軍諸葛誕, 總督豫州諸軍, 從安風津取壽春; 又令征東將
軍胡遵, 領靑州諸軍, 出譙·宋之地, 絕其歸路; 又遣豫州刺史·
監軍王基, 領前部兵, 先取鎮南之地.

　　＊注: 肉瘤(육류): 혹. 中書侍郎(중서시랑): 中書省의 長官 中書監. 朝政에

參與. 아래 문장의 中書郎은 곧 中書侍郎이다. **淮楚**(회초): 회수 유역의
강동의 땅. **鋒銳**(봉예): 칼이나 창이 예리하다. 첨병. 전봉. 精兵. **蹶然**
(궐연): 깜짝 놀라서 벌떡 일어서는 모양. **安風津**(안풍진): 淮水 상류에서
남쪽으로 건너면 安風縣에 닿을 수 있다. 지금의 안휘성 潁上縣 남쪽
淮河邊. 霍丘 北. **譙·宋**(초·송): 譙縣과 宋縣. 지금의 안휘성 亳縣,
하남성 商丘縣. **鎭南之地**(진남지지): 毌丘儉은 본래 鎭南將軍이었으므
로 여기서는 毌丘儉이 관할하는 땅, 곧 揚州(魏 때의 治所는 壽春. 지금의
안휘성 壽縣).

〖3〗 師領大軍屯於汝陽, 聚文武於帳下商議. 光祿勳鄭袤曰:
"毌丘儉好謀而無斷, 文欽有勇而無智, 今大將出其不意, 江淮之
卒銳氣正盛, 不可輕敵; 只宜深溝高壘, 以挫其銳. ——此亞夫之
長策也." 監軍王基曰: "不可. 淮南之反, 非軍民思亂也; 皆因毌
丘儉勢力所逼, 不得已而從之. 若大軍一臨, 必然瓦解." 師曰:
"此言甚妙." 遂進兵於濦水之上, 中軍屯於濦橋. 基曰: "南頓極
好屯兵, 可提兵星夜取之. 若遲則毌丘儉必先至矣."(*不唯要戰, 又
要速戰.) 師遂令王基率前部兵來南頓下寨.

    *注: 汝陽(여양): 毛本과 明嘉靖本에는 모두 "襄陽"으로 되어 있다. 그
러나 襄陽은 지금의 호북성과는 멀리 떨어져 있어서 今回 소설에서 말하
는 作戰地와는 지리상 합치하지 않는다. 그래서 〈三國志. 魏書. 毌丘儉
傳〉에 의거 "汝陽"으로 고쳤다. **光祿勳**(광록훈): 宿衛를 지휘하는 관직
명. **鄭袤**(정무): 鄭褒(정포)로 되어 있는 판본들도 있다. 〈삼국지〉에는
나오지 않는 이름이고 〈자치통감〉에는 鄭袤로 되어 있다. **令**(령): 가령.
설령. 만약. **亞夫**(아부): 周亞夫. 西漢의 장수 周亞夫가 細柳(지금의 섬서
성 咸陽市 西南 渭河 北)에 軍을 주둔하고 匈奴를 방어할 때 軍營의 防備
를 삼엄하게 하고 기다렸다가 적을 이겼다. **濦水**(은수): 옛 水名으로 지

금의 하남성 登封縣 潁水의 세 水源 중 가운데 것. 지금의 하남성 臨潁縣 南澤에서 발원하여 東으로 흘러 하남 周口에서 모여 潁水로 들어간다.　　南頓(남둔): 지금의 하남성 項城縣 西.

〖4〗 却說毌丘儉在項城, 聞知司馬師自來, 乃聚衆商議. 先鋒葛雍曰: "南頓之地, 依山傍水, 極好屯兵; 若魏兵先占, 難以驅遣, 可速取之."(＊葛雍所料已爲王基所料.) 儉然其言, 起兵投南頓來. 正行之間, 前面流星馬報說, 南頓已有人馬下寨. 儉不信, 自到軍前視之, 果然旌旗遍野, 營寨齊整. 儉回到軍中, 無計可施. 忽哨馬飛報: "東吳孫峻提兵渡江襲壽春來了." 儉大驚曰: "壽春若失, 吾歸何處?" 是夜退兵於項城.

　　司馬師見毌丘儉軍退, 聚多官商議. 尙書傅嘏曰: "今儉兵退者, 憂吳人襲壽春也. — 必回項城分兵拒守. 將軍可令一軍取樂嘉城, 一軍取項城, 一軍取壽春, 則淮南之卒必退矣. 兗州刺史鄧艾, 足智多謀; 若領兵徑取樂嘉, 更以重兵應之, 破賊不難也." 師從之, 急遣使持檄文, 敎鄧艾起兗州之兵破樂嘉城. 師隨後引兵到彼會合.

　　＊注: 樂嘉城(락가성): 지금의 하남성 周口 東南 潁水 南岸, 項城縣 西北.

〖5〗 却說毌丘儉在項城, 不時差人去樂嘉城哨探, 只恐有兵來. 請文欽到營共議. 欽曰: "都督勿憂. 我與拙子文鴦, 只消五千兵, 敢保樂嘉城." 儉大喜. 欽父子引五千兵投樂嘉來. 前軍報說: "樂嘉城西, 皆是魏兵, 約有萬餘. 遙望中軍, 白旄黃鉞, 皂蓋朱幡, 簇擁虎帳, 內竪立一面錦繡帥字旗, 必是司馬師也. — 安立營寨, 尙未完備." 時文鴦懸鞭立於父側, 聞知此語, 乃告父曰: "趁彼營寨未成, 可分兵兩路, 左右擊之, 可全勝也." 欽曰: "何時可去?"鴦曰:"今夜黃昏,父引二千五百兵,從城南殺來;兒引二千五百兵,從城北殺來:三更時分,要在魏寨會合."(*此之謂父子兵.) 欽從之,當晚分兵兩路.

且說文鴦年方十八歲,身長八尺,全粧貫甲,腰懸鋼鞭,綽槍上馬,遙望魏寨而進.

*注: 粧貫甲(장관갑): 갑옷을 입다(穿). 〈貫〉: 입다. 차다. 띠다.

〖6〗是夜,司馬師兵到樂嘉,立下營寨,等鄧艾未至.師為眼下新割肉瘤,瘡口疼痛,臥於帳中,令數百甲士環立護衛.三更時分,忽然寨內喊聲大震,人馬大亂.師急問之,人報曰:"一軍從寨北斬圍直入,為首一將,勇不可當!"師大驚,心如火烈,眼珠從肉瘤瘡口內迸出,(*想其怒目視曹芳之時,當受此報.) 血流遍地,疼痛難當;又恐有亂軍心,只咬被頭而忍,被皆咬爛.(*做逆賊有何便宜?) 原來文鴦軍馬先到,一擁而進,在寨中左衝右突;所到之處,人不敢當,有相拒者,槍搠鞭打,無不被殺.鴦只望父到,以為外應,並不見來.數番殺到中軍,皆被弓弩射回.

鴦直殺到天明,只聽得北邊鼓角喧天.(*鄧艾之來,先在文鴦耳中,衆軍眼中虛寫.) 鴦回顧從者曰:"父親不在南面為應,却從北至,何也?"(*妙在不知是鄧艾.) 鴦縱馬看時,只見一軍行如猛風,為首一將,乃鄧艾也,躍馬橫刀,大呼曰:"反賊休走!"鴦大怒,挺槍迎之.戰有五十合,不分勝負.正鬭間,魏兵大進,前後夾攻.鴦部下兵各自逃散,只文鴦單人獨馬,衝開魏兵,望南而走.背後數百員將,抖擻精神,驟馬追來;將至樂嘉橋邊,看看赶上.鴦忽然勒回馬,大喝一聲,直衝入魏將陣中來;鋼鞭起處,紛紛落馬,各各倒退.鴦復緩緩而行.(*寫文鴦如生龍活虎.) 魏將聚在一處,驚訝曰:"此人尚敢退我等之衆耶!——可併力追之!"於是魏將百員,復來追趕. 鴦勃然大怒曰: "鼠輩何不惜命也!" 提鞭撥馬, 殺入魏將叢中, 用鞭打死數人, 復回馬緩轡而行.(*文鴦之勇直與常山趙雲彷佛相似.) 魏將連追四五番, 皆被文鴦一人殺退. 後人有詩曰:

長阪當年獨拒曹, 子龍從此顯英豪.

樂嘉城內爭鋒處, 又見文鴦膽氣高.

原來文欽被山路崎嶇, 迷入谷中, 行了半夜, 比及尋路而出, 天色已曉: 文鴦人馬不知所向, 只見魏兵大勝. 欽不戰而退. 魏兵乘勢追殺, 欽引兵望壽春而走.

　*注: 被頭(피두): 이불. 이불잇.　抖擻精神(두수정신): 기운을 내다. 정신을 차리다(가다듬다). 분발하다.

〚7〛 却說魏殿中校尉尹大目, 乃曹爽心腹之人, 因爽被司馬懿謀殺, 故事司馬師,(*照應一百七卷中事.) 常有殺師報爽之心; 又素與文欽交厚. 今見師眼瘤突出, 不能動止, 乃入帳告曰: "文欽本無反心, 今被毌丘儉逼迫, 以致如此. 某去說之, 必然來降."(*此是賺司馬師語.) 師從之. 大目頂盔貫甲, 乘馬來趕文欽; 看看趕上, 乃高聲大叫曰: "文刺史見尹大目麼?" 欽回頭視之. 大目除盔放於鞍轎之前, 以鞭指曰: "文刺史何不忍耐數日也?" —— 此是大目知師將亡, 故來留欽. 欽不解其意, 厲聲大罵, 便欲開弓射之.(*文欽如此有粗無細, 幹得甚事?) 大目大哭而回. 欽收聚人馬奔壽春時, 已被諸葛誕引兵取了; 欲復回項城時, 胡遵·王基·鄧艾三路兵皆到. 欽見勢危, 遂投東吳孫峻去了.(*文欽之投吳, 如夏侯霸之投蜀.)

　*注: 動止(동지): 行動擧止. 動作과 靜止.　鞍轎(안교): 말안장.

〚8〛 却說毌丘儉在項城內, 聽知壽春已失, 文欽勢敗, 城外三路兵到, 儉遂盡徹城中之兵出戰. 正與鄧艾相遇, 儉令葛雍出馬,

與艾交鋒, 不一合, 被艾一刀斬之, 引兵殺過陣來. 毌丘儉死戰相
拒. 江淮兵大亂. 胡遵·王基引兵四面夾攻. 毌丘儉敵不住, 引十
餘騎奪路而走. 前至慎縣城下, 縣令宋白開門接入, 設席待之. 儉
大醉, 被宋白令人殺了, 將頭獻與魏兵. 於是淮南平定.(*此時文欽
去了, 毌丘儉死了, 惟文鴦不知下落. 妙在此處不卽敍明, 留在後文始見.)

　　*注: 勢敗(세패): 세력이 떨어지다. 영락하다.　　愼縣(신현): 지금의 안휘
성 潁上縣 西北.

　　〖9〗 司馬師臥病不起, 喚諸葛誕入帳, 賜以印綬, 加爲鎮東大將
軍, 都督揚州諸路軍馬; 一面班師回許昌. 師目痛不止, 每夜只見
李豐·張緝·夏侯玄三人立於榻前.(*與曹操臨終見伏完等二十餘人, 正復
相似.) 師心神恍惚, 自料難保, 令人往洛陽取司馬昭到. 昭哭拜於
床下. 師遺言曰: "吾今權重, 雖欲卸肩, 不可得也. 汝繼我爲之,
大事切不可輕托他人, 自取滅族之禍." 言訖, 以印綬付之, 淚流
滿面. 昭急欲問時, 大叫一聲, 眼睛迸出而死.(*兩目俱出, 此目無天
子之報.) 時正元二年二月也.

　　於是司馬昭發喪, 申奏魏主曹髦. 髦遣使持詔到許昌, 卽命暫
留司馬昭屯軍許昌, 以防東吳. 昭心中猶豫未決. 鍾會曰: "大將
軍新亡, 人心未定, 將軍若留守於此, 萬一朝廷有變, 悔之何
及?"(*司馬昭之有鍾會, 猶曹操之有賈詡·郭嘉耳.) 昭從之, 卽起兵還屯
洛水之南. 髦聞之大驚. 太尉王肅奏曰: "昭旣繼其兄掌大權, 陛
下可封爵以安之." 髦遂命王肅持詔, 封司馬昭爲大將軍·錄尚書
事. 昭入朝謝恩畢. 自此, 中外大小事情, 皆歸於昭.(*去一司馬師,
又來一司馬昭.)

　　*注: 卸肩(사견): 卸責. 책임을 벗다.　　錄尚書事(녹상서사): 尚書의 일들
을 총괄 관리하다. 〈錄〉: 통합해서 관리(統領)하다. 총괄 관리하다; 살피

다; 기록하다.

〖10〗却說西蜀細作哨知此事，報入成都．姜維奏後主曰："司
馬師新亡，司馬昭初握重權，必不敢擅離洛陽．臣請乘間伐魏，以
復中原．"後主從之，遂命姜維興師伐魏．維到漢中，整頓人馬．
征西大將軍張翼曰："蜀地淺狹，錢糧鮮薄，不宜遠征；不如據險
守分，恤軍愛民：此乃保國之計也．"(*前文官諫，今武官亦諫.) 維
曰："不然．昔丞相未出茅廬，已定三分天下，然且六出祁山以圖
中原，不幸半途而喪，以致功業未成．今吾旣受丞相遺命，當盡忠
報國以繼其志，雖死而無恨也．(*亦學武侯"死而後已"之語.) 今魏有
隙可乘，不就此時伐之，更待何時？"夏侯霸曰："將軍之言是
也.(*曹芳旣廢，夏侯玄旣死，霸之意在報讐，故主於必戰.) 可將輕騎先出
枹罕．若得洮西南安，則諸郡可定．"張翼曰："向者不克而還，皆
因軍出甚遲也．兵法云：'攻其無備，出其不意．'今若火速進兵，
使魏人不能提防，必然全勝矣．"(*張翼之意，不戰則竟不戰，欲戰則必速
戰.)

　　*注: 淺狹(천협): 좁다. 협소하다. 〈淺〉: (가옥, 장소 따위의 길이나 폭이)
좁다. 짧다. 〈狹〉: (폭이) 좁다. 협애하다. 鮮薄(선박): 적다. 드물다. 변변
치 못하다. 枹罕(포한): 지금의 감숙성 和政縣 서북, 夏水 북안. 南安
(남안): 郡名. 治所는 獂道(원도: 지금의 감숙성 농서현 東南). 兵法云
(병법운): 〈孫子·計篇〉에 나오는 말로, "攻其無備, 出其不意"는 "적의
대비 없는 곳을 공격하고, 적이 생각하지 못한 때에 진격한다"는 뜻이다.

〖11〗於是姜維引兵五萬，望枹罕進發.(*此是三伐中原.) 兵至洮
水，守邊軍士報知雍州刺史王經·征西將軍陳泰．王經先起馬步兵
七萬來迎．姜維分付張翼如此如此，又分付夏侯霸如此如此：二人

領計去了. 維乃自引大軍背洮水列陣.(*妙, 所謂 "置之死地而後生"
也.) 王經引數員牙將出而問曰: "魏與吳·蜀, 已成鼎足之勢; 汝累
次入寇, 何也?" 維曰: "司馬師無故廢主, 隣邦理宜問罪, (*此爲
魏報讐, 乃夏侯霸之意也.) 何況讐敵之國乎?"(*此爲漢報讐, 乃姜維之意
也.)

經回顧張明·花永·劉達·朱芳四將曰: "蜀兵背水爲陣, 敗則皆沒
於水矣. 姜維驍勇, 汝四將可戰之. 彼若退動, 便可追擊." 四將分
左右而出, 來戰姜維. 維略戰數合, 撥回馬望本陣便走. 王經大驅
士馬, 一齊赶來. 維引兵望洮水而走; 將次近水, 大呼將士曰:
"事急矣! 諸將何不努力!"(*此韓信破趙之計.) 衆將一齊奮力殺回,
魏兵大敗. 張翼·夏侯霸抄在魏兵之後, 分兩路殺來, 把魏兵困在垓
心.(*方知前分付之計, 乃此計也.) 維奮武揚威, 殺入魏軍之中, 左衝右
突. 魏兵大亂, 自相踐踏, 死者大半, 逼入洮水者無數, 斬首萬餘,
疊屍數里. 王經引敗兵百騎, 奮力殺出, 徑往狄道城而走; 奔入城
中, 閉門保守.

姜維大獲全功, 犒軍已畢, 便欲進兵攻打狄道城. 張翼諫曰:
"將軍功績已成, 威聲大震, 可以止矣. 今若前進, 倘不如意, 正
如 '畫蛇添足' 也." 維曰: "不然. 向者兵敗, 尙欲進取, 縱橫中
原; 今日洮水一戰, 魏人膽裂, 吾料狄道唾手可得. — 汝勿自墮
其志也."(*本欲不勝不止, 却弄出不敗不止.) 張翼再三勸諫, 維不從, 遂
勒兵來取狄道城.

*注: 狄道(적도): 지금의 감숙성 臨洮縣. 畫蛇添足(화사첨족): 뱀을 그
리고 다시 뱀에 다리까지 그려 넣다. 〈畫蛇着足〉으로도 쓴다. (*楚나라의
어느 제삿집에서 侍從들에게 술 한 잔을 내놓자 그들이 말했다: "이 술은
여러 사람이 마시기에는 부족하고 한 사람이 마시기에는 넉넉하다. 우리
땅에 뱀을 그리는 시합을 해서 먼저 다 그리는 사람이 이 술을 먹기로

하자." 그 중의 한 사람이 먼저 뱀을 다 그린 후 술병을 왼손에 잡고는
"나는 뱀에 다리까지 그려 넣을 수 있다."고 말하면서 오른손으로는
뱀에다 다리를 그려 넣기 시작했다. 그때 다른 사람이 뱀의 그림을 완성한
후 그 술병을 빼앗아 들고는: "당신은 뱀에 다리를 그려 넣었으니 뱀 그림
을 잘못 그린 것이다"라고 말했다. 이로부터 어떤 일을 다해놓고 덧보태
려다가 도리어 일을 망치는 것의 비유로 쓰인다. (*출처: 〈戰國策·齊策
二〉.)

〖12〗 却說雍州征西將軍陳泰, 正欲起兵與王經報兵敗之讐, 忽
兗州刺史鄧艾引兵到. 泰接着, 禮畢, 艾曰: "今奉大將軍之命,
特來助將軍破敵." 泰問計於鄧艾, 艾曰: "洮水得勝, 若招羌人
之衆, 東爭關隴, 傳檄四郡: 此吾兵之大患也. ── 今彼不思如此,
却圖狄道城; 其城垣堅固, 急切難攻, 空勞兵費力耳. 吾今陳兵於
項嶺, 然後進兵擊之, 蜀兵必敗矣."(*寫鄧艾有謀, 以 "鳳兮" 自許, 亦
殊不愧.) 陳泰曰: "眞妙論也!" 遂先撥二十隊兵, 每隊五十人, 盡
帶旌旗·鼓角之類, 日伏夜行, 去狄道城東南高山深谷之中埋伏;
只待兵來, 一齊鳴鼓吹角爲應, 夜則擧火放砲以驚之.(*此武侯在漢
中驚曹操之計.) 調度已畢, 專候蜀兵到來. 於是陳泰·鄧艾, 各引二
萬兵相繼而進.

*注: 關隴(관롱): 關中과 隴右(즉, 감숙성 동부 일대 지구). 項嶺(항령):
〈三國志. 魏書. 陳泰傳〉에는 陳泰가 다음과 같이 말하고 있다. 즉 "洮水
는 그 바깥을 띠처럼 두르고 있는데 姜維 등은 그 안에 있다. 지금 높은
곳에다 陣을 치면 바로 그들의 목(項領)에 해당하므로, 싸우지 않고서도
반드시 달아날 것이다." 여기서 "項領"은 "목"이란 뜻으로 "要害處"를
비유한 것인데, 이것을 小說 작가가 잘못 "項嶺"으로 써서 地名으로 말한
것이다.

〖13〗却說姜維圍住狄道城, 令兵八面攻之, 連攻數日不下, 心中鬱悶, 無計可施. 是日黃昏時分, 忽三五次流星馬報說: "有兩路兵來, 旗上明書大字: 一路是征西將軍陳泰, 一路是兗州刺史鄧艾." 維大驚, 遂請夏侯霸商議. 霸曰: "吾向嘗爲將軍言: 鄧艾自幼深明兵法, 善曉地理,(*應一百七卷語.) 今領兵到, 頗爲勁敵." 維曰: "彼軍遠來, 我休容他住脚, 便可擊之." 乃留張翼攻城, 命夏侯霸引兵迎陳泰. 維自引兵來迎鄧艾. 行不到五里, 忽然東南一聲砲響, 鼓角震地, 火光沖天. 維縱馬看時, 只見周圍皆是魏兵旗號. 維大驚曰: "中鄧艾之計矣!" 遂傳令敎夏侯霸·張翼各棄狄道而退.(*鄧艾先聲足以奪人, 非鼓聲足以驚姜維, 因有夏侯霸之言爲之先耳.) 於是蜀兵皆退於漢中. 維自斷後, 只聽得背後鼓聲不絕, —— 維退入劍閣之時, 方知火鼓二十餘處, 皆虛設也. —— 維收兵退屯於鍾堤.

且說後主因姜維有洮西之功, 降詔封維爲大將軍. 維受了職, 上表謝恩畢, 再議出師伐魏之策. 正是:

　　成功不必添蛇足, 討賊猶思奮虎威.

不知此番北伐如何, 且看下文分解.

　　*注: 火鼓(화고): 횃불과 戰鼓. 군에서 밤에 보고 들을 수 있게 하는 물건.

　　鍾堤(종제): 지금의 감숙성 臨洮縣 南, 洮河 西.

第一百十回 毛宗崗 序始評

(1). 今人讀董卓之廢漢帝, 未有不怒者也: 讀司馬師之廢魏主, 未有不喜者也. 今人讀曹操之弑伏后, 未有不怒者也; 讀司馬師之弑張后, 未有不喜者也. 何也? 爲曹氏之報宜爾也. 雖然, 弑后廢帝, 不可以訓. 操爲漢賊, 師亦爲魏賊, 爲漢臣者, 當爲漢討賊；爲魏臣者，安得不爲魏討賊乎？故毌丘儉之揮淚，文欽之起兵，文鴦之力戰，作史者皆特書以予之．

(2)．姜維三伐中原，在曹芳旣廢，司馬師旣死之後．夫師旣死，則有隙可乘；芳旣廢，則亦有賊可討也．然維之心，自爲漢討賊，初非爲魏討賊也．而以討漢賊爲念，亦不妨借討魏賊以爲名者，何哉？蓋人方欲討司馬，我姑從其討司馬之名：而天方大討曹，則我自行我討曹之志耳．

(3)．背水之陣，徐晃以之拒漢而不勝，武侯以之拒曹而勝．姜維用之，則視前而爲三矣．疑兵之伏，武侯一以之退曹操於漢中，一以之退司馬懿於祁山．鄧艾用之，則亦視前而爲三矣．此用彼法，彼用此法，或不皆得，或皆得，各各不同．讀之不厭其復．

第一百十一回

鄧士載智敗姜伯約
諸葛誕義討司馬昭

〖1〗却說姜維退兵屯於鍾堤, 魏兵屯於狄道城外. 王經迎接陳
泰·鄧艾入城, 拜謝解圍之事, 設宴相待, 大賞三軍. 泰將鄧艾之
功, 申奏魏主曹髦, 髦封艾爲安西將軍, 假節領護東羌校尉, 同陳
泰屯兵於雍 · 涼等處. 鄧艾上表謝恩畢, 陳泰設席與鄧艾作賀
曰:"姜維夜遁, 其力已竭, 不敢再出矣."(*先寫陳泰料敵不中, 以反衤
寸鄧艾之智.) 艾笑曰:"吾料蜀兵必出有五."(*鄧艾居然將才.) 泰問其
故, 艾曰:"蜀兵雖退, 終有乘勝之勢;(*知彼之壯.) 吾兵終有弱敗
之實:(*知己之沮.) 其必出一也; 蜀兵皆是孔明敎演, 精銳之兵, 容
易調遣,(*知彼之利.) 吾將不時更換, 軍又訓練不熟,(*知己之鈍.) 其
必出二也; 蜀人多以船行,(*知彼之逸.) 吾軍皆在旱地,(*知己之勞.)
勞逸不同, 其必出三也; 狄道·隴西·南安·祁山四處, 皆是守戰之

地, 蜀人或聲東擊西, 指南攻北, 吾兵必須分頭守把,(*知己之分而小.) 蜀兵合爲一處而來, 以一分當我四分,(*知彼之合而大.) 其必出四也; 若蜀兵自南安·隴西, 則可取羌人之穀爲食; 若出祁山, 則有麥可就食:(*知彼之糧易於我. 但言知彼, 而知己在其中.) 其必出五也." 陳泰嘆服曰:"公料敵如神, 蜀兵何足慮哉!" 於是陳泰與鄧艾結爲忘年之交.(*如程普之服周郞.) 艾遂將雍·凉等處之兵, 每日操練; 各處隘口, 皆立營寨, 以防不測.

　*注: 教演(교연): 敎練. 訓練; 解說. 守戰(수전): 守備戰. 지키기 위해 싸우는 것. 忘年之交(망년지교): 年輩가 서로 다른 사람들이 동년배와 같은 친구가 되다.

　〔2〕 却說姜維在鍾堤大設筵宴, 會集諸將, 商議伐魏之事. 令史樊建諫曰:"將軍屢出, 未獲全功; 今日洮西之戰, 魏人旣服威名, 何故又欲出也? 萬一不利, 前功盡棄." 維曰:"汝等只知魏國地廣人衆, 急不可得; 却不知攻魏者有五可勝."(*鄧艾 "五必出", 姜維 "五可勝", 彼此若合符節.) 衆問之, 維答曰:"彼洮西一敗, 挫盡銳氣, 吾兵雖退, 不曾損折; 今若進兵, 一可勝也.(*鄧艾所言 "一必出", 維亦算在第一.) 吾兵船載而進, 不致勞困, 彼兵皆從旱地來迎; 二可勝也.(*鄧艾所言 "三必出", 維却算在第二.) 吾兵久經訓練之衆, 彼皆烏合之徒, 不曾有法度; 三可勝也.(*鄧艾所言 "二必出", 維却算在第三.) 吾兵自出祁山, 掠抄秋穀爲食; 四可勝也.(*鄧艾所言 "五必出", 維却算在第四.) 彼兵雖各守備, 軍力分開, 吾兵一處而去, 彼安能救; 五可勝也.(*鄧艾所言 "四必出", 維却算在第五.) —— 不在此時伐魏, 更待何日耶?" 夏侯霸曰:"艾年雖幼, 而機謀深遠; 近封爲安西將軍之職, 必於各處准備, 非同往日矣." 維厲聲曰:"吾何畏彼哉! 公等休長他人銳氣, 滅自己威風! 吾意已決, 必先取隴

西."衆不敢諫.

*注: 令史(령사): 官名. 文書에 관한 일을 관장.   隴西(농서): 지금의 감숙성 隴西縣 西南.

〖3〗 維自領前部, 令衆將隨後而進. 於是蜀兵盡離鍾堤, 殺奔祁山來.(*此是四伐中原.) 哨馬報說魏兵已先在祁山, 立下九個寨柵. 維不信, 引數騎憑高望之, 果見祁山九寨, 勢如長蛇, 首尾相顧. 維回顧左右曰: "夏侯覇之言, 信不誣矣. 此寨形勢絕妙, 止吾師諸葛丞相能之: 今觀鄧艾所爲, 不在吾師之下."(*在姜維眼中·口中寫一鄧艾.) 遂回本寨, 喚諸將曰: "魏人旣有准備, 必知吾來矣. 吾料鄧艾必在此間.(*猜得着.) 汝等可虛張吾旗號, 據此谷口下寨; 每日令百餘騎出哨, 每出哨一回, 換一番衣甲·旗號, 按靑·黃·赤·白·黑五方旗幟相換.(*示兵之多, 以疑之.) 吾却提大兵偷出董亭, 徑襲南安去也."(*亦是好算.) 遂令鮑素屯於祁山谷口, 維盡率大兵, 望南安進發.

*注: 董亭(동정): 감숙성 禮縣 西北, 武山 서남. 石營의 東北.

〖4〗 却說鄧艾知蜀兵出祁山, 早與陳泰下寨准備, 見蜀兵連日不來搦戰, 一日五番哨馬出寨, 或十里或十五里而回. 艾憑高望畢, 慌入帳, 與陳泰曰: "姜維不在此間,(*一个說鄧艾必在此間, 果然在此間; 一个說姜維不在此間, 果然不在此間. 兩个猜得都着, 是對手拳頭.) 必取董亭襲南安去了. 出寨哨馬只是這幾匹. 更換衣甲往來哨探, 其馬皆困乏, 主將必無能者. 陳將軍可引一軍攻之, 其寨可破也. 破了寨柵, 便引兵襲董亭之路, 先斷姜維之後.(*先破前寨, 却斷後路, 算出陳泰兩路兵來.) 吾當先引一軍救南安, 徑取武城山; 若先占此山頭, 姜維必取上邽. 上邽有一谷, 名曰段谷, 地狹山險, 正好埋伏.

彼來爭武城山時, 吾先伏兩軍於段谷, 破維必矣."(*先到武城, 却伏段谷, 又算出自己兩路兵來.) 泰曰:"吾守隴西二三十年, 未嘗如此明察地理. 公之所言, 眞神算也! 公可速去, 吾自攻此處寨栅." 於是鄧艾引軍, 星夜倍道而行, 徑到武城山. 下寨已畢, 蜀兵未到, 卽令子鄧忠, 與帳前校尉師纂, 各引五千兵, 先去段谷埋伏, 如此如此而行. 二人受計而去. 艾令偃旗息鼓, 以待蜀兵.

*注: 武城山(무성산): 지금의 감숙성 武山縣 西南.　　上邽(상규): 縣名. 지금의 감숙성 天水縣 內.　　段谷(단곡): 지금의 감숙성 天水市 東南.

〖5〗 却說姜維從董亭望南安而來, 至武城山前, 謂夏侯霸曰: "近南安有一山, 名武城山, 若先得了, 可奪南安之勢. 只恐鄧艾多謀, 必先隄防."(*你猜着我, 我猜着你, 好看殺人.) 正疑慮間, 忽然山上一聲砲響, 喊聲大震, 鼓角齊鳴, 旌旗遍竪, 皆是魏兵. 中央風飄起一黃旗, 大書 "鄧艾"字樣. 蜀兵大驚. 山上數處精兵殺下, 勢不可當, 前軍大敗. 維急率中軍人馬去救時, 魏兵已退. 維直來武城山下, 搦鄧艾戰. 山上魏兵並不下來. 維令軍士辱罵, 至晩, 方欲退軍, 山上鼓角齊鳴, 却又不見魏兵下來. 維欲上山衝殺, 山上砲石甚嚴, 不能得進. 守至三更欲回, 山上鼓角又鳴. 維移兵下山屯箚, 比及令軍搬運木石, 方欲竪立爲寨, 山上鼓角又鳴, 魏兵驟至. 蜀兵大亂, 自相踐踏, 退回舊寨.

次日, 姜維令軍士運糧草車仗, 至武城山, 穿連排定, 欲立起寨栅, 以爲屯兵之計. 是夜二更, 鄧艾令五百人各執火把, 分兩路下山, 放火燒車仗. 兩兵混殺了一夜, 營寨又立不成.

*注: 穿連排定(천련배정): (영채를) 죽 이어서 세울 계획을 세우다. 〈穿連〉: 꿰어서 연결하다. 〈排定〉: 순서를 정하다. 進度 계획을 세우다.

〖6〗維復引兵退，再與夏侯霸商議曰：“南安未得，不如先取上邽．上邽乃南安屯糧之所，若得上邽，南安自危矣．”（*姜維亦料到此，但先爲鄧艾料去了．畢竟鄧艾先猜先着．）遂留霸屯於武城山，維盡引精兵猛將，徑取上邽．行了一宿，將及天明，見山勢狹峻，道路崎嶇，乃問鄕導官曰：“此處何名？”答曰：“段谷．”維大驚曰：“其名不美，段谷者，斷谷也．倘有人斷其谷口，如之奈何！”正躊躇未決，忽前軍來報：“山後塵頭大起，必有伏兵．”維急令退兵，師纂·鄧忠兩軍殺出，維且戰且走．前面喊聲大震，鄧艾引兵殺到：三路夾攻，蜀兵大敗．幸得夏侯霸引兵殺到，魏兵方退，救了姜維，欲再往祁山．霸曰：“祁山寨已被陳泰打破，鮑素陣亡，全寨人馬皆退回漢中去了．”維不敢取董亭，急投山僻小路而回．後面鄧艾急追．維令諸軍前進，自爲斷後．正行之際，忽然山中一軍突出，乃魏將陳泰也．魏兵一聲喊起，將姜維困在垓心．維人馬困乏，左衝右突，不能得出．蕩寇將軍張嶷聞姜維受困，引數百騎殺入重圍．維因乘勢殺出，嶷被魏兵亂箭射死．維得脫重圍，復回漢中，因感張嶷忠勇，歿於王事，乃表贈其子孫．於是蜀中將士多有陣亡者，皆歸罪於姜維．維照武侯街亭舊例，乃上表自貶爲後將軍，行大將軍事．

〖7〗却說鄧艾見蜀兵退盡，乃與陳泰設宴相賀，大賞三軍．泰表鄧艾之功，司馬昭遣使持節，加艾官爵，賜印綬；并封其子鄧忠爲亭侯．

時魏主曹髦，改正元三年爲甘露元年．司馬昭自爲天下兵馬大都督，出入常令三千鐵甲驍將前後簇擁，以爲護衛；（*宛然董卓變相．）一應事務，不奏朝廷，就於相府裁處：自此常懷篡逆之心．（*宛然曹操後身．）有一心腹人，姓賈，名充，字公閭，乃故建威將軍賈逵

之子, 爲昭府下長史. 充語昭曰: "今主公掌握大柄, 四方人心必
然未安; 且當暗訪, 然後徐圖大事." 昭曰: "吾正欲如此. 汝可爲
我東行, 只推慰勞出征軍士爲名, 以探消息."

賈充領命, 徑到淮南, 入見鎭東大將軍諸葛誕. 誕字公休, 乃瑯
琊南陽人, 卽武侯之族弟也; 向事於魏, 因武侯在蜀爲相, 因此不
得重用. 後武侯身亡, 誕在魏歷任重職, 封高平侯, 總攝兩淮軍
馬.(*補敍諸葛誕前事.) 當日, 賈充托名勞軍, 至淮南見諸葛誕. 誕設
宴待之. 酒至半酣, 充以言挑誕曰: "近來洛陽諸賢, 皆以主上懦
弱, 不堪爲君. 司馬大將軍三世輔國, 功德彌天, 可以禪代魏統.
未審鈞意若何?" 誕大怒曰: "汝乃賈豫州之子, 世食魏祿, 安敢
出此亂言!"(*寫得諸葛誕義形於辭, 不愧爲武侯族弟.) 充謝曰: "某以他
人之言告公耳." 誕曰: "朝廷有難, 吾當以死報之!" 充默然.

次日辭歸, 見司馬昭細言其事. 昭大怒曰: "鼠輩安敢如此!"
充曰: "誕在淮南, 深得人心,(*在賈充口中補寫諸葛誕平日.) 久必爲
患, 可速除之." 昭遂暗發密書與揚州刺史樂綝, 一面遣使齎詔徵
誕爲司空.

*注: 暗訪(암방): 몰래 정탐하다. 비밀리에 탐방하다. 徵(징): 徵召. 불
러서 임용하다. 관직을 주다.

〖8〗誕得了詔書, 已知是賈充告變, 遂捉來使拷問. 使者曰:
"此事樂綝知之." 誕曰: "他如何得知?" 使者曰: "司馬將軍已
令人到揚州, 送密書與樂綝矣."(*使者口中泄漏機密, 妙在要言不煩.)
誕大怒, 叱左右斬了來使, 遂起部下兵千人, 殺奔揚州來. 將至南
門, 城門已閉, 吊橋拽起. 誕在城下叫門, 城上並無一人回答. 誕
大怒曰: "樂綝匹夫, 安敢如此!" 遂令將士打城. 手下十餘驍騎,
下馬渡壕, 飛身上城, 殺散軍士, 大開城門. 於是諸葛誕引兵入

城, 乘風放火, 殺至綝家. 綝慌上樓避之. 誕提劍上樓, 大喝曰:
"汝父樂進, 昔日受魏國大恩! 不思報本, 反欲順司馬昭耶!"(*樂
進爲曹操舊臣, 於此提照出來.) 綝未及回言, 爲誕所殺. 一面具表數司
馬昭之罪, 使人申奏洛陽;(*申罪致討, 比毌丘儉更是烈烈.) 一面大聚
兩淮屯田戶口十餘萬, 并揚州新降兵四萬餘人, 積草屯糧, 准備進
兵; 又令長史吳綱, 送子諸葛靚入吳爲質求援, <u>務要</u>合兵誅討司馬
昭.(*志自可取, 不必以成敗論之.)

      *注: **務要**(무요): 務請. 꼭 …하도록 부탁하다. 반드시 …하기를 바라다.

    【9】此時東吳丞相孫峻病亡, 從弟孫綝輔政. 綝字子通, 爲人
强暴, 殺大司馬滕胤·將軍呂據·王惇等, 因此權柄皆歸於綝. 吳
主孫亮, 雖然聰明, 無可奈何.(*爲後卷孫綝廢孫亮張本.) 於是吳綱將
諸葛靚至<u>石頭城</u>, 入拜孫綝. 綝問其故, 綱曰: "諸葛誕乃蜀漢諸
葛武侯之族弟也,(*不說諸葛瑾之弟, 而獨說武侯者, 因孫峻殺諸葛瑾之子
故也. 有針線.) 向事魏國. 今見司馬昭欺君罔上, 廢主弄權, 欲興師
討之, 而力不及, 故特來歸降. 誠恐無憑, 專送親子諸葛靚爲質.
伏望發兵相助." 綝從其請, 便遣大將全懌·全端爲主將, 于詮爲
合後, 朱異·唐咨爲先鋒, 文欽爲鄕導, 起兵七萬, 分三隊而進. 吳
綱回壽春報知諸葛誕. 誕大喜, <u>遂陳兵</u>准備.

    *注: **石頭城**(석두성): 옛 城名. 지금의 南京市 淸凉山上. **陳兵**(진병):
병력을(군대를) 배치하다.

    【10】却說諸葛誕表文到洛陽, 司馬昭見了, 大怒, 欲自往討之.
賈充諫曰: "主公乘父兄之基業, 恩德未及四海, 今棄天子而去,
若一朝有變, 悔之何及? 不如奏請太后及天子一同出征, 可保無
虞."(*曹瞞但挾天子耳, 賈充又敎司馬昭挾太后, 愈出愈奇.) 昭喜曰: "此

言正合吾意." 遂入奏太后曰: "諸葛誕謀反, 臣與文武官僚計議
停當: 請太后同天子御駕親征, 以繼先帝之遺意." (*孫綝將諸葛誕
兒子作當頭, 司馬昭却將太后·天子帶在軍中作當頭.) 太后畏懼, 只得從
之.

次日, 昭請魏主曹髦起程. 髦曰: "大將軍都督天下軍馬, <u>任從</u>
調遣, 何必朕自行也?" 昭曰: "不然. 昔日武祖縱橫四海, 文帝·
明帝有<u>包括</u>宇宙之志, 併呑<u>八荒</u>之心, 凡遇大敵, 必須自行. (*然未
聞奉母氏而行也.) 陛下正宜<u>追配</u>先君, 掃清<u>故孼</u>. 何自畏也?" 髦畏
威權, 只得從之. 昭遂下詔, 盡起兩都之兵二十六萬, 命鎮南將軍
王基爲正先鋒, 安東將軍陳騫爲副先鋒, 監軍石苞爲左軍, 兗州刺
史周太爲右軍, 保護車駕, 浩浩蕩蕩, 殺奔淮南而來.

〖11〗東吳先鋒朱異, 引兵迎敵, 兩軍對圓, 魏軍中王基出馬,
朱異來迎. 戰不三合, 朱異敗走; 唐咨出馬, 戰不三合, 亦大敗而
走. 王基驅兵掩殺, 吳兵大敗, 退五十里下寨, 報入壽春城中. 諸
葛誕自引本部銳兵, 會合文欽并二子文鴦·文虎,(*文鴦前卷不知下
落, 此處却與文欽會在一處.) 雄兵數萬, 來敵司馬昭. 正是:

方見吳兵銳氣墮, 又看魏將勁兵來.

未知勝負如何, 且看下文分解.

(1). 鄧艾有 "五必出" 之說以料蜀, 姜維亦有 "五可勝" 之說以料魏, 彼此若合符節. 而料其出則果出, 料其勝則不必果勝, 則以維之所料, 先爲艾之所料故也. 故知己而不知彼之亦足以知己, 則不得謂之知己; 知彼而不知彼之亦料我之知彼, 則不得謂之知彼.

(2). 有毌丘儉之討司馬師於前, 又有諸葛誕之討司馬昭於後, 兩人皆魏之忠臣也. 諸葛兄弟三人分事三國, 人謂蜀得其龍, 吳得其虎, 魏得其狗. 不知狗亦不易爲矣. 高帝以功臣比之功狗. 蒯通曰: "桀犬吠堯", 亦自比於狗. 趙盾曰: "君之獒不若臣之獒.", 亦自比家將於狗. 若後世無義之徒, 正狗之不如耳.

(3). 司馬昭之攻諸葛誕也, 賈充勸其挾太后‧天子以親征. 此則從前未有之事矣! 曹操南征北伐, 豈嘗挾獻帝而俱行乎? 其挾帝而俱行, 惟許田射鹿之時則有之. 至於挾太后而俱行, 則又何嘗有之乎? 曹操所不爲, 而司馬昭爲之者, 恐我出而天子在內, 則曹芳之血詔, 亦曹髦之所欲發也. 故必挾天子, 而後可以無恐也. 又恐天子雖在外, 而太后在內, 則太后之詔可請, 而城門可閉, 亦未必無曹爽故事也. 故必挾太后, 而後可以無恐也. 凡亂臣賊子欲效前人之所爲, 往往較前人之心又加危, 較前人之心又可愼.

第一百十二回

救壽春於詮死節
取長城伯約鏖兵

〔1〕却說司馬昭聞諸葛誕會合吳兵，前來決戰，乃召散騎長史
裴秀·黃門侍郎鍾會，商議破敵之策。鍾會曰："吳兵之助諸葛誕，
實爲利也，以利誘之，則必勝矣。"(*利與義相對，不爲義則必爲利。) 昭從
其言，遂令石苞·周太引兩軍於石頭城埋伏，王基·陳騫領精兵在
後，却令偏將成倅引兵數萬，先去誘敵，又令陳俊引車仗牛馬驢騾
裝載賞軍之物，四面聚集於陣中，如敵來，則棄之。

是日，諸葛誕令吳將朱異在左，文欽在右，見魏陣中人馬不整，
誕乃大驅士馬徑進，成倅退走。誕驅兵掩殺，見牛馬驢騾遍滿郊
野，南兵爭取，無心戀戰。(*此曹操破文醜之計，其解渭橋之厄亦以此。) 忽
然一聲砲響，兩路兵殺來，左有石苞，右有周太。誕大驚，急欲退
時，王基·陳騫精兵殺到，誕兵大敗。司馬昭又引兵接應。誕引敗兵

奔入壽春, 閉門堅守. 昭令兵四面圍困, 併力攻城.

    *注: 驢騾(려라): 당나귀와 노새.

〖2〗 時吳兵退屯安豊, 魏主車駕駐於項城. 鍾會曰: "今諸葛誕
雖敗, 壽春城中糧草尙多, 更有吳兵屯安豊以爲犄角之勢. 今吾兵
四面攻圍, 彼緩則堅守, 急則死戰, 吳兵或乘勢夾攻, 吾軍無益.
不如三面攻之, 留南門大路, 容賊自走, 走而擊之, 可全勝也. 吳
兵遠來, 糧必不繼. 我引輕騎, 抄在其後, 可不戰而自破矣." 昭
撫會背曰: "君眞吾之子房也!"(*曹操以荀彧爲子房, 　昭又以鍾會爲子
房.) 遂令王基撤退南門之兵.

    *注: 安豊(안풍): 郡名과 縣名이 있다. 郡은 豫州 安豊郡으로 그 治所는
安豊이고 지금의 안휘성 霍丘 南이다. 安豊縣의 故址는 지금의 하남성
固始 南.

〖3〗 却說吳兵屯於安豊, 孫綝喚朱異責之曰: "量一壽春城不能
救, 安可併吞中原? 如再不勝, 必斬!"(*一味好殺, 安能成功?) 朱異
乃回本寨商議. 于詮曰: "今壽春南門不圍, 某願領一軍, 從南門
入去, 助諸葛誕守城. 將軍與魏兵挑戰, 我却從城中殺出, 兩路夾
攻, 魏兵可破矣."(*此計亦妙, 但城中增兵, 則糧愈少耳.) 異然其言. 於
是全懌 · 全端 · 文欽等皆願入城. 遂同于詮引兵一萬, 從南門而入
城.(*本欲虛一門以待誕之走, 不想吳兵反從此而入, 出於意外.) 魏兵不得
將令, 未敢輕敵, 任吳兵入城, 乃報知司馬昭. 昭曰: "此欲與朱
異內外夾攻, 以破我軍也." 乃召王基 · 陳騫分付曰: "汝可引五千
兵, 截斷朱異來路, 從背後擊之." 二人領命而去. 朱異正引兵來,
忽背後喊聲大起, 左有王基, 右有陳騫, 兩路軍殺來. 吳兵大敗.
朱異回見孫綝, 綝大怒曰: "累敗之將, 要汝何用!" 叱武士推出

斬之. 又責全端子全禕曰:"若退不得魏兵, 汝父子休來見我!" 於是孫綝自回建業去了.

〖4〗鍾會與昭曰:"今孫綝退去, 外無救兵, 城可圍矣." 昭從之, 遂催軍攻圍. 全禕引兵欲入壽春, 見魏兵勢大, 尋思進退無路, 遂降司馬昭. 昭加禕為偏將軍.(*一以殺驅之, 一以賞招之.) 禕感昭恩德, 乃修家書與父全端·叔全懌, 言孫綝不仁, 不若降魏, 將書射入城中. 懌得禕書, 遂與端引數千人開門出降. 諸葛誕在城中憂悶, 謀士蔣班·焦彝進言曰:"城中糧少兵多, 不能久守, 可率吳·楚之眾, 與魏兵決一死戰!" 誕大怒曰:"吾欲守, 汝欲戰, 莫非有異心乎? 再言必斬!"(*與孫綝之令無異.) 二人仰天長嘆曰:"誕將亡矣! 我等不如早降, 免至一死!" 是夜二更時分, 蔣·焦二人逾城降魏, 司馬昭重用之.(*又以賞招之.) 因此城中雖有敢戰之士, 不敢言戰.

〖5〗誕在城中, 見魏兵四下築起土城, 以防淮水, 只望水泛, 衝倒土城, 驅兵擊之. 不想自秋至冬, 並無霖雨, 淮水不泛. 城中看看糧盡. 文欽在小城內, 與二子堅守, 見軍士漸漸餓倒, 只得來告誕曰:"糧皆盡絕, 軍士餓損, 不如將北方之兵盡放出城, 以省其食." 誕大怒曰:"汝教我盡去北軍, 欲謀我耶?" 叱左右, 推出斬之.(*又是一个孫綝.) 文鴦·文虎見父被殺, 各拔短刀, 立殺數十人, 飛身上城, 一躍而下, 越壕赴魏寨投降. 司馬昭恨文鴦昔日單騎退兵之讎, 欲斬之.(*照應一百十卷中事.) 鍾會諫曰:"罪在文欽. 今文欽已亡, 二子勢窮來歸, 若殺降將, 是堅城內人之心也." 昭從之, 遂召文鴦·文虎入帳, 用好言撫慰, 賜駿馬·錦衣, 加為偏將軍, 封關內侯.(*要殺則竟殺, 不殺則撫之·慰之·爵之·祿之. 直是老瞞手段.) 二子拜謝上馬, 繞城大叫曰: "我二人蒙大將軍赦罪賜爵, 汝等何不早降?" 城內人聞言, 皆計議曰: "文鴦乃司馬氏讐人, 尚且重用, 何況我等乎?" 於是皆欲投降. 諸葛誕聞之, 大怒, 日夜自來巡城, 以殺爲威.(*又是一个孫綝. 如此安得不敗?)

〖6〗鍾會知城中人心已變,乃入帳告昭曰:"可乘此時攻城矣." 昭大喜, 遂激三軍, 四面雲集, 一齊攻打. 守將曾宣獻了北門, 放魏兵入城.(*必至於此.) 誕知魏兵已入, 慌引麾下數百人, 自城中小路突出, 至吊橋邊, 正撞着胡奮, 手起刀落, 斬誕於馬下, 數百人皆被縛. 王基引兵殺到西門, 正遇吳將于詮. 基大喝曰: "何不早降?" 詮大怒曰: "受命而出, 爲人救難, 旣不能救, 又降他人, 義所不爲也!" 乃擲盔於地, 大呼曰: "人生在世, 得死於戰場者幸耳!" 急揮刀死戰三十餘合, 人困馬乏, 爲亂軍所殺. 後人有詩讚曰:

司馬當年圍壽春, 降兵無數拜車塵.
東吳雖有英雄士, 誰及于詮肯殺身?
　*注: 車塵(거진): 수레가 달리면서 내는 먼지; 車騎(전차와 마차); 상대방
　　을 높여서 부르는 敬稱.

〖7〗司馬昭入壽春, 將諸葛誕老小盡皆梟首, 滅其三族. 武士將所擒諸葛誕部卒數百人縛至.昭曰: "汝等降否?" 衆皆大叫曰: "願與諸葛公同死, 決不降汝!" 昭大怒, 叱武士盡縛於城外, 逐一問曰: "降者免死." 並無一人言降, 直殺至盡, 終無一人降者. 昭深加嘆息不已, 令皆埋之. 後人有詩讚曰:

忠臣矢志不偷生, 諸葛公休帳下兵,
〈薤露〉歌聲應未斷, 遺踪直欲繼田橫.

*注: 逐一(축일): 하나하나. 일일이. 薤露(해로): 즉 〈薤露行〉. 이는 본 래 樂府의 歌詞 제목으로 조조는 이것으로써 당시의 시대 상황, 즉 동한 말년 환관과 외척들이 서로 다투느라 동탁의 亂을 초래하였음을 이야기했 던 것인데, 여기서는 司馬氏의 정권 찬탈 행위가 조조가 〈薤露行〉에서 읊었던 것처럼 되풀이되고 있음을 말한 것이다. 遺踪(유종): 발자취를 남기다. 이 구절의 뜻은 제갈탄의 부하 사병들이 田橫의 수하 장사 5백 명이 자신들의 장수가 죽은 후 적에게 굴복하지 않고 그들의 장수를 따라 서 죽은 것처럼 하였음을 말한다. 〈田橫〉: 秦나라 말에 형인 田儋(전담) 과 같이 기병하여, 楚漢 전쟁 중에 자립하여 齊王이 되었으나, 얼마 후 싸움에서 패하여 彭越로 달아났다. 漢 高祖 때 낙양으로 오라는 命을 받 았으나 漢의 신하가 되기 싫다고 도중에 자살하자, 그를 따르던 수하 장사 들도 모두 따라 자살했다.

〖8〗却說吳兵大半降魏. 裴秀告司馬昭曰: "吳兵老小盡在東南 江淮之地, 今若留之, 久必爲變, 不如坑之." 鍾會曰: "不然. 古 之用兵者, 全國爲上, 戮其元惡而已. 若盡坑之, 是不仁也. 不如 放歸江南, 以顯中國之寬大." 昭曰: "此妙論也." 遂將吳兵盡皆 放歸本國.(*從來成大事者, 必能用善言.) 唐咨因懼孫綝, 不敢回國, 亦來降魏. 昭皆重用, 令分布三河之地. 淮南已平, 正欲退兵, 忽 報西蜀姜維引兵來取長城, 邀截糧草. 昭大驚, 與多官計議退兵之 策.

*注: 全國爲上(전국위상): 적국 전체를 온전히 차지하는 것이 가장 좋다. 그 뜻은 〈파괴를 최소로 하고 사람들도 최소로 죽여서 완전한 승리를 거두 는 것이 가장 좋다.〉이다. (*출처: 〈孫子·謀攻篇〉: "夫用兵之法, 全國 爲上, 破國次之.") 三河(삼하): 漢代의 河內, 河東, 河南 三郡을 三河 라고 했다. 즉 지금의 하남성 낙양시 황하 남북 일대. 長城(장성): 지금의

섬서성 周至縣 東南.　　**邀截**(요절): 가로막다. 저지하다. 중도에서 차단하다(=邀遮).

〖9〗時蜀漢延熙二十年, 改爲景耀元年. 姜維在漢中選川將兩員, 每日操練人馬, 一是蔣舒, 一是傅僉. 二人頗有膽勇, 維甚愛之. 忽報: "淮南諸葛誕起兵討司馬昭, 東吳孫綝助之. 昭大起兩都之兵, 將魏太后幷魏主一同, 出征去了."(*只聽得一半.)　維大喜曰: "吾今番大事濟矣." 遂表奏後主, 願興兵伐魏. 中散大夫譙周聽知, 嘆曰: "近來朝廷溺於酒色, 信任中貴黃皓, 不理國事, 只圖歡樂. 伯約累欲征伐, 不恤軍士, 國將危矣!" 乃作〈讐國論〉一篇, 寄與姜維. 維拆封視之. 論曰:

*注: 景耀元年(경요원년): 이곳에서 말하는 改元 年代는 역사적 사실과 약간 어긋난다. 延熙를 景耀로 改元한 것은 延熙二十一年, 즉 서기 258년의 일이다. 그러나 여기서 강유가 연희 20년(즉, 서기257년)에 駱谷을 통해 魏를 치러 갔다는 기록은 역사적 사실과 일치한다.　**中散大夫**(중산대부): 政事의 의논에 참여하는 높은 관직명.　**中貴**(중귀): 즉, 中貴人, 宦官. 특히 權勢가 있는 宦官.

〖10〗"或問: 古往能以弱勝强者, 其術何如? 曰: 處大國無患者, 恒多慢; 處小國有憂者, 恒思善. 多慢則生亂, 思善則生治, 理之常也, 故周文養民, 以少取多; 勾踐恤衆, 以弱斃强, 此其術也.

或曰: 曩者楚强漢弱, 約分鴻溝, 張良以爲民志旣定, 則難動也, 率兵追羽, 終斃項氏, 豈必由文王 · 勾踐之事乎? 曰: 商 · 周之際, 王侯世尊, 君臣久固. 當此之時, 雖有漢祖, 安能仗劍取天下乎? 及秦罷侯置守之後, 民疲秦役, 天下土崩, 於是豪傑并爭.

今我與彼, 皆傳國易世矣, 旣非秦末鼎沸之時, 實有六國倂
據之勢, 故可以爲文王, 難爲漢祖. 時可而後動, 數合而後擧,
故湯·武之師, 不再戰而克, 誠重民勞而度時審也. 如遂極武
黷征, 不幸遇難, 雖有智者, 不能謀之矣."

姜維看畢, 大怒曰: "此腐儒之論也!" 擲之於地, 遂提川兵來
取中原. 乃問傅僉曰: "以公度之, 可出何地?" 僉曰: "魏屯糧草
皆在長城, 今可徑取駱谷, 度沈嶺, 直到長城, 先燒糧草,(*魏兵屢次
斷蜀之糧, 今則是蜀兵取魏之糧, 反而用之. 又變一樣文法.) 然後直取秦川,
則中原指日可得矣." 維曰: "公之見與吾計暗合也." 卽提兵徑取
駱谷, 度沈嶺, 望長城而來.

*注: **多慢**(다만): 거만(오만)할 때(경우)가 많다. **周文**(주문): 周 文王.
勾踐(구천): 즉, 越王勾踐(在位: B.C.497~465년). 會稽山 전투에서 吳
나라에 패한 후 范蠡(범려)의 計策에 따라 백성들을 慰撫하여 人口를 늘리
고 生産을 증가시키고 자신은 臥薪嘗膽(와신상담)을 하여 결국 吳나라를
멸망시켰다. **斃**(폐): 넘어뜨리다. 죽이다. **約分鴻溝**(약분홍구): 홍구를
경계로 서로 나뉘다. 〈鴻溝〉: 옛날의 運河 이름으로 지금의 하남성 滎陽
北에서 黃河의 물을 끌어들여 中牟 北, 開封 北, 通許 東, 太康 西를 거쳐
淮陽의 東南에서 穎水로 들어갔다. 楚와 漢이 서로 다투면서 대치할 당시
이 鴻溝를 경계로 天下를 平分하여 동쪽은 楚, 서쪽은 漢으로 하기로 서로
約定했었다. **秦罷侯置守**(진파후치수): 秦이 六國을 統一한 후 封建制를
폐지하여 諸侯國을 없애고 郡縣制를 실시하여 全國을 36개 郡으로 나누
어 각 郡에 郡守를 두었다. **傳國易世**(전국역세): 나라를 세운 후 이미
그 자식들에게 나라를 전한 지 여러 세대가 지났다. **倂據**(병거): 서로 경쟁
하면서 並存하다. **時可而後動**(시가이후동): 때가 맞아야 행동할 수 있다.

數合而後擧(수합이후거): 운수나 법도에 맞아야 일을 시작할 수 있다. 〈數〉: 운수. 규칙. 법도.　**極武黷征**(극무독정): 무력을 남용하고, 전쟁을 너무 자주하다. 窮兵黷武(궁병독무).　**駱谷**(락곡): 계곡 이름. 駱谷道. 북쪽 입구는 지금의 섬서성 周至縣 西南 120리 지점에 있고 남쪽 입구는 섬서성 洋縣 북쪽 30리 지점에 있다. 옛날 關中에서 秦嶺을 넘어 漢中을 거쳐 巴蜀으로 들어가는 要道의 하나.　**沈嶺**(심령): 지금의 섬서성 周至縣 南.　**秦川**(진천): 古地區名. 지금의 섬서성·감숙성의 秦嶺 以北의 渭水 平原地區.　**暗合**(암합): 우연히 일치하다.

〖11〗却說長城鎭守將軍司馬望, 乃司馬昭之族兄也. 城內糧草甚多, 人馬却少. 望聽知蜀兵到, 急與王眞·李鵬二將引兵離城二十里下寨. 次日, 蜀兵來到, 望引二將出陣. 姜維出馬, 指望而言曰: "今司馬昭遷主於軍中, 必有李傕·郭汜之意也.(*直應第九卷中事.) 吾今奉朝廷明命, 前來問罪, 汝當早降. 若還愚迷, 全家誅戮." 望大聲而答曰: "汝等無禮, 數犯上國, 如不早退, 令汝片甲不歸!" 言未畢, 望背後王眞挺槍出馬, 蜀陣中傅僉出迎. 戰不十合, 僉賣個破綻, 王眞便挺槍來刺, 傅僉閃過, 活捉眞於馬上, 便回本陣. 李鵬大怒, 縱馬輪刀來救. 僉故意放慢, 等李鵬將近, 努力擲眞於地, 暗掣四楞鐵簡在手. 鵬赶上, 擧刀待砍, 傅僉偸身回顧, 向李鵬面門只一簡, 打得眼珠迸出, 死於馬下.(*寫傅僉不惟能謀, 且又能勇.) 王眞被蜀軍亂槍刺死. 姜維驅兵大進. 司馬望棄寨入城, 閉門不出. 維下令曰: "軍士今夜且歇一宿, 以養銳氣, 來日須要入城." 次日平明, 蜀兵爭先大進, 一擁至城下, 用火箭火砲打入城中. 城上草屋一派燒着, 魏兵自亂. 維又令人取乾柴堆滿城下, 一齊放火, 烈焰沖天.(*幾同博望·新野.) 城已將陷, 魏兵在城內嚎啕痛哭, 聲聞四野.

*注: 賣個破綻(매개파탄): 일부러 틈(허점. 결점)을 보이다. 〈賣〉: 팔다;
내보이다. 자랑하다. 〈破綻〉: 결점. 허점. 틈.　放慢(방만): 걸음을 늦추다.
努力(노력): 힘을 쓰다. 힘껏.　　　　四楞鐵簡(사릉철간): 武器名. 竹簡처럼
생긴 모양의 네모난 鐵鞭. 〈楞〉: 棱과 同.　　草屋一派(초옥일파): 초가집
한 채. 〈派〉: 片, 陣과 같은 數量詞로 경치, 氣象, 소리, 말(言語) 등을 셀
때 쓴다.　　嚎啕(호도): 큰소리로 울다. 울부짖다.

〖12〗正攻打之間, 忽然背後喊聲大震. 維勒馬回看, 只見魏兵
鼓噪搖旗, 浩浩而來. 維遂令後隊爲前隊, 自立於門旗下候之. 只
見魏陣中一小將, 全裝貫帶, 挺槍縱馬而出, 約年二十餘歲, 面如
傅粉, 唇似抹朱, 厲聲大叫曰:"認得鄧將軍否?" 維自思曰:"此
必是鄧艾矣." 挺槍縱馬而來迎. 二人抖擻精神, 戰到三四十合,
不分勝負. 那小將軍槍法無半點放閑. 維心中自思:"不用此計,
安得勝乎?" 便撥馬望左邊山路中而走. 那小將驟馬追來. 維挂住
了鋼槍, 暗取雕弓羽箭射之. 那小將眼乖, 早已見了, 弓弦響處,
把身望前一倒, 放過羽箭. 維回頭看, 小將已到, 挺槍來刺, 維閃
過, 那槍從肋傍邊過, 被維挾住. 那小將棄槍望本陣而走, 維嗟嘆
曰:"可惜, 可惜!" 再撥馬趕來, 追至陣門前, 一將提刀而出
曰:"姜維匹夫, 勿趕吾兒! 鄧艾在此!" 維大驚. ── 原來小將乃
艾之子鄧忠也.(*此處方纔敍明, 前文故意令人不測. 鍾會弟勝於兄, 鄧家子
如其父. 然則艾艾眞有兩艾, 鳳兮不止一鳳矣.) 維暗暗稱奇; 欲戰鄧艾,
又恐馬乏, 乃虛指艾曰:"吾今日識汝父子也. 各且收兵, 來日決
戰." 艾見戰場不利, 亦勒馬應曰:"旣如此, 各自收兵, 暗算者非
丈夫也." 於是兩軍皆退. 鄧艾據渭水下寨, 姜維跨兩山安營.
　艾見蜀兵地理, 乃作書與司馬望曰:"我等切不可戰, 只宜固守.
待關中兵至時, 蜀兵糧草皆盡, 三面攻之, 無不勝也. 今遣長子鄧

忠相助守城." 一面差人於司馬昭處求救.

　　*注: 眼乖(안괴): 눈이 예리하다. 〈乖〉: 영리하다. 약다. 聰明하다.

　〖13〗却說姜維令人於艾寨中下戰書, 約來日大戰. 艾佯應之.
次日五更, 維令三軍造飯, 平明布陣等候. 艾營中偃旗息鼓, 却如
無人之狀. 維至晚方回. 次日, 又令人下戰書, 責以失期之罪. 艾
以酒食待使, 答曰: "微軀小疾, 有誤相持, 明日會戰." 次日, 維
又引兵來, 艾仍前不出. 一 如此五六番. 傅僉謂維曰: "此必有謀
也, 宜防之." 維曰: "此必挨關中兵到, 三面擊我耳. 吾今令人持
書與東吳孫綝, 　使倂力攻之." 忽探馬報說: "司馬昭攻打壽春,
殺了諸葛誕, 吳兵皆降. 昭班師回洛陽, 便欲引兵來救長城." 維
大驚曰: "今番伐魏, 又成畫餠矣! 一不如且回." 正是:

　　已嘆四番難奏績, 又嗟五度未成功.
未知如何退兵, 且看下文分解.

　　*注: 相持(상지): 서로 대치하다. 서로 싸우다. 　挨(애): =挨(애). 기다리
다. 　成畫餠(성화병): 그림의 떡이 되다.

第一百十二回 毛宗崗 序始評

　(1). 諸葛恪之進兵於新城, 魏無釁之可窺. 若孫綝之進兵於壽
春, 則乘魏之釁而動矣. 毌丘儉之討司馬師, 猶懼吳之襲其後,
若諸葛誕之討司馬昭, 則吳且爲之援矣. 綝之事易於恪, 誕之事
易於儉, 而迄無成功者, 是綝之才不如恪, 誕之才亦不如儉也.
然吳有不降賊之將, 則于詮一人爲忠臣: 魏有不降賊之兵, 則諸
葛誕數百人皆義士. 君子謂吳之一人, 可以愧吳之衆人: 而誕之
數百人, 愈以重誕之一人云.

(2). "威克厥愛", 爲將之道固然, 而用法太嚴, 御人太酷,
又必敗之理也. 朱異不殺, 則吳將不至離心; 文欽不誅, 則魏
將不至解體. 讀書至此, 可爲嚴酷者之戒.

(3). 譙周〈讐國論〉, 不過以成敗利鈍之言耳. 其不作於武
侯伐魏之時, 而作於姜維伐魏之時者, 盖武侯 "非所逆睹" 一
語, 已足以破之矣. 使人盡明哲, 孰竭愚忠? 使人盡知天, 孰
盡人事? 故後世人臣有報國之志者, 愿讀〈出師表〉, 不愿讀
〈讐國論〉.

第一百十三回

丁奉定計斬孫綝
姜維鬪陣破鄧艾

〖1〗却說姜維恐救兵到，先將軍器車仗，一應軍需，步兵先退，然後將馬軍斷後．細作報知鄧艾．艾笑曰：“姜維知大將軍兵到，故先退去．不必追之，追則中彼之計也．”乃令人哨探，回報果然駱谷迫狹之處，堆積柴草，准備要燒追兵．衆皆稱艾曰：“將軍眞神算也！”遂遣使賷表奏聞．於是司馬昭大喜，又加賞鄧艾．

〖2〗却說東吳大將軍孫綝，聽知全端・唐咨等降魏，勃然大怒，將各人家眷，盡皆斬之．(*與先主不殺黃權家屬，厚薄相去天壤．) 吳主孫亮，時年方十七，見綝殺戮太過，心甚不然．一日出西苑，因食生梅，令黃門取蜜．須臾取至，見蜜內有鼠糞數塊，召藏吏責之．藏吏叩首曰：“臣封閉甚嚴，安有鼠糞？”亮曰：“黃門曾向爾求蜜食否?"(＊問得聰明.) 藏吏曰: "黃門於數日前曾求蜜食, 臣實不敢與."
亮指黃門曰: "此必汝怒藏吏不與爾蜜, 故置糞於蜜中, 以陷之
也." 黃門不服.(＊從來偸食人極嘴强.) 亮曰: "此事易知耳. 若糞久
在蜜中, 則內外皆濕; 若新在蜜中, 則外濕內燥."命剖視之, 果然
內燥, 黃門服罪. 亮之聰明, 大抵如此."(＊載一小事之明, 以見其大事
之察. 然無大事可敍者, 以大事俱歸於孫綝之故耳.) —— 雖然聰明, 却被孫
綝<u>把持</u>, 不能主張. 綝之弟威遠將軍孫據, 入<u>蒼龍</u>宿衛, 武衛將軍
孫恩·偏將軍孫幹·長水校尉孫闓分屯諸營.

> ＊注: 不然(불연): 그렇지 않다. 그렇게 해서는 안 된다.　 因食(인식): 먹기
> 위하여(因: 爲. 爲了).　 藏吏(장리): 궁내의 부고를 관장하는 관리.　 嘴强
> (취강): 말이 완강하다. 말로만 센 체하다. 말발이 세다.　 把持(파지):
> 틀어쥐다. 좌지우지하다. 독판치다.　 蒼龍(창룡): 蒼龍門. 吳의 建業皇宮
> 의 東門.

〖3〗一日, 吳主孫亮悶坐, 黃門侍郎全紀在側, 紀乃國舅也. 亮
<u>因泣告</u>曰: "孫綝專權妄殺, 欺朕太甚; 今不圖之, 必爲後患."(＊如
曹芳之告張緝.) 紀曰: "陛下但有用臣處, 臣萬死不辭." 亮曰: "卿
可只今點起禁兵, 與將軍劉丞各把城門, 朕自出殺孫綝.(＊如曹髦之
自討司馬昭.) 但此事切不可令卿母知之. 卿母乃綝之姊也. 倘若洩
漏, 誤朕非輕." 紀曰: "乞陛下草詔與臣. 臨行事之時, 臣將詔示
衆, 使綝手下人皆不敢妄動." 亮從之, 卽寫密詔付紀. 紀受詔歸
家, 密告其父全尙. 尙知此事, 乃告妻曰: "三日內殺孫綝矣."(＊子
不告其母, 而夫乃告其妻, 可見夫妻之情密於子母也. 爲之一嘆.) 妻曰: "殺
之是也." 口雖應之, 却私令人持書報知孫綝.(＊不顧其夫, 不顧其子,
而但以內家爲重, 今之婦人多有之矣. 又爲之一嘆.) 綝大怒, 當夜便喚弟
兄四人, 點起精兵, 先圍<u>大內</u>; 一面將全尙·劉丞并其家小俱拿下.

〖4〗比及平明,　吳主孫亮聽得宮門外金鼓大震.　內侍慌入奏
曰:"孫綝引兵圍了內苑."亮大怒,指全后罵曰:"汝父兄誤我大
事矣!" 乃拔劍欲出. 全后與侍中近臣, 皆牽其衣而哭, 不放亮出.
孫綝先將全尙·劉丞等殺訖, 然後召文武於朝內, 下令曰:"主上
荒淫久病, 昏亂無道, 不可以奉宗廟, 今當廢之. 汝諸文武敢有不
從者,　以謀叛論!"衆皆畏俱, 應曰:"願從將軍之令." 尙書桓懿
大怒, 從班部中挺然而出, 指孫綝大罵曰:"今上乃聰明之主,　汝
何敢出此亂言! 吾寧死不從賊臣之命!" 綝大怒,　自拔劍斬之. 卽
入內指吳主孫亮罵曰:"無道昏君! 本當誅戮以謝天下! 看先帝之
面, 廢汝爲會稽王. 吾自選有德者立之!"叱中書郎李崇奪其璽綬,
令鄧程收之.　亮大哭而去.(*與司馬師廢曹芳一樣手段.)　後人有詩嘆
曰:

　　亂賊誣伊尹,　奸臣冒霍光.
　　可憐聰明主, 不得莅朝堂.
　　*注: 今上(금상): 지금의 주상. 현재의 황제.　莅(리): 臨하다.

〖5〗孫綝遣宗正孫楷·中書郎董朝, 往虎林迎請琅琊王孫休爲
君. 休字子烈, 乃孫權第六子也. 在虎林夜夢乘龍上天, 回顧不見
龍尾,　失驚而覺.(*乘龍者, 應在爲君. 無尾應在其子之不得立也.) 次日,
孫楷·董朝至, 拜請回都. 行至曲阿, 有一老人, 自稱姓干, 名休,
叩頭言曰:"事久必變, 願殿下速行." 休謝之. 行至布塞亭, 孫恩
將車駕來迎. 休不敢乘輦, 乃坐小車而入. 百官拜迎道傍, 休慌忙
下車答禮. 孫綝出, 令扶起, 請入大殿, 升御座卽天子位. 休再三

謙讓, 方受玉璽. 文官武將朝賀已畢, 大赦天下, 改元<u>永安元年</u>;
封孫綝爲丞相·荊州牧, 多官各有封賞; 又封兄之子孫皓爲烏程
侯.(*爲後文嗣位張本.) 孫綝一門五侯, 皆<u>典</u>禁兵, <u>權傾人主</u>. 吳主孫
休, 恐其內變, 陽示恩寵, 內實防之. 綝驕橫愈甚.

*注: 宗正(종정): 官名. 皇室을 관리하는 皇帝 親屬으로 九卿의 하나.
虎林(호림): 옛 城名으로 武林城이라고도 한다. 지금의 안휘성 貴池縣
西에 있다. 소설에서는 虎林에 가서 琅邪王 孫休를 맞아 君으로 삼았다
고 했으나, 이는 역사적 사실과 부합되지 않는다. 孫休는 원래는 虎林에
있었으나 후에 丹楊郡으로 옮겼고, 다시 會稽로 옮겼다. 따라서 실제로
는 會稽로 가서 孫休를 맞아 왔던 것이다.   曲阿(곡아): 지금의 강소성
丹陽縣.   布塞亭(포새정): 지금의 강소성 句容縣에 있다.   孫恩(손은):
당시 武衛將軍, 行丞相事로 있었다.   永安元年(영안원년): 서기 258년.
魏甘露三年과 同年. (신라 沾解尼師今 12년. 고구려 中川王 11년).   典
(전): 주관하다. 관장하다.   權傾人主(권경인주): 권세가 임금을 압도했다.
권세가 임금보다 더 컸다. 〈傾〉: 압도하다. 뛰어나다.

〔6〕冬十二月, 綝奉<u>生酒</u>入宮上壽. 吳主孫休不受. 綝怒, 乃以
牛酒詣左將軍張布府中共飮. 酒酣, 乃謂布曰:“吾初廢會稽王
時, 人皆勸吾爲君, 吾爲今上賢, 故立之. 今我上壽而見拒, 是將
我等閒相待. 吾早晚敎你看!”布聞言, 唯唯而已.

次日, 布入宮密奏孫休. 休大懼, 日夜不安. 數日後, 孫綝遣中
書郞孟宗, <u>撥與</u>中營所管精兵一萬五千, 出屯武昌; 又盡將武庫內
軍器與之. 於是, 將軍魏邈·武衛士施朔二人密奏孫休曰:“綝調兵
在外, 又搬盡武庫內軍器, 早晚必爲變矣!”(*孫休此時<u>干休</u>不得.) 休
大驚, 急召張布計議. 布奏曰:“老將丁奉, 計略過人, 能斷大事,
可與議之.”休乃召奉入內, 密告其事. 奉奏曰:“陛下無憂. 臣有

一計, 爲國除害." 休問何計, 奉曰: "來朝臘日, 只推大會群臣, 召綝赴席, 臣自有調遣." 休大喜. 奉令魏邈·施朔爲外事, 張布爲內應.

*注: 牛酒(우주): 소고기(牛)와 술(酒). 옛날에는 進獻이나 慰勞 혹은 膳物 용도로 이를 사용했다.　上壽(상수): 〈壽를 올리다〉. 옛날 신하가 君主에게, 혹은 젊은이가 尊長에게 올리는 술이나 예물을 바치는 것을 모두 〈壽〉라고 했다.　撥與(발여): (일부분을) 떼어서 주다.　干休(간휴): 그만두다. 손을 떼다.　臘日(랍일): 冬至 뒤의 세 번째 戌日(음력 12월 8일)로 이날에 百神들에게 제사를 지낸다(=臘享).　調遣(조견): 파견하다; 지휘(지시)하다. 조처하다.

〖7〗是夜, 狂風大作, 飛沙走石, 將老樹連根拔起. 天明風定, 使者奉旨來請孫綝入宮赴會. 孫綝方起床, 平地如人推倒,(*與諸葛恪家黃犬銜衣, 孝子入門之怪彷佛相似.) 心中不悅. 使者十餘人, 簇擁入內. 家人止之曰: "一夜狂風不息, 今早又無故驚倒, 恐非吉兆, 不可赴會."(*與諸葛恪入朝時彷佛相似.) 綝曰: "吾兄弟共典禁兵, 誰敢近身! 倘有變動, 於府中放火爲號." 囑訖, 升車入內. 吳主孫休忙下御座迎之, 請綝高坐. 酒行數巡,(*與諸葛恪飲酒時彷佛相似.) 衆驚曰: "宮外望有火起!"(*此是丁奉等在外擒孫家兄弟時也. 妙在虛寫.) 綝便欲起身. 休止之曰: "丞相穩便. 外兵自多, 何足懼哉?" 言未畢, 左將軍張布拔劍在手, 引武士三十餘人, 搶上殿來, 口中厲聲而言曰: "有詔擒反賊孫綝!"(*令人追想孫峻殺諸葛恪時.) 綝急欲走時, 早被武士擒下. 綝叩頭奏曰: "願徙交州歸田里." 休叱曰: "爾何不徙滕胤·呂據·王惇耶?" 命推下斬之. 於是張布牽孫綝下殿東斬訖.(*前謂布曰: "吾早晚敎你看." 不想看出這局面來.) 從者皆不敢動. 布宣詔曰: "罪在孫綝一人, 餘皆不問." 衆心乃安. 布請孫休升五鳳樓. 丁奉·魏邈·施朔等, 擒孫綝兄弟至, 休命盡斬於市. 宗黨死者數百人, 滅其三族. 命軍士掘開孫峻墳墓, 戮其屍首. 將被害諸葛恪·滕胤·呂據·王惇等家, 重建墳墓, 以表其忠. 其牽累流遠者, 皆赦還鄉里. (*舊案盡翻.) 丁奉等重加封賞.

    *注: 搶上(창상): 급히 (앞으로) 가다. 빠른 걸음으로 앞으로 다가서다.

    流遠(유원): 먼 변방 땅으로 유배 보내다.

〖8〗馳書報入成都. 後主劉禪遣使回賀, 吳使薛珝答禮. (*使命往來, 敍得簡略, 省筆之法.) 珝自蜀中歸, 吳主孫休問: "蜀中近日作何擧動?" 珝奏曰: "近日中常侍黃皓用事, 公卿多阿附之, 入其朝, 不聞直言; 經其野, 民有菜色. 所謂 '燕雀處堂, 不知大廈之將焚' 者也." (*西蜀事在吳使口中虛寫一番, 妙在有意無意寫來, 只爲後文姜維回兵伏線.) 休嘆曰: "若諸葛武侯在時, 何至如此乎!" 於是又寫國書, 敎人賫入成都, 說司馬昭不日簒魏, 必將侵吳·蜀以示威, 彼此各宜准備. (*因其不知內憂, 故以外患動之.) 姜維聽得此信, 忻然上表, 再議出師伐魏. (*孫休本欲以外患動其內憂, 姜維乃捨內憂以圖其外患.)

    *注: 用事(용사): 권력을 잡다. 일을 처리하다. 菜色(채색): 채소의 빛깔. 굶주린 사람의 누르스름한 얼굴빛. 燕雀處堂(연작처당): 燕雀處屋. 제비나 참새가 집 마루(당)에서 살아간다. 참새나 제비가 사람이 사는 집 안에 있으면 언제 붙잡힐지, 또는 그 집에 불이 날지 모르는 위험에 노출된다. 이 말은 매우 위험한 처지에 있으면서도 스스로는 그것을 알지 못하는 것을 비유한 말이다. "燕雀處堂, 不知禍之將及." "此燕雀處堂之勢也!" (*出處: 〈孔叢子·論勢〉).

〖9〗時蜀漢景耀元年冬, 大將軍姜維以廖化·張翼爲先鋒, 王含·蔣斌爲左軍, 蔣舒·傅僉爲右軍, 胡濟爲合後, 維與夏侯霸總中軍, 共起蜀兵二十萬, 拜辭後主, 徑到漢中. 與夏侯霸商議, 當先攻取何地. 霸曰: "祁山乃用武之地, 可以進兵, 故丞相昔日六出祁山, 因他處不可出也." 維從其言, 遂令三軍并望祁山進發. 至谷口下寨.(*此是六伐中原.)

時鄧艾正在祁山寨中, 整點隴右之兵. 忽流星馬到, 報說蜀兵現下三寨於谷口. 艾聽知, 遂登高看了, 回寨升帳, 大喜曰: "不出吾之所料也!" 原來鄧艾先度了地脈, 故留蜀兵下寨之地; 地中自祁山寨直至蜀寨, 早挖了地道, 待蜀兵至時, 於中取事. 此時姜維至谷口分作三寨, 地道正在左寨之中, 乃王含・蔣斌下寨之處. 鄧艾喚子鄧忠, 與師纂各引一萬兵, 爲左右衝擊; 却喚副將鄭倫, 引五百掘子軍, 於當夜二更, 逕於地道直至左營, 於帳後地下擁出.(*以攻城之法攻營, 不從天降, 却從地出.)

*注: **蜀漢景耀元年**(촉한경요원년): 서기 258년.   挖(알): 파다.   **掘子軍**(굴자군): 땅속에 굴을 파는 工兵.

〖10〗却說王含・蔣斌因立寨未定, 恐魏兵來劫寨, 不敢解甲而寢. 忽聞中軍大亂, 急綽兵器<u>上的</u>馬時, 寨外鄧忠引兵殺到. 內外夾攻. 王・蔣二將奮死抵敵不住, 棄寨而走. 姜維在帳中聽得左寨中大喊, <u>料道</u>有內應外合之兵, 遂急上馬, 立於中軍帳前, 傳令曰: "如有妄動者斬! 便有敵兵到營邊, 休要問他, 只管以弓弩射之!" 一面傳示右營, 亦不許妄動. 果然魏兵十餘次衝擊, 皆被射回. 只衝殺到天明, 魏兵不敢殺入. 鄧艾收兵回寨, 乃嘆曰: "姜維深得孔明之法, 兵在夜而不驚, 將聞變而不亂, 眞將才也."

次日, 王含・蔣斌收聚敗兵, 伏於大寨前請罪. 維曰: "非汝等之罪, 乃吾不明地脈之故也." 又撥軍馬, 令二將安營訖; 却將傷死身屍, 塡於地道之中, 以土掩之;(*以地道爲蜀人之塚, 哀哉!) 令人下戰書, 單搦鄧艾來日交鋒. 艾忻然應之.

*注: 上的(상적): 上了.〈的〉: 동작의 완료를 나타낸다. "了"와 같은 뜻이
다.　料道(료도): 추측하다.

〖11〗次日, 兩軍列於祁山之前. 維按武侯八陣之法, 依天·地·
風·雲·鳥·蛇·龍·虎之形, 分布已定. 鄧艾出馬, 見維布成八卦,
乃亦布之, 左右前後, 門戶一般.(*前有武侯與仲達鬪陣, 今又有姜維與
鄧艾鬪陣.) 維持槍縱馬, 大叫曰: "汝效吾排八陣, 亦能變陣否?"
艾笑曰: "汝道此陣只汝能布耶? 吾旣會布陣, 豈不知變陣?" 艾
便勒馬入陣, 令執法官把旗左右招颭, 變成八八六十四個門戶; 復
出陣前曰: "吾變法若何?" 維曰: "雖然不差, 汝敢與吾八陣相圍
麼?"(*前武侯是敎仲達打陣, 今姜維却敎鄧艾圍陣, 又自不同.) 艾曰: "有
何不敢!" 兩軍各依隊伍而進. 艾在中軍調遣. 兩軍衝突, 陣法不
曾錯動. 姜維到中間, 把旗一招, 忽然變成 "長蛇卷地陣", 將鄧
艾困在垓心, 四面喊聲大震. 艾不知其陣, 心中大驚. 蜀兵漸漸逼
近, 艾引衆將衝突不出.只聽得蜀兵齊叫曰: "鄧艾早降!" 艾仰天
長嘆曰: "我一時自逞其能, 中姜維之計矣!"

*注: 八陣法(팔진법): 八陣圖法에 관해서는 第八十四回 끝부분의 注 參
照.　汝道(여도): 너는 생각하느냐?〈道〉: 말하다. 생각하다.　招颭(초점):
招展. 흔들다. 펄럭이다.

〖12〗忽然西北角上一彪軍殺入, 艾見是魏兵, 遂乘勢殺出.一
救鄧艾者, 乃司馬望也. 比及救出鄧艾時, 祁山九寨, 皆被蜀兵所
奪. 艾引敗兵, 退於渭水南下寨. 艾謂望曰: "公何以知此陣法而
救出我也?" 望曰: "吾幼年遊學於荊南, 曾與崔州平·石廣元爲
友, 講論此陣. 今日姜維所變者, 乃 '長蛇卷地陣'也, 若他處擊

之, 必不可破. 吾見其頭在西北, 故從西北擊之, 自破矣."(*蛇無頭
而不行.) 艾謝曰: "我雖學得陣法, 實不知變法. 公旣知此法, 來日
以此法復奪祁山寨柵, 如何?" 望曰: "我之所學, 恐瞞不過姜
維." 艾曰: "來日公在陣上與他鬪陣法, 我却引一軍暗襲祁山之
後. 兩下混戰, 可奪舊寨也."(*不欲以鬪陣勝之, 却欲以詐鬪陣勝之.) 於
是令鄭倫爲先鋒, 艾自引軍襲山後, 一面令人下戰書, 搦姜維來日
鬪陣法. 維批回去訖, 乃謂衆將曰: "吾受武侯所傳密書, 此陣變
法共三百六十五樣, 按周天之數. 今搦吾鬪陣法, 乃 '班門弄
斧' 耳. — 但中間必有詐謀, 公等知之乎?" 廖化曰: "此必賺我
鬪陣法, 却引一軍襲我後也." 維笑曰: "正合我意." 卽令張翼 ·
廖化, 引一萬兵去山後埋伏.

  *注: 班門弄斧(반문농부): 魯나라 名匠 公輸班의 문 앞에서 도끼질(대패
  질. 톱질) 솜씨를 자랑하다. 孔子 앞에서 문자 쓰다.

〔13〕 次日, 姜維盡拔九寨之兵, 分布於祁山之前. 司馬望引兵
離了渭南, 徑到祁山之前, 出馬與姜維答話. 維曰: "汝請吾鬪陣
法, 汝先布與吾看." 望布成了八卦. 維笑曰: "此卽吾所布八陣
之法也. 汝今盜襲, 何足爲奇!" 望曰: "汝亦竊他人之法耳." 維
曰: "此陣凡有幾變?" 望笑曰: "吾旣能布, 豈不會變? — 此陣
有九九八十一變."(*比姜維學問沒有一半, 便要出來比試, 極象今日子弟略
讀幾句文字, 便欲出來會考也.) 維笑曰: "汝試變來." 望入陣變了數
番, 復出陣曰: "汝識吾變否?" 維笑曰: "吾陣法按周天三百六十
五變.一汝乃井底之蛙, 安知玄奧乎!" 望自知有此變法, 實不曾學
全, 乃勉强折辯曰: "吾不信, 汝試變來."(*今日空疏之腹, 反不信淹
博之人, 往往如此.) 維曰: "汝教鄧艾出來, 吾當布與他看." 望
曰: "鄧將軍自有良謀, 不好陣法." 維大笑曰: "有何良謀! 一不

過敎汝賺吾在此布陣, 他却引兵襲吾山後耳!" 望大驚, 恰欲進兵
混戰, 被維以鞭梢一指, 兩翼兵先出, 殺的那魏兵棄甲拋戈, 各逃
性命.

*注: 井底之蛙(정저지와): 우물 안 개구리.　玄奧(현오): 심오한 이치.
〈玄〉, 〈奧〉: 둘 다 〈심오하다. 오묘하다〉는 뜻이다.　折辯(절변): 말씨름을
접다. 〈折〉: 꺾다. 끊다; 굽히다, 굴하다; 시비를 가리다. 판단하다.

〖14〗 却說鄧艾催督先鋒鄭倫來襲山後. 倫剛轉過山角, 忽然一
聲砲響, 鼓角喧天, 伏兵殺出: 爲首大將, 乃廖化也. 二人未及答
話, 兩馬交處, 被廖化一刀, 斬鄭倫於馬下. 鄧艾大驚, 急勒兵退
時, 張翼引一軍殺到. 兩下夾攻, 魏兵大敗. 艾捨命突出, 身被四
箭. 奔到渭南寨時, 司馬望亦到. 二人商議退兵之策. 望曰: "近
日蜀主劉禪, 寵幸中貴黃皓, 日夜以酒色爲樂,(*正與吳使薛珝語相
應.) 可用反間計, 召回姜維, 此危可解."(*如此良謀勝鬪陣法.) 艾問
衆謀士曰: "誰可入蜀交通黃皓?" 言未畢, 一人應聲曰: "某願
往." 艾視之, 乃襄陽黨均也. 艾大喜, 卽令黨均賫金珠寶物, 徑
到成都, 結連黃皓, 布散流言, 說姜維怨望天子, 不久投魏.(*與苟
安讒孔明事相同.) 於是成都人人所說皆同. 黃皓奏知後主, 卽遣人星
夜宣姜維入朝.

〖15〗 却說姜維連日搦戰, 鄧艾堅守不出. 維心中甚疑. 忽使命
至, 詔維入朝. 維不知何事, 只得班師回朝. 鄧艾‧司馬望知姜維
中計, 遂拔渭南之兵, 隨後掩殺. 正是:

　　樂毅伐齊遭間阻, 岳飛破敵被讒回.

未知勝負如何, 且看下文分解.

*注: 樂毅伐齊(악의벌제): 樂毅는 戰國時 燕나라 사람으로 현명하고 兵

法에 통달했다. 燕 昭王 때 上將軍에 임명되어 趙·楚·韓·魏·燕 등 5개국의 兵力으로 齊를 공격하여 크게 패퇴시켰으며, 연합국이 해산하여 돌아간 후에도 齊國에 5년간 남아서 齊의 70여 城을 함락시켜 燕에 귀속 시켰다. 그 공로로 昌國君에 봉해졌다. 그러나 惠王 때에 이르러 齊國의 田單의 反間計에 걸려 소환을 당하게 되자, 그는 부득이 趙나라로 달아났 는데 趙에서는 그를 望諸君에 봉했다. 후에 燕이 齊에 패하자 惠王은 악의 를 잃은 것을 후회하고 그 아들에게 昌國君의 작위를 세습하게 했으나, 악의는 끝내 귀국하지 않고 趙에서 죽었다.　間阻(간조): 반간계로 가로막 다. 저해하다.　岳飛破敵(악비파적): 岳飛는 南宋 때 金에 맞서 싸운 名將 으로, 그는 여러 차례 쳐들어오는 金의 군대를 격파하여 失地를 많이 회복했 으나 후에 투항파 秦檜가 그를 참소하여 宋 高宗 趙構는 그를 抗金 戰線에 서 불러들여 그의 군권을 박탈했다. 최후에 岳飛는 진회의 모함에 걸려 죽었 다.

第一百十三回 毛宗崗 序始評

(1).　天之報惡人, 有報之奇者, 有報之正者. 曹丕以臣廢君, 而司馬師亦以臣廢君, 此如其事以報之者也, 報之奇者也. 孫綝 以臣廢君, 而孫休乃以君滅臣, 此反其事以報之者也, 報之正者 也. 天以爲報之奇者不可訓, 則還以報之正者訓天下而耳矣.

(2).　孫亮知黃門之小過, 而劉禪不能識黃門之大奸; 孫休知隣 國之是非, 而劉禪不能知本國之得失. 先主之後人, 不及孫權之 後人遠矣. 作者合而紋之, 使人於相形之下見其短長云.

(3).　武侯以出祁山而勝, 姜維亦以出祁山而勝. 姜維能繼武侯，則姜維之六伐中原，則謂是武侯七出祁山可也．且其事多有彷佛者．武侯與仲達鬥陣法，姜維亦與鄧艾鬥陣法；鄧艾之鬥陣是眞，卽以鬥陣破之．司馬望之鬥陣是假，又不必以鬥陣破之，則姜維又得武侯之意而化之矣．武侯好布八門陣，姜維好布長蛇陣．陸遜不遇黃承彥則必亡，鄧艾不得司馬望則必死．一樣驚人，一樣出色．每見讀〈三國志〉者，謂武侯死後，便不堪寓目，今試觀此篇，與武侯存日豈有異哉？

(4)．司馬懿用反間之計退武侯，鄧艾亦用反間之計退姜維，誠前後一轍矣．然司馬懿則以蜀人苟安爲反間，是以蜀間蜀；鄧艾必使魏人黨均行反間，是以魏間蜀也．顧使蜀中無黃皓，魏卽遣百黨均，亦何益哉？然則鄧艾之計，仍謂之以蜀間蜀也可．

第一百十四回

曹髦驅車死南闕
姜維棄糧勝魏兵

〖1〗却說姜維傳令退兵, 廖化曰：“‘將在外, 君命有所不受.’ 今雖有詔, 未可動也.” 張翼曰：“蜀人爲大將軍連年動兵, 皆有怨望；不如乘此得勝之時, 收回人馬, 以安民心, 再作良圖.” 維曰：“善.” 遂令各軍依法而退. 命廖化·張翼斷後, 以防魏兵追襲.

却說鄧艾引兵追赶, 只見前面蜀兵旗幟整齊, 人馬徐徐而退. 艾嘆曰：“姜維深得武侯之法也！”(*鄧艾每讚姜維, 必讚武侯, 可見文中雖無武侯, 却處處有一武侯.) 因此不敢追赶, 勒軍回祁山寨去了.

*注：南闕(남궐)：남쪽 宮門. 〈闕〉：여기서는 宮門을 가리킴.

〖2〗且說姜維至成都, 入見後主, 問召回之故. 後主曰：“朕爲卿在邊庭, 久不還師, 恐勞軍士, 故詔卿回朝, 別無他意.” 維曰：“臣已得祁山之寨，正欲收功，不期半途而廢．此必中鄧艾反間之計矣．”後主黙然不語．(*活畫一昏庸之主．)　姜維又奏曰：“臣誓討賊，以報國恩．陛下休聽小人之言，致生疑慮．”後主良久乃曰：“朕不疑卿；卿且回漢中，俟魏國有變，再伐之可也．”姜維嘆息出朝，自投漢中去訖．

　　*注: **邊庭**(변정): 변경. 변방.

〖3〗却說黨均回到祁山寨中，報知此事．鄧艾與司馬望曰：“君臣不和，必有內變．”就令黨均入洛陽，報知司馬昭．昭大喜，便有圖蜀之心，(*早爲一百十六回伏筆．)　乃問中護軍賈充曰：“吾今伐蜀，如何？”充曰：“未可伐也．天子方疑主公，若一旦輕出，內難必作矣．舊年黃龍兩見於寧陵井中，(*魏初改年號便曰“黃初”，自以爲土德王，盖色尚黃也．黃龍正應曹氏之君；井中正應幽沈之像；兩現者，正應曹髦被弑之後，又有曹奐被弑也．)　群臣表賀，以爲祥瑞；天子曰：‘非祥瑞也．龍者君象，乃上不在天，下不在田，而在井中，是幽囚之兆也．’逐作〈潛龍詩〉一首．詩中之意，明明道着主公．(*曹髦作詩之事，却在賈充口中寫出，敍事妙品．)　其詩曰：

　　傷哉龍受困，不能躍深淵．
　　上不飛<u>天漢</u>，下不見於田．
　　<u>蟠居</u>於井底，<u>鰍鱔</u>舞其前．
　　藏牙伏爪甲，嗟我亦同然．”

　　*注: **寧陵**(영릉): 縣名. 지금의 하남성 寧陵 東南.　　**天漢**(천한): 은하수.　　**蟠居**(반거): 서리고 있다. 몸을 휘감고 엎드려 있다.　　**鰍鱔**(추선): 미꾸라지와 두렁허리. 〈**鱔**〉: 鱓과 同字. 몸체는 미꾸라지와 비슷하게 원통형으로 가늘고 길다. 비늘이 없고 붉은 바탕에 갈색 반점이 흩어져 있다. 무논, 도랑, 연못 등에 사는데 우리나라에서는 논두렁의 허리를 뚫어 놓는다고 해서

이런 이름이 붙었다.

〖4〗司馬昭聞之大怒, 謂賈充曰：“此人欲效曹芳也！ 若不早圖, 彼必害我.” 充曰：“某願爲主公早晚圖之.” 時魏<u>甘露五年</u>夏四月, 司馬昭帶劍上殿. 髦起迎之. 群臣皆奏曰：“大將軍功德巍巍, 合爲晉公, 加<u>九錫</u>.” 髦低頭不答. 昭厲聲曰：“吾父子兄弟三人有大功於魏, 今爲晉公, <u>得毋不宜耶</u>？”(＊曹操受九錫尚能假意托辭. 司馬昭受九錫却是公然索取. 尤而效之, 殆有甚焉.) 髦乃應曰：“敢不如命？” 昭曰：“〈潛龍〉之詩, 視吾等如鰍鱔, 是何禮也？”(＊天子以文字取禍, 又見於此.) 髦不能答. 昭冷笑下殿. 衆官<u>凜然</u>. 髦歸後宮, 召侍中王沈 · 尙書王經 · 散騎常侍王業三人, 入內計議. 髦泣曰：“司馬昭將懷篡逆, 人所共知！ 朕不能坐受廢辱. 卿等可助朕討之！”(＊不能爲勿用之潛龍, 却欲爲有悔之亢龍也.) 王經奏曰：“不可. 昔<u>魯昭公不忍季氏</u>, 敗走失國； 今重權已歸司馬氏久矣, 內外公卿, 不顧順逆之理, 阿附奸賊, 非一人也.(＊如華歆 · 王朗之助曹丕.) 且陛下宿衛寡弱, 無用命之人. 陛下若不隱忍, 禍莫大焉. 且宜緩圖, 不可造次.” 髦曰：“‘<u>是可忍也, 孰不可忍也</u>’！ 朕意已決, 便死何懼！”(＊還是獻帝耐得.) 言訖, 卽入告太后. 王沈 · 王業謂王經曰：“事已急矣. 我等不可自取滅族之禍, 當往司馬公府下<u>出首</u>, 以免一死.”(＊人心不附曹而附昭, 果如王經之言.) 經大怒曰：“主憂臣辱, 主辱臣死, 敢懷二心乎？”(＊不肯輕動之人, 正是敢死之士.) 王沈 · 王業見經不從, 徑自往報司馬昭去了.

　　＊注：甘露五年(감로오년)：서기 260년(신라 점해니사금 14년)　　九錫(구석)：옛날 천자가 큰 공이 있거나 권력을 잡고 있는 신하를 크게 예우하여 하사하는 아홉 가지의 器物로서 이를 받는다는 것은 신하로서는 최고의 영예였다. 그 아홉 가지는 곧 車馬, 衣服, 樂器, 朱戶, 納陛, 虎賁, 弓矢, 鈇

鉞, 秬鬯(거창).　　**得毋**(득무): 인가…아닌가? 〈莫非〉, 〈是不是〉와 同義.

凜然(늠연): 두려워하는 모양. 매우 엄하다. 바짝 얼다.　　**昔魯昭公**(석노소
공): 춘추말기 魯國 大夫 季孫氏가 조정의 實權을 잡고 魯君은 君主라는
虛名만 가지고 있었다. 魯昭公이 그런 상황을 계속 참고 견딜 수 없다고
해서 군대를 파견하여 季氏를 공격했으나 도리어 패하여 결국 齊國으로
도망갔다.　　**是可忍也, 孰不可忍也**(시가인야, 숙불가인야): 이것을 참을
수 있다면 무엇인들 참지 못하겠느냐? 〈論語·八佾篇〉에 나오는 말이다.
〈孰〉: 누구. 무엇. 무슨 일.　　**出首**(출수): 다른 사람의 범죄 행위를 고발하다.
자수하다.

〖5〗少頃, 魏主曹髦出內, 令護衛焦伯, 聚集殿中宿衛蒼頭官
僮三百餘人, (*曹操帳前虎衛動以萬計, 今何如此其憊也?) 鼓噪而出. 髦
仗劍升輦, 叱左右徑出南闕. 王經伏於輦前, 大哭而諫曰: "今陛
下領數百人伐昭,　是驅羊而入虎口耳, (*以龍自況,　王經乃比之以羊.)
空死無益. 臣非惜命, 實見事不可行也!" 髦曰: "吾軍已行, 卿勿
阻當." 遂望雲龍門而來.

　只見賈充戎服乘馬, 左有成倅, 右有成濟, 引數千鐵甲禁兵, 吶
喊殺來. 髦仗劍大喝曰: "吾乃天子也! (*一向不成爲天子, 此時欲正名
定分難矣.)　汝等突入宮庭,　欲弑君耶?" 禁兵見了曹髦,　皆不敢
動. (*衆人還有"天子"二字在肚裏.)　賈充呼成濟曰: "司馬公養你何
用? 一正爲今日之事也!" 濟乃綽戟在手, 回顧充曰: "當殺耶? 當
縛耶?" (*直將曹髦作一羊耳.) 充曰: "司馬公有令: 只要死的!" (*不要
獻生, 只要納熟.) 成濟撚戟直奔輦前. 髦大喝曰: "匹夫敢無禮乎!"
言未訖, 被成濟一戟刺中前胸, 撞出輦來; 再一戟, 刃從背上透出,
死於輦傍. (*從前天子遇害未有如此之慘者.　爲之一嘆.)　焦伯挺槍來迎,
被成濟一戟刺死. 衆皆逃走. 王經隨後赶來, 大罵賈充曰: "逆賊

安敢弑君耶!" 充大怒, 叱左右縛定, 報知司馬昭. 昭入內, 見髦已死, 乃佯作大驚之狀, 以頭撞輦而哭,(*不知此時眼淚從何處得來. 將誰欺? 欺天乎?) 令人報知各大臣.

〖6〗 時太傅司馬孚入內, 見髦屍, 首枕其股而哭曰: "弑陛下者, 臣之罪也!"(*趙穿弑其君而〈春秋〉歸罪於趙盾, 孚殆以趙盾自比矣.) 遂將髦屍用棺槨盛貯, 停於偏殿之西. 昭入殿中, 召群臣會議. 群臣皆至, 獨有尙書僕射陳泰不至. 昭令泰之舅尙書荀顗召之. 泰大哭曰: "論者以泰比舅, 今舅實不如泰也." 乃披麻帶孝而入, 哭拜於靈前. 昭亦佯哭而問曰: "今日之事, 何法處之?" 泰曰: "獨斬賈充, 少可以謝天下耳."(*曰 "少可以謝天下", 則知斬賈充是次着矣.) 昭沈吟良久, 又問曰: "再思其次?"(*意在成濟二人.) 泰曰: "惟有進於此者, 不知其次."(*明明道着司馬昭.) 昭曰: "成濟大逆不道. 可剮之, 滅其三族!" 濟大罵昭曰: "非我之罪, 是賈充傳汝之命!" 昭令先割其舌. 濟至死叫屈不絶. 弟成倅亦斬於市, 盡滅三族.(*助亂賊者則爲亂賊所殺. 人亦何爲而助亂賊也!) 後人有詩嘆曰:

司馬當年命賈充, 弑君南闕赭袍紅.
却將成濟誅三族, 只道軍民盡耳聾.

하다. 沈吟(침음): 망설이다. 주저하다; 깊이 생각하다. 剮(과): 칼로 뼈에서 살을 발라내다. 叫屈(규굴): 억울함을 호소하다. 억울하다고 소리치다. 〈屈〉: 억울함. 무고한 죄. 赭袍紅(자포홍): 피가 옷에 튀어 겉옷이 붉은 색으로 변했다. 〈赭〉: 붉게 만들다. 道(도): …라고 생각하다.

〖7〗 昭又使人收王經全家下獄. 王經正在廷尉廳下, 忽見縛其母至. 經叩頭大哭曰: "不孝子累及慈母矣!" 母大笑曰: "人誰不死? 正恐不得死所耳! 以此棄命, 何恨之有!"(*可與徐庶之母并傳, 庶母欲其子之忠漢, 經母喜其子之忠魏, 同一意也.) 次日, 王經全家皆押赴東市. 王經母子含笑受刑. 滿城士庶, 無不垂淚. 後人有詩曰:

漢初誇伏劍, 漢末見王經.
眞烈心無異, 堅剛志更淸.
節如泰華重, 命似鴻毛輕.
母子聲名在, 應同天地傾.

　*注: 漢初誇伏劍(한초과복검): 漢 초기에는 사람들이 功臣 王陵의 母親이 칼에 엎드려 自殺한 사건을 두고 칭찬했다. 泰華(태화): 泰山과 華山.

〖8〗 太傅司馬孚請以王禮葬曹髦, 昭許之. 賈充等勸司馬昭受魏禪, 卽天子位. 昭曰: "昔文王三分天下有其二, 以服事殷, 故聖人稱爲至德.(*曹操欲學周文王, 司馬昭亦稱文王, 看樣得好.) 魏武帝不肯受禪於漢, 猶吾之不肯受禪於魏也."(*曹芳常以曹操比司馬師矣, 今司馬昭亦以曹操自比, 夫君比臣於曹操猶可言也, 臣亦公然自比於曹操不可言也.) 賈充等聞言, 已知司馬昭留意於子司馬炎矣,(*曹操讓皇帝與曹丕做, 司馬昭亦讓皇帝與司馬炎做, 欲篡其子孫, 而卽學其祖宗之法, 哀哉!) 遂不復勸進.

是年六月, 司馬昭立常道鄕公曹璜爲帝, 改元景元元年. 璜改名

曹奐, 字景明. ── 乃武帝曹操之孫, 燕王曹宇之子也. ── 奐封昭
爲丞相·晉公, 賜錢十萬·絹萬匹. 其文武多官, 各有封賞.

*注: 景元元年(경원원년): 서기 260년. (*신라 沾解(점해)尼師今 14년. 고
구려 中川王 然弗 13년. 백제 古爾王 27년.)

〖9〗早有細作報入蜀中. 姜維聞司馬昭弒了曹髦, 立了曹奐,
喜曰: "吾今日伐魏, 又有名矣." 遂發書入吳, 令起兵問司馬昭
弒君之罪; 一面奏准後主, 起兵十五萬, 車乘數千輛, 皆置板箱於
上; 令廖化·張翼爲先鋒: 化取子午谷, 翼取駱谷; 維自取斜谷, 皆
要出祁山之前取齊. 三路兵并起, 殺奔祁山而來.(*此是七伐中原.)
　　時鄧艾在祁山寨中, 訓練人馬, 聞報蜀兵三路殺到, 乃聚諸將
計議. 參軍王瓘曰: "吾有一計, 不可明言, 現寫在此, 謹呈將軍台
覽." 艾接來展看畢, 笑曰: "此計雖妙, 只怕瞞不過姜維." 瓘
曰: "某願捨命前去." 艾曰: "公志若堅, 必能成功." 遂撥五千
兵與瓘. 瓘連夜從斜谷迎來, 正撞蜀兵前隊哨馬. 瓘叫曰: "我是
魏國降兵, 可報與主帥."
　　哨軍報知姜維. 維令攔住餘兵, 只教爲首的將來見. 瓘拜伏於
地曰: "某乃王經之姪王瓘也. 近見司馬昭弒君, 將叔父一門皆戮,
某痛恨入骨. 今幸將軍興師問罪, 故特引本部兵五千來降, 願從調
遣, 剿除奸黨, 以報叔父之恨."(*與前蔡中·蔡和之降吳以殺蔡瑁爲名, 一
樣局面.) 維大喜, (*試令讀者猜之, 是眞喜耶? 是假喜也?) 謂瓘曰: "汝既
誠心來降, 吾豈不誠心相待? 吾軍中所患者, 不過糧耳. 今有糧車
數千, 現在川口, 汝可運赴祁山. 吾只今去取祁山寨也."(*讀者試
猜, 姜伯約是何意見?) 瓘心中大喜, 以爲中計, 忻然領諾. 姜維曰:
"汝去運糧, 不必用五千人, 但引三千人去, 留下二千引路, 以打
祁山." 瓘恐維疑惑, 乃引三千兵去了. 維令傅僉引二千魏兵, 隨

征<u>聽用</u>.

*注: 子午谷(자오곡): 지금의 섬서성 長安縣 南秦嶺 산중에 있는 계곡으로, 장안에서 漢中 盆地로 통하는 길(이를 子午道라 불렀음)이 나 있다. 駱谷(락곡): 駱谷道. 북쪽 입구는 지금의 섬서성 周至縣 西南 120리 지점에 있고 남쪽 입구는 섬서성 洋縣 북쪽 30리 지점에 있다. 옛날 關中에서 秦嶺을 넘어 漢中을 거쳐 巴蜀으로 들어가는 要道의 하나. 斜谷(야곡): 산골짜기 이름. 지금의 섬서성 眉縣 서남에 위치. 고대에 四川과 陝西間의 교통의 요충지였다. 取齊(취제): 모이다. 집합하다; 같게 하다. 맞추다. 台覽(태람): 台鑒(태감). 台閱(태열). (글이나 그림 같은 것을 보내주면서 살펴 보시라는 뜻으로 쓰이는 말). 聽用(청용): 聽使. 지시를 기다리다. 시키는 일을 하다. 말을 듣다.

〖10〗忽報夏侯霸到. 霸曰: "都督何故准信王瓘之言也? 吾在魏, 雖不知<u>備細</u>, 未聞王瓘是王經之侄: 其中多詐, 請將軍察之." 維大笑曰: "我已知王瓘之詐, 故分其兵勢, 將計就計而行."(*原來如此.) 霸曰: "公試言之." 維曰: "司馬昭奸雄比於曹操, 既殺王經, 滅其三族, 安肯存親侄於關外領兵? 故知其詐也. 仲權之見, 與我暗合." 於是姜維不出斜谷, 却令人於路暗伏, 以防王瓘<u>奸細</u>. 不旬日, 果然伏兵捉得王瓘回報鄧艾下書人來見. 維問了<u>情節</u>, 搜出私書. 書中約於八月二十日, 從小路運糧送歸大寨, 却敎鄧艾遣兵於墰山谷中接應. 維將下書人殺了, 却將書中之意改作八月十五日, 約鄧艾自率大兵, 於墰 山谷中接應. 一面令人扮作魏軍往魏營下書; 一面令人將現在糧車數百輛卸了糧米, 裝載乾柴茅草引火之物, 用靑布罩之, 令傅僉引二千原降魏兵, 執打運糧旗號.(*方知前留下魏兵二千, 大有用處.) 維却與夏侯霸各引一軍, 去山谷中埋伏; 令蔣舒出斜谷, 廖化·張翼俱各進兵, 來取祁山.(*前姜維本自出斜谷, 今却換了蔣舒. 變化得妙.)

　　*注: 備細(비세): 상세. 자세.　奸細(간세): 첩자. 간첩.　情節(정절): 사건

　　의 내용과 경위. 사정. 상황.

　〖11〗却說鄧艾得了王瓘書信, 大喜, 急寫回書, 令來人回報.
至八月十五日, 鄧艾引五萬精兵徑往壇山谷中來, 遠遠使人憑高
眺探, 只見無數糧草, 接連不斷, 從山凹中而行.(*此是傅僉扮作王
瓘.) 艾勒馬望之, 果然皆是魏兵.(*是眞魏兵.) 左右曰: "天已昏暮,
可速接應王瓘出谷口." 艾曰: "前面山勢掩映, 倘有伏兵, 急難
退步; 只可在此等候."(*鄧艾亦甚精細.) 正言間, 忽兩騎馬驟至, 報
曰: "王將軍因將糧草過界, 背後人馬赶來, 望早救應."(*此兩人是
假魏兵.) 艾大驚, 急催兵前進.

　　時值初更, 月明如晝,(*正是八月十五日. 將寫火先寫月, 百忙中有此閑
筆.) 只聽得山後吶喊, 艾只道王瓘在山後厮殺. 徑奔過山後時, 忽
樹林後一彪軍撞出, 爲首蜀將傅僉, 縱馬大叫曰: "鄧艾匹夫! 已
中吾主將之計, 何不早早下馬受死!" 艾大驚, 勒回馬便走. 車上
火盡着,(*中秋放煙火, 竟似正月元宵.) —— 邢火便是火號.—— 兩勢下
蜀兵盡出, 殺得魏兵七斷八續, 但聞山下山上只叫: "拿住鄧艾的,
賞千金, 封萬戶侯!" 諕得鄧艾棄甲丟盔, 撇了坐下馬, 雜在步軍
之中, 爬山越嶺而逃.(*與曹操割鬚棄袍時彷彿相似.) —— 姜維 · 夏侯霸
只望馬上爲首的徑來擒捉, 不想鄧艾步行走脫. 維領得勝兵去接王
瓘糧車.

　　*注: 掩映(엄영): 덮다. (시선 따위를) 가리다. 감추다. 은폐하다.　兩勢下
　　(양세하): 양측. 양쪽.　七斷八續(칠단팔속): 끊겼다 이어졌다 하여 일관
　　되지 않다. 지리멸렬하다(=七零八落).　撇(별): 내던지다. 뿌리다. 내팽개
　　치다.　徑來(경래): =徑直. 곧. 바로. 직접. 즉시.

〖12〗 却說王瓘密約鄧艾, 先期將糧草車仗, 整備停當, 專候舉事. 忽有心腹人報: "事已洩漏, 鄧將軍大敗, 不知性命如何." 瓘大驚, 令人哨探. 回報三路兵圍殺將來, 背後又有塵頭大起, 四下無路. 瓘叱左右令放火, 盡燒糧草車輛.(*前燒假糧, 此燒眞糧, 弄假成眞, 以火濟火.) 一霎時, 火光突起, 烈火燒空. 瓘大叫曰: "事已急矣! 汝等宜死戰!" 乃提兵望西殺出. 背後姜維三路追趕. 維只道王瓘捨命撞回魏國, 不想反殺入漢中而去. 瓘因兵少, 只恐追兵趕上, 遂將棧道并各關隘盡皆燒毀.(*姜維不先殺王瓘, 亦是失着.) 姜維恐漢中有失, 遂不追鄧艾, 提兵連夜抄小路來追殺王瓘. 瓘被四面蜀兵攻擊, 投黑龍江而死. 餘兵盡被姜維坑之. 維雖然勝了鄧艾, 却折了許多糧草, 又毀了棧道, 乃引兵還漢中.

　　*注: 關隘(관애): 관문. 요새. 요충지. 黑龍江(흑룡강): 즉 褒水. 漢江 상류의 支流. 지금의 섬서성 西南部에 있는 秦嶺 太白山에서 發源, 南으로 흘러 한중(즉, 勉縣 東과 玉帶河)에서 합쳐져서 漢水로 들어간다.

〖13〗 鄧艾引部下敗兵, 逃回祁山寨內, 上表請罪, 自貶其職. 司馬昭見艾數有大功, 不忍貶之, 復加厚賜. 艾將原賜財物, 盡分給被害將士之家. 昭恐蜀兵又出, 遂添兵五萬, 與艾守禦. 姜維連夜修了棧道, 又議出師. 正是:

　　連修棧道兵連出, 不伐中原死不休.
未知勝負如何, 且看下文分解.

第一百十四回 毛宗崗 序始評

　　(1). 或謂奸雄將作亂於內, 必先立威於外, 則司馬昭之弒君, 當在伐蜀之後; 或謂奸雄將定難於外, 必先除患於內, 則司馬昭之弑君，又當在滅蜀之前．由前之論，是孫休之所慮也；由後之論，是賈充之所勸也．然而弑君之事，人固難之矣．司馬昭不自弑之，而使賈充弑之；賈充又不自弑之，而使成濟弑之，所以然者，誠畏弑君之名而避之耳．孰知論者不歸罪於濟，而歸罪於充；又不獨歸罪於充，而歸罪於昭．然則雖畏而欲避，而何所容其避哉？〈春秋〉誅亂賊，必誅其首，有以夫！趙盾不以趙穿之弑君爲己辜，司馬孚能以昭之弑君爲己罪．然則由陳泰言之，有進於賈充者，以充爲次，由司馬孚言之，又有進於昭者，而昭又爲次矣．故依齊南史之書法，當以司馬昭爲崔杼；依晉董狐之書法，又當以司馬孚爲趙盾．

(2)．曹操以文王自比，司馬昭亦以周文自比．然操比周文，則竟比周文耳；昭則自言學曹操之比周文，直自比曹操也．操欲學周文，則篡國之意猶隱然於言外；昭欲學曹操，則篡國之意已顯然於言中．雖同一篡賊，而一前一後，又有升降之異焉．

(3)．蔡和·蔡中，實爲蔡瑁之弟，猶不爲周郎之所信．王瓘本非王經之族，安得不爲姜維之所料乎？縱使姜維信之，而夏侯霸必能識之，則鄧艾之計又疏於曹操矣．武侯知鄭文之詐，而先斬鄭文，故有得而無失：姜維知王瓘之詐，而不先斬王瓘，安能有得而無失乎？糧與棧道，雖王瓘焚之，無異於維自焚之，則姜維之智，終遜於武侯矣．文有後事勝於前事者，不觀後事之深，不知前事之淺，則後文不可不讀．有後事不如前事者，不觀後事之疏，不見前事之密，則後文又不可不讀．

第一百十五回

詔班師後主信讒
托屯田姜維避禍

〖1〗却說蜀漢<u>景耀</u>五年, 冬十月, 大將軍姜維, 差人連夜修了棧道, 整頓軍糧兵器, 又於漢中水路<u>調撥</u>船隻. 俱已完備, 上表奏後主曰: "臣累出戰, 雖未成大功, 已挫動魏人心膽. 今養兵日久, 不戰則懶, 懶則致病.(*其語甚壯, 如先主髀肉復生之嘆.) 況今軍思效死, 將思用命. 臣如不勝, 當受死罪!"(*數語又抵得一篇〈出師表〉.) 後主覽表, 猶豫未決. 譙周出班奏曰: "臣夜觀天文, 見西蜀分野, 將星暗而不明.(*譙周好言天文, 又爲後文伏筆.) 今大將軍又欲出師, 此行甚是不利. 陛下可降詔止之." 後主曰: "且看此行若何, 果然有失, 却當阻之." 譙周再三諫勸不從, 乃歸家嘆息不已, 遂推病不出.

　*注: **景耀五年**(경요오년): 서기 232년. **調撥**(조발): (물자를) 조달하다.

〔2〕却說姜維臨興兵, 乃問廖化曰:"吾今出師, 誓欲恢復中原, 當先取何處?" 化曰:"連年征伐, 軍民不寧; 兼魏有鄧艾, 足智多謀, 非等閒之輩: 將軍强欲行難爲之事, 此化所以未敢專也."(*廖化前番欲戰, 此番不欲戰, 亦與張翼之見合矣.) 維勃然大怒曰: "昔丞相六出祁山, 亦爲國也. 吾今八次伐魏, 豈爲一己之私哉? 今當先取洮陽. 如有逆吾者必斬!" 遂留廖化守漢中, 自同諸將提兵三十萬, 徑取洮陽而來.(*此是八伐中原.)

早有川口人報入祁山寨中. 時鄧艾正與司馬望談兵, 聞知此信, 遂令人哨探. 回報蜀兵盡從洮陽而出. 司馬望曰:"姜維多計, 莫非虛取洮陽而實來取祁山乎?" 鄧艾曰:"今姜維實出洮陽也." 望曰:"公何以知之?" 艾曰:"向者姜維累出吾有糧之地, 今洮陽無糧, 維必料吾只守祁山, 不守洮陽, 故徑取洮陽; 如得此城, 屯糧積草, 結連羌人, 以圖久計耳."(*姜維欲取洮陽之意, 姜維不曾說明, 却在鄧艾口中說出, 妙!) 望曰:"若此, 如之奈何?" 艾曰:"可盡撤此處之兵, 分爲兩路去救洮陽. 離洮陽二十五里, 有侯和小城, 乃洮陽咽喉之地. 公引一軍伏於洮陽, 偃旗息鼓, 大開四門, 如此如此而行. 我却引一軍伏侯和, 必獲大勝也."(*此番又爲鄧艾所算, 與取上邽時一樣局面.) 籌畫已定, 各各依計而行. 只留偏將師纂守祁山寨.

*注: **敢專**(감전): 감히 나서서 주장하다. 　洮陽(조양): 지금의 감숙성 臨潭縣에 있다. 　侯和(후화): 지금의 감숙성 臨潭縣 東南. 毛本과 明嘉靖本에는 원래 〈侯河〉로 되어 있으나 〈三國志·魏書·鄧艾傳〉에는 〈侯和〉로 되어 있어 이에 따랐다.

〔3〕却說姜維令夏侯霸爲前部, 先引一軍徑取洮陽. 霸提兵前進. 將近洮陽, 望見城上並無一杆旌旗, 四門大開. 霸心下疑惑, 未敢入城, 回顧諸將曰:"莫非詐乎?" 諸將曰:"眼見得是空城,

只有些小百姓，聽知大將軍兵到，盡棄城而走了。"霸未信，自縱馬於城南視之，只見城後老小無數，皆望西北而逃．霸大喜曰："果空城也！"(＊夏侯霸多謀，此番却在鄧艾之下．)遂當先殺入，餘衆隨後而進．方到雍城邊，忽然一聲砲響，城上鼓角齊鳴，旌旗遍竪，拽起吊橋．霸大驚曰："誤中計矣！"慌欲退時，城上矢石如雨，可憐夏侯霸同五百軍，皆死於城下．(＊如曹仁在南郡射周郎時．)後人有詩嘆曰：

　　大膽姜維妙算長，誰知鄧艾暗隄防．

　　可憐投漢夏侯霸，頃刻城邊箭下亡．

　司馬望從城內殺出，蜀兵大敗而逃．隨後姜維引接應兵到，殺退司馬望，就傍城下寨．維聞夏侯霸射死，嗟傷不已．

　＊注：隄防(제방)：방비하다.

〖４〗是夜二更，鄧艾自侯和城內，暗引一軍潛地殺入蜀寨．蜀兵大亂，姜維禁止不住．城上鼓角喧天，司馬望引兵殺出，兩下夾攻，蜀兵大敗．維左衝右突，死戰得脫，退二十餘里下寨．(＊姜維又輸一籌．)蜀兵兩番敗走之後，心中搖動．維與衆將曰："勝敗乃兵家之常．今雖損兵折將，不足爲憂．成敗之事，在此一擧，汝等始終勿改．如有言退者立斬！"(＊不但天意不可回，人心亦未可以强矣．)張翼進言曰："魏兵皆在此處，祁山必然空虛．將軍整兵與鄧艾交鋒，攻打洮陽‧侯和，某引一軍取祁山．取了祁山九寨，便驅兵向長安，此爲上計．"(＊張翼之計亦自勝着，惜又爲鄧艾猜破．)維從之，即令張翼引後軍徑取祁山．維自引兵到侯和搦鄧艾交戰．艾引兵出迎．兩軍對圓，二人交鋒數十餘合，不分勝負，各收兵回寨．

　次日，姜維又引兵挑戰，鄧艾按兵不出．姜維令軍辱罵．鄧艾尋思曰："蜀人被吾大殺一陣，全然不退，連日反來搦戰，必分兵去

襲祁山寨也. 守寨將師纂, 兵少智寡, 必然敗矣. 吾當親往救
之."(*張翼所算, 又在鄧艾算中.) 乃喚子鄧忠分付曰:"汝用心守把此
處, <u>任他搦戰</u>, 却勿輕出. 吾今夜引兵去祁山救應."

是夜二更, 姜維正在寨中設計, 忽聽得寨外喊聲震地, 鼓角喧
天. 人報鄧艾引三千精兵夜戰. 諸將欲出, 維止之曰:"勿得妄
動." 原來鄧艾引兵至蜀寨前哨探了一遍, 乘勢去救祁山,(*鄧艾之
救祁山, 不用銜枚疾走, 却用鼓角喧天, 借夜戰爲名, 乘勢而去, 眞意料所不及.)
鄧忠自入城去了. 姜維喚諸將曰:"鄧艾虛作夜戰之勢, 必然去救
祁山寨矣."(*他猜着我, 我猜着你, 好看殺人.) 乃喚傅僉分付曰:"汝守
此寨, 勿輕與敵." 囑畢, 維自引三千兵來助張翼.(*兩人眞是對手.)

　　＊注: **任他搦戰**(임타닉전): 그가 도전해 오더라도. 〈任〉: 설령…하더라도.

〖5〗却說張翼正到祁山攻打. 守寨將師纂兵少, 支持不住. 看看
待破, 忽然鄧艾兵至, 衝殺了一陣, 蜀兵大敗, 把張翼隔在山后,
絕了歸路. 正慌急之間, 忽聽的喊聲大震, 鼓角喧天, 只見魏兵紛
紛倒退. 左右報曰:"大將軍姜伯約殺到!" 翼乘勢驅兵相應. 兩下
夾攻, 鄧艾折了一陣, 急退上祁山寨不出. 姜維令兵四面攻圍.

話分兩頭. 却說後主在成都, 聽信宦官黃皓之言, 又溺於酒色,
不理朝政.(*阿斗如此不長進, 子龍錯抱了他也.) 時有大臣劉琰妻胡氏,
極有顏色; 因入宮朝見皇后, 后留在宮中, 一月方出. 琰疑其妻與
後主私通, 乃喚帳下軍士五百人, 列於前, 將妻綁縛, 令每軍以履
撻其面數十, 幾死復甦.(*與面何干? 想怒其冶容誨淫也.) 後主聞之, 大
怒, 令有司議劉琰罪. 有司議得:"卒非撻妻之人, 面非受刑之
地:(*命婦非入侍宮禁之人, 宮中也非命婦遊翔之地, 君臣皆失也.) 合當棄
市." 遂斬劉琰. 自此命婦不許入朝. 然一時官僚以後主荒淫, 多
有疑怨者. 於是賢人漸退, 小人日進.(*親賢人遠小人, 前漢所以興隆也:

親小人遠賢人, 後漢所以傾頹也. 令人憶武侯之言.) 時右將軍閻宇, 身無寸功, 只因阿附黃皓, 遂得重爵; 聞姜維統兵在祁山, 乃說皓奏後主曰: "姜維屢戰無功, 可命閻宇代之." 後主從其言, 遣使賚詔, 召回姜維. 維正在祁山攻打寨柵, 忽一日, <u>三道</u>詔至, 宣維班師. 維只得遵命, 先令<u>洮陽</u>兵退, 次後與張翼徐徐而退. 鄧艾在寨中, 只聽得一夜鼓角喧天, 不知何意. 至平明, 人報蜀兵盡退, 止留空寨. (*與鄧艾救祁山時一樣方法.) 艾疑有計, 不敢追襲. (*姜維此番退兵, 不獨維所不料, 亦艾所不料也.)

> *注: 命婦(명부): 봉건시대 때 封號를 받은 婦人. 궁궐 안에서는 妃嬪 등을
> 〈內命婦〉라 부르고, 궁궐 밖에선 臣下들의 母親과 妻 등을 〈外命婦〉라
> 불렀다. 三道(삼도): 세 통. 세 번. 〈道〉: 양사로 명령이나 제목 따위에
> 쓴다. 3개(번)의 명령(칙명).

〖6〗 姜維徑到漢中, 歇住人馬, 自與使命入成都見後主. 後主一連十日不朝. 維心中疑惑. 是日至<u>東華門</u>, 遇見秘書郞郤正. 維問曰: "天子召維班師, 公知其故否?" 正笑曰: "大將軍何尙不知? 黃皓欲使閻宇立功, 奏聞朝廷, 發詔取回將軍. 今聞鄧艾善能用兵, 因此寢其事矣." (*忽興忽寢, 全憑一个宦官做主, 可發一笑.) 維大怒曰: "我必殺此<u>宦竪</u>!" (*此時姜維欲效袁紹之殺十常侍, 亦是快事.) 郤正止之曰: "大將軍繼武侯之事, 任大職重, 豈可造次? 倘若天子不容, 反爲不美矣!" 維謝曰: "先生之言是也."

次日, 後主與黃皓在後園宴飮, 維引數人徑入. 早有人報知黃皓, 皓急避於湖山之側. (*黃皓如此害怕, 原不比張讓趙忠之難除, 特天子不欲除之耳.) 維至亭下, 拜了後主, 泣奏曰: "臣困鄧艾於祁山, 陛下連降三詔, 召臣回朝, 未審聖意爲何?" 後主默然不語. 維又奏曰: "黃皓奸巧專權, 乃靈帝時十常侍也. (*直照應第一卷, 可謂常山率然也.) 陛下近則鑒於張讓, 遠則鑒於趙高. 早殺此人, 朝廷自然清平, 中原方可恢復." 後主笑曰: "黃皓乃<u>趨走</u>小臣, 縱使專權, 亦無能爲. 昔者董允每切齒恨皓, 朕甚怪之!(*補前文所未及.) 卿何必介意?" 維叩頭奏曰: "陛下今日不殺黃皓, 禍不遠也." 後主曰: "'<u>愛之欲其生</u>, 惡之欲其死'. 卿何不容一宦官耶?" 令近侍<u>於湖山之側</u>, 喚出黃皓至亭下, 命拜姜維伏罪. 皓哭拜維曰: "某早晚趨侍聖上而已, 並不干與國政. 將軍休聽外人之言, 欲殺某也. 某命係於將軍, 惟將軍憐之!" 言罷, 叩頭流涕.

*注: 東華門(동화문): 成都의 蜀漢 皇宮의 外門. **寢**(침): 중지(중단)하다. 그치다. **宦竪**(환수): 환관 새끼. 환관에 대한 비칭. 〈竪〉: 宮內의 小臣. **趨走**(추주): 잰걸음으로 바삐 뛰어다니다. 宦官들의 행동을 묘사한 말. **愛之欲其生**(애지욕기생): 그를 사랑하면 그가 살기를 바란다. (惡之欲其死: 그를 미워하면 그가 죽기를 바란다). 〈論語·顏淵篇〉에 나오는 공자의 말이다. 〈孟子·萬章上〉에는 "愛之欲其富也, 親之欲其貴也."(→그를 사랑한다면 그가 부유하기를 바라고, 그와 친하다면 그가 귀해지기를 바란다.)란 말이 있다. **於湖山之側**(어호산지측): 湖山 옆으로 가다. 〈於〉: 가다(往).

〖7〗 維忿忿而出, 即往見<u>郤正</u>, 備將此事告之. 正曰: "將軍禍不遠矣! 將軍若危, 國家隨滅."(*不特爲伯約憂, 正爲國家憂.) 維曰: "先生幸<u>敎</u>我以保國安身之策!" 正曰: "隴西有一去處, 名曰<u>沓中</u>, 此地極其肥壯. 將軍何不效武侯屯田之事,(*照應一百二回中事.) 奏知天子, 前去沓中屯田? 一者, 得麥熟以助軍實;(*一是足兵.) 二者, 可以盡圖<u>隴</u>右諸郡;(*二是進取.) 三者, 魏人不敢正視漢中;(*三是禦敵.) 四者, 將軍在外, 掌握兵權, 人不能圖, 可以避禍;(*四是自保.) 此乃保國安身之策也, 宜早行之."(*三句是保國, 一句是安身.) 維大喜, 謝曰: "先生金玉之言也!"

次日, 姜維表奏後主, 求沓中屯田, 效武侯之事. 後主從之. 維
遂還漢中, 聚諸將曰:"某累出師, 因糧不足, 未能成功. 今吾提兵
八萬, 往沓中種麥屯田, 徐圖進取. 汝等久戰勞苦, 今且斂兵聚穀,
退守漢中. 魏兵千里運糧, 經涉山嶺, 自然疲乏, 疲乏必退, 那時
乘虛追襲, 無不勝矣."(*姜維意中口中只是以破魏爲事.) 遂令胡濟屯漢
壽城, 王含守樂城, 蔣斌守漢城, 蔣舒・傅僉同守關隘. 分撥已畢,
維自引兵八萬, 來沓中種麥, 以爲久計.

　　*注: 忿忿(분분): 씩씩거리다. 몹시 화가 나서 마음이 편치 않은 모양.
　　幸敎(행교): 가르쳐주기 바란다.〈幸〉: 바라다. 희망하다.　　沓中(답중):
　　옛 地區 이름. 지금의 감숙성 舟曲 西北, 岷縣 以南.　　漢壽城(한수성):
　　지금의 사천성 廣元縣 西南.　　樂城(낙성):지금의 섬서성 城固縣.　　漢城(한
　　성): 지금의 섬서성 勉縣 東南. 낙성과 한성은 제갈량이 쌓은 성이다.

〚8〛 却說鄧艾聞姜維在沓中屯田, 於路下四十餘營, 連絡不絕,
如長蛇之勢.(*連營亦與陣法一般.) 艾遂令細作相了地形, 畫成圖本,
具表申奏. 晉公司馬昭見之, 大怒曰:"姜維屢犯中原, 不能剿除,
是吾心腹之患也!"賈充曰:"姜維深得孔明傳授, 急難退之. 須得
一智勇之將, 往刺殺之, 可免動兵之勞."(*賈充是盜賊之計.) 從事中
郎荀勗曰:"不然. 今蜀主劉禪溺於酒色, 信用黃皓, 大臣皆有避
禍之心. 姜維在沓中屯田, 正避禍之計也. 若令大將伐之, 無有不
勝, 何必用刺客乎!"(*方是堂堂正正之論.) 昭大笑曰:"此言最善. 吾
欲伐蜀, 誰可爲將?"荀勗曰:"鄧艾乃世之良材, 更得鍾會爲副
將, 大事成矣."昭大喜曰:"此言正合吾意!"乃召鍾會入而問曰:
"吾欲令汝爲大將, 去伐東吳, 可乎?"(*將行刺跌出興師, 又將伐吳跌出
伐蜀, 事曲而文亦曲.) 會曰:"主公之意本不欲伐吳,實欲伐蜀也."昭
大笑曰:"子誠識吾心也. ── 但卿往伐蜀, 當用何策?"會曰:

"某料主公欲伐蜀, 已畫圖現在此." 昭展開視之, 圖中細載一路安營下寨, 屯糧積草之處, 從何而進, 從何而退, 一一皆有法度.(*鄧艾止畫杳中之圖, 鍾會又畫全蜀之圖, 同一畫圖, 又自各別.) 昭看了大喜曰: "眞良將也! 卿與鄧艾合兵取蜀, 何如?" 會曰: "蜀川道廣, 非一路可進; 當使鄧艾分兵各進, 可也."(*旣以伐吳跌出伐蜀, 又以合兵跌出分兵, 曲折之甚.) 昭遂拜鍾會爲征西將軍, 假節鉞, 都督關中人馬, 調遣靑·徐·兗·豫·荊·揚等處; 一面差人持節, 令鄧艾爲征西將軍, 都督關外隴上, 使約期伐蜀.(*因遣新將, 再封舊將, 一新一舊, 便有不上下之勢.)

　　*注: 連絡(연락): =聯絡. 연락(하다).　道廣(도광): 길이 많다. 〈廣〉: 넓다. 많다.

〖9〗 次日, 司馬昭於朝中計議此事, 前將軍鄧敦曰: "姜維屢犯中原, 我兵折傷甚多, 只今守禦, 尙自未保; 奈何深入山川危險之地, 自取禍亂耶?" 昭怒曰: "吾欲興仁義之師, 伐無道之主, 汝安敢逆吾意!" 叱武士推出斬之. 須臾, 呈鄧敦首級於階下. 衆皆失色.(*弒君之後, 又必示威於臣; 伐國之前, 亦必示威於內. 奸雄作威, 往往如此.) 昭曰: "吾自征東以來, 息歇六年, 治兵繕甲, 皆已完備, 欲伐吳·蜀久矣. 今先定西蜀, 乘順流之勢, 水陸并進, 倂吞東吳, 此滅虢取虞之道也.(*方算伐蜀, 又算到伐吳, 自此至末卷, 方是一氣阿成.) 吾料西蜀將士, 守成都者八九萬, 守邊境者不過四五萬, 姜維屯田者不過六七萬. 今吾已令鄧艾引關外隴右之兵十餘萬, 絆住姜維於杳中, 使不得東顧; 遣鍾會引關中精兵二三十萬, 直抵駱谷, 三路以襲漢中.(*此處本欲鄧艾絆住姜維, 鍾會潛入西川. 後文却是鍾會絆住姜維, 鄧艾潛入西川. 正妙在與後相反, 方見事之變化.) 蜀主劉禪昏暗, 邊城外破, 士女內震. 其亡可必矣!" 衆皆拜服.

〖10〗却說鍾會受了鎭西將軍之印, 起兵伐蜀. 會恐機謀或泄, 却以伐吳爲名, 令靑·兗·豫·荊·揚等五處各造大船, 又遣唐咨於登·萊等州傍海之處, 拘集海船.(*鍾會佯作伐吳, 卽劉曄譖言伐蜀之意.) 司馬昭不知其意, 遂召鍾會問之曰: "子從旱路收川, 何用造船耶?" 會曰: "蜀若聞我兵大進, 必求救於東吳也. 故先布聲勢, 作伐吳之狀, 吳必不敢妄動. 一年之內, 蜀已破, 船已成, 而伐吳, 豈不順乎?"(*亦從伐蜀先算到伐吳, 自此至末卷, 方是一氣阿成.) 昭大喜, 選日出師. 時魏景元四年秋七月初三日, 鍾會出師. 司馬昭送之於城外十里方回. 西曹掾邵悌密謂司馬昭曰: "今主公遣鍾會領十萬兵伐蜀, 愚料會志大心高, 不可使獨掌大權."(*早爲鍾會謀反伏線.) 昭笑曰: "吾豈不知之?" 悌曰: "主公旣知, 何不使人同領其職?" 昭言無數語, 使悌疑心頓釋. 正是:

方當士馬驅馳日, 早識將軍跋扈心.

未知其言若何, 且看下文分解.

*注: 登·萊等州(등·래등주): 지금의 山東半島. 〈登州〉의 治所는 지금의 산동성 牟平縣. 〈萊州〉의 治所는 지금의 산동성 掖縣. 登州와 萊州 등은 모두 바다에 연한 지역으로 隋唐 시대에 설치된 州 이름이고 三國時代에는 없었다.   景元四年(경원4년): 서기 263년.(신라 味鄒尼師今 二年.)   西曹掾(서조연): 丞相府의 屬官.   心高(심고): (마음에 품은) 포부가 크다. 기상이 높다.

(1). 洮陽之出，維以爲非艾之所料，而艾則知其料我之不料也. 祁山之救，維知爲艾所料，而艾則不知其料我之能料也. 至於後主之召回，不獨維不料之，艾亦不料之矣. 智者之智，常出於智者之意外；愚者之愚，亦出於智者之意外. 讀書至此，能不爲之慨然!

(2). 又有讀至終篇，而復與最先開卷之數行相應者. 如觀黃龍見井中之兆，令人思青蛇見御座之時；觀曹髦咏〈黃龍〉之時，令人思漢帝咏飛燕之句. 斯已奇矣. 然當時之人，猶未以前事相況也. 至於姜維之欲去黃皓，則明明以十常侍爲比，明明以靈帝爲鑒. 於一百十回之後，忽然如睹一百十回以前之人，忽然重見一百十回以前之事. 如此首尾連合，豈非絕世奇文?

(3). 武侯出師以屯田終，姜維出師以屯田終. 屯沓中與屯渭濱無異耳. 以爲避禍，而保蜀之道在焉；以爲保蜀，而取魏之道亦在焉. 姜維未嘗有九伐之事，而後人以沓中之役爲姜維之九伐中原. 夫爲取魏而屯田，則雖謂之九伐焉可也.

(4). 蜀之伐魏自此終，而魏之伐蜀又自此始. 可見漢不滅賊，則賊必滅漢，此正武侯 “不兩立” 之說也. 先主將入西川，先見孔明畫圖一幅，又得張松畫圖一幅；司馬昭將取西川，先見鄧艾沓中畫圖一本，又得鍾會全蜀畫圖一本. 前後天然相對，若合符節，其奇文奇事.

第一百十六回

鍾會分兵漢中道
武侯顯聖定軍山

〖１〗却說司馬昭謂西曹掾邵悌曰: "朝臣皆言蜀未可伐, 是其心
怯; 若使强戰, 必敗之道也.(＊此不遣他人同往之意.) 今鍾會獨建伐蜀
之策, 是其心不怯; 心不怯, 則破蜀必矣. 蜀旣破, 則蜀人心膽已
裂. '敗軍之將不可以言勇, 亡國之大夫不可以圖存'.(＊早爲姜維助
會不成伏線.) 會卽有異志, 蜀人安能助之乎? 至若魏人得勝思歸,
必不從會而反, 更不足慮耳. 此言乃吾與汝知之, 切不可泄漏."
邵悌拜服.

> ＊注: 敗軍之將不可以言勇(패군지장불가이언용): 전쟁에 패한 장수는 용
> 맹에 대해 말해서는 안 된다. 이어지는 "亡國之大夫不可以圖存"과 함께
> 〈史記·淮陰侯列傳〉에 나오는 廣武君의 말이다.   卽有異志(즉유이지):
> (鍾會가) 설령 딴 뜻을 먹는다 하더라도. 〈卽〉: 접근하다; 곧…이다; 설령…

할지라도(일지라도).　　至若(지약): (화제를 바꾸거나 제시할 때 쓰임) …으로 말하면, …에 관해서는. =至於. 至如.

〖2〗 却說鍾會下寨已畢, 升帳大集諸將聽令. 時有監軍衛瓘·護軍胡烈·大將田續·龐會·田章·爰彰·丘健·夏侯咸·王買·皇甫闓·句安等八十餘員. 會曰: "必須一大將爲先鋒, 逢山開路, 遇水疊橋. 誰敢當之?" 一人應聲曰: "某願往." 會視之, 乃虎將許褚之子許儀也.(*虎癡之勇已隔數十卷.)　　衆皆曰: "非此人不可爲先鋒." 會喚許儀曰: "汝乃<u>虎體原班</u>之將, 父子有名, 今衆將亦皆保汝. 汝可挂先鋒印, 領五千馬軍·一千步軍, 徑取漢中. 兵分三路: 汝領中路, 出<u>斜谷</u>;(*武侯嘗從此處去, 鍾會從此處來.) 左軍出<u>駱谷</u>;(*姜維嘗從此處去, 鍾會從此處來.) 右軍出<u>子午谷</u>;(*魏延欲從此處去, 鍾會從此處來.) 此皆崎嶇山險之地, 當今軍塡平道路, 修理橋梁, 鑿山破石, 勿使阻礙. 如違必按軍法."(*數語極似常套, 却爲後文伏筆.) 許儀受命, 領兵而進. 鍾會隨後提十萬餘衆, 星夜起程.

*注: 虎體原班(호체원반): '虎體元班' 또는 '虎體鵷班'으로도 쓴다. 富貴를 본래부터 가지고 있으므로 특별히 다른 데서 구할 필요가 없는 高門貴族 출신의 신분. 〈虎體〉: 호랑이처럼 용맹하고 거대한 身體. 〈原班〉: 원래부터 양반이다. 朝廷에 늘어선 官吏의 行列이란 뜻의 '鵷班'으로도 쓴다. 許褚는 勇將으로서 侯爵으로 봉해졌는데, 許儀는 그 爵位를 世襲하였다.　　斜谷(야곡): 섬서성 眉縣 서남에 위치. 고대에 사천과 섬서 간의 교통의 요충지.　　駱谷(낙곡): 옛날 관중에서 秦嶺을 넘어 한중을 거쳐 파촉으로 들어가는 要道의 하나.　　子午谷(자오곡): 장안에서 한중으로 통하는, 섬서성 장안현 南秦嶺 산중에 있는 계곡.

〖3〗 却說鄧艾在<u>隴西</u>, 旣受伐蜀之詔, 一面令司馬望往遏羌人,又遣雍州刺史諸葛緒·天水太守王頎·隴西太守牽弘·金城太守楊欣, 各調本部兵前來聽令. 比及軍馬雲集, 鄧艾夜作一夢: 夢見登高山, 望漢中, 忽於脚下迸出一泉, 水勢上涌. 須臾驚覺,(*一場大事却先述一夢起.) 渾身汗流, 遂坐而待旦, 乃召護衛邵緩問之. 邵素明〈周易〉, 艾備言其夢. 緩答曰: "〈易〉云: 山上有水曰蹇. 蹇卦者, 利西南, 不利東北. 孔子云: '蹇利西南, 往有功也. 不利東北, 其道窮也.'(*不是圓夢. 却是起課. 不消更卜, 夢卽是卜.) 將軍此行, 必然克蜀, 但可惜蹇滯不能還."(*早爲鄧艾被殺伏案.) 艾聞言, 愀然不樂. 忽鍾會檄文至, 約艾起兵, 於漢中取齊. 艾遂遣雍州刺史諸葛緒, 引兵一萬五千, 先斷姜維歸路; 次遣天水太守王頎, 引兵一萬五千, 從左攻沓中; 隴西太守牽弘, 引一萬五千人, 從右攻沓中; 又遣金城太守楊欣, 引一萬五千人, 於甘松邀姜維之後.(*鍾會是三路, 鄧艾是四路, 各各不同.) 艾自引兵三萬, 往來接應.

*注: **孔子云**(공자운): 〈周易〉의 象傳(단전)은 孔子가 지은 것으로 전해지는데, 다음의 말(蹇利西南, …)은 蹇卦(건괘) 象傳에 나오는 말이다. **蹇滯**(건체): 일이 순조롭지 못하다. 〈蹇〉: 절룩거리다. 곤궁하다. **愀然**(초연): 수심에 잠겨 안색이 달라지는 모양. 발끈하여 안색이 변하는 모양. **取齊**(취제): 모이다. 집합하다. **甘松**(감송): 지금의 사천성 松潘縣 西北. 감숙성 迭部 동남. **邀**(요): 맞다. 가로막다. 차단하다. 잠복하고 기다리다.

〖4〗 却說鍾會出師之時, 有百官送出城外, 旌旗蔽日, 鎧甲凝霜, 人强馬壯, 威風凜然. 人皆稱羨, 惟有相國參軍劉寔, 微笑不語.(*邵悌知而言之, 劉寔知而不言, 更有意思.) 太尉王祥見寔冷笑, 就馬上握其手而問曰: "鍾·鄧二人, 此去可平蜀乎?" 寔曰: "破蜀必矣. 一但恐皆不得還都耳!"(*此處又總爲二人被殺伏線.) 王祥問其故, 劉寔但笑而不答.(*是有意思人.) 祥遂不復問.

*注: 相國參軍(상국삼군): 相國 (즉, 丞相)의 중요한 幕僚.

〖5〗却說魏兵旣發, 早有細作入沓中報知姜維. 維卽具表申奏後主: "請降詔遣左車騎將軍張翼領兵守護陽安關, 右車騎將軍廖化領兵守陰平橋. 這二處最爲要緊, 若失二處, 漢中不保矣.(*鍾會三路, 鄧艾四路, 姜維却重在二路, 又各不同.) 一面當遣使入吳求救.(*正與鍾會之言相合.) 臣一面自起沓中之兵拒敵."(*連此亦是四路.)

時後主改景耀六年爲炎興元年,(*揷入此句, 爲後 "二火初出(興)"語伏筆.) 日與宦官黃皓在宮中遊樂. 忽接姜維之表, 卽召黃皓問曰: "今魏國遣鍾會 · 鄧艾大起人馬, 分道而來, 如之奈何?" 皓奏曰: "此乃姜維欲立功名, 故上此表. 陛下寬心, 勿生疑慮. 臣聞城中有一師婆, 供奉一神, 能知吉凶, 可召來問之." 後主從其言, 於後殿陳設香花紙燭, 享祭禮物, 令黃皓用小車請入宮中, 坐於龍床之上. (*卽此師婆, 亦是蜀中之大災異, 當與栢樹夜哭等同觀.) 後主焚香祝畢, 師婆忽然披髮跣足, 就殿上跳躍數十遍, 盤旋於案上.(*活畫一師婆身分.) 皓曰: "此神人降矣. 陛下可退左右, 親禱之." 後主盡退侍臣, 再拜祝之.(*卽天子拜師婆, 亦是朝中一大災異, 當與靑蛇升御座同觀.) 師婆大叫曰: "吾乃西川土神也.(*卽師婆自稱土神, 亦是朝中一大災異, 當與雌雞化爲雄同觀.) 陛下欣樂太平, 何爲求問他事? 數年之後, 魏國疆土亦歸陛下矣. 陛下切勿憂慮." 言訖, 昏倒於地, 半晌方甦.(*活畫一師婆身分.) 後主大喜, 重加賞賜. 自此深信師婆之說, 遂不聽姜維之言, 每日只在宮中飮宴歡樂.(*自李傕信師巫之後, 已隔百餘回, 忽又有其匹.) 姜維累申告急表文, 皆被黃皓隱匿, 因此誤了大事.(*與張讓隱匿黃巾消息, 前後一轍.)

*注: 陽安關(양안관): 즉, 북송 이후의 陽平關. 지금의 섬서성 勉縣 西, 寧强縣 西北에 위치. 南으로는 鷄公山을 의거하고 北으로는 嘉陵江에 임

하고는 지형이 험준한 곳으로 '關頭', '關城'이라고도 한다.　**陰平橋**
(음평교): 뒤의 〈陰平橋頭〉와 같은 곳으로, 지금의 감숙성 文縣 東南에 있
고 白水江 위에 걸쳐 있다.　**炎興元年**(염흥원년): 서기 262년.　**師婆**(사
파): 巫堂. 巫女. 師娘. 師巫.

〖6〗却說鍾會大軍, 迤邐望漢中進發. 前軍先鋒許儀, 要立頭
功, 先領兵至南鄭關. 儀謂部將曰: "過此關卽漢中矣. 關上不多
人馬, 我等便可奮力搶關." 衆將領命, 一齊併力向前.

原來守關蜀將盧遜, 早知魏兵將到, 先於關前木橋左右, 伏下軍
士, 裝起武侯所遺十矢連弩;(*又將武侯臨終之事一提, 與一百四回照應.)
比及許儀兵來搶關時, 一聲梆子響處, 矢石如雨. 儀急退時, 早射
倒數十騎. 魏兵大敗. 儀回報鍾會. 會自提帳下甲士百餘騎來看,
果然箭弩一齊射下. 會撥馬便回, 關上盧遜引五百軍殺下來. 會拍
馬過橋, 橋上土塌, 陷住馬蹄, 爭些兒掀下馬來. 馬掙不起, 會棄
馬步行; 跑下橋時, 盧遜赶上, 一槍刺來, —— 却被魏兵中荀愷回
身一箭, 射盧遜落馬. 鍾會麾衆乘勢搶關, 關上軍士因有蜀兵在關
前, 不敢放箭, 被鍾會殺散, 奪了山關.(*鍾會幾死復生, 又奪山關, 皆
意外驚人之筆.) 卽以荀愷爲護軍, 以全副鞍馬鎧甲賜之.

會喚許儀至帳下, 責之曰: "汝爲先鋒, 理合逢山開路, 遇水疊
橋, 專一修理橋梁道路, 以便行軍. 吾方才到橋上, 陷住馬蹄, 幾
乎墮橋; 若非荀愷, 吾已被殺矣!(*會之不死, 實有天幸.) 汝旣違軍
令, 當按軍法!" 叱左右推出斬之. 諸將告曰: "其父許褚有功於朝
廷, 望都督恕之." 會怒曰: "軍法不明, 何以令衆?" 遂令斬首示
衆. 諸將無不駭然.(*早爲後文諸將不從鍾會張本.)

　　*注: **南鄭關**(남정관): 지금의 섬서성 漢中市 동쪽에 있다.　**爭些兒**(정사
아): 하마터면. 아슬아슬하게. (爭些子. 爭些: 差一點. 差點兒. 險些兒,

幾乎.)　掀下(흔하): 위로 솟구쳐 올랐다가 아래로 떨어지다.　掙起(쟁기): 벗어나려 발버둥 치다.　全副(전부): 한 벌. 전부.

〖7〗 時蜀將王含守樂城, 蔣斌守漢城, 見魏兵勢大, 不敢出戰, 只閉門自守. 鍾會下令曰: “兵貴神速, 不可少停.”(*魏兵利在速戰, 蜀兵利在固守.) 乃令前軍李輔圍樂城, 護軍荀愷圍漢城, 自引大軍取陽安關. 守關蜀將傅僉與副將蔣舒商議戰守之策, 舒曰: “魏兵甚衆, 勢不可當, 不如堅守爲上.”(*戰不如守, 其言是矣; 守不如降, 其理何據?) 僉曰: “不然. 魏兵遠來, 必然疲困, 雖多不足懼. 我等若不下關戰時, 漢·樂二城休矣!” 蔣舒黙然不答.(*不懷好意了.)

忽報魏兵大隊已至關前. 蔣·傅二人至關上視之. 鍾會揚鞭大叫曰: “吾今統十萬之衆到此, 如早早出降, 各依品級升用; 如執迷不降, 打破關隘, 玉石俱焚!” 傅僉大怒, 令蔣舒把關, 自引三千兵殺下關來. 鍾會便走, 魏兵盡退. 僉乘勢追之, 魏兵復合. 僉欲退入關時, 關上已竪起魏家旗號, 只見蔣舒叫曰: “吾已降了魏也.” 僉大怒, 厲聲罵曰: “忘恩背義之賊, 有何面目見天子乎!” 撥回馬復與魏兵接戰. 魏兵四面合來, 將傅僉圍在垓心. 僉左衝右突, 往來死戰, 不能得脱; 所領蜀兵, 十傷八九. 僉乃仰天嘆曰: “吾生爲蜀臣, 死亦當爲蜀鬼!”(*如此之鬼, 鬼可不朽矣.) 乃復拍馬衝殺, 身被數槍, 血盈袍鎧; 坐下馬倒, 僉自刎而死.(*蔣舒能無愧死?) 後人有詩嘆曰:

一日抒忠憤, 千秋仰義名.

寧爲傅僉死, 不作蔣舒生.

鍾會得了陽安關, 關內所積糧草軍器極多, 大喜, 遂犒三軍.

〖8〗 是夜, 魏兵宿於陽安城中, 忽聞西南上喊聲大震. 鍾會慌忙出帳視之，絕無動靜．魏軍一夜不敢睡．次夜三更，西南上喊聲又起．鍾會驚疑，向曉，使人探之．回報曰：“遠哨十餘里，並無一人．”會驚疑不定，乃自引數百騎，俱全裝貫帶，望西南巡哨．前至一山，只見殺氣四面突起，愁雲布合，霧鎖山頭．會勒住馬，問鄉導官曰：“此何山也？”答曰：“此乃定軍山，昔日夏侯淵歿於此處．”(*夏侯淵事已隔數十卷，於此忽然照應．) 會聞之，<u>悵然</u>不樂，遂勒馬而回．轉過山坡，忽然狂風大作，背後數千騎突出，隨風殺來．會大驚，引眾縱馬而走．諸將墜馬者，不計其數．及奔到陽安關時，不曾折一人一騎，只跌損面目，失了頭盔，皆言曰：“但見陰雲中人馬殺來，比及近身，却不傷人，只是一陣旋風而已．”會問降將蔣舒曰：“定軍山有神廟乎？”舒曰：“並無神廟，惟有諸葛武侯之墓．”(*照應一百五回中事．)會驚曰：“此必武侯顯聖也！吾當親往祭之．”次日，鍾會備祭禮，宰<u>太牢</u>，自到武侯墓前再拜致祭．祭畢，狂風頓息，愁雲四散．忽然清風<u>習習</u>，細雨<u>紛紛</u>．<u>一陣</u>過後，天色晴朗．魏兵大喜，皆拜謝回營．

> *注: 悵然(창연): 창창. 실망한 모양. 낙담하다.　太牢(태뢰): 제사 때 소와 양과 돼지를 제물로 바치는 것.　習習(습습): 바람이 가볍게 부는 모양. 솔솔.　紛紛(분분): 잇달아. 쉴새없이. 계속해서.　一陣(일진): 한바탕. 한 차례. 한 줄기: 한동안. 한때. 잠시 동안.

〖9〗是夜，鍾會在帳中伏几而寢，忽然一陣清風過處，只見一人，綸巾羽扇，身衣鶴氅，素履皂絛，面如冠玉，唇若抹朱，眉清目朗，身長八尺，飄飄然有神仙之概．(*忽於鍾會夢中寫一諸葛孔明，彷彿先主草廬初遇時．) 其人步入帳中，會起身迎之曰：“公何人也？”其人曰：“今早重承見顧．吾有片言相告：雖漢祚已衰，天命難違，然兩川生靈，橫罹兵革，誠可憐憫．汝入境之後，萬勿妄殺生靈."言訖，拂袖而去．(*郎郎數語，迄今如聞其聲，不似師婆鬼話．) 會欲挽留之，忽然驚醒，乃是一夢．會知是武侯之靈，不勝驚異．於是傳令前軍，立一白旗，上書"保國安民"四字；所到之處，如妄殺一人者償命．(*不是寫活鍾會，正是寫死武侯．) 於是漢中人民，盡皆出城拜迎．會一一撫慰，秋毫無犯．後人有詩讚曰：

　　數萬陰兵繞定軍，致令鍾會拜靈神．

　　生能決策扶劉氏，死尙遺言保蜀民．

〖10〗却說姜維在沓中，聽知魏兵大至，傳檄廖化・張翼・董厥提兵接應；一面自分兵列將以待之．忽報魏兵至，維引兵出迎．魏陣中爲首大將乃天水太守王頎也．頎出馬大呼曰："吾今大兵百萬，上將千員，分二十路而進，已到成都．汝不思早降，猶欲抗拒，何不知天命耶？"維大怒，挺槍縱馬，直取王頎．戰不三合，頎大敗而走．姜維驅兵追殺．至二十里，只聽得金鼓齊鳴，一枝兵擺開，旗上大書"隴西太守牽弘"字樣．維笑曰："此等鼠輩，非吾敵手．"遂催兵追之．又趕到十里，却遇鄧艾領兵殺到．兩軍混戰．維抖擻精神，與艾戰十有餘合，不分勝負．後面鑼鼓又鳴，維急退時，後軍報說："甘松諸寨，盡被金城太守楊欣燒毀了．"維大驚，急令副將虛立旗號，與鄧艾相拒，維自撤後軍，星夜來救甘松，正遇楊欣．欣不敢交戰，望山路而走，維隨後趕來．將至山岩下，岩上木石如雨，維不能前進．比及回到半路，蜀兵已被鄧艾殺敗．魏兵大隊而來，將姜維圍住．維引衆騎殺出重圍，奔入大寨，堅守以待救兵．忽流星馬到，報說："鍾會打破陽安關，守將蔣舒歸降，傅僉戰死，漢中已屬魏矣．(*此事已實敍在前，於此又再虛敍一遍．) 樂城守將王含・漢城守將蔣斌知漢中已失，亦開門而降．(*二人之降，在前未曾實敍，特於此處虛敍出來．妙．) 胡濟抵敵不住，逃回成都，求援去了."(*此事在前未曾實敍, 特於此處虛敍出來. 妙.)

　　*注: 抖擻(두수): 기운을 내다. 정신을 차리다(가다듬다). 분발하다. 〈~精
　　神〉: 정신을 차리다.

　　〖11〗 維大驚, 即傳令拔寨. 是夜, 兵至彊川口, 前面一軍擺開,
爲首魏將, 乃是金城太守楊欣. 維大怒, 縱馬交鋒, 只一合, 楊欣
敗走. 維拈弓射之, 連射三箭皆不中. 維轉怒, 自折其弓, 挺槍趕
來. 戰馬前失, 將維跌在地上. 楊欣撥回馬來殺姜維. 維躍起身,
一槍刺去, 正中楊欣馬腦.(*又是絕處逢生.) 背後魏兵驟至, 救欣去
了. 維騎上從馬, 欲待追時, 忽報後面鄧艾兵到. 維首尾不能相
顧, 　遂收兵要奪漢中. 　哨馬報說: "雍州刺史諸葛緒已斷了歸
路."(*諸葛緒之兵亦用虛敍.) 維乃據山險下寨. 魏兵屯於陰平橋頭.
維進退無路, 長歎曰: "天喪我也!" 副將寧隨曰: "魏兵雖斷陰平
橋頭, 雍州必然兵少, 將軍若從孔函谷,徑取雍州, 諸葛緒必撤陰
平之兵救雍州, 將軍却引兵奔劍閣守之, 則漢中可復矣."(*欲取劍
閣, 反先取雍州, 其計亦曲.) 維從之, 即發兵入孔函谷, 詐取雍州. 細
作報知諸葛緒. 緒大驚曰: "雍州是吾合兵之地,倘有疏失,朝廷必
然問罪." 急撤大兵, 從南路去救雍州, 只留一枝兵守橋頭. 姜維
入北道, 約行三十里, 料知魏兵起行, 乃勒回兵, 後隊作前隊, 徑
到橋頭. 果然魏兵大隊已去, 只有些小兵把橋, 被維一陣殺散, 盡
燒其寨柵. 諸葛緒聽知橋頭火起, 復引兵回, 姜維兵已過半日了,
因此不敢追趕.(*絕處逢生.)

　　*注: 彊川口(강천구): 彊水 어귀. 彊水는 陰平의 彊山에서 발원하고 그
　　어귀는 지금의 감숙성 臨潭縣 西, 文縣 서북에 있다. 　孔函谷(공함곡):
　　하천이 흐르는 골짜기, 즉 河谷 이름. 白水河 옆에 있다. 지금의 감숙성
　　舟曲 동남, 宕昌縣(탕창현) 南.

〖12〗 却說姜維引兵過了橋頭，正行之間，前面一軍來到，乃左將軍張翼·右將軍廖化也. 維問之，翼曰：“黃皓聽信師巫之言，不肯發兵. 翼聞漢中已危，自起兵來時，陽安關已被鍾會所取. 今聞將軍受困，特來接應.” 遂合兵一處，前赴白水關. 化曰：“今四面受敵，糧道不通，不如退守劍閣，再作良圖.”(*與寧隨之意相合.) 維疑慮未決. 忽報鍾會·鄧艾分兵十餘路殺來. 維欲與翼·化分兵迎之. 化曰：“白水地狹路多，非爭戰之所，不如且退去救劍閣可也；若劍閣一失，是絕路矣.” 維從之，遂引兵來投劍閣. 將近關前，忽然鼓角齊鳴，喊聲大起，旌旗遍竪，一枝軍把住關口. 正是：

漢中險峻已無有，劍閣風波又忽生.

未知何處之兵，且看下文分解.

*注: 白水關(백수관):관문 이름. 사천성 廣元 北. 관의 동쪽은 광원에 접하고 서쪽은 靑川을 마주하고, 북쪽은 勉縣과 이어져 있는데 매우 험준한 요해처이다.

第一百十六回 毛宗崗 序始評

(1). 此卷記魏取蜀之事也，而司馬昭主其事，則非魏之能取之，而晉之取之也. 魏之滅，尚在蜀滅之後，然曹芳已廢，而曹髦已弑，雖奐一息尚存，而已全乎其爲晉也. 全乎其爲晉，則不得復以魏目之. 猶之起兵徐州，乃備之討曹，而非備之犯漢；兵敗當陽，乃魏之攻備，而非漢之伐備也. 前乎此者，魏之攻蜀有二：一發於曹丕，而五路之兵，不戰而自解；再發於曹叡，而陳倉之兵，遇雨而引歸，是天之不欲以魏滅漢也明矣. 天不欲興漢，而又不欲以魏滅漢，於是滅之以滅魏之晉焉. 而漢之滅，庶可以無憾云爾.

(2). 黃巾以妖邪惑衆, 此第一卷中之事也, 而師婆之妄托神言似之. 張讓隱匿黃巾之亂以欺靈帝, 亦第一卷中之事也, 而黃皓隱匿姜維之表, 又似之. 前有男妖, 後有女妖, 而女甚於男. 前有十常侍, 後有一常侍, 以一可當十. 文之有章法者, 首必應尾, 尾必應首. 讀〈三國〉至此篇, 是一部大書前後大關合處.

(3). 鄧艾未入川時, 先得一夢; 鍾會於定軍山前, 亦得一夢. 人但知艾與會之夢爲夢, 而不知艾之以夢告卜者, 亦夢也. 會之祭武侯, 與武侯之托夢於會, 亦夢也. 不獨兩人之事業以成夢, 則三分之割據皆成夢. 先主·孫權·曹操皆夢中之人. 西蜀·東吳·北魏, 盡夢中之境. 誰是誰非, 誰強誰弱, 盡夢中之事. 讀〈三國〉者, 讀此卷述夢之文, 凡三國以前, 三國以後, 總當作如是夢.

第一百十七回

鄧士載偸度陰平
諸葛瞻戰死綿竹

〚1〛却說輔國大將軍董厥, 聞魏兵十餘路入境, 乃引二萬兵守住劍閣; 當日望塵頭大起, 疑是魏兵, 急引軍把住關口. 董厥自臨軍前視之, 乃姜維·廖化·張翼也. 厥大喜, 接入關上, 禮畢, 哭訴後主·黃皓之事. 維曰: "公勿憂慮. 若有維在, 必不容魏來呑蜀也. 且守劍閣, 徐圖退敵之計!" 厥曰: "此關雖然可守, 爭奈成都無人; 倘爲敵人所襲, 大勢瓦解矣." 維曰: "成都山險地峻, 非可易取, 不必憂也." 正言間, 忽報諸葛緒領兵殺至關下, 維大怒, 急引五千兵殺下關來, 直撞入魏陣中, 左衝右突, 殺得諸葛緒大敗而走, 退數十里下寨. 魏軍死者無數. 蜀兵搶了許多馬匹器械, 維收兵回關.

　　*注: 爭奈(쟁나): 어찌하랴?(爭耐). 〈爭〉: (부사)어찌. 어떻게.

〔2〕却說鍾會離劍閣二十里下寨. 諸葛緒自來伏罪. 會怒曰: "吾令汝守把陰平橋頭, 以斷姜維歸路, 如何失了? 今又不得吾令, 擅自進兵, 以致此敗!" 緒曰: "維詭計多端, 詐取雍州. 緒恐雍州有失, 引兵去救, 維乘機走脫; 緒因赶至關下, 不想又爲所敗." 會大怒, 叱令斬之. 監軍衛瓘曰: "緒雖有罪, 乃鄧征西所督之人, 不該將軍殺之. 恐傷和氣." 會曰: "吾奉天子明詔·晉公鈞命, 特來伐蜀. 便是鄧艾有罪, 亦當斬之!"(*會與艾不睦自此始.) 衆皆力勸. 會乃將諸葛緒用檻車載赴洛陽, 任晉公發落; 隨將緒所領之兵, 收在部下調遣.(*全不顧鄧艾體面, 爲鄧艾者實難堪此.)

　　*注: 發落(발락): 처리하다. 처분하다.

〔3〕有人報與鄧艾. 艾大怒曰: "吾與汝官品一般, 吾久鎮邊疆, 於國多勞, 汝安敢妄自尊大耶?"(*此時尚不是爭功, 不過是爭體面, 爭意氣耳.) 子鄧忠勸曰: "'小不忍, 則亂大謀'. 父親若與他不睦, 必誤國家大事, 望且容忍之." 艾從其言. —— 然畢竟心中懷怒,(*不以諸葛緒送鄧艾, 而送晉公, 一可怒也; 不交還其軍, 二可怒也; 言欲殺鄧艾, 三可怒也. 該怒.) 乃引十數騎來見鍾會. 會聞艾至, 便問左右: "艾引多少軍來?" 左右答曰: "只有十數騎." 會乃令帳上帳下列武士數百人. 艾下馬入見. 會接入帳禮畢. 艾見軍容甚肅, 心中不安, 乃以言挑之曰: "將軍得了漢中, 乃朝廷之大幸也! 可定策早取劍閣."(*并不提起諸葛緒, 亦甚見機.) 會曰: "將軍明見若何?" 艾再三推稱無能.(*期期不吐, 是口吃模樣.) 會固問之. 艾答曰: "以愚意度之, 可引一軍從陰平小路出漢中德陽亭, 用奇兵徑取成都, 姜維必撤兵來救, 將軍乘虛就取劍閣, 可獲全功."(*鄧艾此計原是行險邀倖.)會大喜曰: "將軍此計甚妙, 可卽引兵去. 吾在此專候捷音." 二人飲酒相別. 會回本帳與諸將曰: "人皆謂鄧艾有能, 今日觀之,

乃庸才耳!"(*方知適才大喜答應, 都是假話.) 衆問其故. 會曰: "陰平小路, 皆高山峻嶺, 若蜀以百餘人守其險要, 斷其歸路, 則鄧艾之兵皆餓死矣. 吾只以正道而行, 何愁蜀地不破乎?" 遂置雲梯砲架, 只打劍閣關.

    *注: 小不忍, 則亂大謀(소불인, 즉란대모): 작은 일을 참지 못하면 큰 일 (꾀, 계획)을 그르친다. (*出處: 〈論語 · 衛靈公篇〉에 나오는 말로, 원문은: "巧言亂德. 小不忍, 則亂大謀." (교묘하게 꾸며서 하는 말은 덕을 어지럽힌다. 작은 일을 참지 못하면 큰일을 그르친다.) **期期**(기기): 말을 더듬다. **口吃**(구흘): 말을 더듬다. 말더듬이. **德陽亭**(덕양정): 지금의 사천성 平武縣 東南에서 馬閣山으로 가는 길에 있다.

〖4〗 却說鄧艾出轅門上馬, 回顧從者曰: "鍾會待吾若何?" 從者曰: "觀其辭色, 甚不以將軍之言爲然, 但以口强應而已."(*在從人口中寫一鍾會.) 艾笑曰: "彼料我不能取成都, 我偏欲取之!" 回到本寨, 師纂 · 鄧忠一班將士接問曰: "今日與鍾鎭西有何高論?" 艾曰: "吾以實心告彼, 彼以庸才視我. 彼今得漢中, 以爲莫大之功; 若非吾在沓中絆住姜維, 彼安能成功耶?(*若非鍾會在劍閣絆住姜維, 艾亦安能成功?) 吾今若取了成都, 勝取漢中矣!" 當夜下令, 盡拔寨望陰平小路進兵, 離劍閣七百里下寨. 有人報鍾會, 說: "鄧艾要去取成都了." 會笑艾不智.(*有此一笑, 乃見下文之奇, 出於意外.)

    *注: 我偏欲取之(아편욕취지): 나는 기어코(꼭) 그것을 취하고(점령하고) 싶다. 〈偏〉: (부사)기어코. 꼭. 일부러.

〖5〗 却說鄧艾一面修密書, 遣使馳報司馬昭, 一面聚諸將於帳下, 問曰: "吾今乘虛去取成都, 與汝等立功名於不朽, 汝等肯從乎?" 諸將應曰: "願遵軍令, 萬死不辭!" 艾乃先令子鄧忠引五千精兵, 不穿衣甲, 各執斧鑿器具, 凡遇峻危之處, 鑿山開路, 搭造橋閣, 以便軍行.(＊竟似一班匠人, 不是軍士.) 艾選兵三萬, 各帶乾糧繩索進發. 約行百餘里, 選下三千兵, 就彼箚寨; 又行百餘里, 又選三千兵下寨. 是年十月, 自陰平進兵, 至於巔崖峻谷之中, 凡二十餘日, 行七百餘里, 皆是無人之地. 魏兵沿途下了數寨, 只剩下二千人馬.

　　前至一嶺, 名摩天嶺, 馬不堪行, 艾步行上嶺, 只見鄧忠與開路壯士盡皆哭泣. 艾問其故. 忠告曰: "此嶺西皆是峻壁巔崖, 不能開鑿, 虛廢前勞, 因此哭泣." 艾曰: "吾軍到此, 已行了七百餘里, 過此便是江油, 豈可復退?" 乃喚諸軍曰: "'不入虎穴, 焉得虎子?'. 吾與汝等來到此地, 若得成功, 富貴共之."(＊欲求生富貴, 須下死功夫.) 衆皆應曰: "願從將軍之命!" 艾令先將軍器攧將下去, 艾取氈自裹其身, 先滾下去. 副將有氈衫者裹身滾下, 無氈衫者各用繩索束腰, 攀木挂樹, 魚貫而進.(＊行險僥倖.) 鄧艾·鄧忠并二千軍, 及開山壯士, 皆度了摩天嶺.(＊鳳兮鳳兮, 以摩天之翅飛過摩天之嶺矣.) 方纔整頓衣甲器械而行, 忽見道傍有一石碣, 上刻: "丞相諸葛武侯題". 其文云: "二火初興, 有人越此. 二士爭衡, 不久自死."(＊"二火"者, 炎字也. "以火初興", 乃炎興元年也. "二士"者, 鄧士載與鍾士季也. "不久自死"者, 二人爭功而皆被殺也. 武侯之神, 至於如此, 則此處亦可謂武侯再顯聖也矣.) 艾觀訖大驚, 慌忙對碣再拜曰: "武侯眞神人也! 艾不能以師事之, 惜哉!" 後人有詩曰:

　　陰平峻嶺與天齊, 玄鶴徘徊尚怯飛.

　　鄧艾裹氈從此下, 誰知諸葛有先機.

＊注: 巔崖(전애): 산꼭대기와 낭떠러지.　　摩天嶺(마천령): 사천성과 감숙성의 경계 지역에 있는 큰 산으로, 主峰은 사천성 平武縣 北에 있다.

　　江油(강유): 지금의 사천성 江油縣 北.　　攧(찬): 던지다(抛擲). 투척(投

擲하다. **氈衫**(전삼): 모전(毛氈) 옷. **攀木挂樹**(반목괘수): 나무에 매달리
다. **魚貫**(어관): 수중에서 노는 물고기들이 앞뒤로 연속하여 다니는 것으
로 하나씩 하나씩 차례대로 나아가는 것을 비유할 때 쓴다(기러기가 날아
가는 모습(雁行)도 이와 같으므로 〈魚貫雁行〉이란 표현도 있다); 물고기
를 차례로 엮어 매단 모습. 서로 연결되어 있음을 비유할 때 쓴다. **爭衡**
(쟁형): (힘이나 기량을) 겨루다. 승패를 다투다. **先機**(선기): 여기서는
"豫見"의 뜻. 〈機〉: 미세한 徵兆. 機微.

〖6〗 却說鄧艾暗渡陰平, 引兵行時, 又見一個大空寨. 左右告
曰: "聞武侯在日, 曾發二千兵守此險隘, 今蜀主劉禪廢之."(*補敍
前事, 又與武侯臨終之語相應.) 艾嗟呀不已, 乃謂衆人曰: "吾等有來
路而無歸路矣! 前江油城中, 糧食足備, 汝等前進可活, 後退卽
死, 須併力攻之!"(*置之死地而後生, 置之亡地而後存, 則韓信背水陣之
意.) 衆皆應曰: "願死戰!" 於是鄧艾步行, 引二千餘人, 星夜倍道
來搶江油城.

〖7〗 却說江油城守將馬邈, 聞東川已失, 雖爲準備, 只是提防大
路, 又仗着姜維全師守住劍閣關, 遂將軍情不以爲重. 當日操練人
馬回家, 與妻李氏擁爐飮酒. 其妻問曰: "屢聞邊情甚急, 將軍全
無憂色, 何也?" 邈曰: "大事自有姜伯約掌握, 干我甚事!"(*馬邈
與後主正是一對, 有是君必有是臣.) 其妻曰: "雖然如此, 將軍所守城
池, 不爲不重." 邈曰: "天子聽信黃皓, 溺於酒色, 吾料禍不遠
矣. 魏兵若到, 降之爲上, 何必慮哉?"(*立定主意.) 其妻大怒, 唾邈
面曰: "汝爲男子, 先懷不忠不義之心, 枉受國家爵祿! 吾有何面
目與汝相見耶?"(*馬邈與李氏却不是一對, 有是夫不意有是妻.) 馬邈羞慚
無語. 忽家人慌入報曰: "魏將鄧艾不知從何而來, 引二千餘人,

一擁而入城矣！"邈大驚，慌出納降，拜伏於公堂之下，泣告曰：
"某有心歸降久矣．今願招城中居民，及本部人馬，盡降將軍."(*
此等老主意已在擁爐時算定.) 艾准其降．遂收江油軍馬於部下調遣,(*
一向都是步卒，此處方纔有馬.) 即用馬邈為鄉導官．忽報馬邈夫人自縊
身死.(*夏侯之女但知有夫婦，馬邈之妻獨知有君臣，其節義勝夏侯女矣.) 艾
問其故，邈以實告．艾感其賢，令厚禮葬之，親往致祭．魏人聞者，
無不嗟嘆．後人有詩讚曰：

　　後主昏迷漢祚顛，天差鄧艾取西川．

　　可憐巴蜀多名將，不及江油李氏賢．

〖8〗鄧艾取了江油，遂接陰平小路諸軍，皆到江油取齊，徑來攻
涪城．部將田續曰："我軍涉險而來，甚是<u>勞頓</u>，且當休養數日，
然後進兵."艾大怒曰："兵貴神速，汝敢亂我軍心耶！"喝令左右
推出斬之．衆將苦告方免.(*為後文田續殺艾伏線.) 艾自驅兵至涪城．
城內官吏軍民疑從天降，盡皆投降．

蜀人飛報入成都．後主聞知，慌召黃皓問之．皓奏曰："此詐傳
耳，神人必不肯誤陛下也."後主又宣師婆問時，却不知何處去
了.(*土神逃走了.) 此時遠近告急表文，一似雪片，往來使者，聯絡
不絕.(*此時何不治黃皓隱匿之罪?) 後主設朝計議，多官面面相覷，並
無一言．郤正出班奏曰："事已急矣！陛下可宣武侯之子商議退兵
之策."(*先主無兒，武侯有子.) 原來武侯之子諸葛瞻，字思遠，其母黃
氏，即黃承彥之女也．母貌甚陋，而有奇才：上通天文，下察地理；
凡韜略遁甲諸書，無所不曉．武侯在南陽時，聞其賢，求以為室．
武侯之學，夫人多所贊助焉.(*天下奇人，必有奇配.) 及武侯死後，夫
人尋逝，臨終遺教，惟以忠孝勉其子瞻.(*武侯婦人事，直至篇終補出，
敍事妙品.) 瞻自幼聰敏，<u>尚後主女</u>，為駙馬都尉.(*後主有佳兒，亦有佳

婿.) 後襲父武鄕侯之爵. 景耀四年, 遷行軍護衛將軍. 時爲黃皓用
事, 故託病不出.(*諸葛瞻往事, 却於此處補出, 敍事妙品.)

　　*注: 勞頓(로돈): 勞瘁. 피로하다. 지치다.　尋逝(심서): 뒤이어 (잠시 후)
돌아가다. 〈尋〉: (동사) 찾다; (부사) 계속해서. 연달아; 뒤이어. 잠시 후.
尙後主女(상후주녀): 후주의 딸에게 장가들다. 〈尙〉: 신분이나 지위가 높
은 상대와 결혼하다(주로 공주와 결혼하는 것을 나타낸다).　遷(천): 관직
이 바뀌다. 직위가 변하다.(超遷. 左遷).

　　〖9〗 當下後主從郤正之言, 卽時連發三詔召瞻. 至殿下,(*三詔與
三顧, 前後相映.) 後主泣訴曰: "鄧艾兵已屯涪城, 成都危矣. 卿看
先君之面, 救朕之命!"(*"朕"字兩頭着"救命"二字, 與獻帝一般狼狽.)
瞻亦泣奏曰: "臣父子蒙先帝厚恩ㆍ陛下殊遇, 雖肝腦塗地, 不能
補報. 願陛下盡發成都之兵, 與臣領去決一死戰!"(*此數語, 亦抵得
乃翁前後出師表.) 後主卽撥成都兵將七萬與瞻. 瞻辭了後主, 整頓軍
馬, 聚集諸將, 問曰: "誰敢爲先鋒?" 言未訖, 一少年將出曰:
"父親旣掌大權, 兒願爲先鋒." 衆視之, 乃瞻長子諸葛尙也. 尙
時年一十九歲, 博覽兵書, 多習武藝. 瞻大喜, 遂命尙爲先鋒. 是
日, 大軍離了成都, 來迎魏兵.

　　*注: 補報(보보): 보충 보고하다; (은혜를) 갚다. 보답하다.　乃翁(내옹):
네 아버지(=乃公. 乃父).

　　〖10〗 却說鄧艾得馬邈獻地理圖一本,　備寫涪城至成都一百六
十里, 山川道路, 關隘險峻, 一一分明. (*又是一个張松, 令人回想前
事.) 艾看畢, 大驚曰: "吾只守涪城, 倘被蜀人據住前山, 何能成
功耶? 如遷延日久, 姜維兵到, 我軍危矣!"(*鍾會之笑艾, 正爲此耳.)
速喚師纂幷子鄧忠, 分付曰: "汝等可引一軍, 星夜徑去綿竹, 以

拒蜀兵．吾隨後便至．切不可怠緩．若縱他先據了險要，決斬汝
首！」

　　師・鄧二人引兵將至綿竹，早遇蜀兵．兩軍各布成陣．師・鄧二人
勒馬於門旗下，只見蜀兵列成八陣．三疊鼓罷，門旗兩分，數十員
將簇擁一輛四輪車，車上端坐一人：綸巾羽扇，鶴氅方裾．車傍展
開一面黃旗，上書：「漢丞相諸葛武侯」．諕得師・鄧二人汗流遍身，
回顧軍士曰：「原來孔明尚在，我等休矣！」急勒兵回時，蜀兵掩殺
將來．魏兵大敗而走．蜀兵掩殺二十餘里，遇見鄧艾援兵接應．兩
家各自收兵．

　　艾升帳而坐，喚師纂・鄧忠責之曰：「汝二人不戰而退，何也？」
忠曰：「但見蜀陣中諸葛孔明領兵，因此奔還．」艾怒曰：「縱使孔
明更生，我何懼哉！（*已來到這里，不得不說硬話．）汝等輕退，以至於
敗，宜速斬以正軍法．」衆皆苦勸，艾方息怒，令人哨探．回說：
「孔明之子諸葛瞻爲大將，瞻之子諸葛尚爲先鋒．　一　車上坐者，乃
木刻孔明遺像也．」（*至此方纔敍明，又可謂死諸葛走生鄧忠矣．）

　　〖11〗艾聞之，謂師纂・鄧忠曰：「成敗之機，在此一舉！汝二人
再不取勝，必當斬首！」師・鄧二人又引一萬兵來戰．諸葛尚匹馬
單槍，抖擻精神，戰退二人．諸葛瞻指揮兩掖兵衝出，直撞入魏陣
中，左衝右突，往來殺有數十番．魏兵大敗，死者不計其數．師纂
・鄧忠中傷而逃，瞻驅軍馬隨後掩殺二十餘里，箚營相拒．（*第一番勝
是武侯餘威，第二番勝是瞻・尚本事．前是寫武侯，此是寫瞻・尚．）

　　師纂・鄧忠回見鄧艾，艾見二人俱傷，未便加責，乃與衆將商議
曰：「蜀有諸葛瞻，善繼父志，兩番殺吾萬餘人馬．（*又在鄧艾口中寫
一諸葛瞻．）今若不速破，後必爲禍．」監軍丘本曰：「何不作一書以
誘之？」艾從其言，遂作書一封，遣使送入蜀寨．守門將引至帳下，

呈上其書. 瞻拆封視之. 書曰:

征西將軍鄧艾, 致書於行軍護衛將軍諸葛思遠麾下: 切觀近代
賢才, 未有如公之尊父也. 昔自出茅廬, 一言已分三國, 掃平
荊·益, 遂成霸業, 古今鮮有及者; 後六出祁山, 非其智力不
足, 乃天數耳. 今後主昏弱, 王氣已終. 艾奉天子之命, 以重
兵伐蜀, 已皆得其地矣. 成都危在旦夕, 公何不應天順人, 仗
義來歸? 艾當表公爲琅邪王, 以光耀祖宗, 決不虛言. 幸存照
鑒.

*注: 切觀(절관): 깊이(자세히) 살펴보다. 〈切〉: 깊이(深). 심각하고 절실
히(深切). 적절히.　幸存照鑒(행존조감): 明察을 보존하기를(明察하여
주기를) 바란다. 잘 살펴서 올바로 판단해 주시길 바랍니다. 〈幸〉: 바라
다. 희망하다. 〈照鑑〉: 明察.

〖12〗瞻看畢, 勃然大怒, 扯碎其書, 叱武士立斬來使, 令從者
持首級回魏營見鄧艾. 艾大怒, 卽欲出戰. 丘本諫曰: "將軍不可
輕出, 當用奇兵勝之." 艾從其言, 遂令天水太守王頎·隴西太守
牽弘, 伏兩軍於後, 艾自引兵而來. 此時諸葛瞻正欲搦戰, 忽報鄧
艾自引兵到. 瞻大怒, 卽引兵出, 徑殺入魏陣中. 鄧艾敗走, 瞻隨
後掩殺將來. 忽然兩下伏兵殺出. 蜀兵大敗, 退入綿竹. 艾令圍
之. 於是魏兵一齊吶喊, 將綿竹圍的鐵桶相似.

諸葛瞻在城中, 見事勢已迫, 乃令彭和賫書殺出, 往東吳求救.
和至東吳, 見了吳主孫休, 呈上告急之書. 吳主看罷, 與群臣計議
曰: "旣蜀中危急, 孤豈可坐視不救?" 卽令老將丁奉爲主帥, 丁
封·孫異爲副將, 率兵五萬, 前往救蜀. 丁奉領旨出師, 分撥丁封
·孫異引兵二萬向沔中而進; 自率兵三萬向壽春而進: 分兵三路來
援.

〖13〗却說諸葛瞻見救兵不至, 謂衆將曰："久守非良圖." 遂留子尚與尚書張遵守城, 瞻自披挂上馬, 引三軍大開三門殺出. 鄧艾見兵出, 便撤兵退. 瞻奮力追殺, 忽然一聲砲響, 四面兵合, 把瞻困在垓心. 瞻引兵左衝右突, 殺死數百人. 艾令衆軍放箭射之, 蜀兵四散. 瞻中箭落馬, 乃大呼曰："吾力竭矣, 當以一死報國！" 遂拔劍自刎而死. 其子諸葛尚在城上, 見父死於軍中, 勃然大怒, 遂披挂上馬.　張遵諫曰："小將軍勿得輕出." 尚歎曰："吾父子祖孫, 荷國厚恩, 今父旣死於敵, 我何用生爲！" 遂策馬殺出, 死於陣中.(*此寫尚之死孝.) 後人有詩讚瞻·尚父子曰：

　　不是忠臣獨少謀, 蒼天有意絶炎劉.

　　當年諸葛留嘉胤, 節義眞堪繼武侯.

　　鄧艾憐其忠, 將父子合葬, ── 乘虛攻打綿竹. 張遵·黃崇·李球三人, 各引一軍殺出. 蜀兵寡, 魏兵衆, 三人亦皆戰死.(*傅僉可以愧蔣舒, 三人又可以愧馬邈.) 艾因此得了綿竹. 勞軍已畢, 遂來取成都. 正是：

　　試觀後主臨危日, 無異劉璋受逼時.

　　未知成都如何守禦, 且看下文分解.

　　*注: 嘉胤(가윤): 훌륭한 후손 (후대).

第一百十七回 毛宗崗 序始評

(1).　南鄭橋邊之鍾會, 猶鐵籠山中之司馬昭也. 昭幾死而不死, 會亦幾死而不死, 皆天意也. 偸渡陰平嶺之鄧艾, 猶欲出子午谷之魏延也. 武侯以延之計爲危, 而延不得自行其危; 鍾會以艾之計爲危，而艾竟得自行其危，亦皆天意也．天意所在，有非人力之所得而强耳．

(2)．蜀之求援甚急，而吳之來援甚遲，論者以此咎吳，而不必以此咎吳也．何也？孫休之不能援劉禪，猶張魯之不能援劉璋也．以漢中救成都則近，以江東救綿竹則遠．近且莫救，遠何望乎？且人事已非，天命已去，卽使丁奉倍道而來，若馬超之攻葭萌，而蜀中之有黃皓，甚於隴中之有楊松．內亂旣深，雖有外助，必無濟矣．故君子不爲吳咎，而但爲蜀咎．

(3)．諸葛瞻父子，受命於大事旣去之後，而能以一死報社稷．君子曰：武侯於是乎不死矣．蓋戰死綿竹之心，亦秋風五丈原之心也．使當日甘心降魏以圖苟全，則於“鞠躬盡瘁，死後而已”之家訓，不其有愧乎？故瞻·尙生，則武侯死；瞻·尙亡，則武侯存．

第一百十八回

哭祖廟一王死孝
入西川二士爭功

〔1〕却說後主在成都，聞鄧艾取了綿竹，諸葛瞻父子已亡，大驚，急召文武商議。近臣奏曰："城外百姓扶老携幼，哭聲大震，各逃生命。"後主驚惶無措。忽哨馬報到，說魏兵將近城下。多官議曰："兵微將寡，難以迎敵，不如早棄成都，奔<u>南中七郡</u>。其地險峻，可以自守，<u>就</u>借蠻兵，再來克復未遲。"(*南人但能使其不復反耳，若欲患難相從，豈可恃乎?) 光祿大夫譙周曰："不可。南蠻久反之人，<u>平昔</u>無惠，今若投之，必遭大禍。"多官又奏曰："蜀·吳旣同盟，今事急矣，可以投之。"(*先主半生作客，嘗依呂布矣，寄袁紹矣，托劉表矣。然此一時彼一時也。) 周又諫曰："自古以來，無寄他國爲天子者。(*此言一國不可有兩天子。) 臣料魏能吞吳，吳不能吞魏。若稱臣於吳，是一辱也；若吳被魏所吞，陛下再稱臣於魏，是兩番之辱矣。(*

此言一身不可事兩天子.) 不如不投吳而降魏, 魏必裂土以封陛下, 則上能自守宗廟, 下可以保安黎民, 願陛下思之."(*譙周前勸劉璋出降, 今又勸後主出降, 是勸降慣家.) 後主未決, 退入宮中.

> *注: 南中七郡(남중칠군): 촉한의 남부지구. 남중지구는 원래 4군이었는데 제갈량이 남정 후 3군을 더 설치했다. 七郡: 越嶲(월휴), 朱提, 雲南, 牂牁(장가), 建寧, 興古, 永昌. 지금의 사천성 남부, 운남성과 귀주성의 대부분, 및 광서성의 서북부에 상당함. 就(취): …에 의하여(依隨. 憑借. 趁着). …을 이용하여(趁着). 平昔(평석): 지난 날. 이전에. 평소. 慣家 (관가): 꾼. (어떤 일에) 이골이 난 사람.

〖2〗次日, 衆議紛然. 譙周見事急, 復上疏諍之. 後主從譙周之言, 正欲出降; 忽屏風後轉出一人, 厲聲而罵周曰: "偷生腐儒, 豈可妄議社稷大事! 自古安有降天子哉!"(*蜀無降將軍, 豈得有降天子哉!) 後主視之, 乃第五子北地王劉諶也.(*昭烈無兒, 後主却有子.) 後主生七子: 長子劉璿, 次子劉瑤, 三子劉琮, 四子劉瓚, 五子卽北地王劉諶, 六子劉恂, 七子劉璩. 七子中惟諶自幼聰明, 英敏過人, 餘皆懦善.(*後主七子於此敍出, 補前文之所未及.) 後主謂諶曰: "今大臣皆議當降, 汝獨仗血氣之勇, 欲令滿城流血耶?" 諶曰: "昔先帝在日, 譙周未嘗干預國政; 今妄議大事, 輒起亂言, 甚非理也. 臣切料成都之兵, 尙有數萬; 姜維全師, 皆在劍閣, 若知魏兵犯闕, 必來救應: 內外攻擊, 可獲大功. 豈可聽腐儒之言, 輕廢先帝之基業乎?" 後主叱之曰: "汝小兒, 豈識天時!" 諶叩頭哭曰: "若勢窮力極, 禍敗將及, 便當父子君臣背城一戰, 同死社稷, 以見先帝可也. 奈何降乎?" 後主不聽. 諶放聲大哭曰: "先帝非容易創立基業, 今一旦棄之, 吾寧死不辱也!" 後主令近臣推出宮門, 遂令譙周作降書,(*慣修降書第一手.) 遣私署侍中張紹・駙馬都尉鄧良同譙周賫玉璽, 來雒城請降.

〖3〗 時鄧艾每日令數百鐵騎來成都哨探. 當日見立了降旗, 艾
大喜. 不一時, 張紹等至, 艾令人迎入. 三人拜伏於階下, 呈上降
款玉璽.(*令人追想劉璋納款之時, 爲之一嘆.) 艾拆降書視之, 大喜, 受
下玉璽, 重待張紹·譙周·鄧良等. 艾作回書, 付三人賫回成都, 以
安人心. 三人拜辭鄧艾, 徑還成都, 入見後主, 呈上回書, 細言鄧
艾相待之善. 後主拆封視之, 大喜, 卽遣太僕蔣顯賫勅, 令姜維早
降; 遣尙書郎李虎送文簿與艾, 共戶二十八萬, 男女九十四萬, 帶
甲將士十萬二千(*有此何以不戰), 官吏四萬, 倉糧四十餘萬(*有此何
以不守), 金銀三千斤, 錦綺絲絹各二十萬匹, 餘物在庫, 不及具數
(*有此何不以賞戰士); 擇十二月初一日, 君臣出降.

　*注: 降款(항관): 降書. 〈款〉: 條款. 書面文字를 가리킴.

〖4〗 北地王劉諶聞知, 怒氣沖天, 帶劍入宮. 其妻崔夫人問
曰: "大王今日顔色異常, 何也?" 諶曰: "魏兵將近, 父皇已納降
款, 明日君臣出降, 社稷從此殄滅! 吾欲先死, 以見先帝於地下,
不屈膝於他人也!"(*後主有此子是干蠱之子, 先主有此孫是繩武之孫.) 崔
夫人曰: "賢哉, 賢哉! 得其死矣! 妾請先死, 王死未遲."(*後主有
佳兒, 又有佳婦) 諶曰: "汝何死耶?" 崔夫人曰: "王死父, 妾死夫,
其義同也. 夫亡妻死, 何必問焉!" 言訖, 觸柱而死.(*馬邈夫婦是有
婦無夫, 劉諶夫婦是有夫有婦.) 諶乃自殺其三子, 并割妻頭, 提至昭
烈廟中, 伏地哭曰: "臣羞見基業棄於他人, 故先殺妻子, 以絕挂

念, 後將一命報祖! 祖如有靈, 知孫之心!" 大哭一場, 眼中流血,
自刎而死.(*凜凜烈烈, 如聞其聲, 如見其人.) 蜀人聞知, 無不哀痛. 後
人有詩讚曰:

> 君臣甘屈膝, 一子獨悲傷.
>
> 去矣西川事, 雄哉北地王!
>
> 捐身酬<u>烈祖</u>, <u>搔首</u>泣<u>穹蒼</u>.
>
> 凜凜人如在, 誰云漢已亡?

後主聽知北地王自刎, 乃令人葬之.(*後主聞北地王之死, 不但不知愧恥,
亦不知痛惜, 眞無心人哉!)

> *注: 干蠱之子(간고지자): 부모의 죄과를 보상할 수 있는 훌륭한 아들.
> 繩武(승무): 선조의 업적을 계승하다(이어가다). 〈繩〉: 계승하다. 잇다.
> 〈武〉: =迹. 업적. 妾死夫(첩사부): 아내는 남편을 위해 죽다. 挂念(괘
> 념): =掛念. 근심. 염려. 烈祖(열조): 촉한의 소열황제 유비. 搔首(소수):
> 搔頭. 머리를 긁다. 생각하며 망설이다. 穹蒼(궁창): 蒼穹. 하늘(天).

〖5〗次日, 魏兵大至. 後主率太子諸王, 及群臣六十餘人, <u>面縛</u>
<u>輿櫬</u>, 出北門十里而降. 鄧艾扶起後主, 親解其縛, 焚其輿櫬, 并
車入城. 後人有詩嘆曰:

> 魏兵數萬入川來, 後主偷生失<u>自裁</u>.
>
> 黃皓終存欺國意, 姜維空負<u>濟時才</u>.
>
> 全忠義士心何烈, 守節王孫志可哀.
>
> 昭烈經營良不易, 一朝功業頓成灰.

> *注: 面縛輿櫬(면박여츤): 고대에 제왕이 적에게 항복하면서 죄를 청하
> 던 의식. 〈面縛〉: 두 손을 뒤로 묶고 얼굴은 승리자를 바라보는 것. 〈輿
> 櫬〉: 수레에 관을 싣고 저항을 포기하고 스스로 죽음을 청하는 뜻을 표시
> 하였다. 〈櫬〉: 널(棺). 天子의 棺. 自裁(자재): 自殺. 濟時才(제시재):

당시 정치의 폐단을 구제할 수 있는 인재.　良(량): 매우. 아주. 심히; 과연.
확실히. 틀림없이.

〖6〗 於是成都之人, 皆具香花迎接. 艾拜後主爲驃騎將軍, 其餘
文武, 各隨高下拜官;(＊鄧艾竟擅自封爵, 有死之道.) 請後主還宮, 出
榜安民, 交割倉庫. 又令太常張峻 · 益州別駕張紹, 招安各郡軍
民. 又令人說姜維歸降. 一面遣人赴洛陽報捷. 艾聞黃皓奸險, 欲
斬之. 皓用金寶賂其左右, 因此得免.(＊黃皓之愛金珠, 原來爲此.) 自
是漢亡. 後人因漢之亡, 有追思武侯詩曰:
　　魚鳥猶疑畏簡書, 風雲長爲護儲胥.
　　徒令上將揮神筆, 終見降王走傳車.
　　管樂有才眞不忝, 關張無命欲何如.
　　他年錦里經祠廟, 〈梁父吟〉成恨有餘.
＊注: 招安(초안): 불러서 위안(위로)하다.　有追思武侯詩(유추사무후시):
李商隱의 시 "籌筆驛(주필역)"을 말한다. 주필역은 지금의 朝天驛으로 사
천성 廣元縣 北에 있으며, 제갈량이 일찍이 이곳에 군대를 주둔시키고 작전
을 지휘한 일이 있었다. 〈追思〉: 추념. 추상. 추모. 추억.　魚鳥(어조):
〈모종간〉본의 본문에는 "魚鳥"로 되어 있으나 "猿鳥"로 되어 있는 판본
도 있다. 물고기(魚)가 군령장을 본다는 것은 있을 수 없는 일이므로 "猿鳥
(원숭이와 새)"가 맞는 것 같다.　簡書(간서): 文書. 고대에 주로 軍事에
관한 명령을 죽간으로 전했는데, 여기서는 징집령이나 계엄령 등을 말한다.
儲胥(저서): 종. 僕婢; 貯蓄; 軍營의 울타리.　上將(상장): 諸葛亮.　降王
(항왕): 劉禪.　走傳車(주전거): 유선이 투항 후 전 가족들을 데리고 낙양
으로 옮겨간 것을 가리킨다. 〈傳車〉: 고대에 역참에서 제공하는 장거리
여행객을 위한 수레(車). 고대 중국에서 驛傳에 말을 사용하기 이전에는
말 대신 수레를 썼는데 이 수레를 〈傳車〉라고 한다.　管樂(관악): 管仲과

樂毅. 忝(첨): 愧. 더럽히다. 욕되게 하다.   他年(타년): 여기서는 〈왕년〉.
錦里(금리): 錦城이라고도 한다. 사천성 成都 南에 있는 武侯祠의 所在地.
梁父吟(양부음): 악부의 楚나라 가락의 曲名. "梁甫吟"으로도 쓴다. 제갈
량이 부친 諸葛玄의 죽음을 애도하여 지은 것으로 전해진다.

〖7〗且說太僕蔣顯到劍閣, 入見姜維, 傳後主勅命, 言歸降之
事. 維大驚失語. 帳下衆將聽知, 一齊怨恨, 咬牙怒目, 鬚髮倒竪,
拔刀砍石大呼曰: "吾等死戰, 何故先降耶!" 號哭之聲, 聞數十
里. (*蜀中有如此之將, 如此之兵, 而天子甘心面縛, 可發一嘆.) 維見人心思
漢, 乃以善言撫之曰: "衆將勿憂, 吾有一計, 可復漢室." 衆皆求
問. 姜維與諸將附耳低言, 說了計策. (*以下無數文字, 皆在附耳低言之
內, 此處妙在不卽敍明.) 卽於劍閣關遍竪降旗, 先令人報入鍾會寨中,
說姜維引張翼 · 廖化 · 董厥等來降. 會大喜, 令人迎接維入帳. 會
曰: "伯約來何遲也?" (*旣來詐降, 又偏說不肯便降, 乃是善於用詐.) 維
正色流涕曰: "國家全軍在吾, 今日至此, 猶爲速也!" 會甚奇之,
下座相拜, 待爲上賓. 維說會曰: "聞將軍自淮南以來, 算無遺策;
司馬氏之盛, 皆將軍之力, 維故甘心俯首. 如鄧士載, 當與決一死
戰, 安肯降之乎?" (*如此口氣, 便是姜維用詐處, 讀者當自知之.) 會遂折
箭爲誓, 與維結爲兄弟, 情愛甚密. 仍令照舊領兵. 維暗喜, 遂令
蔣顯回成都去了.
　　*注:偏(편): 일부러. 기어코.   遺策(유책): 실책. 〈遺〉: 잃다. 분실하다.
　　실수하다. 잘못하다.

〖8〗却說鄧艾封師纂爲益州刺史, 牽弘 · 王頎等各領州郡; 又於
綿竹築臺, 以彰戰功. (*旣擅自封爵, 又築臺示功. 鄧艾有死之道.) 大會蜀
中諸官飲宴. 艾酒至半酣, 乃指衆官曰: "汝等幸遇我, 故有今日

耳; 若遇他將, 必皆殄滅矣!"(*氣驕而言誇, 鄧艾有死之道.) 多官起身拜謝. 忽蔣顯至, 說姜維自降鍾鎭西了. 艾因此痛恨鍾會, 遂修書令人賫赴洛陽, 致晉公司馬昭. 昭得書視之. 書曰:

臣(*艾)切謂兵有<u>先聲而後實</u>者, 今因平蜀之勢以乘吳, <u>此席捲</u>之時也. 然大擧之後, 將士疲勞, 不可便用; 宜留隴右兵二萬, 蜀兵二萬, <u>煮鹽興冶</u>, 并造舟船, 預備順流之計; 然後發使, 告以利害, 吳可不征而定也. 今宜厚待劉禪, 以攻孫休; 若便送禪來京, 吳人必疑, 則於<u>向化之心不勸</u>. <u>且權留之於蜀, 須來年冬月抵京</u>. 今卽可封禪爲扶風王, 錫以資財, 供其左右, 爵其子爲公侯, 以顯歸命之寵: 則吳人畏威懷德, 望風而從矣.(*書中雖以勸吳爲名, 實以封爵爲主. 旣不送禪於京, 又自議封爵, 大有專制之意, 此艾之所以見殺也.)

*注: **切謂**(절위): 竊以爲. …라고 생각한다. 〈切〉: 竊과 通. 〈謂〉: "謂, 爲字通." 以爲. 認爲. 意料. 料想. **先聲而後實**(선성이후실): 먼저 聲勢로 적을 압도한 후 이어서 實力으로 상대방을 쳐부순다. **席捲**(석권): 멍석이나 돗자리를 말듯이 남김없이 모두 소탕하여 병탄하는 것. **煮鹽興冶**(자염흥야): 바닷물을 졸여 소금을 만들고 주물을 장려하여 쇠를 만들다. **向化之心不勸**(향화지심불권): 歸順하려는 마음을 격려, 고무하지 못한다. 〈向化〉: 귀순하다. 歸向하다. 〈勸〉: 권하다. 격려하다. **且權**(차권): 잠시(暫且). 당분간(姑且). **須來年**(수내년): 내년 (겨울철을) 기다리다. 〈須〉: 기다리다. **抵京**(저경): 서울에 도착하다(이르다). 〈抵〉: 도착하다. 이르다.

〖9〗 司馬昭覽畢, 深疑鄧艾有自專之心, 乃先發手書與衛瓘, 隨後降封艾詔, 曰:

征西將軍鄧艾: 耀威奮武, 深入敵境, 使僭號之主, 係頸歸降;

兵不逾時, 戰不終日, <u>雲徹</u>席捲, 蕩定巴蜀; 雖<u>白起</u>破强楚,
韓信克勁趙, 不足比勳也. 其以艾爲太尉, 增邑二萬戶, 封二
子爲亭侯, 各食邑千戶.(*詔中但封鄧艾, 並不提起封劉禪, 便是不欲
鄧艾專制之意.)

*注: 雲徹(운철): 남아 있는 구름이 완전히 날아가 없어지듯이 철저하게
없애는 것.　**白起**(백기): 전국시 秦의 名將. BC.278년 秦軍을 이끌고 楚의
도성 郢(영: 지금의 호북성 강릉현 西北)을 점령했다.

〖10〗鄧艾受詔畢, 監軍衛瓘取出司馬昭手書與艾. 書中說鄧艾
所言之事, 須候奏報, 不可輒行.(*詔用實寫, 手書用虛寫, 省筆之法.)
艾曰: "'將在外, 君命有所不受.' 吾旣奉詔專征, 如何阻當?"
遂又作書, 令來使賫赴洛陽. 時朝中皆言鄧艾必有反意, 司馬昭愈
加疑忌. 忽使命回, 呈上鄧艾之書. 昭拆封視之. 書曰:

"艾<u>銜命</u>西征, 元惡旣服, 當<u>權宜</u>行事, 以安初附. 若待國命,
則往復<u>道途</u>, <u>延引</u>日月.〈春秋〉之義: 大夫出疆, 有可以安社
稷 · 利國家, 專之可也.(*實有不臣之心, 反引〈春秋〉之義, 亦善於詞
令.) 今吳<u>未賓</u>, 勢與蜀連, 不可拘常以失事機. 兵法: 進不求
名, 退不避罪. 艾雖無古人之節, 終不自嫌以損於國也. 先此
<u>申狀</u>, 見可施行."

*注: 銜命(함명): 命을 받들다(奉命).〈銜〉: 奉. 接受.　**權宜**(권의): 일시
적으로 조치하다. 임기응변으로 처리하다. 변통하다.　**道途**(도도): 道路.
'道塗', '道涂'로도 쓴다.　**延引**(연인): 끌어서 길게 늘어나다.　**未賓**(미
빈): 服從하지 않다. 歸順하지 않다.〈賓〉: 服從하다. 귀순하다.　**申狀**(신
장): 자기의 意見을 아뢰는 文書. 古代에 下級이 上級에게 보내는 일종의
公文.

〖11〗司馬昭看畢大驚，慌與賈充計議曰：“鄧艾恃功而驕，任意行事，反形露矣．如之奈何？”賈充曰：“主公何不封鍾會以制之？”（＊鄧艾方忌鍾會，又使鍾會制鄧艾，此已成不兩立之勢．）昭從其議，遣使賚詔封會爲司徒，就令衛瓘監督兩路軍馬，以手書付瓘，使與會伺察鄧艾，以防其變．（＊此處手書亦用虛寫．）會接讀詔書．詔曰：

> 鎮西將軍鍾會：所向無敵，前無強良，節制衆城，網羅逬逸；蜀之豪帥，面縛歸命；（＊以收姜維爲功，愈使會之與維密也．）謀無遺策，舉無廢功．其以會爲司徒，進封縣侯，增邑萬戶，封子二人亭侯，邑各千戶．

*注：就（취）：즉시．바로．곧．　強良（강량）：彊良．強梁．彊梁으로도 쓴다．강력하다．힘이 세다．강하고 횡포하다．용맹하다．強橫（횡포하다．사납다．용맹하다）．　逬逸（병일）：흩어져 달아나다．〈逬〉：분출하다．흩어져 달아나다．〈逸〉：달아나다．도주하다；안일하다．도주하다；빼어나다．　其以（기이）：＝以其（그러한 것으로써）．그러한 이유가 있으므로．

〖12〗鍾會既受封，即請姜維計議曰：“鄧艾功在吾之上，又封太尉之職；今司馬公疑艾有反志，故令衛瓘爲監軍，詔吾制之．伯約有何高見？”維曰：“愚聞鄧艾出身微賤，幼爲農家養犢；（＊明明以世家子弟推重鍾會．）今僥倖自陰平斜徑，攀木懸崖，成此大功；非出良謀，實賴國家洪福耳！（＊又與鍾會初時笑艾之意相合．）若非將軍與維相拒於劍閣，艾安能成此功耶？（＊直以鄧艾之功爲鍾會之功．）今欲封蜀主爲扶風王，乃大結蜀人之心，其反情不言可見矣．一　晉公疑之是也．”會深喜其言．維又曰：“請退左右，維有一事密告．”（＊來了．）會令左右盡退．維袖中取一圖與會，曰：“昔日武侯出草廬時，以此圖獻先帝．（＊鍾會曾畫一圖，已呈司馬昭矣，又不若姜維之圖爲詳悉也. 又照應三十八卷中事.） 且曰：'益州之地，沃野千里，民殷國富，可爲霸業.' 先帝因此遂創成都.（*誇美西蜀以引動鍾會，妙甚.） 今鄧艾至此，安得不狂？”（*張揚鄧艾以激惱鍾會，妙甚.） 會大喜，指問山川形勢.（*此時鍾會也動念了.） 維一一言之. 會又問曰：“當以何策除艾？” 維曰：“乘晉公疑忌之際，當急上表，言艾反狀，晉公必令將軍討之. 一舉而可擒矣！” 會依言，卽遣人賫表進赴洛陽，言鄧艾專權恣肆，結好蜀人，早晚必反矣.（*此處鍾會表文又用虛寫，筆法變換.） 於是朝中文武皆驚. 會又令人於中途截了鄧艾表文，按艾筆法，改寫傲慢之辭，以實己之語.（*鄧艾所上之表與鍾會所改之詞，又皆用虛寫，筆法變換.）

*注: 張揚(장양): 떠벌리다. 퍼뜨리다.

〖13〗司馬昭見了鄧艾表章，大怒，卽遣人到鍾會軍前，令會收艾；又遣賈充引三萬兵入斜谷，昭乃同魏主曹奐御駕親征. 西曹掾邵悌諫曰：“鍾會之兵，多艾六倍，當令會收艾足矣，何必明公自行耶？” 昭笑曰：“汝忘了舊日之言耶？（*照應一百十五卷中語.） 汝曾道會後必反. 吾今此行，非爲艾，實爲會耳.”（*奸雄心事正與曹操彷佛.） 悌笑曰“某恐明公忘之，故以相問. 今旣有此意，切宜秘之，不可洩漏.” 昭然其言，遂提大兵起程. 時賈充亦疑鍾會有變，密告司馬昭. 昭曰：“如遣汝，亦疑汝耶？ 吾到長安，自有明白.”（*昭聽邵悌不可洩漏之語，連對賈充亦無實話.） 早有細作報知鍾會，說昭已至長安. 會慌請姜維商議收艾之策. 正是：
　　才看西蜀收降將，又見長安動大兵.
未知姜維以何策破艾，且看下文分解.

（1）．三國人才之盛，不獨於男子中見之，又於婦人中見之．然男子有才，不必其皆節；而婦人無節，則謂之不才．故論才於男子，才與節分；論才於婦人，必才與節合．是婦人之才，視男子之才，而更難也．唯其最難而能盛，則三國有足述焉．魏之才婦有五：姜敘之母，趙昂之妻，辛敞之姊，夏侯令之女，王經之母是也．吳之才婦有三：孫策之母，孫翊之妻，孫權之妹是也．漢之才婦有五：先主之夫人糜氏，北地王之夫人崔氏，武侯之夫人黃氏，及徐庶之母，馬邈之妻是也．至於權變如貂蟬，聰慧如蔡琰，又其下者耳．

（2）．武侯初死，有楊儀魏延互相上表一段文字；成都初亡，又有鍾會鄧艾互相上表一段文字，遙遙相對．然鄧艾之表，未嘗訐奏鍾會，則鄧艾與魏延異矣；魏延之表，未嘗爲楊儀所更易，則鍾會與楊儀異矣．且一在班師之日，一在克敵之初，其勢既殊，其事亦別，令人耳目一新．

（3）．鍾會之將叛，司馬昭之所料也，鄧艾之將叛，則司馬昭之所未料也．於其所未料者，而變生於意外，安得不於其所既料者，防患於意中？故使會制艾，而即自將以防會．防會而又恐會知之，於是諱之秘之，即心腹如賈充者，而亦不以其意告之．昭之奸雄，誠不亞於曹操矣．會欲伐蜀而佯作伐吳之勢，昭欲收會而亦佯托收艾之名，治其人而即用其法，出乎爾者反乎爾，其鍾士季之謂與！

三國演義

第一百十九回

假投降巧計成虛話
再受禪依樣畫葫蘆

〖1〗却說鍾會請姜維計議收鄧艾之策. 維曰: "可先令監軍衛瓘收艾. 艾若殺瓘, 反情實矣. 將軍却起兵討之, 可也."(＊姜維忌艾亦忌瓘, 若使艾殺瓘, 是爲維先去一忌也.) 會大喜, 遂令衛瓘引數十人入成都, 收鄧艾父子. 瓘部卒止之曰: "此是鍾司徒令鄧征西殺將軍, 以正反情也. 切不可行." 瓘曰: "吾自有計." 遂先發檄文二三十道, 其檄曰: "奉詔收艾, 其餘各無所問. 若早來歸, 爵賞如先; 敢有不出者, 滅三族."(＊妙在先散其羽翼. 衆則不可擒, 少則可擒.) 隨備檻車兩乘, 星夜望成都而來.

　　＊注: 却(각): 연후. 그리고 나서.　　正(정): '證'과 통한다. 증명, 증거하다.
道(도): 명령, 제목, 회수, 강, 하천, 문, 담 등에 사용되는 量詞.

〖2〗比及鷄鳴, 艾部將見檄文者, 皆來投拜於衛瓘馬前. 時鄧艾在府中未起. 瓘引數十人突入, 大呼曰: "奉詔收鄧艾父子!" 艾大驚, 滾下床來. 瓘叱武士縛於車上. 其子鄧忠出問, 亦被捉下, 縛於車上.(*妙在事成於俄頃, 遲則不可擒.) 府中將吏大驚, 欲待動手搶奪, 早望見塵頭大起, 哨馬報說鍾司徒大兵到了.(*鍾會之至, 却在鄧艾一邊敍來, 筆法變換.) 衆各四散奔走. 鍾會與姜維下馬入府, 見鄧艾父子已被縛. 會以鞭撻鄧艾之首而罵曰: "養犢小兒, 何敢如此!" 姜維亦罵曰: "匹夫行險徼幸, 亦有今日耶!" 艾亦大罵.(*一吃口怎敵得兩便口.) 會將艾父子送赴洛陽.

〖3〗會入成都, 盡得鄧艾軍馬, 威聲大震. 乃謂姜維曰: "吾今日方趁平生之願矣!"(*漸漸露出馬脚來了.) 維曰: "昔韓信不聽蒯通之說, 而有未央宮之禍;(*此句隱然勸他謀反, 是主句.) 大夫種不從范蠡於五湖, 卒伏劍而死.(*此句是陪說, 然却不可少.) 斯二子者, 其功名豈不赫然哉, 徒以利害未明, 而見幾之不早也.(*先以危辭動之.) 今公大勳已就, 威震其主, 何不泛舟絕跡, 登峨嵋之嶺, 而從赤松子遊乎?"(*再以冷語挑之. 將勸其謀叛, 反勸其辭官. 妙甚.) 會笑曰: "君言差矣! 吾年未四旬, 方思進取, 豈能便效此退閑之事?"(*正要鈎他此句出來.) 維曰: "若不退閑, 當早圖良策. 此則明公智力所能, 無煩老夫之言矣."(*分明教他謀反, 却妙在隱而不言.) 會撫掌大笑曰: "伯約知吾心也." 二人自此每日商議大事. 維密與後主書曰: "望陛下忍數日之辱, 維將使社稷危而復安, 日月幽而復明. 一一必不使漢室終滅也!"(*若有此事, 眞是快事, 縱無此事, 亦是快文.)

　*注: 趁願(진원): 소원대로(원하는 대로) 되다. 뜻대로 되다.　韓信(한신): 한신은 劉邦을 도와 齊國을 평정한 후 齊王에 봉해져 병권을 장악했다. 세력이 강해졌을 때 蒯通(괴통)은 그에게 起兵하여 자립해서 楚, 漢과

더불어 천하를 三分하라고 권했으나 그는 듣지 않았다. 후에 漢朝가 건립된 후 어떤 사람이 그가 모반을 꾸미고 있다고 고발하자, 유방은 그를 齊王에서 淮陰侯로 降等시켰다. 후에 한 高祖가 친히 陳豨(진희)의 반란군을 진압하러 가자 그때서야 韓信은 반란을 일으키려고 했으나 도리어 呂后의 유인에 빠져 결국 未央宮에서 처형당했다. 죽으면서 그는 말했다: "나는 蒯通의 계책을 채택하지 않은 것을 후회한다."   大夫種不從范蠡(대부종부종범려): 文種과 范蠡는 모두 春秋時代 때 越王勾踐의 謀臣으로 勾踐을 도와 吳나라를 멸망시켰다. 범려는 성공한 후, 구천을 평하기를, "고생은 같이 할 수 있으나 즐거움은 같이 할 수 없는(不可與共樂)" 인물이라고 생각하고 급히 용퇴하여, 越王을 떠나 五湖에 은거했다. 그가 떠나면서 文種에게 같이 떠날 것을 권했으나 그는 듣지 않았다. 후에 勾踐은 참소의 말을 믿고 文種에게 劍을 주면서 자살하라고 命했다.   見幾(견기): 見機와 同. 先見之明. 장차 일어날 사건을 미리 보다.   從赤松子遊(종적송자유): 張良은 漢의 開國功臣이었는데, 漢이 건립된 후 功臣인 韓信, 彭越 등이 모두 앞뒤로 誅殺되자 그는 猜忌와 禍를 면하기 위해 人間世上의 富貴와 功名을 버리고 赤松子를 따라가서 道를 배우겠다는 뜻을 표시한 적이 있다.   危而復安(위이부안): 바로 세워 다시 안정시키다. 〈危〉: 단정하다. 바르다.

〖4〗却說鍾會正與姜維謀反, 忽報司馬昭有書到. 會接書, 書中言: "吾恐司徒收艾不下, 自屯兵於長安; 相見在近, 以此先報." 會大驚曰: "吾兵多艾數倍, 若但要我擒艾, 晉公知吾獨能辦之. 今日自引兵來, 是疑我也!"(*鍾會之反, 姜維催之, 司馬昭又催之.) 遂與姜維計議. 維曰: "君疑臣, 則臣必死. 豈不見鄧艾乎?"(*更不消引韓信, 文種爲喩, 卽以鄧艾爲喩. 譬如作文者, 只用本題, 不用請客.) 會曰: "吾意決矣! 一事成則得天下, 不成則退西蜀, 亦不失作劉備也!"(＊不必學他人, 只學劉先主.) 維曰: "近聞郭太后新亡, 可詐稱太后有遺詔, 教討司馬昭, 以正弑君之罪.(＊司馬昭必挾曹奐而出, 恐有以天子之詔討之者耳. 今維見曹奐在軍中, 便算出郭太后遺詔來, 正與司馬懿討曹爽之詔相合.) 據明公之才, 中原可席捲而定." 會曰: "伯約當作先鋒. 成事之後, 同享富貴." 維曰: "願效犬馬微勞, —— 但恐諸將不服耳." 會曰: "來日元宵佳節, 於故宮大張燈火, 請諸將飲宴, 如不從者盡殺之." 維暗喜.

〖5〗次日, 會·維二人請諸將飲宴. 數巡後, 會執杯大哭. 諸將驚問其故. 會曰: "郭太后臨崩有遺詔在此, 爲司馬昭南闕弑君, 大逆無道, 早晚將篡魏, 命吾討之. 汝等各自簽名, 共成此事." 衆皆大驚, 面面相覷. 會拔劍出鞘曰: "違令者斬!" 衆皆恐懼, 只得相從. 畫字已畢, 會乃困諸將於宮中, <u>嚴兵</u>禁守. 維曰: "我見諸將不服, 請坑之." 會曰: "吾已令宮中掘一坑, 置大棒數千; 如不從者, 打死坑之."(＊若聽姜維之言而遂坑之, 何必又置大棒乎? 機不早決, 變將作矣.)

　　＊注: 嚴兵(엄병): 경비병. 〈嚴〉: 경비. 계엄.

〖6〗時有心腹將丘建在側. — 建乃護軍胡烈部下舊人也. 時胡烈亦被監在宮. — 建乃密將鍾會所言, 報知胡烈. 烈大驚, 泣告曰: "吾兒胡淵領兵在外, 安知會懷此心耶? 汝可念向日之情, 透一消息, 雖死無恨!"(＊丘建只爲一胡烈, 又因胡烈轉出一胡淵.) 建曰: "恩主勿憂, 容某圖之." 遂出告會曰: "主公軟監諸將在內, 水食不便, 可令一人往來傳遞." 會素聽丘建之言, 遂令丘建<u>監臨</u>, 會分付曰: "吾以重事托汝, 休得洩漏."(＊事之將敗, 所托非人.) 建曰: "主公放心, 某自有緊嚴之法." 建暗令胡烈親信人入內, 烈以密書付其人. 其人持書火速至胡淵營內, 細言其事, 呈上密書.
淵大驚, 遂遍示諸營中知之. 衆將大怒, 急來淵營商議曰: "我等
雖死, 豈肯從反臣耶?"(*又因胡淵轉出衆將.) 淵曰: "正月十八日中,
可驟入內, 如此行之." 監軍衛瓘深喜胡淵之謀, (*又因衆將轉出衛
瓘.) 卽整頓了人馬, 令丘建傳與胡烈. 烈報知諸將.

　　*注: 監臨(감림): 감독 시찰하다. 현장에 나가서 감독하다.

　　〖7〗却說鍾會請姜維問曰: "吾夜夢大蛇數千條咬吾, 主何吉
凶?" 維曰: "夢龍蛇者, 皆吉慶之兆也."(*邵緩爲鄧艾圓夢是眞話, 姜
維爲鍾會圓夢是假話.) 會喜, 信其言, 乃謂維曰: "器仗已備, 放諸將
出問之, 若何?" 維曰: "此輩皆有不服之心, 久必爲害, 不如乘早
戮之." 會從之, 卽命姜維領武士往殺衆魏將. 維領命, 方欲行動,
忽然一陣心疼, 昏倒在地.(*憑他膽大, 無奈心疼. 天命已然, 人謀何益?)
左右扶起, 半晌方蘇. 忽報宮外人聲沸騰. 會方令人探時, 喊聲大
震, 四面八方, 無限兵到. 維曰: "此必是諸將作惡, 可先斬之."
忽報兵已入內. 會令關上殿門, 使軍士上殿屋以瓦擊之. 互相殺死
數十人. 宮外四面火起, 外兵砍開殿門殺入. 會自掣劍立殺數人,
却被亂箭射倒, 衆將梟其首.(*謀事不密又不速, 宜其死也. 然使事縱得
成, 維殺諸將之後, 又必殺會, 則會固始終一死耳.) 維拔劍上殿, 往來衝
突, 不幸心疼轉加. 維仰天大叫曰: "吾計不成, 乃天命也!"(*此時
姜維卽不心疼, 而事機已泄, 外兵已來, 亦無及矣.) 遂自刎而死.(*噫, 維死
矣, 漢斯亡矣!) 時年五十九歲. 宮中死者數百人. 衛瓘曰: "衆軍各
歸營所, 以待王命." 魏兵爭欲報讐, 共剖維腹, 其膽大如鷄卵.(*
子龍一身都是膽, 正不知又怎樣大.) 衆將又盡取姜維家屬殺之.

　　*注: 一陣(일진): 한 번. 한 차례. 한바탕. 〈陣〉: 짧은 시간이나 잠시 동안
　　지속되는 일이나 동작을 나타내는 量詞.　　心疼(심동): 心痛. 위경련이나

협심증 등으로 상복부와 앞가슴 부위가 몹시 아픈 것. 心病. 心絞痛.

憑(빙): 설령 …라 할지라도. 아무리 …해도.

〖8〗鄧艾部下之人見鍾會・姜維已死, 遂連夜去追劫鄧艾. 早有
人報知衛瓘. 瓘曰: "是我捉艾; 今若留他, 我無葬身之地矣!" 護
軍田續曰: "昔鄧艾取江油之時, 欲殺續, 得衆官告免.(＊提照一百十
七卷中事.) 今日當報此恨!"(＊丘建欲報舊主之恩, 田續欲報舊主之恨, 兩人
相反而相對.) 瓘大喜, 遂遣田續引五百兵赶至綿竹, 正遇鄧艾父子
放出檻車, 欲還成都. 艾只道是本部兵到, 不作準備; 欲待問時,
被田續一刀斬之. 鄧忠亦死於亂軍之中.(＊水山蹇之夢, 于此應矣.) 後
人有詩嘆鄧艾曰:

    自幼能籌畫, 多謀善用兵.

    凝眸知地理, 仰面識天文.

    馬到<u>山根</u>斷, 兵來<u>石徑</u>分.

    功成身被害, 魂遶<u>漢江</u>雲.

又有詩嘆鍾會曰:

    <u>髫</u>年稱早慧, 曾作秘書郎.

    妙計傾司馬, 當時號子房.

    壽春多贊畫, 劍閣顯鷹揚.

    不學<u>陶朱</u>隱, 遊魂悲故鄉.

又有詩嘆姜維曰:

    天水誇英俊, 凉州産異才.

    <u>系從尙父</u>出, 術奉武侯來.

    大膽應無懼, 雄心誓不回.

    成都身死日, 漢將有餘哀.

＊注: 山根(산근): 산기슭. 石徑(석경): 절벽 낭떠러지의 길. 漢江(한강):

漢水. 長江의 최대 지류로, 섬서성 寧强縣 북의 蟠冢山(반총산)에서 발원, 武漢의 漢陽에 이르러 장강으로 들어간다.   髫年(초년): 다박머리의 어린 나이. 〈髫〉: 옛날 아이들이 땋아서 늘어뜨린 머리. 유년 시대.   陶朱(도주): 陶朱公. 춘추시대 越王勾踐의 謀臣 范蠡(범려)의 別號.   系(계): 혈통. 계통.   尙父(상부): 周의 創業功臣 姜太公.

〖9〗 却說姜維·鍾會·鄧艾已死, 張翼等亦死於亂軍之中. 太子劉璿·漢壽亭侯關彝, 皆被魏兵所殺. 軍民大亂, 互相踐踏, 死者不計其數. 旬日後, 賈充先至, 出榜安民, 方始寧靖. 留衛瓘守成都, 乃遷後主赴洛陽. 止有尙書令樊建·侍中張紹·光祿大夫譙周·秘書郎郤正等數人跟隨. 廖化·董厥皆託病不起, 一 後皆憂死.

　時魏景元五年, 改爲咸熙元年. 春三月, 吳將丁奉見蜀已亡, 遂收兵還吳.(*補應前卷中事.)　中書丞華覈奏吳主孫休曰: "吳蜀乃脣齒也, 脣亡則齒寒. 臣料司馬昭伐吳在卽, 乞陛下深加防禦."(*爲後卷伏線.) 休從其言, 遂命陸遜子陸抗爲鎭東大將軍, 領荊州牧, 守江口; 左將軍孫異守南徐諸處隘口; 又沿江一帶, 屯兵數百營, 老將丁奉總督之, 以防魏兵.(*不能救蜀, 已成滅虢擧虞之勢, 此時欲自守難矣.)

　建寧太守霍弋聞成都不守, 素服望西大哭三日. 諸將皆曰: "旣漢主失位, 何不速降?" 弋泣謂曰: "道路隔絶, 未知吾主安危若何. 若魏主以禮待之, 則擧城而降, 未爲晚也. 萬一危辱吾主, 則主辱臣死, 何可降乎?"(*雖不能死, 與早降者不啻天淵.) 衆然其言, 乃使人到洛陽, 探聽後主消息去了.
　*注: 寧靖(녕정): (질서가) 안정되다. 평정되다.   江口(강구): 峽口. 長江西陵峽口. 지금의 호북성 宜昌 西.

〖10〗且說後主至洛陽時，司馬昭已自回朝．昭責後主曰：“公荒淫無道，廢賢失政，理宜誅戮！”(*司馬昭本不欲殺後主，因見他醉生夢死，故意嚇他一嚇，要他醒一醒耳．) 後主面如土色，不知所爲．文武皆奏曰：“蜀主旣失國紀，幸早歸降，宜赦之．”昭乃封禪爲安樂公，(* “生於憂患，而死於安樂”，以其不知憂患，固當封以此名．) 賜住宅，月給用度，賜絹萬疋，僮婢百人．子劉瑤及群臣樊建·譙周·郤正等，皆封侯爵．後主謝恩出內．昭因黃皓蠹國害民，令武士押出市曹，凌遲處死．(*快事快事！此時後主何不乞免之？) 時霍戈探聽得後主受封，遂率部下軍士來降．

　　*注：國紀(국기)：국가의 기강． 蠹國(두국)：나라를 좀먹다．벌레가 나무를 좀먹어 쓰러뜨리듯이 나라를 해치는 것．〈蠹〉：좀 먹다．벌레 먹다．

〖11〗次日，後主親詣司馬昭府下拜謝，昭設宴款待．先以魏樂舞戲於前，蜀官感傷，獨後主有喜色．(*見魏而不思蜀，已爲無情．) 昭令蜀人扮蜀樂於前，蜀官盡皆墮淚，後主嬉笑自若．(*見蜀而不思蜀，尤爲無情．) 酒至半酣，昭謂賈充曰：“人之無情，乃至於此！雖使諸葛孔明在，亦不能輔之久全，何況姜維乎？”乃問後主曰：“頗思蜀否？”後主曰：“此間樂，不思蜀也．”(*此之謂安樂公．) 須臾，後主起身更衣，郤正跟至廂下曰：“陛下如何答應不思蜀也？倘彼再問，可泣而答曰：‘先人墳墓，遠在蜀地，乃心西悲，無日不思．’晉公必放陛下歸蜀矣．”後主牢記入席．酒將微醉，昭又問曰：“頗思蜀否？”後主如郤正之言以對，欲哭無淚，遂閉其目．(*兩番聞樂不能得淚，此時安得有淚？) 昭曰：“何乃似郤正語耶？”後主開目驚視曰：“誠如尊命！”(*寫得後主如畫．) 昭及左右皆笑之．昭因此深喜後主誠實，並不疑慮．後人有詩嘆曰：

　　追歡作樂笑顏開，不念危亡半點哀．

快樂異鄉忘故國, 方知後主是庸才.

〖12〗却說朝中大臣因昭收川有功, 遂尊之爲王, 表奏魏主曹
奐. 時奐名爲天子, 實不能主張, 政皆由司馬氏, 不敢不從, 遂封
晉公司馬昭爲晉王, 諡父司馬懿爲宣王, 兄司馬師爲景王.(*令人追
想曹操封魏王時.)

昭妻乃王肅之女, 生二子: 長曰司馬炎, 人物魁偉, 立髮垂地,
兩手過膝, 聰明英武, 膽量過人;(*此處詳敍司馬炎, 爲下文稱帝伏線.)
次曰司馬攸, 情性溫和, 恭儉孝悌, 昭甚愛之. 因司馬師無子, 嗣
攸以繼其後.(*不以炎繼而以攸繼, 一片權詐.) 昭常曰:"天下者, 乃吾
兄之天下也."(*公然以天下歸之司馬氏. 目中久已無曹氏矣. 旣篤於兄弟之
情, 何獨不知君臣之義?) 於是司馬昭受封晉王, 欲立攸爲世子. 山濤諫
曰:"廢長立幼, 違禮不祥."(*若論承嗣之禮, 則繼師者固當以炎, 繼昭者
乃當以攸也.) 賈充 · 何曾 · 裴秀亦諫曰:"長子聰明神武, 有超世之
才; 人望旣茂, 天表如此, 非人臣之相也." 昭猶豫未決.(*惟攸與炎
本皆爲昭之子, 故猶豫未決耳, 若使攸而眞爲師之所出, 則昭又未必然矣.) 太
尉王祥 · 司空荀顗諫曰:"前代立少, 多致亂國, 願殿下思之." 昭
遂立長子司馬炎爲世子.(*其以次子嗣師而不以長子嗣師者, 逆料諸臣必以
立長爲言, 則猶豫未決亦是假.)

　*注: 魁偉(괴위): 魁梧(괴오). 체구가 크고 훤칠하다(우람하다). 장대하다.

〖13〗大臣奏稱:"當年襄武縣, 天降一人, 身長二丈餘, 脚跡
長三尺二寸, 白髮蒼髯, 着黃單衣, 裹黃巾,(*此時又遇一黃巾之妖,
與首卷遙遙相應.) 拄藜頭杖, 自稱曰:'吾乃民王也.(*"民王"二字名
色甚奇, 與首卷 "大賢良師" 等號相似.) 今來報汝: 天下換主, 立見太
平.' 如此在市遊行三日, 忽然不見. 一 此乃殿下之瑞也.(*此非晉

之符瑞, 乃魏之妖孼.) 殿下可戴<u>十二旒冠冕</u>, 建天子旌旗, <u>出警入蹕</u>, 乘<u>金根車</u>, 備六馬, 進王妃爲王后, 立世子爲太子." 昭心中暗喜; 回到宮中, 正欲飮食, 忽中風不語.

次日病危, 太尉王祥·司徒何曾·司馬荀顗及諸大臣入宮問安, 昭不能言, 以手指太子司馬炎而死.(*司馬師臨終時, 有目至於無目; 司馬昭臨終時, 有口一如無口. 皆以臣凌君之報.) 時八月辛卯日也. 何曾曰: "天下大事, 皆在晉王; 可立太子爲晉王, 然後祭葬." 是日, 司馬炎卽晉王位, 封何曾爲晉丞相, 司馬望爲司徒, 石苞爲驃騎將軍, 陳騫爲車騎將軍, 謚父爲文王.(*昭自比文王, 故如其所命.)

*注: **襄武縣**(양무현): 당시로는 隴西郡의 治所地. 지금의 감숙성 隴西. **拄藜頭杖**(주여두장): 명아주나무 줄기로 만든 지팡이(藜頭杖)를 짚다. 〈拄〉: (지팡이 따위로) 몸을 지탱하다. 지팡이를 짚다.〈頭〉: 명사 뒤에 붙는 접미사로 그 명사를 가리킨다. (*예: 木頭, 石頭, 骨頭.) **十二旒冠冕**(십이류관면): 주옥을 꿴 술이 앞뒤로 12개 매달려 있는, 옛날 임금이나 황제가 쓰던 관. 冕旒冠. 〈旒〉: 면류관의 앞뒤로 드리운 珠玉을 꿴 술. 〈冠冕〉: 옛날 임금이나 관리가 쓰던 모자. **出警入蹕**(출경입필): 출입할 때 경필하다. 〈警蹕〉: 임금이 거동할 때 경계하여 통행을 금하는 일. **金根車**(금근거): 帝王이 타는 여섯 마리의 말이 끄는 黃金으로 장식한 根車. 〈根車〉: 자연적으로 둥글게 된 나무로 바퀴를 만든 수레. 고대에는 帝王의 德이 성하여 山이 스스로 제공한 것이라 여겨 상서로운 징조로 생각했다.

〖14〗安葬已畢, 炎召賈充·裴秀入宮, 問曰: "曹操曾云: '若天命在吾, 吾其爲周文王乎!' 果有此事否?"(*照應七十八回中語.) 充曰: "操世受漢祿, 恐人議論篡逆之名, 故出此言. ——乃明敎曹丕爲天子也."(*得此一注脚, 遂使曹操敎曹丕之意竟敎了司馬炎, 可發一嘆.) 炎曰: "孤父王比曹操何如?" 充曰: "操雖功蓋華夏, 下民畏

其威而不懷其德.(＊貶壞曹操以贊司馬氏.) 子丕繼業, 差役甚重, 東西
驅馳, 未有寧歲.(＊又貶壞曹丕以贊司馬氏.) 後我宣王·景王累建大功,
布恩施德, 天下歸心久矣.(＊與 “民不懷德” 對說.) 文王并吞西蜀, 功
蓋寰宇, 又豈操之可比乎?” 炎曰: “曹丕尙紹漢統, 孤豈不可紹
魏統耶?”(＊司馬昭明明要學曹操, 司馬炎亦明明要學曹丕.) 賈充·裴秀二
人再拜而奏曰: “殿下正當法曹丕紹漢故事, 復築受禪臺, 布告天
下, 以卽大位.”(＊此處受禪臺與八十卷中之受禪臺, 正是依樣畫葫蘆.) 炎大
喜.

〖15〗次日, 帶劍入內. 此時, 魏主曹奐連日不曾設朝, 心神恍
惚, 擧止失措. 炎直入後宮, 奐慌下御榻而迎. 炎坐畢, 問曰: “魏
之天下, 誰之力也?” 奐曰: “皆晉王父祖之賜耳.” 炎笑曰: “吾
觀陛下, 文不能論道, 武不能經邦. 何不讓有才德者主之?”(＊明明
當面鄙薄, 要他義讓.) 奐大驚, 口噤不能言. 傍有黃門侍郎張節大喝
曰: “晉王之言差矣! 昔日魏武祖皇帝, 東蕩西除, 南征北討, 非
容易得此天下; 今天子有德無罪, 何故讓與人耶?” 炎大怒曰:
“此社稷乃大漢之社稷也! 曹操挾天子以令諸侯, 自立魏王, 篡奪
漢室.(＊借司馬炎口中, 替漢朝出氣.) 吾祖父三世輔魏, 得天下者, 非
曹氏之能, 實司馬氏之力也: 四海咸知. 吾今日豈不堪紹魏之天下
乎?”(＊曹丕欲篡漢, 却從他人說合; 司馬炎欲篡魏, 竟是自家開口.) 節又
曰: “欲行此事, 是篡國之賊也!” 炎大怒曰: “吾與漢家報讐, 有
何不可!”(＊此是蒼蒼者之意, 却在司馬炎口中直叫出來.) 叱武士將張節亂
瓜打死於殿下. 奐泣淚跪告.(＊獻帝尙不曾如此沒體面.) 炎起身下殿而
去.

＊注: 口噤(구금): 입을 다물다. 말하지 않다.　出氣(출기): 화풀이를 하다.
蒼蒼者(창창자): 하늘.　亂瓜(난과): ‘瓜’라는 무기를 마구 휘두르다.

〈瓜〉: 일종의 무기로 긴 자루가 있고 끝에는 꽃봉오리 모양의 쇠뭉치가 달려 있다.

〖16〗奐謂賈充·裴秀曰: "事已急矣, 如之奈何?" 充曰: "天數盡矣! 陛下不可逆天, 當照漢獻帝故事, 重修受禪臺,(*是祖宗做樣與別人看, 曹奐只當怨曹丕耳.) 具大禮, 禪位與晉王, 上合天心, 下順民情, 陛下可保無虞矣." 奐從之, 遂令賈充築受禪臺. 以十二月甲子日, 奐親捧傳國璽, 立於臺上, 大會文武. 後人有詩嘆曰:

魏吞漢室晉吞曹, 天運循環不可逃.

張節可憐忠國死, 一拳怎障泰山高.

請晉王司馬炎登壇, 授以大禮. 奐下壇, 具公服立於班首. 炎端坐於臺上. 賈充·裴秀列於左右, 執劍, 令曹奐再拜伏地聽命. 充曰: "自漢建安二十五年, 魏受漢禪, 已經四十五年矣.(*此處提出魏簒漢故事來, 可見當日之事, 乃是賊偷賊物.) 今天祿永終, 天命在晉. 司馬氏功德彌隆, 極天際地, 可卽皇帝正位, 以紹魏統. 封汝爲陳留王,(*卽用獻帝初時名號, 一髮分毫不差.) 出就金墉城居止, 當時起程, 非宣詔, 不許入京."(*與華歆叱獻帝語前後一轍.) 奐泣謝而去. 太傅司馬孚哭拜於奐前曰: "臣身爲魏臣, 終不背魏也!"(*曹氏簒漢時, 曹家宗族中却無此人.) 炎見孚如此, 封孚爲安平王. 孚不受而退. 是日, 文武百官再拜於臺下, 山呼萬歲. 炎紹魏統, 國號大晉, 改元爲泰始元年, 大赦天下. 魏遂亡. 後人有詩嘆曰:

晉國規模如魏王, 陳留踪迹似山陽.

重行受禪臺前事, 回首當年止自傷.

*注: 彌隆(미륭): 더욱 높다. 〈彌〉: 더욱. 한층 더.   金墉城(금용성): 洛陽城(지금의 河南省 洛陽市 東) 西北 쪽의 작은 城. 魏晉時 폐위된 帝后들은 모두 이곳에 安置되었다.   山呼(산호): 嵩呼(숭호). 呼嵩. 천자의 장수를

빌면서 '萬歲, 萬萬歲!' 라고 크게 頌祝하는 것. **泰始元年**(태시원년): 서기 265년. 신라 味鄒尼師今 4년. 고구려 中川王 然弗 18년. **山陽**(산양): 曹丕는 한의 獻帝를 폐위하여 山陽公으로 봉했다.

〖17〗 晉帝司馬炎,(*漢以炎興爲年號, 恰合司馬炎之名, 亦一讖也.) 追諡司馬懿爲宣帝, 伯父司馬師爲景帝, 父司馬昭爲文帝, 立七廟以光祖宗. 那七廟: 漢征西將軍司馬鈞, 鈞生豫章太守司馬亮, 亮生潁川太守司馬雋, 雋生京兆尹司馬防, 防生宣帝司馬懿, 懿生景帝司馬師·文帝司馬昭, 是爲七廟也.(*曹丕不聞帝曹縢·曹嵩, 晉則更有勝焉者.) 大事已定, 每日設朝, 計議伐吳之策. 正是:

漢家城郭已非舊, 吳國江山將復更.
未知怎生伐吳, 且看下文分解.

第一百十九回 毛宗崗 序始評

(1). 或作高視劉禪之說曰: "此間樂不思蜀" 之言, 乃禪之巧於自全也. 若日夜流涕, 感憤思歸, 奸雄如司馬昭, 豈能容之乎? 然則閉目開目之劉禪, 依然一靑梅煮酒, 聞雷失筯之劉玄德耳. 雖然, 使禪而果能如是, 則不至於用黃皓, 不至於疑姜維, 亦不至於獻成都降鄧艾矣. 然則爲此說者, 夫豈其然.

(2). 魏之亡, 非晉亡之, 而魏自亡之也. 何也? 炎之逼主, 一則曰: 我何如曹丕? 再則曰: 父何如曹操? 是其篡也, 魏敎之也. 魏敎之, 則謂之魏之亡魏可矣. 且魏之亡, 魏自亡之, 而亦漢亡之也. 何也? 炎之受禪, 一則曰: 我爲漢報讐, 再則曰: 我依漢故事. 是其禪也, 漢敎之也. 漢敎之, 則謂之漢之亡魏可矣. 天理昭然，絲毫不爽，豈不重可畏哉？

　(3)．曹氏以再世而篡劉，司馬氏歷三世而篡魏，似魏之亡，獨
遲於漢也．漢滅於魏未滅之時，似漢之亡獨早於魏也．而非也，
當曹芳之立，而魏已亡，及曹芳之廢，而魏再亡．及曹髦之弒，而
魏三亡矣．何待於奐之見黜．而後謂之亡哉？然則漢之亡終在
後，魏之亡終在先耳．

　(4)．董卓聞受禪臺之言，曹丕有受禪臺之事，魏則取前之虛者
而實之，晉又取前之實者而再實之也．漢將亡有黃巾之妖，魏將
亡亦有黃巾之怪，漢則先舉後之一黃巾而散為眾人，魏則又舉前
之眾黃巾而合為一人也，受禪臺有三，則兩實一虛；黃巾有二，
則一多一寡．此又一部大書前後合處．

第一百二十回

薦杜預老將獻新謀
降孫皓三分歸一統

〖1〗却說吳主孫休, 聞司馬炎已簒魏, 知其必將伐吳, 憂慮成疾, 臥床不起, 乃召丞相濮陽興入宮中, 令太子孫𩅧出拜. 吳主把興臂, 手指𩅧而卒. 興出, 與群臣商議, 欲立太子孫𩅧爲君. 左典軍萬彧曰: "𩅧幼不能專政, 不若取烏程侯孫皓立之."(*何不仍求孫亮而復立之?) 左將軍張布亦曰: "皓才識明斷, 堪爲帝王." 丞相濮陽興不能決, 入奏朱太后. 太后曰: "吾寡婦人耳, 安知社稷之事? 卿等斟酌立之可也." 興遂迎皓爲君. (*𩅧(완): 烏關切)

*注: 孫𩅧(손만): 孫休의 長子 이름. 〈三國志‧吳志. 孫休傳〉에 의하면: "戊子, 立子𩅧爲太子, 大赦." 라고 했다. 이에 裴松之는 〈吳錄〉이란 책을 인용하여 孫休의 詔書를 기재해 놓았는데, 그 조서에서: "孤今爲四男作名字: 太子名𩅧, 𩅧音如湖水灣澳之灣."(즉, 그 音은 灣(만)자와 같

다)라고 하였다. 〈廣韻〉에는 그 音이 "烏關切" 즉 "완"이라고 되어 있으나, 여기서는 裴松之의 注를 따른다.

〖2〗皓字元宗, 大帝孫權太子孫和之子也. 當年七月, 卽皇帝位, 改元爲元興元年, 封太子孫𩅐爲豫章王, 追謚父和爲文皇帝, 尊母何氏爲太后.(*若論入繼大統, 便不當自帝其父.) 加丁奉爲左右大司馬. 次年, 改爲甘露元年. 皓兇暴日甚, 酷溺酒色, 寵幸中常侍岑昏.(*又是一个中常侍, 與蜀之黃皓正是一對.) 濮陽興·張布諫之, 皓怒, 斬二人, 滅其三族.(*第一便殺兩个顧命定策大臣, 其亡可知.) 由是廷臣緘口, 不敢再諫. 又改寶鼎元年, 以陸凱·萬彧爲左右丞相. 時皓居武昌, 揚州百姓泝流供給, 甚苦之; 又奢侈無度, 公私匱乏. 陸凱上疏諫曰:

*注: 元興元年(원흥원년): 서기 252년.

〖3〗今無災而民命盡, 無爲而國財空, 臣竊痛之. 昔漢室旣衰, 三家鼎立; 今曹·劉失道, 皆爲晉有; 此目前之明驗也. 臣愚但爲陛下惜國家耳. 武昌土地險瘠, 非王者之都; 且童謠云: "寧飮建業水, 不食武昌魚. 寧還建業死, 不止武昌居." 此足明民心與天意也. 今國無一年之蓄, 有露根之漸; 官吏爲苛擾, 莫之或恤. 大帝時, 後宮女不滿百; 景帝以來, 乃有千數; 此耗財之甚者也. 又左右皆非其人, 群黨相挾, 害忠隱賢, 此皆蠹政病民者也. 願陛下省百役, 罷苛擾, 簡出宮女, 淸選百官, 則天悅民附而國安矣.

*注: 露根之漸(로근지점): 바탕(뿌리)이 점점 드러나다. 그 근본이 흔들리다. 苛擾(가요): 가혹하게 어지럽히다. (규정 등을) 까다롭게 하여 어지럽히다. 景帝(경제): 즉 孫休. 蠹政(두정): 정치를 좀먹다.

〖4〗疏奏, 皓不悅. 又大興土木, 作昭明宮, 令文武各官入山採木.(＊又有曹叡之風.) 又召術士尙廣, 令筮蓍問取天下之事. 尙對曰:"陛下筮得吉兆: 庚子歲, 青蓋當入洛陽."(＊爲後文降晉之兆. 劉禪誤信師婆, 師婆之言不應; 孫皓誤信術士, 術士之言却應.) 皓大喜, 謂中書丞華覈曰:"先帝納卿之言, 分頭命將, 沿江一帶, 屯數百營, 命老將丁奉總之. 朕欲兼并漢土, 以爲蜀主復讐, 當取何地爲先?"(＊旣好土木, 又好甲兵, 其亡可知.) 覈諫曰:"今成都不守, 社稷傾崩, 司馬炎必有呑吳之心. 陛下宜修德以安吳民, 乃爲上計. 若强動兵甲, 正猶披麻救火, 必致自焚也! 願陛下察之."(＊前以一吳伐一魏尙不能勝, 今晉兼魏蜀, 是又兩魏矣. 以一吳伐兩魏, 豈能勝乎? 華覈之言最是老成.) 皓大怒曰:"朕欲乘時恢復舊業, 汝出此不利之言! 若不看汝舊臣之面, 斬首號令!" 叱武士推出殿門. 華覈出朝, 嘆曰:"可惜錦繡江山, 不久屬於他人矣!" 遂隱居不出. 於是皓令鎭東將軍陸抗部兵屯江口, 以圖襄陽.

*注: 筮蓍(서시): 점을 치다(점치는 사람). 靑蓋(청개): 王의 수레. 漢代의 제도에 의하면 왕의 수레는 그 덮개를 푸른색으로 했다. 部兵(부병): 군사를 統率(통솔)하다. 〈部〉: 통솔(통할)하다.

〖5〗早有消息報入洛陽, 近臣奏知晉主司馬炎. 晉主聞陸抗寇襄陽, 與衆官商議. 賈充出班奏曰:"臣聞吳國孫皓, 不修德政, 專行無道. 陛下可詔都督羊祜, 率兵拒之, 俟其國中有變, 乘勢攻取, 東吳反掌可得也."(＊平吳之未遣杜預而先遣羊祜, 猶平蜀之未遣鍾會而先遣鄧艾也.) 炎大喜, 卽降詔遣使到襄陽, 宣諭羊祜. 祜奉詔, 整點軍馬, 預備迎敵. 自是羊祜鎭守襄陽, 甚得軍民之心. 吳人有降而欲去者, 皆聽之. 減戍邏之卒, 用以墾田八百餘頃.(＊與孔明屯田渭濱, 姜維屯田沓中, 前後相似.) 其初到時, 軍無百日之糧; 及至末年,

軍中有十年之積. 祜在軍, 嘗着輕裘, 系寬帶, 不披鎧甲, 帳前侍
衛者不過十餘人.(*彬彬然有儒雅之風, 其視羽扇綸巾亦不多讓.)

一日, 部將入帳稟祜曰:"哨馬來報: 吳兵皆懈怠. 可乘其無備
而襲之, 必獲大勝." 祜笑曰:"汝衆人小覷陸抗耶? 此人足智多
謀, 日前吳主命之攻拔西陵, 斬了步闡及其將士數十人, 吾救之無
及.(*在羊祜口中補前文所未及.) 此人爲將, 我等只可自守; 候其內有
變, 方可圖取. 若不審時勢而輕進, 此取敗之道也."(*自鄧艾與姜維
苦戰之後, 又見此一段不戰之文, 出人意外.) 衆將服其論, 只自守疆界而
已.

　　*注: 頃(경): 논밭의 면적 단위. 一頃은 百畝, 즉 2만여 평.　西陵(서릉):
　　지금의 호북성 宜昌市.

〖6〗一日, 羊祜引諸將打獵, 正值陸抗亦出獵. 羊祜下令:"我
軍不許過界." 衆將得令, 止於晉地打圍, 不犯吳境. 陸抗望見,
嘆曰:"羊將軍兵有紀律, 不可犯也!" 日晩各退.(*曹操與孫權書曰:
願與將軍會獵于吳, 是以獵爲戰也. 今觀此二人之獵, 何其從容不迫, 兩無猜忌
乎?) 祜歸至軍中, 察問所得禽獸, 被吳人先射傷者皆送還. 吳人皆
悅, 來報陸抗. 抗召來人入, 問曰:"汝主帥能飲酒否?" 來人答
曰:"必得佳釀, 則飮之." 抗笑曰:"吾有斗酒, 藏之久矣. 今付
與汝持去, 拜上都督: 此酒陸某親釀自飮者, 特奉一勺, 以表昨日
出獵之情."(*周瑜飮玄德以酒是歹意, 陸抗送羊祜以酒是美情.) 來人領諾,
携酒而去. 左右問抗曰:"將軍以酒與彼, 有何主意?" 抗曰:"彼
旣施德於我, 我豈得無以酬之?" 衆皆愕然.

　　*注: 察問(찰문): 세밀히 조사하고(살펴보고) 물어보다. 考察迅問하다.　愕
　　然(악연): 크게 놀라는 모양. 〈愕〉: 놀라다.

〖7〗 却說來人回見羊祜，以抗所問幷奉酒事，一一陳告．祜笑曰：“彼亦知吾能飮乎！”遂命開壺取飮．部將陳元曰：“其中恐有奸詐，都督且宜慢飮．”祜笑曰：“抗非毒人者也，不必疑慮．”竟傾壺飮之．(＊關公飮魯肅之酒是大膽，羊祜飮陸抗之酒是雅量．) 自是使人通問，常相往來．

一日，抗遣人候祜．祜問曰：“陸將軍安否？”來人曰：“主帥臥病數日未出．”祜曰：“料彼之病，與我相同．吾已合成熟藥在此，可送與服之．”(＊孔明識周郞之病，以不藥藥之；羊祜識陸抗之病，卽以藥藥之．一是賭智鬪巧，一是開心見誠．) 來人持藥回見抗．衆將曰：“羊祜乃是吾敵也，此藥必非良藥．”抗曰：“豈有鴆人羊叔子哉！(＊曹操不信華陀，是奸雄機智；陸抗不疑羊祜，是良將高懷．) 汝衆人勿疑．”遂服之．次日病癒，衆將皆拜賀．抗曰：“彼專以德，我專以暴，是彼將不戰而服我也．今宜各保疆界而已，無求細利．”(＊正是羊叔子敵手．) 衆將領命．

　　＊注：鴆人(짐인)：鴆酒(짐주: 독주)로 사람을 죽이다.

〖8〗 忽報吳主遣使來到，抗接入問之．使曰：“天子傳諭將軍：作急進兵，勿使晉人先入．”抗曰：“汝先回，吾隨有疏章上奏．”使人辭去，抗卽草疏遣人賷到建業．(＊時吳主已還都建業．) 近臣呈上，皓拆觀其疏，疏中備言晉未可伐之狀，且勸吳主修德愼罰，以安內爲念，不當以黷武爲事．吳主覽畢，大怒曰：“朕聞抗在邊境與敵人相通，今果然矣！”遂遣使罷其兵權，降爲司馬，却令左將軍孫冀代領其軍．(＊閻宇代姜維，蜀主但有其意；孫冀代陸抗，吳主竟有其事．) 群臣皆不敢諫．吳主皓自改元建衡，至鳳凰元年，恣意妄爲，窮兵屯戍，上下無不嗟怨．丞相萬彧・將軍留平・大司農樓玄三人見皓無道，直言苦諫，皆被所殺．前後十餘年，殺忠臣四十餘人．(＊羊祜所

謂孫皓之暴過於劉禪, 正爲此也.) 皓出入常帶鐵騎五萬. 群臣恐怖, 莫
敢奈何.

> *注: 黷武(독무): 함부로 전쟁을 하여 武의 德을 더럽히다. 〈黷〉: 더럽
> 다. 더럽히다.

〚9〛 却說羊祜聞陸抗罷兵, 孫皓失德, 見吳有可乘之機, 乃作表
遣人往洛陽請伐吳.(*陸抗諫伐晉, 而羊祜請伐吳, 其言似異, 而其皆實同.)
其略曰:

> 夫期運雖天所授, 而功業必因人而成.(*此將"謀事在人, 成事在
> 天"二語倒轉說來. 孔明謂天時之不可强, 羊祜謂人事之不可怠.) 今江
> 淮之險, 不如劍閣; 孫皓之暴, 過於劉禪; 吳人之困, 甚於巴
> 蜀; 而大晉兵力, 盛於往時: 不於此際平一四海, 而更阻兵相
> 守, 使天下困於征戍, 經歷盛衰, 不可長久也.(*非好黷武, 正欲
> 止武; 非好動兵, 正欲息兵, 蓋吳平則征戍可息也.)

司馬炎觀表, 大喜, 便令興師. 賈充·荀勖·馮紞三人, 力言不可,
炎因此不行. 祜聞上不允其請, 歎曰: "天下不如意者, 十常八九.
今天與不取, 豈不大可惜哉!"(*亦是至言.)

> *注: 期運(기운): 運數. 氣數. 平一(평일): 平定, 統一.

〚10〛 至咸寧四年, 羊祜入朝, 奏辭歸鄉養病. 炎問曰: "卿有
何安邦之策, 以敎寡人?" 祜曰: "孫皓暴虐已甚, 於今可不戰而
克. 若皓不幸而歿, 更立賢君, 則吳非陛下所能得也."(*陸抗未去,
則吳不可得; 孫皓旣死, 則吳亦不可得.) 炎大悟曰: "卿今便提兵往伐,
若何?" 祜曰: "臣年老多病, 不堪當此任. 陛下另選智勇之士,
可也." 遂辭炎而歸. 是年十一月, 羊祜病危, 司馬炎車駕親臨其
家問安. 炎至臥榻前, 祜下淚曰: "臣萬死不能報陛下也!" 炎亦泣

曰："朕悔不能用卿伐吳之策！ — 今日誰可繼卿之志？"祜含淚而言曰："臣死矣，不敢不盡愚誠：右將軍杜預可任；若欲伐吳，須當用之."(*鍾會與鄧艾彼此相妒，羊祜與杜預前後相薦，與前卷相反而相對.)

炎曰："舉善薦賢，乃美事也；卿何薦人於朝，即自焚其奏稿，不令人知耶？"(*鍾會伐國欲密，羊祜薦人亦欲密. 伐國之密，恐其備我也；薦人之密，恐其感我也. 恐其備我不足奇，恐其感我則奇矣.)祜曰："拜官公朝，謝恩私門，臣所不取也."(*如此則免朝廷朋黨之疑，可爲萬世人臣之法.)言訖而亡. 炎大哭回宮，勅贈太傅・巨平侯. 南州百姓聞羊祜死，罷市而哭. 江南守邊將士，亦皆哭泣. 襄陽人思祜存日常游於峴山，遂建廟立碑，四時祭之. 往來人見其碑文者，無不流涕，故名爲"墮淚碑".(*與蜀人之思武侯，南人之思武侯彷彿相似.) 後人有詩嘆曰：

曉日登臨感晉臣，古碑零落峴山春.
松間殘露頻頻滴，疑是當年墮淚人.

*注: 自焚奏稿(자분주고): 羊祜(양호)는 사람을 천거한 후 그 천거를 건의했던 奏章을 불태워 버림으로써 천거된 사람이 중용된 후에 누가 천거했는지 모르게 했다. 南州(남주): 魏國의 荊州. 治所는 新野(지금은 하남성에 속함). 存日(존일): 살아 있을 때. 後人有詩(후인유시): 胡曾의 詩〈咏史詩. 峴山〉.

〔11〕晉主以羊祜之言，拜杜預爲鎭南大將軍，都督荊州事. 杜預爲人，老成練達，好學不倦，最喜讀左丘明〈春秋傳〉，坐臥常自攜，每出入必使人持〈左傳〉於馬前，時人謂之"左傳癖".(*關公好讀〈春秋〉，杜預好讀〈左傳〉，正復相對.) 及奉晉主之命，在襄陽撫民養兵，准備伐吳.

此時吳國丁奉・陸抗皆死，吳主晧每宴群臣，皆令沈醉；又置黃

門郎十人爲糾彈官, 宴罷之後, 各奏過失, 有犯者或剝其面, 或鑿
其眼.(*如此妙人, 安有不喪家敗國之理?) 由是國人大懼.

　　晉益州刺史王濬上疏請伐吳. 其疏曰:

　　孫皓荒淫凶逆, 宜速征伐. 若一旦皓死, 更立賢主, 則强敵
　　也.(*伐之當急者一.) 臣造船七年, 日有朽敗.(*伐之當急者二.) 臣
　　年七十, 死亡無日.(*伐之當急者三.) 三者一乖, 則難圖矣. 願陛
　　下無失事機.(*孔明〈出師表〉有六不可解, 至王濬伐吳表有三不可失. 孔
　　明意在盡人事, 王濬意在順天時.)

　　*注: 練達(연달): 노련하고 통달하다. 人情과 세상 物情을 훤히 알다.

〖12〗晉主覽疏, 遂與群臣議曰:"王公之論, 與羊都督暗合.
朕意決矣!"侍中王渾奏曰:"臣聞孫皓欲北上, 軍伍已皆整備, 聲
勢正盛, 難與爭鋒. 更遲一年以待其疲, 方可成功."晉主依其奏,
乃降詔止兵莫動, 退入後宮, 與秘書丞張華圍棋消遣. 近臣奏邊庭
有表到. 晉主開視之, 乃杜預表也. 表略云:

　　往者, 羊祜不博謀於朝臣, 而密與陛下計, 故令朝臣多異同之
　　議. 凡事當以利害相校. 度此擧之利, 十有八九, 而其害止於
　　無功耳. 自秋以來, 討賊之形頗露; 今若中止, 孫皓恐怖, 徙
　　都武昌, 完修江南諸城, 遷其居民, 城不可攻, 野無所掠, 則
　　明年之計, 亦無及矣.

　　*注: 及(급): 달성하다. 성취하다.

〖13〗晉主覽表纔罷, 張華突然而起, 推却棋枰, 斂手奏曰:
"陛下聖武, 國富兵强; 吳主淫虐, 民憂國敝. 今若討之, 可不勞
而定, 願勿以爲疑!"(*棄了局中之著, 却助表中之著, 紙上與局中無異也.
若失此機會, 則一著錯, 滿盤差矣.) 晉主曰:"卿言洞見利害, 朕復何

疑!"(*羊祜之棋全賴杜預爲之終局, 杜預之棋又虧張華爲之尉局, 而孫皓之棋乃於是結局矣.) 卽出升殿, 命鎭南大將軍杜預爲大都督, 引兵十萬出江陵; 鎭東大將軍琅琊王司馬伷出涂中, 安東大將軍王渾出橫江, 建威將軍王戎出武昌, 平南將軍胡奮出夏口: 各引兵五萬, 皆聽預調用. 又遣龍驤將軍王濬·廣武將軍唐彬, 浮江東下: 水陸兵二十餘萬, 戰船數萬艘. 又令冠軍將軍楊濟出屯襄陽, 節制諸路人馬.(*如平蜀之有衛瓘監軍.)

　　*注: 棋枰(기평): 바둑판.　聖武(성무): 현명하고 영민하고 용맹하다.(*주로 임금을 칭송하는 말로 쓴다.)　洞見(동견): 간파하다.　涂中(도중): 河流名. 建業 동북. 지금의 涂水. 안휘성 全椒와 六合 사이에 있다.　橫江(횡강): 橫江浦라고도 함. 지금의 안휘성 和縣 동남.　夏口(하구): 漢水가 장강으로 들어가는 입구. 지금의 호북성 武漢市 漢口.　調用(조용): (인력, 물자를) 이동하여 쓰다. 轉用하다.

〖14〗蚤有消息報入東吳. 吳主皓大驚, 急召丞相張悌·司徒何植·司空滕循, 計議退兵之策. 悌奏曰: "可令車騎將軍伍延爲都督, 進兵江陵, 迎敵杜預; 驃騎將軍孫歆進兵拒夏口等處軍馬. 臣敢爲將帥, 領左將軍沈瑩·右將軍諸葛靚, 引兵十萬, 出兵牛渚, 接引諸路軍馬." 皓從之, 遂令張悌引兵去了. 皓退入後宮, 不安憂色. 幸臣中常侍岑昏問其故. 皓曰: "晉兵大至, 諸路已有兵迎之; 爭奈王濬率兵數萬, 戰船齊備, 順流而下, 其鋒甚銳: 朕因此憂也." 昏曰: "臣有一計, 令王濬之舟皆爲齏粉矣." 皓大喜, 遂問其計. 岑昏奏曰: "江南多鐵, 可打連環索百餘條, 長數百丈, 每環重二三十斤, 於沿江緊要去處橫截之. 再造鐵錐數萬, 長丈餘, 置於水中. 若晉船乘風而來, 逢錐則破, 豈能渡江也?"(*岑昏之計雖是下策, 猶勝於黃皓之請師婆也. 東吳前幾番禦敵都是用火, 此一番禦敵却是用金.) 皓大喜, 傳令撥匠工於江邊, 連夜造成鐵索·鐵錐, 設立停當.

*注: 牛渚(우저): 즉 牛渚山. 지금의 안휘성 當涂縣 西北 長江邊. 산 아래에 牛渚磯가 있는데 一名 采石이라고도 하며 對岸의 橫江渡와 마주보고 있다. 고대에 장강 하류의 南北 要津이었다.

〚15〛却說晉都督杜預, 兵出江陵, 令牙將周旨: 引水手八百人, 乘小舟暗渡長江,(*鄧艾使人偸越山嶺, 杜預使人暗渡長江, 前後彷彿相似.) 夜襲樂鄉, 多立旌旗於山林之處, 日則放砲擂鼓, 夜則各處擧火. 旨領命, 引衆渡江, 伏於巴山. 次日, 杜預領大軍水陸幷進. 前哨報道: "吳主遣伍延出陸路, 陸景出水路, 孫歆爲先鋒: 三路來迎." 杜預引兵前進. 孫歆船蚤到. 兩兵初交, 杜預便退. 歆引兵上岸, 迤邐追時, 不到二十里, 一聲砲響, 四面晉兵大至. 吳兵急回, 杜預乘勢掩殺, 吳兵死者不計其數. 孫歆奔到城邊, 周旨八百軍混雜於中, 就城上擧火. 歆大驚曰: "北來諸軍乃飛渡江也?"(*杜預巴山之兵, 與鄧艾陰平之兵彷彿相似.) 急欲退時, 被周旨大喝一聲, 斬於馬下. 陸景在船上, 望見江南岸上一片火起, 巴山上風飄出一面大旗, 上書: "晉鎮南大將軍杜預".(*杜預渡江却在陸景眼中敍出, 倍覺聲勢.) 陸景大驚, 欲上岸逃命, 被晉將張尙馬到斬之. 伍延見各軍皆敗, 乃棄城走, 被伏兵捉住, 縛見杜預. 預曰: "留之無用!" 叱令武士斬之. 一 遂得江陵. 於是沅·湘一帶, 直抵廣州諸郡, 守令皆望風賫印而降. 預令人持節安撫, 秋毫無犯. 遂進兵攻武昌, 武昌亦降.

*注: 樂鄉(낙향): 지금의 호북성 江陵 西, 松滋縣 東北, 장강 南岸. 巴山(파산): 지금의 호북성 宜都縣 東, 松滋縣 西南. 一名 麻山. 迤邐(이리): 구불구불 이어진 모양. 천천히. 점차. 점점 더(가까이). 沅·湘一帶

(원·상일대): 沅水와 湘水 유역. 즉 동오 관할의 형주 남부로 沅水는 지금의 호남성 西部에서, 湘水는 호남성 東部에서 모두 洞庭湖로 흘러들어간다. 廣州(광주):지금의 광동성 廣州 南. 관할 지역은 지금의 광동성과 광서성에 상당한다.

〖16〗杜預軍威大振, 遂大會諸將, 共議取建業之策.(*如鄧艾之取成都.) 胡奮曰:"百年之寇, 未可盡服. 方今春水泛漲, 難以久住. 可俟來春, 更爲大擧." 預曰:"昔樂毅濟西一戰, 而倂强齊; 今兵威大振, 如破竹之勢, 數節之後, 皆迎刃而解, 無復有着手處也."(*事如破竹, 文亦如破竹.) 遂馳檄約會諸將, 一齊進兵, 攻取建業.

　　時龍驤將軍王濬率水兵順流而下. 前哨報說:"吳人造鐵索, 沿江橫截; 又以鐵錐置於水中爲準備." 濬大笑, 遂造大筏數十方, 上縛草爲人, 披甲執杖, 立於周圍, 順水放下.(*江中草人乃孔明所以借箭者, 不意此日反爲北軍所用.) 吳兵見之, 以爲活人, 望風先走. 暗錐着筏, 盡提而去. 又於筏上作大炬, 長十餘丈, 大十餘圍, 以麻油灌之, 但遇鐵索, 燃炬燒之, 須臾皆斷.(*東吳欲用金克水, 王濬却用火克金.) 兩路從大江而來, 所到之處, 無不克勝.

　　*注: 濟西(제서): 濟水 以西 地區. 戰國時 燕國의 名將 樂毅가 趙, 楚, 韓, 魏, 燕의 연합군을 통솔하여 齊의 군대를 대파한 곳. 〈濟〉: 濟水. 고대에는 長江, 黃河, 淮水와 더불어 四瀆(사독: 四大江)의 하나로서 하남성 濟源縣 王屋山에서 출원하여 東으로 흘러 산동성에 이르러 黃河와 합류하여 바다로 들어간다. 후에 下流가 黃河와 합쳐졌다. 十方(십방): 열개. 열 장. 〈方〉:네모난 물건을 세는 단위. 兩路(양로): 兩路兵. 두 방면의 군사들.

〖17〗 却說東吳丞相張悌, 令左將軍沈瑩·右將軍諸葛靚, 來迎晉兵. 瑩謂靚曰:“上流諸軍不作隄防, 吾料晉軍必至此, 宜盡力以敵之. 若幸得勝, 江南自安. 今渡江與戰, 不幸而敗, 則大事去矣!”靚曰:“公言是也.”言未畢, 人報晉兵順流而下, 勢不可當. 二人大驚, 慌來見張悌商議. 靚謂悌曰:“東吳危矣, 何不遁去?”（*方知答應沈瑩乃是勉强.）悌垂泣曰:“吳之將亡, 賢愚共知; 今若君臣皆降, 無一人死於國難, 不亦辱乎?”（*此處若無死難之人, 不獨吳國無氣色, 卽書中煞尾, 亦無氣色.）諸葛靚亦垂泣而去. 張悌與沈瑩揮兵抵敵. 晉兵一齊圍之. 周旨首先殺入吳營. 張悌獨奮力搏戰, 死於亂軍之中. 沈瑩被周旨所殺. 吳兵四散敗走. 後人有詩讚張悌曰:

杜預巴山見大旗, 江東張悌死忠時.

已抃王氣南中盡, 不忍偷生負所知.

*注: 抃(변): 서슴없이 버리다. 내버리다. 내던지다.

〖18〗 却說晉兵克了牛渚, 深入吳境. 王濬遣人馳報捷音, 晉主炎聞知大喜. 賈充奏曰:“吾兵久勞於外, 不服水土, 必生疾病. 宜召軍還, 再作後圖.”張華曰:“今大兵已入其巢, 吳人膽落, 不出一月, 孫皓必擒矣. 若輕召還, 前功盡廢, 誠可惜也!”（*棋局可以不完, 兵局不可不完.）晉主未及應, 賈充叱華曰:“汝不省天時地利, 欲妄邀功績, 困弊士卒, 雖斬汝不足以謝天下!”（*賈充更無他長, 但會相幇弑君耳.）炎曰:“此是朕意, 華但與朕同耳, 何必爭辯!”忽報杜預馳表到. 晉主視表, 亦言宜急進兵之意. 晉主遂不復疑, 竟下征進之命. 王濬等奉了晉主之命, 水陸并進, 風雷鼓動. 吳人望旗而降.

〖19〗吳主皓聞之，大驚失色．諸臣告曰：“北兵日近，江南軍民不戰而降，將如之何？”皓曰：“何故不戰？”眾對曰：“今日之禍，皆岑昏之罪，請陛下誅之．臣等出城決一死戰．”皓曰：“量一中貴，何能誤國？”眾大叫曰：“陛下豈不見蜀之黃皓乎！”(*姜維以黃皓比張讓，吳人又以岑昏比黃皓，三人正是一般．)遂不待吳主之命，一齊擁入宮中，碎割岑昏，生啖其肉．陶濬奏曰：“臣領戰船皆小，願得二萬兵乘大船以戰，自足破之．”皓從其言，遂撥御林諸軍與陶濬，上流迎敵；前將軍張象，率水兵下江迎敵．二人部兵正行，不想西北風大起，吳兵旗幟，皆不能立，盡倒豎於舟中；兵卒不肯下船，四散奔走，只有張象數十軍待敵．

〖20〗却說晉將王濬，揚帆而行，過三山，舟師曰：“風波甚急，船不能行；且待風勢少息行之．”濬大怒，拔劍叱之曰：“吾目下欲取石頭城，何言住耶！”遂擂鼓大進．(*若避險峻不能取蜀，若畏風波，何以取吳？)吳將張象引從軍請降．濬曰：“若是眞降，便爲前部立功．”象回本船，直至石頭城下，叫開城門，接入晉兵．孫皓聞晉兵已入城，欲自刎．中書令胡沖‧光祿勳薛瑩奏曰：“陛下何不效安樂公劉禪乎？”皓從之，亦輿櫬自縛，率諸文武，詣王濬軍前歸降．(*剝面鑿眼之威何處去了？)濬釋其縛，焚其櫬，以王禮待之．唐人有詩嘆曰：

　　西晉樓船下益州，金陵王氣黯然收．

　　千尋鐵鎖沈江底，一片降旗出石頭．

　　人世幾回傷往事，山形依舊枕寒流．

　　今逢四海爲家日，故壘蕭蕭蘆荻秋．

　於是東吳四州，四十三郡，三百一十三縣，戶口五十二萬三千，官吏三萬二千，兵二十三萬，男女老幼二百三十萬，米穀二百八十萬斛，舟船五千餘艘，後宮五千餘人，皆歸大晉.

〖21〗大事已定，出榜安民，盡封府庫倉稟. 次日，陶濬兵不戰自潰. 琅琊王司馬伷并王戎大兵皆至，見王濬成了大功，心中忻喜. 次日，杜預亦至，大犒三軍，開倉賑濟吳民. 於是吳民安堵. 惟有建平太守吾彥，拒城不下；── 聞吳亡，乃降.(*如蜀之有霍弋.) 王濬上表報捷. 朝廷聞吳已平，君臣皆賀，上壽. 晉主執杯流涕曰："此羊太傅之功也，惜其不親見之耳！" 驃騎將軍孫秀退朝，向南而哭曰："昔討逆壯年，以一校尉創立基業；今孫皓舉江南而棄之！悠悠蒼天，此何人哉！"

〖22〗却說王濬班師，遷吳主皓赴洛陽面君. 皓登殿稽首以見晉帝.(*此是青蓋入洛陽矣.) 帝賜坐曰："朕設此座以待卿久矣！" 皓對曰："臣於南方，亦設此座以待陛下."(*孫皓應對捷於劉禪，然只是南人輕薄嘴耳.) 帝大笑. 賈充問皓曰:"聞君在南方, 每鑿人眼目, 剝人面皮: 此何等刑耶?"皓曰:"人臣弑君及奸回不忠者, 則加此刑耳."充默然甚愧. 帝封皓爲歸命侯, 子孫封中郎, 隨降宰輔皆封列侯; 丞相張悌陣亡, 封其子孫. 封王濬爲輔國大將軍. 其餘各加封賞.

自此三國歸於晉帝司馬炎, 爲一統之基矣.(*一部大書, 此一句是總結.) 此所謂:"天下大勢, 合久必分, 分久必合"者也. 後來後漢皇帝劉禪亡於晉泰始七年, 魏主曹奐亡於太安元年, 吳主孫皓亡於太康四年, 皆善終.(*不以司馬炎作結, 仍以三國之主作結, 方是〈三國志〉煞尾.) 後人有古風一篇, 以敍其事曰:

*注: 宰輔(재보): 천자를 보좌하다. 재상.

〖23〗
高祖提劍入咸陽, 炎炎紅日升扶桑.
光武龍興成大統, 金烏飛上天中央.
哀哉獻帝紹海宇, 紅輪西墜咸池傍.

何進無謀中貴亂, 凉州董卓居朝堂.
王允定計誅逆黨, 李傕郭汜興刀槍.
四方盜賊如蟻聚, 六合奸雄皆鷹揚.

孫堅孫策起江左, 袁紹袁術興河梁.
劉焉父子據巴蜀, 劉表軍旅屯荊襄.
張遼張魯霸南鄭, 馬騰韓遂守西凉.
陶謙張繡公孫瓚, 各逞雄才占一方.
曹操專權居相府, 牢籠英俊用文武.

威挾天子令諸侯, 總領貔貅鎭中土.

樓桑玄德本皇孫, 義結關張願扶主.
東西奔走恨無家, 將寡兵微作羈旅.

南陽三顧情何深, 臥龍一見分寰宇.
先取荊州後取川, 霸業圖王在天府.
嗚呼三載逝升遐, 白帝托孤堪痛楚.
孔明六出祁山前, 願以隻手將天補.
何期歷數到此終, 長星半夜落山塢.

姜維獨憑氣力高, 九伐中原空劬勞.
鍾會鄧艾分兵進, 漢室江山盡屬曹.

丕叡芳髦纔及奐, 司馬又將天下交.
受禪臺前雲霧起, 石頭城下無波濤.
陳留歸命與安樂, 王侯公爵從根苗.
紛紛世事無窮盡, 天數茫茫不可逃.
鼎足三分已成夢, 後人憑弔空牢騷.

(＊此一篇古風將全部事迹檃括其中,　　而末二語以一 "夢" 字,　　一
"空" 字結之, 正與首卷詞中之意相合. 一部大書以詞起, 以詩收, 絶
妙筆法.)

＊注: 高祖(고조): 漢 高祖 劉邦.　　扶桑(부상): 옛날 나라 이름. 여기서는
동방을 가리킨다. 扶桑은 신화에 나오는 나무 이름으로 太陽이 그 아래에서
뜬다고 함.　　光武(광무): 東漢 광무제 劉秀.　　龍興(용흥): 새로운 왕조가
일어나는 것을 비유한 말.　　金烏(금오): 신화에 나오는 太陽 안에 산다는

다리가 셋인 새(三足鳥). 후에 와서 太陽의 別稱으로 사용됨. **紹(소):** 계승하다. **海宇(해우):** 天下. 帝位를 가리킨다. **紅輪(홍륜):** 태양. **咸池(함지):** 신화에 나오는 太陽이 沐浴을 한다는 못. **中貴(중귀):** 환관. 내시. **六合(육합):** 天地四方. **鷹揚(응양):** 매가 높이 날아오르다. 높이 날아올라 발호하는 것을 가리킨다. **江左(강좌):** 江東. **河梁(하량):** 지금 의 하북성, 하남성 일대. 〈河〉: 원래는 黃河를 말하지만 여기서는 河北, 즉 지금의 하북성 및 하남성, 산동성 黃河 이북 地區. 〈梁〉: 옛 魏나라 땅. 지금의 하남성 일대. **牢籠(뢰롱):** 싸다. 용납하다. 구속하다. 속박하 다. 새장. 우리. 감옥. 속박. 제한. **貔貅(비휴):** 옛 책에 나오는 맹수의 이름으로 용맹한 장수나 군대를 가리킴. 貔虎. **羈旅(기려):** 오랫동안 타향 에서 머물다. 객지 생활을 하다. **寰宇(환우):** 세계.(寰球. 環球). **天府(천 부):** 천연의 창고. 즉, 땅이 비옥하고 천연자원이 풍부한 곳을 가리키는데 일반적으로 四川省을 이르는 말이다. **升遐(승하):** 하늘에 올라 멀리 떠나 가다. 높은 사람의 죽음을 일컫는 말이다. **長星(장성):** 孛(패), 彗(혜), 長 의 세 별, 즉 三台星. 長星이 主星이고 孛星이 客星. 여기서 長星은 孔明 을 가리킴. **劬勞(구로):** 勞苦. 지치다. **陳留歸命與安樂(진류귀명여안 낙)** 진류왕 曹奐, 귀명후 孫皓와 안락왕 劉禪. 이들 세 사람은 삼국의 망국 의 왕들이다. **憑弔(빙조):** (유적이나 분묘 앞에서) 고인이나 옛 일을 추모 하다. **牢騷(뢰소):** 불평(하다). 불만. 푸념하다.

第一百二十回 毛宗崗 序始評

(1). 此卷紀三分之終, 而非紀一統之始也. 書爲三國而作, 則 重在三國, 而不重在晉也. 推三國之所自合, 而歸結於晉武, 猶 之原三國之所從分, 而追本於桓·靈也. 以虎狼之秦而呑六國, 則 始皇不可以比湯·武; 以簒竊之晉而并三國, 則武帝豈足以比高

·光? 晉之劉毅對司馬炎曰：「陛下可比漢之桓·靈。」 然則〈三國〉一書，以桓·靈起之，即謂以桓·靈收之可耳。

(2). 前卷晉之篡魏與魏之篡漢相對而成篇， 此卷炎之取吳亦與昭之取蜀相對而成篇。 而前卷於不相似之中偏有特特相類者，見報應之不殊也；此卷於極相似之中偏有特特相反者，見事變之不一也。如鄧艾之拒姜維，悉力攻擊；而羊祜之交陸抗，通好饋遺，則大異。鍾會之忌鄧艾，彼此不合；而杜預之繼羊祜，前後一心，則大異。伐蜀之議決諸終朝，而伐吳之議遲之又久，則大異。平蜀之役二將不還，而平吳之役全師皆返，則大異。「此間樂，不思蜀」之劉禪，以懦而稱臣；而「設此座以待陛下」之孫皓，以剛而屈首，則又大異。至於取蜀之難，難在事後：鄧艾專焉，鍾會反焉，姜維構焉，而邵悌憂之 (*118회(13))，司馬昭亦料之矣。取吳之難，難在事先：羊祜請焉，杜預勸焉，王浚·張華又贊焉，而馮紞沮之，荀勖·賈充沮之，王渾·胡奮亦欲緩之矣。比類而觀，更無分寸雷同，絲毫合掌。凡書至終篇，每虞其易盡，有如此之竿頭百尺，愈出愈奇者哉？

(3). 〈三國〉一書，每至兩軍相聚·兩將相持，寫其勇者，披堅執銳，以決死生；寫其智者，殫慮竭思，以衡巧拙，幾於荊棘成林，風雪眩目矣。忽於此卷見一輕裘緩帶之羊祜，居然文士風流；又見一饋酒受藥之陸抗，無異良朋贈答，令人氣定神閒，耳目頓易，直覺險道化爲康莊，兵氣銷爲日月。眞夢想不到之文。

(4). 或謂大夫之交不越境，而羊·陸二人，交歡邊境，如宋華元·楚子反之自平於下，毋乃有違君命乎？予曰不然。一施德而一施暴, 則人盡舍暴而歸德, 而施暴者將爲施德者之所制矣. 彼以德懷我之人, 是欲不戰而服我也. 我亦以德懷彼之人, 是亦欲不戰而服彼也. 外似於相和, 而意實主於相敵, 又何譏焉?

(*宋華元: 춘추시대 때 宋의 대부. 楚의라 군대에 장기간 포위되어 있을 때 밤에 楚의 子反을 찾아가서 개인적으로 강화를 맺고 전쟁을 끝냈다.(〈左傳〉 宣公 十五年)

*楚子反: 楚의 신하 公子側. 宋을 포위하고 있을 때 宋이 둔전을 경영하면서 장기간 대치할 움직임을 보였다. 그때 宋의 華元이 밤에 子反을 찾아가서 위협하자 강화를 맺고 군사를 철수하기로 했다.—역자)

(5). 三國之興, 始於漢祚之衰. 而漢祚之衰, 則由於閹豎之欺君, 與亂臣之竊國也. 一部大書, 始之以張讓·趙忠, 而終之以黃皓·岑昏, 可爲閹豎之戒. 首篇之末, 結之以張飛之欲殺董卓; 終篇之末, 結之以孫皓之譏切賈充, 可爲亂臣之戒.

(6). 三國以漢爲主, 於漢之亡可以終篇矣. 然簒漢者魏也. 漢亡而漢之讐國未亡, 未足快讀者之心也. 漢以魏爲讐, 於魏之亡又可以終篇矣. 然能助漢者吳也, 漢亡而漢之與國未亡, 猶未足竟讀者之志也. 故必以吳之亡爲終也. 至於報報之反, 未有已時: 禪·皓稽首於前, 而懷·愍亦受執於後; 師·昭上逼其主, 而安恭亦見逼於臣; 西晉以中原而并建業, 東晉又以建業而棄中原; 晉主以司馬而吞劉氏, 宋主又以劉氏而奪司馬, 則自有兩晉之史在, 不得更贅於〈三國〉之末矣.

오吳 제계帝系

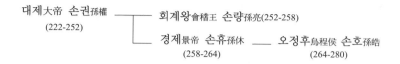

대제大帝 손권孫權
(222-252)

회계왕會稽王 손량孫亮(252-258)

경제景帝 손휴孫休
(258-264)

오정후烏程侯 손호孫皓
(264-280)

조위曹魏 제계帝系

무제武帝
조조曹操

무제武帝
조비曹丕
(220-226)

명제明帝
조예曹叡
(226-239)

제왕齊王
조방曹芳
(239-254)

동해왕東海王
조림曹霖

고귀향공高貴鄕公
조모曹髦
(254-260)

연왕燕王 조우曹宇

진류왕陳留王 조환曹奐
(260-265)